하프라인

3

HALF LINE

망고곰 장편소설

★★★

결

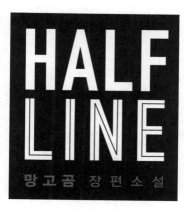

차례

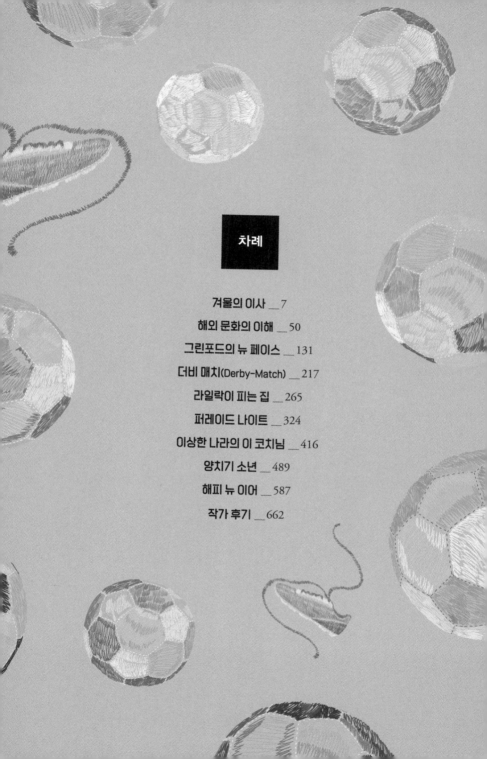

겨울의 이사

보통 날씨가 추워지기 시작하면 사람들은 이사를 피한다. 칼바람을 맞으며 주거지를 옮기는 행위에는 합당한 이유가 있을 때마저도 뭐라 설명하기 힘든 서글픔이 뒤따르니까.

지금 사는 아파트에 정착하기 전, 엄마와 동생들의 손을 잡고 고만고만한 방으로 몇 번씩 이사를 해야 했던 하준 역시 겨울철 이사는 질색이었다.

왜 어떤 집주인들은 기다렸다는 듯 추워지기 시작하면 세를 올려 달라는 말을 꺼내는지, 연말이 다가오는 게 두려웠다. 처음 집을 잃고 나앉았을 때는 왜 아빠는 하필 이렇게 추운 계절에 우리를 버리고 떠났을까 못내 원망스럽기도 했다.

계약 기간이나 퇴거 요구의 불합리함 따위를 일일이 따지고 들자면 꼭 그들의 말에 따라야 할 필요가 없을 때도 있었지만 한창 이사를 다니던 시기의 하준은 아직 교복을 입는 학생이었다. 어른을 상대로 법규를 세세히 따지고 들어 봤자 대체로 씨알도 먹히지 않았으며 엄마도 그런 말다툼에 능숙하지는 못했다.

무엇보다 아이 셋 딸린 가난한 모자 가정에게 작은 방을 내주는 집주인 역시 세놓을 방 한 칸의 여유가 전부인 가진 것 적은 사람이 대부분이었다. 모자는 그저 알았다고 수긍하고 찬바람을 맞으며 새 거주지를 알아보는 부류에 속했다.

"안녕하세요, 어머니."

"어서 와요, 김 선수."

"왜 그러십니까, 딱딱하게. 이제 편하게 무겸이라고 부르세요."

"어머나, 그럴까? 어서 와, 무겸아."

그러나 오늘, 하준은 겨울철 이사를 위해 미리 짐을 싸기로 했다. 무겸이 굳이 돕겠다 우기며 오랜만에 집에 찾아왔다.

하준은 엄마와 무겸의 사이에 끼어들 틈을 놓치고 문가에 서서 둘의 모습을 보다가 얼른 엄마 뒤로 다가서며 물었다.

"왔어?"

웃는 낯의 무겸이 뭔가 대답을 하기도 전에 엄마가 먼저 말을 보탰다.

"정말 친구 잘 만나는 것도 사람 복이다. 무겸아, 우리 하준이 좀 잘 부탁해. 얘는 해외 나가서 살아 보는 거 처음이잖니. 내가 걱정이 이만저만 되는 게 아냐."

"걱정 마세요. 제가 이 코치님 옆구리에 딱 붙어서 따라다니겠습니다."

"그래그래, 무겸이 너만 믿는다."

무슨 소리인지도 모르고 웃는 엄마를 뒤로하고, 하준은 잽싸게 무겸의 손목을 잡고 방으로 들어왔다.

단둘일 때는 그렇지 않은데 아무래도 가족들 앞에서 함께 있으면 뭔가 창피하고 어색하다. 아무것도 모르고 친구 운운하는 엄마의 말을 들을 때면 양심이 콕콕 찔리는 것도 같고. 살짝 붉어진 얼굴을 가라앉히기 위해 손등으로 뺨을 누르며 무겸을 향해 몸을 돌렸다.

"혼자 해도 된다니까 굳이 돕는다고 그래."

"비우기 전에 방 구경 한 번 더 하고 싶어서 와 봤지."

그렇게 말하며 무겸이 고개를 한번 휘이 돌렸다. 하준이 보기에 제 방은 무겸의 집 욕실보다도 좁고 초라해서 구경하고 말 것도 없었다. 더군다나 지금은 짐을 싸느라 여기저기 풀어 헤쳐 평소보다도 더 너저분하고 어수선한 상태였다. 무겸이 하준의 뺨을 쿡 찔렀다.

"사람 쓰자니까 고집은."

"전체 이사도 아니고 내 짐만 싸는 건데 얼마나 된다고 사람을 써. 일하는 사람이 와서 웃겠다."

"일하는 사람들이야 일 적으면 좋아하지. 어차피 돈은 똑같이 받는 건데."

절차 때문에 아직 출발까지는 시간이 좀 남았지만 하준은 큰 짐부터 미리 싸서 무겸의 집에 보내 놓기로 했다.

앞으로의 영국 생활에 관해 둘은 함께 열심히 계획을 세워 두었다. 학교에 바로 입학해도 수업을 따라가기 어려울 것 같다는 하준의 걱정에 따라 일단 어학연수부터 받을 계획이었다.

하준의 영어 실력은 나쁜 편이 아니었다. 다년간 무겸의 외신 기사며 인터뷰를 쫓아다니며 듣고 읽기도 했고 코칭 공부를 할 때도 해외 자료 조사는 일상다반사였으니까. 덕분에 평범한 듣기나 독해는 그럭저럭 수월했지만 회화는 아직 자신이 없었다.

한국에서의 선수 경력, 코칭 경력을 인정받아 그린포드의 인턴 일은 곧 시작하는 것으로 세팅을 마쳤다. 하지만 의사소통이 제대로 되지 않을까 봐 걱정이었다.

"표정이 왜 그래."

"어?"

"가기 싫은 사람처럼."

무겸이 나직하게 물으며 하준의 뺨을 손가락으로 툭툭 장난스레 쳤다. 잠깐 멍하니 옅은 걱정에 빠져 있던 하준은 얼른 웃어 보이며 고개를 저었다.

"가기 싫긴. 너무 기대가 돼서 그런가 봐."

"벌써 긴장돼?"

하준은 굳이 부정하지 않았다. 꿈도 꿔 본 적 없는 기회가 주어졌으니 뭉클뭉클 기대감이 부푸는 거야 당연했으나 그만큼 걱정도 되었다.

몇 년 전 프랑스로 갈 뻔했을 때는 스스로의 힘으로 일이 잘 풀려 더 나은 팀으로 이적 제의를 받은 것이었지만 이번에는 무겸의 등에 업혀 가는 것이나 다름없다. 자신이 모자라서 무겸에게까지 누가 되지는 않을지 그것이 제일 걱정이었다.

"이제 와서 말 바꾸기 없어. 나 너 없으면 공도 제대로 못 차. 잊어버린 건 아니지?"

속내를 눈치채기라도 한 듯 무겸이 하준의 목에 얼굴을 비비며 응석을 부렸다. 하준은 곧 웃으며 그의 등을 두드렸다.

"그래. 김무겸 공 잘 차라고 내가 가 준다."

"축구 코치한테 선수 공 잘 차게 하는 것만큼 중요한 일이 어딨어. 잘 결정한 거야."

그렇게 말하고 쪽, 소리가 나도록 목에 입술을 부딪친다. 하준은 화들짝 놀라 어깨를 움츠리며 속삭였다.

"하지 마, 엄마 아직 거실에 있어."

"뽀뽀 한번 한 건데 정색하긴."

무겸이 씩 웃으며 고개를 들었다. 그러고는 소매를 걷어붙이고 책상 위에 흐트러진 책들을 뒤적였다. 하준은 그런 그를 곧바로 끌어당겼다.

"너는 그냥 내가 주는 물건, 박스에 정리만 해. 아무거나 막 만지지 말고."

"왜 그래? 뭐 숨기고 싶은 거라도 있어? 이제 우리 서로 패 다 깐 거 아니었어?"

"패 다 깠다는 게 네 맘대로 굴어도 된다는 뜻은 아니거든. 남의 물건에 함부로 손대는 버릇, 내가 앞으로 꼭 고칠 거야, 너."

내심 일기장의 실존 여부를 확인하고 찾으면 불태우려 했던 무겸은 아쉬운 듯 흠, 짧게 침음을 내고는 물었다.

"얘들은 어떻게 하려고?"

무겸이 '얘들'이라 부르며 가리킨 것은 책장에 꽂혀 있는 스크랩 파일들이었다. 내용물이 다 까발려진 마당에 부끄러울 것도 없지만 역시 당사자 앞에서 초연하기는 힘들다. 하준은 발개지는 속내를 감추며 대답했다.

"모르겠어. 권수가 많아서 두고 갈까 싶은데. 당장 쓸 물건도 아니고."

"안 돼. 그럴 줄 알고 오늘 내가 따로 가져갈 준비해 왔어. 괜히 배송시켰다가 중간에 잘못되면 안 되니까 런던 들어갈 때 직접 들고 갈 거야."

"뭘 그렇게까지."

"보관용 금고까지 미리 주문해 놨어. 가져가서 거기 넣어 놓을 거야. 핵폭발이 일어나도 안 부서지는 재질이라더라."

"…뭘 그렇게까지……."

"진짜 핵전쟁이 일어나도 이 파일들은 남을 테니 사료적 가치가 있어. 인류가 멸망해도 김무겸이 얼마나 훌륭한 축구 선수였는지는 1부터 100까지 세상에 남아 전해지겠지. 대단하지 않아? 그렇게 되면 다 이하준, 네 덕분이야."

하준은 더 이상 반론하지 않고 고개만 끄덕거렸다.

"그 얘기 재미있을 것 같다. 아예 영화로 만들지 그래?"

무겸이 시키지도 않은 파일 정리를 하는 동안 하준은 옷장 정리를 시작했다. 무겸은 옷이야 새로 사면 되니 굳이 가져갈 필요 없다고 했지만 아무리 그래도 정말 혈혈단신으로 해외에 나갈 수는 없는 일이다.

어딜 가도 까만색 신용 카드 한 장이면 다 해결된다는 것을 최근 무겸을 통해 하준도 배우고 있는 중이었지만 꼭 필요, 불필요를 떠나 제 마음의 안정과 정리를 위해서라도 짐을 싼다는 절차는 필요했다.

뭘 가져갈까. 옷장 안을 뒤적대는데 똑똑, 노크 소리와 함께 방문이 열렸다. 하준의 엄마가 빼꼼 얼굴을 내밀었다.

"하준아, 무겸아. 점심 약속 있어서 나갔다 올게. 귀한 손님이 왔는데 자리를 비워야 해서 어쩌지?"

"아닙니다, 어머니. 잘 다녀오세요."

"점심 식사 준비해 놨으니까 이따 배고프면 먹어. 무겸이 갈비찜 좋아한다며? 내가 잔뜩 해 놨으니까 많이 먹고 가."

"정말요? 네. 잘 먹겠습니다."

진심으로 기쁜 듯 웃어 보이는 무겸을 마주하고 그녀도 환하게 웃었다. 그러고는 정말 기분이 좋은지 가벼운 걸음을 옮겼다. 무겸은 현관까지 배웅을 나섰다가 돌아와 파일을 마저 꺼내며 콧노래처럼 말했다.

"어머니 화장하신 거 처음 보는데 새삼 미인이시네. 너랑 좀 닮은 것 같아."

"응. 다들 나 엄마 닮았다고 해. 아빠는 민경이, 하경이가 더 닮았지."

정작 쌍둥이는 다섯 살 때 아빠를 잃어 사진 속의 아빠밖에 기억하지 못하지만. 옷장을 열고 가져갈 옷을 고르던 하준이 깜짝 놀라 몸을 들썩였다.

"아, 놀랐잖아."

어느새 뒤로 다가온 무겸이 뒤에서 허리를 감아 안으며 뒷목에 입을 맞춘 것이다. 그가 키득대며 귀를 잘근잘근 물었다.

"어머니 나가셨는데 뽀뽀 정도는 해도 되잖아."

"기척이나 좀 내든가. 갑자기 사람 뒤에 서니까 그러지."

"옷은 좀 골랐어?"

무겸이 손을 뻗어 옷장을 뒤적였다. 하지 말라고, 하준이 말리기도 전에 일어난 일이었다.

"…이게 뭐야?"

옷장 속을 휘젓던 무겸의 손이 움직임을 뚝 멈추더니 걸려 있던 옷 한 벌을 꺼내 들었다. 하준은 입만 살짝 벌리고 그 광경을 보다가 뒤늦게 그를 만류하며 손을 뻗었다.

"또 맘대로 손대지. 이리 내놔."

그러나 무겸은 팔을 높이 들어 올려 쉽사리 그것을 내어 주지 않았다. 아직 태그도 떼지 않은, 새것 상태로 걸려 있는 옷이었다.

파란색과 흰색이 조합된 반팔 티셔츠. 왼쪽 가슴에 장식된 등대 무늬 엠블럼. 무겸의 눈에도 아주 익숙했다.

"도버 레인저스?"

무겸은 옷을 뒤로 뒤집어 보았다. 아니나 다를까 옛 등 번호 19와 함께 무겸의 이름이 알파벳으로 마킹 되어 있었다.

"너 이런 것도 갖고 있었어?"

무겸은 감탄하며 옷장을 본격적으로 뒤적거리기 시작했다. 하준이 황급히 그를 밀어내려 했지만 꿈쩍도 하지 않았다.

도버 레인저스는 무겸의 첫 해외 이적 팀이었다. 무겸이 이적했을 당시에는 2부 리그에 속한 팀이었으나 그의 눈부신 활약에 힘입어 1부로 승격되었고, 비록 하위권이기는 하지만 지금까지도 1부 리그에 머무르고 있었다.

덕분에 런던에서 그리 멀지 않은 항구 도시 도버에서는 무겸이 다른 팀으로 이적한 지금까지도 그에 대한 호감도가 하늘을 찔러, 축구 펍 어디를 가든 그의 도버 시절 유니폼이나 사진이 걸려 있었다.

도버 레인저스 유니폼에 이어 현재 소속 팀인 그린포드의 유니폼, 그리고 국가 대표 유니폼까지 시즌별로 끌려 나왔다. 홈 유니폼만이 아니라 원정 경기 때 입는 세컨드, 서드도 갖추고 있었다. 모두 사 놓기만 하고 한번 걸쳐 보지도 않은 듯 상표도 떼지 않은 새것이었다.

색색의 유니폼을 하나하나 확인하는 무겸을 보며 하준이 끙, 작게 앓는 소리를 냈다. 무겸이 그중 몇 벌을 손에 들고 감탄을 흘렸다.

"많기도 하다."

1년에 약 두세 벌씩 10년가량 모은 유니폼이다. 얇은 반팔 티셔츠라 공간을 그리 차지하지는 않는다지만 그래도 모아 놓으니 제법 존재감이 컸다.

"하, 정말……. 너 왜 남의 옷장을 멋대로."

"사 놓고 한번 입어 보지도 않았어? 다 새 옷 같은데."

하준이 우물쭈물 대답했다.

"입으려고 산 거 아니야."

지금이야 유니폼 몇 벌 사려고 낑낑 고민하지는 않지만 학창 시절에는 유니폼 한 벌을 사는 데 드는 돈도 꽤 부담되었다.

낮에는 축구를 하고 밤에는 엄마의 부업을 돕고, 주말이나 짬이 나면 단기 아르바이트를 하며 지내던 여윳돈이라고는 없던 시절, 아끼고 아낀 돈으로 한 벌씩 모은 정품 유니폼들이다. 결국 시즌을 놓쳐서 나중에 형편이 나아지고 나서야 웃돈을 붙여 구한 것들도 있다. 직접 입으려고 산 물건들이 아니었다.

무겸이 유니폼 중 하나를 들어 올려 하준의 몸에 갖다 댔다.

"사이즈도 커 보이는데?"

"…입으려고 산 거 아니라서 내 사이즈로 안 샀어."

무겸이 눈을 가늘게 뜨더니 하준에게 가까이 다가붙으며 물었다.

"내 사이즈는 어떻게 알았어? 유니폼 사이즈까지 오피셜로 공개되지는 않는데."

"프로필 보면 대충 알지. 그리고 내 사이즈랑 비교해서……."

"그래? 눈대중으로 때려 맞춰서 고르셨다?"

부끄러운지 무겸의 시선을 피해 슬슬 옆으로 기울었던 하준의 눈이 이번에는 '어쩌라고'라고 따지는 듯한 색채를 품고 다시 정면을 향했다.

"내가 네 유니폼 사이즈 아는 게 뭐가 그렇게 이상하냐? 그래도 몇 번을 같이 소집됐는데."

"내 사이즈 훔쳐봤어? 이 코치님, 아주 음흉하네."

무겸은 싱글싱글 웃으며 들고 있던 유니폼의 상표를 뚝 떼어 냈다. 웃고 있는 무겸과 달리 하준의 낯빛은 창백해졌다. 입이 헉 벌어지고 눈도 동그랗게 커졌다.

"왜 마음대로 떼!"

"새걸로 다시 주면 되잖아. 런던 집에 시즌별로 몇 벌씩 있어."

하준은 할 말이 없는 듯 입을 다물었지만 그래도 못내 불만스러운 기색이었다.

"부끄러워하긴."

무겸이 웃으며 뺨을 찔렀다. 다 창피해서 이러는 거다. 평소에는 배시시 잘만 웃는 이하준은 창피하거나 부끄러우면 부루퉁해지고, 그래서 역설적으로 제 앞에서 더 자주 퉁명스러워졌다. 무겸은 상표를 뗀 유니폼을 건넸다.

"입어 봐."

"왜?"

"입어 봐, 어서."

하준은 별걸 다 시킨다는 눈으로, 그래도 순순히 옷을 받아 든 뒤 입고 있던 티셔츠를 훌렁 벗어젖혔다. 흰 맨몸이 잠깐 드러났지만 무겸의 눈을 자극할 틈을 주지 않으려는 듯 잽싸게 유니폼을 머리부터 뒤집어썼다. 하준의 체격보다 사이즈가 큰 유니폼은 걸리는 부분 없이 빠르게 내려앉아 헐렁하게 몸을 덮었다.

"역시 좀 크네."

몇 년째 상전처럼 모시고 살았을 뿐 입어 본 것은 처음이었다. 제 팔을 낙낙하게 덮는 소매나 펄렁이다시피 몸 위로 떨어져 내리는 넉넉한 차림새를 내려다보며 하준은 감탄조로 중얼거렸다.

골격이나 근육량이 달라 10센티미터 정도 나는 키 차이에 비해 체중은 훨씬 더 차이가 난다. 이렇게 옷을 입어 보니 체격 차이가 확실히 느껴졌다. 품이 크니 당연히 여백이 많은 옷은 밑으로 처졌고, 무겸이 입었으면 딱 맞았을 옷이 흘러내려 하준의 사타구니를 아슬아슬하게 가렸다.

"됐지? 이제 갈아입는다."

태그는 뜯어졌다지만 고이 모셔 놨던 새 유니폼을 이삿짐 정리할 때 입는 작업복으로 쓸 생각은 없었다. 아랫단을 붙들고 옷을 벗으려 하는데 무겸이 손을 잡았다.

"아니, 마저 벗어 봐."

"뭐?"

"바지도 벗어. 아니, 내가 벗겨 줄게."

"바지는 왜 벗어? 앗, 놔, 김무겸!"

하준이 제 등짝을 가볍게 치는 것을 아랑곳하지 않고 무겸은 하준의 허리를 한 팔로 끌어안더니 멋대로 그의 바지를 끌어 내렸다. 집 안인 데다 짐 정리를 하기 위해 편한 스트링팬츠를 입고 있던 하준의 흰 하반신은 금세 드러났다. 벗겨 낸 바지를 대충 던져 놓고 나서야 무겸은 하준의 허리를 놓아주었다.

"짐 정리하다가 갑자기 왜 이래?"

하준은 여전히 무겸의 의도를 다 파악하지 못한 듯, 미간을 살짝 찌푸리고 멀뚱멀뚱 그를 보았다. 무겸은 그런 하준의 어깨를 잡고 옷태를 확인하는 것처럼 좌우로 고개를 기울이다가 감탄했다.

"와… 나 지금까지 옷 갈아입히면서 발정 나는 놈들 이해 못 했거든? 그런 거 있잖아. 코스튬 플레이."

"코… 뭐?"

"내 유니폼 입은 이하준이 이렇게 섹시할 줄 몰랐지. 이제는 그런 놈들 좀 이해할 수 있을 것 같다."

하준은 뒤늦게 무겸의 의도를 깨달았지만 그를 이해할 수는 없었다.

그가 지금 어떤 그림에 저를 비교하는지는 알겠다. 하지만 헐렁한 티셔츠 한 장을 걸치고 섹시하다는 소리를 듣기에 저는 너무 껑충하지 않나. 그런 의문을 곱씹는데 무겸의 말끝에는 이미 열기가 스며 있었다.

단단한 팔뚝이 허리와 등을 휙 끌어안아 갑자기 입을 맞췄다. 집에 둘뿐이라는 것을 알면서도 하준은 순간적으로 주춤 고개를 돌리려 했다.

그러나 등을 받쳤던 손이 빠르게 목덜미를 타고 올라와 뒤통수를 지지했다. 하준의 머리가 붙잡히다시피 눌리고 아랫입술은 무겸의 이에 물렸다.

매끄러운 이가 힘을 주지 않고 입술을 문지르다가 이내 입술 전체를 삼켜 빨아올렸다. 긴장했던 몸에서 순식간에 힘이 빠졌다. 꼼짝달싹하지 못하고 입 안쪽을 파고드는 혀를 맞아들이며 하준은 이제 무겸의 어깨에 팔을 기대어 몸을 지지했다. 곧이어 열이 밴 신음이 겹쳐진 입술 사이로 샜다.

"흐으, 응."

하준이 저항하지 않자 머리를 받치던 손은 목덜미와 날개뼈 위까지를 부드럽게 쓸어내리고, 허리를 안고 있던 손은 빠르게 움직여 속옷 안으로 들어갔다. 커다랗고 성마른 손이 근육과 살집이 올라붙은 엉덩이를 노골적으로 주물렀다.

그러는 중에도 쉼없이 물고 빨리던 입술이 간신히 놓인 사이, 하준은 곤란한 표정으로 허덕이며 힘 빠진 질책을 했다.

"하아… 너 짐 싸는 거 돕는다더니, 순 방해하러 왔네."

"오늘 다 못하면 사람 부르면 돼."

무겸이 오고 싶다 우겨서 방문했을 뿐, 애초에 두 사람이나 붙어서 할 일도 아니었고 잠시 한눈을 판다고 해서 오늘 안에 끝내지 못할 정도로 짐이 많지도 않았다.

드로어즈 밴드 부분에 손가락을 건 무겸이 그마저도 결국은 완전히 벗겨냈다. 무겸은 하준의 허리만 가볍게 안고서 그의 모습을 감상이라도 하듯 내려다보았다. 하준에게는 헐렁한 유니폼 하나만 걸치고 아랫도리는 허전해진 제 상태가 무슨 다섯 살짜리 꼬맹이나 나잇값 못하는 팔푼이처럼만 느껴졌다.

그러고 보면 무겸과 처음 할 때도 이렇게 티셔츠만 걸친 차림이었다. 그때는 바로 시작이라도 했지, 지금은 저랑 달리 옷을 다 갖춰 입은 무겸과 마주 서서 구경거리처럼 시선만 받고 있자니 점점 민망해진다.

"할 일 있으면 빨리하든지. 아무것도 안 하고 뭘 그렇게 계속 보기만 해."

"눈이 가는 걸 어쩌겠어?"

장난스럽게 말하는 목소리가 뜨겁다. 아까만 해도 이 정도는 아니었는데 어느새 치솟아 있는 무겸의 온도에 하준도 반사적으로 숨을 들이마셨다. 허리를 안은 팔의 힘이 세지고, 둘은 그대로 함께 침대 위로 무너졌다.

"보기 좋은 떡이 먹기도 좋다더니."

되지도 않는 혼잣말을 흘려들으며 하준은 등 뒤를 힐끔거렸다. 무겸이 꺼냈다가 침대 위에 올려놓은 유니폼 몇 벌이 제 몸 아래에서 죄다 뭉개지는 중이었다.

신경이 쓰였지만 하준은 곧 포기했다. 공들여 보관하던 옷들이지만 아무렴 김무겸의 유니폼이 김무겸 본인보다 중할 수는 없다. 게다가 김무겸이 직접 새 옷으로 준다고 했으니까. 기왕 이렇게 된 것, 옷에 사인도 해 달라고 해야겠다.

하준의 방에 놓인 침대는 성인 남자 한 명이 불편함 없이 잘 수 있는 평범한 싱글 침대였고 무겸이 쓰는 것만큼 비싼 물건도 아니었다. 둘이 누운 것만으로도 스프링이 삐걱대는 소리를 내는데, 평소처럼 했다가는 부서지지 않을까 걱정이 앞섰다. 늘 하던 행위도 제 방에서 하려니 이리저리 신경 쓰이는 부분이 한두 개가 아니다.

하지만 걱정은 하준 혼자만의 몫인 듯 무겸은 망설임 없이 목의 여린 살에 입술을 붙이고 쪽쪽 소리를 내며 빨았다. 오히려 평소보다 빨아들이는 힘이 셌다. 자국이 남을까 봐 설핏 걱정이 드는데 무겸의 손이 유니폼 아래로 기어들어와 유두까지 문질렀다.

먼저 달려들 때가 대부분이기는 하지만 그럴 때조차도 무겸은 늘 하준에 비해 어딘가 여유로운 편이었는데 오늘은 엉덩이를 주무를 때부터 손짓에 여유가 없었다. 거칠게 유두를 비비다가 손끝으로 살짝 튕긴다. 따끔한 느낌에 하준은 어깨를 움츠리며 신음을 흘렸다.

"흣, 아파, 살살 좀……."

"돌겠네. 여기 누우니까 네 냄새 나."

깔린 유니폼들 때문에 새 섬유 냄새만 나는 것 같은데 김무겸 코는 개코인가.

그렇게 생각하는 사이 목을 머금던 입술은 가슴까지 미끄러졌다. 유두를 소리까지 나도록 쪽쪽 빨고, 주변의 많지도 않은 살을 아프도록 깨물어 댄다.

"아, 윽."

입술은 천천히 피부를 타고 내려가 복근 위를 더듬고 골반 근처를 맴돌았다. 살갗 여기저기를 핥고 빨아 대는 감각에 그의 혀가 닿은 자리에 가벼운 얼얼함이 느껴졌다. 무겁지 않은 감각이라 해도 몸 여기저기에 흩뿌려지고 긴 시간에 걸쳐 쌓이자 사고가 점점 마비되는 것 같았다.

낡은 아파트는 그리 방음이 훌륭하지 않았다. 목소리를 크게 내는 것도 신경이 쓰여 입을 꾹 다물고 끙끙 앓는데, 무겸은 침대 위에 늘어진 다리를 휙 치켜들어 제 어깨에 얹었다. 그러더니 허벅지 안쪽에 울혈이라도 남기려는 듯 힘을 주어 살을 짓씹고 빨기 시작했다.

거의 사타구니에 가까운 여린 살을 꽉 깨물었을 때는 저도 모르게 온몸이 들썩여서 하준은 발뒤꿈치로 무겸을 걷어찰 뻔했다.

"아윽, 깨물지 좀 마……."

"아팠어? 미안."

"아으, 하아."

무겸은 혀를 길게 내밀어 달래는 것처럼 잇자국 위를 핥았다. 순식간에 통증이 쾌감으로 변해 뇌를 속인다. 허벅지를 주무르던 손이 뒤로 돌아가 이번에는 드러난 엉덩이 사이를 매만졌다.

아무것도 바르지 않은 마른 손가락이 입구 위를 몇 번 오가자 금세 붓기라도 할 것처럼 구멍이 따끈해졌다. 누구의 것인지 가릴 수도 없이 가쁜 숨소리가 엉키던 중 무겸이 조급하게 물었다.

"뭐 바를 거 없어?"

"아, 뭐, 뭐가 있지……."

이 방에는 무겸의 집처럼 침대맡에 젤을 구비해 놓지 않았다. 하준은 뿌예지는 머리를 간신히 추스르고 방을 둘러보았다. 섹스를 위해 준비해 놓은 건 아니지만 마사지용 젤이 어딘가에 있기는 할 텐데 방을 여기저기 뒤집어 엎어놔서 찾을 수가 없었다.

하준이 헤매는 동안 무겸이 먼저 손을 뻗었다. 침대에서 그리 멀지 않은 곳에 위치한 작은 책장 겸 선반 위, 아침마다 세수를 마치고 얼굴에 대충 바르고 나가는 로션 튜브가 그의 손에 들렸다.

"이걸로 하자."

무겸은 혼잣말처럼 동의를 구하며 로션을 손에 잔뜩 짰다. 하준은 얼굴이 답답한 기분을 싫어해 로션도 묽은 젤 타입을 썼다. 꾸덕하기보다는 점액질에 가까운, 희고 반투명한 로션을 엉덩이 사이와 제 손에 치덕치덕 바르며 무겸이 키득댔다.

"벌써 싼 것 같다."

"얼굴에 바르는 것 가지고, 아……!"

말을 맺기도 전에 젖은 손가락이 성급하게 안으로 파고들었다. 하준이 이를 앙다물고 소리 죽여 가쁜 숨을 쉬었다. 이곳에서는 처음 저지르는 일이라서인지 제 방이고 저의 집인데도 마치 낯선 곳에서 섹스를 하는 듯 아슬아슬한 기분이었다.

주로 무겸의 집, 아니면 새로 하준의 것이 된 옛집에서 하던 일이다. 엄마는 이제 막 나갔으니 몇 시간은 들어오지 않을 테고 쌍둥이 동생도 저녁은 돼야 들어올 것을 아는데도 괜히 가슴이 콩닥댔다. 무겸만이 태연하게 얼굴색도 바꾸지 않고 물었다.

"왜 침대 근처에 젤이 없어. 자위도 안 해?"

"앗, 아, 안 해."

가족들이 수시로 드나드는 방이다. 물론 저도 사람이니 자위 정도야 하지만 샤워할 때를 틈타 제 손으로 성기를 자극하는 정도가 전부다. 젤까지 써 가며 그가 상상하고 있을 만한 행위는 해 본 적 없다.

직설적인 질문에 얼굴을 붉히는데 무겸은 뭔가 깨닫기라도 한 것처럼 고개를 끄덕였다.

"그래서 혼자 푸는 솜씨가 그 모양이구나. 우리 코치님, 그쪽은 연습 좀 해야겠네."

"그런 연습을 뭐하러 해."

"섹시하잖아."

무겸의 중지가 천천히 미끄러져 들어왔다. 손가락 하나라고 하지만 굵고 긴 데다 마디가 뚜렷한 손가락은 몸 안을 미끄러질 때마다 제 형태를 선명하게 새겼다.

처음 삽입할 때는 그것이 성기이든 손가락 하나든 결코 쉽지 않았다. 하준이 저도 모르게 긴 숨을 내쉬는 사이 뿌리까지 들어온 손가락이 천천히 몸속을 드나들기 시작했다.

"아직도 가끔 네가 처음에 내 앞에서 손가락 쑤시던 거 생각나."

무겸의 낮고 작은 목소리가 귀 안쪽을 동굴 속 메아리처럼 울린다. 하준은 추운 사람처럼 어깨를 떨었다. 당시에는 부끄러운 줄도 모르고 했던 행위를 복기당하니 그러잖아도 가빠지는 숨이 턱 막히는 것만 같았다.

안을 미끄러지는 단단한 손마디의 감각에 겨우 익숙해지자, 무겸은 곧 손가락을 두 개로 늘려 안을 진득하게 휘저었다. 젤에 비하면 로션은 많이 발라도 금방 말라 조금 뻑뻑했다. 살짝 아픔이 느껴졌지만 흥분이 통증을 덮었다. 아래쪽은 손끝부터 손등 관절까지 왕복하는 손가락에 푹푹 박히고, 위로는 무겸의 입술이 어깨며 목과 귀를 계속 물고 핥았다. 참지 못한 신음이 하준의 잇새로 샜다.

"응, 하으, 으읏."

"너 이제 뒤 엄청 빨리 풀려. 자주 해서 그런가 봐."

그 말을 증명이라도 하려는 듯 무겸의 손바닥이 볼기에 부딪히도록 손가락이 깊게 퍽 꽂혀 들었다.

온몸의 중심부부터 저릿저릿 떨리게 만드는, 타격 같은 삽입이었다.

하준이 숨을 크게 들이마시며 무겸의 팔 안에서 몸을 굳혔다.

"예전에는 이삼일 연속으로 하면 힘들다더니 요즘은 그런 말도 안 하고."

"앗, 아, 이, 이제 괜찮아서……."

"그래서 미치겠어. 이하준이 내 좆에 완전히 길이 다 들어서."

안쪽 깊이 박아 넣은 손을 위아래로 함부로 흔들자 질꺽대는 소리가 귀를 난잡하게 긁었다. 하준은 저도 모르게 가장 느끼는 곳을 무겸이 만져 주기를 바라며 몸을 움찔거렸다. 발끝이 시트 위로 서고, 단 숨이 가쁘게 뿜어져 나왔다.

"흑, 으… 하아……!"

그러나 평소라면 요의 비슷한 감각이 느껴질 정도로 전립선 근처를 거침없이 찍어 눌렀을 손가락이 오늘은 여기저기를 문질러 대면서도 성감이 예민한 지점을 피하고 있었다. 무겸이 그곳을 찾지 못할 리는 없으니 일부러 그러는 것이다.

저를 놀리려는 속셈이 뻔했다. 하준은 입술만 깨물며 약하게 허리를 비틀었다. 몸 안을 휘젓는 손가락에 맞춰 제 엉덩이를 움직여 보려다가도 뻔한 속내에 금세 휘둘리는 것이 부끄러워 마음껏 움직일 수가 없었다.

"아, 하악!"

그때 무겸의 손이 느끼는 곳 위를 실수처럼 누르며 미끄러졌다. 원하던 쾌감이 짧게 스쳐 지나가자 그 감각을 붙들려는 듯 발끝이 구부러지며 엉덩이와 다리에 힘이 바짝 들어갔다.

내벽이 급하게 오므라들며 손가락을 잡아당기려 드는 것을 하준은 안쪽부터 조이는 배의 감각으로 알 수 있었다.

하지만 손가락은 옆으로 살짝 미끄러져 빠져나오며 다시 전립선 근처를 피해 간다. 무겸이 고개를 하준의 귓가까지 숙이고, 아래를 계속 문지르며 속삭였다.

"하준아. 어디가 좋은지 나한테 좀 가르쳐 줘."

"으응, 흐, 으읏……."

"응? 네가 말해 줘야 내가 제대로 눌러 주지."

"아으윽, 다, 알, 면서……. 갑자기, 무슨……."

안을 넓히던 손가락이 주룩 빠져나간다. 벌어진 입구가 다물리기도 전에 이번에는 좀 더 굵은 무언가가 들어왔다. 뒤를 벌리고 들어오는 감각이 생소했다.

안에 들어온 것이 입구 근처에서 원을 그리듯 주름을 벌리며 둥글게 내벽 안을 휘저었다. 예민한 입구 근처의 성감을 심하게 자극하는 느낌에 하준의 허리가 절로 흔들렸다.

"아, 아앗! 하!"

"그럼 내 마음대로 해?"

"흐, 흐으, 아."

"여기만 대충 늘려서 박을까, 그럼?"

안쪽이 뜨겁다 못해 간지러웠다. 하준은 무겸에게서 섹스에 대해 많은 것을 배웠지만 쾌감이 주어질 때까지 인내하거나 조르는 법은 그다지 익히지 못했다. 굳이 기다릴 필요가 없었으니까.

익숙하지 않은 상황에 놓여 대답도 못하고 허덕이는 사이 입구를 벌리던 엄지손가락이 빠져나가고, 긴 중지와 약지가 다시 밀고 들어왔다. 미끄러져 들어오는 감각만으로도 정신이 없는데 내벽의 한곳을 가만가만 문지르며 무겸은 어르듯 물었다.

"어디야, 하준아. 말해 봐."

입술을 달싹대던 하준의 목소리가 결국 신음에 섞여 쥐어짜듯 나왔다.

"아으, 읏, 외, 왼쪽……."

"여기보다 왼쪽?"

"응, 흐윽! 으응."

손가락이 내벽을 천천히 쓰다듬었다. 원하는 곳을 누르는가 했더니 이번에도 그곳을 스쳐 지나갔다.

"여기?"

"하아, 앗, 조금 더, 더 위……. 흑, 앗, 거기, 아, 아……."

정확한 곳을 찌를 듯 아닐 듯 자꾸만 언뜻언뜻 피해 가는 손가락에 애가 닳는다. 벌어졌던 무릎이 모이며 다리에 힘이 들어갔다가 떨리기를 반복했다. 허리와 엉덩이가 멋대로 슬쩍슬쩍 흔들리며 무겸의 손을 원하는 곳으로 이끌려 들었다.

무겸은 하준의 손을 잡아끌더니 안을 더듬고 있는 제 다른 손 위에 겹쳤다. 비슷한 상황이 있었던 것 같은데 그때와는 서로의 입장이 반대가 되었다.

설명하지 않아도 하준은 무겸의 손을 세게 붙잡았다. 새빨갛게 달아오른 얼굴로 아래를 내려다보다가 눈을 질끈 감고 몸속에서 멈춘 손을 움직이기 시작했다. 입이 저절로 벌어진다.

"앗, 하아, 아……!"

"아, 여기?"

누구보다 더 잘 알 테면서 무겸은 하준이 어디를 좋아하는지 처음 알았다는 듯 얄밉게도 물었다. 하준은 대답 없이 손만 움직였다. 마치 무겸의 손을 써서 자위를 하는 듯한 모습이었다.

아까부터 자극을 기다리던 쾌감점은 정신적인 갈증과 기다림에 고양

되었는지 평소보다 훨씬 더 예민하게 무겸의 손을 느꼈다. 단단한 손끝과 딱딱한 마디마디가 아까부터 기다렸던 자극을 길어 올려 타는 몸을 달랬다.

자위라고 해도 무겸의 손은 의지 없는 물건과는 다르다. 하준이 움직일 때마다 그의 손이 덩달아 힘을 주고 내벽을 눌러, 그때마다 반사적으로 허리와 골반이 움찔거렸다.

“아으읏, 아아… 하으……!”

“천천히.”

자꾸만 급해지는 손놀림을 무겸이 손목에 힘을 주어 막았다. 그가 허리를 움직일 때 천천히 해 달라고 애원하는 건 늘 하준의 몫이었다.

“예전부터 말했지. 너, 네가 직접 할 때는 너무 거칠게 해.”

“아, 몰라, 모르겠어…….”

무겸이 하는 격렬한 추삽질과 지금 자신이 하는 손가락 장난에 무슨 차이가 있는지 알 수 없다. 하준이 고개를 젓자 무겸은 조금 웃더니, 이제는 직접 손을 움직여 길게 안쪽을 오갔다.

“이렇게, 처음에는 이 정도 속도로 하는 거야. 안 그러면 너는 예민해서 금방 부어. 좆보다 손으로 할 때가 다치기 쉽단 말야. 그러니까 더 조심해야 돼.”

귓가에 대고 느긋하게 지껄이는 조언도 이제는 애무로밖에 느껴지지 않는다.

처음에는 천천히 해야 한다고 설명하고 있지만 지금은 손으로 안을 휘젓댄 지도 한참이 지났다. 무겸이 장난을 치는 동안 자극이 이어져 안쪽은 이미 한계까지 뜨거워졌다.

“앗! 아, 아!”

가르치듯 속닥이던 무겸이 남은 두 개의 손가락까지 모두 밀어 넣었고, 손목까지 움직이며 늘 하듯이 안쪽을 흔들어댔다. 순간 아득해지는 기분에 하준은 무겸의 어깨를 꽉 끌어안았다.

다물어지지 않은 입에서 비명 같은 신음이 새고 눈가에 축축하게 눈물이 고였다. 뜨겁게 뭉친 아랫배가 녹아내리는 기분이 들더니 저도 모르는 사이에 사정하고 있었다.

무겸의 비유처럼 묽은 로션 같은 액체가 약하게 튀어 오르며 꼿꼿이 일어선 기둥을 타고 흘러내렸다. 흐른 정액이 유니폼 끝자락에 묻을 것 같아 하준은 숨을 몰아쉬면서도 옷을 조금 끌어 올렸다.

안에서 한참을 찰박대던 손가락이 끝까지 내벽을 잘금잘금 문지르며 빠져나갔다. 입술은 예민해진 목과 귀를 놓아주지 않았다. 끈질기게 이어진 전희에 하준은 정신을 차리지 못하고 다리를 넓게 벌린 채로 무겸의 아래에서 늘어졌다.

"벌써 힘 다 빠지면 안 되는데."

그대로 밀어붙여 삽입할 것 같던 그는 웃음을 지우지 않고 몸을 겹쳐 왔다. 눈가가 발갛게 익은 얼굴 위로 몇 번씩 입술을 떨어뜨리더니 하준의 벌어진 다리를 모아 옆으로 몸을 밀었다. 그가 원하는 바를 알아챈 하준은 비척대며 팔꿈치를 괴고 힘 빠진 몸을 일으켜 등이 보이는 자세로 엎드렸다.

뭐가 마음에 드는지 작게 웃는 소리가 등 뒤에서 들렸다. 뜨겁고 큰 손이 볼기를 잡아 벌렸다. 굵직한 엄지손가락이 살짝 열린 채 빠끔대는 입구 위를 문지르고, 이어 손보다 더 뜨거운, 단단하게 일어선 성기를 맞대어 비벼 왔다. 후끈하게 열을 머금은 살 기둥이 뒤를 문지르는 느낌에 하준이 어깨를 가늘게 떨었다.

"아, 하준아… 나 진짜 미칠 것 같아 지금……."

"왜, 하아. 오늘, 왜 그래."

초반부터 저를 몰아세운 것도 그렇고, 아닌 척해도 확실히 무겸은 오늘 평소보다 흥분했다. 늘 입는 유니폼이 뭐라고. 하준은 멍한 중에도 궁금증을 지우지 못하고 물었다.

"지금 네 등에 씨발, 내 이름 써 있잖아. 너 지금, 완전히, 내 거 같아."

"-아으, 읏! 흐읏……!"

말을 하며 무겸이 성기를 강하게 밀어 넣었다. 한참을 손가락에 시달린 안쪽이 급하게 좁아지며, 좀 천천히 들어오라는 듯 굵은 것을 방어적으로 조여 물었다.

조금씩 기다리고 달래 가며 들어갈 수도 있겠으나 무겸의 몸짓은 급했다. 엉덩이를 턱턱 쳐 대며 좁아지는 내벽을 벌려 끝까지 제 것을 박아 넣었다. 무겸의 아래에 눌린 몸이 치는 대로 흔들렸다.

"아, 아, 앗."

귀두가 닿는 깊은 안쪽이 움찔거린다. 체중을 실어 저를 모두 밀어 넣은 무겸은 잠시 움직이지 않고 완전히 결합된 순간의 일체감을 만끽했다.

"후우……."

"으응, 흐, 후으."

부르르 떠는 내벽은 움직이지 않아도 살 기둥에 착착 들러붙는다. 무겸이 한숨을 내쉬며 눈을 길게 감았다. 시트에 얼굴을 파묻은 하준은 삽입한 것만으로도 느끼는 듯 연신 어깨와 허리를 움찔대며 작게 앓는 소리를 흘렸다.

무겸은 열이 올라 마른 제 입술을 혀로 축였다. 하준의 몸은 달구어 주면 반드시 그만한 대가를 준다. 애무에 공을 들이면 들인 만큼 삽입 뒤에도 많이 느끼고, 많이 느끼는 만큼 제 것을 차지게 물고 빨았다.

깊이 박아 넣은 그대로 천천히, 둥글게 허리를 젓자 하준은 고개를 올려 젖히며 못 참겠다는 듯 신음을 뱉어 냈다.

"아- 아, 아!"

달뜬 목소리에 귀가 녹는 것 같았다. 연분홍색이 감돌기 시작한 하얀 목덜미 아래 순백색 유니폼, 그 위에 푸른색으로 새겨진 제 이름이 지나치게 자극적이었다. 꼭 하준의 등에 제 이름을 써 놓은 듯한 기분에 무겸은 머리가 어질어질할 지경이다.

엎드린 하준을 뒤에서부터 힘주어 끌어안았다. 깔아뭉개지다시피 한 몸이 강하게 끌어안기기까지 하자 숨이 막히는지 하준이 헉헉대며 바쁘게 호흡했다.

"하아, 하준아. 이렇게 내가 끝까지 박으면 어떤 기분이야?"

"후읏, 하아, 아, 아."

"응? 말해 봐."

"흑, 좋, 아, 좋아, 아아! 좋아……."

"나는 지금 어떤지 알아? 너한테 말뚝 박은 기분이야. 너 내 거라고."

그렇게 상체를 옭아매듯 끌어안은 채, 허리만 거세게 흔들어 퍽퍽 소리가 나도록 추삽질을 했다. 신음이 바쁘게 터져 나왔다.

"허읏, 하, 아아, 흐으, 앗!"

한참을 그렇게 충동적으로 움직인 뒤에야 무겸은 느직하게 상체를 일으켰다. 하준의 골반을 잡아당겨 엉덩이를 들어 올리게 했다. 엉덩이 바로 위까지 덮여 있던 유니폼이 미끄러져 흘러내리며 허리 아랫부분이 드러났다.

등의 골과 꼬리뼈, 옆에 팬 우물까지. 무겸은 그 위를 손으로 쓰다듬으면서 입구 근처까지 길게 빼낸 것을 단숨에 끝까지 꽂아 넣었다.

“아, 아!”

단박에 목소리가 커진다. 시트에 놓인 얼굴 옆으로 강건한 기둥처럼 선 구릿빛 팔목을 흰 손이 붙잡았다. 기다려 달라고 말하는 듯한 손짓을 못 본 척 무겸은 곧바로 허리를 빠르게 쳤다.

엉덩이와 허벅지, 치골이 부딪힌다. 때리는 듯한 소리, 끽끽대며 울어대는 침대 스프링 소리, 둘의 거친 숨소리와 신음으로 작은 방은 몹시 시끄러워졌다. 싸구려 매트리스는 생각 이상으로 크게 삐걱거리고 침대 프레임까지 덜컹거렸다.

정신 사납다. 행위에 방해가 될 정도는 아니었지만 무겸은 이 소음이 썩 마음에 들지 않았다. 귀를 달게 적시는 하준의 목소리 사이에 삐걱대고 덜컹대는 소리가 지나치게 크게 끼어들었다. 저의 집이나 별장에 둔 침대는 아무리 격하게 움직여도 이런 소리가 나지는 않는다.

기분 가는 대로 쳐 대고 싶은데 시끄러운 소리가 자꾸만 거슬린다. 무겸은 피스톤질 속도를 줄여 허리를 슬쩍 위아래로 파도치듯 움직이며 급해지는 마음을 다스렸다.

“아, 하아, 아아……!”

그러나 그것은 무겸 혼자만의 다스림일 뿐, 내벽의 새로운 부분이 귀두에 찔리고 비벼지자 하준은 도리어 목소리를 높이며 무겸의 손목을 힘주어 꽈악 잡았다.

견갑골 안쪽이 긴장해 좁아졌다가 이완되며 움직일 때마다 유니폼에는 주름이 지고, 김무겸의 이름도 구겨졌다 펴지기를 되풀이했다. 그 모습을 빠져들듯 바라보던 무겸의 눈이 문득 로션이 있던 선반 위에 멎었다.

커다란 손이 허리를 눌러 하준을 다시 납작 엎드리게 만들었다. 벌어져 있던 하준의 다리 한쪽을 접었다. 등을 보이고 있던 몸을 옆으로 돌아 눕히는 중에도 무겸은 계속 허리를 쳐올렸다. 삽입한 상태로 엎드려 있던 몸을 바로 눕히는 데 전혀 멈춤이 없었다.

"흐아, 아으읏… 잠깐, 잠깐만……."

안을 계속 들쑤셔지며 몸이 한 바퀴 돌려지자 성기에 들러붙어 있던 내벽이 딸려 돌아가듯 길게 쓸렸다. 하준은 숨이라도 고르고 싶은 듯 전신을 떨며 무겸의 허벅지 위에 손을 얹고 약하게 그를 밀어냈다.

하준에게 다행이라면 다행히도 무겸은 곧장 거센 허릿짓을 이어 가는 대신 몸을 숙여 선반 위로 팔을 뻗었다. 로션이라도 더 바르려는 걸까 했지만 무겸이 집어 올린 것은 전혀 예상외의 물건이었다.

하준이 그 물건을 의아한 듯 바라보는데, 무겸은 제 허벅지를 밀어내는 손을 가볍게 붙잡아 올리며 다시 배 속이 쿵쿵 울리도록 허리를 흔들었다. 가슴까지 벅차게 밀려오는 쾌감에 하준은 뭘 더 묻지도 못하고 입을 벌렸다. 무겸은 그 얼굴을 가만히 내려다보았다.

잘생긴 얼굴에 얼핏 장난스러운 미소가 밴다. 웃는 얼굴을 마주한 하준은 신음하면서도 시선을 피하지 못하고 습해진 눈으로 그를 올려다보았다.

뒤로 받는 자세는 무겸의 것이 더 깊이 들어온다. 엎드려 있으니 자연히 들어오는 성기도 위에서 아래를 향할 수밖에 없는데, 체중을 실은 그의 것이 퍽퍽 치고 들어올 때마다 느끼는 곳을 마구 누르고 긁어 대 그러지 않으려고 해도 비명이 터지고 자꾸만 눈물이 흐르려고 했다.

마주 보는 자세는 그보다 자극은 덜하지만 무겸의 얼굴이 바로 보인다. 사랑스럽다는 듯, 때로는 잡아먹을 듯 저를 내려다보는 얼굴을 마주 보고 있노라면 덜어진 육체적 자극의 빈 부분을 채우고도 남을 정도의 쾌감이 하준의 정신을 혼미하게 만들었다.

무겸은 몸을 숙여 하준의 입술에 입을 맞췄다. 하준은 갑자기 주어진 키스를 꼴깍꼴깍 물을 받아 마시듯 입을 열고 달게 받아들였다.

"하, 으응."

입속에 들어온 혀가 열 오른 점막을 쓰다듬고 제게 얽혀들려는 또 다른 살덩어리를 핥았다. 무겸의 혀가 달아오른 입속 여기저기를 스칠 때마다 성기를 품고 있는 몸속 여린 살이 움찔대며 조여드는 것이 하준 자신에게도 느껴졌다.

입맞춤을 나누느라 잠시 조용해진 방 안에서 뻑, 공기 빠지는 소리가 유독 크게 울렸다. 키스에 집중하고 있던 하준은 정신이 든 듯 눈을 떴다. 무겸이 손에 든 물건의 뚜껑을 여는 소리였다.

"…그거, 뭐, 하게……?"

무겸이 새로 집어 든 물건의 용도를 아까부터 도통 알 수 없다. 하준은 혼탁해진 사고를 추스르며 물었다. 말이 뚝뚝 끊겨 나왔다.

설마 안에 넣으려고? 하준은 조금 겁이 나 입을 다물었다. 지금까지 무겸의 손과 성기 아닌 물건을 몸 안에 넣어 본 적은 없었지만 그런 방식의 유흥이 있다는 것 정도는 알고 있었다. 하지만 굳이 몸 안에 넣는 용도로 쓰기에는… 무겸이 들고 있는 물건은 그의 손가락보다도 가늘었다.

"가끔 그런 팬이 있어."

"으, 으응……."

성기가 천천히 깊은 곳까지 밀려들었다가 마찬가지로 느리게 빠져나갔다. 허릿짓 속도를 늦춘 무겸은 아까보다 여유로워 보였지만 하준은 그럴 수가 없었다.

빠르게 들이닥칠 때는 그것대로 정신이 하나도 없고, 느리게 오갈 때는 불뚝한 귀두나 곤두선 핏줄 하나하나가 내벽을 스치는 느낌이 너무 생생해 시야가 훅 흐려졌다가 간신히 돌아온다.

단단하고 긴 살 기둥이 민감해진 안쪽을 주르르 긁으며 끝도 없이 빠져나가는 감각에 숨만 몰아쉬면서 눈을 질끈 감았다가 떴다. 하준이 대답하지 않아도 무겸은 혼자 말을 이었다.

"유니폼에 사인을 해 달라는 사람들이야 차고 넘치는데… 가끔 자기 몸에 사인을 해 달라는 사람들도 있거든."

"하아, 읏."

"내 생각에는 우리 이 코치님도 좋아할 것 같아. 김무겸 팬이잖아. 생각해 보니 이제까지, 사인을 해 준 적이… 없네."

"으으읏!"

무겸이 갑자기 가장 깊은 곳까지, 체모가 회음에 비벼지도록 몸을 내리누르며 들어왔다. 느직한 추삽질에 움찔대던 하준의 몸이 순간 경직되며 미끈한 배가 납작하게 내려앉았다.

내벽이 움쭉 좁아지는 굴곡까지 들어간 귀두가 점막을 짓눌렀다. 이곳을 지그시 눌러 주면 허리를 움직이지 않아도 하준이 온몸을 벌벌 떨다가 나중에는 울먹이기까지 한다는 걸 무겸은 경험으로 알았다. 절정에 올라 경련할 때와는 또 달랐는데, 어느 쪽이든 무겸을 미치게 만드는 것은 똑같았다.

"하… 지금 여기 쯤에 들어가 있지?"

"아악! 하아, 아……!"

무겸의 손이 배꼽 언저리를 꾹꾹 누르자 안팎으로 내벽을 자극당한 하준이 자지러졌다. 무겸은 언제 만져도 신기하다는 듯 작게 웃었다.

단단하게 복근이 잡혀 군살이라고는 없이 미끈한 배, 얇은 뱃가죽을 뚫어 버릴 듯 안을 꽉 채운 성기의 존재가 뚜렷했다. 무겸이 그 위를 부드럽게 쓰다듬다가 말했다.

"사인해 줄게, 하준아."

"아, 흣!"

예민해진 살갗 위에 끝이 뭉툭하면서도 뾰족한 매직펜 촉이 갑자기 닿았다. 낯선 감촉에 온몸에 소름이 끼치는데 무겸은 기다리지 않고 손을 움직였다.

펜이 부정형으로 슥슥 움직이며 배 위를 그어 대기 시작한다. 간지러움인지 성감인지 구분되지 않는 기묘한 감각에 하준은 몸을 비틀며 신음을 흘렸다. 눈물이 방울져 얼굴 위로 떨어졌다.

"아흑, 이상, 흐, 흐아."

"가만히 있어 봐. 비뚤어져."

"하아, 아… 읏!"

달래기라도 하려는 것인지 무겸이 허리를 슬쩍슬쩍 돌렸다. 맨살 위에 낙서를 당하는 감각에 더해 안쪽까지 문질러지자 발기한 성기가 멋대로 끄떡거렸다.

펜이 움직이는 모양대로, 가느다란 전류가 찌르르 머리까지 흘러오는 기분이었다. 무겸은 거의 움직이지 않고 있는데도 하준의 발끝이 절로 굽었다. 발끝이 움찔댈 때마다 무겸의 미간도 얼핏얼핏 찌푸려졌다.

물건을 정리하고 포장한 박스에 이름을 쓰려고 꺼내 놓았던 펜이 엉뚱한 용도로 쓰였다. 하준이 헉헉 숨을 몰아쉬는 동안 드디어 사인을 마쳤는지, 무겸은 펜을 다시 선반 위에 던져 놓고 배 위를 재차 쓰다듬으며 중얼거렸다.

"아… 이하준 정말 내 거네. 내 거라고 서명까지 했으니까."

취한 듯한 목소리였다. 몹시도 흡족하게 제 몸을 내려다보는 무겸의 얼굴에서 하준의 눈도 홀린 듯 떠날 줄을 몰랐다. 그렇게 바라보는 동안 무겸이 이번에는 뺨을 손등으로 쓸며 물었다.

"처음으로 사인 받았는데 감상 없어?"

뺨 위를 손으로 어루만지는 담백한 스킨십도 지금은 성감과 맞물려 마치 애무처럼 느껴졌다. 하준은 목덜미를 움찔대며 멍하니 대답했다.

"으응, 흣, 고마워……."

그 대답에 무겸의 눈이 슬쩍 크게 뜨였다. 잠시 뚫어져라 시선만 내리꽂던 무겸이 누워 있던 하준의 몸을 벌컥 끌어당겨 일으켰다.

체중이 아래로 실려 삽입이 깊어진다. 놀란 하준은 무겸의 어깨를 잡고 무릎을 세우려 했으나 무겸은 그대로 하준의 엉덩이를 받쳐 들고 아예 침대에서 일어섰다.

"앗, 아, 아!"

허둥지둥 목에 매달리는데 무겸이 걸음을 옮겼다. 하준은 그의 어깨에 얼굴을 붙이고 물었다.

"어디 가, 어디……."

그러잖아도 집 안에서 섹스를 하고 있다는 불안감이 계속 마음 한구석에 웅크려 있는데 장소를 옮기려고까지 하자 긴장에 안쪽이 더 꽉 조여들었다.

그러나 다행히 무겸은 몇 걸음 걷지 않아 하준의 몸을 내려놓았다. 누웠다가 그에게 안겨 들리고 또 내려지는 동안에도 길고 굵은 성기는 내내 몸속 깊이 박혀 빠져나올 생각을 하지 않았다. 땅에 내려선 다리가 후들후들 떨렸다.

하준을 내려놓은 무겸은 갑자기 주륵 제 것을 미끄러뜨려 빼냈다. 거

북할 정도로 깊게 꽂혀 있던 것이 빠져나가자 숨이 턱 막히던 느낌이 그나마 해소되어 하준은 날숨을 토했다.

그러나 잠깐의 휴식이었다. 무겸이 하준의 몸을 돌려세우고 아직 닫히지 않은 입구로 다시 제 성기를 밀어 넣은 것이다. 허리를 꽉 잡아 안은 굵고 단단한 팔을 하준은 급하게 붙들었다.

"아으윽, 으응, 앗……!"

"이것 좀 물어봐."

누웠을 때는 밀려 올라갔던 유니폼이 지금은 배를 덮었다. 무겸이 옷자락을 잡아 하준의 입가까지 끌어올렸다.

처음에는 무슨 말인지 알아듣지 못하고 숨만 내뱉던 하준은 한 박자 늦게 그의 말을 이해하고 제 입술을 문지르는 옷자락을 이로 깨물어 잡았다.

"봐. 너도 봐야지. 네 몸에 김무겸 거라고 써 놓은 거."

하준은 그제야 정신을 차리고 앞을 보았다. 무겸이 저를 내려놓은 곳은 벽에 걸어 놓은 전신거울 앞이었다.

입에 물린 셔츠 자락 아래로 아까 전 물고 빨려 붉게 부은 유두, 입술이 지난 흔적과 잇자국이 아직 사라지지 않은 주변 살갗, 여기저기 홍조가 핀 피부, 무엇보다 까맣고 굵은 선으로 김무겸의 사인이 커다랗게 그려진 흰 배가 거울에 훤히 비치고 있었다.

"으읍……."

부끄러움인지 쾌감인지, 구별하기 힘든 기이한 기분에 현기증이 일었다. 머리에 열이 서서히 차오르는데 무겸이 허리를 물러 박았던 것을 길게 빼냈다.

엉겨 붙는 내벽을 핏줄이 선 성기가 느릿하게 쓸어내리는 느낌이 너무나 선연했다. 이를 앙다물며 셔츠를 더 꽉 깨무는데, 빠져나가던 것이 갑자기 강하게 퍽 치고 들어왔다.

"흐아!"

절로 입이 벌어지며 물고 있던 셔츠 자락이 툭 아래로 떨어지고, 헐렁한 유니폼에 몸이 도로 가리워졌다. 하아, 무겸의 뜨거운 숨결이 귀를 간질였다.

무겸의 어깨에 머리를 기대고 덜덜 떨리는 몸을 버티는 동안 그의 손이 다시 입술 근처로 올라왔다.

"놓지 마. 하아, 물고 있어. 계속 보면서 박고 싶어."

"응, 흐으, 읏."

내용은 강요 같지만 말투는 떼쓰며 조르는 것에 가까웠다. 하준은 좋다 싫다 대답도 못하고 들이미는 옷자락을 아까보다 입속 깊이 세게 물었다.

가슴과 아랫배를 감아 당기고 있는 무겸의 팔을 꽉 잡자, 그때부터 무겸은 허리를 빠르게 내지르며 퍽퍽 안쪽을 때리기 시작했다. 둘의 신음도 그 속도에 맞춰 밭아졌다.

"하아, 아, 후읏."

"흐, 읏! 으, 으, 흐, 읍!"

딱 붙어 겹쳐 선 몸, 무겸의 치골과 허벅지에 엉덩이를 계속 두드려 맞는다. 오늘따라 유독 흥분한 무겸의 물건은 제 주인의 몸이 달아오른 만큼 더 딱딱하고 울퉁불퉁했다. 뜨거운 살 기둥이 녹아내린 몸속을 빠른 속도로 푹푹 쑤셔, 닿으면 안 될 곳까지 찔러 드는 느낌에 하준의 온몸이 사시나무처럼 떨렸다.

여리고 예민한 속살, 그중에서도 가장 약한 부분을 성난 귀두가 마구잡이로 짓쳐 올린다. 그때마다 다리에 힘이 풀리고 머리가 무겁게 저릿

저릿 울려 어느새 눈물이 뺨을 타고 흘렀다.

참으려고 해도 밀려 나오는 소리를 누르기가 힘들었다. 하준은 셔츠를 입에 꽉 문 채로 목 깊은 데서 우는 소리를 냈다. 그때마다 무겸의 허릿짓은 도리어 거세지고, 처음에는 그의 팔뚝을 붙잡고 있던 하준의 한쪽 손이 어느새 무겸의 목 뒤로 걸쳐졌다. 무겸이 손으로 가슴과 배를 누르고 있는데도 그가 치는 대로 허리가 살짝 휘었다가 돌아오기를 반복했다.

"쌀 거야."

무겸의 낮은 속삭임에 하준의 성감도 훅 치솟았다. 다리는 벌벌 떨리는데 발끝은 자꾸만 일어선다.

곧이어 몸 안에 뜨거운 체액이 쏟아붓듯 채워지는 것이 느껴졌다. 그의 사정에 오르가슴을 느끼도록 훈련이라도 된 것처럼 하준 역시 아슬아슬하던 두 번째 절정에 순식간에 다다랐다. 꺼덕대던 성기에서 희고 불투명한 정액이 몇 번씩 토하듯 흘러내려 바닥에 뚝뚝 떨어진다.

온몸의 힘이 빠지고 머리부터 발끝까지 경련이 일어났다. 서 있는 것 자체가 힘들어 간신히 발에 힘을 주며 버텼다.

"오랜만에 같이 갔네."

반면에 무겸은 여유롭게 중얼대며 젖은 성기를 쓸어 올렸다. 사정을 하고도 여전히 단단한 제 것을 깊숙이 찔러 넣은 채 하준의 배를 쓰다듬는다.

"여기 봐, 내가 이름 쓴 부분 움직이는 거… 보여?"

"흡, 으읍, 흐……."

몸 위로 체액이 발리는데도 사인은 번지지도 않았다. 하준이 그렁그렁 눈물 맺힌 눈으로 거울을 마주 보자, 무겸은 보란 듯이 푹, 푹 느리고 깊게 안쪽을 쑤셔 들었다.

과연 그의 말대로 사인이 그려진 배가 살짝 불룩이듯 움직이는 것이 보인다. 하준은 저도 모르게 눈을 감고 고개를 떨궜다. 무겸은 툭하면 삽입한 채로 하준의 배를 누르고 손에 느껴진다며 웃고는 했지만 한 번도 제 눈으로 확인해 본 적은 없었다.

몸을 타고 올라온 손이 잇새에 물린 셔츠를 천천히 잡아당겼다. 힘없이 입을 벌리자 침에 젖은 셔츠 자락이 다시 미끄러져 배를 가렸다. 틀어막혀 있던 입이 해방된 하준은 가쁘고 거친 숨을 내쉬었다.

"하아, 하, 후아!"

무겸이 하준의 턱을 당겨 저를 보게 했다. 눈물에 젖은 뺨 위로 입술이 내려앉았다. 눈가를 핥던 무겸이 뒤늦게 물었다.

"왜 고개 숙여? 보기 별로야?"

"후으, 하, 그게, 아니라… 아, 너무……."

"너무 야해서?"

끝나지 않은 말을 완성해 주며 무겸은 하준의 허리를 감아 안았다. 하준은 숨만 고르며 대답하지 않았다. '야하다'는 말은 방금 제 모습을 표현하기에 너무 귀여운 수식 같았다.

"이하준. 너 누구 거야?"

귓가에 속삭여지는 갑작스러운 질문에 방금 사정한 몸이 파르르 떨리며 안이 바짝 조여들었다. 제 반응이 의식되어 한층 붉어진 얼굴로 하준은 입술을 달싹대다 대답했다.

"네 거… 김무겸, 하아, 네 거야……."

"김무겸 게 된 기분이 어때?"

"아읏, 좋아, 하으, 으, 좋아, 좋… 아. 아, 아윽……."

"좋다는 말 말고 다른 말도 해 봐. 우리 이 코치님은 표현이 너무 단조로워."

무겸이 허리를 저어 아직 빳빳이 일어선 성기로 내벽을 이리저리 부드럽게 찔러 댔다. 사정 직후, 자극에 약해진 내벽이 고동이라도 치듯 떨리며 쾌감을 흡착한다. 머릿속이 하얗게 비어 다른 표현 따위는 생각해 낼 수도 없었다.

"하아! 아, 아……! 으응……."

버티고 버텼지만 한계였다. 아무리 무겸의 몸에 기대어 있다지만 다리가 너무 떨려 더 이상 서 있을 수가 없었다. 기껏 무겸이 입술로 지운 눈물이 다시 떨어지고 머리부터 힘이 빠졌다.

또 송아지라고 놀림 받을지도 모르지만 별수 없다. 남들보다 다리가 약한 편일 리 없는데 무겸과 하고 나면 자꾸만 이렇게 된다. 하준의 입에서 결국 약한 소리가 나왔다.

"김무겸……."

"음?"

"나 좀, 안아 줘……. 힘들어……."

그 말에 무겸은 이가 보이도록 환하게 웃었다.

여태 몸 안쪽에 박혀 있던 성기가 천천히 빠져나갔다. 틀어막혀 있던 곳이 열리자 안을 채웠던 정액이 도로 흘러나와 회음과 허벅지 사이를 타고 내렸다.

가느다란 간지러움에 몸이 더 크게 떨리는데 무겸이 젖은 하반신을 팔로 받쳐 안아 들어 침대로 향했다. 엉망으로 구겨진 이불 위로 하준을 끌어안은 채로 앉아 움찔거리는 등을 커다란 손으로 쓰다듬었다.

"미안해. 많이 힘들었어?"

"아니야. 그냥… 지금만 그런 거야."

"너무 꼴려서 어쩔 수가 없었어. 네가 너무 내 거 같아서."

"…같은 게 아니라 네 거 맞아."

단호하기까지 한 하준의 말투에 무겸이 웃는 얼굴로 이를 갈았다.

"아… 2차전 해야 하는데. 또 하면 너무 길어지겠지?"

"응. 안 돼."

하준은 칼같이 고개를 끄덕였다. 무겸이 하고 싶은 만큼 했다가는 몇 시간쯤은 우습다. 엄마가 귀가할 때까지 끝나지 않을 것이다.

무겸은 포기한 듯 한숨을 내쉬고는 잠시 말없이 귓바퀴만 잘근잘근 깨물다가 물었다.

"우리 문신할까?"

"뭐?"

"주변 놈들 다 주렁주렁 달고 다녀도 하고 싶다 생각한 적 없는데 오늘 너 보니까 하고 싶다. 나는 네 이름, 너는 내 이름으로 새기는 거야. 그럼 누가 너 벗은 거 봐도 네가 누구 건지 알겠지?"

하준은 바로 답을 못하다가 의심스레 말했다.

"정말로 이름으로 문신하면 사람들이 보고 이상하게 생각할 텐데."

"뭘. 당장 팀에 친한 친구 이름 새긴 녀석도 몇 명 있어. 신경 쓰이면 이니셜 조금 변형해서 해도 되고."

친구 이름을 몸에 새겼다는 몇몇 선수는 타투 중독자처럼 이름 외에도 갖가지 도안을 몸에 그린 케이스로, 더 이상 새길 것이 없어서 친구 이름도 새겨 봤다는 느낌에 가까운 사람이 대부분이었다. 친구의 이름만을 새긴 사람은 한 명도 없다. 하지만 그 사실을 모르는 하준은 설득된 듯 눈을 굴리더니 작게 웃으며 고개를 끄덕였다.

"생각해 보자."

긍정적인 대답을 받아낸 무겸도 마주 웃고는 오르가슴의 여운으로 발갛게 익은 뺨에 몇 번씩 입술을 맞댔다. 하준은 무겸의 목에, 무겸은 하준의 등 뒤에 팔을 감고 부둥켜안았다. 눈가며 뺨, 콧등, 입술을 가리지 않고 서로에게 입을 맞추다가 문득 키스가 깊어지려는데 갑자기 이질적인 소리가 끼어들었다.

꼬르륵.

누구의 배에서 났는지도 모를 소리였다. 큭, 하준이 먼저 웃었고 무겸도 뒤따라 하준을 끌어안으며 웃었다.

샤워를 마친 둘은 간단히 옷을 갈아입었다. 유성 펜으로 한 사인은 씻어 내도 한 번에 깨끗이 지워지지 않았다. 하준은 엉망이 된 유니폼을 들고 조금 고민하다가 빨래통에 집어넣었다. 이따가 손빨래를 할 생각이었다.

무겸이 냄비 속 갈비찜을 그릇에 가득 퍼 담는 사이 하준은 밥 두 그릇을 준비해 둘은 식탁에 마주 앉았다. 둘 다 먹는 양이 적지 않아 갈비찜이 가득 담겨 있던 냄비가 금세 바닥이 보였다.

한바탕 섹스를 하고 배불리 먹고 나서 설거지며 양치질이며 뒷정리까지 마치고 나니 어쩐지 기분이 나른해졌다. 짐 정리는 조금 쉬다가 하자며 둘은 작은 침대에 몸을 붙이고 누웠다. 하준의 머리카락 몇 가닥을 들어 올렸다가 손가락 사이에서 스르르 빠져나가는 감촉을 즐기던 무겸이 말했다.

"그래도 어머니 기분이 좋아 보이시더라."

천장을 보고 누워 있던 하준이 고개를 작게 끄덕였다.

"다행이지. 그래도 한 번쯤 말리거나 서운해할 줄 알았는데 너무 좋아해서 나도 좀 놀랐어."

"예전에 프랑스 갈 뻔했을 했을 때는 어땠는데?"

"그때도 좋아했지. 그런데 경우가 좀 다르니까……."

하준은 말끝을 흐리고는 몸을 돌려 무겸을 향해 누웠다.

"솔직히 내가 코치 일하는 거 엄마가 별로 안 좋아한다고 생각했어."

"왜?"

"원래는 더 잘됐어야 한다고 생각하니까. 어쩔 수 없는 일이지만 속상하겠지. 내 앞에서 말은 안 해도 어디 가면 내 선수 시절 이야기하면서 자랑하거든. 벌써 은퇴한 지도 3년이 지났는데."

"그거야 다 그래. 박 씨 아저씨도 형민이, 자기 아들 중학생 때 반에서 1등 몇 번 한 거 아직도 자랑하는데 뭘."

무겸이 하준의 머리카락 위로 입을 맞췄다.

"나 은퇴하고 나면 너도 내 전성기 시절 이야기하는 게 제일 즐겁지 않겠어?"

그 말에 검은 눈이 송아지처럼 느리게 끔벅거리더니 웃음을 지었다.

"그런가?"

"지금의 네가 아쉽다기보다는 그냥 그때 이야기가 남들이랑 할 때 제일 재미있어서 그러시는 거야. 내가 그랬잖아. 너 간다고 하면 너희 가족 다 환영할 거라고. 내 말이 맞았지?"

하준은 잠깐 말이 없다가 작게 고개를 끄덕였다.

"그래……. 네 말이 맞았어."

그렇게 대답하는 하준의 미소가 예쁘고, 그러면서도 입술 끝이나 눈가 어딘가에 희미하게 쓸쓸함이 묻어나는 듯 느껴져 무겸은 마주 보던 애인을 품 안에 꽉 끌어안았다.

스물여섯 먹은 동갑내기 주제에, 그 웃음은 남편인 박 감독에게도 아들인 형민에게도 이제 자기가 필요 없는 것 같다며 울적해하던 사모의 표정과 약간 닮은 구석이 있었다.

늘 저 한 몸 성공하는 걸 1순위로 두었으며 자신이 잘되는 것이 가까운 주변 사람도 위하는 일이라 생각하며 살아온 무겸이었다. 그로서는 완전히 이해하기 어려운 감정이었지만 어떤 이들은 어깨의 짐을 내려놓고 나면 홀가분함이나 기쁨에 더불어 허무함을 느끼기도 하는 모양이다.

문제없다. 앞으로는 김무겸이 이하준의 짐이 될 테니까.

"이 코치님."

그렇게 부른 무겸이 쪽, 소리를 내며 하준의 이마에 입을 맞췄다.

"앞으로는 김무겸 챙기는 데만 집중해 주세요."

그 말에 눈을 둥글게 뜬 하준의 미소가 짙어지더니 쪽, 이번에는 제 쪽에서 무겸의 뺨에 입을 맞췄다. 작은 소리를 내며 서로 경쟁하듯 여기저기 입을 맞추던 둘은 결국 킥킥 소리 내 웃다가 서로의 뺨을 매만지며 서서히 달콤한 낮잠에 빠져들었다.

"너희 짐 정리는 하나도 안 하고 자고 있니?"

돌아온 하준의 엄마가 황당하다는 듯 깨우고 나서야 한 침대에 빠듯하게 누워 자던 둘은 눈을 떴다.

"어쩜 나가기 전보다 방이 더 난장판이 됐어?"

"죄송합니다. 제가 이삿짐센터 사람 보낼게요."

무겸은 멋쩍게 웃으면서 황당해하는 엄마를 달래고, 책꽂이에 꽂혀 있던 남은 파일을 주섬주섬 챙겨 가져온 슈트 케이스에 담았다. 농담인 줄 알았는데 정말 가지고 출국할 심산이었나 싶어 하준은 혀를 내둘렀다. 열심히 짐을 챙기던 무겸은 문득 생각 난 듯 하준을 돌아보았다.

"맞아. 오늘 앨범 보여주기로 했잖아. 예쁜 사진만 몇 장 골라서 가져가자. 통째로 가져가면 어머님이 쓸쓸하실 테니까."

"나도 나중에 네 사진 볼 수 있어?"

하준은 앨범을 건네면서 조심스레 물었다. 그의 어릴 때 이야기를 건드리는 것은 사소한 부분이라도 신경이 쓰인다. 그래도 본 적 없는 김무겸의 모습을 보고 싶은 욕심을 참기는 어려워서 이야기를 꺼냈다.

"당연하지. 그것도 같이 스크랩 해 놔. 난 내 사진 어차피 다시 보지도 않아."

담백하게 대답한 무겸은 하준의 앨범을 몇 장 넘기더니 소리 내 웃으면서 연신 감탄이었다.

"와, 맞아. 이렇게 생겼었지. 진짜 귀엽다. 우리 하준이, 진짜 귀여워. 이때부터 송아지 같았잖아?"

"뭘 본 적 있는 것처럼 얘기를 해."

호들갑에 하준은 그저 피식 웃었다. 하지만 무겸은 굴하지 않고 하준의 뺨에 몇 번씩 입을 맞췄다. 그러다 보니 시간은 또 한 번 훌쩍 지나가, 결국 저녁 식사까지 함께 마치고 둘은 아파트 주차장에 함께 내려왔다.

"나중에 봐."

"그래. 조심해서 가."

주차장에는 둘뿐이었다. 트렁크에 슈트 케이스를 싣고 평상시처럼 이

별 인사를 나누던 둘은 잠시 서로를 마주 보다가 누가 먼저랄 것도 없이 입을 맞췄다.

무겸은 이틀 후 런던으로 떠난다. 더 늦출 수가 없었다. 하준은 아직 영국 입국에 필요한 절차가 조금 남아 열흘 정도 늦게 따라 들어가기로 했다.

당연히 공항까지 배웅을 하러 가겠지만 거의 매일매일 보던 애인과 단 며칠이라도 바다를 사이에 두고 멀리 떨어져 있어야 한다는 사실은 두 사람이 처음 겪는 괴로움이었다.

하준은 저 자신이 우습게 느껴졌다. 무겸에게 존재조차 각인시키지 못하고 보낸 시간이 10년인데 이제 와서 며칠 정도 떨어져 있는 것이 힘들 줄은 미처 상상도 못했으니까.

"크리스마스라도 같이 보내고 가서 다행이야. 기왕이면 런던에서 새해 불꽃놀이도 같이 볼 수 있으면 좋을 텐데."

"내년에는 꼭 같이 보자."

아쉬움이 가득 묻어나는 무겸의 말에 하준은 위로조로 다짐했다. 제 뺨 위를 쓰는 그의 손등 위에 손을 겹쳤다. 마음 같아서는 오늘도 무겸과 함께 잠들고 싶지만 저도 곧 긴 출국을 앞둔 입장이다. 지금은 얼마 남지 않은 시간을 함께 보내고 싶어 하는 가족들의 옆에 머물러야 할 것 같았다.

무겸은 짧고 뜨거운 숨을 내쉬더니 날카로운 눈빛이 되어 취조하듯 물었다.

"떨어져 있는 동안 누가 전화번호 물어보면 어쩌라고?"

"기계 문명을 거부해서 휴대폰을 사용하지 않는 종교 단체 신자인 척 한다."

"훈련할 때는 어떻게?"

"다른 선수들이 함부로 못 만지게 한다."

"그래. 네가 다른 놈들 만지는 것까지야 어쩔 수 없이 참는다지만 앞으로는 다른 놈들이 껄떡대는 거 다 받아 주면 안 돼. 사람으로 보지 말고 세균이라고 생각해. 조심조심 실험해 보는 건 괜찮지만 의도하지 않은 접촉이 일어나면? 감염되는 거야."

사람을 세균으로 보라니 당최 무슨 소리인지. 웃기는 상상을 하는 게 귀여워서 장단은 맞춰 주고 있지만 모르는 남자를 붙들고 전화번호를 물어보는 사람이 세상에 몇이나 된다고. 지극히 무겸의 상상 속에서나 일어날 법한, 전혀 걱정할 필요가 없는 일이었다.

시험을 대비해서 암기라도 시키는 것처럼, 요즘 무겸은 불시에 저런 질문들을 몇 개씩 번갈아 가며 하준에게 들이밀었다. 무겸 혼자 제게 이것저것 당부하는 것이 아니꼬워 괜스레 내밀었던 조건을 하준도 확인했다.

"너는 런던 가서 어떻게 한다고?"

"코치님 오기 전까지 파티 안 가기, 사고 안 치기, 한눈 안 팔고 축구만 열심히 하기."

무겸의 세세한 주의 사항에 비하면 그의 지적대로 단조롭지만 어쩔 수 없다. 저는 김무겸처럼 갖가지 상상을 할 수 없는 사람이었다. 애초에 총론 정도면 충분한 이야기를 무겸이 지나치게 세분화하고 있을 뿐이기도 하고.

불가능하겠지만 몸에 해 놓은 사인이 다시 만날 때까지 지워지지 않으면 좋을 텐데. 처음 그에게 안겼을 때, 몸속 깊이 남았던 통증이 지워지는 것마저 아쉬웠던 오래전의 기억이 둥실 기시감처럼 떠올랐다. 왜 무겸이 문신을 하고 싶어 하는지 하준도 이해할 수 있다.

무겸이 하준의 이마와 뺨에 입을 맞추며 제법 상냥한 투로 말했다.

"나 없는 동안 다른 놈은 함부로 쳐다보지도 마."

"누가 누굴 걱정하는지……. 너나 조심해."

열 오른 당부에 하준은 맞대꾸하며 그의 이마를 손가락 끝으로 콩 쳤다. 미소를 짓고 있지만 무겸의 눈빛은 살벌하다. 농담처럼 한 말이지만 농담이 아니라는 것쯤은 하준도 잘 알고 있었다. 왜냐면 자신이 한 말도 농담이 아니었으니까.

무겸의 차에 시동이 걸렸다. 주차장을 벗어나는 차 뒤꽁무니를 보며 하준은 오랫동안 손을 흔들었다. 함께 있을 때는 추운 줄도 몰랐는데 무겸이 떠나자 찬바람이 훅 옷깃 사이로 파고든다.

12월 말, 한겨울이었다. 먼 땅에서는 챔피언스 리그 예선이 막바지에 이르렀고 프리미어 리그 역시 박싱데이를 낀 치열한 접전을 이어 가는 중이었다. 연인을 전쟁터로 떠나보내는 사람처럼 가슴이 싱숭생숭 불안하고 복잡하게 흔들렸다.

혼자 하는 사랑과 함께하는 사랑은 너무 달라서 10년간의 짝사랑 경력도 처음 하는 연애에는 별 도움이 되어 주지 못했다. 날렵한 자동차가 시야에서 완전히 사라지고 나서도 하얀 입김을 내쉬며 한자리에 머무르던 하준은 조금 뒤에야 걸음을 옮겼다.

해외 문화의 이해

영국 기준으로 저녁 다섯 시가 넘은 시각, 열두 시간이 넘는 비행 끝에 런던 히스로 공항에 내려선 하준은 가방 하나를 메고 슈트 케이스 하나를 끌고 있을 뿐, 향후 몇 년을 거주하러 온 사람처럼 보이지 않는 간소한 차림새였다. 웬만한 짐은 모두 무겸의 집으로 미리 보내 놓아서 특별히 들고 들어올 것이 많지 않았다.

입국 심사장으로 이어지는 터미널에서 그는 서둘러 휴대폰 와이파이부터 잡았다. 매일같이 붙어 있던 애인과 열흘간을, 그것도 각자 다른 나라에 머무르며 떨어져 있으려니 불편한 점이 한두 가지가 아니었다.

송아지 빨리 보고 싶다

나는 공항 도착했어

비행기 착륙한 것 같은데

아직 아닌가?

휴대폰이 와이파이에 연결되자마자 기계가 부르르르 바쁘게 진동하더니 무겸의 들뜬 혼잣말이 몇 개씩 날아들었다. 하준은 빠르게 화면을 밀어 올려 대화창에 쌓여 있는 지난 열흘간의 메시지들을 훑다가 안도 섞인 한숨을 쉬었다.

열흘이 1년처럼 길었다. 그 이유는 꼭 멀리 있는 서로에 대한 애틋함 때문만이 아니었다.

가끔 영상 통화를 할 때 혼자 하는 모습을 보여 달라고 조르는 것까지는 견딜 만했다. 창피하기도 하거니와 가족과 함께 사는 집에서 어떻게 휴대폰을 켜 놓고 자위를 하라는 건지. 안 된다며 거절할 때마다 무겸은 뿌루퉁해하면서도 더 고집 피우지는 않았다.

참기 힘든 점은 따로 있었다. 떨어져 있는 동안에도 무겸은 하준이 출근할 때, 훈련을 시작할 때, 끝났을 때, 퇴근할 때에 맞춰 빠뜨리지 않고 전화를 하거나 메시지를 보냈다. 가끔 다른 약속이나 외출 일정이 생겼는지도 매일 아침 체크해 귀가 시간쯤 또 확인 전화를 했다. 영국이 한밤중이나 새벽인 시간에도 연락을 거르지 않았다.

자다 깬 듯한 부스스한 목소리로 제 일정을 확인하는 전화를 받은 어느 날, 하준도 더는 참을 수가 없어서 버럭 화를 냈다.

"시차가 아홉 시간인데 뭐 하는 짓이야? 잘 때는 제대로 자!"

"다시 자면 돼."

"수면 중간에 자꾸 깨면 낮에 컨디션 떨어지는 거 몰라?"

"걱정되면 빨리 와."

어쩌다 다른 일에 바빠서 전화나 메시지 확인을 놓치기도 했는데, 아차 싶어 휴대폰을 확인하면 어김없이 메시지가 도착해 있었다.

불과 며칠 전, 남은 인수인계 때문에 정 코치를 따로 만나 이야기를 나누느라 전화를 놓쳤던 적이 있다. 그때 무겸이 연달아 보냈던 메시지 뭉치를 하준은 눈을 반만 뜨고 내려다보았다.

뭐해 누구랑 같이 있어?

나만 보고 싶은가봐

넌 가끔 내 생각하지? 난 가끔 딴 생각해

괜찮아 그래도 난 이겨 낼 수 있어 강하니까

이 코치 왜 읽어놓고 답을 안 해?

어디서 이런 닭살 돋는 소리를 주워들어서는…….

정말 이만한 삽질도 없었는데 이제 그 꼴을 안 보게 된 것이 가장 큰 다행이다. 하준은 메시지 창에 글을 입력했다.

나도 도착했어 곧 나가

하준은 그렇게 짧게 답한 다음, 화면을 보며 고민하다가 토끼 한 마리가 하트를 들고 있는 이모티콘을 하나 딸려 보냈다. 그러자 하트를 들고 있거나 안거나 뿌리거나, 서로 뽀뽀를 하는 각종 동물 이모티콘이 시간차도 두지 않고 연속으로 몇 개씩 답으로 돌아왔다.

퍼스트 클래스 이용객들만 사용할 수 있는 터미널은 한산했고 도착한 입국 심사대 앞은 줄이라 할 만할 것도 없이 한두 사람이 서 있을 뿐이었다. 열흘간 있었던 일을 되짚으며 고개를 절레절레 저었지만 게이트를 앞두자 가슴이 뛰는 것은 어쩔 수 없었다. 이제 저 문만 나가면 무겸을 만날 수 있다.

드디어 앞사람이 게이트를 빠져나가고 하준이 심사대 앞에 섰다. 질문이 까다로울까 봐 걱정했는데 그다지 어려운 질문은 없었다. 비자를 확인한 갈색 머리 심사관이 직장이 정해졌냐 묻기에 축구 팀에서 일하게 될 것 같다고 했더니 그녀는 놀란 듯 눈을 크게 뜨며 웃어 보였다.

'런던에서 좋은 시간 보내길 바란다'며 건네는 인사에 하준도 웃으며 고맙다는 말을 남기고 게이트를 빠져나왔다. 심사에 10분도 걸리지 않은 것 같다.

로비로 나오자 다양한 인종의 사람들이 바쁘게 걸어 다니는 모습이 눈에 들어왔다. 흘러나오는 방송도 영어. 전광판이나 표지판, 벽에 붙은 광고의 문자 또한 마찬가지였다. 외국에 왔다는 실감이 물씬 들었다.

하준은 무겸을 찾아 잠시 두리번거렸으나 굳이 그럴 필요가 없었다. 이곳에서도 그는 눈에 띄게 우뚝 커다란 데다가,

"꽃사슴, 왔어?"

먼저 성큼성큼 다가와 인사를 건네기도 전에 전신을 덮듯이 끌어안았으므로.

사람들을 의식한 듯 짙은 선글라스를 낀 차림새였다. 긴 검은 코트가 키가 큰 그에게 잘 어울렸다. 어두운 렌즈 뒤의 눈을 상상하며 하준은 저도 팔을 뒤로 둘렀다. 무겸을 마주 안고 잠시간 숨만 쉬었다.

무겸이 왜 툭하면 제 목덜미에 얼굴을 박고 냄새를 맡아 대는지 조금 알 것 같았다. 무겸만큼 개코는 아니지만 오랜만에 맡는 그의 체취에 몸도 마음도 노곤하게 풀어졌다. 하지만 곧 장소를 의식하고 몸을 바로 세운 하준은 무겸의 가슴을 가볍게 두드렸다.

"송아지는 그렇다 치고 꽃사슴은 또 뭐야?"

"오랜만에 보는데 송아지보다는 더 예쁜 이름으로 불러야지."

그게 그거 같은데. 하준이 속으로 생각하는 사이 무겸이 손을 내밀었다.

하준은 곧바로 손을 마주 내밀지 못하고 눈을 깜박였다. 그의 손에는 색이 옅은 장미와 클로버꽃, 잎풀 등이 모여 만들어진, 크지도 작지도 않은 꽃다발이 들려 있었다.

"빈손으로 오기가 그래서. 환영 선물."

하준이 얼떨떨하게 그것을 받아 드는 사이 무겸은 자연스럽게 슈트케이스와 가방을 빼앗아 갔다. 짐이라고는 그게 다인데 굳이 다른 이에게 들릴 것도 아니어서 도로 찾아오려 했지만 그는 말도 없이 손으로만 하준을 제지했다. 손이 가벼워진 하준이 머뭇대며 사과했다.

"미안해. 나는 아무것도 못 준비했는데."

"무슨 소리야? 여기 선물 있네. 엄청 큰 거."

그러면서 슈트 케이스를 끌지 않는 쪽 손으로 하준의 손을 붙잡는다. 누가 알아보면 어쩌려고. 그렇게 생각하면서도 하준 역시 손을 놓고 싶지 않았다. 새삼스럽게 콩닥대는 가슴을 꾹꾹 누르며 바쁘게 걸음을 옮겨 무겸 옆을 걸었다. 제 손 사이로 파고든 무겸의 손가락 관절이 무척이나 의식되었다. 어느 순간 남들 눈을 신경 쓰는 것도 잊어버렸다.

도착하자마자 구름 위를 걷는 기분으로 정신없이 그를 따라 걷다 보니 어느새 주차장이었다. 왼쪽에 조수석이 있는 차가 둘을 기다리고 있었다. 한국과는 좌석 방향이 반대인 자동차 구조가 영 어색했다. 차에 올라타 몇 번 자세를 고쳐 앉은 다음 괜히 주변을 두리번거렸다.

도착하자마자 받은 꽃다발, 사람들 앞에서 잡은 무겸의 따뜻한 손, 어색한 조수석의 위치, 영어 간판, 창밖으로 보이는 풍경.

상공에서의 잠에서 깨어난 지 얼마 되지 않은 머리가 쏟아지는 정보를 처리하느라 복잡했다. 제 자리가 아닌 곳을 차지한 사람처럼 어찌할 바를 모르고 초조해졌다. 이유 없이 어수선해지는 기분을 다스리려고 여기저기 시선을 보내는데, 옆자리의 사람이 하준의 주의를 돌리려는 듯 낮은 목소리로 이름을 불렀다.

"하준아?"

저를 두고 어딜 보냐는 듯한 눈을 한 얼굴이 어느새 가까이 다가와 있었다. 하준도 그 위로 제 얼굴을 포갰다. 인사처럼 시작된 키스는 혀와 혀가 얽히며 곧 농밀해졌다.

커다란 손이 뒤통수를 붙잡아 헤집는다. 무겸의 혀는 열흘간의 부재를 지우기라도 하려는 것처럼 입 안 구석구석을 쓸었다. 하준도 작게 신음하며 그의 흉내를 내는 것처럼 함께 입 안을 더듬었다.

그러나 무겸의 혀가 입천장을 툭툭 긁듯이 쳐올릴 때쯤에는 허리까지 힘이 빠져 그를 따라 하는 것도 잊고 말았다. 입 안의 형태를 검사라도 하듯 점막 구석구석 핥고 찌르는 혀를 가쁜 숨을 조절하며 받아들였다. 무겸은 사탕이라도 주는 양 제 혀를 길게 내밀었다.

그제야 하준은 그 혀를 빨며 마음껏 연인의 존재를 느꼈다. 제법 길어진 키스를 마친 무겸은 옅은 쓴웃음을 짓고 있었다. 그는 살짝 흐트러진 하준의 머리카락을 쓸어 올리며 토라진 척 물었다.

"여기까지 와서 한눈을 파네. 지금 나보다 더 재미있는 게 있어?"

"미안. 그냥, 좀 긴장이 돼서……. 유럽은 처음이라 그런가 봐."

설렘과 불안을 구분하지 못하고 착란을 일으키던 몸이 제대로 된 답을 찾았다. 불안정하던 심장 박동이 가라앉아 있었다. 하준은 심호흡을 한 번 한 뒤, 침착하게 무겸의 눈을 마주 보고는 이마를 그의 어깨에 콩 묻었다.

"보고 싶었어, 김무겸."

무겸이 만족스러운 듯 입술을 길게 만들며 미소 지었다.

해외여행 경험은 거의 없는 하준이었지만 한때 국가 대표 선수였던 만큼 해외 원정 경험은 몇 번 있었다. 그러나 유럽에 와 본 것은 처음이었다.

월드컵이나 올림픽처럼 세계적 규모의 대회가 열리지 않는 이상 유럽 국가와는 평가전을 잡는 것부터가 쉽지 않은 현실이니까. 씁쓸한 일이지만 유럽은 그들만의 리그에 바쁘고, 아시아 국가들은 가까이는 같은 아시아, 멀리는 남미 국가와 붙는 것이 일반적이었다.

“오는 중에는 별일 없었고?”

“영화 한 편 보고 계속 잤어.”

“쓸데없이 말 거는 놈은?”

“그런 사람은 항상 없어. 좌석 엄청 좋더라. 덕분에 편하게 왔어. 고마워.”

“별말씀을.”

괜찮다고 사양해도 무겸이 굳이 굳이 예매해 준 퍼스트 클래스 좌석은 비행 중이라는 걸 느낄 수도 없을 정도로 편했다. 침대처럼 길게 누울 수도 있었고, 제공되는 이불은 꼭 호텔에서나 쓸 것처럼 희고 폭신하게 바삭거렸다. 기내식까지 코스 요리로 나와서 깜짝 놀랐다.

키스와 인사를 족할 만큼 나눴는지 무겸은 곧 차를 출발시켰다. 무겸이 준 꽃다발을 꼭 쥐고 꽃잎을 하나하나 눈으로 세던 하준은 공항을 완전히 빠져나와 일반 도로를 달리기 시작하면서부터는 창밖을 내다보았다.

무겸은 소리 없이 미소만 지을 뿐, 더 말을 걸지 않고 그가 첫 방문한 런던 풍경을 실컷 즐기게 놔두었다. 시내로 진입해서는 좀 더 빠른 길도 있었지만 일부러 번화가와 몇몇 관광 명소를 볼 수 있는 길을 선택해 차를 몰았다. 어차피 나중에 함께 하나하나 들러 볼 곳들이지만 저 역시 처음 왔을 때는 모든 것이 다 신기했으니까.

저녁나절이라 하늘 멀리서 노을이 지고 있었다. 세월이 묻어나는 벽돌 건물들과 뾰족한 지붕들 너머, 구름으로 얼룩진 채도 낮은 붉은색이 퍼져갔다. 하준이 중얼거렸다.

"대도시라 막상 와 보면 서울이랑 별 차이 없는 것 아닌가 했는데 그렇지 않네."

"여긴 옛날 건물이 많아서."

그래도 노을 색만큼은 별다르지 않았다. 창밖으로 먼 하늘을 내다보는데 어디선가 종소리가 들려왔다. 건너편 길 조금 멀찍이 보이는 높다란 시계탑에서 울리는 소리였다. 이게 말로만 듣던 빅 벤의 종소리일까? 하준은 굳이 무겸에게 묻지 않고 속으로만 생각했다.

투어 택시처럼 일부러 멀리 돌았더니 노스 웨스트 런던의 고급 주거지에 도착했을 때는 예상보다 시간이 지나 하늘이 점점 어둑해지고 있었다.

널찍널찍하게 자리를 차지한 호화로운 집 몇 채를 지나치고부터 차는 점차 속도를 줄였다. 무겸의 집이 가까워졌다는 뜻이었다. 하준은 바깥을 살피는 대신 정면을 주시했다.

무겸이 리모컨을 누르자 현관이 저절로 열렸다. 문을 통과해 진입로로 나아가는 동안 하준이 물었다.

"여기가 정원이야?"

"그렇다고 해야겠지?"

큰 문 안으로 들어와서도 차는 제법 한참을 나아갔다. 창밖으로는 골프장 못지않게 가꿔진 잔디가 카펫처럼 푸르고 가지런하게 깔려 있었고 멀리는 커다란 상록수들이 거의 숲처럼 집 둘레에 벽을 치고 있었다.

정원이나 마당이라는 이름으로 부르기에는 너무 넓었다.

처음 들어올 때는 생각보다 벽과 문이 낮아서 밖에서 다 들여다보이는 것 아닌가 했는데, 차를 타고도 이만큼 들어와야 본 건물이 있다면 외부에서는 도저히 엿볼 수가 없겠다. 그리고 곧 집의 정경이 드러났다.

"…김무겸, 너 왕자님이었냐?"

물론 사진으로 몇 번 본 적 있었지만 실물을 가까이에서 보니, 흰 기둥이 서 있는 고풍스러운 저택은 말 그대로 영화 속에서 보던 귀족들의 저택이나 성 그 자체였다. 건물 높이가 다소 낮은 것을 제외하면 완전히.

"보기에는 이래도 들어가면 나름대로 모던해. 내가 싹 고쳐서."

"가까이서 보니까 진짜 커. 혼자서 집 관리하기 힘들지 않아?"

"그야 집 관리를 나 혼자 하지는 않지. 세상에는 전문 인력이라는 게 있으니까. 서로 마주칠 일은 별로 없을 테니까 걱정 마."

나름대로 모던하다는 무겸의 말을 증명이라도 하듯, 클래식해 보이던 건물 벽에 조화롭게 닫혀 있던 문이 자동으로 열렸다. 차가 그 안으로 미끄러져 들었다.

지하 차고로 들어선 하준은 여전히 제대로 말문이 열리지 않았다. 서울에서 무겸이 살던 빌라 차고도 정말 넓다고 생각했는데 그 두 배는 되는 듯했다. 늘어서 있는 차 역시 훨씬 많았다.

"내리자."

누군가 살고 있는 집이 아니라 관광지 건물에 방문한 기분이었다. 어색한 기분으로 내려서서 무겸의 뒤를 따라 문 하나를 열고 들어갔다. 과연 안으로 들어오자 밖의 고풍스러운 저택 외양과는 다른, 현대적인 분위기가 느껴졌다.

엘리베이터를 타고 올라 문을 열자 곧바로 실내였다. 짧지 않은 복도를 걸어 넓은 공간에 도착한 하준은 이제 감탄할 기운도 없었다.

양쪽으로 2층으로 오르는 계단이 놓인, 두 가지 색의 대리석이 타일처럼 깔린 공간은 거실이라는 말로 표현하기에는 차갑고 호화로웠다. 애초에 그런 용도도 아닌 듯 소파 등 생활 집기가 놓여 있지도 않았다. 천장이 저만치 높이 있었다. 뭐라고 불러야 할까? 로비? 홀?

하준이 아무 말 없이 긴장한 기색으로 주변을 둘러보는 동안, 가만히 지켜보던 무겸이 가까이 다가갔다.

"어릴 때는 허세였는지 이런 집이 멋져 보였어. 요즘은 그러잖아도 쓸데없이 넓게 느껴져서 이사를 갈까 싶기도 했는데 여기저기 뜯어고치느라 공도 들이고 정도 붙어서. 살다가 너 불편하면 언제든 옮기면 되니까 말만 해."

"아냐!"

하준은 놀란 듯 목소리까지 높였다. 그 기세에 무겸은 입을 다물었다.

"엄청 멋진데 이사를 왜 가? 다 둘러보려면 일주일은 걸리겠다."

"그렇게까지는 안 걸려."

조금 전 관광지들을 거쳐 오며 구경하던 때와 비슷하게 눈을 반짝이는 하준을 보고, 무겸은 그제야 함께 긴장이 풀린 것처럼 웃었다.

"씻기부터 해. 비행기 오래 탔으니 피곤할 거 아냐."

하준은 그저 감개가 무량했다. 이곳이 김무겸의 집이다. 기사에서도 외양만 몇 번 봤지 실내는 한 번도 본 적 없었다. 심지어 김무겸과 함께 살기 위해 오다니.

방은 몇 개일까? 욕실은? 침실은 어디지? 하준은 고개를 이리저리 두리번대고 속으로 끊임없이 혼잣말을 하면서 무겸에게 손을 붙잡혀 걸어갔다.

그때서야 커다란 소파와 의자, 깔끔하면서도 고풍스러운 매력이 느껴지는 선반이며 테이블 같은 가구가 시야에 들어왔다. 고급스러운 카펫이 깔린 공간의 벽에는 벽난로까지 있었다. 하준이 눈을 둥글게 뜨며 물었다.

"저기 정말 불 피울 수 있어?"

"그럼. 이따 피워 볼래?"

"그렇게 쉽게 돼?"

"장작만 넣으면. 전기 점화라 리모컨만 누르면 금방이야."

눈을 반짝이며 두리번대는 사이 널찍하고 커다란 욕조만 두 개가 놓인 욕실에 들어섰다. 보통 아파트나 주택의 욕조처럼 높게 벽이 있는 스타일이 아니라 바닥에 낮게 파 놓은 스타일에 가까웠다. 욕조 턱이 넓고 배수 시설이 잘 되어 있어서인지 샤워기가 있는 부분만 제외하면 부스 따위로 공간을 분리해 놓지 않았는데도 바닥은 물기 없는 건식이었다.

무겸의 손에 이끌려 정신없이 옷을 벗고 샤워기 아래 섰다. 따뜻한 물에 몸을 적시자 그제야 호기심이 한풀 꺾이며 한숨이 나왔다. 일등석에서 편하게 왔다고 생각했는데 역시 장거리 비행은 비행. 모르는 동안 몸이 피곤하기는 했었나 보다.

기분이 좋아 절로 앓는 소리가 나는데 마찬가지로 알몸이 된 무겸이 몸을 붙여 왔다. 널따란 어깨를 빌려 그 위로 얼굴을 기대자 무겸은 보디 클렌저 거품을 잔뜩 만들어 몸을 문질렀다. 부드러운 손길이 마사지 같다. 저도 모르게 신음 소리가 작게 비어져 나왔다. 하준도 질세라 그의 어깨에 손을 얹어 몸을 더듬었다.

승모근 상태는… 열흘 전과 같다. 목의 근육도… 굳지 않았다. 복귀전에서 넘어지며 어깨를 조금 잘못 부딪친 것 같아 걱정했는데 극상근과

회전근, 견갑근도… 일단 가볍게 만져 봐서는 멀쩡했다.

"이 코치님, 지금 뭐 하세요."

무겸이 따지듯 물었다. 그때쯤 하준의 손은 탄탄한 등 근육과 기립근을 누르며 척추를 타고 내려가 어느새 꼬리뼈 언저리에 다다라 있었다.

"…너 만져."

"나는 사랑을 담아서 만지고 있는데 너는 지금 일하고 있잖아."

이러나저러나 몸을 만진다는 사실은 같은데 칼같이 눈치채고 구분을 지었다. 하준이 얼굴을 붉히며 변명을 했다.

"나, 나도 사랑… 담았어. 그동안 괜찮았는지 궁금해서 살펴본 거야."

"선수 관리는 나중에 하고 지금은 애인 관리부터 해."

투덜대는 무겸의 손가락도 하준의 등뼈를 타고 미끄러졌다. 그의 손가락이 지나가는 자리마다 물로도 꺼지지 않는 작은 불꽃이 피어나는 것 같았다.

"으응……."

젖은 입술이 목 옆을 더듬다가 턱을 타고 올라왔다. 혀가 턱과 뺨을 핥고 입술까지 다다랐다. 샤워기 아래에서 입술을 포개자 얼굴에 떨어지는 물이 입 안까지 흘러들었다. 빗속에서 키스하는 기분이다. 열을 품기 시작한 아래쪽이 서로의 배에 닿았다.

물과 거품 때문인지 맞닿은 은밀한 곳이 유독 매끈하게 느껴졌다. 무겸은 커다란 손으로 하준의 볼기를 양쪽으로 잡아 벌리듯 붙잡아 주물렀다.

"내 거 만져 줘."

그러고는 하준의 손을 잡아 제 아래로 이끈다. 벌써 습해진 목소리가 소곤소곤 귓가를 쓸자 나른했던 몸이 은근히 긴장되었다.

물에 젖은 손이 몽둥이처럼 일어선 것을 붙잡았다. 천천히 그것을 손안에 가두고 위아래로 쓸자 무겸의 손가락이 뒤통수 머리카락에 얽혀 왔다. 젖은 소리를 내며 입술이 다시 겹치고, 무겸의 나머지 한쪽 손이 볼기 안쪽을 벌리며 당장이라도 밀고 들어올 듯 자꾸만 입구를 스쳤다. 그때마다 하준의 몸이 움찔거렸다.

가늘게 떨어져 내리는 따뜻한 물줄기와 반쯤 녹은 거품 때문에 가만히 안고만 있어도 마주 닿은 몸이 미끈미끈 서로 비벼지는 기분이었다.

"하아, 흣……."

손안에서 흔들리던 무겸의 성기가 어느새 하준의 물건과 함께 문질러지고 있었다. 눈을 감고 가쁜 숨을 쉬던 하준이 작게 웃으며 무겸의 아래를 여기저기 더듬었다.

"거품 때문에 엄청 미끌……."

그렇게 말하던 입이 열린 채로 멈췄다. 비행의 피로와 느직한 애무 때문에 나른하게 감겨 있던 하준의 눈이 잠이 확 깬 듯 커다랗게 벌어졌다.

후다닥 손을 떼고 한 발짝 물러서서 무겸과 거리를 벌렸다. 놀란 눈이 무겸의 중심부로 향했다.

"왜 그래?"

"김무겸, 너……!"

말을 잇지 못하고 입만 벙긋대는 모습을 왜 그러냐는 듯 멀뚱히 보던 무겸은 곧 피식 웃음 지으며 손으로 아래를 가리켰다.

"아, 여기?"

둥글게 커진 하준의 눈이 무겸의 그곳에 꽂혀 붙박인 듯 떠나지를 못했다. 무겸이 씩 웃었다.

"그렇게 뜨겁게 쳐다보지 마. 너 피곤할 것 같아서 나름 진 정기만 떠올리고 있었는데 흥분돼."

"뭐야, 너. 거기, 왜 그래……."

뭐라고 표현해야 할지도 알 수가 없어진 하준은 막연한 표현으로만 물어보았다.

열흘 만에 만나는 무겸은 모든 것이 그대로였다. 보기 좋게 뻗은 튼튼한 목, 넓고 튼튼한 어깨와 가슴, 그 아래 두텁고 뚜렷한 형태를 조각하고 있는 복근과 늑간이며 허리 부근의 잔근육들, 형태 좋은 장골과 발기하지 않아도 평균을 훨씬 웃돌 묵직하고 커다란 성기, 튼튼하고 굵직한 허벅지와 탄탄하면서도 유연한 종아리까지. 다만…….

"여기 선수들은 다 해. 나도 이제 훈련 나가야 하니까 했지."

남사스럽게. 하준은 엄마가 가끔 텔레비전을 보다가 타박을 할 때의 말투를 빌려 속으로 그렇게 뇌까렸다.

다른 곳은 그대로였다. 변한 점은 무겸의 그곳이 아주 매-끈해져 있다는 것.

음모가 있던 자리에는 실오라기만 한 잔털 하나 보이지 않았다. 다른 살갗과 구분이 되지 않는 미끈한 피부뿐. 지금은 물에 젖기까지 해 욕실 조명을 받은 그곳이 반들반들 빛나 보이기까지 했다.

딱 붙어 서 있을 때는 제대로 보이지 않아서 몰랐다. 거품 때문에 그곳이 매끄럽게 느껴진 것이 아니었다니.

도저히 눈 뜨고 봐주기 힘든 모습이었다. 하준은 현실을 외면하듯 고개를 돌리고 천천히 걸어가 욕조 안에 풍덩 몸을 담갔다.

"으음? 이 코치, 희한한 데서 창피해한다?"

"그럼 안 민망해? 있던 게 없어졌잖아."

뒤따라온 무겸이 욕조 턱에 앉더니 어이없다는 듯 웃었다.

"이하준, 너도 할 거야."

"…뭘?"

"네 자지 털도 다 없앨 거라고."

그러잖아도 홍조를 띠던 하준의 얼굴이 순식간에 벌게졌다.

"자……! 아니, 난 안 해! 뭐하러?"

"여기 사람들은 다 한다니까? 너야 훈련장에서 자주 벗는 편은 아니지만 그래도 축구장에서 일하다 보면 같이 샤워할 일도 가끔은 있을 텐데 사람들이 다 네 좆 근처만 뚫어지게 보면 좋겠어? 예뻐서 보는 게 아니에요. 쟤는 왜 털 정리도 안 하나, 그런 눈으로 쳐다볼 텐데 그래도 상관없어? 나는 그 꼴 보기 싫은데."

"거짓말 마. 무슨 여기 털… 안 밀었다고 사람들이 쳐다봐."

"진짜래도 그러네. 너 내 말 안 들었다가 나중에 후회해. 울면서 무겸아 내 털 다 없애 줘~ 하고 나한테 찾아오게 돼 있어."

설마. 말도 안 된다.

한국에서도 최근 음모를 정리하는 사람이 많아졌다는 것은 안다. 그러나 그것도 주로 여름철, 휴가를 맞아 수영복을 입으려는 여자들 위주로 유행하는 관리라고 들었다. 적어도 주변 남자 중에는 그곳 털을 일부러 없앤 사람을 하준은 아직 본 적이 없었다.

다 똑같이 사람 사는 곳인데 왜 영국 사람들은 보이지도 않는 곳의 체모를 굳이 없앤다는 건가? 무겸이 또 저를 놀리는 게 분명했다. 저 한 사람을 놀리려고 일부러 저런 수고까지 하다니.

이런 기분을 '길티 플레저'라고 하던가? 보고 싶지 않은데 자꾸만 시선이 가는 것을 억누를 수 없었다. 무겸의 매끈한 사타구니를 다시 한번 힐끔 노려본 하준이 눈을 감으며 소리 질렀다.

"아, 내 눈!"

"너무 그러지 마, 나 상처받아!"

"…오해하지 마. 민망해서 그래. 보기 싫어서가 아니고."

"싫은 거 아니면 이리 와 봐."

하준은 머뭇대다가 고개를 옆으로 돌리고 무겸에게 다가갔다. 몇 걸음 걸었을 때쯤 갑자기 팔을 붙잡혀 홱 잡아당겨졌다. 미끌 기우는 몸이 넘어질세라 황급히 그의 가슴에 손을 얹으며 물속에 주저앉았다.

욕조 턱에 자리한 무겸의 앞에 앉자 그의 사타구니가 바로 얼굴 앞에 놓였다. 얼굴이 대번에 새빨개졌다.

"참 나, 이런 걸 가지고 이렇게 부끄러워할 줄은 또 몰랐다."

무겸이 웃음기를 지우지 않고 하준의 손을 잡아 이끌었다. 그의 성기에 손이 닿자 하준은 감전당한 사람처럼 움찔 어깨를 떨었다.

"매일 물고 빨고 뒤로 먹던 거잖아. 무슨 털 좀 없어졌다고 그렇게 낯을 가려."

"…어색해……. 이상하고……."

"하준이가 어색해하니까 좆이 서운하대."

무겸의 말투가 엄살떨 때의 그것이 되어 있었다.

사라진 체모도 체모였지만, 늘 화가 난 듯 흉흉하게 일어서 있는 모습만 보다가 발기하지 않고 살짝 고개를 숙인 성기가 낯설기도 했다. 아까까지만 해도 평소처럼 서 있었는데 음모 유무 문제로 갑론을박하는 사이 경도가 줄어든 모양이었다.

아무래도 둘이 함께 벗고 있을 때는 주로 섹스에 돌입하기 직전일 때가 많았고 무겸은 대체로 하준을 앞에 두면 금방 흥분했으니까. 그런 상황이 아닐 때 이렇게까지 그곳을 주시해 본 적이 많지 않기도 하고…….

"이것 봐. 서운해서 기운 없어 하잖아."

"웃기고 있어. 무슨 인형 놀이 하냐?"

그렇게 대꾸했지만 무겸의 말을 들으면서 마주하고 있자니 정말로 서운하고 기운이 없는 것처럼 보이려고 했다. 저도 똑같은 게 달려 있는 주제에 우스운 생각임을 알지만 어쩔 수 없었다.

마치 처음으로 무겸의 성기를 손에 쥐었던 때처럼, 하준은 빤히 그곳을 응시하며 손아귀에 힘을 주었다. 젖은 손으로 쥐고 몇 번 만지작대자 폴 죽었던 것은 손바닥 안에서 요동치는 민물고기처럼 힘이 들어갔다. 처음의 시무룩한 모습은 금세 사라지고 손에 간신히 잡힐 만큼 굵게 팽창하며 길고 단단해졌다.

"아……."

머리 위에서 낮은 신음이 들렸다. 하준은 그제야 고개를 들어 무겸과 눈을 마주쳤다. 성기를 잡고 있던 손이 무겸의 손에 감싸여 스르르 미끄러졌다.

완전히 일어서 막대처럼 딱딱해진 것이 물에 젖은 하얀 얼굴 위로 올라탔다. 뺨이며 턱 아래, 귀까지 느릿하게 문지르다가 결국 입술 위를 귀두로 쿡 찍었다. 엄살을 부리던 말투가 은근슬쩍 애교스럽게 바뀌었다.

"코치님, 뽀뽀해 주세요."

"흐……."

입술을 천천히 문질러 오는 뜨겁고 단단한 감촉에, 하준의 눈꺼풀에서 살짝 힘이 풀리며 초점이 흐릿해졌다. 저절로 벌어진 입 안으로 무겸이 허리를 조금 밀어 두툼한 귀두를 찔러 넣었다.

여전히 적응되지 않는 매끈매끈한 살갗을 가만히 응시하며 하준은 귀두 부근을 춥춥 소리가 나도록 빨고 핥았다. 꼭 온수의 증기 때문만은 아닌 이유로 얼굴이 점점 발개졌다. 어색하기도 했지만, 음모가 없어지니 어쩐지 더 야한 것 같았다.

"아. 오늘은 손장난만 하고 참으려고 했는데… 일이 또 이렇게 돌아가네."

"흐읍, 으, 읍."

난처한 듯 중얼대면서도 무겸은 하준의 뒤통수에 손을 얹어 천천히 제 쪽으로 끌어당겼다. 하준은 입을 크게 벌리고 깊이 성기를 물었다.

따뜻한 물에 몸을 담그고 입속까지 뜨거운 살 기둥으로 가득 채우자 머리가 멍해졌다. 고개를 앞뒤로 몇 번 움직이며 무겸의 것을 빨다 보니 금세 지치는 기분이 들었다. 물건을 문 채로 쉬고 있으려니 커다란 손이 뺨을 쓸며 묻는다.

"피곤해?"

작게 고개를 저었다. 물론 나른했지만 고개를 끄덕이고 싶은 기분은 아니었다.

"혀 내밀어 봐."

무겸이 턱을 잡아 올리며 말했다. 입 안에 반쯤 들어와 있던 성기가 빠져나가고, 하준은 시키는 대로 혀를 길게 내밀었다.

작은 물소리를 내며 무겸이 욕조 턱에서 일어섰다. 성기를 쥐고 굵게 불거진 귀두를 빨갛게 내밀어진 혀 위에 얹더니 그 위를 슬슬 문지른다.

"으, 으응."

처음에는 끄트머리만 비비던 것이 조금씩 움직이는 반경을 늘려 혀뿌리까지 뭉툭하게 긁으며 들어왔다.

무겸에게 구음을 해 준다기보다는 성기로 혀를 애무당하는 듯한 기이한 감각이 조금씩 하준의 꼬리뼈 언저리를 간지럽혔다. 설소대가 빠근해지고 내민 혀가 움찔대며 떨렸다.

성기가 미끄러지는 간격이 조금씩 길어진다. 어느새 입속 깊이 들어오며 왕복하는 굵은 기둥을 제대로 삼키기 위해 하준은 무의식중에 스스로 머리를 움직이고 있었다.

무겸이 양 관자놀이 부근을 붙잡았다. 손동작의 의미를 알고 숨을 들이마시자 성기가 푹, 목젖 근처까지 찔러 들어왔다. 입을 재갈처럼 가득 채운 성기의 부피, 젖은 머리카락 사이를 파고드는 손가락의 감각에 흐려지는 시야를 하준은 눈을 느리게 깜박여 닦아 냈다.

굵고 울퉁불퉁한 것이 입천장과 점막, 잔뜩 예민해진 혀를 죄다 긁어 입 안이 몹시 간지러워졌다. 타액이 자꾸만 흘러 그것을 삼키느라 목구멍을 좁히자 그 움직임에 자극이라도 받은 듯 근처를 찌르던 두꺼운 귀두가 결국은 그 너머까지 느리게 밀고 들어왔다.

"흐… 으! 흐으읍!"

저도 모르게 몸이 튄다. 물이 참방대는 소리가 커졌다. 두툼한 살덩어리가 목 깊은 곳에 자리한 점막을 문지르며 미끄러져 들어와, 좁은 목구멍을 코르크 마개처럼 막을 때마다 숨이 막혔다.

그 와중에도 섬세하고 끈적한 성감이 고여 들었다. 아래로 무겸을 받을 때 정신없이 저를 몰아치는 지독하리만치 짙고 무거운 쾌감과는 다르다. 숨은 단맛처럼 집중하지 않으면 느끼지 못하고 놓쳐 버릴 것 같으면서도 한번 붙잡으면 순간순간 눈앞이 희게 바래지는.

보통 이만큼 깊게 삼키면 무겸의 음모에 코끝이 비벼지고는 했다. 오늘은 매끈한 살갗만 느껴져 말로 하기 힘든 기분에 저절로 눈이 감겼다. 입 안에서 식도로 이어지는 부분 어딘가를 부드럽게 눌리고 긁힐 때마다 어깨가 움찔거렸다.

너무 길지 않게 목 안쪽을 맛본 성기가 뒤로 천천히 물러났다가, 하준이 숨을 고르기를 기다려 다시 파고 들어왔다.

"으, 으읍, 으흐으읏……."

목구멍을 완전히 틀어 막히면 코로도 숨을 쉬기가 어렵다. 구음이 길어지며 점차 가빠지는 호흡에 머리가 뜨거워졌다. 눈물이 글썽글썽 맺혀 속눈썹이 반짝였다.

이물질로 가득 찬 입 안에 조금이라도 빈틈을 만들고자 하는 본능이 살 기둥에 짓눌린 혀를 이리저리 요동치게 만들었다. 하지만 의도와는 달리 성기 표면을 무겁고 느리게 핥는 그 움직임은 무겸의 성감을 자극해, 입술 근처까지 빠져나갔다가 목구멍 너머까지 찔러 드는 왕복운동을 더 부추길 뿐이었다.

"하아."

짧게 내쉰 한숨이 신호였던 것처럼 무겸이 허리를 빠르게 움직였다. 목을 찌르며 푹푹 미끄러져 들어오는 무게감에 하준은 감은 눈꺼풀에 힘을 주었다.

목젖 너머 어딘가를 급하게 찔려 기침이 났지만 입이 막혀 있어 둔탁한 소리를 내며 어깨와 가슴만 빠르게 들썩였다. 그 격한 떨림이 도리어 절정을 이끌었는지 그의 성기가 얼마 있지 않아 입 안에서 불뚝거리다가 죽 뒤로 빠져나갔다. 벌어진 입술 사이에 귀두가 걸쳐졌다.

"흐읍, 허억! 콜록, 후으, 흐."

막 물에서 빠져나온 사람처럼 기침을 하며 숨을 몰아쉬는 하준의 입 안에 뜨겁고 비릿한 액체가 쏟아졌다.

열흘 만의 토정은 길고 끈질겼다. 사정을 하면서도 무겸은 입 안 여기저기를 느리게 찌르다가 한참 뒤에야 허리를 완전히 물러 주었다. 미처

다 삼키지 못한 체액이 턱을 타고 주르르 흘러내렸다.

하준은 제 앞에 돌벽처럼 서 있는 무겸의 허벅지에 머리를 기대고 숨을 몰아쉬었다. 그러자 벌어진 입속으로 이번에는 손가락이 들어와 혀를 만지작댔다.

호흡을 정리하는 동안 혀 위를 쓰다듬고 추삽질하듯 작게 오가는 손가락을 하준은 내버려 두다가, 그것이 입천장을 간질이기 시작하자 조금 전 귀두를 삼켰을 때처럼 가볍게 빨았다. 쾌감의 여운이 기분 좋다. 무겸 역시 그 감각을 즐기는지 하준에게 손을 내맡기고 얌전히 있었다.

그러나 그것도 잠시, 겨드랑이 사이로 커다란 손이 들어오더니 물 안에 잠긴 몸을 힘 있게 끌어 올린다. 물 떨어지는 소리와 함께 수면 아래 숨어 있던 하준의 하반신도 드러났다.

"내가 이럴 줄 알았어."

허벅지 위에 하준을 앉힌 무겸은 키득대며 마주한 성기를 손으로 톡톡 두드렸다. 하준의 것도 완전히 일어서 있었다.

"하여튼 너무 야해. 좆 빨면서도 느끼고 세우고. 이러니 내가 불안하지."

"하아, 내가 뭐가, 야해, 야한 건 너잖아……."

아래쪽이 미끈해진 사람도 자기고 음담패설도 혼자 다 하면서 왜 매번 문제를 떠넘기는지. 허덕이면서도 힘없는 목소리로 투덜대는데, 무겸의 손가락이 뒤를 더듬대며 들어갈 곳을 찾았다.

젖은 손가락이 닫힌 입구에 닿자 몸은 뜨거운데도 오싹 등이 시렸다. 하준이 숨을 들이마시며 무겸의 어깨에 머리를 기대자 그가 귓가에 속삭였다.

"그래서 싫어?"

입구를 문지르던 손가락이 오래 기다리지 않고 느리게 안으로 밀고 들어왔다. 하준의 벌어진 입술과 턱이 가늘게 떨렸다.

"응, 흐읏… 아……!"

"좋지?"

따뜻한 물에 전신을 담그고 있었던 데다 구음을 하며 달아오른 몸은 녹진해져 있었다. 물에 젖어 있을 뿐, 다른 윤활제도 없이 조금은 급하게 꽂아 넣은 손가락은 살짝 빠듯하면서도 큰 무리 없이 끝까지 빨려 들어갔다.

끝까지 한번 밀어 넣은 다음 빠져나와 건반이라도 두드리듯 입구를 톡톡 만지고, 다시 안으로 밀고 들어갔다. 안에서도 손장난이라도 치는 듯 여기저기를 문질러대다가 무심코 하듯 전립선 근처를 강하게 누르자 하준의 팔이 무겸의 목을 끌어안았다.

"흐으, 하, 읏."

"코치님, 물으면 대답을 줘야지."

"앗, 응, 좋아."

"똑바로 말해야 알지. 왜 좋다고?"

"으… 야해서……."

멍하니 중얼대던 하준의 얼굴이 한 박자 늦게 붉어졌다. 무겸이 등을 굽히며 웃었다. 괜히 한마디 대꾸했다가 두 배로 당한 기분에 하준의 손바닥이 무겸의 널따란 등짝을 철퍽 한 대 쳤다.

등을 맞고도 아픈 시늉도 없이 무겸은 이번에는 입술에 입술을 겹치고 안쪽을 넓히기를 계속했다. 몸속에서는 손가락이, 입 안에서는 혀가. 이미 한번 헤집어진 여린 점막을 자꾸자꾸 두드려 여행의 긴장과 고단함에 가라앉았던 감각을 일으킨다. 몸 안쪽에 바짝바짝 힘이 들어갔다.

"으, 으읍, 흐… 으!"

입속을 휘두르는 혀와 아래쪽을 오가는 손가락이 만들어 내는 뭉근하고 어지러운 감각이 배 속 어디선가 만나 저들끼리 섞이는 것만 같았다. 하준은 허리를 작게 뒤척이며 무겸의 목에 팔을 더 깊게 감았다.

들어갔다가 빠져나오기를 천천히 반복하던 손가락은 말없이 점차 하나씩 하나씩 더해져 마침내는 네 개에 이르렀고, 쿨쩍대는 묽고 끈적한 소리를 내며 길게 몸속을 왕복했다.

키스로 막힌 입술 사이로 새는 하준의 급한 숨소리가 점점 커지고, 무겸의 허벅지 위에 앉은 엉덩이가 초조하게 달싹거렸다. 발가락이 구부러진 두 발이 물속에서 첨벙거렸다. 그러다가 손가락 네 개가 모두 기역자로 굽어들어 전립선 근처를 찍어 누르자 하준은 온몸을 떨며 목을 젖혔다.

"하으! 아읏……!"

"후우."

무겸이 긴 숨을 내쉬며 하준의 몸을 돌려 앉혔다. 등을 무겸의 가슴에 대고 둘 다 앞을 향하는 자세가 되자 하준의 다리가 더 넓게 벌어졌다.

커다란 손이 배에서 목까지를 몇 번씩 거슬러 쓸어 올리다가 손끝으로 유두를 굴렸다. 귓가에 바짝 다가온 입술이 속삭였다.

"어때, 하준아? 오늘 넣어도 되겠어?"

"흣, 하으, 응, 돼. 해도 돼……."

피곤한 것은 사실이었지만 이만큼 흥분한 무겸에게 이제 와서 안 된다고 하고 싶지 않았다. 성감을 잔뜩 자극당해 괴로운 것은 저도 마찬가지였다. 무겸의 입술이 웃는 모양으로 휘어지는 것이 맞댄 뺨에서 느껴졌다.

시무룩해졌던 조금 전이 거짓말이었던 것처럼 느껴지는, 살벌하리만치 단단하게 일어선 성기가 물러진 구멍 위를 미끄러졌다.

"우리 송아지는 한번 마음 풀고 나면 거절할 줄을 몰라."

"으읏, 아!"

허리가 무겸의 손에 잡혀 살짝 밀렸다가 다시 잡아당겨졌다. 곧바로 밑에서 위로 밀고 들어오는 무거운 압박감에, 하준은 저도 모르게 무겸의 허벅지를 짚고 몸을 일으키려 들며 신음했다. 그러나 무겸은 일어나려는 허리를 놓아주지 않았다.

"그래서 걱정돼. 다른 사람한테는 그러면 안 되는데. 안 그럴 거지?"

"아읏, 안 그래. 다른, 사람한테는, 아아, 아!"

고개를 급하게 저으며 대답하는데 체중이 실려 삽입은 평소보다도 빠르게 이루어졌다. 무겸이 허리를 툭툭 가볍게 쳐올리자 금세 성기가 뿌리까지 파고들었다. 단단한 허벅지와 말랑하면서도 탄력 있는 엉덩이가 틈 없이 맞붙었다.

하준이 숨을 허덕이는 사이, 무겸은 제 위에서 벌어진 무릎 뒤로 팔을 집어넣어 들어 올렸다. 다리가 허공으로 치켜 들렸다. 무겸의 몸 외에는 지지대가 사라진 하준이 당황을 추스르기도 전에 붙잡힌 몸이 위아래로 흔들렸다.

"흑, 아, 앗! 아……!"

단단한 것에 내벽이 빠듯하게 쓸리며 깊이까지 꿰뚫리는 감각에 하준의 눈에 벌써부터 눈물이 맺혔다. 몸이 바람을 맞는 창문처럼 덜컹거렸다.

"아, 열흘 만이라, 그런가. 하아, 미치게, 좋아."

"흐으윽, 아윽, 아!"

성기가 안을 찌르는 속도가 점점 빨라진다. 몸속을 밀어 올릴 때마다 섬뜩할 정도로 깊은 곳까지 쑤셔 들었다. 따뜻한 물과 부드러운 쾌감에 젖어 녹았던 몸에 쭈뼛쭈뼛 소름이 일어나려 했다.

몸이 낮아질 때마다 하준은 저도 모르게 자꾸만 무겸의 허벅지를 밀어냈다. 그때마다 무겸은 안고 있는 몸을 한층 깊이 내리눌렀다. 그러더니 자세가 힘들어 그런다 생각했는지, 무겸은 몸을 일으켜 제가 앉아 있던 자리에 하준을 눕혔다.

"오느라 피곤했을 텐데 편하게 누워 있어."

"아, 아, 아아아!"

한쪽 발목을 잡아 올리고 남은 한쪽은 물에 잠기도록 내버려 둔 채 무겸이 다시 몸속 깊이 파고들었다. 넓게 벌어진 다리 사이로 난폭하게 드나들 때마다 물소리가 첨벙첨벙 높은 천장을 때렸다.

상체 정도는 충분히 눕힐 수 있는 낮고 넓은 욕조 턱은 가공한 대리석으로 만들어져 젖은 몸을 전혀 붙잡지 못했다. 무겸의 무게에 부딪힌 하준의 몸이 자꾸만 위로 미끄러졌다. 무겸은 바닥에 늘어진 손에 깍지를 껴 잡아당겼다. 맞잡은 흰 손가락에도 힘이 들어가자 무겸의 입술에 옅지만 열기 서린 미소가 맺혔다.

"아, 아! 아!"

허리를 칠 때마다 하준의 신음이 터져 나온다. 누군가는 주책이라 비웃겠지만 둘에게는 너무나 길었던, 열흘만의 결합이었다. 무겸의 목의 동맥과 근육이 꿈틀거렸다. 두꺼운 흉곽, 너른 어깨와 등판에 부조처럼 새겨진 근육들이 팽팽히 부풀었다가 약간씩 이완되기를 되풀이했다. 뒤에서 누군가 그를 바라본다면 그가 얼마나 흥분했는지 여실히 알 수 있을 만큼.

추삽질이 자꾸만 빨라졌다. 무겸이 뿌리까지 박으며 철썩철썩 소리가 나도록 엉덩이를 치대는 동안 맞잡은 손에 힘을 주며 허리를 떨던 하준이 결국 못 참겠다는 듯 울먹였다.

"김, 무겸, 흐윽! 조금만, 처, 천천히……."

"미안, 나 지금, 조절이, 하아, 잘 안 돼."

"으흣, 흐, 아! 너무, 너무 빨, 라, 읏!"

"아, 후우……."

참아. 진정해.

무겸은 저 자신에게 뇌까리며 몸을 숙여 하준을 안았다. 너무 흥분하지 않으려고 나름대로는 애쓰고 있었다.

드디어 런던까지, 저와 단둘이 되기 위해 따라온 사랑스러운 애인을 마음 같아서는 오늘 밤새도록 놓아주고 싶지 않았다. 조금만 정신을 놓으면 기절할 때까지 박아 댈 것만 같다.

열 시간 넘게 비행을 한 여독이 풀리지 않은 몸이다. 혹사했다가 몸살이라도 나 하루 이틀 정도 종일 뻗기라도 하면 큰일이다. 이제 막 도착해 가고 싶은 곳도 많고 하고 싶은 것도 많을 텐데 도착하자마자 괜히 왔다고 생각하게 만들 수는 없다.

오랜만에 들어가는 하준의 몸은 밤마다 떠올리던 기억보다 황홀했다. 뜨겁고 매끄럽고 부드럽고, 좁디좁게 오므라들다가도 제 물건 둘레만큼 길을 내며 벌어진다. 조금 전 구음을 할 때만큼 열심히 성기를 물고 깊은 곳까지 들어오라는 듯 쪽쪽 빨아올린다.

저를 흔드는 이 몸을 놓고 인내하기란 쉽지 않지만 그래도 할 때는 해야지 별수 없다. 무겸은 손에 붙들고 있던 것을 입가로 가져갔다.

"아, 안, 돼……. 하지 마, 더러워……."

붙잡고 있던 발목에 입을 맞추다가 그 끝이 구슬처럼 빛나는 발가락을 입에 넣고 빨았다. 새끼발가락 끝을 꽉꽉 깨물자 하준이 진저리를 치며 다리에 힘을 주었다. 그러면 엉덩이까지 힘이 들어가 안을 바짝 조인다는 걸 모르는 걸까. 혀를 내밀어 발가락과 발바닥이 연결되는 부분을 쓸자 하준이 목을 젖히며 우는 소리를 냈다.

"하지, 하으읏, 하지 마……."

"뽀득뽀득 씻었는데 뭐가 더러워?"

"그, 래도, 으응, 발이잖아, 아……."

무겸은 대답도 하지 않고 아예 입속에 발가락을 넣고 일부러 그러는 듯 촉촉 소리를 내 빨았다. 성적 자극을 느끼리라 생각해 본 적도 없는 곳에서 간지러움과는 결이 다른 묘한 느낌이 몽글몽글 비어져 나와 하준의 얼굴이 새롭게 달아올랐다. 느끼는 것 자체가 부끄러워 입술을 꾹 깨물고 그의 손아귀에서 빠져나오려 했지만 힘을 준 무겸의 손은 족쇄나 다름없다.

발가락을 놓아주고 발바닥 아치 부분을 거쳐 복사뼈 뒤쪽을 핥는 데 집중하면서 점차 허릿짓이 느려졌다. 세찬 피스톤질에 잔뜩 뜨거워진 내벽이 부드럽게 문질러지자, 무겸의 몸짓을 따라가는 것만으로 벅찬 듯 가쁘던 하준의 목소리에 무르고 달큼한 색이 묻어났다.

"아… 아, 하앗, 아……."

"천천히 하는 게, 하아, 더 좋아?"

"아, 조, 흐읏, 응. 좋아, 좋아……."

"이상하네. 우리, 이 코치님은, 거칠게 해도, 좋아하던데……. 며칠 사이에, 취향이, 후, 변했나?"

"좋은, 으흑! 좋은데, 오늘, 오늘은……."

끝까지 넣은 채로 허리를 짧게 치며 느끼는 부분을 느직하게 자극하자 하준의 몸이 파르르 경련했다.

몸에 맞닿은 허벅지에 발끈대며 힘이 들어가는 것이 보였다. 무릎 안쪽을 핥자 곧 등을 뒤로 젖히며 전신을 덜덜 떨어댄다. 감전이라도 된 듯 경련하는 골반, 납작해졌다가 살짝 오르기를 빠른 속도로 반복하는 복근.

몸 깊은 안쪽에서 느끼는 쾌감을 버티지 못하고 표출하는 하준의 모습을 무겸은 황홀하게 내려다보았다.

"흐, 으, 하아, 읏……! 앗, 아아, 아!"

귀를 녹이는 신음이 샘물처럼 터져 나온다. 지친 몸에는 느리고 약한 자극이 오히려 짙은 쾌감을 준 모양이다.

보이는 몸만큼이나 안쪽도 떨리는 것은 마찬가지였다. 굳이 움직이지 않아도 저를 꽉꽉 빨고 물어대는 하준의 내벽을 무겸은 숨을 몰아쉬며 전신으로 느끼다가, 그가 완전히 절정에 오르는 순간을 노려 허벅지를 꽉 붙들고 허리를 길게 밀어 올렸다.

오르가슴을 맞이하는 도중에 안쪽을 깊이 찔린 하준이 몸을 더 격하게 파득대며 목소리를 높였다. 아까부터 약하게 흔들리던 성기에서 희뿌연 정액이 쏘듯이 튀어나와 두 사람의 배를 더럽혔다. 무겸은 그것을 손으로 훑어 핥았다. 이 맛도 오랜만이었다.

사정을 마치고 나자 하준의 몸은 정말로 축 늘어져 천천히 엉덩이를 두드릴 때마다 힘없이 흔들렸다. 무겸은 아래로 시선을 내렸다.

체모를 없앴더니 하준의 구멍 사이로 들어가는 것이 여과 없이 보였다. 그 모습을 보고 있자니 물건에 한층 불끈거리며 힘이 들어간다.

"너한테 들어가는 거 엄청 잘 보여."

"응, 흐읏, 뭐……?"

"봐."

무겸이 하준의 등 뒤로 팔을 감아 상체를 조금 들게 했다. 하준이 멍해진 눈으로 그를 따라 시선을 내렸고, 젖어 번들번들한 굵은 성기가 제 안으로 점차 모습을 감추는 장면을 보더니 황급히 얼굴을 돌렸다. 무겸의 입꼬리가 올라갔다.

"더 조이네. 보니까 흥분돼?"

"아, 흑! 아니, 야……."

안고 있는 몸을 그대로 끌어안아 물속에 앉았다. 마주 앉은 자세가 되자 하준이 팔을 무겸의 목에 걸었다. 커다란 손이 하준의 젖은 앞머리를 뒤로 쓸어 올렸다. 입술이 흰 이마에 맞닿았다.

하준이 눈을 감았다. 도착하자마자 정신없이 구음을 하고, 무겸의 것을 뒤로 받은 몸이 물먹은 솜처럼 무거웠다. 한번 절정에 다다른 의식이 급격히 나른해졌다. 하지만 결합은 아직 진행 중이었고, 배 속을 채운 성기는 여전히 꿈틀대고 있었다.

"으, 하아, 아……."

커다란 손이 물속에서 볼기를 주무르다가 양옆으로 살짝 당겼다. 이미 굵은 것을 물고 있느라 주름이 팽팽히 당겨진 입구가 조금 더 벌어지는 느낌에 하준이 몸서리를 쳤다. 안쪽으로 물이 들어올 것만 같아 저도 모르게 뒤를 꽉 조이며 힘을 주었다.

그러자 무겸이 가는 한숨을 쉬며 하준의 엉덩이를 그러잡았다. 천천히 들어 올렸다가 골반을 누르며 끌어내렸다.

"아읏, 흐으으……."

첨벙 첨벙. 작고 느린 물소리가 간격을 두고 퍼져나갔다. 뒤가 천천히 무겸에게 꿰뚫리는 동안 하준은 무겸의 어깨에 얼굴을 기대고 그 물소리만큼 작게 신음했다. 한번 절정을 맛본 뒤라 작은 자극에도 어찔어찔 눈앞이 어지럽게 떨렸다.

그렇게 제 위에서 하준의 몸을 잡아 올리고 내리던 무겸이 다시 뜨거워진 목소리로 속삭여 왔다.

"안에 싸고 싶은데 조금만 더 참을 수 있겠어?"

"하아, 응, 으응."

"물에서 하면, 후우, 덜 힘들 거야."

말을 마친 무겸은 고개를 끄덕이는 하준을 힘주어 끌어안고 몸을 강하게 쳐올렸다. 조용한 호숫가의 파문처럼 작게 울리던 물소리가 갈퀴처럼 거칠게 바뀌어 하준의 귀를 긁었다.

"읏, 흐으, 으윽."

무겸의 말대로 물속이라 몸이 가벼워서인지 아래쪽에서 엉덩이를 마구 쳐올리는 타격감을 견디기가 조금은 수월한 듯했다. 하지만 안쪽 깊은 곳을 두드리는 느낌까지 가벼워지는 것은 아니었다.

"아, 아, 아……!"

노곤한 몸이 따뜻한 물속에서 풀어지자 목구멍까지 밀어붙이는 듯한 둔중한 쾌감은 도리어 더 크고 생생해졌다. 머리가 질척거렸다. 몸속의 여러 가지 것들이 모두 액체처럼 녹아 그 물이 눈에서 솟아나는 것 같았다.

한참을 그렇게 하준의 안을 파고들던 무겸이 드디어 사정했을 때쯤, 그의 위에서 흔들리며 깊고 약한 부분을 몇 번이고 찔러 올려진 하준은 거의 반쯤 정신을 잃은 채 몸을 덜덜 떨며 가쁜 숨만 쉬고 있었다.

벌컥대며 경련하는 성기를 몸 안쪽에 묻고, 무겸은 오랜만에 만난 연인에게 표식이라도 남기듯 자신의 체액을 안에 잔뜩 발랐다. 긴 숨을 내쉬고 따끈하게 익은 뺨에 입을 맞췄다. 입 맞추는 소리가 욕실에서 유독 크게 울렸다.

"미안해. 피곤한데 못 참고 덤벼서."

"아, 니야. 나도 하고 싶었어……."

누가 봐도 힘들어 눈도 제대로 뜨지 못하면서, 하준은 약한 목소리로 부정하며 맞댄 고개를 작게 저었다.

무겸의 가슴 어딘가가 뭉클 가볍게 저미는 듯 아파 왔다. 하준을 만나기 전에는 느껴 본 적 없던 심장이 아픈 기분을 요즘은 시시때때로 크고 작게 느낀다.

땀을 마저 씻어 내고, 하준의 머리카락이며 몸을 보송보송 말린 다음에야 무겸은 그를 안아 들어 침실로 향했다. 옷도 입지 않고 침대로 들어갔다.

"오늘은 이대로 자고 집 구경은 내일 하자."

속삭이자 하준은 대답도 없이 품에 얼굴을 묻더니 순식간에 혼절하듯 잠이 들었다. 그 모습을 몇 분 정도 가만히 바라만 보던 무겸도 이마에 입술을 맞대며 눈을 감았다.

희미하게 비쳐드는 햇빛이 감은 눈꺼풀 위를 부연 흰색으로 칠했다. 하준은 바로 일어나는 대신 살짝 앓는 소리를 내며 옆으로 돌아누웠다.

그러자 함께 누운 따뜻하고 단단한 몸이 존재감을 가까이 드러냈다. 그 온기를 더듬으며 하준은 천천히 눈을 떴다.

"일어났어?"

아, 런던에 왔었지.

죽은 듯 깊었던 잠에 묻혀 망각했던 현실이 느리게 의식을 깨웠다. 덜

깬 잠을 바로 떨구지 못하고 눈앞의 남자를 멍하게 마주 보는 사이, 자느라 헝클어진 머리카락을 긴 손가락이 슥슥 빗듯이 쓸어 넘겼다. 머리를 만지는 손길에 정신이 들기는커녕 도리어 나른해져 하준은 반쯤 뜬 눈을 도로 감았다.

"더 잘래?"

"아니……."

만지는 걸로는 모자란지 무겸은 어느새 이마와 뺨에 입을 맞춰오고 있었다. 그를 마주 안고 키스하다가 하준은 문득 참지 못하고 키득거렸다.

이제 매일 아침 이렇게 무겸이 제 잠을 깨워 주는 건가? 그렇게 생각하니 가슴 안쪽이 간질간질, 심장이 재채기를 할 것만 같다. 뜬금없이 터진 웃음에도 무겸은 당황하지 않고 도리어 빙글대며 물었다.

"왜 웃어. 눈 뜨자마자 잘생긴 애인 보니까 좋아?"

"어떻게 알았냐."

그렇게 대답하자 무겸도 꾸밈없는 미소를 지었다. 이렇게 웃을 때의 얼굴은 아무리 봐도 질리지 않을 것 같다.

쑥스러워진 하준은 작은 미소를 돌려주고 누운 채로 좌우를 둘러보았다. 침대가 넓었다. 기분 탓인지 서울에 있던 무겸의 침대보다도 더 큰 것 같았다.

"침대 엄청 넓다."

"음. 어릴 때, 보육원 살 때 말야."

예상을 비껴간 대답에 하준이 입을 다물고 무겸과 눈을 마주쳤다.

"스무 명 넘는 애들이 한방에서 잤거든. 어렸을 때라 다들 체구가 작기는 했지만……. 돈 벌면 운동장만 한 침대 혼자 써 보는 게 소원이었어. 이 집이나 침대나 그때 키운 허세가 좀 섞였다고 봐야지."

"그게 왜 허세야."

"혼자 살 때는 몰랐는데 너 오고 나니까 집이나 침대나 너무 큰 것 같다. 더 붙어 있기 좋은 사이즈가 나은 것 같기도 해."

그렇게 말하고 무겸은 하준을 더 가까이 끌어안았다. 하준도 그의 등 뒤로 팔을 둘렀다. 앓아눕지 않을지 걱정한 것이 무색하도록 오랜만에 무겸과 밤을 보내고 기절한 듯 깊이 잠들었다가 깨어난 하준의 컨디션은 쾌조였다.

침대에서 미적대던 것도 잠시. 무겸의 손이 슬금슬금 벗은 허리 뒤를 미끄러지기 시작하자 하준은 번쩍 정신이 들어 일어났다.

"나 오늘부터 어학원에 바로 출석하기로 했어."

"치……."

무겸은 산통이 깨졌다는 표정으로 입술을 삐죽댔지만 곧 알았다며 수긍했다. 앞으로 하준은 계속 이곳에 머무를 테니 새털 같은 나날만이 기다리고 있다. 조급해할 필요 없었다.

한국에서부터 계속 해 오던 영어 공부의 맥을 끊기 싫다는 하준의 의견에 따라, 어학원은 도착하자마자 출석할 수 있도록 미리 등록을 해 두었다. 그린포드 출근까지는 일주일 정도 여유 기간이 남아 있었다.

"배고프지 않아? 아침은 먹고 가."

"응."

외출을 해야 하는 것은 하준만이 아니었다. 무겸도 평상시와 같이 훈련이 있는 날이었다. 하준은 맨몸에 약간 두께가 있는 배스로브만 걸치고 키친으로 향했다.

외양이 워낙 으리으리한 저택이라 부엌 같은 곳도 영화에서 본 것처럼 호화찬란할까 궁금했는데, 내부는 쓰기 편하게 고쳤다는 무겸의 말처럼 주방에는 넓고 깔끔한 현대식 시설과 테이블이 놓여 있었다.

"아침은 여기서 간단하게 먹는 편이야. 다이닝 룸도 따로 있는데, 굳이 거기로 음식 옮겨 가며 먹기는 귀찮아서."

"응. 나도 좋아."

배스로브를 걸친 하준과는 달리 무겸은 짧은 스포츠용 반바지 한 장을 입었을 뿐 보기 좋은 근육질의 몸을 그대로 드러내고 있었다. 무겸이 맨몸 위로 에이프런을 걸치는 것을 보고 하준은 그만 마시던 물을 풉, 뿜을 뻔했다. 무겸이 킥킥거렸다.

"너무 섹시해? 여기서 모닝 섹스 한번 할까?"

하준은 못 들은 척 헛기침만 두어 번 하고 말을 돌렸다.

"요리 네가 하게?"

"간단한 거니까."

서울에서는 늘 어디선가 배달시켜 받아먹는 것 같았는데 그것도 '임시'였던 걸까. 그때의 김무겸은 한국에 제 삶을 남겨 놓고 싶지 않았던 걸지도 모르겠다. 뒤늦게 그런 생각을 하며 하준은 몸을 일으켰다.

"도와줄게."

"거들 만한 일도 아냐. 오늘은 얻어먹어."

그래서 하준은 가까이 앉아 무겸이 요리하는 모습을 지켜보았다. 커다란 손이 사소한 동작도 제법 솜씨 있게 마무리했다.

토마토, 양파, 시금치 따위를 통통통 도마 소리가 나도록 일정하게 썰고 달걀을 풀고, 냉동실에 있던 베이컨을 밀폐 용기에서 꺼내 프라이팬에 올리는 일련의 모습에 빈틈이 없었다. 하준은 내심 감탄하며 빤히 지켜보았다. 저라면 지금쯤 뭐 하나는 쏟거나 태워 먹었을 것 같다.

꼼꼼하게 움직이는 굵고 긴 손가락에 시선을 보내고 있는데 그가 등을 보이며 돌아섰다. 에이프런의 어깨끈과 허리끈 사이로 완전히 드러난 등 근육이 프라이팬을 흔들 때마다 조금씩 꿈틀대는 모습이 보였다. 무겸이 따라준 우유를 홀짝이며 하준은 아예 턱을 괴고 구경했다. 아침부터 절경이었다.

"어때?"

"맛있어."

구운 베이컨과 채소가 들어간 오믈렛, 두부가 들어간 샐러드를 먹으며 하준은 진심으로 탄성을 냈다. 먹다 보니 세상이 참 불공평하다는 생각이 들었다.

"요리까지 잘하냐?"

"김무겸이 못하는 게 어딨냐."

알찬 식사를 마치고 설거지라도 하려 했더니 놔두면 집 비운 동안 사람이 와서 할 거라며 그마저도 만류당했다. 하준은 결국 터덜터덜 부엌에서 물러났다.

외출 준비를 마친 뒤 함께 차고로 향하던 무겸이 물었다.

"운전은? 당장 적응하기 힘들 테니 내가 데려다주는 게 낫겠지?"

"부탁할게. 운전석 위치가 달라서 조금 겁나. 연습 좀 해야 할 것 같아."

면허도 있고 때때로 선배들 대신 운전을 하기도 했지만 자가용이 없다 보니 하준은 운전에 그리 능숙한 편은 못 됐다. 아직 이역만리 런던에서 차를 몰 용기는 나지 않는다. 무겸이 웃으며 키를 챙겼다.

"운전 연습 좋네. 그럼 여기저기 놀러 좀 다니면서 이하준 운전 연습도 같이 할까?"

하준이 출근하기까지 아직 일주일이라는 시간이 남아 있었다. 그 시간을 최대한 활용하기로 마음먹은 둘은 열심히 계획을 짰다. 하준은 어학원에 다녀온 뒤, 무겸은 훈련 전이나 후에 남은 시간을 이용해 놀아야 했으므로 철저한 계획은 필수였다.

저야 원래부터 여행보다 여행 계획 세우기를 좋아하는 인간이지만 무겸은 이런 부분에도 기분파에 가까울 것 같다고 생각했다. 그러나 막상 이야기를 나누다 보니 그도 은근히 비슷한 타입이라 하준은 왠지 기뻐졌다. 하긴 무겸은 일단 자신이 관심을 가지는 일에는 매사 꼼꼼하고 완벽주의적인 면이 있었다.

첫날이라 그런지 어학원 수업은 오리엔테이션에 가까웠다. 다양한 나라에서 온 학생들끼리 조금은 어색하게 자기소개를 하고, 커리큘럼을 들은 뒤 교재를 몇 장 넘기다 보니 그날 수업은 그걸로 끝이었다.

그래도 하기로 결심한 일을 정말로 시작했다는 느낌에 하준은 보람찬 마음으로 가방을 챙겼다. 막 건물을 나와 문 앞에 서서 휴대폰을 확인하려는데 누군가가 옆에 다가오는 기척이 느껴졌다. 돌아보자 서글서글한 인상의, 또래로 보이는 남자가 서 있었다. 그는 조금 쑥스러운 듯하면서도 활달하게 말을 걸었다.

"안녕, 준. 아까 자기소개할 때 이름 말했는데 기억하려나? 나는 우첸. 한국에서 왔다며? 반가워."

"아, 응. 나도 반가워."

"너 진짜 그린포드에서 일해? 부럽다. 나 축구 엄청 좋아하거든."

"응. 아직 인턴이기는 한데……."

첫날부터 친구를 만들 수 있을 것 같아 반가운 마음에 대화를 이으려는데 손안의 전화가 울렸다. 하준은 양해를 구하고 통화 버튼을 눌렀다.

무겸이었다.

- 수업 끝났어?

"응. 지금 밖이야."

- 첫날인데 어땠어?

"괜찮았어. 그리고 나 벌써 어학원에 친구 생길 것 같아."

- …그래? 거의 다 왔으니까 나도 소개시켜 줘.

"어? 잠깐만, 김무겸."

갑자기 소개라니? 끊긴 전화를 들고 잠깐 난감해하는 사이 눈에 익은 차가 끼익, 앞에 섰다. 운전석 문이 지체 없이 열리고 훤칠한 차 주인이 어딘가 평소보다 날카롭고 냉정한 표정을 하고 멋들어지게 내려섰다.

"코치님."

"어, 어……? 킴?"

무겸이 말을 잃은 우첸의 옆으로 성큼성큼 다가와 힐끔 눈짓했다.

"이 사람이야?"

"응. 오늘 만난 어학원 친구. 우첸이라고 해. 대만에서 왔대."

"흠……."

무겸은 의심스러운 눈초리로 그를 위아래로 훑었다. 무례해 보일 수 있는 행동이었지만 축구를 엄청 좋아한다던 우첸에게 무겸의 은근한 무례함은 전혀 중요한 문제가 아닌 것 같았다.

"안녕하세요, 킴! 저 킴의 팬이에요, 이렇게 만나서 정말 반갑습니다. 와, 준이 그린포드에서 일한다는 말은 들었지만 설마 킴이랑 친한 사이일 줄은……. 혹시 사인 한 장만 받을 수 있을까요?"

"네, 저도 반갑습니다."

눈을 반짝이며 잔뜩 흥분한 우첸에 비해 무겸의 반응은 시큰둥했다.

하지만 그는 예의에 어긋나지 않게 대답하고 착실하게 사인까지 해 주었다. 우첸에게 사인한 노트를 돌려주며 무겸은 하준의 등을 슬쩍 감싸왔다.

"그럼 저희는 바빠서 이만."

"네! 정말 감사합니다. 조심해서 가세요. 준, 다음 시간에 봐!"

신이 난 새 친구를 뒤로 하고 무겸과 하준은 차에 올랐다. 둘의 대화가 원만하게 끝난 것에 하준은 내심 안도하고 있었다. 또 무슨 괴상한 의심을 하거나 시비를 걸지 않을까 걱정했는데 역시 팬 서비스 하나만큼은 소홀히 하지 않는다. 하지만 차에 탄 무겸의 입에서 나온 이야기는 하준의 예상과 딴판이었다.

"저놈은 걱정 안 해도 되겠어."

"왜?"

"못생겼잖아."

대답할 말을 찾지 못하고 하준의 말문이 막혔다. 사람 얼굴을 놓고 무례함이 하늘을 찔렀다. 하준이 보기에 우첸은 미남까지는 아니더라도 호감 가는 외모였다.

'하지만 여기서 우첸 편을 들면 더 골치 아파지겠지……?'

그에게는 미안하지만 그냥 가만히 있는 쪽을 선택했다. 반박하고 싶은 마음을 간신히 참는데, 무겸은 속내도 모르고 계속해서 말을 이었다.

"그렇다고 저놈이 너한테 흑심 가지지 말란 법은 없으니까 항상 조심해야 돼. 알겠지?"

"어휴, 알았어."

하준이 그만하라는 듯 타박하자 무겸은 키득대더니 몸을 숙여 뺨에 입을 맞췄다. 입맞춤에 금세 기분이 좋아진 하준도 함께 입을 맞추는데,

무겸은 제법 진지한 표정으로 물었다.

"학원은 어땠어? 마음에 들어?"

"응. 오늘은 첫날이라 오리엔테이션만 했어."

"다른 집적대는 놈은 없었고?"

끈질긴 질문에 하준은 또 한 번 어이없이 웃었다.

"다들 어색해서 자기소개도 겨우 했거든."

첫날부터 둘은 바쁘게 움직였다. 오후 나절, 무겸은 폭이 깊은 후드와 선글라스로 얼굴을 가리고 하준의 옆에서 거리를 함께 걸었다.

그렇게 얼굴을 가려도 힐끔대는 사람이 없지는 않았지만 막상 가까이 다가와 무겸인지 아닌지 확인까지 하려 드는 사람은 없었다. 무겸이 신기하다는 듯 웃으며 어깨에 팔을 걸쳐왔다.

"왜 그래?"

"온 지 10년이 돼 가는데 이렇게 관광지 맘먹고 도는 건 처음 같다. 아저씨 데리고 잠깐 구경 다닌 적은 있는데 아저씨가 별로 오래 머물지를 못했거든. 이러는 것도 재미있는데?"

둘은 계획대로 여러 관광지를 차례차례 들렀다. 차에 탄 채 멀찍하게 봤던 빅 벤이나 웨스트민스터 사원, 버킹엄 궁전 같은 곳들을. 건물은 호화로웠지만 날씨가 조금 흐려서인지 화려함보다는 다소 우울한 웅장함이 더 크게 느껴졌다. 겨울철 관광지는 사람으로 북적거리는데도 어딘가 쓸쓸한 듯 운치가 있었다. 하준이 저도 모르게 혼잣말했다.

"아직 겨울이라 어디든 다 쌀쌀하네."

"원래 런던 분위기란 게 이런 것 아냐?"

그렇게 답하는 무겸은 하준의 손을 잡거나 어깨에 팔을 걸치고 한순간도 떨어질 생각을 하지 않았다. 누군가 무겸을 알아볼까 봐 노심초사하는 사람은 하준 혼자였다.

휴대폰으로 여기저기서 함께 사진을 찍다 보니 문득 기념품 가게가 눈에 띄었다. 하준은 가족들에게 보낼 선물을 고르기 위해 잠시 방문했다.

“이거 귀엽다. 이걸로 해.”

다양한 디자인의 열쇠고리를 구경하던 중, 무겸이 옆에서 말을 얹었다. 런던 특유의 빨간 공중 전화박스 모양 참이 달린 고리였다. 하준이 웃으면서 그를 돌아보았다.

“맘에 들면 너도 하나 사 줄까?”

무엇이든 비싼 고급품만 사용하는 무겸에게는 너무 사소한 물건 같아 묻기가 쑥스러웠지만, 그래서 더욱 선물 고르기에 적극적으로 동참해 주는 것이 고마웠다. 농담처럼 던진 말에 무겸이 눈을 커다랗게 떴다.

“어, 정말? 나 주는 거야?”

“이 정도야 얼마든지…….”

“당연히 좋지! 이 코치가 나한테 선물을 주겠다는데.”

극히 평범한 기념품이었는데 예상 이상으로 좋아하는 무겸의 모습에 하준은 도리어 민망해졌다. 그가 저보다 훨씬 부자이다 보니 아직껏 선물다운 선물을 한 적이 없었던 탓이다.

선물에 금액이 중요하지는 않은 법인데. 하준은 제 속 좁음이 부끄러워져 얼굴을 붉히고 계산을 했다.

하루는 노점들이 서는 푸드마켓에도 들렀다. 영국은 음식이 맛이 없다고 들었는데 그렇지도 않았다. 하준은 피시앤칩스도 마음에 들었다. 무겸이 좋아한다는 가게에 들러 생선튀김과 감자튀김을 가득 담은 종이 상자를 사이에 놓고 맥주를 마셨다. 평소에는 나름대로 식단을 관리하는 무겸이지만 데이트할 때 정도는 예외였다.

당연히 그린포드의 경기도 직관하러 갔다. 무겸은 VIP석에 자리를 준비해 주겠다고 했지만 하준은 사양했다. TV를 통해서만 봤던 VIP석의 분위기도 궁금하기는 했지만 처음으로 직접 보는 그린포드의 경기인 만큼 좀 더 현장을 고스란히 느끼고 싶었다.

경기장에 도착하자마자 하준은 분위기에 압도당했다. 알고는 있었지만 현지 팬들의 열기는 상상을 초월했다. 그중에는 무겸의 유니폼을 입은 사람도 많았고 그의 복귀를 환영하는 플래카드를 들고 있는 사람도 눈에 띄었다. 벌써부터 술에 취한 듯 고래고래 소리를 지르며 응원하는 사람도 적지 않았다. 경기장 근처에는 딱딱한 얼굴을 한 경찰이 여럿 배치되어 있었는데 그 이유를 충분히 알 것 같았다.

두근두근 방망이질 치는 가슴을 안고 지켜본 첫 직관, 전반전이 시작한 지 얼마 되지도 않아 보란 듯이 무겸의 골이 터졌다. 환호하던 관중들이 그의 셀레브레이션을 보면서는 웃으며 웅성거리기 시작했다.

"귀엽다."

"나한테 한 거야."

하준 옆에 앉은 두 여성 관객이 키득대며 농담을 주고받았다. 그러는 동안에도 무겸은 두 팔을 머리 위로 올려 관객석의 한 방향을 향해 커다란 하트를 만들어 보이고 있었다. 얼굴이 빨개진 하준을 제외한 그 누구도 무겸이 한 세리머니의 정확한 의미를 알지 못할 것이었다.

틈틈이 옷이며 가방, 신발 같은 물건들도 잔뜩 샀다. 시간을 정해 놓고 쇼핑을 할 때도 있었지만 무겸은 다른 곳을 구경하며 놀다가도 백화점이나 명품 브랜드 숍이 눈에 띄면 기왕 있으니 들어가서 쇼핑도 하자는 식이었다.

충동적으로 문을 열고 들어가 입이 떡 벌어질 만한 돈을 쓰고는 물건을 받을 주소만 남기고 빈손으로 나오는 쇼핑에 하준은 도대체 익숙해질 것 같지 않았다. 하준이 도착한 지 며칠 되지도 않아 커다란 저택의 드레스 룸이며 각 방에는 새로 사들인 하준의 물건들이 빠르게 늘어나고 있었다.

노는 시간은 쏜살같이 흘러갔다. 어느새 출근을 하루 앞둔 휴일, 둘은 오전부터 느긋하게 관광 계획의 마지막 코스인 내셔널 갤러리를 돌고 있었다.

둘 모두 그림에 조예는 없었으므로 이 그림은 색깔이 예쁘다, 그림 속 사람의 표정이 우습다 따위의 얄팍한 잡담을 딴에는 진지하게 나누며 천천히 복도를 걸었다. 그러던 중, 1500년대에 그려진 비너스의 누드화를 감상하던 무겸이 생각났다는 듯 물었다.

"너는 정리 안 할 거야?"

"어?"

"여기."

그의 손가락이 여신의 새하얀 사타구니를 쓱 가리켰다. 세기의 명화라는 그림을 앞에 놓고 무슨 뜬금없는 연상 작용인가. 하준은 주변을 살피며 그의 손을 얼른 잡아 내렸다.

"안 한다니까."

"내일부터 훈련장 갈 건데 정말 안 해?"

"안 해. 훈련 지시하는 데 아무 상관도 없잖아. 선수들이야 다들 한다고 치더라도 내가 선수로 뛰러 온 것도 아니고."

무겸은 더 묻지 않고 어깨만 으쓱한 뒤 다음 그림을 보러 걸음을 옮겼다.

그리고 마침내 첫 출근일.

바싹 기합이 든 하준은 선임 코치의 뒤를 따라 훈련장 이곳저곳을 안내받는 중이었다. 자꾸만 감탄이 나와 자제하느라 고생해야 했다.

그러리라 짐작은 했지만 모든 면에서 국내 시설과는 비교가 되지 않았다. 야외 훈련장보다는 실내 시설이 특히 그랬는데, 일반적인 수영장은 물론 선수들의 수중 치료를 위한 전용 풀이며 물리 치료용 스파, 필라테스에서 크로스핏에 이르기까지 각종 실내 훈련을 위한 장비며 도구, 근육을 활성화시키는 전기 자극 시설 등 그야말로 선수들에게 필요한 모든 것이 다 있었다. 체력 측정을 위한 첨단 기기들은 물론이다.

오기를 잘했어. 하준은 다시금 제 선택이 뿌듯해졌다.

"잘 부탁해, 준. 그린포드에서 좋은 나날이 됐으면 좋겠어."

"네, 해리. 잘 부탁합니다."

하준은 안내를 마친 선임 코치의 손을 가볍게 맞잡고 악수를 나누며 웃었다. 걱정했던 것보다 그들의 말을 알아듣는 데 무리가 없었다. 외국인인 하준을 배려해 일부러 말의 속도를 늦춰 주는 듯했다.

영어로 이름이 쓰여 있는 명찰이 낯설다. 툭하면 가슴이 빠르게 두근거려 심호흡을 하며 열심히 숨을 조절해야 했다.

실내 시설을 모두 둘러본 다음 훈련장으로 이어지는 복도를 걸었다. 출구로 향하는 길, 양쪽 벽에는 팀의 과거와 현재를 아우르는 여러 선수들의 사진들이 걸려 있었다. 먼 어딘가를 바라보고 있는 무겸의 옆모습을 멋지게 포착한 사진을 지나쳐 보며 하준은 그린포드의 야외 훈련장에 나섰다.

멀찍이 무겸의 모습이 눈에 들어왔다. 그는 몇몇 선수와 모여 서서 뭔가 이야기를 나누며 웃고 있었다.

선수 중에는 백인도, 흑인도, 라틴계로 보이는 사람도 있었다. 그들과 함께 선 무겸에게서는 시티서울에서 자주 보았던, 은근히 다른 사람들에게 벽을 치고 편히 어울리지 않던 모습을 찾아볼 수 없었다. 하준은 문득 생각했다.

아, 무겸에게는 정말 이곳이 집이었구나.

그가 상당한 시간을 들여야만 제 옆을 허락하는 사람이라는 것을 새삼 깨닫는다.

다들 그가 성격이 강하고 무뚝뚝해 접근하기 어렵다고 한다. 틀린 말은 아니지만 무겸은 단순히 무뚝뚝하다기보다는 경계심이 강한 사람이다. 쉽게 사람을 믿지 않으니 마음을 여는 속도도 느리다. 그린포드에서는 열아홉 살 때부터 벌써 10년 가까이 머무르고 있으니 저런 허물없는 태도가 나오는 것이리라.

그렇게 생각하면 1년도 걸리지 않아 그와 연인이 된 저는 역시 특별한 케이스 아닐까?

조금 뿌듯해지려다가도 혼자 이런 생각을 하는 것이 부끄러워진다. 하준은 흠흠 헛기침을 해 자기 자신에게 기합을 넣었다. 선임 코치가 선수들에게 다가가 하준을 소개할 준비를 했다. 그가 말을 꺼내기도 전부터 무겸은 흐뭇하게 웃고 있었다.

"여기! 오늘부터 새로 나오는 피지컬 코치야. 이름은 이하준. 한국에서 왔어. 킴 소개로."

그러자 하준이 자기소개를 하기도 전에 한 선수가 입을 열었다.

"아, 무무랑 같이 살기로 했다는 그 친구야?"

그 말에 미소 짓고 있던 무겸이 얼굴을 확 찌푸렸다.

"무무라고 부르지 좀 마."

"무콤- 은 너무 어렵고 무, 한 글자로만 부르면 입에 붙지가 않아. 불편해."

"성으로 부르면 되잖아!"

"으음. 킴은 너무 흔해."

선수들이 킬킬대며 무겸을 놀렸다. 하준도 그만 킥 웃고 말았다.

"무무래."

무겸이 황급히 하준에게 달라붙어 어깨에 팔을 걸쳤다.

"안 돼. 너까지 그렇게 부르지 마."

"왜 그래, 귀여운데."

"그래서 싫다니까."

알고는 있었지만 그린포드에는 오래 뛴 원로 선수들이 제법 많고 무겸은 이곳에서 중견 중에서도 아직 젊은 축에 들었다. 해외파 스타인 데다 저보다 나이 많은 사람이 몇 되지 않아 무게를 잡던 시티서울에서와 달리 이곳에서는 상당히 애 취급을 받고 있는 분위기가 확연했다.

하긴 주장 같은 사람들은 열아홉 살 때부터 김무겸을 봐 왔을 테니. 하준은 오랫동안 그를 옆에서 지켜보았을 그린포드의 사람들이 내심 부러워졌다.

"만나서 반가워. 준."

"나도. 잘 부탁해."

"나도."

선수들이 우르르 손을 내밀어왔다. 하준은 반갑다고 화답하며 바삐 손을 맞잡았다. 그 모습을 보던 무겸이 얼른 끼어들어 손을 탁탁 거칠게 쳐냈다. 선수들이 투덜거렸다.

"왜 이래?"

"대충들 해. 뭘 일일이 만지려 들어. 새 코치는 피부가 약해서 함부로 접촉하면 알레르기가 도지니까 미리들 알아 둬."

"피부가 약해서 접촉을 못 하면 피지컬 코치 일을 어떻게 해?"

"그냥 그렇게 알아 둬!"

하준은 눈만 깜박였다. 속사포처럼 빠르게 오가는 무겸과 선수들의 말다툼을 다 쫓아갈 수가 없었다. 그러는 사이 훈련이 시작되었고, 하준은 계속 선임 코치를 꼬리처럼 따라다녔다. 열심히 그의 말을 이해하려 노력하며 일의 루틴을 익혀 갔다.

축구 훈련이 그렇듯 한국에서와 큰 차이는 나지 않았지만 그렇다고 똑같지도 않았다. 아직 능통하지 못한 영어 또한 소소하게 발목을 잡았다. 선임자가 몇 번씩 반복해서 알려 주거나 일부러 천천히 설명을 해 줘도 캐치하기 어려운 부분이 있었다. 무겸이 가끔씩 다가와 통역을 해 주기도 했지만 그도 훈련에 참가해야 하니 매번 그럴 수도 없다.

그러던 중 부슬부슬 비가 내리기 시작했다. 런던에 와서 벌써 몇 번 경험한 비였다. 우산을 써서 피하기도 애매한, 흩어지는 물안개 같은 보슬비. 선임 코치 해리가 걱정하는 눈초리로 하준을 보았다.

"춥지는 않아? 겨울 런던에 처음 오면 날씨 때문에 힘들어하는 사람도 많아."

"괜찮습니다. 한국 겨울보다는 훨씬 나은 것 같아요."

날씨와 상관없이 훈련은 진행되었고, 마침내 끝이 났을 때쯤 하준은 엄청나게 지쳐 버렸다.

새 직장에서의 첫날은 원래도 긴장되기 마련인데 이곳은 해외인 데다 말도 제대로 알아듣기 힘들어 훈련 시간 내내 신경을 곤두세워야 했으니까. 괜찮다고 말은 했지만 날씨까지 쌀쌀하고 축축하니 체력도 집중력도 두 배쯤 빨리 소모되는 기분이었다.

사람들도 친절하고 훈련 분위기도 좋은데 아직 적응이 안 되어 그런지 마음이 편치 않았다. 생각보다는 수월했다고 다행스러워하면서도 한숨을 쉬며 하준은 실내로 들어섰다. 빨리 영어가 늘었으면.

그렇게 실내로 들어서고 나니, 미처 생각지 못했던 상황이 하준을 기다리고 있었다.

비를 맞아 머리가 축축해지고 옷도 젖었다. 샤워는 집에 가서 하더라도 옷은 갈아입어야 했다.

하준은 망설였다. 아직 그다지 가깝지 않은 사람들에게 허리의 흉터를 보여 주고 싶지 않았다.

'어떡하지?'

일단 묵묵히 스태프용 로커 룸까지 선임자를 따라 들어갔다. 해리가 먼저 옷을 훌렁훌렁 벗었다.

"음? 준, 옷 안 갈아입고 갈 거야?"

"…아, 아뇨."

하준은 저도 모르게 그의 다리에 눈길을 보내고 있었다. 그도 하준의 시선을 따라 고개를 숙이더니 피식 웃었다.

"아, 이거? 예전에 사고가 나서 수술한 적이 있어. 지금은 아무 문제 없으니까 걱정 마."

"아닙니다. 미안해요. 무례하게 봐서."

"처음 보면 당황할 수도 있지. 신경 쓰지 마."

해리의 왼쪽 허벅지에는 거의 옆면 전체를 가로지르는 긴 흉터가 남아 있었다. 하준은 머뭇대다가 젖은 저지와 습기 찬 셔츠를 벗었다.

이번에는 하준의 허리를 본 해리가 먼저 쓴웃음을 지었다.

“부상자 병동이군. 흔한 일이지. 이 일 하는 사람 중에는 다친 경험이 있는 사람이 많아.”

“저도 사고 비슷했어요.”

해리가 고개를 끄덕이며 바지와 속옷까지 벗었다. 완전히 나체가 된 그를 본 하준의 얼굴이 다시 딱딱하게 굳었다.

“먼저 샤워하러 들어갈게.”

“네.”

하준은 고개를 끄덕이며 샤워실로 들어가는 남자의 뒷모습을 멍하니 보았다.

곧이어 다른 스태프들도 하나둘씩 들어와 잡담을 나누며 옷을 벗었다. 하준은 그들을 황망히 둘러보다가 어느 순간 제 로커 쪽으로 휙 몸을 돌렸다. 벽만 보고 서 있는 그에게 누군가가 물었다.

“준, 샤워는?”

“아, 저는… 집에 가서 씻을래요. 옷만 갈아입고 가려고요.”

하준은 시선을 피하며 대답한 다음, 서둘러 마른 수건으로 머리와 몸을 닦고 옷을 갈아입었다. 다행히 안개처럼 떠도는 빗줄기가 속옷까지 적시지는 못해서 옷을 갈아입는 것만으로도 산뜻해졌다.

주차장에 도착하자 무겸의 차가 짧게 헤드라이트를 깜박였다. 하준은 도망치듯 걸음을 빨리해 차에 올라탔다. 정색한 표정을 풀지도 못하고 빳빳하게 앉았다.

놀란 눈을 동그랗게 뜨고 굳어 있는 하준은 쫓겨온 사람처럼 안절부절못하고 있었다. 무겸은 그를 빤히 살펴보다가 몸을 살짝 기울이고 물었다.

“왜 그래, 무슨 일 있어?”

"…어?"

"신입이라고 누가 괴롭혔어? 누구야? 말해. 내가 죽사발 내 줄 테니까."

하준은 으름장을 놓는 무겸을 보면서도 아무 말 못 하고 고개만 저었다.

"그럼?"

"……."

"하준아. 왜?"

흰 얼굴이 차츰 붉어졌다. 웬 놈들이 텃세랍시고 순진한 송아지를 놓고 성희롱이라도 한 걸까? 무겸의 의심이 험한 형태를 띠기 시작할 때쯤, 하준이 천천히 입을 열었다.

"김무겸, 정말로."

"어."

"사람들 거기, 그게… 없어."

하준은 말을 마치고 다시 입을 꾹 다물었다. 그의 말을 바로 알아듣지 못한 무겸이 찌푸린 미간을 풀지 않고 고개를 갸웃했다.

엄밀히 말하면 모두가 무겸처럼 맨들… 한 것은 아니었다. 체모가 있는 사람도 있었다. 그러나 그런 사람들의 것도 뭔가 인위적으로 모양을 내거나 손질을 했음이 분명한 형태였다.

자라는 대로 내버려 둔 사람은 나이 지긋한 중년 스태프들뿐, 젊은 사람 중에는 아무도 없었다. 한국이었다면 그곳에 털이 없거나 일부러 정리를 한 사람이 눈길을 끌었을 텐데 이곳에서는 무겸의 말대로 반대가 될 듯했다.

뒤늦게 하준의 말을 이해한 무겸은 푸하하 소리까지 내며 웃었다. 하준의 얼굴이 더 빨개졌다.

"거봐. 내가 뭐랬냐."

"난 네가 나 놀리는 줄 알았지."

"너 놀리려고 필요도 없이 멀쩡한 털을 없애? 아무리 그렇게까지 한가하지는 않아."

무겸이 시동을 걸고 핸들을 잡더니 말했다.

"그냥 놔둘래? 나 네가 남들 앞에서 옷 벗는 거 싫어. 놔두면 이 코치님, 계속 로커 룸에서 옷도 제대로 못 벗고 쭈뼛대다 올 것 같아서 그것도 맘에 들어."

"어떻게 매번 그냥 나와. 나도 남들 앞에서 옷 벗는 거 싫어해. 그래도 일하다 보면 어쩔 수 없을 때도 있잖아."

그래, 어쩔 수 없지. 농담인 척 내심 진심을 담아 말했던 무겸은 쓴웃음을 지었다.

하준을 런던까지 오게 한 이유는 두 가지였다. 김무겸과 이하준은 함께 있어야만 하니까. 그리고 그의 두 번째 꿈을 보다 완벽하게 이루어 주고 싶었으니까.

그런데 요 일주일, 매일 밤 옷을 걸칠 틈도 없이 알몸으로 제 팔에 안겨 색색 고른 숨을 내쉬는 얼굴을 보고 있자면 다른 욕심이 치밀었다. 오히려 떨어져 지낼 때는 당연하게 여겼던 각자의 시간마저 자꾸만 제 것으로 만들고 싶어진다. 공부고 일이고 때려치우라 하고 제 옆에만 묶어 놓고 싶은 마음이 불쑥불쑥 치밀 때가 한두 번이 아니었다.

하지만 그것은 저의 망상일 뿐, 진짜로 그런 말을 하면 하준이 언젠가처럼 주먹으로 문짝을 때려 가며 화를 낼 것임을 안다. 무서워서 말도 꺼낼 수 없다.

그가 화를 내지 않더라도 그런 인간은 되고 싶지도 않고.

"그럼… 어떻게 해야 돼? 전문 숍 같은 데 가야 돼? 아니면 병원?"

하준은 체모를 한 번도 정리해 본 적이 없었으므로 어디서 어떻게 해야 하는지 전혀 몰랐다. 그래도 왁싱 정도는 주워들은 적이 있어서, 아마도 네일아트나 피부 관리처럼 전문 관리사가 있지 않을까 추측했다. 하지만 무겸은 피식 웃기만 했다.

"숍이라니. 어디 다른 사람 손에 아랫도리 관리를 맡기려 들어?"

"그러면?"

무겸이 수술을 앞둔 의사처럼 양손을 얼굴 앞에 척 들어 올렸다. 표정이 짐짓 비장해졌다.

"내가 해."

"…할 줄 알아?"

"배웠어. 애인님 오면 직접 해 주려고."

"그… 렇게 금방 할 수 있는 거야? 남들은 돈 받고 하는 일인데."

"할 수 있지 그럼."

차가 움직이기 시작했다. 무겸이 하준을 힐끔 곁눈질했다.

"김무겸이 못하는 게 어딨냐."

하준은 불안한 눈으로 무겸을 응시했으나 그는 콧노래까지 부르며 도로를 달렸다. 아는 것이 일절 없으니 무엇을 어떻게 물어봐야 하는지도 알 수 없었다.

어떻게든 되겠지. 하준은 곧 포기하고 좌석에 등을 묻었다.

⚽

집에 돌아오자마자 샤워를 마치고, 하준은 얇은 가운 한 장만 걸친 차림으로 방으로 들어섰다.

뭐든지 다 있는 무겸의 넓은 저택은 마사지 룸도 갖추고 있다. 집에 물리 치료사나 마사지사를 불러 케어를 받을 때 사용하는 방이다. 요즘은 하준이 훈련을 마친 무겸의 몸 상태를 살피거나 마사지를 해 줄 때도 사용하고 있었다.

"이리 와."

오늘은 평소와는 반대로 무겸이 마사지 베드를 두드리며 하준에게 누우라 종용했다. 하준은 여전히 미심쩍은 눈초리였다.

"너 정말 할 수 있겠어?"

"배웠다니까. 나 손재주 좋은 거 몰라? 믿어. 꼼꼼하게 잘할 수 있어."

그러고도 하준은 베드에 눕지 않고 못마땅한 표정으로 가만히 서 있었다. 머뭇거리던 그는 결국 미간을 슬쩍 구기고 내뱉듯이 물었다.

"어떻게 배웠는데?"

"응?"

"배웠으면 실습을 했을 거 아냐. 누구한테 해 줬어?"

무겸은 날카로워진 하준을 멀뚱히 보다가 들고 있던 왁싱 젤을 내려놓았다. 제자리에 서 있는 하준에게 먼저 가까이 걸어가 빙글빙글 웃었다.

"왜 그래, 이 코치. 질투해?"

"대답이나 해."

다른 사람에게 어떻게 아래를 맡기냐며 저는 숍에도 못 가게 하면서, 무겸은 왁싱을 배운다는 명분으로 남들의 은밀한 부분을 보고 만졌을 거라 생각하니 속이 뜨끈해졌다.

기술을 배우려다 보면 당연히 거쳐야 하는 과정인 것은 안다. 저 역시 훈련 중 선수들의 엉덩이나 서혜부 정도는 마사지할 때도 있다. 하지만 저는 일 때문에 하는 것이다. 무겸은 굳이 배우지 않아도 그만이었지 않나.

"누구긴. 아까 본 놈들 눕혀 놓고 연습해 봤어."

"…아까?"

"너랑 인사했잖아. 훈련장에서 본 놈들 말야."

"아."

훈련장에서 저와 악수를 했던 일군의 선수들을 되짚는데, 무겸은 좋지 않은 기억이라도 떠오른 듯 얼굴을 찌푸리고 고개를 부르르 저었다.

"확실히 깨달은 건, 네 거 아닌 좆은 죄다 역겹다는 거야. 욕하면서 했네. 손이랑 눈 썩는 줄 알았다."

"…그렇게까지 싫으면서 뭐하러 굳이 배웠어."

"남들 앞에서 씻는 것 정도까지가 내가 참을 수 있는 한계야. 다치기라도 했을 때 아니면 남이 네 여기 만지는 건 절대 안 돼."

하준의 다리 사이를 한번 쓸어 올린 무겸이 다시 손을 이끌었다.

"어서 누워."

이번에야말로 하준은 포기하고 침대에 누웠다. 무겸이 젤 뚜껑을 돌리며 콧노래처럼 혼잣말을 읊었다.

"방치형 애인님한테 질투를 다 당해 보고. 역시 뭐든 새로운 걸 배우면 쓸데가 있다니까."

"내가 언제 널 방치했어?"

"우리 코치님은 공부하고 가족들 챙기느라 바쁘니까. 나는 축구 하는 시간 말고는 전부 너랑 보낼 수 있는데 너는 안 되잖아?"

"나는 그게 일이라 어쩔 수가 없으니까 그렇지……. 가족도……."

할 말이 궁해진 하준의 목소리가 작아지자 무겸은 피식 웃었다.

"싫다는 거 아니다. 비싼 몸이라 더 매력 있어."

무겸이 하준의 가운을 풀어 헤치고 얇은 라텍스 장갑을 꺼냈다. 하준은 마른침을 삼켰다. 그저 체모를 제거하는 것뿐인데 정말 수술이라도 받는 것처럼 긴장이 된다.

"자, 이거."

그때 무겸이 웬 폭신한 덩어리를 가슴팍에 안겼다. 하준이 눈을 둥글게 뜨고 그것을 살폈다. 뿔이 달린 하얀 소 인형이었다. 정확히는 인형처럼 재단된 쿠션이라고 해야겠다.

"이게 뭐야?"

"네 친구. 좀 아플 수도 있으니까 안고 있어."

그 정도로 아프다고? 대놓고 그런 말을 듣자 긴장이 한층 커졌다. 하준은 입을 다물고 시키는 대로 쿠션을 가슴팍에 꽉 안았다. 무서워서 아래는 내려다보지도 않았다.

무겸의 손이 체모 위를 쓰다듬었다. 간지러워진 하준이 다리를 모아 굽히며 앓는 소리를 냈다.

"그냥 털이 아니라 토끼털이라 보들보들 예쁜데. 막상 없애려니까 좀 아쉽기도 하네."

"사람한테 토끼털은, 또 뭐야……."

곧 무겸의 손이 진득하고 물컹한 것을 아래 피부에 꼼꼼히 펴 바르는 것이 느껴졌다. 그의 손이 그 부근을 만지는 것이야 일상적인 일인데 목적이 목적이다 보니 긴장이 되었다. 눈치챘는지 무겸이 작게 웃었다.

"별로 많지도 않고, 가는 편이라 별로 안 아플 거야."

"악!"

말이 끝나자마자 예고도 없이 무겸은 발랐던 왁스를 단번에 떼어 냈다. 쫙, 뜯어지는 소리가 크게도 났다. 별로 아프지 않을 거라는 장담과 달리 화끈한 통증이 불시에 덮쳐, 하준은 저도 모르게 소리를 질렀다. 곧

이어 불만스러운 목소리가 튀어나왔다.

"좀, 미리 말이라도 해라."

"모를 때 하는 게 덜 아플걸?"

"아, 정말. 이게 무슨 짓이야……."

화끈거리는 아래도, 섹스 중도 아닌데 하반신을 훤히 드러내고 모든 걸 무겸에게 맡기고 있는 상황도, 무엇보다 지금 하고 있는 행위 자체가 너무너무 부끄럽다. 하준은 가슴에 안고 있던 쿠션을 얼굴 위에 얹고 눌렀다.

그 모습을 본 무겸의 입술이 휘어졌다. 몰랐는데 창피할 때 베개나 쿠션 따위로 얼굴을 가리는 습관이 저와 비슷했다. 깜깜해진 하준의 시야를 무겸의 웃음 섞인 목소리가 파고들었다.

"예전에는 너랑 내가 참 다른 타입이라 생각했는데."

무겸이 남은 부분에 왁스를 다시 펴 바르며 말했다.

"갈수록 비슷한 점도 많이 느껴져."

"아!"

쫙! 대답할 틈도 없이 또 한 번 화끈한 통증이 아래를 덮쳤다. 하준이 빙글 몸을 옆으로 말아 눕고 투덜거렸다.

"몇 번이나 더 해야 돼?"

"한꺼번에 많이 하면 더 아파서 조금씩 할 거야."

"별로 안 아프다더니 순 거짓말."

"처음이라 그래. 하다 보면 괜찮아져."

"꼭 이렇게 해야 돼? 그냥 면도기로 밀면 안 돼?"

"그랬다가 다시 자랄 때 따가워서 너 울어."

무겸의 손이 다시 하준을 바로 눕히며 다리를 개구리처럼 벌렸다.

"이 정도로 엄살은."

무겸이 웃으며 거듭 살갗 위로 왁스를 발랐다. 그 이후로도 따끔한 아픔이 아랫도리를 덮치기를 몇 번. 그리 대단한 고통은 아니라지만 따지고 보면 머리채를 한꺼번에 쥐어뜯기는 것이나 다름없는 행위 아닌가. 막판에는 눈물이 핑 고였다.

한참을 어쩔 도리 없이 무겸에게 밑을 내맡기고 있자, 어느 순간 부드러운 물수건이 남은 잔여물을 닦아 내는 듯 맨살 위를 쓸었다. 그다음에는 차가운 알코올 솜이며 젤 같은 것이 피부 위를 오가더니 마침내 종료를 알리는 무겸의 목소리가 들렸다.

"이제 끝."

하준이 눈물 고인 눈을 쿠션 아래로 슬쩍 드러냈다. 무겸이 그를 보더니 피식 웃었다.

"이 코치님 우네? 그렇게 아팠어?"

"아프다고 했잖아……."

"일어나서 직접 봐."

그러나 하준은 차마 제 아래를 제대로 확인할 자신이 없었다. 태어나서 그곳 털을 없애는 날이 올 거라고는 한 번도 생각해 보지 않았는데.

"앗!"

그렇게 누워서 망설이는 사이 썰렁해진 그곳에 부드러운 것이 맞닿는 감촉이 느껴졌다.

"예쁘다, 하준아. 백자지 어울려."

"그런 말 좀, 하지 마… 아……."

무겸의 입술이 이제 막 맨피부가 된 곳 위를 여기저기 스쳤다. 소리조차 나지 않는 가벼운 키스인데 예민해져서인지 그마저도 몸이 움찔거릴 정도로 짙게 느껴졌다.

"원래 직후에 바로 하는 건 참으라고 하던데……."

"응, 흐으."

무겸이 몸을 일으켜 아래에 놓인 몸을 내려다보았다. 원래도 희고 미끈한 몸, 가운데 있던 옅은 음영까지 지우자 온몸이 흰 도자기처럼 반질거렸다. 허리의 얼룩 말고는 아무런 무늬도 그의 몸에 존재하지 않았다.

어린 시절 한 귀로 흘려듣던 학교 수업 중, 그나마 기억에 남는 몇몇 부분 중에는 도자기에 관한 내용이 있었다. 요약하자면 고려청자는 화려하고 조선백자는 소박하다는 이야기였다. 나이 많은 역사 교사가 촌스럽고 음탕한 농담까지 곁들여 설명을 했던 것으로 기억한다.

무겸은 그때 수업 내용에 그다지 공감할 수가 없었다. 어린 눈에도 화려한 무늬가 빈틈없이 새겨진 파란 도자기보다 무늬 없는 흰 도자기 쪽이 훨씬 더 야해 보였던 것이다. 지금 하준의 모습이 그랬다. 온몸을 질릴 때까지 만지고 핥아 보고 싶어졌다.

허벅지를 더듬으며 가랑이 깊이까지 거슬러 올라간 커다란 손이 다리를 넓게 벌렸다. 갑자기 성기를 부드럽게 핥는 감각에 놀란 하준의 허리가 튕겨 올랐다.

"아, 하아!"

"그냥 넘어가기 힘드네. 살살 하면 괜찮지 않을까?"

하준이 그제야 팔꿈치로 몸을 받치며 황급히 상체를 일으켰다. 눈에 곧바로 제 하반신이 들어왔다.

막 왁싱을 마쳐 아직 살짝 발그레한, 매끈한 사타구니를 마주친 얼굴이 점차 붉어졌다. 말문이 막힌 채로 자신의 새로운 모습을 받아들이려고 애쓰는 사이, 다시금 혀가 기둥을 길게 핥아 올렸다.

당황을 추스르기도 전에 등허리가 찌릿찌릿해지자 금세 정신이 산만해졌다. 하준은 허리를 뒤채며 베드에서 벗어나려 했다.

"기다려 봐, 나 지금은 별로……."

하지만 무겸의 팔이 이미 허벅지를 휘감듯이 붙잡고 있어 하체가 꿈쩍도 하지 않았다. 그렇지 않아도 계속 무겸의 손에 맡겨 놓았던 부분이다. 긴장과 통증 때문에 바싹 일어섰던 감각은 금세 성감으로 바뀌었다. 평소보다 더 빨리 몸이 뜨거워졌다.

무겸이 입속 깊이 하준의 것을 삼켰다. 하준은 입술을 깨물며 신음을 참았지만 곧 한계에 부딪혔다.

"으읏, 읏… 으, 흐윽, 아… 아!"

참지 못한 신음이 조금씩 그 크기를 키웠다. 무겸의 입속은 크고 깊고 뜨거웠다. 성기를 빨아올릴 때면 그곳뿐만 아니라 전신이 그의 입속으로 빨려 들어가는 것만 같았다. 귀두구를 혀로 뭉갤 때마다 전류 같은 자극이 전신의 말단까지 흘러 손발 끝에 흠칫흠칫 힘이 들어갔다.

미끄러뜨리듯 성기를 뱉어낸 무겸은 기둥을 혀로 핥아 내리다가 둥근 고환에 입을 맞췄다. 양쪽 고환을 번갈아 가며 사탕처럼 입속에서 굴린다. 그러더니 구음을 멈추지도 않고 하준의 허벅지 뒤를 손으로 밀어 엉덩이가 눈앞에 드러나도록 했다.

"아……!"

갑작스러운 노출에 하준이 당황해 몸을 굳혔다. 구멍이 저도 모르게 움찔 좁아지는 느낌이 노골적이었다. 이 모습을 무겸이 눈앞에 두고 바라본다고 생각하면 얼굴이 터질 것 같았다.

"보지 마."

"싫어?"

"하지 마……."

"좆은 벌써 이만큼 세워 놓고서 뭘."

손가락이 일어선 성기를 통통 튕기듯 두드린다. 부끄러움에 마땅한 대답도 찾지 못하고 시선을 천장으로 비끼는 사이, 시작을 알리는 말 한마디 없이 말랑한 살덩이가 뒤로 밀고 들어왔다.

하준은 숨이 턱 막혀 소리도 내지 못했다. 입구를 쿡쿡 찌르다가 내벽을 비집고 들어온 혀가 주름을 벌리듯 둥글게 움직이고 추삽질이라도 하듯 앞뒤로 오가며 입구 근처 점막을 문지를 때는 뒤통수까지 찌릿해지며 눈앞이 어질어질했다. 하릴없이 쿠션을 질질 끌어와 다시 얼굴 위로 잡아 눌렀다.

"…흐윽, 으, 읏!"

"하아, 너는,"

중간중간 고의적으로 할짝대는 소리를 내며 뒤를 애무하던 무겸은, 한참 뒤에야 볼기 사이에 처박고 있던 얼굴을 들어 올렸다.

"부끄러운 거랑 싫은 걸 착각하는 경향이 있어."

얼굴만큼이나 발갛게 달아올라 움찔대는 입구로 손가락 두 개가 한 번에 들어가 끝까지 찔러 든다.

순간 하준의 목이 핏줄이 비치도록 팽팽하게 젖혀졌다. 엉덩이가 베드 위로 짧게 들썩 떠올랐다가 곧 떨어졌다.

"하, 아아, 아, 으!"

진입한 손은 기다리지 않고 곧바로 전립선 부근을 비비고 누르며 안쪽을 오갔다. 얼마 걸리지 않아 아까부터 서 있던 성기 끝에서 희고 불투명한 액체가 주르르 흘러내렸다.

아픔도 신체적 자극이라서일까. 평소에 비해 길게 애무하지 않았는데도 한참 동안 아랫도리를 붙잡혀 시달린 하준의 몸속은 공들여 전희한 직후처럼 뜨거워져 있었다.

정액이 곧게 뻗은 기둥을 타고 흘러 예전이라면 체모가 자리했을 피부 위에 고인다. 무겸은 소리 나지 않게 긴 한숨을 쉬었다. 삽입을 조르기라도 하듯 빠끔대는 발그레한 입구와 체모라고는 없이 매끈해진 맨살이 한꺼번에 눈에 들어왔다. 그는 찔걱대는 소리가 울리도록 손가락을 크게 흔들며 진심 어린 감탄을 했다.

"백자지가 이렇게까지 어울리는 사람도 흔치는 않을 것 같아."

"으응, 으, 흡!"

하준이 지르는 비명이 온전히 방을 울리지 못하고 두꺼운 벽에 반쯤 먹혀 사라졌다. 아까 쥐여 주었던 쿠션으로 여전히 제 얼굴 위를 덮고 있었기 때문이다.

그래도 그 아래, 흰 목까지 새빨개진 모습이 여실히 보였다. 무겸은 쿠션을 빼앗아 들었다.

"애인이랑 섹스할 때 이런 걸로 얼굴 가리는 거 아냐."

"네가 가리고 싶게 만들어 놓고……."

"일어나 봐."

무겸이 팔을 잡고 하준을 일으켜 세웠다. 여기서 끝인가, 하는 의문과 희미한 안도를 동시에 담은 어정쩡한 얼굴로 하준이 베드에서 일어났다.

당연히 끝낼 생각은 아니었다. 기왕 털을 뽑은 토끼를 좀 더 성의 있게 맛보고 싶어졌을 뿐. 무겸은 저도 베드 위에 올라앉으며 하준의 팔을 다시 잡아당겼다.

"내 위에 엎드려 봐. 엉덩이 보이게."

"아, 그거 싫어."

"얼른."

단박에 거절당하고도 무겸은 느긋했다. 그나마 하준의 몸에 한 겹 걸쳐져 있던 가운까지 무겸의 손에 벗겨져 내렸다. 그는 재촉하지도 않고 제 옷을 천천히 벗어 나갔고, 잠시간 제 색깔을 찾았던 하준의 얼굴이 도로 새빨개졌을 때쯤에는 둘 다 알몸이 되었다.

"그거 너무 민망하단 말이야……."

"예전에도 하던 거잖아. 오늘이라고 왜 못해."

저를 잡아당기는 힘을 이기지 못하고 하준은 무겸의 다리 위에 걸터앉듯 기대어 섰다. 단단한 팔이 허리를 안고, 입술이 유두를 더듬다가 혀를 세워 그 끝을 핥았다. 아이를 어르기라도 하듯 커다란 손이 엉덩이를 토닥거렸다.

"흐으, 읏……."

"그래. 돌아 엎드려 봐. 괜찮아."

결국 하준이 제 위에 거꾸로 엎드리도록 이끈 무겸은 천천히 상체를 베드 위에 눕혔다. 하얀 볼기, 이미 한 번 빨리고 쑤셔져 붉어진 입구, 체모가 모두 사라진 사타구니와 성기까지 한눈에 들어왔다.

"예쁘다, 하준아."

감탄이 저절로 나왔다. 무겸은 볼기에 쪽 입을 맞추고, 골반 아래로 팔을 넣어 희고 탄력 있는 허벅지를 단단히 옭아맸다. 엉덩이가 제 얼굴을 누르다시피 가까이 오도록 만들었다.

제일 먼저, 살짝 도톰하게 부푼 회음에 혀를 내밀었다. 하준의 허리가 움찔 크게 떨리며 팔 안에 잡은 허벅지에도 힘이 들어가는 것이 느껴졌다. 입구가 꽉 다물리고 엉덩이가 탄탄해지는 모습이 바로 눈앞에 보였다.

"아으으… 흐읏."

흐린 신음이 들린다 싶더니 따뜻하고 축축한 것이 무겸의 성기에 닿았다. 하준이 시키지도 않은 구음을 시작하고 있었다.

오늘 같은 날은 받기만 해도 충분할 텐데. 무겸은 웃으며 입구를 길게 핥았다.

"아아!"

"왜. 눈앞에 좆이 있으니까 빨고 싶어?"

"그거야, 네가 해 주니까, 앗, 나도……."

제 고집을 못 이겨서 할 수 없이 엎드려 놓고도 '해 준다'는 표현을 쓰다니 착하기도 하지.

무겸은 속으로 애인을 상찬하며 다시 입을 둔덕 사이로 가져갔다. 하준과 관계를 가지기 시작했던 초반, 처음으로 이 자세로 서로를 애무하던 때가 떠올랐다.

자고로 69란 서로의 것을 입으로 사랑해 주라고 있는 체위인데 그때는 뭣도 모르고 사내자식 좆을 어떻게 빠냐 못된 생각을 하며 손장난만 했었다. 참회하는 마음으로 성심성의껏 이하준의 것을 물고 빨기로 마음먹는다.

"으으, 읍!"

길게 내밀어져 회음을 꾹 누른 혀가 천천히 힘을 실어 위로 미끄러졌다. 긴장에 잔뜩 좁게 오므라든 입구 위를 쓸고 꼬리뼈 아래까지 길게 핥아 올렸다. 그리고 다시 입술을 회음부에 맞춘다.

두 번, 세 번, 네 번……. 느리고 긴 애무를 반복해서 받는 엉덩이가 파들파들 떨렸다. 하준은 무겸의 것을 간신히 물고 있을 뿐 전혀 움직이지 못하고 있었다.

"기왕 하기로 한 건데 빨아 봐."

"으, 흣……."

허리를 살짝 쳐올리며 입 안을 찌르자 성기를 감싼 하준의 입이 느리게 위아래로 오갔다.

입술에 힘이 빠져 제대로 빨아올리거나 핥지도 못하는, 그저 입에 담고 고개만 까닥이는 펠라티오였지만 그래도 무겸의 것은 하준의 입속에서 꿈틀대며 그 부피를 키웠다. 매끈하고 말랑한 점막에 스치는 것만으로도 지금은 몹시 짜릿했다.

고집부리듯 꽉 다물린 입구에 입을 맞췄다. 혀끝에 힘을 주고 주름을 벌려 들어가자 하준의 몸이 주체가 되지 않는 듯 덜덜 떨리기 시작했다. 도망치려는 것처럼 몸을 위로 끌어당기지만 허벅지와 골반을 탄탄히 옥죄고 있는 무겸의 팔을 빠져나갈 수 있을 리 없다.

혀로 안쪽을 헤집으며 허리에 제법 힘을 싣고 턱턱 쳐올렸다. 무겸의 것을 어설프게 물고 있던 하준의 입속 깊은 곳까지 굵게 발기한 성기가 찔러 들어갔다.

"-흐으으, 흐, 으읍!"

위아래를 동시에 자극당한 하준이 틀어 막힌 울먹임을 삼키며 묶인 몸을 들썩였다. 무겸이 혀를 더 길게 뻗었다. 처음에는 상상도 못 했던 행위지만 무겸은 하준의 뒤에 입을 맞추는 것이 좋았다. 실제로 남근을 삽입하는 곳을 아랫입이라 빗대기도 하지 않나.

구멍 안쪽은 정말로 또 하나의 입처럼 따뜻하고 매끈하고 촉촉해서, 핥고 있노라면 기분이 키스를 할 때와 크게 다르지 않았다. 제 혀에 얽혀 드는 또 하나의 혀는 없지만 입구가 다급하게 조여들며 혀를 마주 빨아오는 느낌도 나쁘지 않다.

"아아, 아! 앗, 앗, 흐아……!"

키스와 비교했을 때 더 좋은 점이 있다면, 키스할 때보다 하준이 더 크게 느낀다는 거고.

한참을 혀로 안쪽을 찌르고 휘저은 무겸이 후우, 길게 숨을 쉬며 목의 힘을 뺐다. 얼굴을 베드에 툭 눕히자 살짝 벌어져 움찔대는 입구가 선명하게 시야에 들어온다. 무겸은 그것을 만족스러운 눈길로 바라보다가 하준의 엉덩이를 더 뒤로 잡아당겼다.

"아… 제발, 이거 그만하자……."

어느새 또 구음을 멈추고 신음하던 하준은 거의 울먹이고 있었다. 무겸은 대답 대신 이번에는 고환의 중심부를 핥아 올렸다. 양쪽을 한 번씩 입에 넣고 빤 다음, 마지막에는 비스듬히 기울어져 있는 곧은 성기를 입에 담았다.

"아, 아, 아아……!"

양손으로 볼기를 어루만지며 입 안의 성기를 혀로 굴렸다. 그러자 흥분으로 흠칫대는 입구가 눈 바로 앞에 놓였다. 무겸은 그 안쪽으로 손가락을 길게 밀어 넣었다.

하준의 비명이 울리고 허리가 파득거렸다. 자연히 입속의 성기도 허리의 움직임에 따라 짧게 오르내렸다.

"잘하네."

성기를 뱉어낸 무겸이 웃음기 섞어 말했다.

"내 입에다 박아 봐."

"흐으, 읏! 으으!"

"너도 박아 볼 때도 있어야지."

다시 입에 성기를 머금고 무겸은 엉덩이를 천천히 더듬으며 가만히 누워만 있었다. 숨을 가쁘게 쉬며 호흡을 고르던 하준이 조금 진정이 되었는지 허리를 꾸물거리기 시작했다. 입 안쪽에서 성기가 움직이며 혀와 점막을 조금씩 뭉갰다.

잘하고 있어. 무겸은 그렇게 북돋는 것처럼 하준의 볼기를 가볍게 토닥였다. 처음에는 꾸물꾸물 느리게 흔들리는 것에 가깝던 하준의 허릿짓이 조금씩 상하 운동에 가까워지더니 무겸의 입속을 제법 깊게 파고 들어 왔다. 달뜬 숨이 섞인 신음이 연거푸 터졌다.

"하아, 하, 아, 아아……."

하준의 것도 작지 않으니 마음만 먹으면 제가 하듯 목구멍 안쪽까지 쑤실 수도 있을 텐데, 의식적으로 그러는 것인지 제대로 박아 본 적이 없어 그런 것인지 귀두는 목젖 근처를 가끔씩 눌렀다가 빠져나갈 뿐이었다. 그런데도 숨을 헐떡이며 열심히 허리를 흔들고 느끼는 모습이 귀여웠다.

좆을 빨면서도 느끼는 하준은 정말 타고났다. 무겸은 속으로 혀를 내둘렀다. 자신은 쾌락을 이기지 못하는 하준의 반응에 정신적인 만족을 얻을 수 있을 뿐, 역시 입 안을 찔리면서 육체적인 쾌감까지 느낄 수는 없었다.

볼기를 더듬던 손을 미끄러뜨려 재차 손가락을 안쪽으로 밀어 넣었다. 한창 열심히 움직이던 하준의 허리가 경련했다.

"흣, 아아, 앗……!"

허리를 움직일 때마다 앞뒤를 동시에 자극받자 하준의 움직임은 오히려 느리고 작아졌다. 무겸이 깊이 파묻은 손가락을 푹푹 쑤셔 들었다. 그 손짓에 이끌려 반응하듯 하준의 허리가 다시 세게 흔들리고, 벌어진 입에서 신음 섞인 울음이 터졌다.

입을 채운 성기가 꿈틀거리더니 곧이어 혀 위에 씁쓸한 맛이 번졌다.

무겸은 입술과 뺨에 힘을 주고 츱츱 소리를 내며 토정 중인 성기를 빨았다. 하준이 한층 목소리를 높이며 하반신 전체를 부르르 떨었다.

물었던 것을 놓아주자 두 번째 사정을 마친 하준은 기운이 빠지는지 그대로 털썩 허리를 내려놓았다. 무겸은 절정의 여운에 흠칫대는 엉덩이를 손바닥으로 느릿하게 쓰다듬고, 천천히 몸을 일으켜 하준의 아래에서 빠져나와 그의 등 뒤로 엎드렸다.

뺨에 쪽쪽 입을 맞췄다. 하준의 젖은 눈가가 붉었다. 그는 제 팔에 얼굴을 묻은 채로 무겸을 힐끔거렸다.

"어땠어? 입에 박아 본 느낌은?"

"몰라, 바보야……."

"실컷 즐겨 놓고 이러기야? 좋았다고 하면 다음에 또 대 줄게."

피식대며 무겸이 머리카락을 흩뜨리자 하준은 모은 팔 사이로 고개를 아예 푹 숙여 버렸다. 하지만 얼굴을 가려도 짙은 분홍색으로 익은 뒷목까지 감출 수는 없었다.

따끈한 귓바퀴를 입술로 지분대며 무겸은 열띤 한숨을 쉬었다. 바로 삽입을 해도 좋겠지만 왁싱 직후에는 마찰을 피하라는 말도 있고, 오늘따라 이 몸을 더 만지고 느끼고 싶었다. 무겸은 목과 어깨, 등에 입을 맞추며 움찔대는 하준의 몸을 타고 아래로 내려갔다.

그리고 조금 전 하준의 피부를 진정시키기 위해 사용했던 젤을 손에 가득 펴 발랐다. 그 손이 베드 끄트머리에서 밖으로 삐져나가 있는 발을 붙잡았다.

"앗! 아읏, 간지러워……."

하준이 불평하는 것도 아랑곳하지 않고 마사지라도 하듯 무겸은 양발에 젤을 펴 발랐다. 하얀 발이 투명한 점액질에 둘러싸여 반짝거렸다. 무겸은 제 손에 놓인 발을 유심히 바라보았다. 발가락 끝이 단정하고 뒤꿈치가 둥글다. 몸 어디 한 구석 예쁘지 않은 곳이 없다.

"으응……!"

딱딱한 성기를 발바닥에 붙이고 문지르자 하준이 다리를 접으려 들며 허리를 비틀었다. 무겸은 발목을 꽉 쥐고 놓아주지 않았다. 당황한 하준은 고개를 돌려 무겸이 하는 양을 바라보았다.

"뭐 하는 거야?"

"왁싱 직후에 마찰은 피하는 게 좋거든."

"하읏, 간, 지러워."

"피부 가라앉을 때까지 다른 곳 좀 쓸게."

"그럼 입이나 손으로 해 줄, 아, 읏……."

발바닥의 움푹 팬 아치 위로 성기가 마치 자위라도 하듯 오갔다. 하준은 입술을 깨물고 몸 가장 낮은 곳에서 피어나는 낯선 감각을 외면했다.

간지러워야 할 것 같은데 부드러운 물건으로 가늘게 하는 자극이 아니라 굵고 뜨거운 막대 같은 것이 문질러져서인지 마냥 간지럽지만은 않았다. 뜨거운 살 기둥이 미끈미끈한 피부를 세차게 문지를 때, 어느 순간마다 오싹오싹 등을 타고 오르는 끈적한 느낌이 설마 성감은 아닐 것이다.

무겸의 손이 아직 베드 위에 얌전히 놓여 있는 나머지 한쪽 발까지 잡아들었다. 그러고는 이미 제 것을 문지르고 있던 발에 포갰다.

"-흐으……!"

"아."

양 발바닥이 서로 가까이 붙으며 사이에 낀 성기를 조였다. 무겸의 입에서도 감탄 비슷한 낮은 신음이 샜다.

손에 잡힌 발목이 가늘게 떨리는 것이 느껴졌다. 무의식중에 그러는

지 하준의 발끝이 긴장한 듯 꼬물거렸다. 무겸은 발목을 꽉 붙잡은 뒤, 마치 엉덩이에 추삽질을 하듯 허리를 앞뒤로 크게 움직였다. 하준의 입에서도 작은 신음이 흘러나왔다.

"으, 으응, 하……!"

매끈매끈한 발에 성기를 문지르는 느낌은 나쁘지 않았으나 당연히 몸속의 차지고 뜨거운 점막에 비할 바는 아니었다. 그런데도 무겸은 이 신선한 행위가 만족스러웠다.

성기가 오갈 때마다 어쩔 줄 모르고 곱아들었다가 풀어지길 반복하는 발가락이나 손안에서 꿈틀대는 발목, 자꾸만 힘이 들어가 단단해지는 종아리와 허벅지 뒤쪽에서 눈을 뗄 수 없었다.

뼈대가 곧고 과도한 근육이나 불필요한 군살 없이 탄탄하고 늘씬한 몸, 오랫동안 선수 생활을 했던 남자답게 아직 다리에는 그라운드를 박차고 달리던 시절의 흔적이 남아 있었다. 그때의 모습은 다리를 달달 떠는 송아지와는 거리가 먼, 용맹한 전투마에 가까웠으리라.

제 눈으로 직접 본 기억이 흐릿해 머릿속에서 더더욱 아름답게 그려지는 모습.

단 하루라도 그때로 돌아가 볼 수 있다면 몇 년 치 수명이라도 떼어 줄 텐데.

무겸은 뜨겁고 짧은 한숨을 쉬고 한참을 붙들고 있던 발을 놓은 뒤 몸을 굽혔다. 아킬레스건 위에 가볍게 맞춘 입술은 떨어지지 않고 그대로 종아리 위를 기어올랐다. 무릎 뒤쪽을 핥자 움찔 몸이 크게 떨렸다.

"하으, 후읏."

같은 곳 위를 조금 더 혀로 뭉개며 할짝이다가 부드럽고 탄력 있는 허벅지 뒤쪽까지 혀를 미끄러뜨렸다. 슬슬 더워진다. 무겸은 무릎을 베드 위에 딛고 하준의 위로 올라탔다. 마사지 베드라고 해도 가게에서 쓰는 일반적인 물건과는 완전히 달라서 두 장정을 얹고도 침대는 쉬이 흔들리지 않았다.

솟아오른 엉덩이 위로 젤을 흩뿌리다시피 발랐다. 하준은 연신 가늘게 신음하며 몸을 움찔거렸다. 무겸은 제 성기에도 남은 젤을 문지르면서 꿈틀대는 등을 내려다보다가 몸을 낮췄다.

"흣, 으으."

손으로 볼기를 벌려 입구 부근을 일어선 기둥으로 길게 문지르자 하준은 굳이 말리지 않고 엉덩이를 조금씩 들썩이며 신음했다. 이대로 귀두를 입구에 맞추고 허리를 밀면 눅진하게 녹은 점막이 전신을 핥듯이 성기를 조일 것이다. 그러나 무겸은 밀문에 문지르던 물건을 엉뚱한 곳에 찔러 넣었다.

"아."

당황한 듯 뒤를 돌아보려고 하는 하준의 날개뼈 사이를 무겸의 손이 가볍게 눌렀다. 하준은 움직이지 못하고 다시 정면을 보고 엎드렸다.

엉덩이 바로 아래, 허벅지 살집이 가장 모인 곳 사이를 뜨겁고 단단한 것이 파고들었다. 낯선 감촉이 불편한 듯 다리와 다리 사이가 오히려 더 바짝 붙었다. 하준이 떨리는 목소리로도 지지 않고 불평을 했다.

"으읏, 오늘 왜 자꾸, 이상한 데를……."

"이상하긴 뭐가 이상해? 여기도 네 몸인데."

"하아, 아."

무겸은 웃으면서 허리를 움직였다.

"구석구석 예뻐서 다 찔러 보고 싶어. 너도 느끼잖아."

"흣, 아니야……."

살갗은 부드럽고 근육은 탄력 있다. 양쪽이 잘 맞붙은 허벅지는 굵은 것을 꽉꽉 제대로 조였다. 움직이는 속도를 붙이자 기둥이 허벅지 사이를 오갈 때마다 귀두가 하준의 회음과 고환 아래까지 미끄러져 쿡쿡 찔렀다. 젤이 잔뜩 묻은 다리 사이에서 꼭 뒤쪽에 추삽질을 할 때처럼 꿀쩍이는 소리가 새어 나왔다. 하준의 귀와 목이 새삼 시뻘겋게 물들고 있었다.

무겸의 손이 하준의 골반을 위로 끌어올려 납작 엎드린 허리를 조금 들게 했다. 후배위를 할 때처럼 살짝 쳐들린 자세가 되자, 허벅지 사이의 공간이 더 깊어지며 성기가 오갈 수 있는 길도 더 길게 트였다.

도톰한 회음, 단단하게 뭉친 고환 아래를 불거진 귀두와 뜨거운 기둥이 거세게 미끄러질 때마다 하준의 입이 흠칫대듯 벌어졌다. 고환을 넘어 허벅지 사이 앞쪽까지 굵은 것이 비어져 나오는 감각이 어색한 듯 하준의 다리 사이가 자꾸만 좁아졌다.

"아으, 응, 흐……."

다리 사이를 문지를 때마다 연거푸 작게 신음하고 등과 엉덩이, 허벅지를 온통 움찔대며 하준은 느끼는 것을 숨기지 못했다. 그 뒷모습을 내려다보던 무겸은 들뜬 숨을 쉬다가 볼기 사이로 손가락을 가져갔다.

"-흐읏!"

하준의 입에서 억눌러진 신음이 짧게 토해졌다. 볼기를 벌리며 엄지손가락을 파묻자 둥근 엉덩이에 한층 힘이 들어간다. 허벅지 사이에 끼운 성기와 방금 들어간 엄지가 동시에 빠근하도록 조였다.

"발로도 느끼고 허벅지로도 느끼는데, 여기저기 많이 써야지. 아깝잖아."

"아, 아, 니야… 하아, 아으, 읏!"

영 믿기지 않는 부정이었다. 엄지를 돌려 안을 휘저으면서 허벅지에 추삽질을 계속하자, 하준은 어찌할 바를 모르는 사람처럼 팔에 얼굴을 묻고 몸을 뒤척이며 울먹였다.

"후우."

잔뜩 쓸리고 마찰된 허벅지 안쪽이 뜨끈하고 발갛게 익을 무렵, 무겸은 허벅지 깊은 곳에 제 귀두를 묻은 채로 체액을 배출했다. 젤이 녹아 미끈해진 허벅지 사이로 정액까지 번지자 흰 피부는 온통 축축해졌다.

사출 중인 성기를 살갗에 비비며 체액을 도리어 넓게 펴 바르자 하준은 숨만 바삐 쉬었다. 다리는 끝까지 꼭 모여 벌어지지 않았다.

무겸은 몸을 더 끌어올렸다. 자신이 배출한 액체로 젖은 물건을 이번에야말로 엉덩이 사이, 아까부터 발갛게 익어 있던 입구에 마주쳤다.

하준의 허리가 움찔 크게 흔들렸다. 무겸은 한 손으로 볼기를 잡아 벌린 다음, 탄력 있고 부드러운 살덩어리 사이로 미끄러져 들어갔다. 귀두로 입구를 벌리고, 무겸은 몸 전체를 낮춰 하준을 내리누르듯 느리게 삽입했다.

"아아… 앗, 아아아……!"

하준의 신음이 오래 참은 흐느낌처럼 터져 나왔다.

몸도, 성기를 품은 안쪽도 부들부들 떨렸다. 아직 제대로 시작도 하기 전인데 하준의 몸속은 이미 절정을 맞은 직후 같았다. 허리를 움직이기가 무서울 지경이었다.

무겸은 미간을 가늘게 찡그리고 숨을 한 번 뱉은 뒤, 거의 뿌리까지 밀어 넣은 것을 천천히 빼냈다. 허리가 두어 번 들썩이더니 하준의 신음도 길게 끌듯이 변했다.

"흐으, 으아……. 으으읏."

"너 안이, 너무 뜨거워……."

열이 올라 발개진 목덜미와 어깨, 꿈틀대는 견갑골 위. 보이는 대로 입을 맞추고 허리를 천천히 움직이며 무겸이 속삭였다. 뭉클뭉클 부드러운, 그러면서도 존득한 안쪽이 빠져나가는 살 기둥을 붙잡아 당긴다. 멋대로 꿈틀대는 제 안쪽의 움직임을 짙은 쾌감으로 흡수한 하준이 울먹이며 작게 고개를 저었다.

"아, 좋…아, 으흑, 좋아, 좋아아, 아……."

무의식중에 그러는 듯 살짝 흐려진 발음으로 정신없이 쾌감을 토로하는 목소리에, 무겸은 턱에 불끈 각이 더 서도록 이를 악물었다. 발과 허벅지에 저지른 음란한 행위가 몸 안쪽에도 불을 지핀 것일까. 안쪽이 여느 때에 비해 더 뜨겁고 끈적했다.

안쪽에 길을 내듯 느리게 오가던 무겸은 조금 전보다 더 강하게 몸을 내리눌렀다. 더해진 무게와 힘만큼이나 하준의 목소리도 비명을 닮으며 커지다가, 무겸이 안을 가만히 짓누른 채로 움직이지 않자 천천히 잦아들어 끙끙 앓는 소리로 변했다.

그때에 맞춰 무겸은 다시 허리를 물러 길게 성기를 빼냈다. 하준이 목을 뒤로 길게 젖히며 어깨를 떨었다. 무겸의 손이 길게 뻗은 목을 쓸어올려 턱을 받쳤다.

"하아, 아, 으읏, 흣……!"

탄식 같은 신음이었다. 볼기와 허리도 잔물결처럼 떨렸다. 굳이 앞을 만져 확인하지 않아도 하준이 또 한 번 절정을 맞았음을 무겸은 알 수 있었다.

그는 입술 끝만 약하게 끌어올려 웃었다. 그렇게 몇 번씩, 한동안 느리지만 힘 있는 삽입을 거듭하던 무겸은 거친 숨을 내쉬다가 엎드린 몸을 말없이 돌려 눕혔다.

내내 엎드려 있는 동안 한층 달아오른 뺨과 초점이 흐릿해진 눈동자가 무겸과 마주쳤다. 벌어진 입술 사이로 젖은 혀가 반들거렸다. 몸 안에서 터질 듯 일렁이던 욕망이 얼굴을 마주하자 일직선으로 치솟았다.

아직 살짝 발그레한 기가 남아 있는 사타구니 피부에 무겸이 차가운 젤을 지나치다 싶을 만큼 잔뜩 퍼부었다. 베드 위에 곧게 뻗은 다리를 들어 올려 허벅지 뒤쪽을 훌쩍 밀었다. 천장을 향해 높이 들려올린 엉덩이에 퍽, 소리가 나도록 허리를 강하게 밀어붙였다.

"아앗, 아!"

하준의 목소리가 대번에 커졌다. 안쪽에서부터 쭉 빨아 당기듯 내벽이 성기를 감쳐물었다.

"아."

무겸도 짧게 신음하며 몸을 더 숙였다. 허벅지 뒤를 누른 손등 위로 하준의 손이 다급하게 겹쳐졌다.

"하으, 아, 으읏."

"하, 씹… 너무 좋아."

무겸이 탄식하며 허리를 움직이는 속도를 붙였다. 서로 마주 보는 정상위라고 해도 엉덩이를 치켜올린 자세에서는 성기가 수직으로 내리꽂혀 몸 깊은 곳까지 푹푹 쑤셔 들었다.

마치 겁먹은 사람처럼 터지는 비명과 살끼리 부딪히는 둔탁한 소리가 요란하게 울렸다. 어지간해서는 흔들리지 않는 튼튼한 마사지 베드가 덜컹대며 조금씩 흔들리고, 하준이 빠르고 깊게 몸을 파헤치는 움직임이 벅찬 듯 우는 소리를 냈다.

"힘들어?"

"으읏, 아아, 하아!"

피스톤질을 하느라 허리를 움직일 때마다 딱 맞붙은 사타구니끼리도 위아래로 맞댄 채 미끄러졌다. 젤이 잔뜩 발린 연하고 매끄러운 피부가 살갗에 맞물려 비벼지는 느낌이 짜릿하다. 무겸이 몸을 더 가까이 붙였다.

제 어깨 위로 높이 솟았던 발목을 잡아 내렸다. 이번에는 스트레칭이라도 할 때처럼 하준의 허벅지 안쪽을 눌러 다리를 넓게 벌리면서 몸을 낮췄다. 둘의 몸이 좀 더 밀착되며 겹쳐졌다. 무겸은 일부러 맞닿은 맨살을 세게 문질러가며 허리를 미끄러뜨리듯 움직였다.

하준의 목소리가 채 빠져나오지도 못하도록 빠르게 엉덩이를 치다가 속도를 줄여 느릿느릿 길게 오가고, 안긴 몸이 벌벌 떨릴 때쯤 다시 속도를 내기를 반복했다. 그때마다 맞물린 살끼리도 서로를 애무하듯 진득하게 붙어 잼이나 크림 따위를 섞을 때처럼 엉겼다. 눈물을 흘리며 신음하던 하준이 못 참겠다는 듯 고개를 저었다.

"흐윽, 그렇게 하면, 아, 아파……."

"아파? 어디가."

"네가, 읏, 계속 문지르니까……."

왁싱을 마친 지 얼마 되지 않은 피부는 젤을 잔뜩 펴 발라도 마찰에 자극을 받는 듯 발갛게 성을 냈다.

섹스를 할 때면 따로 건드리지 않아도 울긋불긋 흰 몸에 열꽃을 피우는 하준이다. 이제 좆 바로 위까지 분홍색으로 물드는 모습은 솔직히 말해 보기 좋았다.

"응, 조심할게."

주의를 다짐하는 입과 달리 몸속에 묻은 성기는 한층 힘이 들어가며 불끈거렸다. 기계적으로 대답한 무겸은 허리를 조금 띄워 깊은 곳에 제 것을 처박았다. 단번에 내장 가장 깊은 곳을 두드려 맞은 하준이 몸서리를 치며 소리를 질렀다.

"흐아! 하아, 아!"

조심하겠다는 말이 아주 빈말은 아니었으나 하준의 목소리와 몸을 지배하는 쾌감에 몰입하기 시작하자 조절이 쉽지 않았다. 허리를 쳐 대는 사이 무겸의 몸은 다시 낮아졌고, 서로의 맨살이 바짝 맞닿아 움직일 때마다 이리저리 문질러졌다.

"앗, 아, 아프다, 니까. 으흑……."

하준의 성기가 무겸의 선명하고 단단한 복근 아래 깔려 매끈한 살갗과 함께 몇 번씩 뭉개졌다. 팔 안에 가둔 몸이 뜨겁게 달더니 어느 순간 바르르 경련을 시작했다.

"아, 앗, 아아, 아……!"

"흐읏……."

벌써 네 번째 절정을 맞은 하준이 몸을 비틀며 신음했다. 내벽도 빠르게 좁아졌다 풀리며 성기를 꽉꽉 주물렀다. 무겸도 미간을 찌푸리고 밭은 숨을 뱉으며 쌓였던 욕망을 내보냈다.

단단한 팔이 떨리다 못해 펄떡이는 몸을 힘주어 끌어안았다. 구불대는 점막에 한 방울도 빠짐없이 제 일부를 흡수시키려는 듯, 길고 긴 파정이 이어지는 동안 무겸은 품에 안은 몸을 놓아주지 않았다. 안긴 채로 버르적대던 하준도 팔을 무겸의 등 뒤로 감아 당겼다.

몸은 평소보다 빠르게 뜨거워졌는데 극점까지 오르는 시간은 더 길었다. 무겸은 후우, 한숨을 쉬며 여전히 단단하게 서 있는 성기를 빼냈다.

몸에서 후끈후끈 김이 나는 것 같았다. 마사지 베드에서 붙어먹는 것은 이쯤이면 족하다. 이제 침실이든 응접실이든 복도든, 여튼 좀 더 숨통

트이는 곳으로 가서 해야겠다.

손이 닿는 것만으로도 예민해진 피부가 시린 듯 하준이 어깨를 웅크렸다. 무겸이 그런 하준을 달래는 것처럼 이마와 뺨, 목덜미를 오가며 짧은 키스를 쏟아 냈다.

"자리 옮길까?"

그렇게 말하며 눈을 마주쳤다. 쾌감에 젖어 축축해진 눈동자까지 핥고 싶다는 욕망이 잠깐 치밀었지만 무겸은 그러는 대신 웃으며 뺨에 입을 맞추려고 했다. 그때, 입술이 다가오는 것을 본 하준의 시선이 얼핏 아래로 굴러떨어졌다.

…얼굴 위에 감도는 어딘가 시무룩한 기운이 익히 알고 있는 섹스 직후의 애인과는 영 동떨어졌다. 모르고 지나칠 수도 있을 만한 작은 차이였지만 기민하게 눈치챈 무겸은 미간을 찡그렸다.

"왜 그래?"

"응?"

"왜 기분 안 좋아?"

몇 번씩 오르가슴을 맛본 이후에 나올 얼굴이 아니었다.

하는 중에 울든 소리를 지르든 힘이 들어 몸부림을 치든, 어쨌든 절정에 올라 쾌락에 푹 젖고 나면 설령 눈물로 얼룩져 있다 해도 하준의 얼굴에는 그늘이나 고민 따위가 모두 지워진, 꼭 방금 잠에서 깨어난 아이 같은 표정이 올라오고는 했다.

어른들의 농익은 행위 끝에 다다르는 표정은 역설적으로 어느 때보다 밝고 순수해 보였다. 눈 온 날 창을 통해 비치는 환한 흰 빛과 비슷한 표정.

그런데도 발갛게 익은 눈가나 뺨, 젖은 입술, 흘러내린 눈물 같은 것들이 반듯하고 순한 얼굴을 세상에 다시없을 음란한 그림으로 완성시킨다. 무겸은 절정 직후의 하준을 바라보는 것을 정말 좋아했다.

그런데 오늘은 왜? 무겸은 하준을 더 바짝 끌어당겼다. 잘못을 들킨 사람처럼 목울대를 울리며 마른침을 삼킨 하준의 뺨이 도로 붉어졌다.

"제모한 게 아직도 창피해?"

알 수가 없어서 추궁하며 빤히 마주 보는데 꾹 다물렸던 입술이 토라짐을 털어놓듯 열렸다.

"너 오늘 왜……."

"응."

"왜 아프다고 했는데 계속해?"

"어?"

무겸의 입에서 얼빠진 소리가 튀어나왔다. 당혹스러움에 바로 대답을 못하고 눈만 두어 번 깜박였다.

그야 왁싱이라면 저도 수없이 해 봤으니까. 곧장 섹스를 한 것도 처음이 아니고…….

잠깐 따끔하기야 하지만 대단히 고통스럽다고 느껴 본 적은 없다. 자신이 그렇다 보니 하준의 아프다는 얘기도 으레 하는 얘기처럼 별생각 없이 흘려듣게 됐을 뿐이다. 당황한 무겸은 얼른 하준을 끌어안으며 물었다.

"미안해. 그렇게 아팠어? 피부가 나보다 약해서 그런가?"

"많이 아프진 않았어. 그냥 조금 따끔따끔한 정도였는데……."

"그런데?"

"그래도 어쨌든 아프다고 했잖아. 아까부터 아프다고 했는데 웃기만 하고……."

예상치 못한 투덜거림에 무겸은 할 말을 잃었다. 멋쩍어져 귀 아래턱을 손가락 끝으로 쓸다가 속으로 심호흡을 하고 정중하게 사과했다.

"미안해. 그렇게… 많이 아픈지 몰랐어."

"아니, 그렇게 많이 아프진 않았는데."

끙얼대는 하준을 안아 일으키자 그는 별다른 저항 없이 팔을 목에 걸쳐 왔다. 조금 전 무겸의 것으로 잔뜩 문질러진 다리도 허리 뒤로 감겼다.

처음에는 안아 들 때마다 내려놓으라며 어쩔 줄을 모르고 허둥지둥 뻣뻣하더니 이제 안기는 데도 요령이 생겨 몸을 내맡기고 코알라처럼 잘도 안긴다. 아직 습기가 완전히 마르지 않은 머리카락이 흩어져 무겸의 목덜미를 간질였다.

방을 나선 무겸은 가슴 깊은 곳부터 밀고 올라오는 웃음을 참아야 했다. 하준의 모친이 제게 했던 말이 타이밍 좋게 떠올랐다.

"우리 하준이 좀 잘 부탁해. 얘는 해외 나가서 살아 보는 거 처음이잖니. 내가 걱정이 이만저만 되는 게 아냐."

라일락이 예쁜 집에 살던 얼굴 하얀 소년이 하준이라는 사실을 이제는 알고 있다. 엄마에게 약을 발라 달라고 하자던, 마당에 화사하게 피어난 봄꽃만큼이나 꽃처럼 자란 듯 보였던 도련님.

처음에는 틈만 나면 휴대폰 메시지를 보내는 그의 모친이 유별나게 아들에게 의존한다고만 생각했는데 그녀 딴에는 한때나마 곱게 키우던 아들을 습관적으로 걱정해 그랬던 것일지도.

걸어가던 중 웃음이 나는 걸 더 참지 못하고 풋, 입 밖으로 웃자 하준이 덜미를 잡듯 잽싸게 물었다.

"왜 웃어?"

"아니야."

하준이 궁금해하기에 오늘은 집에 오자마자 벽난로에 불을 피워 놓았다. 노을 같은 주홍색이 번진 응접실까지 걸어가 무겸은 푹신한 소파에 하준을 안은 채로 앉았다.

피식피식 새는 웃음이 멈추지 않았다. 그 웃음이 창피한지 하준은 눈치를 보다가 시선을 피했다. 무겸이 손등으로 그의 뺨을 쓸었다.

"자지 털 뜯겨서 아프다고 했는데 웃기만 하고 관심 안 줘서 서운했어?"

"누가 서운하기까지 하댔냐."

"신기하네, 이 코치. 아픈 거 안 알아줘서 서운한 사람이 처음에 할 때는 어떻게 참았어?"

"아니라고 하잖아."

놀림이 길어지자 어깨를 철썩 때려오는 손이 맵지만 얼마든지 맞아주리라. 자꾸만 웃음이 나오는 걸 못 참겠다.

허리에는 작지 않은 부상의 흔적을 달고, 어지간한 일에는 꿈쩍도 하지 않는 데다 섹스를 할 때는 무슨 요구를 해도 잘 참고 맞추면서 고작 브라질리언 왁싱을 마치고 제게 신경 써 주지 않았다고 시무룩해지는 이하준.

뭔가 할 말이 남은 듯 시선을 내리깐 채로 눈을 굴리던 하준이 느리게 입을 열었다.

"내가 말을 안 한 적은 있어도……."

"……."

"아프다고 했는데도 네가 계속 한 적은 없어."

내가 그랬던가?

많은 일에 그렇듯 무겸은 지난 시간을 하준만큼 상세히 기억할 수 없었다. 다만 그렇게 말하는 그를 보고 있자니 과거의 김무겸이 자제력을 제대로 발동해서 다행이라는 생각이 든다.

아프다는 말을 꺼내지 않은 데는 이유가 있었을 것이다. 아파도 말 않고 참던 하준이 이제 아프다고 했는데도 무신경하게 넘어가 서운해한다면, 그것은 드디어 저에게 기대하고 바라는 바가 생겼다는 뜻이라고 봐도 되지 않을까.

무겸은 갑자기 즐거워졌다. 가까이서 타는 불의 열기 때문인지 부끄러움 때문인지 따끈하게 익은 뺨에 쪽쪽 소리를 내며 몇 번씩 입을 맞췄다. 조금 전까지만 해도 축축하던 머리카락이 불기운에 완전히 말랐다.

관자놀이부터 시작해 부드러운 머리를 쓸어 올리자 하준도 금세 기분이 풀린 듯 입을 맞춰 오며 귓가에 속삭였다.

"김무겸……. 또 해도 돼."

"싫어. 아프다며."

"이제 괜찮아. 네가 조심해서, 아까처럼 문지르지만 않으면 되잖아."

도련님을 잘 모시고 살라고 이런 클래식한 저택을 사게 되었나 보다. 무겸은 씩 웃으며 이마에 이마를 맞댔다.

"섹스는 더 안 해도 되니까 나 부탁 한 가지만 들어줘."

"뭔데?"

"백자지 된 기념으로 거기 사진 한 번만 찍자. 얼굴 안 나오게."

"…산 넘어 산이다, 진짜."

어처구니가 없다는 듯 쉬는 한숨에 무겸의 키득대는 웃음이 섞였다. 잠깐 생각에 잠겼던 하준의 말투가 진지해졌다.

"나만 찍으면 불공평하니까 네 것도 찍는다."

"코치님 원하시는 대로."

"그리고 다음부터 네 아래쪽 정리는 내가 해 줄 거야."

"…잘할 수 있겠어?"

"나도 연습할 거야. 너한테."

그렇게 말하는 목소리가 제법 단호했다. 너는 손재주가 없어서 불안하다며 몇 번 만류해 보던 무겸은 곧 마음대로 하라며 항복해 버렸고, 둘은 웃으며 소파에 함께 가라앉았다.

그린포드의 뉴 페이스

축구 팬들이 경기만큼이나 관심을 가지는 일이 있다면 여름과 겨울, 1년에 두 번 열리는 이적 시장의 동태다.

이 시기가 되면 팬들은 제각각 구단주가 된 기분을 느끼며 한정된 예산으로 어떤 선수를 내보내고 또 영입해야 할지 갑론을박하느라 바빠진다. 예상치 못한 멋진 선수를 영입하면 환호하고 눈에 띄는 영입이 없으면 걱정한다. 이 과정에서 재미를 느끼는 사람이 많아 직접 감독이나 구단주의 입장이 되어 선수들을 사고팔며 구단을 운영하는 컴퓨터 게임도 여러 개가 만들어졌다.

그리 실력이 뛰어나지 않은 선수를 너무 비싼 값을 주고 사 왔다며 사기를 당했다, 뒤통수를 맞았다며 울분을 터뜨리기도 하고, 비교적 낮은 몸값에 유망주를 데려왔다가 포텐셜이 터지면 시즌 내내 복권이라도 당첨된 듯 기뻐한다.

가끔은 이적 시장이 닫히기 직전까지도 아무 말이 없다가 막바지에 빅딜이 터지기도 하고, 절대 가지 않겠다고 큰소리치던 선수가 막판에 배신자 소리를 들으며 떠나기도 한다. 그런가 하면 밀당하듯 온다 만다를 몇 번씩 반복하는 선수가 있기도 하는 등 이적 시장은 늘 초미의 관심사였다.

무겸과 하준이 그린포드로 온 지도 두 달이 되어 가고 있었다. 선수들의 데이터를 기록하고 수집하는 하준의 노트도 어느새 몇 권을 갈아 치웠다. 아무래도 익숙한 얼굴이나 이름들이 아니다 보니 얼굴과 이름을 외우는 데도 평소의 두 배는 시간이 걸렸다.

무겸이 복귀한 겨울 이적 시기 동안 그린포드에도 새로운 선수들이 들어왔다. 이번 시즌 그린포드는 검증된 유명한 선수보다는 가능성이 보이는 신인 위주로 영입을 했다. 신인 유망주를 키우는 것은 구단의 장기적 발전을 위해 아주 중요한 일이었다. 하준은 그들에게도 빨리 익숙해지기 위해 애쓰는 중이었다.

"준, 좋은 아침."

"안녕, 마르코."

"오늘, 아침 식사했어요? 무엇으로."

"달걀프라이, 토스트, 치킨 샐러드."

새로운 이적생들. 그중에서도 최근 하준과 부쩍 가까워진 사람은 마르코라는 스무 살짜리 선수였다.

"요리, 누가 해요?"

"같이 해. 요리는 자신 없지만 토스트나 샐러드 정도는 나도 할 수 있어. 마르코는?"

"시리얼, 소시지, 우유 먹었어요."

"채소가 너무 부족해."

"아. 토마토도 먹었어요."

작년까지 포르투갈 리그 하위 팀에 있다가 상당한 잠재력을 보여 그린포드로 이적을 한 베네수엘라 출신의 어린 선수. 전도가 유망한 데다 살짝 곱슬기 있는 짙은 색 머리칼과 올리브색 눈동자가 독특한 매력을 풍기는 체격 좋고 잘생긴 청년으로 벌써부터 인기를 끌고 있었다. 그런 그에게는 한 가지 고민이 있었는데 아직 영어가 서투르다는 점이었다.

하준도 같은 고민을 안고 있었기에 둘은 최근 틈이 나면 이렇게 영어로 어설픈 대화를 나누었다. 물론 마르코에 비하면 하준이 훨씬 더 능숙하기는 했지만 의사소통에 어려움을 느낀다는 심리적 공통점이 연대의식을 촉발시켜, 하준도 마르코와 이야기를 할 때면 긴장이 풀렸다.

"뭐 해?"

막 로커 룸에서 나온 무겸이 자연스럽게 둘 사이에 끼어들었다. 하준이 웃으며 대답했다.

"아침밥으로 뭐 먹었는지 얘기하고 있었어."

"대화가 한국적인데? 남의 집 밥상 사정은 왜 궁금해하시나."

하준을 뒤에서 끌어안으며 무겸은 마르코를 노려보듯 응시했다.

팀의 고참이자 에이스, 스타 선수가 미지의 언어를 말하며 제게 영문 모를 적대감을 드러내자 마르코는 어쩔 줄 모르고 제자리에서 우물쭈물했다. 주눅이 든 그 대신 이번에도 하준이 대답을 해 주었다.

"마르코도 영어를 아직 잘 못하잖아. 쉬운 이야기를 하면서 회화 실력을 키우는 거야. 식단 체크는 어차피 내가 주기적으로 하는 거니까."

"이 코치. 영어 선생님이야? 본업에만 충실해. 무슨 선수들 영어 지도까지 하려 그래?"

"가르치려는 게 아니라 나도 영어가 아직 부족하니까 그러지. 잘 못하는 사람끼리 서로 도와주면 좋잖아."

진짜 영어를 못하는 게 맞기는 한가? 무겸은 물건을 감별하듯 마르코를 이리저리 살폈다. 팀에는 남미 선수가 몇 명 있었는데 그들은 대체로 영어에 능숙했다. 물론 영국 생활을 한 지 몇 년이 지난 사람들을 마르코와 동일선상에서 비교할 수는 없었지만.

수상했다. 영어를 못하는 척 하준의 환심을 사려는 것에 불과할지도.

하준은 새로운 생활에 생각 이상으로 빠르게 적응하고 있었으나 세밀한 의사소통에는 여전히 약간의 어려움을 겪는 중이었다. 다행히 선임자인 해리가 친절한 사람이고, 그날그날의 리포트를 정리한 뒤 클라우드에 공유해 일을 하는 데 큰 무리는 없었지만 그래도 하준은 빨리 회화에 능숙해지고 싶다며 초조해했다.

그 마음은 십분 이해한다. 무겸도 처음 영국에 왔을 때는 축구보다도 말이 안 통하는 것이 제일 골칫거리였으니까. 자신이 처음 영국에 왔을 때에 비하면 하준은 정말 잘하고 있었다.

"너 또 이상한 생각하지? 아직 어린 애가 혼자 타지 와서 고생하는데 너무 그러지 마. 너도 안 겪어 본 일 아니잖아."

하준이 타이르듯 말했다. 지당하신 말씀이기야 하다.

"나이가 비슷해서 그런지 민경이랑 하경이 생각도 나고……. 선수들 멘탈 관리하는 것도 코치 일이야. 네가 의심하는 그런 건 요만큼도 없으니까 걱정하지 마."

"요만큼도 있는지 없는지 어떻게 자신해? 네가 구분할 수 있어?"

순진해 빠져서 남이 음심을 품어도 무슨 수로 눈치챈다고. 어느새 저만큼 멀어져 트래핑 연습 중인 마르코를 무겸은 감추지도 않고 노려보았다.

"나야 당연히 구분하지. 네가 구분 못 하니까 이 사람 저 사람 의심하는 거고."

자신만만하게 대답하는 모습을 앞두자 기가 찼다. 뭔가 이야기할 의욕도 사라진다. 어차피 하준에게 의혹을 털어놓아 봤자 말 그대로 송아지 귀에 경 읽기다. 뭘 알아야 이야기도 하지. 속으로 툴툴대는데 하준이 속 모르는 소리를 보탰다.

"우첸한테는 안 그러면서."

"왜겠어. 구분하니까 그렇지. 걔는 아니라니까."

"그럼, 마르코는 잘생겨서 그래?"

"잘생겨? 저게 잘생긴 거냐? 아무한테나 잘생겼다고 하지 말고 제발 눈높이를 좀 올려 보세요, 이 코치님."

"아니, 나는 네가 한 말 때문에 물어본 건데……."

어학원 수업 첫날에 인사를 주고받은 우첸과 하준은 그 뒤로 더 가까워졌다. 축구와 김무겸을 좋아한다는 공통점이 큰 역할을 했다. 기쁜 마음에 집에 돌아가서도 몇 번 그의 이야기를 했더니, 무겸은 굳이 한 번 더 어학원을 찾아와 두 사람이 어떻게 지내고 있는지 직접 확인까지 했다.

그의 걱정이 모두 쓸데없는 고민이라는 하준의 생각은 굳건했지만 무겸의 성향을 일부러 고치거나 그 부분을 놓고 충돌하고 싶지는 않았다. 재능이란 섬세하게 짜인 직물과 비슷하다. 한 부분을 잘못 건드리면 다른 부분까지 죄다 엉켜 버릴 수 있기 때문에 늘 조심스럽게 접근해야 한다. 무엇보다 김무겸의 억측은 너무 터무니없어서 듣고 있자면 화가 나기보다는 어이없고 우스울 때가 더 많았다.

그래서 어학원에 다녀온 후면 무슨 일이 있었는지, 우첸과는 무슨 이야기를 나누었는지 무겸이 질문하고 하준은 답하는 게 근래 의례적인 일상의 한 부분이 되었다. 그는 굳이 숨기지 않고 그날 있었던 모든 일을 얘기해 주었다. 괜한 의심을 하며 속을 끓일까 봐 가끔은 우첸과의 메신

저 대화창을 먼저 보여 줄 때도 있었다.

좀 번거롭기는 해도 무겸은 워낙 샘이 많고 상상력이 풍부하니까 그 정도쯤은 얼마든지 맞출 수 있다. 하지만 그것도 사생활 한정이다. 일터에서까지 그가 바라는 대로만 맞춰 줄 수는 없다.

"왜 마르코한테만 유독 그래? 다른 선수들하고도 다 이 정도 이야기는 하는데."

"……."

"마르코는 나 함부로 만지지도 않아. 네가 싫어해서 요즘 신경 쓰는 거 알잖아."

"알아. 잘하고 있어."

그 부분은 진심으로 고맙게 여기고 있었다. 무겸이 고개를 끄덕이며 뒤에서 하준을 안은 팔에 힘을 주었다.

기특하게도 하준은 예전처럼 선수들이 저를 함부로 끌어안거나 만지게 내버려 두지 않았다. 한국이나 영국이나 축구 선수라는 놈들은 어릴 때부터 하도 서로 부대끼며 살아와서인지 신체 접촉의 선을 모른다. 툭하면 아무나 끌어안고 뒹굴거나 아무 곳이나 만져 대며 짓궂은 장난을 친다.

하준은 '한국에서는 이러는 사람들이 없어 익숙하지 않다'는 가짜 이유를 대며 선수들의 접촉을 피했다. 피하는 것이 오히려 재미있는지 자꾸만 하준에게 들이대며 장난을 치는 선수들도 없지 않았지만, 그들도 무겸의 계속되는 윽박에 질려서 요즘은 그럭저럭 평온한 일상을 보내고 있었다.

스트레칭을 하며 하준이 선수들의 컨디션 체크를 하는 모습을 무겸은 빤히 주시했다. 훈련 중 하준이 다른 선수들의 팔다리, 허리나 등 따위를 만지는 것은 변함없이 눈꼴시었지만 일이니까, 늘 그렇듯 마음을 비우려고 노력 중이었다.

시티서울에서는 그래도 익숙한 그림이라 봐줄 만했는데 새로운 남자들을 만지작대는 이하준을 보는 것은 아직 눈에 익지 않아 볼 때마다 속이 거북했다. 오랜 동료들과 그러고 있어도 고까운 판국에 이제 막 들어온 신입들과 붙어 있을 때는 말할 것도 없다.

"마르코. 지난번에 허벅지 바깥쪽이 불편하다고 했는데 오늘은 어때?"

"여기 괜찮아. 그런데 다리가 아파요."

"다리?"

"아래쪽 다리."

"아아, 종아리. 걱정하지 마. 원래 쓰던 근육의 부담을 대신해서 일시적으로 아픈 걸 수도 있어."

"괜찮아?"

"응. 괜찮아. 오늘 프로그램 해 보고, 또 아프면 얘기하기. 이해했어?"

"네."

예상대로 그린포드에서도 이하준 코치는 인기 만발이었다.

그래도 키가 작은 편이 아니라 한국에서는 망아지나 송아지나 유니콘 정도로 보였는데, 우락부락한 놈들의 비율이 부쩍 높은 그린포드의 훈련장을 열심히 돌아다니는 모습을 보고 있자면 그야말로 코뿔소 무리 사이를 뛰어다니는 꽃사슴, 늑대 무리 사이를 뛰어다니는 양 한 마리가 따로 없었다.

하준이 영어를 잘 못 알아들을 때면 일부러 능글능글 말을 질질 끄는 놈들이나 머리가 부드러워 보인다며 괜스레 머리카락을 만져 보는, 그런 유치한 녀석들은 이미 무겸의 타박과 견제를 이기지 못하고 얌전해졌다. 차라리 그렇게 눈에 띄는 짓을 한다면 벌써 한마디쯤 경고를 하고도 남았을 것이다.

"고마워요, 준."

"천만에. 코치라면 당연히 하는 일이야."

그런데 이 마르코라는 놈은 그저 온순하게 하준이 시키는 대로 열심히 따르고, 하준이 뭔가 기운을 북돋는 말을 건네면 쑥스러운 듯 소심한 얼굴로 싱긋 웃기만 한다. 껄떡대는 놈들이야 다시는 그러지 못하도록 좋은 말로 타이르면 되지만 조용히 제자리에서 할 일만 하는 녀석을 붙들고 그러지 말라고 화를 낼 수는 없다.

먼저 순박한 미소를 보내니 하준 역시 비슷한 웃음으로 화답하게 마련이다. 그린포드 선수들과의 자연스러운 의사소통을 다소 어렵게 여기고 있는 하준에게, 마르코라는 놈의 조용조용한 반응은 상당히 편안하게 느껴지는 모양이었다.

편안함. 무겸은 그것이 마음에 들지 않았다.

적어도 이곳에서는 하준에게 김무겸이 가장 편안해야 한다. 한국에서야 윤 씨 놈이라든가 가족 같은, 함께 보낸 시간의 길이 때문에라도 '편안함'의 영역에서는 무겸이 이기기 힘든 사람이 몇 존재했다.

하지만 이곳은 하준이 아는 사람이 한 명도 없는 런던이었다. 그가 눈꼬리를 완전히 내린 미소를 보여 주는 사람은 저 하나면 족한데. 게다가 겉보기에 어벙한 저런 놈들이야말로 속으로는 무슨 음험한 생각을 숨기고 있을지 모르는 법이건만.

한 사람씩 몸 상태를 체크하던 하준이 드디어 무겸의 앞에 앉았다. 방금까지만 해도 어른스럽고 온화한 분위기로 선수들을 둘러보던 그가 갑자기 잔뜩 신이 난 듯 눈을 반짝였다. 무겸은 잔뜩 신경을 곤두세우고 있던 것도 잊고 기쁨에 찬 흰 얼굴을 마주 보았다.

"김무겸."

"응?"

"어제 새로운 걸 알았어. 네 발목 강화 운동 말이야. 오늘 할 운동을 하면 발목뿐만 아니라 대퇴부까지 한꺼번에 작동해서 강화가 된대. 그리고 발목에 불필요한 힘이 안 들어간다고."

"그래?"

"그러니까 오늘부터 그렇게 해 보자. 아, 물론 이완부터 해야 하니까 스트레칭 확실히 하고."

저에게 시킬 새 운동을 배운 것이 그렇게 신나는 일인가? 기대가 큰 듯 손을 내미는 하준의 모습에 조금 전까지 날카롭게 일어섰던 신경이 누그러졌다. 훈련이고 뭐고, 그냥 이대로 끌어안고 눕고 싶었다.

"이 코치."

"응."

"이 코치한테는 내가 제일 중요한 선수지?"

하준이 눈을 잠깐 크게 뜨더니 주변을 살짝 두리번대고는 쑥스러운 듯 웃었다. 뿌듯하도록 예쁘게.

"당연하지. 어차피 한국말 알아들을 사람 없으니까 크게 말해도 되겠지?"

"김무겸이 제일 중요하다고 해 줘."

"나한테는 김무겸이 제일 중요해."

"더 크게."

"나한테는 김무겸이 제일 중요해!"

못 참겠다!

무겸이 하준의 팔을 휙 끌어당겨 뒤로 털썩 누워 버렸다. 갑작스레 무겸의 가슴팍을 타고 엎드리게 된 하준은 곧바로 벌떡 상체를 일으켰다.

"왜 이래, 갑자기?"

"뭐 어때. 잠깐 정도야."

"다른 사람들한테 한국에서는 안 이런다고 거짓말해 놨는데 네가 자꾸 이러면 누가 믿겠어?"

"안 믿어도 너한테 못 껄떡거려. 내가 다… 말해 놨어."

"말을 한 게 아니라 화를 냈겠지."

하준이 엄격하게 지시했다.

"일어나. 훈련 중이야."

"손잡아 주면."

"어휴……."

한숨을 쉬면서도 어쩔 수 없다는 듯 웃으며 손을 내민다. 하준의 양손을 붙잡고 무겸은 눕혔던 몸을 으쌰, 바로 일으켰다. 그렇게 몸을 일으키자 하준의 어깨 뒤로 이쪽을 바라보던 사람과 눈이 마주쳤다.

짙은 고수머리, 올리브색 눈동자. 이제 막 이적한 스무 살짜리 애새끼의 무표정하면서도 짙고 집요한 눈길. 무겸과 시선이 부딪치자 흠칫 놀라며 고개를 슬쩍 돌린다. 무겸의 눈썹 근처에 주름이 잡혔다. 역시 거슬린다.

저도 정말 쓸데없는 의심 따위는 하지 않으려고 노력 중이었다. 그러나 불쾌한 감이 온다. 이제까지의 세균들과는 다르다는 느낌. 다른 놈들이 미세 먼지라면 저 녀석에게서는 슈퍼 바이러스의 냄새가 났다.

밤, 무겸이 문을 열고 들어갔을 때, 하준은 서재 책상 앞에 앉아 그날의 훈련 기록을 정리 중이었다.

하준에게 그의 서재를 따로 마련해 줄까 물었으나 그는 그럴 필요까지는 없다며 무겸의 서재에 책상 하나만 놓아 달라고 했다.

무겸의 서재는 그가 지금의 하준처럼 한창 영어 때문에 고생을 하던 시점에 이런저런 책을 닥치는 대로 읽느라 만든 것으로, 반쯤은 허세용이라 솔직히 요즘은 거의 드나들지도 않았다. 썰렁하던 서재도 새 주인이 생겨 기쁠 것이다.

사람의 습관이나 일하는 방식은 장소가 바뀌었다고 크게 변하지 않는다. 하준은 매일 밤 그날그날 훈련 사항이나 체크해 놓았던 선수들의 컨디션 따위를 명확하게 정리해 데이터베이스로 남겼다. 노트에 수기로 남기는 것은 물론 노트북으로도 문서화 해서 해리와 공유하는 듯했다.

"바빠?"

무겸이 등 뒤로 다가가 정수리에 입을 맞추며 물었다. 하준이 미안한 듯 그를 올려다본다.

"거의 다 했어. 늦어서 미안. 오늘 좀 정리할 게 많네."

펼쳐진 노트에 문득 눈길이 갔다.

마르코 아코스타 라미레즈

하필 재수 없는 놈의 훈련 기록을 정리 중이었나. 몇몇 필기 내용도 눈에 들어왔다.

커뮤니케이션 자신감 상승이 실력 상승으로 이어질 것, 체력이나 기술 훈련 이전에 심리적 장벽 케어가 선행되어야 할 필요, 추이를 살펴보고 전문적인 케어가 필요할지 논의 필요…….

무겸이 내용을 유심히 내려다보는 것을 눈치챈 하준은 노트를 덮었다. 그가 뭔가 말하기 전에 무겸이 먼저 운을 뗐다.

"신경이 많이 쓰이나 봐."

하준이 고개를 저었다.

"네가 생각하는 그런 관심 아닌 거 알지?"

"글쎄. 확실해?"

"얼마 전에 알았는데, 그냥 축구 하려고 유럽에 온 게 아니더라."

"그럼? 축구도 하고 연애질도 하러 왔나?"

"마르코 고향이 요즘 경제난이 심해서 이민자는 물론이고 난민까지 발생했대. 마르코도 부모님이랑 같이 어렵게 이주를 시도했다가 혼자만 간신히 건너온 건가 봐. 그러는 중에 부모님은 모두 병으로 돌아가셨다 하고. 아직 어린데 안됐어."

무겸은 대답 없이 꿍한 표정만 지었다.

"보통 일은 아니잖아. 그래서 더 의사소통에 자신 없어 하는 것 같기도 해서, 내일 다른 코치님들이랑 관련해서 좀 진지하게 얘기해 보려고."

"그래. 얘기해 보고 빨리 다른 전문가들한테 넘겨. 여기는 연계된 상담시설도 있으니까 네가 이렇게까지 신경 쓸 필요 없어."

하준이 자리에서 일어섰다. 웃는 얼굴에 곤란함이 어렸다.

빌어먹을, 그렇잖아도 거슬리는 녀석인데 불쌍하기까지 하다니. 그러고 보면 표정도 늘 어딘가 궁상맞고 음침해 보이는 느낌이 있었다. 긍휼히 살펴야 할 가여운 자들에게 이하준이 약하다는 사실은 김무겸이 제일 잘 안다.

…불쌍함을 겨루려고 해도 제가 밀리는 것 같아 더 짜증 난다!

"늦었다. 남은 정리는 내일 하지 뭐. 자러 가자."

하준은 부루퉁하게 서 있는 무겸을 달래듯 그렇게 말하고 먼저 손을 잡았다. 무겸은 묵묵히 그를 내려다보았다. 백화점에서 함께 사 온 감색 파자마가 하준에게 찰떡같이 어울렸다.

빨리 가서 벗겨 버려야겠다. 침대에서 흐느적거리도록 녹여 놓고 나면 이하준도 일 생각은 잊어버릴 것이다. 무겸은 순순히 하준의 손에 이끌려 침실로 향했다.

⚽

지난 시즌 선수들과 불협화음을 일으키던 감독을 교체하고 주포인 무겸까지 되찾은 그린포드는 연승 중이었다.

하준은 어마어마한 집중력으로 그라운드를 뚫어져라 응시하고 있었다. 꼭 코칭 때문만은 아니었다. 벌써 몇 번째 벤치에서 경기를 보면서도 늘 텔레비전으로만 접하던 '그린포드의 김무겸'을 바로 눈앞에서 두고 있다는 사실이 믿기지 않아서다.

가까이서 보면 무겸의 스피드는 명불허전이다. 화면으로는 다 전해지지 않는 긴박감, 생동감, 구릿빛 허벅지를 드러내며 그야말로 야생마처럼 질주하다가 아주 작은 틈만 생겨도 놓치지 않고 공을 걷어차 골문을 노리는 통쾌함까지. 그야말로 스타플레이어.

뒤지고 있던 스코어가 무겸의 골로 1 대 1 동점이 된 전반 35분경, 그린포드 공격진의 한 선수가 헤딩을 시도했다가 착지를 실수하며 넘어졌다. 발목에 조금 타격이 온 듯 신호를 보내는 선수에게 의료진이 달려갔고, 그의 발목에 쿨링 스프레이를 난사하는 동안 감독이 교체 지시를 내렸다.

"라미레즈, 준비해!"

대기심이 교체를 알리는 전광판을 들었고, 다친 선수가 들어오는 동시에 마르코가 뛰쳐나갔다. 새로 영입한 선수들을 적절히 이용할 수 있는 전략을 찾기 위해 감독은 요즘 이적생들을 교체 자원으로 활용하며 이런저런 포메이션을 연구 중이었다.

마르코가 그라운드에 자리를 잡자 하준의 시선이 그에게로 잠시 향했다. 코치로서 하준은 마르코가 안타까웠다.

아직 어리고 잠재력이 뛰어나다. 좀 더 자신감을 갖추면 훨씬 실력 발휘를 할 수 있는 타입인데, 내성적인 성격 때문인지 아직 말이 잘 통하지 않아서인지 위축되는 경향이 있었다. 이제 막 이적해 왔는데 그런 모습을 지속적으로 보여 주다가는 기회를 놓치고 감독의 눈에 들기도 어렵다.

어린 나이에 그린포드라는 상위권 팀으로 이적했으니 그 자체만으로도 다른 선수들에 비해 훨씬 잘 풀린 케이스다. 그럼에도 불구하고 다른 선수들에 비해 성취에 소극적이고 살짝 방향성을 잃고 헤매는 모습이 한때의 저를 보는 듯, 남의 일 같지 않아 마음이 쓰였다.

사람들 사이를 바삐 오가며 정착하지 못하고 구르던 공이 그린포드 중원의 차지가 되었다. 미드필더가 빠르게 공격진으로 패스를 했다. 늘 그렇듯 공이 도착하는 자리에는 무겸이 있었다.

"이런!"

벤치의 누군가가 당황스럽다는 말투로 작게 외쳤다. 감독과 다른 코치들, 하준의 미간도 좁아졌다.

절호의 슈팅 기회를 앞두었던 무겸이 마르코와 부딪힐 뻔한 것을 피하다가 둘 다 바닥을 구른 것이다. 기껏 공격진까지 다다른 공은 허무하게 잔디밭 위를 구르다가 상대 팀에게 넘어가 버렸다.

무겸이 먼저 벌떡 일어섰다. 뒤따라 몸을 일으키는 마르코에게 차가운 시선을 던지고 달려가는 그의 모습이 하준의 눈에 밟혔다. 사람들이 나누는 말소리가 들렸다.

"동선이 겹쳤네."

"아직 신입이니까, 그럴 수 있지."

공격수라고 해도 무조건 공만 쫓아갈 것이 아니라 전체적인 흐름을 살펴야 한다. 특히 그린포드는 오랫동안 무겸을 메인 공격수로 전술을 운용해 왔다.

시티서울에서도 그랬듯 그린포드에서도 최종 패스는 그에게 이어질 때가 많다. 무조건 공만 보며 달리다가는 지금처럼 같은 팀 선수끼리 충돌이 일어날 수도 있었다.

'그러면 안 돼, 마르코.'

하준은 속으로 중얼댔다. 무겸이 마르코를 못마땅하게 생각한다는 사실을 저는 알고 있었다. 그 이유가 자신 때문이라는 것도.

경기 중 동선을 침범하는 실수까지 저지르면 무겸은 정말로 그를 싫어하게 될지도 모른다. 꼭 무겸과의 문제를 배제하고 생각하더라도 팀의 에이스와 동선이 자꾸 겹치면 결국 밀려나는 사람은 나머지 한쪽이니 주의를 해야 했다.

…정말 거리를 좀 둬야 하나?

하지만 마르코는 아무 잘못도 하지 않았는데.

코치로서 조금 더 관심을 기울일 필요가 있다고 여겨 챙겨 줄 뿐인데, 연애라는 개인적인 이유 때문에 선수 지도 방식을 수정한다는 것도 이상한 이야기다.

그러는 사이 막바지로 흐르고 있던 전반전이 끝나고 경기는 하프 타임에 들어섰다. 벤치로 돌아오는 무겸에게서는 찬바람이 쌩쌩 돌았다. 대놓고 화는 못 내지만 누구 때문인지 하준은 당연히 짐작할 수 있었다.

대기실에 들어선 하준은 다른 선수들을 살피기 전에 무겸부터 찾았다. 전반전의 이야기는 꺼내지도 않고 몸만 살피는 척 조금 전 충돌한 부분을 살펴보았다. 다행히 아무런 이상은 없었지만 하준은 어깨며 등을 마사지하는 척 남들 눈을 피해 머리와 목덜미를 슬쩍슬쩍 쓰다듬어 주었다.

그 손길에 담은 뜻을 무겸도 허투루 지나치지 않은 듯, 팽팽하리만치 여유 없던 눈매가 조금씩 부드러워진다. 그제야 하준이 조심스레 말했다.

"경기하다 보면 그럴 수도 있잖아. 후반전에 집중해."

"걱정 마, 코치."

무겸이 손을 잡아 온다. 하준은 속으로 안도의 한숨을 내쉬었다. 그때 둘의 앞에 사람이 섰다.

조금 전 무겸의 슈팅을 실패하게 만든 장본인, 마르코였다.

"킴."

무겸이 미간을 옅게 찡그렸다. 하준 역시 당황해 그를 바라보았다. 무겸에게 말을 걸기 그리 좋은 타이밍은 아니었다.

"아까, 미안해요."

사과를 듣고 묵묵하던 무겸은 한쪽 눈썹을 슬쩍 끌어 올리며 답했다.

"…그런 일 가지고 사과하면 나만 웃기는 인간 되는 건데."

비꼬는 말투를 바로 캐치하지 못한 듯 마르코는 여전히 주눅 든 얼굴로 서 있었다. 무겸은 자리에서 일어나 마르코에게 가까이 다가섰다. 얼굴을 거의 붙이다시피 한 채 가만히 그를 마주 내려 보더니, 결국은 피식 웃었다.

"괜찮다고."

툭, 주먹 쥔 손등으로 가슴팍을 가볍게 치더니 다른 선수들이 있는 곳으로 향한다. 하준은 속으로 가볍게 한숨을 쉬고 마르코를 향해 돌아섰다. 아무래도 마르코의 컨디션 확인은 다른 코치에게 맡기는 것이 좋을 듯했다.

"다친 곳은 없지?"

"네."

"감독님에게 설명은 들었지? 경기 중 흐름 파악에 신경 쓰는 게 좋겠어."

"네."

침울함이 드리운 무표정한 얼굴 위 올리브색 눈동자가 그늘져 있었다. 그대로 물러나려던 하준은 차마 곧바로 몸을 돌리지 못하고 그를 보았다.

이렇게 기가 약해서야 내로라하는 선수들이 모여 있는 팀의 로커 룸에서 다음 시즌까지라도 살아남을 수 있을는지.

"…기운 내. 팀에 온 지 얼마 안 됐으니까 전술이나 롤도 어색한 게 당연해. 갑자기 교체로 들어가기도 했고."

"고마워요, 준."

"뭘. 후반전 힘내."

그렇게 말하고 돌아서려는 하준을 마르코가 불러세웠다.

"준."

"응?"

"이거."

마르코가 목을 가리켰다. 하준은 고개를 숙여 제 목 부근을 살폈지만 눈에 띄는 것은 없었다.

"잠깐만요."

마르코가 하준의 등 뒤로 다가섰다. 잠시 후 그의 손가락이 목 뒤쪽에 얼핏얼핏 스치는 것이 느껴졌다.

뭘 하는지 알 수가 없어 하준은 눈만 깜박이며 얌전히 서 있었다. 그렇게 뒤에 서서 목 근처에서 손을 움직이던 마르코가 얼마 있지 않아 다시 하준의 앞으로 나와 섰다.

"끈, 풀려요. 곧."

"아."

하준은 그제야 말뜻을 이해하고 웃으며 고개를 끄덕였다. 코치 명찰을 걸어 놓은 끈이 풀리려고 했던 모양이다. 목 뒤로 손을 넘겨 매듭을 만져 보았다. 이제 단단히 잘 묶여 있었다.

"고마워."

"아니에요."

인사를 건네고 하준은 돌아섰다. 무겸과 마르코에게 시간을 많이 뺏기는 바람에 하프 타임을 효율적으로 사용하지 못했다. 어서 다른 선수들도 둘러봐야…….

그렇게 생각하며 로커 룸을 둘러보던 하준의 시선이 무겸과 마주쳤다. 그의 싸늘한 표정이 조금 떨어져 서 있는 하준에게도 선명하게 보였다.

하지만 지금은 경기 중이었다. 하준도 무겸도 각자 찾는 사람들에게 떠밀려 더 이야기 나누지 못하고 돌아서야 했다. 얼마 남지 않았던 하프 타임이 곧 끝났다.

전반전에도 움직임이 나쁘지 않았던 무겸은 후반전 들어 거의 폭주 기관차처럼 달려 두 골을 더 넣었다. 경기는 3대 1로 끝났고 '킴'과 '무'를 번갈아 외치며 노래를 부르는 팬들의 환호에 경기장은 떠나갈 듯했다.

완벽한 승리. 아름다운 승리. 그러나 벤치를 향해 다가오는 무겸을 바라보는 하준의 마음은 전에 없이 무거웠다.

"그 새끼, 너한테 딴마음 있어."

경기 후, 샤워와 환복을 마치고 함께 차에 올라 집으로 향하는 내내 무겸은 별말이 없었다. 먼저 마르코 이야기를 꺼내는 것은 긁어 부스럼 같아서 하준은 얌전히 무겸이 먼저 말하기를 기다렸다.

차고에 주차를 마친 무겸이 마침내 내뱉은 첫마디는 과격했다. '아니야.' 하준은 곧바로 그렇게 대답하려다가 참았다.

"하프 타임에는 내 명찰 끈이 풀리려 해서 묶어 준 거야."

"풀리려 한다고 말로 해 줬으면 그만이야. 그러면 네가 직접 새로 묶었겠지."

"아직 영어를 잘 못하잖아."

"그 정도는 보디랭귀지로도 얼마든지 해."

그 말은 맞다. 하지만 굳이 말로만 해야 하는 일이냐면 그렇지도 않다. 더한 스킨십도 넘쳐 나는 축구장에서, 고작 명찰 끈을 고쳐 매 주는 정도로 마음이 있다 없다를 따지는 것은 정말 꼬맹이들이나 할 법한 소리다.

무겸의 말투가 한층 퉁명스러워졌다.

"너는 원래 끈 묶어 주는 놈한테 약하잖아?"

"아니 대체 무슨……. 비교할 걸 해. 그때랑 같아? 정말 아무것도 아니야. 누구나 이 정도 친절은 베풀 수 있잖아."

"요즘 왜 자꾸 그놈 편에 서서 얘기하는 기분이 들까?"

"편드는 게 아냐. 나는… 코치잖아. 당연히 네가 제일 중요하지만 그렇다고 해서 다른 선수들을 이런 이유로 코칭 하지 않을 수도 없어."

"그래. 코치지. 피지컬 코치. 영어 공부는 영어 교사한테 맡기고, 멘탈 코칭은 정신 상담 전문가한테 맡겨."

하준은 한숨만 나왔다. 몸과 마음의 컨디션은 그렇게 칼로 자르듯 나눌 수 있는 것이 아니다.

피지컬 코치도 당연히 멘탈 코칭에 대해, 그것의 중요성에 대해 반복하고 강조해서 배운다. 정신적인 고민이나 피로는 대부분 몸으로 나타나며 경기력에도 영향을 끼치니까.

이유 없이 노트를 몇 권씩 써 가며 선수들에 대해 기록하는 것이 아니다. 피지컬 코치는 선수들의 신체 컨디션은 물론 신상과 개인별 성격을 일일이 파악하고, 그들의 심리 상태와 정신적인 컨디션까지 이해하고 대처해야 한다.

피지컬 코치가 배우는 첫 번째, 기본 중 기본이다. 유능한 피지컬 코치일수록 신체 컨디션 이상의 것을 파악하고 살피는 데 탁월한 능력을 발휘한다. 그렇기 때문에 남다른 성과를 거두고 명성을 얻는 것이다.

속으로만 답답해하는데 무겸이 말을 이어 갔다.

"여기는 유소년 축구 팀이 아니라 전 세계에서 모여든 프로들이 뛰는 곳이야. 멘탈이 약해서 빌빌대다 밀려나면 거기까지인 거지 별수 없어. 여기 있는 누구 하나 쉽게 여기까지 온 사람이 있는 줄 알아? 그 자식은 오히려 운이 좋은 편이야."

반론이 욱하듯 절로 밀려들었지만 하준은 간신히 참아 냈다. 무겸이 저렇게 말할 만큼 힘들게 여기까지 왔다는 것은 자신이 가장 잘 알고 있었으니까.

게다가 무겸도 정신적인 피로에 영향을 받는 것은 마찬가지다. 이런 신경전도 그의 몸에 영향을 주는 요소인 것이다.

'왜 이렇게 유별나게 굴지?'

채훈과의 사이를 의심할 때보다 오히려 더한 것 같았다. 좀처럼 이해가 가지 않았다. 채훈과 저는 오랫동안 함께 시간을 보냈고 실제로도 무척 가까우며, 결정적으로 모텔에 들어가는 장면까지 보았으니 무겸이 오해를 하는 데도 이해해 볼 여지가 있었다.

하지만 마르코는 이적한 지 이제 두 달이 되어 가는 데다가 고작해야 요즘 어떠냐, 컨디션은 어떠냐, 어제는 뭐 했냐 따위의 기초 영어 회화책에나 나올 법한 짧은 대화를 잠깐씩 나누는 사이일 뿐이다.

현재로서는 다른 선수들이나 스태프에 비해서도 그리 많은 시간을 보내고 있지 않다. 굳이 의심을 하겠다면 차라리 매일같이 붙어 있는 해리나 다른 스태프를 지목하는 쪽이 더 타당해 보였다.

"들어가서 얘기하자."

계속 차에서 옥신각신해봤자 결론은 나지 않는다. 하준이 먼저 조수석에서 내려섰다. 무겸도 곧 따라 내리고, 둘은 말없이 집 안으로 들어섰다.

침묵이 카펫처럼 무거웠다. 하준은 몹시 낯선 기분을 느꼈다. 무겸과는 처음부터 온갖 몰이해와 오해를 매듭처럼 엮어 가며 여기까지 왔지만, 그런 와중에도 서로 말을 아낀 적은 없었다.

통하든 통하지 않든 서로 하고 싶은 말을 상대에게 쏟아붓고, 튕겨 나오면 튕겨 나오는 대로 받아들여지면 받아들여지는 대로……. 그렇게 여기까지 온 것 같은데 막상 연인이 되고 나서 이런 일이 생기니 일이 그때처럼 단순하게 돌아가지 않았다.

고려해야 할 문제가 한둘이 아니었다. 당장 마르코를 멀리하는 것쯤이야 어렵지 않다. 무겸이 이렇게까지 질색하는데, 내일부터라도 마르코를 무시하는 것이 하준에게 있어서도 가장 편한 해결책이었다.

그러나 다른 이유도 아니라 자신이 코치로서 관심을 기울이는 사람, 선수로서 코치인 제게 의지하는 사람이 싫어서 이런다는 것이 문제다. 늘 아무나 저에게 흑심을 품는다고 주장하는 김무겸이 하는 소리다. 그 억측은 항상 틀렸고 이번에도 마찬가지다.

앞으로도 이하준은 코치로서 그라운드 위에서 살아갈 것이다. 김무겸도 그러기를 바라서 저를 런던까지 데려오지 않았나. 커리어가 쌓이면 쌓일수록 관심이 가는 선수들도 늘어날 수밖에 없는데, 그때마다 무겸 때문에 일부러 거리를 두며 코칭을 할 수는 없다.

앞으로를 위해서라도 이번 일을 잘 해결해야 했다. 무겸의 마음도 상하지 않고 앞으로의 방향도 잘 잡을 수 있을 만한 대책이 필요하다. 하지만 어떻게? 마땅한 묘안은 떠오르지 않았다.

"왜 내 말을 안 믿지?"

생각에 잠겨 있던 중 무겸이 먼저 물었다.

"내가 여기 와서 다른 녀석들이 너한테 치근거리고 짓궂게 군다고 지금처럼 말한 적 있어? 그런 놈들과 다르니까 얘기하는 거야. 눈빛부터 달라. 너는 못 봤겠지. 네 뒤에서 얼쩡댈 때 그놈 표정이 어땠는지 알아? 좋아하는 애한테 목걸이 걸어 주는 중학생 보는 줄 알았어."

"……."

"코칭을 하지 말라는 게 아냐. 그놈은 분명히 너한테 딴생각이 있으니까, 확실히 알고 컨트롤하라는 거야."

"…김무겸, 네가 말하는 딴생각이라는 게."

하준은 긴 한숨을 쉬고, 어쩔 수 없이 그다지 하고 싶지 않았던 이야기를 꺼냈다.

"한 번이라도 맞은 적이 있어? 너 나랑 채훈이 형 사이 의심했었지. 다른 선수들이랑 사이도. 하다 하다 정규까지……. 이번에도 그런 거잖아. 뭐가 달라."

"달라."

"어떻게?"

"이번에는 진짜야. 생각을 해 봐. 네 말대로 혈혈단신으로 가족도 없이 유럽까지 건너온 놈이야. 말도 잘 안 통하고 아직 어리기까지 하지? 나도 비슷한 시절 겪어 봐서 알아. 저 때는 잘해 주는 사람한테 금방 넘어가. 저놈 지금 단단히 착각하고 있을걸? 거기다 말도 제대로 안 통해서 몸으로 치대는 쪽이 편하니까 자꾸 그러려 들 게 뻔하다고! 그놈은 네가 마음 약한 거 벌써 파악 끝났어. 고민 있는 척 따로 불러내서 무슨 짓 벌이고도 남아."

하준은 시선을 살짝 비스듬히 올리며 앓는 소리만 냈다. 또 근거 없는 상상을 하며 고집부리기 시작했다. 그의 상상력이 재미있을 때도 많지만 오늘은 아니다. 이래서는 대화가 성립이 안 된다.

"그럼 앞으로."

"……."

"네 눈에 그렇게 보이는 선수들은 다 멀리해야겠네. 로봇처럼 선수들 몸 상태만 빽빽 체크하면서."

"비약하지 마."

"네가 하는 말이 그게 아니면 뭐야? 사람이 하는 일이야. 코칭을 하다 보면 무슨 이유에서든지 더 관리가 필요한 선수들이 생기고, 선수 중에도 나한테 더 의지하는 사람들이 생겨. 원래 그런 일인데 너는 지금 근본

적인 부분부터 문제 삼고 있잖아. 그렇게 트집 잡을 거면 차라리 일 그만두라고 해. 네가 지금 하는 말, 그 뜻이랑 다를 게 없으니까."

무겸은 대답하는 대신 미간만 찌푸렸다. 마땅히 대꾸할 말을 찾지 못해서일 것이다.

하준이 무겸에게 가까이 다가갔다. 입매가 딱딱하게 굳은 얼굴을 마주 보다가 먼저 팔을 뻗었다.

크고 단단한 몸은 하준의 품 안에 제대로 들어오지도 않는다. 그런데도 이렇게 떼를 쓸 때면 어쩐지 어린애처럼 안아서 달래 주고 싶어진다.

"김무겸. 네가 걱정하는 그런 일 절대 없어."

"……."

"없게 할게."

왜 저를 믿지 못하냐고 말하는 무겸의 눈동자에야말로 노골적인 불신이 일렁인다. 그런 시선을 받는 것은 결코 즐겁지 않았지만 하준은 여기서 유쾌하지 않은 대화를 정리하고 싶었다. 그는 무겸의 손을 잡았다.

"가서 마사지하자. 오늘 경기 끝났으니까 또 근육 풀어 줘야지."

그렇게 말해도 가만히 서 있기만 하던 무겸은 천천히 하준의 뺨 위로 손을 올렸다.

사과라도 하는 듯 저를 조심스레 더듬는 감촉. 하준은 그 손등 위로 제 손바닥을 맞댔다. 눈을 마주 보며 큰 손등 뼈와 손가락을 습관적으로 매만지는 사이, 누가 먼저랄 것도 없이 입술을 겹쳤다.

⚽

작은 충돌이나 불화가 연승 중인 팀의 분위기를 꺾지는 못한다. 경기

후 훈련이 이어지는 며칠 내내 그린포드의 분위기는 밝고 승리감이 넘쳤다.

막 끝난 훈련 프로그램의 특이 사항을 간단히 메모하던 중, 한 스태프가 하준을 불렀다.

"준. 스텝레더 두 개만 더 가져와 줄래? 숫자를 잘못 셌나 봐."

"아, 네."

하준은 노트를 덮고 곧바로 움직였다. 훈련장이 넓다 보니 비품실까지도 한참 걸어야 했다.

이제는 완전히 익숙해진 새 훈련장의 복도를 걸어 몇 개의 문을 지나 비품실 문을 열었다. 그러나 바로 들어가지 못하고 눈만 크게 떴다.

"마르코?"

야외에서 훈련 중이어야 할 선수가 비품실에 놓인 예비 벤치에 앉아 있었다. 하준은 놀란 듯 저를 바라보는 그를 지나쳐 안으로 들어가 스텝레더를 챙겨 들며 말을 걸었다.

"휴식 중이야? 잠깐 쉬는 거라면 바깥 벤치를 이용하는 게 좋겠어. 사람들이 찾을 텐데."

"미안해요. 나갈게요."

"나한테 미안할 일은 아니지."

팀의 분위기가 밝다고 모든 사람이 빛날 수는 없는 법. 그는 꼭 친구들에게 따돌림당하는 학생 같은 모습이었다.

…이쯤 되면 꼭 영어가 서툴러서라고만 보기도 어렵다. 말이 전혀 통하지 않아도 서로 친해지는 사람들은 많다. 무겸도 처음 영국에 왔을 때 영어라고는 '하우아유 아임파인 쌩큐'밖에 몰랐다고 했다.

"무슨 일 있어?"

"아뇨."

"나도 그린포드에 온 지 이제 두 달째야. 너랑 비슷해. 그래도 이곳을 내 팀이라고 생각하고 있어. 팀은 서로 돕는 거야."

"…네."

"네가 나를 네 팀의 코치라고 생각한다면 무슨 일인지 얘기해 줬으면 좋겠다."

말을 꺼내 놓고 보니 손에 든 스텝레더가 눈에 들어왔다. 빨리 가져가야 하는데.

하지만 그냥 나갈 수도 없어 마르코의 대답을 기다렸다. 침묵이 점점 길어진다. 지금 당장 어려우면 나중에 얘기해 달라 말하려던 때였다.

"여긴 내 팀이 아니에요."

"……."

"코스타노바로 돌아가고 싶어요. 그들이 내 가족이에요."

단정형으로 말하는 것은 회화적 어려움 때문이라고 여기기로 했다. 향수병인가? 아니면…….

어렴풋이 알 것도 같았다. 포르투갈 리그 하위권에 있는 마르코의 출신 팀은 그리 성적이 좋지는 않았지만 연고지 팬들과 유대가 깊고 선수들끼리도 끈끈하기로 유명했다. 하위권 팀일수록 내부 구성원들 사이의 결집력은 높을 때가 많다.

그린포드는 상위 리그의 상위권 팀이다. 검증된 선수와 기대되는 유망주들로 구성되어 있다. 학교로 따지자면 전교 1, 2등을 하는 아이들만 모아 놓은 엘리트 학교. 그만큼 선수들에게 걸리는 기대치도 높다.

당연히 경쟁이 치열하고 기 싸움 또한 그에 비례한다. 살아남아 오래 뛴 선수들에게는 약간의 특권 의식 따위도 존재해서 신입들에게 친절하기보다는 그들을 시험하려 들었다. 팀의 분위기나 개개인의 관계가 좋으냐 나쁘냐의 범위를 넘어선, 이 또한 어쩔 수 없는 인간의 생리인 것이다.

"마르코. 네가 먼저……."

뭔가 얘기를 하려다가 하준은 관두었다. 주제넘은 조언은 안 하느니만 못하다. 대신 자신이 잘하는 일에 대해 이야기하기로 했다.

"어딜 가도 처음에는 낯설어. 그래도 그 안에서 한두 명이라도 내 편을 만들면 그다음부터는 좀 쉬워져. 사람을 집단으로만 보고, 팀을 장소로만 보면 계속 낯설 수밖에 없어. 상대가 어떤 사람인지에 대해서는 관심 없이 나랑 친해질 사람은 없을까, 그렇게 자기 위주로만 생각하면 가까워지기 어렵지."

"……."

"한 사람씩 관찰해봐. 사람은 알아야 좋아지는 거야."

영어로 추상적인 이야기를 하려니 말이 더듬더듬 나온다. 제대로 전해졌는지 모르겠다. 마르코는 그럭저럭 이해했다는 얼굴로 고개를 끄덕이고는 몸을 일으켰다.

"준이 있어서 그래도 괜찮아요. 내 편. 내 친구."

"다행이네. 이제 나갈까? 다른 친구들도 만들어 봐야지."

웃으면서 고갯짓하는데 마르코가 가까이 다가왔다.

"준."

"응?"

"정말 힘들었어요. 당신 아니었으면."

"도움이 돼서 다행이네."

"당신을 알고 싶어요……."

분위기가 이상하다.

그렇게 생각했을 때는 마르코의 얼굴이 아주 가까이 다가와 있었다.

"이 씨발 새끼."

한국어로 낮게 욕설을 내뱉는 목소리가 너무 자연스럽게 끼어들어서, 하준은 순간 제 입으로 한 말인가 착각을 일으킬 뻔했다.

어느새 비품실에 들어온 또 한 사람이 마르코의 멱살을 잡고 있었다.

"궁상떠는 척하면서 조만간 이럴 줄 알았다."

쾅! 무겸이 마르코를 붙잡은 채로 벽에 그를 밀어붙였다. 등이 벽에 부딪히며 크게 소리가 울리고, 그 충격에 선반에 올려 놓았던 공 몇 개가 통통 소리를 내며 떨어졌다.

놀란 마르코는 꿀 먹은 벙어리가 되어 아무런 반응도 하지 못했다. 뒤늦게 정신이 든 하준이 무겸의 팔을 잡았다.

"김무겸, 그만해."

"내가 뭐랬어! 이 새끼 헛짓거리할 거라고 했지?"

"그만해! 여기 훈련장이야."

싸움이라도 나면 무겸이 곤란해진다. 충돌한 이유를 뚜렷이 밝힐 수도 없으니 고참 에이스가 자리도 못 잡은 신입에게 텃세를 부린 모양새밖에 되지 않을 것이다.

언성을 높이자 무겸은 그제야 하준을 돌아보았다. 옅게 미간을 찌푸린 단호한 표정을 가만히 보더니 손의 힘을 풀었다. 하준의 시선이 이번에는 벽에 붙어 있는 남자에게로 향했다.

'나가.'

하준의 눈이 그렇게 말했다. 마르코는 당황스러움을 얼굴에 가득 담고, 뭔가 할 말이 남은 듯 하준을 바라보았으나 그는 이미 마르코를 보고 있지 않았다.

"너 진짜 저놈 편드는 거야?"

마르코가 나간 다음, 문을 쾅 소리가 나도록 닫은 뒤 무겸이 물었다. 하준이 앞머리를 쓸어올렸다.

"아닌 거 알잖아. 지금 여기서 싸워 봤자 남들 눈에는 너만 이상한 사람으로 보여."

무겸이 이를 악무는 것이 턱의 움직임을 통해 보였다. 하준 역시 입속에서 안쪽 살을 씹었다. 둘은 이번에도 침묵만을 교환했다.

하준은 머리가 복잡했다. 도대체 무슨 일이 일어난 거지? 마르코가 정말로 제게 그런 방향의 호감을 품고 있었다고? 착각이라 부정하고 싶어도 그는 분명히 저에게 입을 맞추려 했다.

어이가 없었다. 이제까지 전부 빗나간 무겸의 추측이 맞는 날이 와 버렸다.

100개쯤 찍으면 하나쯤은 맞는다더니. 그런데 하필 그 정답을, 서로 애인이 된 뒤에 맞추게 될 줄은.

"입술 부딪혔어?"

무겸이 물었다. 하준은 망연한 표정으로 그를 보다가 급히 고개를 저었다. 어느 사이 비품실까지 온 그가 번개같이 멱살을 잡지 않았더라도 마르코는 기습 키스에 성공하지 못했을 것이다. 하준의 손 역시 그의 턱을 붙잡기 직전이었으므로.

열에 찬 한숨이 들렸다. 무겸의 묵묵하지만, 등 뒤에 커다란 불처럼 솟아오르는 분노도 보였다. 무겸이 한 발짝을 떼 하준에게 가까워졌다. 커다란 손이 뒷목을 거칠게 붙잡고 얼굴을 가까이 숙였다.

"준! 스텝레더 못 찾았어?"

쨍한 목소리. 기다리다 지쳐 비품실까지 직접 온 스태프가 침묵을 깼다. 무겸이 흠칫 움직임을 멈추는 사이 하준은 얼른 자세를 바로잡고 섰다. 저도 모르게 안도하며 대답했다.

"늦어서 미안해요. 찾았어요."

"으응? 둘이서 뭐 해? 비밀 이야기하고 있었어?"

"아니에요. 지나가다가 잠깐."

"킴. 감독님이 찾더라. 둘 다 얼른 나와."

금이 가 깨질 뻔한 유리가 임시 봉합되었다. 잠깐이나마 생각을 정리할 시간이 주어진 것을 다행으로 여기며 하준은 비품실을 나섰다. 무겸도 함께였다.

밖으로 나오자 마르코도 다른 선수들에 섞여 훈련 중이었다. 그가 얼굴을 이쪽으로 향하고 눈치를 보았다. 당연하지만 왜 자신이 무겸의 분노를 샀는지 좀처럼 이해를 하지 못하는 분위기였다. 하준은 옆에 선 무겸이 부득, 이를 가는 소리를 분명히 들었다.

무거운 침묵을 매달고 집에 돌아온 하준은 무겸의 분노를 각오했다. 비슷한 다짐을 했던 언젠가처럼, 제게 화풀이를 하더라도 인내하기로 마음먹었다.

100번 찍어 한 번 맞춘 것이라 해도 이번에는 그가 맞았으니까. 그는 진작부터 마르코를 경계했으며 저에게 조심하라고 진지한 충고도 했다. 무겸의 말을 귀담아들었다면 오늘 마르코와 비품실에서 그렇게 한참 동안 단둘이 있어서는 안 됐다.

울적했다. 무겸의 기분이 상했으리라는 점도 그랬고, 런던에 와 처음으로 코치로서 특별한 관심을 가졌던 선수에게서 엉뚱한 방향의 호감이 돌아온 것도 유쾌하지는 않았다.

'내가 만만했나?'

하준의 미간에 주름이 섰다. 무겸에게는 얼마든지 만만한 존재가 되어 줄 수 있었지만 다른 이에게까지 그런 사람으로 비치고 싶지는 않다. 아직 모든 일에 서투른 이방인인 이곳에서는 더더욱.

"순진해 빠져서."

"……."

"너나 임정규처럼 착한 놈들은 사람들이 다 자기 같은 줄 알지."

그러나 집에 돌아온 뒤, 고성이라도 지를 줄 알았던 무겸은 기운 빠진 어조로 그렇게 말했을 뿐이다.

하준은 머뭇대다가 얼른 다가서서 그의 손을 잡았다.

"미안해."

"왜? 그 새끼가 주제넘게 군 거지, 네가 미안할 일이 뭐가 있어."

"그래도……. 네 말 듣고 조금 더 조심했어야 했어. 내 잘못이야."

"네 잘못 아냐."

무겸은 그렇게 말하며 하준의 이마에 입을 짧게 맞췄다. 그런데도 하준의 마음은 전혀 편해지지 않았다.

솔직히 말해서 하준은 집에 돌아오자마자 무겸이 저에게 윽박을 지르거나 곧바로 섹스라도 하려고 할 줄 알았다.

그러나 무겸은 힘이 빠진 듯 무표정해지고 말수가 줄었을 뿐, 오히려 평소보다도 하준에게 손을 대지 않았다. 짧은 베이비 키스를 제외하면 제대로 된 입맞춤도 없었다.

전혀 안도할 일은 아니었다. 예상과 방향이 조금 비껴갔을 뿐이지 그의 기분이 저조해졌음은 충분히 드러나고 있었으니까.

차라리 화를 낸다면 뭐든 대답할 말이 있을 텐데, 별다른 이야기도 나누지 않고 마친 저녁 식사 후 둘은 각자 다른 방에서 시간을 보냈다. 하준은 무겸이 자러 갈 때를 노려 말을 붙여 보려고 했지만 그는 도통 움직이는 기색이 없었다. 늘 무겸보다 먼저 피곤해지는 하준은 결국 졸음을 참지 못하고 그가 있는 방문을 열었다.

"김무겸, 안 자?"

"먼저 자. 나 모니터링 좀 하고."

지난번 경기 모니터링이라면 저와 둘이서 이미 끝냈다. 1인용 안락의자에 앉아 노트북을 응시하는 무겸의 옆모습이 차갑고 무심했다.

'…그냥 달라붙어서 미안하다고, 기분 풀라고 애교라도 부려 볼까? 그런 거 잘 못하지만…….'

하준은 잠시 고민했지만 자라는 말만 던진 뒤 제 쪽을 한번 돌아보지도 않는, 깎은 절벽 같은 옆모습을 바라보다가 포기했다.

10년간 이어졌던 짝사랑은 애정만큼이나 견고한 두려움을 양분으로 삼았다. 그 관성이 아직 안에 남아 있었는지 무겸의 껍질이 단단해지자 좀처럼 먼저 다가갈 용기가 나지 않았다. 더는 그럴 일이 없을 거라 생각했는데.

혼자 널따란 침대에 눕자 찔끔 눈물이 났다. 이대로 무겸의 화가 풀리지 않을까 봐, 다시는 그가 저를 믿어 주지 않을까 봐 무서워졌다.

심란해서 못 잘 것 같았는데 어느새 잠이 들었나 보다.

한번 잠들면 중간에 잘 깨어나는 편이 아닌데, 잠들기 전 기분이 어수선해서였는지 하준은 의식을 제대로 끌어올리지도 못한 채로 눈을 떴다.

보통 자기 전에는 커튼을 모두 내리기 때문에 방의 조도만으로는 밤낮을 구분하기 어렵다. 아직 새벽에 이르지도 못한 깊은 밤임을 감으로 느낄 수 있었다. 목이 조금 말랐다. 깨어난 김에 물을 마시고 싶어 하준은 몸을 일으키려 했다.

"……."

하준은 두 가지를 깨달았다.

아직도 무겸은 침대에 눕지 않았다. 한때는 가운이나마 걸치고 자던 둘이지만 요즘은 잠들 때면 둘 다 알몸인 경우가 태반이었다. 꼭 섹스를 하지 않더라도 무겸이 제 맨살을 만지는 것을 좋아해 요즘은 속옷만 입거나 모두 벗고 자는 것이 거의 습관이 되었다.

그렇게 벗은 제 어깨나 배, 허리, 다리, 어디든 보디 필로우처럼 끌어안고 자는 그의 무게와 체온이 느껴지지 않았다. 일부러 떨어져서 자는 것도 아니다. 옆자리는 인기척 없이 텅 비어 있었다.

그리고 저는 침대에서 일어날 수가 없었다. 하준은 자신이 혹시 아직 잠에서 깨어나지 않은 상태인지, 가위에 눌리고 있는 것인지를 고민했다. 그러나 감각은 실제임을 부정할 수 없도록 뚜렷했다.

하준은 고개만 두리번거려 주변을 살폈다. 이제 막 잠에서 깨어난 눈은 칠흑 같은 어둠 속에서 아무런 형체를 인지하지 못했다.

"김무겸."

그래도 하준은 조심스럽게 그의 이름을 불렀다.

손목을 끌어당기자 철컥 쇳소리 비슷한 것이 귀를 긁었다. 머리 위에서 손이 멈춘다. 더 끌어 내릴 수가 없다. 기가 막힌다. 이렇게 된 것도 모르고 쿨쿨 잤다니.

"김무겸."

한참을 기다리다가 한 번 더 불렀다. 여전히 대답은 없었다. 방 어느 한 구석에서 잠이라도 든 걸까?

"김무겸. 대답 좀 해 줘……."

아니면 혹시 정말 그가 없는 것일까, 이 방에 저 혼자인 건가 싶어 말끝이 조금 흔들렸다.

그러자 드디어 기척이 느껴졌다. 침대에서 조금 떨어진 곳에서 사람이 움직이는 소리가 들렸다. 얼마 있지 않아 깜깜하던 시야가 어둑하게 밝아졌다. 침실에 설치된 무드 등 중 하나에 불이 들어온 것이다.

조명 옆에 무겸이 서 있었다. 하준은 가만히 그를 보다가 시선을 좀 더 넓게 보내며 주변을 둘러보았다. 침실의 풍경은 변함이 없었으나 원래 아무것도 없던 자리에 의자 하나가 놓여 있었다. 침실용 티 테이블에 놓여 있던 의자를 끌어온 듯했다.

수동으로 조명을 밝힌 무겸은 잠시 그렇게 서 있다가, 아무 말 없이 의자로 돌아가 앉았다. 등받이를 앞으로 하고 그 위로 팔을 얹은 무겸은 커다란 등을 앞으로 굽혀 턱을 괴었다. 하준이 천천히 고개를 젖혀 제 손목을 바라보았다.

"그냥, 너 오기 전에 장난삼아 사 본 건데."

무겸의 목소리가 들렸다.

"이렇게 쓰게 될 줄은 몰랐어."

말투는 힘이 없고 덤덤했다. 어딘가 허탈하게까지 들리는 그 목소리를 옆에 두고 하준은 손을 흔들어 보았다. 침대 헤드에 연결된 고리에서 나는 짤강짤강 금속성 소리가 귓전을 울렸다.

무겸은 이렇게 쓰게 될 줄 몰랐다고 하지만 하준도 평생 자신이 이런 물건을 손목에 걸어 볼 줄은 몰랐다. 살아온 길을 하나하나 되돌아봐도 죄라는 이름을 붙일 만한 행동은 거의 하지 않았는데.

"너 아파서 내일 못 나간다고 연락해 뒀어."

남의 일처럼 멍하던 하준도 그 말에는 놀라 몸을 일으키려 했다. 하지만 철컹, 소리만 울릴 뿐 누워 있던 몸은 다시 털썩 시트 위로 떨어졌다.

무겸이 그 모습을 보더니 피식 웃었다. 하준은 조금씩 빠르게 뛰기 시작하는 심장을 붙들어 잡으며 물었다.

"술… 마셨어?"

무겸의 얼굴에서 웃음기가 서서히 사라졌다.

"잠이 영 안 와서 딱 한 잔만 하려고 했는데……."

"……."

"그래. 좀 마셨어."

취해서 이러는 거야.

하준은 침착하려고 노력했다. 김무겸이 취해서 기행을 벌이는 것은 처음이 아니었다. 잔뜩 신이 났던 여름밤과 달리 지금은 울적함이 극에 달해 보인다는 것이 차이일 뿐. 막 눈을 떴을 때는 손목을 두른 수갑의 형태가 비현실적으로 느껴졌지만 점차 구속된 몸이 뻐근하고 불편해지고 있었다.

"알아. 네 잘못은 없지. 네가 하는 말은 항상 옳고, 지당하고."

무겸은 그렇게 말하고 잠시 침묵했다.

"그런데 누구 잘못이 있건 없건, 어쨌든 내일 훈련장 가면 그 새끼가 널 볼 거 아냐?"

"……."

"또 언제 단둘이 될 기회는 없나, 하다 만 짓거리를 또 시도해 볼 시간은 없나 눈에 불을 켜고 살필 거란 말이지. 호시탐탐, 네 머리부터 발끝까지! 그 음침한 눈깔로 널 보면서 무슨 생각을 할지 솔직히 너나 나나 그놈이나 이제 다 아는 사실이잖아?"

시작은 조용조용했던 말투가 끝에 이르러서는 격해졌다. 그것을 무겸 스스로도 자각한 듯 갑자기 말을 뚝 끊더니 다시 소곤소곤 목소리를 낮췄다.

"그래서 어떻게 해야 할지 모르겠어. 그 새끼 눈깔을 뽑아 버릴 수도 없고."

"……."

"아닌가? 못 할 것도 없지 뭐. 죽여 버릴까?"

무겸이 재미있는 말이라도 한 것처럼 킥킥거렸다. 예전에도 느꼈지만 김무겸은 취해도 말만큼은 멀쩡히 잘한다. 어느 쪽으로든 평소의 그와 다른 내용의 말을 할 뿐. 하준은 두근대는 가슴을 달래며 그를 불렀다.

"김무겸, 진정해."

"농담이야. 내가 내 인생 얼마나 끔찍이 여기는지 너도 알지? 나는 그런 짓 안 해. 운 좋게 여기까지 기어 올라왔는데 그럴 수야 없지."

그렇게 말하고는 팔에 얼굴을 더 깊이 묻고 갑자기 침울해졌다.

"그 새끼들도 못 죽였는데 이제 와서 누굴 죽여."

철컹. 다시 한번 금속 소리가 울리자 무겸이 눈만 슬쩍 들어 하준을 보았다. 어차피 묶여 있는 걸 알면서도 하준은 자꾸만 팔을 당겼다.

"가만히 있어. 네 손목만 아파. 안 풀려 그거."

하준은 말없이 무겸을 보았다. 다르지만 비슷한 상황이 예전에도 있었다.

저를 테이블 위에 올라가라 시켜 놓고 그는 조금 멀찍이 떨어져 의자를 놓고 앉았다. 뒤를 스스로 풀어 보라 하고는 섹스 따위는 전혀 하고 싶지도 않은 사람처럼 냉랭한 표정으로, 팔에 얼굴을 반쯤 묻고 조금은 우울한 색을 띠고 앉아 저를 보았다.

지금 생각하면 그때부터 제게 모욕을 주려고 했던 것 같지만 당시에는 당황했을지언정 모욕감은 거의 느끼지 못했다. 어차피 자존심을 세우면서 그와 섹스한 적도 없었으니까. 다만 그때 잠깐, 갑자기 다른 사람처럼 구는 무겸이 무서웠다.

지금은?

"김무겸, 이리 와 봐."

지금은… 그가 왜 그랬는지 조금은 알 것 같았다.

그때는 전혀 이유가 보이지 않았는데.

"안 풀어 줘도 되니까… 이리 와."

"……."

"화도 안 났고, 이런다고 너 안 미워해. 일단 좀 와 봐."

어서. 어르듯 말해도 무겸은 대답도 없이 묵묵히 의자에 뿌리라도 내린 사람처럼 앉아만 있었다.

불을 켰다지만 침실용 조명의 작은 빛이 밝힌 방에서 간신히 그 얼굴의 윤곽과 자세를 알 수 있을 뿐, 무겸은 사람 모양의 바윗덩어리에 가깝게 보였다. 말을 하지 않았다면 그의 표정도 짐작하기 어려웠을 것이다.

작은 조명이 벽에 커다란 그림자를 만든다. 의자에 앉은 무겸을 일그러진 형태로 옮겨 놓은 검은 그림자를 하준은 한참 응시했다. 어쩐지 그 그림자가 제 허리의 얼룩무늬 같은 흉터를 닮아 보였다. 지난 그때에는 하지 못했던 말이 이번에는 입 밖으로 나온다.

"나 무서워……. 이리 와 줘."

그 말에 그림자가 움찔 흔들렸다. 무겸은 그러고도 잠시간 움직이지 않다가 천천히 몸을 일으켰다. 카펫이 깔린 침대 근처 위를 걸을 때는 발소리도 나지 않았다. 비싼 매트리스는 쉽게 잡음을 내지 않는다. 침대 위에 무겸이 걸터앉는 순간에도 침실은 조용했다.

가까이 다가오자 술 냄새가 훅 끼쳤다. 생각보다 더 많이 마신 낌새다. 내일도 훈련이 있는데 이 자식이 도대체. 저도 모르게 얼굴을 찌푸리고 속으로 투덜대는데 무겸의 미간이 울 것처럼 좁아졌다.

"그런 눈으로 보지 마."

술을 많이 마신 것이 마음에 들지 않아 순간 상황을 망각하고 힐난하는 눈매가 된 것뿐인데 무겸은 다른 방향으로 오해하는 것 같았다.

그는 그렇게 내뱉고는 갑작스레 몸을 깊이 숙였다. 마치 지금까지는 일부러 멀찍이 떨어져 있었다는 듯이. 덫에 걸린 먹이를 낚아채려 드는 짐승처럼 빨랐다.

"흑……!"

목덜미 위로 단단한 이가 섰다. 깨무는가 싶었으나 그대로 입술을 박고 살갗을 아플 정도로 강하게 빨아올린다.

습격 같은 애무였다. 저도 모르게 그를 밀어내려 했지만 손목 안쪽 살갗이 눌리고 머리 위에서 철겅대는 소리만 허무하게 울렸다.

"읏, 아……."

그가 무엇을 하든 움직일 수 없다는 것을 분명히 자각하고 나자 춥지도 않은데 전신의 솜털이 곤두섰다. 무겸은 살점을 베어 물거나 피라도 빨아 먹을 것처럼 목덜미의 여린 살을 뱉어낼 생각을 하지 않았다.

아플 정도는 아니었지만 끈덕진 애무에 식은땀이 났다. 누워 있다 해도 팔을 머리 위로 구속당한 자세는 장시간 견디기가 만만치 않았다. 무겸은 아주 조금씩 입술을 움직여 가며 오른쪽과 왼쪽 목덜미를 샅샅이 훑었고, 튀어나온 목울대 부분과 목에서 턱으로 이어지는 능선을 빠짐없이 핥았다.

단단한 어깨는 이를 세워 깨물고, 위아래 팔의 여린 부분에도 어김없이 입술이 지나갔다. 몸이 자꾸만 떨렸다. 그의 입을 통해 부위별로 해체당하는 기분이 들었다.

쇄골 아래를 잘근잘근 씹어 대더니 아까부터 일어서 있는 유두까지 입술이 다다랐다. 긴장으로 뾰족해진 돌기를 혀가 뭉개듯 짓누르자, 그저 혀일 뿐인데도 날카롭게 살을 저미는 듯 느껴져 하준은 반사적으로 몸을 꿈틀거렸다.

그 움직임이 만족스러운 것인지 불만스러운 것인지 무겸은 허리를 두 팔 안에 꽉 틀어쥐고, 목에다 그랬듯이 유두 역시 물어뜯다시피 빨아올렸다.

"아, 읏!"

쾌감보다는 아픔에 가까운 감각에 하준은 비명을 닮은 신음을 질렀다. 한 번으로 끝나지 않았다. 쩍쩍 소리가 나도록 무겸에게 빨리는 곳이 찢겨 나갈 것만 같았다.

"아, 아파, 아파!"

그 말에 무겸의 입술이 떨어져 나갔지만 잠깐이었다. 아까처럼 삼킬 듯한 힘은 아니었지만 그는 양쪽 유두와 주변의 흉곽을 모조리 거칠게 빨아 댔다. 그의 입술이 스쳐 간 곳마다 약한 쓰라림이 남고 전신이 화끈거렸다.

평소라면 기분 좋을 정도의 짙은 키스로 끝났을 모든 곳에 무겸은 붉은 지문이라도 남기려는 것처럼 느리고 집요한 애무를 새기고 있었다.

"흑, 아아! 아으읏, 하……!"

속옷이 속절없이 벗겨져 나가고, 늑골 근처의 얇은 피부와 허리, 배까지 빠짐없이 훑은 무겸의 입술이 이번에는 성기 바로 위, 원래라면 체모로 한 겹 덮여 있었을 피부 위를 눌렀다. 곧바로 빠져나온 혀가 그 위를 할짝대는 소리가 나도록 핥았고, 다른 부분과 마찬가지로 표식을 남기기 위해 살갗을 입속으로 빨아들였다.

"으, 앗, 그만, 그만……!"

성기 가까운 곳의 피부가 그토록 예민하다는 것을 하준은 최근에서야 알았다.

본래 체모란 보호가 필요한 곳에 자란다고 들었다. 보호가 필요한 약한 피부 위를 이로 세게 긁고 힘 있게 빨아 댈 때마다 전류 같은 것이 꼬리뼈부터 시작해 척추를 타고 찌릿찌릿 울린다. 허리를 떨던 하준이 마침내 한숨 같은 울먹임을 토해냈다.

"흐흑, 으, 으읏……."

계속 한 자세로 묶여 쳐들려 있는 어깨 근처가 뻐근했다. 집요하고 길어서 고문 같은 애무도, 지금 주어지는 지나친 자극도 괴로웠다. 한 번 하고 나면 무겸도 머리가 식을 것 같아 참아 보려고 했지만 쉽지 않았다.

언제 끝날지 가늠이 되지 않는 행위에 막막해진다. 가슴만 위아래로 달싹이며 속으로 울음을 삼키는데 무겸이 사타구니에 파묻고 있던 얼굴을 들어 올렸다. 상체를 세우더니 손으로 침대를 짚고 기어 올라와 다시 서로를 마주 보는 곳까지 온다.

"…울어?"

무겸의 손이 뺨과 눈가를 더듬었다. 그가 알은체를 하자 눈물이 더 났다. 훌쩍대는 소리까지 비어져 나와 하준은 이를 악물고 고개를 저었다. 무겸이 재차 물었다.

"나 미워?"

"…아니."

부정하는 말이 무색하게 코맹맹이 소리가 난다. 입을 꾹 다물었다. 무겸이 고개를 숙여 턱에서 귀로 이어지는 날렵한 선을 핥아 올렸다. 그러고는 중얼대듯 말을 이었다.

"하준아, 이건 비밀인데……."

"……."

"나 네가 집에만 있으면 좋겠어. 어학원도 가지 말고 훈련장에도 가지 말고 학교도……. 다른 사람은 스치지도 만나지도 말고 나랑만 있으면 좋겠어."

그렇게 말하고 하준을 내려다본다. 어두운 침실 조명에 역광까지 받아 바로 코앞에 있는데도 무겸의 얼굴이 어렴풋하게만 보였다. 그와 눈을 마주치고 싶은데 그림자 진 눈이 제대로 보이지 않았다.

그런데도 그의 표정이 상상이 된다. 목 근처까지 검은 물이 차오르듯 하준의 기분이 먹먹해졌다.

"좀 갑갑하겠지만… 집도 넓고 정원도 크잖아……. 그리고 가끔 나랑 같이 외출도 하면 되니까……."

"…왜?"

무겸은 대답 없이 조용했다. 어둠 속에서도 시선이 마주쳤다는 느낌이 있었다. 하준이 다시 물었다.

"날 못 믿어서?"

연애 흉내도 내 본 적 없이 10년을 짝사랑으로 보냈지만 남들 말처럼 그 시간을 아까워해 본 적도 없다. 그를 몰래 가슴에 품었던 시간은 행복하다고까지 할 수는 없어도 불행한 시간은 절대로 아니었다. 김무겸이 이하준이라는 인간을 제대로 인지조차 하지 못하던 시절에도 제게는 무겸밖에 없었다.

반면 김무겸은 유명한 플레이보이였다. 그러니 제가 김무겸을 못 믿으면 못 믿었지, 무겸이 이렇게까지 저를 불신할 이유가 뭘까.

마르코가 아니라 그 어떤 사람이 다가와도 변하지 않을 자신이 있었다. 스스로가 답답할 정도로 다른 이에게는 한 번도, 연못에 사는 벌레가 헤엄을 칠 때 일으키는 약한 물결만큼도 마음이 움직여 본 적이 없는데.

"다른 놈들을 못 믿는 거지."

통명스럽게 대답한 무겸은 잠시 침묵하다가 땅을 파고드는 그림자처럼 무겁게 웃었다.

"그리고… 네가 10년 동안 좋아했던 김무겸은 나랑 다른 놈이잖아?"

"……."

"이하준이 좋아하던 김무겸은 쿨하고 용감하고, 이렇게 징징대지도 않고… 낮에는 멋지게 골 넣고 밤에는 잘나가는 여자들 만나고, 무서운 것 하나 없이 좆대로 사는 그런 멋진 놈이었겠지. 아냐?"

"너 무슨-."

불끈 분노 비슷한 감정이 튀어나오려는데 크고 두꺼운 손바닥이 입을 막았다. 무겸은 숫제 한숨까지 쉬며 뇌까렸다.

"그러니까 김무겸보다 나은 놈이 나타나면 마음이 바뀔지 어떨지는 … 솔직히 장담할 수가 없는 일이야."

반론 대신 가쁜 콧숨만 손바닥 위로 흩어졌다. 한참을 그렇게 있던 무겸은 하준의 빨라진 호흡이 조금 안정되고 나서야 천천히 입을 놓아주었다.

입이 자유로워져도 하준은 아무 말 하지 않았다. 그저 무겸의 그늘진 얼굴을 빤히 마주 보았을 뿐. 무겸은 갑자기 입고 있던 가운을 풀어 헤치더니 느슨하게 묶여 있던 허리끈을 쭉 빼냈다.

"제발… 그런 눈으로 보지 마."

조금 전과 비슷한 말을 마지막으로 눈 위에 부드러운 것이 내려앉았다. 그것이 무겸이 입고 있던 가운에서 빼낸 허리끈이라는 것을 인지했을 때쯤에는, 뒤통수 뒤로 매듭이 단단히 지어진 다음이었다.

겨우 조명을 밝혔는데 다시 깜깜한 어둠 속에 갇힌다. 소용없는 걸 알면서도 팔을 철컹거리는 사이 협탁 서랍이 거칠게 여닫히는 소리가 들렸다. 얼마 있지 않아 뒤쪽을 적셔 오는 윤활제의 감각이 느껴졌다.

"앗……."

방의 온도는 똑같을 텐데 평소보다 젤이 차갑게 느껴져 하준의 허리가 시트 위에서 튀었다. 질기게 이어진 애무 때문에 아까부터 뜨거워지고 있던 몸이다. 미끈한 손가락이 뒤를 더듬자 금세 소름처럼 성감이 돋아났다.

움직이고 싶었다. 어차피 섹스를 할 때 제 손이나 팔을 사용할 일은 거의 없었음에도 시트를 긁거나 베개를 안거나 또는 무겸의 어깨나 목을 끌어안거나, 그런 의미 없는 사소한 움직임이 지금은 너무나 절실했다.

"김무겸, 손 풀어 줘."

어지간하면 그가 먼저 풀어 주기를 기다리려고 했지만 참지 못하고 말이 나왔다. 그러나 무겸은 대답 대신 젤로 뒤를 적시자마자 안쪽 깊이 손가락을 쑤셔 박았다. 손바닥이 회음과 고환에 부딪혀 아릿한 통증이 배를 타고 올라왔다.

"으……!"

무겸은 뒤에 손가락을 넣는 것을 좋아한다. 처음에는 삽입 전, 입구와 안쪽을 늘리기 위한 행위였지만 지금은 무겸이 그 자체를 즐긴다는 것을 하준도 알았다.

하지만 지금 무겸은 즐기고 있지 않았다. 그는 실로 오랜만에 삽입을 돕기 위한 기능적 전희로서만 뒤를 쑤시고 있었다.

윤활제는 충분했고 몸 역시 달아올라 아프지는 않았지만 평소와 다른 지극한 위화감에 하준은 이를 악물었다. 단단한 손마디와 손톱의 형태 같은 것들이 오늘따라 몹시 이질적이었다.

보통 때는 몇십 분을 이어 가기 일쑤인 시간은 비교적 빠르게 끝났다. 어둠 속에서 커다란 손이 무릎 뒤를 잡고 다리를 여는 것이 느껴졌다. 팽팽하게 부푼 단단한 허벅지가 벌어진 다리 사이에 자리 잡았다. 빳빳하게 일어선 성기가 엉덩이 사이를 둔탁하게 찌르며 진입을 시도하려 들었다.

"후으, 하……!"

어깨가 떨렸다. 눈이 보이지 않는 하준에게는 모든 것이 기이하게 크게 느껴졌다.

무겸은 물론 저보다 키가 크지만 시선을 조금 올리면 눈을 마주칠 수 있는 정도다. 넓고 두툼한 어깨와 가슴, 산맥 지도 같은 근육이 새겨진 등, 두꺼운 흉곽과 광배근, 크고 작게 울퉁불퉁한 배와 허리, 손가락으로 눌러도 말랑한 감이라고는 없는 바위 같은 다리.

하도 여러 번 보고 만져서 눈을 가리고도 사진처럼 떠올릴 수 있는 그의 몸 바로 앞에서도 이렇게 자신이 작은 존재가 된 듯 느껴 본 적은 없었다. 그가 정말로 저를 이대로 계속 묶어 놓으리라고는 생각하지 않지만 혹시나 하는 불안감이 마음 한구석에 물방울처럼 떨어져 자꾸만 몸이 움츠러든다. 충분히 풀렸던 입구가 성기가 제대로 들어오기도 전에 닫히려 들었다.

예상 못한 일은 아니다. 이런 방식임에도 불구하고 무겸과의 섹스가 마냥 싫다고 생각지는 않는데, 왠지 하준은 본능처럼 발끝으로 시트를 밀며 삽입을 피하려고 들었다. 그러자 커다란 손이 골반을 틀어쥐는 것이 느껴졌다.

"헉, 으흑!"

곧이어 육중하게까지 느껴지는 성기가 때려 박듯 안쪽으로 들어왔다.

마음이 위축되자 덩달아 수축했던 내벽이 억지로 벌어지는 느낌이 생생했다. 곧바로 골반 부근과 엉덩이, 허벅지에 부들부들 경련이 일어나며 몸이 흔들렸다. 좋아서가 아니었다. 몸이 지나치게 긴장하고 있었다.

입술이 떨렸다. 못하겠다거나, 힘들다거나, 아프다거나. 무겸을 만류할 만한 말이라도 해야 할 것 같은데 급하게 이루어진 깊은 삽입의 충격에 목소리까지 잠겼다. 색색대는 빠른 숨소리 말고는 아무 음성도 나오지 않았다. 몸이 굳어 들자 내벽 또한 빽빽하게 좁혀 든다. 무겸이 길게 한숨 쉬는 소리가 들렸다.

"힘 좀 빼 봐."

언젠가 그의 표현대로 말뚝처럼 저를 박아 넣은 무겸이 재촉하듯 허리를 흔들었다. 그가 움직일 때마다 침대 헤드에 연결된 사슬이 함께 흔들려 쩔렁거렸다.

그 차가운 소리가 전신을 시리게 만든다. 몸이 자꾸만 얼어 붙는데 힘을 뺄 수 있을 리가 없다.

"씨발……."

무겸이 그르렁대듯 나직하게 욕설을 뱉었다. 침대 위에서 흥분하거나 마음이 급해졌을 때면 그는 이전에도 간간이 이렇게 욕을 하고는 했다.

이제까지 그의 거친 말에 특별히 신경을 써 본 적 없는데 상황 때문인지 그마저도 위협적으로 느껴졌다. 몸이 더 딱딱해졌다.

"으, 으읏……."

식은땀을 흘리며 신음하는데 속에 뿌리를 내릴 듯 깊이 박혔던 성기가 쑥 빠져나갔다. 한순간 몸에 구멍이 뻥 뚫린 것 같은 착각이 일었다. 빈 부분을 빨리 채우려는 듯 다급한 호흡을 이어 가는 동안 커다란 손이 몸을 함부로 더듬었다.

단단한 손바닥이 예민한 피부를 마구 주무르고, 조금 전 한참을 물리고 빨려 부어오른 유두를 짓뭉개고 비틀었다. 조급한 애무는 괴롭기만 했다. 하준이 고개를 저으며 흐느낌이 섞인 신음을 흘렸다.

"아으, 으윽, 아, 파…!"

대답 대신 짧은 한숨이 들렸다. 커다란 손이 몸을 밀어 뒤집는가 싶더니 하준은 엎드린 자세가 되었다.

일자로 나란히 묶여 있던 손이 교차되며 손목이 겹쳐졌다. 차갑고 딱딱한 수갑 프레임이 그들끼리 부딪히며 스릉거렸다. 베개에 턱을 파묻고 쌕쌕대는데 단단한 이가 꼬리뼈 위를 갉작댔다. 하준이 질겁하며 허리를 흔들었다.

"흐윽, 싫어! 하지 마."

무겸이 무엇을 할지 예감한 하준은 묶인 손목을 잡아당기며 무릎을 세우고 하반신을 끌어 올렸다. 하지만 도망가 봤자 구속된 몸이고 넓어 봤자 침대 위다. 무겸의 손이 일어선 무릎 뒤를 빠르게 잡아 눌렀다. 그러자 손은 물론이고 다리까지 묶여 그야말로 옴짝달싹할 수 없게 되었다.

무겸의 입술이 입맞춤이라도 하듯 입구를 찍어 눌렀다. 쪽쪽 젖은 소리가 났다. 일부러 소리를 내는 것이 분명한 행위에 하준의 얼굴이 뜨겁게 달아올랐다.

"아, 제발, 제발! 하지 마, 그거 싫어, 싫… 흐, 으!"

원래도 창피해서 피할 때가 많은 전희였다. 지금 같을 때는 더욱 그렇다.

짧은 삽입을 거쳤음에도 긴장 때문에 처음처럼 닫힌 입구에 축축한 살덩이가 닿았다. 그의 혀는 기억보다 뜨겁고, 표면에 돌기 따위가 서 있는 것처럼 꺼칠하게 느껴졌다. 긴장한 몸의 감각이 더 예민해진 탓일 것이다.

고양이가 손바닥을 핥을 때처럼 가볍고 짧게 입구를 할짝대는 느낌에 머리에서 발끝까지 소름이 돋았다. 발목 부근부터 벌벌 떨리며 발끝이 구부러졌다. 소용없는 걸 알면서도 하준은 자꾸만 손목을 잡아당겨 몸을 끌어 올리려 했다.

"자꾸 손목 당기지 마……. 그러다 다쳐."

충고라도 하듯 말을 던진 남자가 엉덩이 사이로 얼굴을 묻고 입술을 깊이 붙여 왔다. 꼬리뼈 근처에 열띤 콧숨이 느껴진다.

길게 내밀어진 혀가 입구를 짓누르며 애무하자 곧바로 몸에, 얼굴에, 내장에 불이 붙은 듯 뜨거워졌다.

"-흐으! 흣, 하으, 그만, 그만해… 아으읏!"

그는 얼어붙은 몸에 불을 붙여 강제로 녹이려 들고 있었다. 긴장과 두려움도 부드럽고 탄력 있는 살덩이가 뒤를 유린하는 미칠 듯한 감각을 이기지 못하고 혼선을 일으킨다.

곤두선 전신의 촉각과 신경이 한꺼번에 애무당하는 기분을 견딜 수가 없었다. 무겸의 혀가 불안감마저도 핥고 있었다. 아아, 아. 다물리지 않는 입에서 울음 섞인 신음이 쉼 없이 쏟아졌다.

엎드리는 바람에 한번 꼬여 아까보다 가동 범위가 짧아진 수갑 줄이 엑스 자로 교차된 손을 침대 헤드에 더 가깝게 잡아당겼다. 손이 거의 헤드에 맞닿았다. 고작 몇 센티미터의 여유 공간을 잃어버렸을 뿐인데 아까보다 더 단단히 구속된 느낌에 도망칠 의욕이 희미해진다.

하준이 더 이상 앞으로 기어가기를 포기하자 무릎 뒤 종아리를 짓누르고 있던 손이 떨어져 나갔다. 커다란 손이 다리를 구속하는 대신 볼기를 양옆으로 당겨 구멍이 더 잘 드러나도록 벌렸다.

반사적으로 그 손을 떨치려고 허리를 흔들어 보지만 아무 소용이 없다. 드러난 입구를 축축한 혀가 길게 몇 번씩 핥아 올렸다.

"아아아! 하아, 아……! 흐으읏, 으흐윽……!"

정신없이 신음하는 동안 베개에 파묻은 뺨 위로 눈물이 번지는 것은 금방이었다. 절로 몸이 흔들려 사슬이 철컹거렸지만 그 소리마저도 이제 귀에 닿지 않았다.

손이 묶이고 시야까지 차단당하자, 감각은 목표를 향해 빠르게 헤엄쳐 가는 물고기 떼처럼 자극당하는 일점으로만 쏠렸다. 머릿속을 잠식하는 쾌감에 사고가 마비되어 간다.

한참을 뒤를 핥고 쓸던 혀가 멈춘다 싶더니 이번에는 빨아 당기는 감각이 덮쳤다. 예민한 입구 근처 점막이 바르르 떨리고 배 속이 마구잡이로 흔들렸다. 속살이 밖으로 딸려 나갈 것만 같은 자극적인 두려움, 깊은 안쪽이 제멋대로 덜덜 떨리는 기묘한 감각이 머릿속을 태웠다.

"아, 아, 아……!"

엎드린 하준의 발끝이 몇 번이고 침대 위를 차고 미끄러졌다. 허리와 등이 움찔거리고 엉덩이에도 힘이 들어간다. 볼기를 만지던 무겸의 손이 앞으로 슥 미끄러져 발기한 성기까지 위아래로 쓰다듬자 짧은 울음소리가 다시 터졌다.

보송하던 부드러운 흰 피부에 땀이 살짝 배어 나왔다. 흐들흐들 떨리는 몸은 풀 먹인 빨래처럼 뻣뻣했던 아까의 모습을 전혀 떠올릴 수 없게 했다.

"예쁘다."

전신의 힘이 빠져 축 처진 채 떠는 몸을 여기저기 만져 본 다음, 무겸은 그제야 만족스럽다는 듯 중얼거리며 뒤쪽에서 이어지던 입맞춤을 거두었다.

"너무 예뻐서… 다른 놈들도 이런 너를 알까 봐 불안해."

그리고 몸을 바로 일으키기가 무섭게 딱딱하게 발기한 성기 아랫부분을 제 손으로 잡고, 조금 전까지 얼굴을 파묻고 있던 엉덩이 사이에 맞추었다.

제대로 접촉하기도 전에 귀두를 빨아들이려는 듯 빠끔대던 입구 사이로 굵게 부푼 것이 단번에 거칠게 밀고 들어갔다.

"-흐……."

빠르고 깊은 삽입에 하준의 몸이 크게 떨렸다. 신음은 한숨처럼 작게 새어 나왔을 뿐이다. 입에서는 아무런 목소리가 나오지 않는데 손목을 붙잡은 수갑만이 전신의 떨림이 연주하는 악기처럼 빠르게 짤강거렸다.

"하아……."

무겸이 한숨을 쉬었다. 거의 한계까지 성기를 깊게 받아 문 내벽은 제 주인의 몸처럼 벌벌 떨며 침입한 이물을 반기고 있었다.

평소라면 곧바로 움직이는 대신 제 것을 물어 대는 점막의 감각을 느긋하게 음미하며 하준에게도 숨 돌릴 틈을 줬을 무겸이었다. 하지만 오늘 그에게는 여유 대신 정제되지 않은 욕망만 가득했다. 그는 바로 허리를 강하게 쳐 올리며 깊은 안쪽을 두드렸다.

“흑, 으, 읏! 흐아… 아!”

들썩대는 몸에서 뚝뚝 끊기는 신음이 밀려 나왔다. 무겸에게 부딪힐 때마다 휘청대며 기울던 몸이 마침내 버티지 못하고 세우고 있던 다리를 풀썩 내려놓았다.

무겸은 하준의 다리를 붙여 모으고 좀 더 앞으로 기어갔다. 엎드린 허벅지와 엉덩이 위로 무릎을 꿇고 앉듯 타고 올랐다.

“아으윽! 아… 아, 아, 아, 아아!”

묵직한 몸이 체중을 실어 위에서 아래로 쾅쾅 가차 없이 쑤셔 박는 추삽질을 이었다. 하준의 입에서 비명이 터져 나왔다. 젖은 속살이 몽둥이에 짓찧어지는 점토 따위처럼 짓뭉개지고 마구잡이로 쓸린다.

하체를 온통 깔아 눌렀다가 놓아주는 압력에 휩쓸려 전신이 위아래로 흔들렸다. 머리 위에서는 계속해서 찰캉찰캉 금속성 쇳소리가 났다.

계속하다가는 어딘가 잘못될 것만 같은 무겁고 잔인한 쾌감의 덩어리가 몸 깊은 곳에 연거푸 처박혔다. 아랫배가 쿵쿵 울리더니, 배출한다는 자각도 없었는데 아랫도리가 온통 축축해졌다.

베개에 얼굴을 묻은 하준이 머리를 마구 가로저었다. 그만, 그만, 그만! 반쯤 막힌 목소리가 무겸의 귓전을 스쳤지만 제대로 닿지를 않았다.

그나마 자유로운 종아리를 휘저으며 자꾸만 빠져나가려 드는 하준의 허리를 무겸의 손바닥이 힘주어 눌렀다. 허리를 고정하자 흉기처럼 발기한 것이 하얀 엉덩이 사이로 빠르게 빠져나왔다가 다시 먹혀 들어가는 모습을 흔들림 없이 볼 수 있었다.

결합하는 순간순간을 제 눈으로 확인하며 무겸은 점점 더 강하게 치미는 욕구에 이를 갈았다. 절로 탄성이 나왔다.

"아, 좋아. 하준아, 하아, 정말, 정말 좋아."

취한 눈을 반쯤 감은 채 쾌감에 빠져 신음하는 낮은 목소리는 거의 짐승이 목을 울리는 소리 같았다. 허리를 칠 때마다 헉헉 소리를 내며 흔들리는 하얀 등 위로 어두운 조명 아래 문신 같은 그림자가 올랐다.

밝은 데서는 그리 도드라지지 않는 근육들도 어둠 속에서는 그 섬세한 모습을 드러낸다. 성기가 안쪽을 찌를 때마다 등 위의 그림자가 함께 움찔움찔 흔들렸다. 무겸은 마치 모양이 변하는 구름을 바라보는 사람처럼, 그 모습에 순수하게 빠져들어 응시했다.

피부 아래의 움직임만 유심히 관찰해도 동작의 의도를 짐작할 수 있다. 하준은 묶여 있다는 것을 자꾸만 잊어버리는지 계속해서 뒤로 손을 뻗어 무겸을 밀어내려 들었다. 그때마다 손목이 쇠로 만든 프레임에 걸리고, 매번 저 자신의 착각에 배신당한 하준은 결국 울면서 애원하기 시작했다.

"아아! 앗, 그, 만, 그마, 안! 흐윽! 김무겸, 살려, 살려 줘……! 흐앗, 아……!"

살려 줄 거다, 당연히. 왜 그런 말을 하는지 이해가 가지 않았다. 그가 죽으려고 해도 살려 놓을 저한테 살려 달라니.

무겸은 경련하다시피 떠는 어깨와 뒷목에 입을 맞췄다. 몸을 굽혀 얼굴을 가까이 가져가자 훌쩍대는 소리가 제대로 들렸다.

섹스를 할 때면 어김없이 짙어지는 체향에 눈이 감긴다. 무겸은 하준의 엎드린 얼굴 옆으로 제 머리를 디밀었다. 뜨거워진 귓바퀴에, 젖은 뺨에, 관자놀이에, 입술 위에 몇 번씩 입을 맞췄다. 입맞춤의 끝에 투정이 이어졌다.

“아무 데도 가지 마, 하준아.”

하준이 고개를 열심히 끄덕였다.

“웅, 안 가. 안 갈게, 안 갈게…….”

“정말?”

안 간다는 대답에 기분이 좋아 허리를 움직여 퍽, 한 번 찔러 들었다.

“아윽! 헉… 후윽…….”

하준의 몸이 파닥 튀더니 묶인 손을 저들끼리 깍지 껴 붙잡으며 가늘게 떨었다.

무겸이 몸을 일으켰다. 깔아뭉갰던 다리를 놓아주고 하준을 옆으로 돌아눕게 했다. 한참을 베개에 파묻혀 쓸린 얼굴이 발갰다. 눈물이 여기저기 번져 젖은 뺨이 어두운 조명 아래 반들거렸다.

한쪽 다리는 들어 올리고 남은 한쪽 허벅지를 깔고 앉아 체위를 바꾼 무겸이 결합된 부분에 다시 젤을 한 번 듬뿍 짜 내렸다. 그러고서 허리를 앞뒤로 세차게 흔들자 몸의 틈과 틈이 완전히 맞붙어, 더 이상 들어갈 수 없을 만큼 깊은 곳까지 성기가 미끄러져 들어갔다.

“흐아, 아아……!”

“하…….”

살짝 사선으로 비틀어 꽂아서인지 성기에 닿는 느낌이 평소와 달랐다. 내벽이 홀쭉 좁아지는 지점에서도 조금 더 휘어져 들어가는 느낌에 무겸은 낮게 탄식했다.

이하준의 몸속은 이제 속속들이 다 접촉해 봤다고 생각했는데 아직도 더 맞닿을 수 있는 부분이 있었나.

하반신을 최대한 밀어붙여 박아 넣은 채로, 짧고 강하게 허리를 쳤다.

두툼한 귀두가 닿은 적 없는 여린 점막을 푹푹 찌를 때마다 예민한 속살이 작은 입처럼 옴죽대며 성기 끝을 자극했다. 그 짜릿한 자극에 숨을 몰아쉬는데, 하준은 감전이라도 당한 듯 전신을 떨고, 비명을 지르며 허리를 비틀었다.

"아! 하아! 윽, 그만, 너무, 너무 안, 쪽에… 아……!"

발끝이 구부러진 채로 다리 전체에 힘이 들어가며 움찔거렸다. 바짝 일어선 성기가 꺼떡거렸다. 가린 눈 아래로 눈물이 새어 흘렀다.

몸을 조금이라도 앞으로 당겨 보려는 듯, 붙잡은 허리와 깔고 앉은 허벅지 안쪽 근육에 발끈발끈 힘이 들어가는 것이 느껴졌다. 그러나 안쪽만 조여들 뿐, 바위 같은 무겸에게 깔린 몸은 꼼짝도 하지 못했다. 힘이 들어갔던 몸이 다시 축 늘어지고, 입에서 흐르는 신음만이 간절해졌다.

"이제까지 내 좆 사이즈에 불만 가진 적이 없었는데 오늘은 좀 아쉽네……."

무겸이 제 입술을 핥으며 재차 길게 허릿짓을 했다.

"흐아악! 앗, 아-! 거기, 안 돼, 안……!"

"네 안에, 아직도, 하아, 내가 못 닿은, 부분이 있었다니……."

"아, 제발, 제발! 빼, 줘……! 흐윽, 조금, 조금만……! 아아아! 아! 아!"

비명과 함께 철컹대는 소리가 점점 커지고 빨라졌다. 꽉 조여든 안쪽을 깊숙이 파고들었던 성기가 절반쯤 빠져나왔다가, 다시 울컥 무게를 실어 들어갔다.

몸속을 찔리고 또 내벽을 긁힐 때마다 묵직한 체중에 깔린 와중에도 하준의 몸이 튀듯이 작게 파닥이고 또 사시나무처럼 떨기를 반복했다. 치열한 성교 중에도 창백하게 질려 보이는 흰 몸에 무겸이 손을 뻗었다.

"앗, 아아, 하……!"

가쁘게 숨을 쉬느라 바삐 부풀었다 꺼지는 늑골 부근에 손끝이 닿자마자 하준이 웅크리며 연거푸 신음을 터뜨렸다. 짤랑대는 사슬 소리가 커졌다.

옆으로 돌아누운 몸의 허리와 배, 유두 위를 손으로 가볍게 스칠 때마다 그가 흩어지는 수면처럼 바르르 흔들렸다.

"아, 마, 만지, 만지지… 마……."

그저 손바닥으로 가볍게 쓸어내리는 감각마저도 버거운 듯 몸을 천천히 버르적대며 하준은 느리고 힘 빠진 목소리로 무겸을 밀어냈다. 무겸은 듣지 않고 손을 조금씩 아래로 미끄러뜨려 벌어진 다리 사이, 두 사람이 결합된 바로 위의 도톰한 회음부를 손으로 쓸었다.

"-흐으, 흐, 앗, 아아……!"

전립선과 예민한 깊은 곳을 몇 번씩 강하고 거칠게 자극받으며 몸속에서 부푼 성감이 이제 피부 위까지 온통 번져 나온 듯했다. 무겸의 손끝은 무게도 싣지 않고 부드럽게 살갗을 스쳤을 뿐이었으나 하준은 검었던 시야가 일순 희게 점멸하는 듯, 전율에 가까운 감각에 몸을 제대로 움직이지도 못하고 신음했다.

무겸은 허릿짓 속도를 늦추고 하준의 몸을 매만지는 데 열중했다. 평소라면 후희에 불과했을 애무였으나 하준의 떨림은 점점 커지기만 하더니 결국 경련에 이르렀다. 아랫배와 골반, 허벅지 안쪽이 빠르게 벌벌 요동쳤다.

요도에서 체액이 툭툭 쏘아 나오듯이 튀더니 울컥 흘러넘쳤다. 투명한 물이 성기 끝에서 뚝뚝 흘러내렸다.

"하아, 하……! 아, 앗……."

제법 긴 방출이 이어지는 동안 하준은 숨이 넘어갈듯 허덕였다. 무겸의 어깨 위에 올라간 다리가 멋대로 빳빳해졌다 처지길 반복하며 흔들렸다. 구부러진 발끝이 파들거렸다.

그의 목소리와 몸이 떨릴 때마다 울리는 짤강대는 금속 소리, 그리고 방금 이루어진 하준의 절정을 무겸은 멍하게 듣고 보았다. 꼭 꿈을 꾸는 기분이었다.

흐트러지는 사고를 간신히 추스르고 제 아래 깔린 하준의 몸을 살폈다. 이제 그는 성기가 아니라 칼에 찔리기라도 한 사람처럼 전신을 격하게 떨며 묶인 팔 사이에 머리를 묻은 채 울고 있었다.

"읏… 으흐흑, 으윽, 흣……!"

무겸은 자신이 깔아뭉갠 허벅지 안쪽을 손으로 더듬었다. 체액으로 다리가 미끈미끈했다. 헐떡대며 흐느끼는 모습을 내려다보던 무겸이 탄식했다.

울먹일 때마다 쭉 뻗은 흰 목이 움찔대며 관능을 과시하고, 눈물에 젖은 흰 뺨은 어둑한 곳에서 봐도 진주처럼 매끄럽다. 보기 좋게 근육이 자리를 잡은 가슴과 배, 바르르 떨 때마다 무늬처럼 전신 여기저기에 나타났다 사라지며 모습을 바꾸는 잔근육의 그림자, 옆으로 누워 그 모습이 더욱 두드러지는 탄탄하면서도 미끈한 허리나 허벅지의 선은 그를 차지하고 있다는 사실을 더욱 뜨겁게 실감하게 했다.

사람은 다 비슷비슷하다. 제 눈에 이렇게 예쁜데 남들 눈에라고 다를까? 어떻게 이하준을 탐내는 사람이 저 혼자일 수 있을까?

아무리 하준이 다른 이들에게 마음을 주지 않는다 해도 그의 몸을 훑는 눈길을, 애정을 얻으려는 비밀스러운 음모를, 제 눈을 피해 사랑을 속삭이려는 수작을 막을 방도가 없을 것 같다. 그를 누구의 눈에도 띄지 않는 곳에 감춰 놓는 것밖에는.

그와 연인이 아니었던 예전과는 다르다. 이제는 내 거니까. 절대 양보할 수 없다. 내 거니까…….

무겸이 몸을 숙이자 지레 겁먹은 하준이 목과 어깨를 움츠리며 고개를 저었다. 목소리가 살짝 갈라졌다.

"김무겸, 진짜, 진짜 그만……. 나 이제, 너무 힘, 들어. 못하겠어……."

울먹이느라 목소리도 숨소리도 엉망진창으로 흐트러졌다. 무겸의 손이 젖은 뺨에 닿았다. 눈물을 닦아 내듯 쓰다듬는 손에 하준이 정신없이 뺨을 비볐다.

눈을 천으로 가렸는데도 뺨이 축축했다. 많이 울었다. 무겸이 설핏 미간을 찌푸리고 여태껏 어깨 위에 올려놓았던 하준의 다리를 내려놓았다. 아직 덜덜 떠는 몸을 바로 눕혀 끌어안자 하준이 흐느끼며 말을 이었다.

"나 손목, 풀어 줘……. 눈도, 흑, 눈 가린 것도, 풀어 줘."

"…풀어 주면 나 때리고 도망가려고."

"안 갈게. 정말, 정말 안 가……."

매달리듯 울먹이는 목소리에 또 심장 언저리가 아팠다.

느껴서 울 때 말고는 그가 우는 것이 싫다. 무겸은 취기를 털어 내고자 고개를 몇 번 세차게 저었다. 머릿속이 멍하고 흐릿했다. 그가 지금 우는 이유가 느껴서인지 아닌지 구분이 잘 가지 않았다.

"좋아서 울어?"

하준은 그 질문에 바로 답을 하지 못하고 입을 달싹대다 대답했다.

"…응……."

그러더니 갑자기 더 크게 울먹거리기 시작한다. 성감 때문에 흐느끼거나 몸을 떠는 것과 확실히 구분되는, 가슴이 커다랗게 들썩거리는 진짜 울음이 품을 맞댄 무겸에게도 분명히 느껴졌다.

"김무겸, 제발……. 흐윽, 너 보고 싶어……. 눈 가린 거 풀어 줘."

서럽게 울먹이는 목소리에 정신이 번쩍 들며 가슴이 철렁 내려앉았다.

"알았어. 알았어, 하준아. 울지 마."

무겸이 서둘러 뒤통수에 고정된 매듭을 풀었다. 술김에 힘주어 묶은 매듭이 제법 단단해 푸는 데도 시간이 걸렸다.

짙은 색 천이 얼굴 위로 스륵 흘러내리며 그 아래 가려져 있던 눈이 드러난다. 무겸은 순간 숨이 멎을 것만 같았다. 원래라면 희고 뽀얬을 눈가가 몇 번이고 흐른 눈물과 눈꺼풀을 쓸어 댄 눈가리개 때문에 붉게 짓물렀다.

한계치를 넘은 자극과 쾌감에 휩쓸려 시야가 돌아왔음에도 정신을 차리지 못하고 위태롭게 흔들리는 눈동자가 그것을 보는 제 마음까지 흔든다. 마치 오늘 처음 발견한 보석이라도 앞에 둔 것처럼 무겸은 얼마든지 감탄하고 싶었다.

'무슨 짓을 한 거야?'

눈물 젖은 눈동자를 앞에 두고 혼곤했던 의식이 명징해지자 제가 벌인 참상도 제대로 시야에 들어왔다. 하준이 예쁜 것은 예쁜 것이고 자신이 저지른 짓은 별개다.

무겸이 하준의 눈을 좇아 시선을 고정하는 동안 그 역시 흐트러졌던 감각과 정신을 끌어모으는 듯, 한동안 헤매던 눈길을 무겸에게 향했다. 눈썹 끝이 아래로 더 처지며 울상처럼 변하는 얼굴 위로 가장 먼저 번져 가는 감정은, 분명 원망이나 분노보다는 안도감이었다.

눈동자에 빛이 돌아오더니 떨리던 입술도 아까보다 명확하게 움직인다. 울음에 뭉개졌던 발음이 또렷해지고 목소리가 커졌다.

"눈은 왜 가려?! 너 안 보이잖아!"

"…네가 아까 나 째려봐서……."

아까는 하준이 얼굴을 찌푸리고 저를 노려보는 것이 두려웠다. 무겸은 변명처럼 우물쭈물 대답했다.

"손도 풀어."

하준의 두 번째 요청에 무겸은 눈치만 보며 묵묵부답이었다.

"아무 데도 안 가. 약속."

시야를 되찾아 서로를 마주 보게 되자, 조금 전까지 울던 하준은 코맹맹이 소리를 내면서도 못된 짓을 벌인 김무겸을 꾸중하는 코치님으로 순식간에 돌아왔다.

반면 풀이 죽은 무겸은 여태껏 파묻고 있던 성기를 빼며 몸을 일으켰다. 안을 꽉 채우고 있던 것이 주르르 빠져나가는 느낌에 하준이 가볍게 진저리를 쳤다.

무겸이 협탁 위에 올려놓았던 열쇠를 집어 들었다. 머리 위에서 딸각대는 소리가 몇 번 들린다 싶더니 마침내 손목을 단단히 구속하고 있던 쇠고리가 헐거워졌다.

하준은 길게 숨을 내쉬며 팔을 천천히 시트 위로 내렸다. 수갑 안쪽에 부드러운 천이 덧대어진 덕분에 묶였던 손목보다는 긴 시간 동안 같은 자세로 쳐들고 있던 어깻죽지가 더 아팠다. 손이 자유로워지고 나면 하고 싶은 일이 있었는데 당장은 팔과 어깨가 아프고 손이 떨려 아무것도 할 수 없을 것 같았다.

무겸은 잘못을 저지르고서 혼이 날까 지레 먼저 퉁명스러워진 아이처럼 하준을 멀뚱히 내려다보고 있었다.

"김무겸, 이리 가까이 와."

무겸은 머뭇대다가 시키는 대로 침대 위에 올라왔다. 그러고는 하준

위로 제 몸을 겹쳐 이번에는 수갑 대신 팔로 묶으려는 듯 제 아래 깔린 몸을 꽉 옭매 안았다. 하준이 한숨을 쉬며 소곤거렸다.

"등짝 때려 주고 싶은데 팔이 아파서 못 때리겠어."

"…미안."

"삭신이 쑤셔서 풀어 줘도 내일은 정말 출근 못 하겠다."

하준은 심호흡하며 길게 눈을 감았다 뜨기를 되풀이했다. 무겸의 짧은 사과를 듣자니 가슴 한가운데가 답답한 듯 아팠고 그런가 하면 허무했으며, 화가 치받치다가도 슬퍼졌고, 와중에 어처구니없게도 기쁨을 닮은 감정 역시 빠지지 않고 뭉실뭉실 끼어들었다.

어떻게 해야 하지? 이럴 때 현명한 대처란 어떤 것인지, 무엇보다 지금 어떻게 하고 싶은지도 알 수가 없다. 처음 느껴보는 기분이었다.

자신은 감정적으로 단순한 사람이다. 단순하지 않았다면 저를 제대로 알지도 못하는 사람을 10년씩 진지하게 좋아하기는 어려웠을 것이다. 복잡하게 이것저것 생각하고 느끼기보다는 무엇이든 빨리 한 줄기로 정리해 단순하게 결론 내리고 받아들이는 연습을 오랫동안 해 왔다. 그래야만 버틸 수 있는 일들이 여러 번 있었으니까.

이렇게 복합적인 감정이 밀려들 때, 하나하나를 어떻게 받아들여야 하는지는 그다지 훈련이 되어 있지 않다. 사방으로 가지 뻗는 마음을 파악하고 조립하는 요령은 아직 모자랐다.

"김무겸. 네가 진심으로 그러고 싶으면… 정말 안 갈게. 일 그만두고 너 마음 풀릴 때까지 집에 있을게."

"……."

"어차피 너 아니었으면 오지도 못했을 곳이야. EPL 코치 자리 같은 거 꿈도 안 꿔 봤어. 런던까지 와서 영어 배우고, 코치 일 하고, 공부도 하고……. 그렇게 살 수 있을 거라고 생각해 본 적 없어."

무겸의 어깨가 꿈틀대더니 팔에 더 힘이 들어갔다. 그의 품에 안긴 가슴과 허리가 꽉 조여 하준은 짧은 숨을 토해 냈다. 술기운에 붕 떴던 목소리가 낮게 잠겨 나왔다.

"…내가 잘못했으니까 그렇게 말하지 마."

"사실이잖아. 전부 네가 준 거니까 도로 가져가고 싶으면 그렇게 하라는 거야."

이제야 피가 돌기 시작하는 듯 어깨가 찌르르해졌다. 하준은 아직 저린 팔을 들어 무겸의 등 뒤로 감았다.

"그런데 네 옆에서, 너랑 같이 사는 거……. 다른 건 돌려줄 수 있어도 이건 쉽게 포기하기 싫거든."

조용한 목소리는 나직하게 이어졌지만 동시에 그 안에 품은 일렁임은 커졌다. 하준의 미간에 다시 주름이 졌다.

"왜 내가 너를 그렇게 쉽게 싫어하고, 미워하고, 놓을 거라고 생각해?"

"…하준아."

"뭐? 도망을 가? 나 너한테 별 헛소리를 다 듣고도 아무 데도 못 갔던 놈이야. 그러니까 내가 우스워 보이냐? 아무한테나 너한테처럼, 쉽게 굴 것 같아서?"

하준이 자조하듯 코웃음을 쳤다.

"착각하지 마. 나 다른 사람한테는 그렇게 안 쉬워. 10년 동안 나 좋다고 하는 사람이 없어서 내가 혼자였는 줄 알아? 정규 하는 얘기 못 들었어? 줄 섰는데 내가 마음이 안 끌려서, 나는 내가 좋아하는 사람 아니면 안 되겠어서. 그래서 안 만난 거야."

"알아."

"알면."

하준은 숨을 한번 골랐다.

"알면, 다시는 내가 너보다 나은 놈 나타나면 마음 변할 거라는 그딴 소리 꺼내지 마."

하준이 몸을 일으키려 들었다. 무겸이 그를 끌어안으며 물었다.

"어디 가."

"어디 안 가."

무겸이 주춤거리며 팔을 풀었다. 하준은 무겸을 밀치고 일어나 팔꿈치를 뒤로 쭉쭉 당기고 어깨를 돌렸다. 허리와 등을 두드려 몸을 풀었다.

무겸이 어정쩡하게 침대 위에 누워 있는 사이, 매트리스 위에 앉아 있던 하준은 조금 비틀거리며 그의 골반 근처에 올라탔다.

"멋지고 쿨해서 너 좋아하는 거 아니게 된 지 오래됐어."

"…그럼, 왜 좋아해."

"내가 알아?"

하준이 짧게 투덜대더니 제 몸을 낮추며 무겸의 몸을 쓸어 올렸다. 하얀 두 손이 제 구릿빛 몸을 거슬러 올라오는 강렬한 장면을 무겸은 한숨을 삼키며 내려다보았다.

배꼽 언저리에서 출발한 손이 탄탄하고 울퉁불퉁한 복근 위를 쓰다듬고 명치를 거쳐 흉근 사이의 움푹 팬 골을 지난다. 쇄골을, 단단하게 뻗은 목 아래를 마사지라도 하듯 누르며 올라오더니 양팔 위를 기지개라도 켜게 하듯 쭉 잡아 올렸다.

"김무겸 너라서 좋아하나 보지."

이어져 나온 말에 무겸의 목 언저리까지 파도 같은 열이 차올랐다. 전신이 삽시간에 다시 뜨거워지는 것을 느끼며 무겸은 그를 끌어안기 위해 몸을 휙 일으켰다.

아니, 일으켰다고 생각했다.

일어나려던 몸은 도로 털썩 침대 위에 드러눕혔다. '찰칵' 소리가 작게 울린 것과 무겸이 일어나려 한 것은 거의 동시였다.

팔을 쓸어 올리며 무겸의 손목까지 다다른 하준의 손이 은색의 금속 링을 잡고 있었다. 간발의 차이였다.

"…이하준?"

손을 잡아당겨도 손은 침대맡에 그대로였고 짤랑대는 소리만 귀를 울렸다. 대화가 길어지며 이성과 의식을 집어삼켰던 술기운도 빠르게 깨어 가던 찰나, 무겸의 등골이 서늘해졌다.

"코치님."

호칭을 바꾸어 다급하게 부르자 무겸의 얼굴 근처까지 제 얼굴을 가까이 하며 몸을 쓸던 하준이 도로 일어나 앉았다. 하준이 고소하다는 표정으로 웃었다.

"너도 오늘 혼 좀 나 봐라."

"진정해 봐. 코치님이 선수랑 똑같은 수준으로 놀면 안 되잖아."

"돼."

약하게 코웃음을 친 하준의 눈이 무겸의 구석구석을 감시등처럼 훑었다. 그러고는 다시 무겸의 위로 손바닥을 짚으며 상체를 숙인다.

"하……."

무겸의 입에서 약한 한숨이 흘렀다. 하준의 입술이 제 목 위에 내려앉은 것이다.

그동안 경험으로 배운 것을 써먹어 보겠다는 분위기로 하준은 무겸의 목 위에 입술을 비비고, 간간이 이를 세우며 애무했다. 안타깝게도 무겸의 피부는 하준만큼 예민하고 보드랍지 않아서 그와 똑같은 쾌감을 느낄 수는 없었지만 하준이 제 몸에 키스를 한다는 상황 자체가 무겸을 흥분시켰다.

숙연한 분위기에 반쯤 가라앉았던 성기가 염치없이 금세 살아나며 배가 욱신거리도록 땅겼다. 마음 같아서는 이대로 하준을 한 번 더 깔아 눕히고 싶었지만 튼튼한 수갑에 묶인 손목은 꿈쩍하지 않았다.

손이 타고 올라온 경로를 이번에는 입술이 타고 내려간다. 부드러운 감촉이 쇄골을 찍고 흘러 유두를 건드려 보더니 저와는 반응이 다르다고 느꼈는지 곧 그만두고 딱밤을 때릴 때처럼 손가락을 둥글게 모아 유두를 세게 튕겼다.

"아야!"

터져 나온 무겸의 불평에 하준은 코웃음만 치고는 명치쯤을 할짝댔다. 조금씩 뒤로 물러가다가 흔들리는 몸을 지지하기 위해 하준의 손이 탄탄한 흉곽 옆 부분을 붙들었을 때, 무겸은 저도 모르게 침음을 내며 이를 갈았다.

선수들의 신체 컨디션을 살피고 조율하는 것이 하준의 일이다. 섹스를 할 때도 직업 정신이 발휘되는지 그는 작은 반응도 기민하게 눈치챘다.

하준의 입술이 손이 올라갔던 늑골 부분의 옆을 쓰다듬었다. 말캉한 혀를 내밀더니 두툼한 광배근을, 갈비뼈 사이사이를 색칠하듯 핥는다. 그렇잖아도 아랫배가 뻐근해질 정도로 열이 찼던 무겸의 몸에 아지랑이 같은 간지러움까지 피어올랐다.

"아, 하준아."

"…여기 좋아?"

그렇게 묻는 목소리에 호기심이 가득했다. 그의 말대로 기분이 좋은 것도 좋은 것이었지만, 잔뜩 궁금해하며 묻는 말투에 무겸은 그만 상황에 어울리지 않게 웃어 버렸다.

웃음을 긍정으로 해석했는지 하준은 다시 그 부분에 고개를 파묻고 한참을 이로 갉작대다가 혀로 핥고 입술로 쪽쪽대며 키스하기를 반복했다. 무겸은 때때로 몸을 움찔대고 목 안쪽을 그릉대며 앓는 소리를 냈다.

작게라도 반응을 보이면 하준은 더 의욕적으로 나섰다. 목이 바짝바짝 타 들어가 무겸은 몇 번이나 마른침을 삼켰다. 톡톡 앞발 치기로 상대를 도발하는 토끼를 눈앞에 둔, 그러나 사슬에 묶여 움직일 수 없는 육식동물이 된 기분에 전신이 심장이 된 듯 불뚝불뚝 뛰었다.

"이거 재밌다."

실컷 애무를 즐겼는지 하준은 다시 일어나 앉으며 웃었다. 숫제 해맑아 보이기까지 하는 하준과 달리 무겸의 몸은 절절 끓고 있었다. 들뜬 목소리가 조금 갈라져 나왔다.

"재미 다 봤어?"

"그럭저럭."

"그럼 이제 좀 풀어 줄래?"

"벌써? 아직 안 돼. 내가 묶여 있던 만큼은 그러고 있어야지."

"좀 봐줘. 내가 죽을죄를 지었어. 너무 취했었나 봐."

"나는 술 취했다고 감형해 주는 거 반대하는 입장이야."

그러더니 무릎을 세워 몸을 일으킨다. 무릎걸음으로 몇 보를 더 뒤로 가자 무겸의 우뚝 선 성기가 하준의 시야에도 들어왔다. 그가 확인하듯 중얼댔다.

"너 아직 한 번도 못 갔지?"

그래. 그러니까 좀 풀어 줘.

아니면 여기까지가 오늘의 벌인가?

무겸은 끓어 넘칠 것 같은 욕구를 간신히 감추고 하준을 응시했다. 그는 무겸의 얼굴 대신 일어선 성기만 내려다보고 있었다.

하준이 더 뒤로 물러앉더니 비스듬히 상체를 숙였다. 머뭇대는 듯했지만 잠깐이었다. 잔뜩 성이 나 도깨비방망이처럼 흉흉해 보이는 살 기둥이 따뜻하고 축축한 입 안으로 빨려 들어갔다.

"후으……!"

갑작스러운 구음은 묶여 있는 몸이 들썩 흔들릴 정도로 자극적이었다. 무겸의 입술 사이로 뜨거운 한숨이 튀어나왔다.

하준이 한껏 벌린 입 안에 가둔 성기를 츱츱 소리를 내며 열심히 빨았다. 귀두가 목젖 뒤로 넘어갈 때마다 말캉한 점막이 그 끝을 조이고, 입 속의 점막은 부드럽게 기둥 전체를 쓸었다.

"하아, 윽."

무겸이 참지 못하고 신음하며 허리를 조금씩 위로 쳐올렸다. 구릿빛 피부에 덮인 두툼하게 갈라진 복근이 느린 물결처럼 꿈틀거렸다.

그때마다 목구멍 안쪽을 툭툭 찍혀 작게 기침을 하면서도 하준은 펠라티오를 이어 갔다. 무겸이 곧 사정할 듯 성기를 불뚝이면 성기를 뱉어 내고, 진정하면 다시 천천히 빨아올리기를 여러 차례.

하준은 구음을 완전히 멈추고 가쁜 숨을 색색 쉬며 무겸을 올려다보았다. 어딘가 망설이는 표정이 된 하준이 물었다.

"김무겸… 좋아?"

"보면 몰라? 죽을 것 같아……."

무겸은 거의 울먹이며 대답했다. 하준이 숙였던 몸을 일으켰다. 도로 앞으로 기어 오는데 눈치를 살피는 듯한 그 표정에는 분명 호기심이 절반, 열기가 절반 어려 있었다.

그는 침대에 무릎을 디디고 허리를 세워 앉았다. 이어 손가락으로 가볍게 무겸의 것을 고정하듯 받치는가 싶더니,

"-으응……."

무겸은 제 눈을 의심했다. 하준이 그대로 허리를 내려 빳빳이 일어선 것을 엉덩이 사이로 삼키고 있었다.

몽둥이 같은 것에 한참을 박혀 댔던 뒤는 다시 풀 것도 없이 아직 눅진한 상태라 삽입이 어렵지는 않았다. 다만 격한 추삽질에 짧지 않게 시달려 빨갛게 부었을 내벽은 딱딱한 살 기둥이 몸을 가르고 들어오는 감각을 쾌감보다는 고통에 가까운 자극으로 받아들였다. 하준이 저도 모르게 입술을 깨물었다. 호흡이 가쁘게 흔들렸다.

"너, 안쪽… 부은 것 같은데."

여린 속살을 퉁퉁 붓게 만든 원흉의, 입만 산 걱정을 무시하고 하준은 허리를 끝까지 내렸다. 고통과 반죽된 쾌감이 등을 쓸며 으슬으슬 몸을 춥게 만든다.

하준은 오한이 어느 정도 가실 때까지 입을 꾹 다물고 숨만 쉬다가, 엉덩이를 위아래로 흔들며 무겸이 피스톤 운동을 할 때처럼 제 내벽을 긁도록 만들었다.

"하으, 윽, 아."

"하아, 괜찮, 아?"

"아웃, 아파……."

"아프면, 후우, 하지 마."

"너야말로, 맘에도 없는 소리, 하지 마……."

아릿한 열감에 말랐던 눈물이 도로 배어 나와 하준의 아랫눈썹을 축

축하게 적셨다. 손목이 단단히 묶인 무겸은 아무것도 못 하고, 하릴없이 그 눈만 바라보며 갈증에 몇 번이나 목구멍을 조일 뿐이었다.

위아래로 흔들던 허리를 무겸이 가르쳐 준 대로 둥글게 돌리고 앞뒤로 흔든다. 그러는 사이 하준이 허덕이는 숨소리도 밭아졌다.

입구 근처부터 시작되는, 몸을 지지는 듯한 통증이 등줄기를 타고 오른다. 그러나 그렇게 뻗어 오르던 감각은 눅눅한 안쪽이 뭉툭한 귀두에 쿡쿡 찔리는 쾌감에 섞여, 결국은 농익어 터지는 과일즙처럼 달콤하게 몸속을 적셨다.

아픈 것 같기도, 좋은 것 같기도, 둘 다인 것 같기도.

모르겠다. 조금 전 느꼈던 복잡한 감정만큼이나 층층이 겹친 감각이 몸과 머리를 아무렇게나 뭉친 실타래처럼 엉키게 만들었다.

그 꼬인 줄을 추적해 실마리를 잡아내려는 사람처럼, 하준은 멈추지 않고 허리를 흔들었다. 그때마다 쾌감과 괴로움이 뒤섞인 신음이 입 밖으로 쏟아지고 눈물이 나려고 했다. 무겸의 목소리가 점점 초조해졌다.

"하준아, 애인님. 코치님, 손 풀어 줘. 응?"

"하아, 흐읏, 아, 앗……."

"내가 해 줄게. 안 아프게, 후우, 진짜 기분 좋게 해 줄게."

"아, 아파……. 가만히, 으응, 있, 어, 아, 아…!"

하준의 허리가 느려진 사이 무겸이 기다리지 못하고 아래에서 제 하체를 가볍게 쳐올렸다. 그만하라고, 가만히 있으라고 신음하던 하준의 목소리에서 힘이 빠졌다.

몸이 공중으로 슬쩍 떠올랐다가 다시 무겸의 위로 찰팍 내려앉을 때면 정수리까지 꿰뚫는 듯한 짜릿한 감각에 고개가 절로 젖혀졌다. 무겸의 위에 주저앉은 엉덩이에 꽉꽉 힘이 맺혔다.

"하아, 아, 아!"

팽팽하게 젖혀진 목선을 보는 무겸은 미칠 것 같았다.

눈앞에서 흔들리는 곧은 성기를 손으로 잡고 애무하고 싶었다. 땀과 체액에 젖어 꿈틀대는 미끈한 가슴과 배를 주무르고 싶었다. 어디든 만지고 입 맞추고, 끌어안고, 아까처럼 취기에 휩쓸려 마구잡이로 흔드는 것이 아니라 이번에야말로 하준이 제대로 느끼도록 움직여 동시에 가버리고 싶었다.

눈이 시뻘겋게 타는 것만 같은데 무식하게 튼튼한 쇠고랑은 아무리 손목을 흔들어도 요지부동이었다. 그렇겠지. 열쇠 없이는 절대 풀리지 않고 부서지지도 않는 튼튼한 물건이라는 설명도 확인하고 구매했던 물건이다.

씨발, 씨발!

"아!"

안달이 나 충동적으로 손목을 홱 잡아당겼더니 쇠고랑 안쪽이 손목과 손이 이어지며 툭 튀어나온 부분을 세차게 긁었다. 피부가 까지는 느낌이 났다.

다치지 않게 안쪽에 천을 덧댄 물건이었는데 너무 세게 잡아당기는 바람에 어디 잘못 닿은 모양이었다. 뜨끔한 통증에 저도 모르게 목소리를 높였더니 허리를 흔들던 하준의 움직임이 뚝 끊어졌다. 어지러운 듯 고개를 저으면서도 그가 물었다.

"왜, 왜 그래……?"

무겸은 그를 잠시 마주 보다가 눈썹을 모으고 울상을 지었다.

"손목 까져서 피 나는 것 같아."

"아……."

하준의 얼굴에 홍조처럼 당황이 몰렸다. 무겸이 바로 말을 이었다.

"손 괴사하겠어. 수갑이 나한테 너무 작아."

"미안, 미안해. 다칠 줄 몰랐어."

하준은 허둥지둥 누운 몸 옆에 내려 두었던 열쇠를 주웠다. 허리를 들어 올리자 물렸던 성기가 주륵 빠져나온다. 번들대는 그것은 얼마 남지 않은 절정을 기다리며 혼자서도 꺼덕거렸다.

급하게 다가온 하준이 머리 위에서 손을 꼼질대는 동안 무겸의 시야에는 그의 하얀 가슴팍과 도톰하게 부은 유두만 잡혔다.

찰칵대며 수갑 풀리는 소리가 머리 위에서 들리고, 손이 자유로워졌음을 깨닫자마자 무겸은 팔을 뻗어 와락, 하준의 허리를 끌어안고 포획용 그물처럼 몸을 덮었다. 하준이 질겁을 하며 고개를 저었다.

"아, 안 돼, 안 돼. 진짜 안 돼……."

다시 침대에 깔려 버둥대던 하준의 입술이 입술에 막혔다.

레슬링이라도 하는 것처럼 벗어나려는 하준과 붙잡으려는 무겸의 다리가 구겨진 시트 위에서 한동안 이리저리 얽혔다. 그렇게 뒤척이는 사이에도 무겸은 제 물건을 하준의 엉덩이 사이에 맞추었다.

몸은 긴장에 딱딱해졌지만 풀린 뒤는 무겸을 받아들이는 데 아무런 무리가 없었다. 울음을 못 참고 들썩이는 몸 안으로 아까보다도 훨씬 더 단단하게 발기한 것이 멈추지 않고 밀고 들어왔다.

"아, 싫어, 싫어……! 으, 읏!"

하준이 발버둥을 쳤다. 스스로 움직일 때는 조절이 가능했지만 무겸이 주도권을 잡으면 불가능하다. 무겸이 제대로 쑤셔 들면 지금 같은 상태에서는 아프기만 할 것이 분명했다.

멋대로 묶이는 바람에 화가 났을 무겸이 얼마나 난폭하게 굴지 겁부터 났다. 하준이 눈을 질끈 감았다.

"안 아프게 한다고, 했잖아."

무겸이 팔에 조금 더 힘을 줘 하준의 몸을 강하게 안았다. 몸부림치느라 흔들리는 머리를 커다란 손으로 쓰다듬듯 잡았다.

반쯤 밀려든 성기가 천천히 안쪽을 휘저었다. 전립선 근처에 닿은 귀두가 느리게 그 위를 문지르며 내벽을 부드럽게 쓸자 굳었던 하준의 몸도 조금씩 풀려 갔다.

"하아, 으으, 응……!"

무겸은 과격하게 콱콱 찔러 드는 대신 허리를 물결치듯 흔들어 느리고 부드럽게 움직였다. 단단한 성기가 마치 혓바닥처럼 내벽을 핥는 것만 같았다. 쓰라린 작열감이 아니라 다리가 절로 떨리는 달고 저릿한 쾌감이 결합된 부분에서부터 퍼져 나갔다.

그가 허리를 저을 때마다 어쩔 수 없이 느껴지는 따끔따끔한 작은 아픔마저도 쾌감을 크게 만들어 주는 향신료처럼 튀어 들었다. 긴장해서 꾹 감았던 눈을 뒤늦게 뜨고 무겸을 마주 보는데 그가 뺨에 입을 맞추며 속삭였다.

"아파?"

"아, 아니……."

"다리 내 허리 뒤로 감고."

하준은 고개를 끄덕이며 시키는 대로 했다. 두 다리가 무겸의 탄탄한 등 아래쪽에 감겼다.

"아까처럼 허리 돌려 봐. 위에 탔을 때처럼."

"흣, 하아, 이렇, 게…?"

"그래. 조금만 더 천천히……."

무겸은 조금 빠르게, 그리고 다시 속도를 늦추기를 되풀이하며 성기를 안에 깊이 파묻은 채로 하준이 느끼는 부분을 집중해 문질렀다.

제 절정만을 위해서라면 살 부딪히는 소리가 퍽퍽 울리도록 세게 박아 대는 것이 가장 간편하겠지만 지금 그랬다가는 절대로 뒷일을 수습할 수 없다.

"앗, 흐아… 김무겸, 이거, 느낌이……."

안쪽에서 짧게 피스톤질 하는 성기를 스스로 사방으로 문지르던 하준이 울먹였다. 무겸의 입술이 흰 목덜미를 눌렀다.

"아파? 느낌이 별로야?"

"으응, 아니, 좋아……. 좋아, 서……. 하아……."

그 목소리에, 말을 내뱉는 사이사이에 내쉬는 숨소리에, 저를 바라보는 젖은 눈에, 몸을 휘감은 다리와 결합을 부추기는 몸 안쪽의 느낌에.

제게 안긴 하준의 존재 그 자체에 무겸은 욕정과 뒤섞인 애정이 꼭대기까지 치솟는 것을 느꼈다. 지금이라도 멋대로 내지르고 싶어 꿈틀대는 허리를 이를 악물며 잡아 누르고, 길게 빼낸 성기를 느리고 깊게 밀어 넣었다.

"아, 아……!"

천천히 내벽을 짓누르고 들어오는 살 기둥에 몸속이 온통 흐무러졌다. 하준의 몸이 덜덜 떨렸다. 고환이 엉덩이에 눌리도록 뿌리까지 파고들자 비명이 터졌다. 벌어진 입술이, 턱이 파들거린다.

"후, 흐으… 읏, 으으응, 흑……."

깊은 곳을 눌려 몸속에 퍼져나가는 쾌감의 파문을 하준은 괴로운 듯 신음하면서도 끝끝내 느끼고 있었다. 무겸의 손이 흐트러진 앞머리를 걷어 올렸다. 반듯한 이마 위에, 눈썹뼈 위에, 눈물이 마른 관자놀이와 빰 위에 입술이 달래는 손길처럼 지나갔다.

허릿짓은 끝나지 않았다. 느리게, 그러나 길고 강하게 반복되며 몸 안쪽을 울렸다. 하준의 허리와 목이 자꾸만 뒤로 휘었다. 파들대는 흰 목 위에도 무겸이 입술을 내렸다.

제 등 뒤로 감긴 손을 풀어내려 손가락 사이에 깍지를 끼자 흰 손가락이 기다렸다는 듯 손등 위를 붙잡아 왔다. 손등에 닿는 손끝의 감촉이 가슴까지 닿아 심장에 손자국을 남긴다. 언젠가처럼, 마음이 생각보다 먼저 밀려 올라와 말이 되어 나왔다.

"좋아해, 하준아. 너무 좋아……. 사랑해."

"으, 응, 나도… 사랑해. 흐읏… 정말이야. 정말, 많이……."

"하아……."

무겸은 그 뒤로도 삽입해 들어갈 때마다 같은 말을 몇 번씩 더 속삭였다. 하준 또한 울먹임이 묻어 떨리는 숨을 이어 가면서도 끈질기게 대답해 주었다.

긴 시간 동안 달구어진 뜨거운 체액이 몸 가장 깊은 곳에 쏟아졌다. 거의 동시에 하준의 성기 끝에서도 묽어진 체액이 끈적한 침처럼 흘러내렸다.

혹사당한 몸을 또 한 번 덮친 절정에 소리 내 흐느끼는 연인을 안고 무겸은 입이 닿는 대로 짙은 키스를 했다.

몇 시일까. 두꺼운 커튼을 쳐 놓은 창밖에서는 어쩌면 슬슬 하늘이 어렴풋이 밝아 오고 있을지도 모르겠다.

무겸은 생전 처음 겪는 이상한 밤을 돌아보았다. 중요한 시즌 중 저답지 않게 술에 만취했고, 그 바람에 하준은 아닌 밤중에 봉변을 당했으며 둘의 생활 사이클까지 무너져 버렸다.

완벽했던 생활에 끼어든 잘못된 조각. 무겸은 이 밤의 모든 것이 무척이나 거슬렸지만 고개를 젓고 일단은 잊기로 했다. 런던에 와서 보낸 몇 년을 다 합쳐도 이런 식의 일탈을 해 본 적은 없다. 이런 실수는 반드시 오늘 하루를 마지막으로 끝낼 것이다.

누군가를 사랑하는 자신은 사랑하기 전의 저보다 많이 흐트러지고 쉽게 흔들려 엉망이 된다. 소중한 것을 얻는 데는 그만한 리스크가 뒤따른다. 끊임없이 주의하고 또 주의해야만 했다.

"손목은 괜찮아?"

한참을 소리 지르고 울다가 이제야 침착을 찾은 하준의 살짝 먹먹한 목소리는, 너무 가볍게 떠오르지도 무겁게 가라앉지도 않은 새벽의 어슴푸레한 하늘과 비슷했다.

와중에 제 손목 걱정인가. 무겸은 쓴웃음을 지었다. 손목은 튀어나온 뼈 부분이 살짝 긁혀 가늘게 붉은 선이 생긴 것이 다였다.

"약 발라야 하지 않아?"

"침 발라 줘."

무겸의 대답에 하준도 픽 힘없이 웃고는 더 말이 없었다.

"하준아."

"어."

무겸은 하준의 흉곽에 팔을 감았다. 흰 가슴팍에 얼굴을 묻었다. 얼굴을 맞댄 품에서 그의 심장 소리가 들려왔다. 쿵쿵쿵, 박동의 틈새가 길지 않았다.

"오늘 정말, 정말 미안."

"…너 진짜 반성해. 아까 정말 놀랐어."

"다시는 안 이럴게. 만에 하나 또 이런 일 생기면 경찰에 신고해 버려. 앞으로 혼자 있을 때는 술도 금물이야. 너 없이는 입에도 안 대. 취했다고 이래 본 적은 없는데……. 조심해야겠어."

기다렸다는 듯이 나오는 사과에 하준은 뭔가 우스운 듯 피식 웃었다.

"기분 안 좋을 때 취해서 유독 그런 거지. 원래는 안 그러잖아."

"이런 문제에 원래가 어디 있어? 한번 주정 부리고 나면 무조건 조심해야 돼. 절대 안 이러겠다고 약속해 놓고 미쳐서는……."

미간을 찌푸렸던 무겸은 손바닥으로 하준의 등을 쓸며 말을 이었다.

"아까 내가 한 말은 다 술김에 나온 헛소리야. 그런 욕심은 봐주지 말고 무시해. 네 마음대로 해. 뭐든지."

소리는 나지 않았지만 하준이 웃는 것이 호흡의 움직임으로 무겸에게도 전해졌다. 하준은 한쪽 팔로 무겸의 머리를 감싸 안고, 무겸의 이마와 머리카락이 이어지는 부분에 입을 맞추어 좌우로 가볍게 쓸었다.

"글쎄. 어떻게 무시하고 내 마음대로 하냐? 좋아하는 사람이 하는 말인데."

"그렇다고 아무 말이나 다 들어주면 안 되지."

"모르겠다. 그럼 네가 생각하기에도 헛소리 같으면 그런 말은 처음부터 나한테 하지 마. 네가 말하면 들어주고 싶어져서 나도 균형 잡기가 힘들단 말이야."

무겸은 그 말에 잠시 대답하지 않다가 고개를 끄덕였다.

"노력할게."

짧은 대답에 다시 한번 하준이 힘없이 웃는 기색이 느껴졌다. 무겸은 이를 악물었다.

그의 말이 맞다. 정신을 똑바로 차려야 했다. 이하준은 김무겸의 연인이자 은인이다. 사랑을 바치고 은혜를 갚아야 한다. 바라는 모든 걸 다 가지게 해 주고 싶어서, 행복하게 해 주고 싶어서 이곳까지 함께 왔다.

제게 아무런 기대도 하지 않던 그가 소망하는 일들이 열기구처럼 자꾸자꾸 크게 부풀어, 그것을 타고 원하는 곳에 다다르기를 바란다. 이중적이고 모순된 욕망이지만 이 마음 역시 진심이었다. 원한다면 네 뜻대로 하겠다고, 지금 같은 삶은 어차피 꿈꿔 본 적 없으니 도로 가져가도 괜찮다는 이야기나 들으려고 그를 이 먼 곳까지 데려온 것이 아니다.

먼저 모욕을 주고도 그를 놓지 못하고 옆에서 질척대며 맴돌 때, 그가 저에게 기회를 주지 않고 진심으로 밀어냈다면 그때야말로 술도 마시지 않은 맨정신으로 하준을 묶고 가두려 들었을까?

얼쩡대지 말고 꺼지라고 했을 때 하준이 닷새의 휴가 끝에 돌아오지 않고 정말로 다른 팀으로 가 버리거나 제 시야 밖으로 사라져 버렸다면, 자신의 말이 불러온 결과를 책임지지 못하는 김무겸이 무슨 짓을 했을지 지금 와서는 아무도 모른다.

연인 사이가 되어 달콤한 나날을 보내다 보니 방심한 걸까. 절벽 앞에까지 다다랐다가 정신이 들어 물러섰던 여러 번을 떠올리며 가슴이 선득해지는 사이, 하준이 나른하게 중얼거렸다.

"나는… 좋은 사람들이 좋아."

"……."

"세상에 나쁜 사람도 많다지만 그래도 아직 좋은 사람들이 더 많다고 믿고 싶어. 친절하게 대하려고 노력하면 그래도 똑같이 친절로 돌아올 때가 더 많으니까. 그럴 때는 선물을 받은 기분이 들어."

"그건 세상이 좋은 곳이라서가 아니라 네가 좋게 생각하는 사람이라서야."

"원래도 그런 편인데 아빠 가고 나서는 좀 더 그렇게 된 것 같아. 남들한테 웃어 보이고 잘하기라도 해야 뭐라도 하나 더 편해지니까……. 불필요하게 미움 사고, 적을 만들면 아무에게도 좋을 게 없잖아. 좋은 사람한테는 나도 친절하게 대하고 싶어. 그게 서로 기분 좋고 일을 할 때도 효율적이잖아. 그냥 그게 다야."

"그래, 알아. 미안해."

"여러 선수를 봐 왔지만 이번 같은 경우는 나도 처음이야. 마르코가 특수한 거야."

"네 잘못 아닌 거 안다니까."

무겸이 몸을 일으켜 이번에는 하준을 제 팔 안에 안았다.

"그러니까 너는 하던 대로 해. 괜히 위축되지 말고. 오늘 잘못한 사람은 나랑 마르코 그 새끼지, 너는 아냐."

변명처럼 나온 말에 하준은 더 대답하지 않았다. 무겸이 다짐했다.

"다시는 이런 일 없을 거라고… 맹세할게."

무겸은 제 품에 맞닿은 뺨이 아주 작고 조심스럽게, 얼굴을 비비듯 더 가까이 붙어 오는 것을 느꼈다.

울컥 가슴 한구석이 뜨거워져 하준의 정수리 위로 입을 맞췄다. 그를 더 많이 안심시키고 싶어진 무겸은 어설프게나마 동질감을 표했다.

"나도 알아."

"…뭘?"

"힘들수록 더 좋게 생각하고 싶어지는 거, 나도 안다고."

하준은 말없이 무겸의 등을 쓸었다. 잠시 침묵이 이어지다가, 힘이 완전히 빠진 목소리가 둘 사이에 끼어들었다.

"나 이제 진짜 졸리다……."

"내가 정리할 테니까 자."

무겸은 몸을 일으켰다. 조금 전까지 저를 묶고 협박하던 남자의 품에서 잘도 마음 놓고 눈을 감는, 경계심 빵점짜리 송아지의 얼굴을 내려다보는 기분이 착잡했다.

이러다가 또 붙잡혀서 왕, 잡아먹히면 어쩌려고. 그런 걱정은 쥐뿔도 안 하지.

이하준 때문에 미칠 것 같은데, 결국 이하준 때문에 미칠 수가 없다.

"김무겸."

말없이 하준을 내려다보는데 바로 잠든 줄 알았던 그가 이름을 불러왔다. 무겸이 마른침을 삼키는 사이 그가 한 번 더 이름을 불렀다.

"무겸아."

"…어."

"좋아해."

"……."

"네가 쫓아내도 쉽게 꺼질 자신 없으니까… 그러니까 걱정 마……."

잠꼬대처럼 중얼대고는 곧 곯아떨어지는 옆모습을 보다가 무겸은 울렁이는 가슴을 가라앉히기 위해 드러누워 한숨을 쉬었다.

코치님을 아주 제대로 만났다. 무겸의 눈가가 축축해졌다. 왠지 울고 싶은 기분이 되어 잠든 하준을 힘주어 끌어안았다. 미안해. 미안해. 하준이 잠들고도 몇 번인가 속삭이다가 그의 잠을 방해할까 봐 입을 다물었다.

⚽

이틀 후 경기를 앞둔 그린포드의 훈련장은 한창 열띤 훈련 분위기를 이어 가고 있었다.

그저께 벌어졌던 돌발 구속 사태에 어깨, 허리, 다리가 아직도 살짝 뻐근했지만 움직이기 힘들 정도는 아니라 하준은 더 미루지 않고 출근했다. 일하기 시작한 지 이제 겨우 두 달 된 신입이 벌써부터 엄살을 떤다는 이미지를 주고 싶지 않았다.

무엇보다도 해결해야 할 문제가 남아 있었으니까. 올리브색 눈동자를 한, 저와 비슷한 시기에 팀에 들어온 신입 선수도 오늘 훈련에 매진 중이었다.

"마르코."

하준은 러닝을 마치고 잠깐 쉬는 시간, 물을 마시고 있는 그의 옆에 다가갔다.

그가 움칫 놀라며 하준을 돌아보았다. 이래저래 신경 쓰이는 구석이 많았다. 마르코가 도대체 무슨 생각으로 저에게 그랬는지는 물론, 그때 무겸이 끼어들어 멱살잡이를 하는 바람에 뭔가 눈치를 챈 것은 아닌지…….

이곳에서 무겸과의 관계를 공개적으로 밝힐 생각은 없다. 혹시 알아챘다면 비밀을 지켜 달라고 먼저 부탁이라도 해야 할 판이었다.

"우리 잠깐 이야기 좀 할까?"

하준의 청에 그는 순순히 따라나섰다. 발을 옮기며 눈짓하자 저쪽에서 있던 무겸도 따라 움직이는 것이 보였다.

빈 휴게실에 들어서 하준은 단도직입적으로 물었다.

"그저께 무슨 말을 하고 싶었던 거야?"

"……."

"내가 혹시 오해하는 걸 수도 있으니까 확인은 해 봐야 할 것 같아서."

마르코는 묵묵했고 하준은 기다렸다. 문밖에서는 아마 무겸이 대화를 듣고 있을 것이다. 묵직하게 닫혀 있던 입이 천천히 열렸다.

"인사하고 싶었어요. 고맙다고."

"……."

"준."

"응?"

"사귀는 사람 있어요?"

역시 그냥 넘어가지 않는다.

하준은 목이 메는 기분을 느끼며 대답을 망설였다. 무슨 의도로 하는 질문인지 정확히 잡아낼 수가 없었다.

무겸의 말대로 마르코가 정말 저를 그런 의미로 좋아해서인지, 아니면 무겸과의 관계를 눈치챘다는 이야기를 돌려 하는 것인지. 다만 어느 쪽이든 그가 원하는 말을 돌려줄 수 없다는 것만큼은 자명했다.

"있어."

딱 자르는 듯 단호한 말투였다. 마르코는 무표정했다.

"그 사람이 질투를 많이 하는 편이야. 그런데 내가 하는 일은 사람들과 많이 어울려야 하는 일이잖아. 불안하게 하는 일은 최대한 만들고 싶지 않아. 오해 사기도 싫고. 내 말 무슨 뜻인지 알지?"

"…혹시, 그래서 어제 안 왔어요? 나 때문에?"

사귀는 사람이 누구인지 염두에 두지 않았다면 물을 수 없는 질문이었다. 하준은 잠시 눈을 감았다가 뜨고, 싱긋 웃어 보였다.

"마르코."

"네."

"나도 그렇지만 내 애인도 너를 많이… 나보다 더 크게 도와줄 수 있는 사람이야."

"……."

"네가 이 이야기를 더 입에 올리지 않는다면… 우리 모두 네 편이 되어 줄 거라고 약속할게."

하지만 자꾸만 같은 이야기를 하게 만든다면 그린포드에서의 생활은 피차 힘들어질 수밖에 없다는, 말하지 않아도 알아들을 뒷말은 생략했다.

마르코가 정말로 제게 코치에 대한 인간적인 애착 이상의 감정을 품었다면 지금 같은 이야기는 꽤 잔인한 말이 되겠지만 별수 없다. 이런 이야기에서 모두가 해피 엔딩을 맞을 수는 없는 것이다. 하지만 최대한 많은 이가 유리한 방향으로 이야기를 끌어갈 수는 있었다.

"알겠어요."

다행히도 마르코는 절충안을 받아들이기로 한 듯 옅게 웃었다.

"준. 앞으로도 잘 부탁해요."

"나도."

이적 직후 힘겨운 적응기를 거치고 있는 선수에게 팀 내부에서 자신의 입지를 만드는 것은 무엇보다 중요하다. 외로움에 떠밀려 잠깐 품었던 설익은 애정과 나란히 양팔 저울에 올린다면 균형을 겨룰 것도 없이 곧바로 전자 쪽으로 그릇이 기울 정도로.

짧은 악수를 나눈 뒤 마르코가 먼저 문을 열었다. 그는 밖에서 기다리고 서 있던 무겸을 발견한 듯 눈인사를 건네고 자리를 떠났다.

휴게실로 들어선 무겸이 어깨를 으쓱하며 빈정거렸다.

"어린놈이 패기가 없네."

"말은 잘한다. 잘 끝나서 다행이지. 아니었으면 또 무슨 생떼를 쓰려고."

"거봐, 계산 빤하잖아. 네가 그렇게 가엾게 볼 필요가 없다고 했지?"

"그게 뭐 나쁘냐? 자기 인생은 자기가 챙겨야지."

무겸은 그건 그렇다며 고개를 끄덕이고는 하준에게 다가와 어깨 위로 팔을 걸쳤다.

"그래서, 내가 저 자식 뒤치다꺼리라도 해 줘야 하는 형편이 된 거야?"

"다른 사람들이 텃세 부릴 때 조금만 챙겨 주면 돼. 마음만 먹으면 그런 거 잘하잖아. 솔직히 너도 마르코 얘기 처음 들었을 때는 안됐다고 생각했으면서."

"참 나. 내가 왜 저 괘씸한 놈을 도와줘야 하는지……."

"김무겸."

하준이 그러지 말라는 듯 살짝 투정이 섞인 말투로 불렀다. 무겸이 픽 웃으며 얼굴을 마주쳤다.

"그렇게 말고."

"뭘?"

"그저께처럼 불러 봐. 귀엽게."

지난밤에는 분위기도 분위기였고 막 잠드는 하준을 채근하고 싶지 않아 어물쩍 넘어갔지만 무겸은 색달랐던 호칭을 놓치지 않았다. 하준은 무슨 소리를 하냐며 미간을 찡그리면서도 뺨을 살짝 붉혔다.

"안 그러면 저놈 안 도와줄 거야."

"하……."

하준이 포기한 듯 억양 없이 던졌다.

"무겸아."

"다시."

"무겸아."

"한 번 더."

"무겸아! 무겸아, 무겸아, 무겸아! 됐어? 하여튼 뭐 하나 그냥을 안 넘어가."

무겸은 경례하는 시늉을 하며 짐짓 충실한 선수처럼 대답했다.

"적을 만들지 말라. 시키는 대로 하겠습니다, 코치님. 위험한 놈일수록 곁에 두고 감시하는 게 맞는 방법이기도 하지."

비품실을 나와 그와 나란히 걷던 하준은 문득 생각이 미쳐 물었다.

"너 그런데 그런 건 왜 산 거야?"

"그런 거?"

"수갑 말이야."

하준이 목소리를 낮추자 무겸은 아, 짧게 탄식하고 머뭇대더니 결국 머쓱하게 웃었다.

"그냥, 한번쯤 묶고 해 보고 싶었어."

"그저께처럼 그렇게?"

"음, 아니. 그렇게는 아니고. 너랑 합의하에 하려고 했지. 미안하게 됐어."

뭐야. 하준은 살짝 맥이 빠져 웃었다. 혹시 정말로 예전부터 저를 집에 묶어 놓고 싶어서 사 두기라도 했나 조금은 걱정했는데 역시 술주정이었나 보다.

"그럼 다음에 또 하자."

쌈박하게 돌아온 대답에 무겸의 눈이 커다랗게 벌어졌다. 그가 믿을 수 없다는 표정을 하고 되물었다.

“너… 진심이야?”

“응. 대신 그렇게는 말고, 네 말대로 처음부터 합의해서…….”

다음 날이 휴일일 때, 라고 말을 이으려던 하준은 코치로서 선수의 모티베이션을 조금 자극해 주기로 했다.

“…이번에 리그나 챔스 우승하거나 월드컵 16강 이상 진출하면.”

“진짜지? 이하준. 말 바꾸기 없어.”

무겸은 갑자기 신이 난 듯 하하하 웃으며 달려가 다른 선수에게 헤드록을 걸었다. 갑자기 습격당한 선수가 고래고래 소리를 지르며 팔을 휘둘렀으나 무겸은 잽싸게 몸을 젖혀 타격을 피해 갔다.

겨울에도 잔디밭은 푸르다. 그 위를 달리는 선수들의 모습은 멀찍이서 보면 오늘도 기운차고 평화롭게만 느껴진다. 목장 위에서 뛰노는 말 떼를 보는 것 같았다.

하준은 잠시 내려놓았던 노트를 챙겨 들고, 한 사람씩 공을 가지고 장애물을 통과해 골까지 성공시키는 훈련 중인 선수들을 해리와 함께 체크했다. 가끔 드리블에 실수가 일어나 장애물을 쓰러뜨리거나 발이 꼬여 휘청대는 선수들이 나오면, 구경하고 있던 다른 선수들은 과장되게 박수를 치고 야유를 보내며 웃었다.

축구 선수들의 일은 약 90분 동안 정해진 자리에서 경기를 뛰어 승리를 거머쥐는 것이며, 이적 시기가 되면 마치 게임이라도 하듯 수많은 사람의 입에 사고 팔리는 일이 거론되지만 그들이 정말로 값비싼 장기 말은 아니다.

해외 이적을 눈앞에 두고 부상으로 은퇴해야 했던 저도, 부서진 가족

안에서 살아남아 지금 저 잔디밭 위에서 웃으면서 공을 차고 있는 김무겸도, 고향을 뒤로하고 떠나와 다른 사람들 사이에 섞여 들기 위해 애를 쓰고 있는 마르코도, 허벅지에 기다란 흉터를 달고 지금 제 옆에서 호루라기를 불며 선수들에게 지시를 내리고 있는 해리도……. 무겸의 말대로 쉽게 여기에 선 사람은 아무도 없다.

한 선수의 발에 뻥, 걷어차인 공이 궤적을 벗어나 해리와 하준의 앞에 떨어졌다. 해리가 버럭 소리를 질렀다.

"얼마나 빗나가는 거야? 이래서 패스고 골이고 되겠어?"

그러고는 씩 웃으며 하준에게 일렀다.

"도로 차 줘."

"네."

하준이 제 앞에 놓인 공을 길게 걷어찼다. 한때 유망했던 풀백의 발에 맞은 공이 노렸던 선수 앞에 정확하게 떨어진다. 와우. 선수들이 환호하며 박수를 쳤다.

환호를 보내며 웃다가 하준과 눈이 마주친 무겸이 엄지를 치켜들었다. 술에 취해 밤바다처럼 검고 어두운 눈으로 하준을 마주 보던 그는 해가 뜨며 사라지고, 잔디밭 위에서 다른 선수들과 부대끼며 달리는 무겸은 열여섯 살 그 시절부터 지켜봐 온 소년의 모습에서 그다지 달라지지 않았다.

'나한테는 김무겸이 제일 중요해.'

하준은 얼마 전 무겸에게 했던 말을 속으로만 뇌까렸다.

지원금과 간식에 혹해 시작한 축구. 재능이 있으니 보나 마나 변변찮을 일자리를 알아보기보다는 공을 열심히 차서 빨리 프로 입단을 노려보는 것이 낫지 않겠냐는 조언에, 기약 없는 신기루를 쫓듯 이어 갔던 선수 생활.

그나마 앞두었던 성취라 할 만한 결과도 백일몽처럼 사라지고, 모든 것을 뒤로하고 발 빠르게 코치가 되기로 마음먹은 데는 현실적인 판단이 가장 우선했다. 재활을 해 봤자 복귀할 가능성이 지극히 낮은 상황, 실낱같은 가능성에 매달리기에는 시간도 비용도 부족했으니까.

누군가에게는 열정이나 꿈, 희망 따위의 상징일 파릇파릇한 잔디밭이 제게는 늘 냉엄한 현실이었다. 비단 저만일까? 이 푸른 공간이 마냥 꿈의 무대인 사람의 숫자는 그렇지 않은 사람들보다 훨씬 적을 것이다.

그 현실 위에 반짝이는 가루를 뿌려 준, 메마른 하루하루를 조금이나마 달콤하게 만들어 주었던 사람이 있다. 지금 제게 주어진 상상한 적 없는 생활 또한 그가 준 것이니 그를 위해 저를 좀 더 할애할 수 있다면 나쁠 것이 무엇인가.

미안해, 미안해……. 까무룩해지던 귓가를 따라오던 침울한 목소리가 떠오른다. 잘은 모르겠지만 이렇게 하는 게 맞을 거라고, 하준은 잠에 빠지면서 생각했었다.

하준은 묶였던 손목을 내려다보았다. 이틀 전 밤에 느꼈던 미로 같은 감정을 돌이켰다. 답답함과 분노, 허무함과 황당함, 부당한 행위를 당한 데 대한 노기 사이로 비집고 들어오던 묘한 기쁨까지 되짚었다. 하준이 가만히 눈을 감았다가 떴다. 그의 눈동자가 비밀처럼 어둡고 검푸르게 침잠해 들었다.

너도 나를 잃을까 봐 불안해하는구나.

그의 잦은 질투를 고집스러운 성정에서 비롯된 독점욕이나 소유욕, 풍부한 상상력이 만들어낸 망상 정도로만 여겼다. 하지만 아직도 때때로 무겸 앞에서 자신이 없어지는 저처럼, 무겸도 그랬던 것일까.

그의 불안에서 작게라도 기쁨을 느꼈다는 사실이 부끄러워진다. 다시는 이러지 않겠다고 맹세하던 무겸처럼, 다시는 그러지 않겠다고 속으로만 맹세한다.

손가락 한 번만 튕기면 뭐든 현실로 만드는 램프의 요정 같은 무겸과 달리 가진 것 없는 자신이 그에게 줄 수 있는 것은 많지 않다. 고작해야 몸뚱어리 하나와 듣기 좋은 말 정도.

그러니 그에게 필요할 때는 언제든 두 팔을 뻗어 안아 주고, 듣고 싶어 하는 말이 있다면 조금 부끄럽더라도 몇 번이고 들려주리라.

자신의 믿어나 약속 따위에 가치가 있다면. 제 말이 그의 몸속에 가득 차 의심이나 불안, 때때로 발목까지 거슬러 쫓아오는 지난날의 파도도 밀어낼 수 있을 정도로. 두 번 다시 저를 굶주린 짐승 같은 표정으로 쳐다보지 않을 때까지.

그러다 보면 언젠가는 도착할 것이다. 더 이상 아무것도 둘을 쫓아오지 않는 어딘가에.

더비 매치(Derby-Match)

쌀쌀하기만 할 것 같던 런던에도 어느새 봄이 완연해졌다. 날씨가 따뜻해지며 데이트가 부쩍 활발해졌다. 시즌의 치열함은 클라이맥스를 앞두고 있어 여행을 즐기기는 힘들었지만 퇴근 후나 휴일에 외출을 하는 경우는 점점 잦아졌다.

무겸은 소위 말하는 '이벤트'를 하는 데 재미를 붙였다. 얼마 전 하준의 생일에는 온 집 안에 장미꽃을 정원 수준으로 장식해 놀라게 만들더니 그 며칠 뒤에는 크루즈를 통째로 빌려 템스강에서 단둘이 야경을 구경했다.

환상적인 밤이었다. 무겸이 크루즈 안에서 섹스를 하려고 들기 전까지는. 아무리 객실 딸린 고급 크루즈라고 해도 바다에 뜨는 대형 크루즈와는 달랐다. 엄연히 가까운 곳에 선장이 있는 배 안에서, 오히려 단둘이었기 때문에 하준은 도저히 승낙할 수 없었다. 기사가 뻔히 앞에 있는 버스 안에서 관계를 갖자고 하는 기분이었다.

옥신각신하다가 결국 아무것도 못 하고 내릴 때쯤 무겸은 부루퉁해졌다. 하준은 무겸을 달래기 위해 휴가 기간에 여행을 가면 요트를 빌려 그곳에서 섹스를 하기로 약속하고, 그날은 주차장에 세워 놓았던 차에서 몸을 합치는 것으로 나름대로 데이트를 해피 엔딩으로 마무리 지었다.

연애를 해 본 적 없어 제 취향도 몰랐던 하준이었으나 몇 번 그렇게 '특별한 데이트'를 하다 보니 이제는 자신이 선호하는 것을 좀 알 것 같았다. 막상 가장 기억에 남는 데이트는 무겸이 벌이는 화려한 이벤트도, 사람 많고 떠들썩한 유명 관광지에서 보낸 시간도 아니었다.

"저기 앉자."

하준이 구석의 빈자리를 손가락으로 가리켰다. 얼굴을 감추기 위해 모자를 눌러쓴 무겸이 고개를 끄덕였다. 실내는 어둑어둑했고 벌써 많은 사람이 자리에 앉아 맥주를 마시고 있었다. 어떤 사람들은 취한 듯 목소리를 높여 떠들었다.

여기저기 걸려 있는 커다란 텔레비전에서는 오늘 경기를 앞두고 광고가 송출되는 중이었고, 벽에는 스포츠 채널 안내문과 축구 경기 일정이 인쇄된 포스터들이 붙어 있었다.

하준은 바 카운터로 향해 맥주를 두 잔 주문했다. 하준의 선택은 오렌지 슬라이스를 띄운 에일, 무겸은 흑맥주. 팔뚝에 문신이 가득한 서버가 기다란 컵에 맥주를 가득 따라 건네주었다.

"가라, 가, 도버 레인저스!"

"이번에 올라가는 건 버밍엄이야. 내가 10파운드나 걸었거든."

왁자지껄하게 뒤섞이는 사람들의 응원을 뒤로하고 하준은 받아 온 맥주를 원형 테이블에 내려놓았다. 짧게 건배한 무겸이 잔을 기울이며 웃었다.

"유니폼은 왜 모셔만 놓고 안 입어?"

"너 바로 옆에 앉혀 놓고 네 유니폼 입는 것도 이상하잖아."

오늘은 무겸의 옛 팀 도버 레인저스의 경기가 있는 날이었다. 집에서 관람할 수도 있었지만 몇 번 방문했던 축구 펍의 분위기가 좋아서 오늘은 일부러 가까운 펍에 들른 참이었다.

무겸은 집에서 나서기 전, 기왕 도버를 응원할 거라면 제 도버 시절 유니폼을 입고 가면 되지 않냐 물었지만 하준은 어쩐지 창피해서 고개를 저었다. 축구 선수 김무겸에 대한 애정이라면 누구에게도 지지 않을 자신이 있다. 하지만 외출을 하면서 그의 유니폼을 입는, 그런 방식으로 팬심을 표출하는 데에는 익숙하지 않았다.

더군다나 무겸이 바로 옆에 있으니까. 제 발 저린 생각이겠지만 혹시 누가 그를 알아보기라도 하면 유니폼을 입고 나란히 앉아 있는 하준의 모습이 이상해 보일지도 모른다.

“애정이 식었어. 요즘은 파일 스크랩도 예전처럼 열심히 안 하더라.”

무겸이 툴툴거렸다. 솔직히 사실이었기에 하준은 우물쭈물 대답을 흐렸다.

“기사 찾을 필요 없이 내가 사진 찍으면 되니까 그렇지…….”

무겸의 소식이나 흔적 하나하나가 아쉬워 눈에 불을 켜고 신문이나 인터넷을 뒤지던 때가 불과 얼마 전이지만 지금은 진짜 그가 항상 제 옆에 있다. 기사로는 보도되지도 못할 그의 수많은 모습을 매일 직접 보고 듣고 느끼고 만지고 있는데, 제삼자들이 만든 자료 수집에 조금 게을러지는 것은 어쩔 수 없다.

“그래? 그럼 애정은 그대로야?”

“아니.”

“아니라고?”

무겸은 진심으로 충격을 받은 듯 의자에 기대어 있던 상체를 벌떡 일으켰다. 커다래진 눈을 마주 보며 하준이 푸시시 웃었다.

"더 커졌어."

"놀랐잖아, 송아지야."

무겸도 킥킥대며 어깨에 팔을 걸어 하준을 제 쪽으로 끌어당겼다. 그가 주변을 잽싸게 살피더니 속삭인다.

"그럼 뽀뽀해 줘."

"누가 봐."

"안 봐. 다들 TV만 보고 있잖아."

하준이 두리번대는 사이 경기가 시작되었다. 킥오프와 동시에 박수와 환호가 터져나오며 사람들의 시선이 일제히 텔레비전으로 쏠렸다. 하준은 그때를 노려 얼른 모자챙 아래 무겸의 뺨에 입을 맞췄다.

축구의 도시 런던. 경기장 관객석만큼이나 곳곳에 영업 중인 축구 펍의 열기도 매일같이 뜨거웠다. 무겸의 설명에 따르면 영국은 스포츠 채널 이용료가 비싸 개개인이 가정에서 시청하기보다는 스포츠 중계를 제공하는 펍에 와서 술 한 잔을 곁들이며 경기를 보는 형태가 널리 정착했다고 한다.

이유야 어쨌든 하준은 어둡고 복닥복닥한 가게에 모여 자유롭게 술을 마시고 응원을 하는 펍의 분위기가 썩 마음에 들었다.

다소 사치스러운 소리일지도 모르지만 아무래도 자신은 사람 많은 관광지 탐방이나 힘준 데이트보다는 이렇게 무겸과 가까이 붙어서 둘만의 시간을 보낼 때가 제일 즐거운 것 같았다. 그렇다고 항상 집에만 있고 싶은 것은 아니지만 지나치게 정신이 흩어지는 곳에는 그리 자주 가고 싶지 않다.

지금처럼 함께 같은 것을 보고, 같은 팀을 응원하면서 소소하게 수다를 떨고, 맥주를 마시고 사람들 몰래 손을 잡거나 뺨에 키스를 하고.

"저 바보들이! 자꾸 버밍엄에 패스를 넘기면 어떡해!"

…물론 축구 경기를 보면서 항상 로맨틱한 분위기를 이어 갈 수는 없지만.

도버 선수의 패스미스에 무겸이 버럭 목소리를 높이며 미간을 찌푸렸다. 무겸이 뛰었던 팀이라 응원할 뿐 사실 하준은 도버 레인저스라는 팀에 별다른 애착이 없었다.

워낙 짧게 몸담았던 팀이기도 하고, 그가 있던 시절에 잠깐 반짝하기는 했지만 기본적으로 하위 팀이라 해외 팬이 꾸준히 응원하기에는 동기가 극히 부족했다고나 할까. 그래도 열심히 경기를 눈으로 좇는데 무겸이 몸을 가까이 기울였다.

"나중에 시간 내서 도버에도 한번 가자. 바다가 예뻐. 브라이튼 근처에 가면 절벽이 멋지기로 유명한 해안가도 있는데 네가 좋아할 거야. 녹지가 넓어서 송아지 산책하기에 딱이거든. 시즌 끝나면 정말 좋은 데도 가고. 요즘 신혼여행으로 멕시코에 많이 간다던데 우리도 갈까?"

"휴가 가려면 아직 한참 남았잖아. 놀 생각만 말고 시즌 잘 마무리할 생각부터 해."

"잘 굴러가고 있잖아. 너무 걱정하지 마. 쉴 때는 쉬어야지."

아직 휴가를 떠나려면 멀었다. 올해는 리그가 종료된 뒤에도 월드컵이 기다리고 있기 때문이다. 무겸도 뻔히 알면서 하는 소리였다.

그린포드는 현재 라이벌 팀인 핀스버리와 리그 1, 2위를 매 경기 엎치락뒤치락 치열하게 다투는 중이었으며 챔피언스 리그도 4강까지 올라 곧 1차전을 앞두고 있었다. 올해는 프리미어 리그와 챔피언스 리그, FA컵에서 모두 우승컵을 들겠다며 무겸은 각오가 만만했다.

5월이면 그린포드에서의 첫 시즌도 끝이다. 1월에 런던에 왔으니 시즌의 절반 이상이 지나고 합류한 셈이었다. 런던에 온 것이 엊그제 같은데 벌써 한 시즌이 끝나 간다는 것이 어리둥절해 하준은 말없이 맥주를 홀짝거렸다.

그사이 그린포드에도 완전히 익숙해졌다. 더 이상 해리의 뒤만 졸졸 따라다니거나 사람들의 말을 놓칠까 봐 바짝 긴장해서 신경을 곤두세우는 일은 없어졌다.

해리는 가능하면 빨리 정규 코스를 밟아 자격증을 따라고 조언했다. 실전 경험이 많아 수업을 따라가기 그리 어렵지 않을 거라고. 6개월만 바짝 투자하면 레벨 2는 딸 수 있으며, 그러면 곧바로 인턴이 아닌 정식 계약을 구단 측에서 제안할 거라고도.

그의 조언이 아니더라도 가을부터는 제대로 공부를 시작할 생각이었다. 이제는 이곳에서 잘 해낼 수 있으리라는 자신감이 붙었다.

"골!"

그때 펍 안의 누군가가 소리쳤다. 도버의 첫 골이 터졌다.

화면 속에서 머리를 길게 기른 선수 한 명이 땀에 젖은 얼굴로 잔뜩 들떠 골 세리머니를 하고 있었다. 무겸도 신이 난 듯 웃더니 사람들이 떠드는 틈을 타 얼굴을 깊이 숙여 하준의 목에 짧게 키스했다.

겁도 없이. 하지만 하준도 핀잔을 주는 대신 그의 컵에 두 번째로 건배하며 김무겸의 옛 팀이 올린 첫 골을 축하했다.

"우리 자기랑 같이 보니까 경기가 잘 풀리는 것 같은데? 또 조만간 함께 볼만한 경기가 뭐가 있지."

무겸이 잠깐 생각하더니 하준과 눈을 마주쳤다.

"그러고 보니 곧 클라시코 더비잖아? 그런 빅 매치는 또 봐 줘야지."

"당연하지. 나도 그건 꼭 볼 거야."

축구 팬들 중에 그 경기를 보지 않는 사람이 있을까? 하준도 의지를 다지듯 대답했다.

축구는 유독 전쟁과 많이 비교된다. 군사 훈련에서 시작되었다는 설이 있는 스포츠이기도 하거니와 둘로 나뉜 팀이 서로 적진의 최후 방어선을 돌파하려 드는 경기 방식 자체가 전쟁과 흡사하다. 시작하기 전 서로 깃발을 교환하는 의식도 그랬고, 각 팀의 엠블럼 모양만 해도 그 옛날 왕국이나 군대의 문장을 떠올리게 하는 경우가 많았다.

그중에서도 스페인 리그에서 열리는 마드리드 FC와 아틀레틱 바르셀로나의 경기는 전 세계 5억 명가량의 사람들이 시청하는 초대형 라이벌전이었다. 오랜 세월에 걸친 지역적 갈등이 더해져 스페인 국내에서 라이벌 의식이 드높은 것은 말할 것도 없고, 해외 팬들까지도 그 열기에 감화되어 두 팀의 더비 전이 가까워지면 서포터들끼리의 기 싸움도 맹렬해졌다.

원래라면 지금쯤 양 팀 모두 그린포드의 챔피언스 리그 우승을 위협하는 요주의 팀이었을 것이다. 그러나 이번 시즌에는 운이 따라 주지 않았는지 나란히 8강에서 고배를 마셨다. 덕분에 두 사람 입장에서는 마음에 걸리는 것 하나 없이 팝콘을 먹으며 다른 동네 라이벌전을 즐길 수 있게 된 셈이었다. 둘은 맥주잔을 한 번 더 부딪히며 동시에 건배사를 올렸다.

"바르셀로나의 승리를 위하여."

"이번에는 꼭 마드리드가 이길 거야."

골!

어느 팀인가 또 골을 넣었는지 사람들의 환호성이 펍에 소란스럽게 쏟아졌다. 그러나 무겸과 하준은 미간을 가늘게 찌푸리고 입을 살짝 벌린 채로 서로를 마주 보며 짧게 침묵할 뿐이었다. 둘 중 누구도 맥주잔을 입에 가져갈 생각도 못 했다.

"그럴 수도 있지."

먼저 침묵을 깬 사람은 무겸이었다. 그는 잔을 거두며 씩 여유롭게 웃었다.

"우리라고 꼭 같은 팀을 응원해야 한다는 법은 없잖아."

"그래, 맞아. 대표 팀이랑 그린포드만 같이 응원하면 되지 뭐."

하준도 웃으면서 고개를 끄덕였다. 그러고는 잠시 티브이로 고개를 돌리고 화면만 응시하다가 시선을 힐끔 옮기면서 물었다.

"인터뷰 같은 데서 바르셀로나 팬이라고 말한 적 있어? 나 왜 이제까지 몰랐지?"

"어느 선수 좋아한다, 어느 팀 팬이다. 이런 얘기 밖에서 안 해. 그래도 좋아하는 팀이나 선수 정도는 있지. 어릴 때는 좋아하는 선수들 포스터도 방에 많이 붙여 놓고 살았어."

"전혀 몰랐어. 너는 소속 팀 일에만 관심 있다고 생각했는데."

"나야말로 네가 마드리드 팬인지 몰랐어. 김무겸 팬인 줄로만 알았지."

"특별히 좋아하는 선수가 있는 건 아냐. 그냥 팀 스타일이 좋아서."

"그래?"

무겸이 고개를 갸웃했다.

"전직 수비수가 마드리드를 좋아하다니 의왼데. 수비 약한 편인 걸로 유명하잖아. 뭐, 덕분에 공격 측면에서는 좀 더 적극적이지만."

"직접 뛸 때야 전술에 따라 좋을 때도 나쁠 때도 있지만 관객일 때는 공격적인 축구가 내 취향이야."

"스페인 축구는 정밀한 숏 패스가 매력 아닌가?"

"티키타카는 압박당해서 못 넣으면 공만 돌리다 끝나잖아. 역습에도 약하고."

"괜찮은 공격수만 보유하고 있으면 그건 문제가 안 돼."

"어쨌든 허점이 있는 건 사실이야. 일단 난 더 호쾌한 스타일이 좋거든."

텔레비전 화면 속 경기 양상은 점점 흥미진진해지고 있었고 사람들의 환호며 박수 소리도 점점 열띠어졌다.

그러나 무겸과 하준이 앉은 자리만은 오히려 아까보다도 싸늘하게 식어, 둘은 이제 정면만 주시하며 말없이 맥주만 마시다가 무뚝뚝하게 추가 주문을 했다.

'유치하게 굴었어.'

다음 날 훈련장. 호루라기를 삑삑 불며 훈련을 지시하면서 하준은 어젯밤의 대화를 반성했다.

수다도 떨고 맥주도 마시고 사람들 몰래 뽀뽀도 하고, 그때까지는 정말 좋았는데. 왜 자신들과 아무 상관도 없는 팀끼리의 라이벌전을 놓고 저희들이 신경전을 벌여야 한단 말인가.

대놓고 조롱하지는 않았지만 서로 응원하는 팀이 다르다는 것을 알게 된 직후 둘의 대화에는 분명 약한 가시가 돋았다. 그나마 무겸이 적당히 대화를 마무리 지었을 때 더 이상 이야기를 꺼내지 말았어야 했는데 화제를 끌어간 것은 부끄럽게도 자신이었다.

무겸이 대외적으로 밝힌 정보는 거의 다 알고 있다고 생각했는데. 그가 소속 팀 아닌 다른 팀을 응원하거나 좋아한다는 이야기는 금시초문이라 궁금함을 참지 못했다.

하긴 아무개 선수를 좋아한다, 어느 팀 팬이다 같은 이야기도 자칫하면 아무개 선수가 자기보다 한 수 위라는 걸 인정했다더라, 알고 보니 어느 팀으로 이적을 하고 싶어 한다더라며 부풀려져 구설수가 되는 것이 이 바닥이다. 굳이 밝히지 않은 이유는 이해가 갔다.

꾸역꾸역 공을 차던 하준이 축구 그 자체에 열정을 품게 된 것은 무겸을 만난 뒤였고, 무겸의 자료를 모으고 그의 축구를 분석하다 보니 경기를 보는 것도 즐기게 되었다. 그러면서 마음에 드는 선수나 플레이 스타일이 취향에 맞는 팀도 몇 개쯤 생겨났고, 마드리드 FC는 그중 한 팀이었다.

진작 알았다면 저도 무겸과 같은 팀을 더 좋아하게 되었을까? 세기의 라이벌 중 한쪽을 이미 응원하고 있는 입장에서는 쉽사리 상상이 가지 않았다. 김무겸과 서로 다른 팀을 응원하다니. 생각해 본 적 없는 상황이었다.

⚽

팀은 요즘 축제 분위기였다. 승점 다툼을 벌이던 핀스버리가 갑자기 2연속 패배를 당한 것이다. 반면 그린포드는 승점 취득에 계속 성공하며 프리미어 리그 1위 자리를 거의 확실시했다.

덕분에 아직 경기가 남아 있음에도 불구하고 챔피언스 리그 준비에만 집중할 수 있게 된 선수들은 요즘 한창 기운차고 날카롭게 훈련에 임하고 있었다.

"마르코가 요즘 제 역할을 아주 잘하고 있어."

"처음에는 동선이 자꾸 겹친다 싶더니 무무와 궁합이 잘 맞아. 이번 1월에 영입한 신입 중에 제일 기대 돼."

지난 경기를 모니터링하며 감독과 스태프들이 이야기를 나누고 있었다. 하준도 물론 함께였다.

한때 이러다가 크게 부딪히지 않을까 걱정스러울 정도로 꼬이던 마르코와 무겸의 사이는 그때 일 이후로 비즈니스적 동료 관계로 원활하게 호전되어, 둘은 요즘 공격수로 합을 맞춰 자주 활약하고 있었다.

화면에 무겸이 중원에서부터 패스를 이어받는 장면이 잡혔다. 드리블을 하며 공을 몰고 전진하던 무겸에게 상대 진영 선수들이 달려들고, 무겸이 옆을 힐끔 본다 싶더니 곧바로 패스를 했다. 무겸의 루트를 따라 옆으로 달려오고 있던 마르코가 정확히 패스를 받아 골을 넣었다.

"부상자들 상태는 어때? 다음 경기에 오스카랑 찰리, 나갈 수 있나?"

"오스카는 출전 가능합니다. 찰리는 마지막까지 주시해야 할 것 같고요. 후반에 잠깐 교체 출전해서 컨디션을 살펴보는 게 좋을 것 같습니다."

하준이 감독의 질문에 막힘 없이 대답했다. 일부러 하준에게 답을 맡겼던 해리가 책상 아래로 주먹을 내밀었다. 하준 역시 주먹을 쥐고 소리 나지 않게 손을 마주쳤다.

모니터링과 간단한 전략 브리핑이 끝난 후 하준은 퇴근 채비를 했다. 오늘은 선수들보다 퇴근이 늦었다. 사무실을 나서자 이미 옷을 다 갈아입고 기다리고 있던 무겸이 웃으면서 어깨에 팔을 걸쳤다.

"표정 좋네. 칭찬이라도 받았어?"

"이제 회의에서 발표하는 거 별로 안 어려워."

"그것 봐. 내가 금방이라고 했지?"

자유 회화와 달리 발표는 미리 준비한 답을 말하는 것에 가까운 덕분이겠지만, 어쨌든 뿌듯해진 하준이 자랑을 하자 무겸은 쪽, 뺨에 입을 맞췄다. 하준은 깜짝 놀라 주변을 두리번거렸다. 무겸이 느릿하게 입술 끝을 올렸다.

"다 살펴보고 하는 거니까 할 때마다 깜짝깜짝 놀라지 마. 나 시야 좋기로 유명한 거 몰라?"

"너라고 뒤통수에도 눈 달린 건 아니잖아. 제발 조심 좀 해."

"너 깜짝깜짝 놀랄 때 보면 진짜 사슴 같아. 눈 동그랗게 뜨고 목 빼고 두리번두리번하는 게. 그럼 더 잡아먹고 싶어지는데."

"너 잘났으니까 먹더라도 집에 가서 먹으라고."

"그럼 집에 가서 먹는다?"

하준의 손이 결국은 무겸의 등짝을 가볍게 쳤다. 그러는 사이 둘은 주차장에 도착해 나란히 차에 올랐다.

딱히 말다툼을 벌였던 것도 아니고 분위기가 잠깐 싸해졌을 뿐이다. 문제의 라이벌전이 가까워졌을 때쯤 하준은 이미 얼마 전에 있었던 대화를 잊었다. 다른 팀 경기 때문에 신경전을 이어 가기에 둘은 같은 팀으로서 결속력을 다지고 훈련을 하기에도 바빴다.

"오늘도 펍에서 볼까?"

그래서 무겸이 그렇게 물어 왔을 때, 하준은 질문의 뜻을 곧장 이해하지 못했다.

"응? 뭘?"

"오늘이잖아. 클라시코 더비."

"아."

하준은 짧게 고민하다가 고개를 저었다.

"오늘은 집에서 보자. 사람도 너무 많을 것 같고, 기왕이면 큰 화면으로 보고 싶어."

"좋지. 집에서도 얼마든지 분위기 낼 수 있으니까."

무겸의 집에는 홈 시어터 시설이 완비된 방도 있어서 그곳에서 영화도 보고 TV 프로그램도 연결해 볼 수 있었다. 그런데도 굳이 극장이나 펍에 가는 이유는 그곳만의 분위기를 즐기고 싶어서였다.

곰곰이 생각하던 하준은 만약을 위해 미리 조건을 걸기로 했다.

"…오늘 서로 응원 터치 안 하기로 하자."

"당연하지. 애들도 아니고 그까짓 축구 때문에 기분 상하면 그게 더 우스운 일 아니겠어?"

"맞아. 그래 봤자 남들이 하는 공놀이잖아."

둘은 누군가 듣는다면 축구 선수와 축구 코치의 대화라고 짐작하기 어려울 이야기를 나누며 시시덕거렸다. 차가 경쾌하게 도로를 달려 나갔다.

집에 돌아왔을 때 경기 시작까지는 아직 몇 시간이 남아 있었다. 둘은 따로 저녁 식사를 하는 대신 경기를 보며 뭔가를 먹기로 했다.

어차피 시간이 남았으니 무겸은 음식을 직접 만들겠다며 키친에서 요리를 시작했다. 하준도 거들려고 했지만 오늘은 평소보다 본격적으로 할 거라 안 된다는 말로 제지당하고, 얌전히 옆의 테이블에 앉아 하루 동안의 훈련 사항을 정리했다.

"스페인 경기니까 스페인식으로 만들어 봤어."

무겸이 의자와 의자 사이 놓인 테이블에 음식을 내려놓았다.

감자와 문어를 함께 조리해 만든 요리, 자른 멜론에 얇고 빨간 베이컨처럼 생긴 햄을 얹은 요리, 바게트 빵 위에 갖가지 음식을 초밥처럼 얹은 작은 핑거 푸드가 차례차례 세팅되었다. 모두 생전 처음 보는 음식이라 하준은 눈이 휘둥그레졌다.

"그냥 먹기 미안하다. 돈 내고 먹어야 할 것 같아."

"사양 안 해. 나중에 용돈 줘. 과자 사 먹게."

아이올리 소스와 연어 무스를 얹은 바게트를 입에 넣은 하준의 눈이 커다래졌다.

"진짜 맛있어."

무겸이 웃으며 '까바'라는 스페인 와인을 술잔에 따랐다. 뽀글뽀글 기포가 올라오는 화이트 와인이었다.

테이블을 다 세팅한 다음에야 둘은 각자 의자에 앉았다. 무겸의 시어터 룸은 극장 못지않은 커다란 화면은 물론 극장과는 비교할 수 없이 편하고 넓은 안락의자를 여러 개 갖추고 있었다. 몸을 폭 감싸는 의자는 경기를 보다가 잠이 들까 봐 걱정이 될 정도로 편안했다. 무겸이 술잔을 내밀며 말했다.

"어느 쪽이 이기고 지든 우리는 상관없다."

"당연하지."

챙, 유리잔끼리 부딪치는 청량한 소리가 울렸다. 큰 화면이 선수들이 터널을 빠져나오는 모습을 비췄다. 둘은 정면을 보고 앉아 나란히 술잔을 입으로 가져가며 화면을 응시했다.

과연 세기의 라이벌전답게 경기는 초반부터 줄다리기하듯 팽팽한 긴장감을 안고 시작했다. 그 긴장감을 떨치지 못해서인지 두 팀 선수들의 움직임도 삐걱거렸다. 그러나 그것도 잠시일 뿐, 점차 몸과 마음이 풀린 선수들은 곧 제 역할을 찾아 뛰며 기름 친 바퀴처럼 움직이기 시작했다.

문제는 시간이 흐르며 양 팀의 분위기에 눈에 띄게 차이가 나기 시작했다는 것이다. 무겸이 입을 열었다.

"마드리드 라인업이 평소와 좀 다른데? 전술이 효율적인지 잘 모르겠어."

"감독이 새로운 시도를 해 보고 싶었나 보지."

그러나 속으로는 하준도 무겸의 말에 동의했다. 오늘 같은 중요한 경기에서 감독이 다방면으로 너무 모험을 하고 있었다. 그중에서도 가장 납득할 수 없는 배치는 주전 수비수를 미드필더진에 세워 놓은 것이었다.

감독은 이것이 수비를 강화하는 작전이라고 생각하는 모양이었지만 하준은 이해할 수 없었다. 이게 포지션에 대한 이해가 있는 감독이 할 짓인가? 원래 두 가지 롤을 병행하는 선수도 아니고, 중원에 한 명을 더 세운다고 무조건 수비력이 올라가지는 않는다.

그에 비해 바르셀로나는 누가 봐도 납득할 만한 포메이션을 들고나왔다. 당연히 바르셀로나가 먼저 자신들의 페이스를 찾았고, 아니나 다를까 그들의 특기인 신속하고 정확한 패스에 마드리드 선수들은 빨리빨리 대응하지 못하고 휘둘려 허둥거렸다.

'대체 왜 이런 멍청한 전술을 들고 나온 거야?'

하준은 화를 내고 싶었지만 꾹 참고 술잔만 기울였다. 술은 딱 알맞은 정도로 새콤하고 향기로웠으며 무겸이 만든 음식도 정말 맛있었다. 모든 것이 좋았다. 나쁜 것은 경기 전황뿐이었다.

[카르바니 감독이 신선한 시도를 해 본 것까지는 좋았는데 현재까지는 그다지 좋은 선택이라고 말하기가 어렵겠습니다.]

[글쎄요. 신선한 시도라기보다는 무모한 시도 아닐까요?]

기왕 집에서 보는 것이니 마음 편하게 보고 싶어 한국 중계를 선택했는데 해설자들의 지적은 뼈를 때리듯 신랄했다. 이럴 줄 알았으면 그냥 영어 중계를 보자고 할걸 그랬다. 차라리 전혀 알아들을 수 없는 스페인어 중계도 괜찮았을 것 같다.

[아, 말씀드리는 순간 디아즈가 세바스티안에게 패스했습니다!]

[어어, 이거 못 막으면 큰일인데요.]

중원에서 패스를 건네받은 바르셀로나의 스트라이커 세바스티안은 코앞에서 저를 막아서는 마드리드의 수비수 둘을 이리저리 방향을 꺾어 따돌리고 공을 툭, 가볍게 걷어찼다.

데구루루 구른 공이 골키퍼의 가랑이 사이로 들어갔다. 넣은 사람에게는 영리한 골이요, 먹힌 사람에게는 굴욕적인 골이었다.

"역시!"

웃는 얼굴로 세리머니를 하는 세바스티안과 환호하는 관객들의 면면이 화면에 잡혔다. 마치 그 관객 중 한 사람이 된 것처럼 무겸이 신이 난 목소리를 높였다.

"초장부터 경기를 영리하게 풀어 나가네. 크게 힘 빼지 않고 주도권 잡겠어."

"그렇긴 하지만 아직 초반이니까 지켜봐야지."

"음, 뭐 그렇긴 하지. 아직 시간은 많아."

무겸이 술잔을 내밀었고 하준은 짐짓 웃어 보이며 쨍, 술잔을 부딪쳤다. 응원하는 팀이 이기고 있으니 무겸의 기분이 좋은 것은 당연했다. 방금 들어간 골은 아군에게는 무척 재미있을 만한 골이었다.

그러나 아직 초반이라는 하준의 기대감 섞인 반론이 무색하게 경기 내내 분위기는 그다지 역전되지 않았다. 전반전은 아무래도 망한 것 같았다.

바르셀로나가 또 한 번 위협적인 슈팅을 날렸다. 그것을 마드리드 골키퍼가 아슬아슬하게 막아 내는 모습을 보며, 하준은 이제 모든 것을 내려놓고 더 이상의 실점 없이 하프 타임을 맞기만을 바랐다. 감독도 생각이 있다면 후반전에서는 뭔가 대책을 세울 테니 말이다.

전반이 2분 30초 남았을 시점, 경기장의 분위기는 거칠고 어수선했다. 전술이 무너지자 마음이 조급해진 선수들은 이제 생각하기보다는 본능에 따라 공을 쫓았다. 체계적이지는 못했지만 득달같이 달려드는 마드리드 선수들의 분위기에 휩쓸려 바르셀로나도 같이 흔들리기 시작하는 시점이었다.

[아, 이게 웬일입니까!]

해설이 깜짝 놀라 목소리를 높였다. 점차 엉망진창이 되어 가는 필드에서 공이 바삐 오가다가 잠시 빈 공간을 찾은 사이, 마드리드의 미드필더가 멀리서 뻥 강하게 쏜 슛이 그대로 바르셀로나의 골망을 흔든 것이다.

"와!"

하준이 저도 모르게 외쳤다. 방금 골을 넣은 마드리드의 미드필더 그렉은 훌륭한 중원지기였지만 평소 골을 자주 넣는 선수가 아니었다. 각자 제 위치를 잃고 방황하던 찰나 뜬금없이 터진 골이었다. 바르셀로나의 키퍼 역시 망연한 얼굴로 고개를 살짝 떨구며 어깨를 으쓱했다.

갑갑한 상황에 기대하지 않았던 동점 골이 터지자 관중들은 미친 듯이 환호했고 하준도 신이 나 의자에 앉은 채로 몸을 조금 들썩였다. 기쁜 와중에도 안타까웠다. 이럴 때 무겸과 같은 팀을 응원한다면 정말 신날 텐데.

"그렉 좋아해?"

무겸이 물었다. 하준이 웃느라 벌어진 입을 다물지 못하고 대답했다.

"어. 다들 좋아하지 않을까? 플레이 메이킹도 잘하는데 가끔 팀이 이렇게 답답할 땐 자기가 해결하기도 하고. 이런 선수가 있어야 팀이 돌아가지."

"마드리드에서 제일 좋아하는 선수가 그렉이야?"

"음……. 제일 좋아한다고 할 정도는 아닌 것 같아. 두루두루 좋아해서. 빈터도 좋아해. 독일 선수라서 잘 적응할까 싶었는데 생각보다 골도 많이 넣고 잘하는 것 같아. 파비앙도 괜찮지."

"좋아하는 선수가 많다."

"축구 보다 보면 그렇지 뭐. 너는 바르셀로나에서 누구 제일 좋아해? 역시 세바스티안?"

무겸이 대답을 하기 전에 전반전 종료를 알리는 호각 소리가 울렸다.

전반전 스코어는 1 대 1. 오늘처럼 내내 밀리던 날에는 비긴 것만도 다행이다. 후반에는 좀 더 정신을 차리고 나오겠지. 하준이 그렇게 생각하며 안도하는데 무겸이 빈 병을 흔들어 보였다.

"다 마셨다. 한 병 더 가져올게. 안주 더 만들어 줄까?"

"아냐, 배불러. 고마워. 너무 맛있었어."

무겸이 씩 웃으면서 빈 병을 들고 나섰다. 잠시 뒤, 어렴풋이 와장창 뭔가가 떨어진 듯 깨진 듯 시끄러운 소리가 들려와 하준은 귀를 기울였다. 그러나 더는 아무 소리도 나지 않았고, 하준은 커다란 화면에서 흘러나오는 맥주 광고를 보며 아마 영상에서 나오는 소리를 착각했으려니 했다.

돌아온 무겸의 손에는 새 술병이 들려 있었다. 내일도 훈련일이니 과음하면 안 되지만 도수 낮은 달착지근한 와인 한두 병 정도는 괜찮을 것 같다. 새 술은 조금 전과 비슷한 스파클링 와인이었는데 산미가 더 강해 상큼했다. 기적적인 동점 골 덕에 졸아들었던 기분이 풀려 하준은 제법 여유롭게 술을 즐길 수 있었다.

"그런데."

함께 잔을 기울이던 무겸이 운을 뗐다.

"아까 그 골은 솔직히 좀 얻어걸린 거 아냐?"

하준의 눈이 커졌다. 마시던 술을 삼킬 생각도 못 하고 입에 머금고 있다가 정신이 들어 꿀꺽 삼켰다. 가볍게 사레가 걸려 켁켁거린 다음에야 말이 나왔다.

"무슨 소리야. 그 상황에 그 거리에서."

"그 상황에 그 거리니까 하는 말이지. 아무렇게나 지른 슛이 들어간 거잖아."

"아무렇게나든 어쨌든 들어갔으면 된 거지. 너는 무슨 공격수란 놈이 그런 말을 해?"

하준이 미간을 찌푸리며 응수하자 무겸도 입을 다물었다. 하준도 더 말을 잇지 않고 술만 홀짝였다.

서로 응원에 터치하지 않기로 했으면서 은근슬쩍 치사하게 나오는 꼴에 불길함이 엄습했다. 역시 각자 다른 팀을 응원하면서 함께 경기를 본다는 건 무리수였나?

둘 다 아무 말 없이 남은 안주와 술만 입으로 가져가는 사이 후반전이 시작되었다. 하준의 예상대로 마드리드는 도통 이해 가지 않던 이상한 전술을 치워 버렸다. 재정비한 팀은 비록 처음부터 다시 발을 맞춰야 한다는 난점이 있음에도 불구하고 전반 때보다는 훨씬 나은 분위기를 조성해 갔다.

공격수인 빈터가 하프라인 언저리에서 공을 몰고 달리기 시작했다. 하준은 문득 무겸의 옆모습을 훔쳐보았다. 지금 화면에 비치는 모습처럼 때때로 하프라인에서부터 공을 몰고 달려 골을 넣어 버릴 때의 무겸은 정말 최고다. 골대 한참 앞에서 곧바로 걷어차 골을 넣어 버리는 중거리 슛 역시.

그런 김무겸이 비슷한 중거리 슛을 놓고 '얻어걸렸다'라고 표현하면 자기비판을 하는 꼴이다. 황당할 수밖에.

장거리 드리블이나 슛은 강력한 허리와 둔근, 대퇴근, 발목 힘까지 두루 받쳐 주지 않으면 아무리 테크닉이 좋아도 골인으로 이어 가기 어렵다. 무겸은 힘도 테크닉도 다 가졌다. 드리블을 해 공을 몰고 가 골을 넣는 순간까지 정밀함을 잃어버리지 않는다.

반면 화면 속의 빈터는 골대까지 힘 있는 드리블을 유지하지 못하고 흔들리기 시작했다. 결국 바르셀로나에게 공을 빼앗기고 호기롭게 시작한 드리블은 흐지부지 끝났다.

아쉽지만 누구나 그런 퍼포먼스를 보여 줄 수는 없으니까. 하준은 옆에 앉은 무겸에 대한 괜한 자부심을 느끼며 술을 홀짝였다.

"저래서 밤일이나 제대로 하겠어?"

"…응?"

그때 느닷없이 튀어나온, 경기와는 전혀 관계없는 단어에 하준은 눈을 크게 뜨고 무겸을 보았다.

"좀 뛰었다고 다리가 아주 후들후들하는데 밤에 힘이나 제대로 쓰겠냐고."

"누구? 빈터?"

"그래. 간판 공격수란 놈이 너무 부실하잖아."

명백한 시비조였지만 하준은 화가 나기보다는 고개가 끄덕여졌다. 그것은 피지컬 코치로서 선수들의 몸을 관찰하는 습관 때문이었다.

"네 말이 맞아. 마드리드의 훈련 프로그램이 어떻게 돌아가는지는 모르겠지만 나라면 기초 훈련에서 햄스트링과 둔근 훈련을 강화하겠어. 눈으로 보기에는 다리가 저 정도로 튼튼한데도 힘이 달린다면 하체 문제만이 아냐. 오히려 코어나 허리, 엉덩이 쪽 문제지."

"……."

"빈터가 은근히 부상이 잦은 이유도 나는 그것 때문이라고 생각해. 그래도 타고난 몸은 좋은 편이니까 훈련 프로그램만 맞게 운용하면 분명 효과가 있을 텐데, 저 정도 되는 구단에서 왜 개선을……."

"자세히도 봤네. 거의 하나하나 뜯어보는 수준인데?"

무겸이 말을 뚝 자르며 들어왔다. 하준이 화면을 향했던 시선을 다시 무겸에게로 돌렸다.

"…너 또 무슨 소리 하려고 이래?"

"네 말대로 몸이 안 받쳐 주니까 제대로 조준도 못 하고 날리다가 얻어걸리는 골만 넣는 거야. 빈터는 뻥축구밖에 못 한다고."

하준도 슬슬 올라오는 분기를 더 누르기 어려웠다. 공격수란 놈이 아까부터 무슨 소리를 하는 건지 모르겠다. 무심함을 가장한 얼굴에서 가벼운 빈정댐이 튀어 나갔다.

"왜. 너도 뻥축구 좋아하잖아."

"너 지금 나한테 뻥축구 한다고 했어?"

어이없다는 듯한 무겸의 반론에 하준은 땅! 소리가 나도록 테이블에 빈 술잔을 내려놓는 것으로 답했다. 목소리를 높였던 남자가 널따란 어깨를 흠칫 움츠리며 입을 다물었다. 하준이 힘 빠진 한숨을 쉬었다.

"각자 따로 보자."

"……."

"처음부터 말도 안 되는 생각이었어. 응원하는 팀이 다른데 라이벌전을 같이 본다는 건."

"이하준."

"넌 여기서 봐. 나는 그냥 방에 가서 볼 테니까."

"방 어디?"

"몰라. 침실이나 서재나 어디든."

말은 그렇게 했지만 경기를 계속 볼 기분도 아니었다. 축구 경기란 즐거워지기 위해 보는 것. 이미 기분이 바닥을 치는데 누가 어떤 흥미로운 퍼포먼스를 보여주건 한번 꺾인 흥이 살아날 것 같지 않았다.

김무겸이 유치하다는 건 누구보다 잘 알면서 뭘 기대했는지……. 다른 팀을 좋아해도 뭐 어떠냐, 어차피 축구일 뿐인데 서로 간섭하지 말자며 쿨한 척 웃을 때는 언제고. 역시 죄다 빈말이었다.

생각해 보니 이제까지는 펍에 가더라도 적당히 시간 맞는 경기를 함께 봤을 뿐, 딱히 응원을 할 정도로 좋아하는 팀의 경기를 함께 본 적이 없었다. 그래서 이런 사태를 겪지 않은 것뿐이다.

망설이다가 하준은 서재로 들어섰다. 어차피 이렇게 된 것, 하다 만 일이나 마저 할 생각이었다. 런던에서 무겸이 새로 장만해 준 책상에 앉아 컴퓨터를 켜고 노트까지 펼치고 나니 뒤늦게 기분이 찝찝해진다. 그는 한숨을 푹 쉬었다.

'그깟 게 뭐라고.'

무겸이 즐겁게 경기를 볼 수 있게 마음을 비울걸 그랬다는 후회가 빠르게 밀려들었다. 막상 서재에 들어와 일을 하려고 하니 손에 잡은 일거리부터 제 몸이 놓인 호화로운 공간까지 무엇 하나 무겸이 마련해 주지 않은 것이 없다.

척 봐도 좋은 목재로 공들여 만든 책상, 크고 푹신하면서도 허리 부분은 제대로 받쳐 줘 오래 앉아 있어도 피곤하지 않은 비싼 의자, 입고 있는 옷은 누가 사 준 것이며 조금 전까지 맛있게 먹은 음식과 술은 누가 준비한 것이었나.

이만큼 많이 받고 있으니 똑같이 돌려주지는 못하더라도 그의 기분을 상하지 않게 만드는 것쯤은 얼마든지 할 수 있을 텐데. 아니, 해야 하는데.

무겸에게 모든 것을 맞추고 싶은 마음은 굴뚝같지만 이하준도 그저 짝사랑을 좀 길게 한 보통 사람이요 개인일 뿐이다. 온갖 사소한 부분에서까지 저를 지운다는 것은 불가능한 일 같다.

울적해져 노트를 펼쳐 놓기만 하고 눈으로 글자를 다 튕겨 내는 중 서재의 커다란 문이 끼익, 가는 소리를 내며 열렸다.

"여기 있었어?"

무겸이 열린 문 사이로 들어서고 있었다. 하준이 고개를 들어 살짝 시무룩한 표정으로 그를 보았다.

"왜? 더 안 보고."

"송아지가 화나서 탈주해 버렸는데 혼자 무슨 재미로 봐."

그가 성큼성큼 걸어왔다. 아까 먹던 술안주용 음식이 아닌, 달콤한 디저트를 담아 온 접시를 책상에 내려놓는다. 그러고는 곧바로 하준의 곁에 다가오더니 의자 아래 털썩 주저앉아 앉아 있는 허벅지 위에 머리를 얹었다.

"미안해."

"…아니야, 나도 뭐."

"남자로만 안 보면 상관없을 줄 알았는데 내가 나를 과신했어."

하준이 그 말에 눈을 살짝 크게 떴다. '무슨 소리야?' 그렇게 묻는 표정에 무겸이 쓴웃음을 지었다.

"샘나. 다른 선수들한테 관심 가지는 거."

"뭐야. 그런 건 이해해 주기로 했잖아. 어차피 훈련장에서 매일 보면서."

"그건 일이니까. 네가 팬처럼 좋아하는 선수는 나 하나인 줄 알았어."

하준이 눈을 더 크게 떴다.

"누가 누구 팬이야? 팬이라 할 정도로 좋아하는 사람은 너밖에 없어."

관련 자료도 모으고, 유니폼도 사고, 경기도 빠뜨림 없이 챙겨 보고, 부진할 때는 경기 분석도 하면서 왜 그런지 연구도 하고. 그 정도는 해야 팬이라고 할 수 있지 않나?

그저 때때로 경기를 보면서 잘한다, 괜찮다 생각하는 정도로 팬이라고 할 수는 없는 것 같다. 그 정도의 재미나 감흥도 느끼지 못한다면 처음부터 축구 경기를 볼 이유도 없을 것이다. 너도 좋아하는 선수 정도는 있다고 하지 않았느냐?

하준의 설명에 무겸은 납득하는 듯 고개를 끄덕이면서도 말을 덧붙였다.

"다른 선수들 몸 샅샅이 뜯어보는 것도 싫어."

그건 그냥 공부 차원인데…….

앞으로는 무겸 앞에서는 생각만 하고 말로는 꺼내지 말아야겠다. 그렇게 마음먹으며 하준은 제 허벅지 위에 얼굴을 얹은 남자의 뺨을 쓰다듬었다. 질투가 많다는 것은 익히 알고 있지만 그 범위를 때때로 짐작하기 어렵다.

"두 팀 중에 고르자면 마드리드가 더 좋다는 거지, 제일 좋아하는 팀은 어차피 따로 있는 걸."

"어디?"

"어디긴 어디야. 김무겸이 있는 팀이지. 아까 빈터 드리블 볼 때도 네 생각만 했단 말이야. 너 같으면 저렇게 허무하게 공 뺏기지는 않을 텐데 싶어서."

그 말에 완전히 기분이 풀린 듯 무겸은 씩 웃어 보였다. 하준은 허벅지에 쪽쪽 키스를 하는 무겸의 뺨을 어루만지다가 머리카락을 흩트렸다. 무겸이 고개를 들어 올리며 물었다.

"일하고 있었어?"

"하려고 했어."

"정말 경기 안 볼 거야? 같이 보자."

"시비 안 걸 자신 있어?"

무겸이 하준의 아래에 주저앉아서 휴대폰을 만지작거렸다.

[전반전 때까지만 해도 바르셀로나가 확실히 우세해 보였는데요. 후반 들어서 제법 팽팽해졌습니다. 골이 나오지를 않고 있어요.]

[치열한 라이벌전이니까요. 선수들의 각오도 확실히 남다릅니다.]

조용한 서재에 갑자기 사람들의 야유와 응원이 섞인 함성, 해설가들의 목소리가 울려 퍼졌다. 무겸이 휴대폰 화면을 하준의 얼굴 앞에 내밀었다.

최신식 시어터 시설로 꾸며 놓은 방을 놔두고 이게 뭐 하는 짓인지. 무겸은 거치대를 사용해 휴대폰을 책상에 비스듬히 내려놓고 있었다. 하준도 피식 웃고 자리에서 일어섰다.

"네 의자도 가져올게."

"됐어. 난 여기 앉아서 보면 돼."

"뭐 하러 바닥에서."

만류하는데 무겸은 하준을 다시 의자에 앉히더니, 그 역시 조금 전처럼 하준의 허벅지에 얼굴을 기대고 바닥에 도로 앉았다.

"거기서 제대로 보이기는 해?"

바닥과 책상 사이의 거리가 제법 높았다. 하준은 휴대폰을 좀 더 앞으로 당겨와 거치대 각도를 조정하다가 어느 순간 깜짝 놀라 아래를 보았다.

"뭐 해?"

"사랑."

어느새 하준의 바지 허릿단과 브리프를 함께 끌어 내린 무겸은 아직 잠들어 있는 성기를 붙잡고 둥근 귀두를 핥았다. 말릴 틈도 없이 벌어진 일이었다. 순식간에 하준의 등이 오싹해졌다. 당황스러워 입가를 손등으로 가리고 그런 그를 내려다보는데, 무겸은 눈을 똑바로 올려 뜨고 하준을 마주 보고 있었다.

길게 내밀어진 혀가 기둥을 핥아 올리고 요도 부근을 그 끝으로 쿡쿡 찌르다가 뭉갰다. 귀두를 머금고는 혀를 좌우로 움직여 문지르기도 했다. 저릿한 쾌감이 몸살 기운처럼 뻐근하게 퍼져나갔다.

"경기, 읏, 본다며……."

"어차피 골도 안 터지고 있는데 뭘. 대충 보면 돼."

오럴 섹스를 하는 사이 하의를 완전히 빼앗겼다. 셔츠만 입고 의자에 앉아 있게 된 하준은 제 성기를 빨고 허벅지 안쪽을 주무르는 무겸을 무력해진 기분으로 내려다보았다.

뜨거운 입속이 사탕을 먹을 때처럼 제 것을 빨고 혀로 굴린다. 몸의 힘은 점점 빠지는데 팔걸이에 얹은 손에만 힘이 들어가 그 끝이 하얘졌다.

귀두와 기둥이 이어지는 부분을 무겸이 느릿하게 혀끝으로 비비자 의자 위에 얌전히 놓여 있던 허벅지가 흠칫흠칫 떨렸다. 그러다가 어느 순간 기둥 아래부터 귀두 끝까지를 길게 핥아 올려졌다. 사정에 이를 것만 같은 얕은 절정이 발끝부터 머리까지 빠르게 관통했다.

조금만 더 자극하면 곧 갈 것 같아 숨을 몰아쉬며 허리를 떠는데, 구음으로 끝까지 가게 할 생각은 없는지 무겸은 고개를 들어 올렸다. 빳빳이 일어선 성기가 타액에 번들거렸다.

“언제 봐도 잘생겼어.”

성기를 툭툭 손으로 건드리며 하는 말에 얼굴이 붉어졌다. 사정 직전에 애무가 끊어지자 은근한 아쉬움에 아랫배 안쪽이 조여들며 뜨거워졌다.

커다란 손에 헐렁한 셔츠 자락이 잡혀 올라갔다. 무겸의 혀가 사타구니에서부터 배, 명치, 가슴까지 도달했다. 빨리기도 전부터 도톰하게 일어서 긴장한 유두가 입술 사이로 모습을 감추자 하준이 의자 등받이에 몸을 기대며 신음했다.

“아, 아앗…….”

애무는 역류하는 물처럼 몸 위를 거슬러 올라오며 점차 그 유속을 높였다. 유륜을 혀로 덧그리고 유두를 입 안에 삼켜 쪽쪽 빨리자 아랫배에 힘이 들어가며 복근이 도드라졌다.

의자 아래에 무릎을 굽히고 앉아 있던 무겸은 어느새 몸을 반쯤 일으켜 하준의 목과 귀를 입술로 더듬었다. 귓바퀴 안쪽의 울퉁불퉁한 연골들을 쓸다가 혀끝을 귀 안쪽까지 살며시 밀어 넣었다.

구기고 부수는 듯 바스락대는 소리가 귀를 와르르 채운다. 뒤통수를 찌르르 울리는 쾌감이 머릿속에 뚝뚝 떨어져 무겸이 놓아준 뒤에도 정신이 멍멍했다. 힘이 빠져 의자에서 주르르 미끄러지며 자세가 낮아졌다. 경기 중계는 들리지 않게 된 지 오래였다.

처진 몸을 무겸의 팔이 일으켜 세웠다. 정신없는 틈을 타 의자에 앉아 있던 몸은 책상 위에 앉혀지고, 입술과 입술이 깊게 맞물렸다.

축축한 살덩이가 입속의 점막을 부드럽게 핥았다. 가쁜 콧숨을 쉬자 혀가 빠져나가며 입술을 할짝댔다. 하준이 저도 모르게 혀를 내밀어 그 움직임을 따르려 하자 무겸은 씩 웃으며 이제는 이로 아랫입술을 약하게 깨물어 잡았다.

느리게 입술을 몇 번 빨리자 그것만으로도 뜨거워진 배 속이 꿈틀거리고 뒤가 움찔대는 것이 느껴졌다. 하준은 무겸의 목 뒤로 팔을 걸어 그를 붙들어 당겼다.

커다란 손이 다리를 밀어 올리자 하준의 상체는 자연스레 뒤로 눕혀졌다. 무겸은 잡아 올린 다리를 제 어깨 위에 걸치고 맨허벅지 위를 쓰다듬었다. 피부를 뜨끈하게 달구던 손이 점차 엉덩이 뒤로 향했다.

"아차."

무겸의 입에서 살짝 낭패라는 어조의 혼잣말이 튀어나왔다. 점점 뜨거워지는 몸을 애써 다스리던 하준은 이곳이 침실이 아니라 서재라는 걸 뒤이어 깨달았다. 무겸이 이곳에서 야한 짓을 시도한 것이 처음은 아니지만, 보통 하준이 서재에 있을 때는 정말로 일을 하고 있을 때가 대부분이었기에 끝까지 간 적은 없었다.

"앞으로는 여기에도 젤을 놔둬야겠어."

무겸은 아쉽다는 투로 말하고는 주변을 둘러보더니 한 곳에 시선을 멈췄다.

"이거면 되겠는데."

"…뭐? 그건."

하준이 제대로 말을 잇기도 전에 무겸은 재빨리 움직였다. 간식으로 가져온 커스터드 파이 위의 크림을 손가락을 굽혀 가득 퍼 올렸다.

젤이나 로션 같은 점도 높은 윤활제와는 느낌이 달랐다. 부드럽고 뭉글뭉글한 것이 뒤에 치덕치덕 발리는 동안 다리의 자유를 빼앗긴 하준은 속수무책으로 무겸의 체중에 눌려 누워만 있어야 했다.

"-아읏, 으!"

"지금 구멍 빨면 달콤하겠다."

"하, 하지 마. 하기만 해 봐……."

정말로 그럴까 봐 목소리가 다 떨렸다. 무겸은 킥킥대며 크림이 잔뜩 묻은 손가락 하나를 그리 오래 기다리지 않고 안으로 밀어 넣었다.

무겸이 가져온 커스터드 크림 파이는 하준이 좋아하는 디저트였다. 훈련장 근처 카페에서 파는 것으로, 스태프 중 누군가가 가져온 파이를 맛본 하준이 눈을 커다랗게 뜨며 맛있다고 연신 감탄한 이후부터 무겸은 이 파이가 집에 떨어지지 않도록 늘 준비해 두고 있었다.

즐겨 먹는 것이 뒤쪽에 덕지덕지 발리고 안쪽까지 밀고 들어오는 기분이 이상하다. 하준의 얼굴이 홧홧해졌다. 그 기분을 모르는 건지, 알아서 더 그러는 건지 무겸이 귓가에 속삭였다.

"너 이 크림 파이 좋아하잖아. 뒤로 먹는 맛은 어때?"

손가락을 두 개로 늘려 안을 오가던 무겸은 아래를 내려다보고는 웃었다.

"꼭 네가 먹었다가 뱉은 것 같다."

"제발 그런, 말 좀, 아아, 아……."

음탕한 소리를 막으려고 한마디 했더니 무겸은 파묻은 손가락을 굽혀 성기와 이어지는 전립선 근처, 예민한 내벽 점막을 강하게 누르며 문질렀다. 끊어진 말이 떨리는 신음으로 변했다. 정말로 크림처럼 다디단 감각이 아랫배를 타고 올라와 제대로 된 생각을 하지 못하게 만든다.

무겸이 셔츠를 벗겼다. 남은 손으로 파이 한 조각을 들어 올려 이번에는 유두 위에 통째로 뭉갰다. 하준의 가슴 여기저기에 부드러운 크림이 흩어졌다.

바짝 일어선 돌기 위를 손가락이 미끈미끈 문지르자 등이 저렸다. 질척해진 유두와 크림이 흩어진 가슴 이곳저곳을 혀로 핥으면서 무겸은 마냥 재미있는지 웃었다.

"달아."

"하아, 하, 아아……."

무겸의 혀가 가슴에 묻은 크림을 핥는 동안 뒤쪽에서는 어느새 세 개, 네 개로 늘어난 손가락이 느끼는 곳을 앞뒤로 문지르고, 둥글게 비비고 손목을 흔들며 휘젓고 있었다.

무겸에게 먹힐 준비 중인 음식이 된 것 같다. 위아래로 빨리고 쑤셔지는 몸이 흐물흐물, 정말로 크림처럼 녹을 것만 같다. 정신까지 혼미해져 하준은 고개를 저었다.

그러나 아무리 정신을 차리려 해도 집요하게 저를 삼키는 쾌감은 점점 커지기만 한다. 흔들리던 고개가 조금씩 뒤로 젖혀지며 검은 눈이 쾌락에 물들어 점점 흐릿해졌다. 그때였다.

[골--!]

귀에서 멀어졌던 중계 해설의 외침이 갑자기 귀에 날카롭게 꽂혀 들었다. 하준이 고개를 홱 돌려 옆에 놓인 휴대폰을 시선을 던졌다. 무겸도 마찬가지였다.

"들어갔잖아?"

하준이 선명하게 목소리를 높였다. 스코어 자막이 2:1로 변했다. 조금 전 시어터 룸에서 무겸에게 다리가 후들거려 밤일도 못 하리라는 폭언을 들었던 마드리드의 공격수 빈터가 함박웃음을 지으며 달리고 있었다. 아마도 그의 골인 듯했다.

"2 대 1이야!"

하준은 무겸을 마주 보며 외치더니 제 앞의 가슴팍을 확 밀쳤다. 그리 강한 힘은 아니었지만 갑작스러운 하준의 행동에 무겸은 당황한 듯 지레 발을 물렸다. 자연히 몸속에 파묻혀 있던 손가락이 미끄러져 빠져나가고 높이 올라갔던 다리도 아래로 떨어졌다. 책상 위에 누워 있던 하준이 서둘러 몸을 일으켰다.

무겸은 마드리드가 역전에 성공한 경기 전개보다는 하준의 돌발 행동에 더 놀란 것처럼 주춤거렸다. 이번에는 그가 역으로 밀어붙여져 의자에 털썩 앉았다.

"이 코치?"

"가만히 있어 봐."

하준의 손이 거칠게 무겸의 바지 허릿단과 속옷을 끌어 내렸다. 하준을 애무하는 사이 일어선 성기가 기세 좋게 밖으로 튕겨 나왔다.

제대로 발기한 성기를 꺼내 놓고 하준은 조급하게 의자 위로 무릎을 딛고 올라탔다. 무겸이 눈을 깜박이는 사이, 그는 엉덩이를 달싹여 묵직하게 일어선 뭉툭한 귀두에 제 입구를 맞췄다.

"아으… 으……."

그대로 허리를 내리자 무겸이 손으로 풀어 놓은 뒤쪽은 굵은 것을 그리 어렵지 않게 삼켜 나갔다.

체중이 실리는 기승위는 하준이 늘 부담스러워하는 자세였다. 그래서 대체로 처음부터 시도하기보다는 섹스가 어느 정도 진행되어 몸이 무겸을 받는 것에 익숙해진 다음 체위를 바꿀 때가 많았다.

아니나 다를까 내장을 압박하는 느낌이 괴로운지 하준은 헐떡이며 미간을 약하게 찌푸렸다. 그런데도 허리를 내리는 것을 멈추지 않았다.

"아, 하아."

성기가 뿌리까지 모두 먹혀들 때쯤, 리클라이너 기능이 있는 의자 등받이가 갑자기 수평에 가깝게 훽 뒤로 넘어갔다. 무겸의 어깨를 붙들고 있던 하준의 몸도 앞으로 휘청 기울었다. 하준은 급히 아래쪽에 누운 남자의 단단한 가슴을 손으로 누르며 넘어질 뻔한 제 몸을 지지했다.

"흐, 으응, 읏."

"흥분했어?"

갑작스럽게 무게 중심을 잃으며 놀란 몸이 반사적으로 안쪽을 꽉 조였다. 하준의 입에서 가쁜 숨이 토해졌고 무겸도 한숨을 쉬었다. 하준은 고개를 젓지도 끄덕이지도 못하고 생리적으로 밀려 나온 눈물을 아랫눈썹에 글썽글썽 매단 채로 무겸을 마주 보았다.

"갑자기 빨리, 하고 싶어져서……."

말을 하고 나자 그제야 얼굴이 뜨거워졌다. 역전 때문에 급작스럽게 기분이 들떠 빨리 무겸과 하나가 되고 싶어졌던 것이다. 경기를 보며 섹스를 한 적이 한 번도 없어서 몰랐는데, 한쪽에서 느낀 고양감이 나머지 한쪽에 연동되어 버린다.

2 대 1이라는 역전 스코어에 신이 나 무겸에게 달려들어 무작정 넣은 것까진 좋았는데 역시 갑작스러웠는지 커다란 것이 몸을 가득 채우자 힘이 들었다. 압박감이 상당했다. 내장이 밀려 올라가 배 속이 온통 뻐근해지는 기분이었다.

"후으, 으응……."

충동적으로 무겸의 위에 올라탄 것이 조금 후회가 되었지만 마냥 괴롭기만 하냐면 그렇지는 않다. 벌어진 내벽이 밀려든 성기의 부피감에 차츰 익숙해지면서 몸에 익은 쾌감을 찾아가고 있었다.

움직이지 않고 있어도 묵직한 살 기둥이 깊은 안쪽을 짓눌러 몸을 떨게 만들었다. 너무 깊이 들어간 것 같아 조금 빼내기 위해 허리를 살짝 들어 올리자, 점막에 밀착해 있던 성기의 핏줄과 툭 불거진 귀두에 예민해진 내벽이 진하게 긁혀 내려 하준은 작게 몸서리를 쳐야 했다.

잠시간 무겸의 손가락을 품고 있었다지만 안은 아직 비좁았고 젤이 아니라 크림을 써서인지 평소에 비해 빡빡했다. 그런 만큼 점막이 쩍쩍 성기에 달라붙어 그 형태가 더 생생하게 느껴졌다. 천천히 허리를 들어 올리는 동안 하준은 엉덩이를 움찔대며 신음을 흘렸다.

"하읏, 으, 흣."

"제대로 움직여 봐."

무겸이 한쪽 입꼬리를 올리며 말했다.

"기세 좋게 눕히더니 왜 이렇게 얌전해."

"아!"

무겸이 허리를 턱, 쳐올렸다. 떠올랐던 엉덩이가 푹 아래로 가라앉자 척추를 타고 전류 같은 쾌감이 찌릿찌릿 목까지 올라왔다. 천장을 향해 고개를 젖히고 신음하는데 무겸이 하준의 손목을 잡아당겼다.

이럴 때 제 손이나 손목을 잡는 것이 움직이라는 뜻이라는 걸 잘 알고 있었다. 하준이 허덕이며 열심히 허리를 위아래로 흔들었다. 그러자 무겸은 움직임을 멈추고 위에 올라탄 하준의 허릿짓에 몸을 맡겼다. 그의 미소가 더 짙어졌다.

"아, 아아, 읏, 아, 하……!"

열띤 신음이 토막 져 나오고, 위아래로 몸을 들썩일 때마다 곧게 뻗은 성기가 함께 흔들렸다. 몸이 가라앉고 성기가 안쪽으로 밀려 들어올 때면 미끈한 복근이 눈에 띄게 꿈틀거렸다.

한쪽 손목을 놓은 무겸이 하준의 배 위에 손을 얹었다. 안쪽에서부터 느껴지는 제 성기의 부피감과 근육의 움직임을 즐기다가 매끈한 사타구니를 손바닥으로 부드럽게 쓸었다.

손짓은 부드러웠지만 한창 허리를 흔들던 하준에게는 바늘처럼 짜릿하게 꽂혀 드는 애무였다. 하준이 움직임을 멈추고 가늘게 몸을 떨었다. 무겸의 손이 아랫배와 늑골에 미끄러져 올라와 여전히 크림이 묻어 반들거리는 유두에까지 닿았다. 그가 손가락으로 작은 돌기를 끈적하게 문지르며 말했다.

"멈추지 말고."

다시 한번 허리를 퍽, 쳐올리자 하준이 숨넘어가는 소리를 냈다.

주저앉듯 무겸의 위로 체중을 더 실었다. 성기가 한층 안쪽까지 찔러 든다. 몸을 다시 끌어 올리려 했지만 무릎을 굽히고 앉은 다리에서 힘이 빠졌다. 하준은 무겸의 골반과 허벅지 부근에 엉덩이를 문지르며 이제는 앞뒤로 허리를 흔들었다.

깊이 파묻힌 귀두가 내벽을 한층 더 벌리며 안쪽을 두드리는 것이 느껴졌다. 그럴 리 없지만 배 속을 때리는 둔탁한 소리가 귀에 들리는 것만 같은 기분이었다.

"하아, 아아, 아."

그 타격감도 조금씩 몸에 스며든다. 수없이 섹스를 반복하며 이제 행위 자체에는 완전히 익숙해졌지만, 아픔이 쾌감과 뒤섞여 종래는 후자에게 잡아먹히는 순간순간이 하준에게는 항상 새로 마주하는 문처럼 낯설었다.

두 가지 감각이 엎치락뒤치락 몸 안에서 싸우는 동안 감각의 혼란에 허덕이며 눈물을 흘리는 사람은 저 혼자다. 그리고 두 감각이 얽히고설켜 하나가 되는 순간…….

"흑, 아읏, 아, 아앗, 아……!"

짙고 깊고, 진득한 쾌감이 몰아닥쳤다.

온몸이 벌벌 떨리기 시작한다. 절정감이 몸을 덮치자 더 이상 움직일 수가 없어 앉은 채로 신음하는데, 무겸은 도로 손목을 붙잡아 당기며 그때부터 무자비하게 허리를 퍽퍽 위로 쳐올렸다. 아직 단단히 성난 살 기둥에 가장 깊은 곳을 몇 번씩 두드려 맞고 예민해진 내벽을 거칠게 문질러졌다. 하준의 몸이 완전히 한계를 맞았다.

"아아, 아, 흐아아!"

천장을 향해 고개를 바짝 들어 올리린 하준은 등을 젖힌 채 온몸을 떨었다. 무겸은 그 모습을 미소 지으며 올려다보았다.

붉고 둥근 선단에서 흐른 정액이 무겸의 탄탄한 아랫배 위로 뚝뚝 떨어졌다. 그렇게 몸을 바로 세우고 바들바들 떨던 하준이 어느 순간 털썩, 무겸의 가슴팍에 상체를 쓰러뜨렸다. 무겸은 거친 숨을 쉬는 하준의 입술을 곧바로 머금었다.

"으읏, 으, 흐으……."

혀로 입 안을 휘젓자 절정을 맞은 뒤쪽이 거듭 움찔움찔 조여들었다. 입속에 엉겨든 촉촉하고 매끄러운 살덩어리 역시 지지 않고 쾌락을 구하며 무겸의 혀를 탐했다. 무겸이 살짝 소리를 내어 웃었다.

"이제 처음부터 혼자서 흔들다 싸기도 하고."

그렇게 말하더니 갑자기 벌떡 몸을 일으킨다. 무릎 뒤로 들어온 손이 엉덩이를 받치더니 그대로 의자에서 일어섰다.

그렇잖아도 깊이 들어와 있던 것이 더 안쪽까지 밀려드는 느낌에 하준은 무겸의 목에 팔을 감으며 우는 소리를 냈다.

"하으, 아, 잠깐, 나 방금……!"

무겸은 하준의 말을 끊어 먹고 일어서자마자 허리를 거칠고 빠르게 쳐올렸다. 퍽퍽 안을 짓쳐 올리자 마구잡이로 긁히고 찔리는 내벽은 물론, 몸과 몸이 부딪힐 때 생기는 울림이 안쪽까지 번져 와 이제 막 절정을 맞은 몸을 깊은 곳부터 뒤흔들었다.

"아앗, 아아! 아! 자, 잠깐, 흣, 잠깐, 만……!"

예민해진 몸에 홍수처럼 쏟아지는 쾌감이 버거웠다. 어떻게든 잠시라도 벗어나려고 몸부림을 쳤지만 지지할 부분이라고는 무겸의 몸뿐인 자세에서는 방도가 없다. 작지 않은 하준이 안긴 채로 몸을 뒤치는 데도 무겸의 팔다리는 꿈쩍도 하지 않았다.

하준은 울먹이며 무겸의 목에 매달린 팔에 힘을 주었다. 그의 허리에 감은 다리를 조이며 조금이라도 몸을 끌어 올리려 애를 썼다.

그러나 역설적으로, 도망치기 위해 몸을 끌어 올릴수록 그만큼 더 강하게 아래로 떨어질 수밖에 없었다. 삽입은 점점 깊어지기만 했고, 아직 한 번도 사정하지 않은 굵고 단단한 성기는 사정을 봐주지 않고 살 부딪는 소리가 나도록 몸을 공중에서 꿰뚫었다.

정신이 없어 도망치고 싶은데 허공에 들린 상태로는 어디로도 갈 수가 없다. 절박해지자 무겸의 목에 감은 팔에만 한층 더 힘이 들어갔다. 아까부터 고여 있던 눈물이 뺨 위로 흘러 떨어졌다. 무겸의 혀가 그 눈물 방울을 핥으며 속삭였다.

"구멍도, 울 수 있으면, 흣, 좋을 텐데… 후, 말라서 좀, 빡빡하네, 그렇지?"

임시방편으로 바른 커스터드 크림은 이제 제대로 윤활제 역할을 해주지 못하고 있었다. 무겸이 하준의 목을 입술로 거칠게 훑었다.

"안에 한 번 싸 주면, 하아, 젖어서 편할 거야."

"흐으……! 아, 아아!"

말이 끝나자마자 안쪽에 파묻힌 성기가 불컥이더니 결합된 몸속이 뜨거워졌다.

정확히 느끼는 곳, 전립선 근처에 쏘아지듯 퍼부어진 정액의 온도에 하준은 매달려 있는 중에도 다리를 허공으로 뻗으며 몸을 부르르 떨었다. 종아리 뒤가 올라붙고 흰 허벅지의 근육이 발끈대며 모습을 드러냈다. 토정한 지 얼마 되지 않은 성기 끝에서 다시 묽은 체액이 뚝뚝 흘러 제 배 위를 더럽혔다.

긴 사정이 끝날 때까지 하준을 들쳐 안은 채 허리를 치던 무겸은 자세를 풀지 않고 몸을 숙였다. 이제야 등판을 단단히 지지해 주는 바닥이 느껴져 하준은 잠시나마 긴장을 풀었다.

하지만 자신이 다시 책상에 눕혀졌음을 깨닫기도 전에, 무겸은 이번에는 하준의 두 다리를 모아 붙들고 제 몸으로 엉덩이라도 때리듯 허리를 거세게 흔들었다. 제대로 숨 돌릴 틈도 없이 이어지는 추삽질에 붙잡을 것 없는 하준의 손이 하릴없이 책상 위를 긁었다.

"아읏, 하읏! 읏, 으!"

"먼저, 몸 달아서, 덮쳐 준 건, 하아, 정말 꼴리는데, 하준아."

체위가 바뀌었을 뿐이지 여유는 조금도 주어지지 않았다. 오히려 안정적인 자세가 되자 조금 전보다 더 빠르고 깊게 몸을 들쑤셔 오는 것 같아 하준은 이를 악물었다.

말을 짓씹는 무겸의 낮은 목소리가 귀를 파고들어 왔다.

"다른 놈이, 골 넣는 거 보고, 발정이 나면, 어떡해, 어?"

"아아, 아니, 아니야, 아학, 아읏……!"

다른 누군가 골을 넣어서가 아니라 그냥 역전해서 좋았던 건데……!

정작 골 넣는 장면은 보지도 못했다. 하지만 무겸에게 그 사정을 차근차근 설명하기에 몸속을 콱콱 찌르는 추삽질은 지나치게 무자비했다.

입을 열면 비명과 신음만 쏟아질 뿐 제대로 된 말을 구사할 수가 없었다. 안쪽에 가득 싸질러진 정액이 성기가 오갈 때마다 질퍽대는 소리를 내며 밖으로 도로 흘러내렸다. 떨리는 팔을 간신히 뻗어 무겸의 배를 밀어내려 했으나 손목만 붙잡혔다.

"아… 앗, 나, 힘들, 어, 아, 그만, 그, 흐으, 만……!"

"후우, 먼저, 올라타 놓고, 약한 소리는, 하지 말자."

"아, 안 돼, 너무, 너무… 으윽, 좀, 천천히……."

마구잡이로 박히던 성기가 갑자기 쑥 빠져나갔다. 배 속을 꽉 채우고 있던 것이 급하게 빠져나간 느낌을 추스르지도 못하는 사이 몸이 뒤집혀 엎드렸다.

그사이 제 상의도 벗어젖힌 무겸의 손이 골반을 잡았다. 책상에 가슴과 뺨을 붙이고 자세를 제대로 잡기도 전에, 아직 닫히지 않은 구멍 사이로 다시 성기가 빠르게 박혀 들었다.

"으으읏!"

자세가 바뀌자 삽입에 더 힘이 실렸다. 몸속을 때리는 몽둥이질처럼 몰아치는 섹스였다. 고통은 이미 쾌감에 잡아먹힌 지 오래였으나 고통을 잡아먹을 정도의 쾌감은 그 자체로 괴로웠다.

울컥, 눈물이 새롭게 솟아 콧등을 타고 흘러내렸다. 무겸이 치는 대로 흔들리면서도 하준은 신음에 섞어 띄엄띄엄 억울함을 토로했다.

"그, 래서, 흑, 보지, 말자고……."

"뭐?"

"안 본다고, 하아, 했잖, 아……. 앗, 왜 따라와서, 사람을, 흐윽, 괴롭혀……!"

신음과 훌쩍임과 원망이 뒤섞여 나온 말에 무겸의 허릿짓이 조금 주춤했다.

움직임이 느려진 틈을 타 하준이 고개를 돌리고 헐떡대며 그를 노려보았다. 무겸은 얼른 몸을 굽혀 하준의 등에 제 가슴을 누르고 어깨를 안았다. 뜨겁게 젖은 뺨에 키스가 퍼부어졌다.

"그러게 다른 놈이 골 넣은 것 보고 발정 나래?"

"누가! 그냥 점수 나서, 읏, 좋았던 거라고!"

"…어쨌든."

"너랑, 후으, 다시는, 같이 안 봐……."

하준이 씹어뱉듯 다짐하는데 그때 다시 한번 와아악! 관중들이 술렁이는 소리가 들렸다. 다투던 와중에도 둘은 휙 고개를 돌려 동시에 휴대폰 화면으로 시선을 보냈다.

[아, 아깝습니다! 빗나갔어요.]

[세바스티안의 두 번째 골이 될 뻔했는데 말이죠.]

[돌파까지는 정말 좋았는데 마지막이 좀 아쉬웠습니다.]

[넣어야 할 때 넣어 주는 게 공격수의 역할인데 안타깝습니다.]

화면 속에서는 골 기회를 날린 선수가 아쉬운 표정으로 제 이마를 누르고 있었다. 그 장면을 노려보듯 응시하던 무겸이 갑자기 키득거렸다.

"그래, 넣어야 할 때는 넣어 주는 게 공격수지."

"응? 앗!"

길게 빠져나갔던 것이 푹 찔러 들었다.

"돌파를 했으면 어떻게든 끝까지 골을 넣어야 하고."

"무슨, 으응, 하, 아아!"

무겸은 계속 허리를 흔들었다. 아까처럼 무작정 퍽퍽 때려 박듯 지르는 추삽질은 아니었다. 깊게 박았다가 빠져나오던 것이 전립선 근처에 멈췄다. 두툼한 귀두가 짧게 오가며 하준이 느끼는 곳을 문질렀다. 민감한 속살을 긁히자 그곳에서 번지는 저릿한 감각에 하준이 목을 젖히며 신음했다. 그러는 동안 무겸은 입구까지 빠져나온 것을 세차게 찔러 넣었다.

강하게 몇 번인가를 오가다가 느리고 부드럽게, 다시 빠르게 몰아치다가 부드럽게 전립선 근처를 뭉개고 찌르는 추삽질이 몇 번씩 반복됐다. 하준의 다리가 덜덜 떨리며 발끝이 점점 높이 일어섰다. 주먹을 쥐고 헐떡이는 것 말고는 아무것도 할 수가 없었다.

"흐아, 아아, 앗, 으읏, 흐……!"

[수비가 너무 밀집돼 있어요. 이럴 때는 적극적으로 벌려 줘야죠.]

"벌려 주래."

무겸이 그렇게 말하더니 갑자기 하준의 한쪽 다리를 훌쩍 들어 올려 책상 위에 걸쳤다. 사타구니가 넓게 벌어지고, 하준의 얼굴이 벌겋게 달아올랐다.

[아, 방금 침투 좋았습니다.]

[저런 기회를 놓치지 않는 게 중요해요. 공간을 가진 선수가 있으면 깊숙하게 찔러 넣어 줘야 합니다.]

"으… 흑!"

해설이 끝나자마자 지시를 이행하듯 무겸이 허리를 강하게 치며 안으로 퍽, 밀고 들어왔다. 양다리가 크게 벌어지는 바람에 성기가 더 깊이 파고들었다. 몸속을 장악당한 하준이 제대로 신음을 내뱉기도 전에 또다시 중계진들의 목소리가 들렸다.

[좀 더 왼쪽으로 찔러 주는 게 좋았을 것 같아요.]

[맞습니다. 이럴 때일수록 침착하고 정확하게 방향을 살펴야죠.]

아니나 다를까 길게 빠져나간 성기가 슬쩍 사선으로 방향을 틀더니 왼쪽 점막을 강하게 문지르며 들어온다. 머리가 쭈뼛 서는 기분과 함께 허리가 짜릿해졌다.

"-아아, 앗!"

쾌감과 황당함이 뒤섞인 기분은 지나치게 생소해 당장 어떻게도 반응할 수가 없었다. 하준은 몸을 거칠게 떨며 책상을 긁었다.

"하지 마, 너… 장난하지 말고, 흐읏……!"

"아… 축구 중계가 이렇게 야한지 나도 오늘 알았네."

웃음기 섞인 목소리에 후회만 밀려들었다. 역시 스페인어 중계나 들었어야 했다. 아니, 그냥 경기를 다시 틀지 말았어야 했다.

책상을 긁는 손등 위를 무겸의 손바닥이 눌렀다. 하준이 가슴 깊이 후회하는 사이 무겸의 움직임은 또다시 거세졌다.

"읏, 아… 하아, 아, 아아아……!"

볼기 사이로 굵은 살 기둥이 들락날락할 때마다 끈적하게 녹은 내벽 속살이 함께 딸려 나갈 듯이 성기에 달라붙었다. 오싹오싹 소름 돋는 쾌감이 온몸을 덮쳤다.

[아, 거칠게 들어오는데요.]

[이런 상황에서는 복잡하게 생각할 것 없으니까요. 일단 넣어야 합

니다.]

하준의 머리가 핑글핑글 돌았다. 축구 중계를 하는 게 아니라 둘의 행위를 지켜보고 놀리고 있는 것만 같았다. 그만 좀 닥쳐. 애먼 해설자들에게 그렇게 외치고 싶었지만 입 밖으로 빠져나오는 것은 신음과 비명뿐. 둘의 체중이 모두 실리자 커다랗고 묵직한 책상이 덜컹거렸다.

"으흑, 으읏, 아, 흐아, 아아!"

"후우, 아, 하아."

어느새 다른 이들의 목소리가 다시금 귓전에서 멀어졌다. 결합된 부분에서 나는 찔꺽대는 소리, 서로의 신음과 숨소리만이 두 사람의 귀를 울렸다. 얼굴을 한층 가까이 가져간 무겸이 연거푸 신음하는 입술을 틀어막듯 삼켰다.

혀에 혀를 엉기고 점막을 핥았다. 하준의 윗입술과 아랫입술을 번갈아 가며 빨았다. 하준도 무겸의 입에 제 혀를 밀어 넣었다. 서로의 혀가 난잡하게 섞여 들었다.

엎드린 채 고개를 돌리고 하는 키스는 깊어지는 데 한계가 있었다. 체위가 다시 한번 바뀌어 하준은 책상 위에 비스듬히 앉았다. 나무 상판을 긁던 손이 탄탄하고 두꺼운 근육 위를 타고 올라 무겸의 목 뒤에 팔을 감았다.

혀를 빨아 당기고 목 안쪽까지 다다를 듯 찔러 넣던 깊은 키스 후, 하준의 아랫입술을 잘근거리던 무겸의 치아가 떨리는 턱을 가볍게 깨물었다. 뺨을 스쳐 귓바퀴를 씹었다. 살짝 욱신거림이 느껴질 정도로 꽉 물리자 하준은 열띤 신음을 뱉으며 그 몸속을 더 조였다. 허공에서 흔들리던 두 다리가 무겸의 허리 뒤로 감겼다. 무겸의 손이 살짝 땀이 배어 나온 매끄러운 가슴과 허리를 아무렇게나 쓰다듬었다.

아래를 찔러 올리는 성기의 움직임이 더 빨라졌다. 잔뜩 자극당해 부풀어 오른 전립선 위를 부푼 귀두와 울퉁불퉁한 요철들이 반복해 강하게 긁어 올렸다.

"하아, 아! 아! 아!"

"크읏……!"

추삽질에 맞춰 짧은 비명을 내지르던 하준의 엉덩이에 힘이 꽉 들어갔다. 안의 것을 쥐어짜려는 듯 내벽이 좁아졌다. 무겸도 그릉대듯 목 안쪽에서 신음하며 두 번째 토정을 했다. 깊이 묻힌 성기가 크게 울컥대며 뜨거운 정액을 여러 차례 몸속에 쏟아부었다.

몸속에서 성기가 벌컥거릴 때마다, 정액이 울컥울컥 쏟아질 때마다 하준은 같이 움찔거렸다. 푸른 핏줄이 비치는 흰 목이 길게 젖혀졌다. 숨을 여러 번 끊어 내쉬며 울먹이고, 그러다가 또 허덕이며 허리를 비틀었다.

"아… 흐으……."

느리고 미약한 신음은 흥분이 잦아들어서가 아니라, 치밀어 오르는 흥분을 억지로 억누르다 기어코 비어져 나온 목소리에 가까웠다.

하준의 성기가 배출을 앞둔 듯 꿈틀대고 골반과 허벅지 안쪽이 덜덜 떨리는 것이 찰싹 맞붙은 사타구니와 두 다리가 감긴 허리를 통해 무겸에게도 느껴졌다. 무겸은 품 안의 몸을 더 힘주어 끌어안았다. 참아 보려는 듯 끙끙대던 하준이 어쩔 줄 모르고 흐느꼈다.

"하읏, 읏, 나, 어떡, 어떡해… 앗, 아."

"응. 괜찮아. 이럴 때는 그냥 느끼면 된다고 했잖아."

"흐으읏, 으응, 하아, 아……!"

무겸이 흰 뺨 위로 흐르는 눈물을 혀로 핥고 입술로 훑는 동안 책상 위에 널브러진 하준은 연신 신음하며 주체가 안 되는 듯 몸을 떨었다.

무겸은 아직 단단하게 선 물건을 하준의 몸속에서 빼내지 않았다. 입술이 흰 뺨과 귀, 목을 지나다녔다. 박아 넣은 채로 느리게 안을 오가자 하준은 몇 번씩 허리를 들썩이고, 안을 채운 성기를 빠듯하게 조이며 저 스스로 느꼈다. 무겸의 묵직한 체중이 눌러 주지 않으면 몸이 허공에 붕 떠오를 것만 같았다.

한참을 이어지던 떨림이 어느 정도 잦아들고 나서야 무겸은 짓누르고 있던 상반신을 반쯤 들어 올렸다. 하준의 성기에서는 프리컴과 비슷한 끈적하고 투명한 체액이 조금 흘러나와 있을 뿐, 사정도 하지 않은 상태였다. 무겸은 소리 없이 미소짓고, 열병이라도 앓은 사람처럼 식은땀을 흘리며 축 늘어진 하준에게로 몸을 숙여 머리를 쓰다듬었다.

"좀 진정됐어?"

"흐……."

둘의 몸은 여전히 연결된 채였다. 저를 가만히 내려다보는 무겸을 하준은 젖은 눈으로 느리게 깜박이며 바라보았다. 그러더니 뭔가 결론을 내린 듯, 눈썹을 아래로 떨어뜨리며 부탁이라도 하는 양 작게 말했다.

"이제, 그만해……."

이어 무겸의 목을 끌어당기더니 쪽 소리를 내며 입을 맞춘다. 무겸은 웃음을 참지 못하고 숙인 몸을 들썩였다. 그만하자고 하면서 이렇게 굴면 더 불리해진다는 걸 알아야 하지 않을까.

무겸이 웃음을 지우지 않은 채로 허리를 길고 느리게 밀었다. 하준이 고개를 저으며 무겸을 밀어내려고 했다.

"하아, 싫, 으흣, 그만, 그만……!"

"한번 드라이로 가고 나면 조금씩만 자극해도 계속 갈 수 있다던데."

무겸이 저를 밀어내는 손을 책상 위로 누르며 깍지를 꼈다.

출입하는 속도를 조금 높이자 늘어뜨려졌던 하준의 다리가 다시금 허벅지 뒤를 타고 올라 허리를 감아왔다. 무겸의 움직임을 제지하려는 듯 힘을 주었지만 소용없었다.

"흐읏, 아! 아아, 아…!"

"궁금하지 않아?"

"안 궁금해. 하읏, 아, 안 궁금해."

고개를 젓는 하준의 입술에 이번에는 무겸이 쪽 소리를 내며 입을 맞췄다. 그러고는 눌러 잡았던 하준의 손을 들어 올려 그 손바닥 위에 제 뺨을 문질렀다.

"이 코치한테 제일 중요한 선수가 누구라고?"

"당연히 너지, 김무겸. 으읏, 나한테는 네가 최고야, 항상……."

"오늘 코치님이 너무 잘 느끼고 예뻐서 더 하고 싶은데……. 하면 안 돼?"

살짝 애원하는 빛을 띠고 지긋이 저를 향하는 눈을 마주 보던 하준은, 어물대다가 얼굴을 붉혔다. 띄엄띄엄 나오는 대답에는 자신이 없었다.

"그럼… 조금만 이따가……."

무겸이 입술을 길게 휘며 웃고 하준의 등을 안아 일으켰다. 탄탄한 허리와 엉덩이를 가뿐하게도 받쳐 들고 걸음을 옮겼다. 한 걸음씩 옮길 때마다 접합부에서 작게 질컥이는 소리가 들리고, 무겸의 목 뒤로 팔을 감고 어깨에 얼굴을 파묻은 하준의 입에서 흐리고 작은 신음이 울음처럼 배어 나왔다.

아직도 중계 중인 휴대폰은 책상 위에 내버려 둔 채로 서재의 문이 열렸다.

"역시 남의 동네 공놀이 구경보다는 애인님이랑 노는 게 훨씬 재미

있어."

무겸의 목소리가 침실로 이어지는 복도를 가볍게 울렸다.

⚽

러닝을 마친 선수들은 물을 마시거나 스포츠 타월로 땀을 닦으며 저마다 짧은 휴식을 취했다. 하준은 노트를 들고 어딘가 나른한 듯 멍하니 서 있었다. 해리가 그의 어깨에 손을 얹었다.

"피곤해 보이네. 준도 어제 클라시코 더비 봤어?"

하준이 쓴웃음을 지으며 고개를 끄덕였다.

"네. 끝까지는 못 봤지만요."

"그래? 후반 막판이 진짜 재밌었는데. 경기는 2 대 2로 끝났는데 싸움이 나서 서로 멱살 잡고 레드카드 나오고 난리도 아니었거든. 어제 싸움 난 술집도 많을걸."

"라이벌 더비 전은 자주 그러잖아요."

"내 친구 한 놈이 마드리드 팬인데 여자 친구는 바르셀로나 팬이거든. 이맘때만 되면 같이 경기 보다가 싸워. 그럴 거면 그냥 같이 안 보면 될 텐데 무슨 짓인지 모르겠어. 은근히 즐기나 봐."

하준은 단호하게 고개를 저었다.

"그럴 리가요."

"매년 그러는데?"

"…이해가 안 가네요. 저라면 절대, 두 번 다시 같이 보지 않겠습니다."

"그치?"

그런 이야기를 나누는 중 뒤에서 누군가 툭 끼어들었다.

"무슨 얘기해?"

물통 뚜껑을 닫으며 무겸이 다가왔다. 기운이 없어 보이는 하준과 대조적으로 밝은 표정이었다.

"클라시코 더비 이야기. 킴, 너도 봤어?"

"끝까지는 못 봤어. 중간에 다른 일이 생겨서."

"내 친구 이야기하고 있었어. 애인이랑 각자 다른 팀 응원하는데 매년 같이 보다가 꼭 싸운다고. 준은 이해가 안 간대. 자기라면 같이 안 볼 거래."

무겸은 과장되게 눈을 크게 떴다.

"저런. 나는 같이 보는 게 좋아."

"매년 싸운다는데?"

"그래도. 함께 보는 게 재미있잖아."

그러고는 하준에게 다가가 어깨를 걸친다.

"그렇지?"

하준은 대답하는 대신 싱글거리는 제 애인을 흘겨보다가, 해리가 다른 선수에게 말을 거는 틈을 타서 무겸의 이마에 딱밤을 날렸다.

"그렇지는 무슨 그렇지야? 다시는 같이 안 봐."

"왜 그래. 어제 좋았잖아."

"너나 좋았겠지."

"너무하네. 사랑한다, 죽을 것 같다, 너무 좋다고 울면서 매달릴 땐 언제고……. 다 녹음했어야 했는데."

"조용히 안 해?"

얼굴이 붉어진 하준이 이번에는 노트로 등짝을 찰싹 때렸다. 하지만 무겸은 표정 하나 변하지 않고 씩 웃으며 뒤에서 그를 끌어안았다. 하준은 한숨을 푹 내쉬고 못 이긴 척 무겸의 품에 기대어 섰다.

"또 같이 볼 거지?"

"봐서."

"다음에는 아예 처음부터 끝까지 해설에 맞춰서 하기 해 볼까?"

"조용히 하랬다."

"아니면 내기하자. 응원한 팀이 이기면 소원 들어주기."

"누구 씨만 좋은 결과로 끝날 거 같은데."

어느 쪽이 이기든 무겸만 좋은 결과로 이어지리라는 불길한 예감이 든다.

또 다채로운 상상력을 가동하는지 딴 세상을 보는 듯 초점이 멀어진 무겸의 눈을 보며, 하준은 다음 시즌부터는 정말로 응원하는 팀을 갈아타야 하는 것이 아닐까 진지하게 고민에 빠졌다.

라일락이 피는 집

올해 챔피언스 리그 결승전은 프랑스 리옹에서 열렸다.

한밤중인데도 구장 꼭대기는 푸르리만치 희고 환한 조명으로 둘러쳐져, 고개를 들면 보이는 밤하늘이 가짜 무대 장치처럼 느껴질 정도로 밝았다.

선수로서 방문할 뻔도 했지만 결국 은퇴 후에나 발을 딛게 된 프랑스. 결승전 구장이 하필 그곳이라는 것이 하준에게는 어떤 운명적인, 좋은 징조로 느껴졌다.

직접 나가 뛰지도 않을 제가 운명 따위를 거론하는 게 바보 같은 일이라는 것은 알지만, 돌고 돌아 어떻게든 이 자리에 서게 되었으니 하늘이 저에게 곁에서 승리를 지켜보는 행운쯤은 허락할 것 같았다.

승리를 믿는다고 해서 떨리지 않는 것은 아니다. 아니, 보통 이런 종류의 허황된 믿음에 의지하려 드는 사람들이 도리어 쉽게 긴장한다.

선수들은 각자 마지막 컨디션 체크를 하거나 워밍업을 위해 제자리에서 뜀을 뛰거나 스트레칭을 했다. 농담을 주고받거나 음악을 듣는 선수들도 있었다. 그들의 상태를 살피던 하준은 선수도 아니면서 부쩍 긴장한 자신이 우습다고 생각했다.

하지만 다른 곳도 아니고 챔피언스 리그 결승전 무대였다. 실력과 운이 모두 받쳐 주어야 오를 수 있는 무대. 어지간히 성공적으로 커리어를 이루어 낸 선수들도 평생 단 한 번도 이 자리에 서지 못하고 은퇴하기도 한다. 무겸은 벌써 세 번째였다.

관중석에만 앉아도 가슴이 떨렸을 장소에 팀원으로서 참여하고 있다니. 현장에 도착해서도 현실이 믿기지 않아 얼떨떨했다.

감독에게 지시 사항을 꼼꼼히 들은 뒤 하준은 바삐 선수들을 살폈다. 오늘은 일부러 무겸이 아닌 다른 선수들의 컨디션부터 확인했다. 지금처럼 싱숭생숭 떨릴 때 김무겸 앞에 섰다가 괜히 그의 기분에까지 영향이 갈까 봐 꺼림칙해서였다. 다른 선수들 앞에서는 아무렇지 않은 척 매끈하게 웃어 보일 수 있지만 무겸은 제 가짜 웃음에 속아 넘어가지 않으니까.

"긴장돼?"

역시.

무겸의 앞에 서자마자 그는 씩 웃으며 그렇게 물었다. 하준은 굳이 억지웃음을 짓지 않았다.

"미안. 내가 긴장하면 안 되는데……."

"처음에는 다 긴장해. 선수든 스태프든 가릴 것 없이."

그렇게 말하는 무겸은 전혀 긴장하지 않은 듯 여유로운 미소를 띠고 있었다. 하준은 어색한 표정으로 무릎을 굽혀 앉았다.

먼저 무겸에게 힘내라, 긴장하지 말라고 기운을 북돋아 주고 응원을 해 줘도 모자랄 입장인데, 지금 저는 어이없게도 무겸의 널따란 가슴에 안겨서 커다란 손에 토닥임을 받고 싶었다. 걱정 말고 지켜보라는 자신

만만한 다짐을 듣고 싶었다. 하준은 입술 안쪽을 살짝 깨물었다.

이래서 성공한 선수가 못 되었나 보다. 배짱이 없고 담이 작아서.

무겸의 발목과 무릎, 햄스트링 상태를 살펴보고 손을 맞잡은 자세로 상체를 쭉쭉 끌어당기며 마지막 스트레칭을 도왔다. 그러고 나서 몸을 일으키고 나자 정말로 더 이상 할 일이 없었다.

"힘내, 김무겸."

그렇게 말하고 나자 어떻게든 웃기는 해야 할 것 같아서 하준은 입꼬리를 올렸다. 무겸은 대답 없이 빤히 하준을 마주 응시했다.

그리고 훅, 마치 바람처럼 다가온 탄탄한 팔이 몸을 잡아당겼다. 하준이 눈을 깜박였다. 어느새 무겸이 저를 끌어안고 있었다. 그의 입술이 귓가에 가까이 머물렀다. 흘러나오는 목소리는 낮고 고저가 적었으나 마치 노래 같았다.

"결승전이 끝나고 트로피를 들어 올리면."

"……."

"기분이 정말 좋아. 세상을 다 가지는 기분이 바로 그럴 거야. 모르긴 해도 어떤 마약도 그만한 황홀함을 주지는 못할걸."

무겸이 팔을 풀었다. 몸이 풀려났음에도 하준은 떨어질 생각을 못 하고 그의 얼굴만 올려다보았다.

"너도 오늘 꼭 그 기분을 알게 해 줄게."

그 말에 하준은 홀린 듯 고개를 끄덕였다. 무겸이 그렇게 말했으니 분명 이루어질 것이다.

무겸의 미소가 조금 더 짙어졌다. 하준의 손을 들어 올려 손끝에 입을 맞췄다.

"…네가 그렇게 봐 주니까 정말 힘난다."

짧은 입맞춤이었다. 그 말에 제 표정이 어떤지 가늠하기도 전에 출전 시간이 다가왔다. 선수들은 경기장으로 나서기 위해, 스태프들은 벤치로 옮기기 위해 모였다.

'별들의 전쟁'이라고도 불리는 챔피언스 리그 결승전. 흰 인공조명을 받은 잔디밭이 정말로 별 가루를 뿌린 듯 은빛으로 반짝였다.

⚽

시즌 종료 후, 월드컵 대비 대표 팀 소집까지는 아직 시간이 남아 있었지만 무겸과 하준은 조금 일찍 귀국하기로 했다. 어차피 여름휴가는 월드컵 이후에나 떠나야 했고, 하준의 어학원 수업도 분기가 끝나 휴식을 가지기 적절한 시점이었다.

런던에서 시간을 보내는 것도 괜찮았지만 하준은 가족들이 보고 싶을 터였다. 어머니도 그렇지만 끔찍이 여기는 동생들을 특히. 열심히 뒷바라지해 두 동생을 동시에 대학에 보냈는데 정작 대학생이 된 뒤로는 거의 만나지 못했으니 말이다. 더군다나 민경은 손꼽히는 명문대에 입학했다.

그렇다고 한국에 들어가자는 말을 먼저 꺼낼 하준이 아니었다. 아니나 다를까, 한국에 조금 빨리 들어가면 어떻겠느냐고 묻자 기쁜 마음을 감추지 못하는 하준을 보며 무겸은 조금 씁쓸해졌다.

그런 말쯤은 편하게 꺼내도 괜찮은데. 김무겸 네 일정 따위야 어떻든 제게 맞추라고 고집부려도 상관없는데. 이하준은 언제쯤 저를 가족처럼 편히 여기게 될까?

"그거야 짜샤, 네가 사람을 편하게 만들어 줘야 편하게 생각하지."

오랜만에 만난 정규는 별 시시한 이야기를 다 들었다는 듯 퉁명스레 대꾸했다.

"내가 불편하게 만든다는 거야?"

"네가 뭐, 누구한테든 별로 편한 놈은 아니잖아. 뭘 몰랐다는 것처럼 그래?"

"너도 나 불편하냐?"

"어. 너무너무."

그래도 오랜 친구라고 모처럼 만난 김에 자존심 구겨 가며 고민 상담 비슷한 것을 던져 봤건만 결론이 뭣 같았다. 코웃음을 치는 임정규에게 뭐라 한마디 갈기려던 찰나, 그 전에 그의 아내가 다가왔다.

"안녕하세요, 김무겸 선수. 결혼식 때 뵙고 처음 뵙는 것 같아요."

"안녕하십니까."

그녀의 팔에 아기가 안겨 있었다. 아이는 낯을 그다지 가리지 않는 듯 무겸에게 또랑또랑한 눈빛을 보내며 고개를 숙이고, 눈동자만큼이나 또렷또렷한 목소리와 어눌한 발음으로 인사를 했다.

"아냐세요."

"…안녕."

무뚝뚝하게 인사를 받고, 눈을 반짝이며 제게 손을 뻗는 아이를 무겸은 굳은 얼굴로 보며 눈만 끔벅였다. 정규의 아내가 웃으며 아이를 더 가까이 끌어안았다.

"희망이가 잘생긴 남자를 좋아해서……. 김무겸 선수가 좋은가 봐요."

"어우, 희망아. 이런 남자는 절-대 안 된다. 얼굴만 번지르르하지 성격이 아주아주 더러워요."

"1절만 해라. 엉?"

정규는 대답도 하지 않고 부인과 눈을 마주쳤다.

"연수 씨. 무겁지 않아요? 교대할까요?"

"아냐. 오랜만에 친구들 만났는데 여기 있어요. 힘들면 내려놓으면 되지."

임정규 주제에 부인과 아이를 대동하고 있으니 기가 살았다. 눈꼴이 시어 무겸도 제 편을 찾았다.

아이와 놀아 주다가 주스를 엎질러 손을 씻으러 갔던 하준이 막 홀 안으로 돌아오고 있었다. 무겸이 급하게 손짓했다.

"이 코치님, 빨리 와."

"왜? 무슨 일 있어?"

"임정규가 나 괴롭혀."

부러 미간을 찌푸리며 울상을 짓자, 테이블에 가까워진 하준이 무겸의 어깨 위에 손을 얹었다. 그러고는 정규를 향해 으르듯 말했다.

"너 왜 무겸이 괴롭히냐?"

정규가 그 말에 입을 떡 벌렸다. 구박은 하준에게 당해 놓고 뭔가 마음에 들지 않는 듯 무겸을 째려본다. 이번에는 무겸이 코웃음을 쳤다. 예전부터 느꼈지만 임정규는 착하고 순진한 이하준이 김무겸한테 잘못 걸려 코 꿰여 사는 그림 정도를 그리고 있는 것이 분명했다.

…물론 100프로 틀린 말은 아니지만 먼저 좋아한다고 고백한 사람도 하준이고 밤을 함께 보내고 싶어 반쯤 육탄 공세를 한 사람도 하준이다. 제가 곧바로 마음을 인정하지 않고 빙빙 돌아와서 그렇지, 그의 고백에 순순히 오케이를 했다면 사실상 하준이 주도해서 이루어진 관계라 봐야 했을 것이다.

우리 애인님은 예쁘고 순진하고 귀여운 데다 요망하고 저돌적이기도 하지. 속으로 뿌듯해하는 사이 하준이 옆자리에 앉으며 물었다.

"희망이는?"

"연수 씨가 데리고 있어."

무겸은 무심한 눈으로 다른 테이블에 앉아 이야기를 나누고 있는 모녀를 바라보았다. 아이는 드레스에 가까운 화려한 원피스를 입고 있었다.

오늘은 임정규의 딸, 희망이의 두 번째 생일이었다. 귀국한 지 며칠 지나지 않은 시점에 마침 희망이의 생일이 겹쳐 둘은 오늘 아이의 탄생을 축하해 주러 온 참이었다.

요즘은 첫 돌잔치도 안 여는 사람들이 많다는데 딸 자랑이 유난한 임정규는 두 번째 생일까지 파티를 열어 주변 사람들을 괴롭히고 있었다. 하준까지 테이블에 앉자 정규가 각자의 앞에 놓인 빈 잔에 맥주를 따랐다.

"와 줘서 고맙다. 어쨌든 하준이 네 덕분에 그래도 김무겸 사람 됐어. 이 자식이 이때까지 우리 희망이를 한 번도 보러 온 적 없다니까. 작년에도 결국 안 보고 그냥 나갔잖아."

"네가 이러니까 내가 안 오는 거야. 와도 좋은 소리를 못 듣는데 뭐 하러 오냐?"

"네이, 네이, 누추한 자리에 왕림해 주셔서 정말 황송합니다. 월드 스타 김무겸 나리."

쨍, 맥주잔이 가볍게 부딪혔다. 오랜만에 만난 세 사람은 티격태격하던 걸 멈추고 그간 있었던 일에 대해 이야기를 나누었다.

정규와 헤어져 호텔을 빠져나왔을 때는 밤이 깊어 깜깜했다. 둘 다 술을 마시는 바람에 운전을 할 수가 없어 대리 기사를 불러 놓고 나란히 차 뒷좌석에 올라탔다. 무겸이 기지개를 켰다.

"오랜만에 이런 자리 오니까 피곤하다."

"고마워. 같이 와 줘서."

하준의 말에 무겸은 미간을 설핏 찌푸리며 웃었다.

"이런 거 가지고 고맙다고 안 해도 돼."

"그래도. 내가 오고 싶어 해서 같이 온 거잖아."

"원래도 왔어야 하는 자린데 내가 미뤘던 거니까."

올해도 적당히 축하금이나 보내고 입 씻을 생각이었다. 그러나 서울에 있을 때는 아이와 가끔씩 만나 놀아 주기도 했던 하준에게 희망이의 생일 파티는 꼭 방문해야 하는 자리였다. 무겸이 별로 가고 싶지 않은 듯 떨떠름해하자 하준은 혼자 다녀오겠다고 했다. 하지만 막상 혼자 보내기는 싫어서 결국 오늘은 무겸도 함께 왔다.

그래도 못 본 사이 아이가 많이 자랐다. 혼자 걷기도 하고 말도 하고, 무겸이 상상했던 갓난아기 시절은 훌쩍 지나가 가까이 다가와도 거부감이 덜했다.

"아기 안 좋아하는지 몰랐어. 애들 대상으로 하는 행사도 가끔 가는 편이잖아."

"그런 곳 올 정도 나이만 돼도 괜찮아. 보통 대여섯 살은 돼야 축구 행사도 오니까."

무겸이 몸을 기울여 하준의 어깨에 머리를 기댔다. 하준의 손이 머리를 쓰는 느낌이 기분 좋았다.

"아기들은 너무 작아서 무서워."

"……."

"조금만 잘못 건드리면 다칠 것 같단 말이지. 조그만 강아지나 고양이도 싫어."

"조심해서 안으면 괜찮아."

무겸이 눈을 감았다. 하준의 나직한 목소리가 귓전을 간지럽혔다.

"나랑 동생들 나이가 많이 차이 나잖아. 걔들 태어났을 때 나는 벌써 일곱 살이었으니까."

"응."

"민경이가 아기 때 잠투정이 심했어. 밤새도록 안 자고 울어서 엄마가 엄청 고생했거든."

"불효자였네."

"엄마 아빠가 번갈아 가며 달래다가, 도저히 안 되면 나를 깨웠어. 보통 새벽 네다섯 시쯤……. 두 분도 하다 하다 안 돼서 어느 정도 새벽이 되었다 싶으면 날 깨우는 거지."

무겸이 고개를 들었다.

"널 왜?"

"이상하게 내가 안으면 민경이가 울음을 뚝 그쳤어. 왜였는지야 모르지. 갓난아기한테 이유를 물어볼 수도 없었고. 지금 민경이는 당연히 그랬던 걸 기억도 못 하고."

"……."

"나도 어릴 때였으니까 새벽에 동생 달래라고 깨우는 게 싫었을 법도 한데 힘든 줄도 몰랐어. 바락바락 울다가도 내가 안기만 하면 뚝 그쳤으니까. 어찌나 신기하고 귀엽던지."

그렇게 말하고 하준은 멋쩍게 웃어 보였다.

"내 말은, 어린애 좀 어설프게 만진다고 그렇게 쉽게 안 다친다고."

무겸은 눈을 끔벅이다가 다시 하준의 어깨에 얼굴을 기댔다. 아니, 이번에는 좀 더 몸을 기울여 하준의 허벅지에 얼굴을 대고 옆으로 쓰러졌다.

"나도 안아 줘."

하준이 웃으며 몸을 숙였다. 몸을 거의 다 눕히다시피 한 무겸의 상체 위로 팔을 두르고 머리를 쓰다듬었다.

"이번 시즌도 정말 고생했어, 김무겸."

"틀렸어."

"이번 시즌도 정말 고생했어, 무겸아."

그 말에 무겸이 고개를 정면으로 돌려 누웠다. 얼굴에 느긋하고 흡족한 미소가 그려진다.

"전부 이하준 코치님의 지도 편달 덕분입니다."

"아닙니다. 제가 뭘 한 게 있나요."

"이 코치님이 안 계시면 저는 다리에 힘이 빠져서 공을 제대로 찰 수가 없기 때문에……."

그때 똑똑, 누군가 차 문을 두드려 무겸의 말이 끊겼다. 바깥에 선 사람이 목소리를 높여 물었다.

"안녕하세요. 대리 부르시지 않았어요?"

"맞습니다."

대답을 한 하준이 흠흠 헛기침을 하며 얼른 일어나라는 재촉의 뜻으로 무겸의 얼굴을 토닥였다. 무겸은 아쉬운 표정으로 몸을 일으켰다. 잠금을 풀자 기사가 운전석에 올랐다.

"전화를 안 받으셔서 실례 무릅쓰고 노크했습니다."

"죄송해요. 저희가 얘기하느라 전화를 놓쳤나 봐요."

"그럼 출발하겠습니다."

점잖게 뒷좌석에 나란히 앉아 창밖을 보았다. 하준이 쉴 새 없이 눈을 깜박였다. 몇 달 만에 보는 친숙한 서울의 야경이 눈을 편안하게 만들었다.

시트 위로 늘어뜨린 손 위로 커다란 손이 올라와 깍지를 끼는 게 느껴졌다. 백미러에 비치지 않는 영역에서 둘의 손이 꽉 맞물렸다.

"이제 오니?"

나란히 귀가하는 둘을 맞이하기 위해 하준의 엄마가 거실로 나왔다. 양치질 중이던 민경도 욕실에서 얼굴을 내밀고 고개를 까딱하고 인사를 했다. 곧 기말고사가 있어 민경은 공부를 하느라 바빴다. 지방에서 학교를 다니는 하경은 종강 후에나 집에 올 수 있을 것 같았다.

"배는 안 고파? 야식이라도 좀 만들어 줄까?"

"아니야. 거기서 많이 먹었어. 그리고 무겸이 야식 먹으면 안 돼."

"왜. 운동하는 사람이 많이 먹어야지."

"밤에 먹으면 컨디션 나빠져."

"어머, 너는 예전에도 먹었잖아."

"아니, 엄마. 그때는 그때고……."

모자의 대화를 듣던 무겸이 웃음을 참으며 끼어들었다.

"오늘은 일찍 쉬겠습니다. 시간도 늦었는데요."

"그래. 그럼 잘 자. 나도 그만 자야겠다."

"네. 안녕히 주무세요."

하준과 무겸은 2층으로 이어지는 계단을 올랐다.

무겸이 선물한 옛집에는 하준의 가족이 들어와 살고 있었다. 갑작스레 집을 되찾게 되었다는 하준의 말을 엄마는 어안이 벙벙한 듯 좀처럼 믿으려 하지 않았다. 하준에게 신세를 져 선물을 한 것이라는 무겸의 설명에도 화부터 냈다. 집을 선물로 받는다는 게 말이 되냐며 강경했지만 무겸의 긴 설득에 결국 양손을 들고 항복했다.

일단 한번 받아들이고 나서는 눈물을 보이며 고맙다고 몇 번이고 인사를 하고, 무겸에게는 너희 집이나 다름없으니 한국에 오면 언제든 편하게 찾아오라며 신신당부를 했다. 어차피 엄마가 그렇게 말하지 않았어도 무겸은 그럴 생각이었겠지만. 무겸보다 먼저 샤워를 마친 하준은 머리카락을 수건으로 말리며 창밖을 내다보았다.

마당의 라일락이 피어난 모습을 꼭 무겸에게 보여 주고 싶다고 생각했는데 정작 꽃이 필 때쯤이 되어서는 프리미어 리그 막바지에 챔피언스 리그 결승전 준비로 한창 바빠 서울의 날씨를 잊고 말았다. 하경이 보내 준 사진을 받고 나서야 벌써 그맘때구나, 하고 깨달았을 정도니까.

6월 초인 지금, 라일락꽃은 이미 흔적 없이 져 내리고 유선형의 둥글고 푸른 잎만이 나뭇가지를 그득히 채우고 있었다.

"밖에 재미있는 거 있어? 뭘 그렇게 열심히 봐?"

그사이 욕실을 나선 무겸이 뒤로 다가서며 물었다. 하준이 그를 돌아보았다.

"그냥. 마당 보고 있었어. 런던 집 정원에 비하면 소박하긴 하지만 봄이 되면 참 예뻐서 너한테 보여 주고 싶었는데……. 정작 봄에는 서울 올 시간이 없었네."

"내년에는 올 수 있을지도 모르지. 챔스 초반에 탈락하고 리그도 죽쑤면."

"큰일 날 소리 한다."

무겸이 웃으며 하준을 팔 안에 가두었다. 그대로 뒷걸음을 쳐 침대 위에 털썩 눕자 매트리스 스프링이 살짝 흔들렸다. 하준이 얼굴을 살짝 붉혔다.

"아무리 생각해도 이 방에 2인용 침대 둔 거 좀 이상해."

"왜? 어머니가 뭐라 하셔?"

"그건 아니지만… 내 방이라고 만들어 놨는데 더블 침대 놔두고, 집에 올 때마다 너랑 여기서 같이 잘 텐데……."

"이 코치, 생각이 음란하네. 남들은 그냥 친한 친구끼리 같이 잔다고 생각하지 아무도 야한 생각 안 해."

"…그렇겠지?"

네 여동생, 민경이는 아닐지도 모른다는 말은 굳이 하지 않았다. 하준이 무겸의 팔을 베고 누웠다.

하준의 등을 쓸던 손이 슬슬 티셔츠 아래로 미끄러져 들어갔다. 빠르게 유두까지 엄습해 오는 손을 하준이 곧바로 붙잡았다.

"집에서는 안 된다니까."

"2층에 우리밖에 없잖아."

"그러다 들리면 어쩌려고. 그리고 오늘은 일찍 자야지. 내일부터 소집 훈련이잖아."

"언제부터 훈련 때문에 섹스를 안 했다고 그러세요."

통명스럽게 대꾸하면서도 무겸은 포기한 듯 옷 속에서 손을 빼냈다. 무뚝뚝해진 입매를 바라보던 하준이 조심스레 물었다.

"그럼… 입으로 해 줄까? 그건 소리 별로 안 나니까."

그 말에 무겸이 옅게 미간을 찌푸렸다.

"당장 한 발 빼는 게 급해서 하자고 하는 줄 알아?"

"그래도."

"됐어. 제대로 아니면 안 해. 내일 호텔이라도 가면 되잖아."

그렇게 말하더니 뭐가 불만인지 눈썹 사이를 더 좁히고 얼굴을 가까이 붙여 이마를 맞댔다.

"앞으로 그런 말 금지야."

"뭐?"

"입으로 해 준다, 그런 소리."

"왜? 입으로 하는 거 좋아하잖아."

"섹스할 때 곁들이로 할 때 좋은 거지. 나 혼자 네 입에 박고 싸면 좋아?"

"뭐가 어때서? 나도 빨고 싶을 수도 있지."

어이없다는 듯 반론을 내뱉은 하준이 아차 싶게 입을 꾹 다물었다. 무겸의 눈이 휘둥그레지고, 당황이 주렁주렁 매달린 하준의 얼굴이 서서히 새빨개졌다.

무겸이 휙, 몸을 일으켜 하준의 위로 올라탔다. 한숨을 내쉬는 목소리가 낮아졌다.

"이 부뚜막 송아지가……. 말로는 안 돼 안 돼 하면서 일부러 이러는 거지."

"아니, 아니야. 방금은 그냥, 네 말에 대답을 하려다가."

"어쩔 거야. 섰잖아."

"그러니까, 해 준다고……."

목소리가 기어들어 갔다. 묵묵하던 무겸의 입에서 긴 한숨이 새고, 결정을 내린 듯 단호하고 낮은 목소리가 흘러나왔다.

"차로 가자."

"응?"

"어머니 주무시러 들어가셨잖아. 조용히 나가면 돼."

"…안 들릴까?"

"안 들려. 죽어라 비명이라도 지르지 않는 이상."

검은 눈이 몇 번 깜박거리며 눈동자를 굴렸다.

한국에 온 지 근 일주일 째. 오자마자 이리저리 바쁜 일도 많았고 집에서는 가족들과 함께 있을 때가 대부분이었다. 모두 외출한 틈을 타 딱 한 번 잽싸게 일을 마친 뒤로는 둘 다 원치 않는 금욕 중이었다.

고민하며 방황하던 눈동자가 무겸과 마주쳤다. 오케이 사인이었다.

⚽

"이게 뭐 하는, 짓인지… 읏!"

질척대는 습한 소리를 내며 뒤를 오가던 손가락이 안쪽 깊이 푹 쑤셔 들자 갑자기 목소리가 커졌다. 손가락을 삼킨 구멍에서 하얀 점액이 주르르 흘러내렸다. 하준이 아랫입술을 꽉 깨물었다.

무겸은 낮게 웃으면서 몸속을 오가는 손의 속도를 높였다. 전립선 위를 스칠 때마다 손끝에 힘이 실리고, 점막을 누르며 쓸어내렸다.

"오랜만이라서야, 들킬까 봐서야? 네 뒤 야단났어, 지금."

"아, 아읏, 네가 그렇게 누르니까, 그렇지, 흑……!"

뒷좌석에 엎드린 자세로 엉덩이만 치켜든 채 무겸의 손가락을 받던 하준은 말을 잇지 못하고 신음하며 손등으로 입을 막았다. 방음이 좋아 목소리 정도는 밖으로 새어 나가지 않는다고 무겸은 장담했지만 그래도 마음이 불안했다.

둘은 몰래 밤놀이를 나서는 어린애들처럼 발소리를 죽이고 거실을 지났고, 문 여닫는 소리가 나지 않도록 조심조심 현관을 빠져나왔다. 엄마는 이미 잠든 듯했고 민경의 방에서는 다행히도 음악 소리가 흘러나왔다.

지하 차고는 따로 없었다. 마당 한구석에 차고용으로 지붕을 만든 주차용 공간이 널찍하게 있을 뿐. 도둑들처럼 조용조용 잔디밭을 걸어 마침내 고지에 도착해, 차에 오르자마자 한숨을 돌릴 틈도 없이 무겸이 잡아먹듯 입술을 겹쳐 왔다.

학생 때도 하지 않던 암행을, 다른 이유도 아니라 야한 짓을 하기 위해 거행하는 바람에 하준의 가슴은 두근두근 급하게 뛰고 있었다. 그런 와중 진정하기도 전에 갑작스러운 키스가 시작되자 물에 빠진 사람처럼 호흡이 급해졌다.

키스를 하는 중에 헐렁한 바지와 속옷이 빠르게 벗겨져 나갔고 커다란 손이 드러난 살갗 위를 다급하게 더듬었다. 혀가 달팽이처럼 몸을 기어올라 입이 닿기도 전에 일어선 유두를 머금었다. 뾰족해진 혀끝이 돌기 끝을 두드리고 찌르자 곧바로 허리가 찌릿찌릿해지며 다리에 힘이 들어갔다.

무겸은 웃으며 유륜을 혀끝으로 덧그리고, 혀를 납작하게 만들어 유두 전체를 짓눌러 쓸어 올렸다. 그의 혀가 가슴 위에서 형태와 방향을 조금씩 바꿀 때마다 하준은 속수무책으로 끙끙 앓으며 목소리를 삼켜야 했다.

정신없이 시작된 애무는 물 흐르듯 진행되어 엉덩이를 무겸에게 내맡기는 단계에 이르렀다. 뒤를 손으로 조금은 바쁘게 넓힌 뒤, 무겸은 엎드린 하준에게 곧바로 삽입해 둘 다 사정에 다다랐다.

그런 뒤에야 아까는 급해서 제대로 만지지를 못했다며 이미 한 번 들쑤셔진 뒤를 재차 손가락으로 헤집고 있는 중이었다.

"하아, 아으, 으."

다행히 따로 준비하지 않아도 차에는 젤이 있었다. 젤까지 챙겨 나와야 했다면 꼴이 두 배는 우스웠을 거다.

무겸이 손가락을 집어넣고 있는 입구 위로 투명한 점액을 더 떨어뜨렸다. 이미 무겸이 내보낸 정액 때문에 질척대는 구멍이었다. 차가운 감각에 몸이 가늘게 움찔거리는 중, 아직 들어오지 않고 있던 새끼손가락까지 안쪽으로 밀고 들어오는 것이 느껴졌다.

"-으으, 흣!"

하준이 고개를 숙이고 허덕거렸다. 손가락 네 개가 깊은 안쪽까지 주르르 밀고 들어왔다. 손가락 세 개와 네 개는 새끼손가락 하나 이상의 큰 차이가 있었다.

세 개가 들어올 때는 손가락과 손바닥이 이어지는 관절 부근에서 삽입이 멈춘다. 하지만 네 개가 들어오면 그때부터는 엄지손가락이 볼기에 걸릴 때까지 들어온다. 거의 손의 절반 정도가 들어오는 것이나 다름없었다.

그 손이 깊은 내벽을 누르거나 문지르며 안쪽에서 느직하게 헤엄이라도 치듯 움직이면 배 속이 온통 물컹 녹아내린, 젤리 덩어리처럼 느껴졌다.

손의 절반이라고 해도 성기에 비하면 훨씬 짧지만, 안쪽에서 관절을 굽혀 전립선 위를 꾹꾹 누르면 전류를 닮은 저릿함이 척추를 타고 목덜미까지 올라온다.

"하아, 아아, 흑, 아으윽……!"

마음먹고 손가락이 한 부분을 꾹꾹 누르고 비빌 때마다 하준의 엉덩이에 꽉꽉 힘이 들어갔다. 꺼덕대던 성기 끝에서 마침내 뚝뚝 희고 탁한 체액이 흘러내렸다.

엎드린 자세로 얼굴을 떨군 하준이 제 정액이 또 한 번 차 시트를 더럽히는 모습을 목도하며 작게 탄식했다. 그러나 정작 차의 주인은 전혀 신경 쓰지 않는 듯 손가락을 천천히 빼내더니 하준을 일으켜 앉혔다.

긴 시간 쑤셔진 뒤는 손가락이 빠져나가고도 제멋대로 뻐끔거리는 느낌이 들었다. 삽입으로 절정에 달한 직후 계속해서 전립선을 눌려 성감을 강제로 끌어 올려진 몸이 오한이 든 사람처럼 덜덜 떨렸다. 무겸이 하준의 어깨를 안고 턱을 잡아 들었다.

"아까 빨고 싶다더니 어때. 입에 박아 줄까?"

"으응, 너, 하고 싶으면……."

무겸이 그런 하준을 가만히 내려다보았다.

"아."

무겸의 짧은 말에 하준이 입을 벌렸다. 그러자 입을 채운 것은 성기가 아니라 따뜻하고 말랑한 혀였다. 입 안에 들어온 그것은 곧 단단한 살덩이로 변해 '박아 준다'는 무겸의 표현이 그리 틀리지 않을 만큼 입속 깊은 곳까지 쑤셔 들었다.

"흐읍, 으."

하준은 무겸의 품에 몸을 깊이 기대며 입을 더 크게 벌렸다. 길게 파고들어 오는 혀를 열심히 삼켰다. 안쪽 입천장이 혀끝에 쓸릴 때마다 턱이 바들거렸다. 뺨 안쪽의 점막과 혀 아래, 치열 안쪽까지 빠짐없이 훑으며 한참 동안 무겸은 입 안을 헤집었다.

하준의 입술 사이로 혀가 빠져나갔다. 오랫동안 빨리고 덧쓸어진 혀끝이 아릿했다. 탄탄한 팔이 떨림이 멈추지 않는 몸을 안았다. 무겸이 귓바퀴를 약하게 깨물며 말했다.

"이 코치. 내가 해 달란다고 다 해 주면 안 돼."

"으, 으응……?"

"이렇게 달달 떨면서 어떻게 입으로 좆을 받겠다고 그래."

하준의 얼굴에 이해가 안 된다는 표정이 떠올랐다.

"원래도 아무 때나 하잖아……."

"…그러니까, 내가 해 달라는 대로 다 받아 주면 네가 고생한다고."

"왜 또 변덕이야."

하준의 말투가 퉁명스러워졌다. 늘 마음대로 하는 사람은 자기면서 무겸은 가끔씩 이렇게 남 탓을 했다. 김무겸이 하지 말란다고 안 하는 인간이었나?

생긴 대로 살라고 했건만 김무겸의 적은 김무겸이라더니, 그는 주기적으로 자신과의 싸움을 하는 습관이 있었다. 거울 앞에서 섀도복싱을 하는 것까지야 자유지만 그 불똥이 저에게까지 튀니 문제다.

"변덕이 아니라."

"하, 아!"

한 번 헤집어져 말랑해진 뒤쪽에 다시 손가락이 깊이 파고들었다. 예상하지 못한 삽입에 하준의 목소리가 저도 모르게 커졌다.

손등으로 입을 막고 허리를 움찔대는 사이 무겸이 앉은 채로 몸을 밀었다. 하준은 손가락이 꽂힌 채로 시트 위에 무릎을 세우고 앉았다. 등받이에 몸을 붙이고, 마치 무겸과 마주 앉은 자세일 때 그의 목에 그러듯이 헤드레스트에 팔을 걸었다.

손가락이 안을 드나들자 그사이 몸속에서 녹아 묽어진 젤이 딸려 나오며 쿨쩍대는 소리를 냈다. 단순한 물소리와 크게 다를 것도 없는데, 어쩐지 이럴 때 들리는 습한 소리는 몹시도 음란하게 느껴진다. 하준은 무겸에게 보이지 않을 얼굴을 붉혔다.

"나한테 맞추느라… 무리하지 말라는 뜻이야."

"하으… 무리는, 내가 하는 게 아니라, 읏, 네가 시키는, 거지……."

그 말에 무겸이 낮게 웃었다.

"정곡을 아주 쑤셔 버리네."

뜨겁고 물러진 내벽에서 손가락이 주르르 빠져나갔다. 길게 한숨을 내쉬는데, 곧바로 입구에 단단하고 굵은 것의 끄트머리가 느껴졌다.

하준이 헤드레스트에 이마를 붙였다. 바닥에 무릎을 세우고 뒤에 붙어 앉은 무겸이 허리를 밀자 굵은 살 기둥이 몸속으로 미끄러져 들었다.

"-아, 아아……!"

손가락에 구석구석 쓸리고 짓눌러져 예민해진 내벽은 성기의 형태를 지나치게 또렷이 느꼈다. 길을 벌리고 들어오는 불거진 귀두, 벌어지자마자 다시 좁아 드는 내벽을 긁는 울퉁불퉁한 표면의 핏줄들. 몸이 금세 뜨거워지며 방금 사정한 성기가 도로 일어섰다. 허벅지 안쪽이 부르르 눈에 띄게 떨렸다.

두 사람의 말이 잦아든 대신 차 안은 철썩대며 살과 살이 부딪히는 소리, 성기가 내벽을 벌리고 빠져나오는 질척대는 소리, 숨소리와 신음 소리로 가득 찼다. 무겸의 차는 제법 넓고 높은 편이었지만 그래도 그 소리들을 모두 담기에는 좁고 꽉 막혔다.

엉덩이에 치골과 허벅지가 세게 부딪힐 때마다 하준의 등허리부터 머리까지 흔들렸다. 그렇게 강하게 삽입하는 중에도 무겸의 손은 골반을 흔들리지 않게 붙들고 있어, 성기는 조금의 비낌도 없이 내벽 깊숙이 파고들어 가장 안쪽까지 다다랐다. 귀두가 여린 속살을 빠르고 강하게 퍽퍽 짓이길 때마다 죽이지 못한 신음이 자꾸만 그 크기를 키웠다.

"흡, 읏… 하아, 아, 아, 앗!"

퍽, 상반신이 휘청 앞으로 기울 정도로 세게 때려 박혔다. 하준이 소리도 내지 못하고 등받이에 몸을 붙이고 떠는 사이, 무겸은 잠시 추삽질을 쉬고 느릿느릿 안을 문질렀다. 스타카토처럼 짧고 빠르게 튀던 신음이 길게 흘러나왔다.

"응, 으, 흐으, 으으읏……."

어두운 차 안, 가족들이 볼까 봐 불을 밝힐 수도 없어 빛이라고는 집 담장 밖에서 비쳐 들어오는 가로등 불빛뿐이었다. 창백하고 흰 조명은 그나마도 잎이 무성한 나뭇가지에 걸러져 차 안에 당도했을 때는 몹시도 어슴푸레해져 있었다.

조도가 낮아지자 척추의 움푹 들어간 부분이 더 눈에 띄었다. 무겸은 고개를 숙여 하준의 뒷목과 견갑골 근처를 혀로 핥아 올라갔다. 살갗을 핥자 성기를 문 안쪽도 자꾸만 옴쭉대며 조여드는 것이 느껴져 무겸의 입꼬리가 올라갔다.

손이 매끈한 흉곽을 쓸며 앞으로 슬그머니 넘어가 꼿꼿이 선 유두를 양쪽 모두 꼬집었다. 가볍게 잡아 비틀고 손끝으로 굴리자 안쪽이 더 빨리 조여들며 다시금 신음이 샜다.

"아, 하으……."

그렇게 잠시 허릿짓을 쉰 무겸이 다시 뒤를 거세게 밀어 치기 시작했다. 유두를 문지르는 손에도 힘이 들어갔다. 어두워서 색이 잘 보이지 않지만 분명 발갛게 익었을 귀 뒤를 핥았다.

등받이에 묻힌 하준의 얼굴은 보이지 않았지만 목덜미가 떨리는 모습만으로 그 표정을 미루어 짐작할 수 있었다. 그렇게 상상을 하면… 더 흥분됐다.

"하아, 읏! 으으읏, 아, 아… 아!"

"그럼, 마음, 후우, 같아서는."

"앗, 아, 아, 조, 조금만, 천, 천… 히, 흐!"

"너, 기절할, 때까지, 박으면서, 하아, 여기서, 밤이라도, 새우고, 싶은데."

무겸의 손이 뒷덜미를 타고 올라 흐트러진 머리카락을 손에 움켜쥐었다. 그대로 부드럽게 잡아당기자 숙이고 있던 고개가 치켜들리며 목이 뒤로 젖혀졌다.

눈물이 고인 하준의 눈과 무겸의 눈이 마주쳤다. 눈 아래에 고인 눈물이 가는 은빛 선처럼 반사되며 오히려 밝은 곳에서보다 눈에 띄었다. 무겸이 물었다.

"그래도 돼?"

하준은 대답하지 않았다. 살짝 벌어진 입에서는 달뜬 숨만이 색색 흘러나올 뿐.

무겸이 미간을 옅게 찌푸렸다. 하준의 눈동자에 맺힌 표정은 된다 안 된다로 구분할 수 있는 것도 아니었으며 거부감이나 두려움도 아니었고, 그렇다 해서 네 마음대로 하라는 자포자기 따위도 아니었다.

굳이 문장으로 바꾸자면 '그걸 왜 나한테 물어?' 정도가 되지 않을까.

몸이 달아 몰래 차로 올 때까지만 해도 순수한 성욕만 가득했는데 어쩐지 가슴이 답답해졌다. 고개를 숙여 목덜미를 질근질근 씹으며 두드리듯 박아 들어갔다.

"헉, 흐으윽! 아앗, 앗, 하아, 하!"

단단한 치골이 엉덩이를 때리는 소리가 신음에 섞여 요란했다. 무겸은 이번에는 한참을 멈추지 않았다. 머리를 무겸의 손에 잡혀 하준은 조금 전처럼 등받이에 몸을 숙이지도 못하고 고개를 젖힌 채 매질처럼 뒤를 치는 추삽질을 받아 냈다.

"으읏, 으흑……."

팽팽하게 젖혀진 목의 연골과 울대가 여러 번 움찔거렸다. 눈꺼풀이 떨리고 비명도 잦아들며 입술 사이로 버겁고 바쁜 날숨이 샜다.

한참 동안 안쪽을 거칠게 쑤시던 성기가 마침내 꿈틀거리더니 토정을 시작했다. 마찰에 부은 내벽이 뜨끈하게 달아오르는 것을 느낀 하준의 호흡에서 힘이 빠졌다.

"하아, 아, 아……."

마치 정액을 안으로 삼키기라도 하고 싶은 것처럼 안쪽이 뭉근하게 조여든다. 그 느낌에 낮게 탄식한 무겸은 그제야 머리를 놓아 주고 깊숙이 묻었던 성기를 빼냈다.

배 속을 가득 채웠던 것이 빠져나가는 느낌에 하준이 몸을 움츠리며 아랫배를 감쌌다. 성기가 뽑혀 나가자 막 부어 넣어진 정액이 다리 사이로 흘러내렸다.

무겸은 앉아서 쉬던 하준을 시트 위에 눕혔다. 늘어진 다리를 제 어깨 위에 올리고, 아직 채 다물리지 않은 구멍을 다시 비집고 들어갔다.

"-으, 으응, 하아!"

엉덩이가 들어 올리며 하준의 몸이 반으로 접혔다. 무겸은 아랑곳하지 않고 철퍽철퍽 소리가 나도록 깊은 곳까지 처박았다. 가죽 시트에 맞닿은 몸이 비벼져 삐걱대는 소리가 났다.

굵은 살 기둥이 위에서 아래로, 거의 수직으로 박힐 때마다 하준의 몸이 마구잡이로 흔들리며 자꾸만 위로 밀려났다. 무겸의 손이 하준의 팔꿈치 아래를 붙잡아 제 쪽으로 잡아당겼다. 더 이상 위로 밀리지 않게 붙잡힌 몸속으로 성기가 바쁘게 밀려들었다.

"읏, 아아, 아, 아!"

"후으, 아."

"으읏, 흐으, 읏."

잠시 쾌감에 넋을 잃은 듯 목을 젖히고 소리를 내지르던 하준이 곧 아랫입술을 물고 목소리를 눌렀다.

"소리, 하아, 크게 내도 돼."

무겸은 자주 타고 다니는 차들에 죄다 방음 커스텀을 해 버렸다. 이번에 한국에 가져온 것은 이 레인지로버를 포함해 두 대뿐으로 특별히 더 신경 썼다. 이 안에서 콘서트를 해도 집 안까지는 들리지 않을 것이다.

무겸이 몸을 깊게 밀어 들어갈 수 있는 가장 안쪽까지 저를 찔러 넣었다. 여기까지라고 말하는 것처럼 오므라드는 내벽의 막다른 끝까지 성기가 미끄러져 들어갔다. 무겸은 그대로 묵직하게 체중을 실어 안을 짓누르고, 귀두로 짧게 안쪽을 툭툭 쳐올렸다.

"-흐으, 읏, 아, 하아, 아, 아으윽……."

성기가 박혀 있는 아랫배가 바르르 경련하더니 하준이 고개를 저으며 울먹였다. 붙들린 팔을 빼내려는 듯 움찔대기에 한쪽 팔을 놓아 주자 손을 뻗어 무겸의 배에 얹는다.

밀어내려고 하는 듯했지만 너무 힘이 약했다. 무겸은 그 손을 잡아 올려 손가락을 입속에 넣었다.

"아, 아, 너무, 너무 깊어……."

검지, 중지, 약지, 새끼손가락까지 하나씩. 턱에 힘을 주지 않고 질겅대듯 깨물다가 혀로 핥고 느릿하게 빨았다. 그러는 동안에도 배 속을 묵직하게 누르는 성기는 빠져나오지 않았다. 하준의 얼굴이 점점 더 발개지고 허덕임이 빨라졌다.

"아아, 하으, 잠깐, 잠깐만……."

"나 지금 아무것도 안 하는데."

"빼… 줘, 조금만, 흐, 앗……."

무겸이 입 끝을 올리며 웃었다. 하준의 팔을 잡은 손에 힘을 주고 느리게 허리를 물렸다. 안쪽을 오랫동안 찔려 질퍽해진 내벽이 순식간에 단단히 오므라들며 빠져나가려는 것을 붙잡았다. 안쪽이 강하게 조이자 아랫배가 납작해지며 허리가 파득 튀어 올랐다.

"-아…! 하으읏, 흐으으……!"

무겸에게 꿰뚫리던 내내 꺼덕대며 흔들리기만 하더니, 막상 빠질 때의 자극을 못 견디고 성기 끝에서 또다시 묽은 정액이 픽 튀어 기둥을 타고 흘러내렸다. 하준은 떨리는 숨을 추스르려고 노력하는 듯 보였지만 잘되지 않았다. 연달아 절정까지 끌어 올려진 몸이 통제할 수 없이 떨렸다.

굽은 발끝부터 허벅지, 골반과 허리, 배까지 파들대며 경련하는 모습을 내려다보던 무겸은 몸을 낮춰 하준을 끌어안았다. 몸이 낮아지자 빠져나왔던 것이 자연히 안으로 밀려들었다. 하준이 신음하며 무겸의 등을 힘없이 마주 안았다.

"너… 진짜, 밤새우려고, 으읏, 그래……?"

하준은 반신반의하는 말투였다. 늘 하는 섹스라지만 그래도 조금씩 차이는 있었다. 예를 들어 훈련이나 경기가 기다리고 있는 날에 하는 섹스와 경기가 끝난 다음의 섹스, 휴일을 앞두고 하는 섹스는 다르다.

항상 그런 것은 아니지만 보통 전자가 좀 더 빠르고 직선적이라면 후자로 갈수록 끈질기고 집요해진다. 대표 팀 첫 소집일을 앞두고 무겸은 마치 내일이 휴일인 것처럼 하준을 안고 있었다.

"왜? 힘들어?"

"아, 니……. 나는, 괜찮, 흐, 은데……."

말을 마치기도 전에 안쪽을 퍽 두드리며 무겸이 들어왔다.

"읏, 하……!"

목덜미에 이가 섰다. 차가 흔들리지 않을까 걱정이 될 정도로 무겸이 빠르고 거칠게 몸을 밀어붙였다. 여전히 다리를 무겸의 어깨 위에 올린 채로 그에게 안기기까지 하자 무릎이 거의 머리 옆으로 올 정도로 몸이 접혔다.

멋대로 오므라진 내벽은 성기가 들어올 때마다 그 표면을 예민하게 느끼며 하준의 머리를 저리게 했다. 밑을 치고 올라오는 자극은 잠시도 끊이지 않는데 힘겹게 몸을 접어 무겸에게 안겨 있는 자세 때문에 숨쉬기조차 힘들었다. 미약한 신음보다 색색대는 숨소리가 더 크게 흘러나왔다.

하준이 고개를 저었다. 방금 괜찮다고 한 것이 무색하게도 눈물이 울컥 솟으며 품을 빠져나가고 싶어졌다. 저를 단단히 옭맨 무겸의 팔과 몸이 버거웠다. 무의식중에 몸을 꿈틀거리자 무겸이 낮게 속삭였다.

"괜찮다며."

"미안, 흑, 자세… 힘들어서……."

무겸이 긴 날숨을 내쉬며 몸을 일으켰다. 거의 머리 옆까지 왔던 무릎이 펴지자 그나마 숨통이 트인다.

헐떡대며 밀린 숨을 몰아쉬는데, 이번에는 무겸이 팔을 등 뒤로 감아 누운 몸을 일으켜 제 허벅지 위에 앉혔다.

"으윽……."

체중이 무겸의 위로 실리며 삽입이 더 깊어졌다. 몸을 뒤치거나 무릎을 세워 일어날 힘도 당장은 없었다.

한참 무겸의 무게를 받다가 겨우 풀려난 내벽 깊은 곳에 다시 두껍고 뭉툭한 귀두가 박혀 들었다. 긴 시간 짓눌러 벌려 놓은 안쪽 길이 여느 때보다 매끄럽게 열려, 오늘은 유독 자꾸만 성기가 깊이, 너무 깊이까지 들어왔다. 잠시 쉴 틈도 주지 않고 무겸이 허리를 쳐올리기 시작했다.

"하아, 하, 아으, 으읏, 흐, 흐윽……."

무겸의 어깨를 붙들고 배 속을 뭉개는 듯한 압박감을 고스란히 느끼던 하준은 가쁜 숨을 쉬다가 결국 속절없이 흐느꼈다. 제대로 서지도 않은 성기 끝에서 또다시 묽은 체액이 방울방울 흘러내렸다.

"흐아, 아아아!"

무겸의 손이 허리를 덥석 잡더니 위아래로 들썩대도록 몸을 크게 흔들었다. 커다란 손에 붙잡혀 흉기 같은 살 기둥에 푹푹 찔릴 때마다 벌어진 입에서 소리가 되지 않은 비명이 샜다.

벌써 사정만 세 번. 얕게 스쳐 간 절정은 셀 수도 없다. 어딘가 평소보다 과격하게 이어지는 행위와 계속되는 밭은 절정에 쾌감이 임계점을 넘은 듯 머릿속이 빙빙 돌고 눈앞이 깜깜해졌다 밝아지기를 반복했다. 차라리 의식을 놓아 버리고 싶었다.

그래도, 오늘은…….

하준은 깜박깜박 꺼지고 싶어 하는 의식을 간신히 붙잡아 세웠다. 사귀기 전에 비해 무겸과 하다가 정신을 잃는 빈도가 높아졌다. 긴장이 쉽게 풀려서가 분명했다. 하지만 이곳은 런던도, 둘만의 집도 아니다. 몰래 빠져나왔으니 적어도 다시 집에 걸어 들어갈 수는 있어야 할 것 아닌가.

허리를 붙든 무겸의 손을 잡고 더듬대면서, 하준은 거의 절박하게 말했다.

"무겸아, 김무겸. 흐으, 조금, 조금만 쉴게, 흐아앗……!"

"후우, 힘든가 봐."

"으응, 미안, 잠깐이면……, 흑, 으, 읏, 아아!"

하준의 부탁을 묵살하고 무겸은 제 하반신을 튕기며 도리어 더 거칠게 허리를 쳐올렸다.

방금까지만 해도 이곳이 어디인지를 되뇌던 머릿속이 순식간에 하얗게 비었다.

"아! 아! 아아! 아!"

커다란 비명이 절로 터져 나왔다. 정수리까지 직격하는 번개 같은 감각에 뒤로 길게 젖혀졌던 몸이 곧 앞으로 풀썩 숙어졌다. 무겸의 어깨에 얼굴을 묻고 가슴에 몸을 기댄 채로 하준은 마구잡이로 흔들렸다.

안쪽이 게걸스럽게 무겸의 것을 빨아들이는 느낌이 났다. 거칠어진 호흡과 흐려진 신음이 저들끼리 엉켰다. 종아리가 뻣뻣해지고 힘이 들어가 굽은 발끝은 쥐가 날 지경이었다.

그러나 그런 사소한 감각들은 해일 같은 쾌감에 묻혀 버렸고, 하준은 거의 오열하다시피 흐느끼다가 어느 순간 축 늘어졌다. 더 견디지 못하고 시야가 완전히 암전했다.

⚽

부심이 파울을 알리는 깃발을 들어 올린 것은 후반 15분쯤이 막 지났을 때였다.

그때의 스코어는 1 대 1. 경기가 시작된 지 얼마 되지 않은 전반 5분경에 무겸이 호쾌한 선제골을 넣었고, 경기 종료를 앞둔 40분경 상대 팀인 SV베를린이 동점 골을 넣었다.

아직 시간은 많았다. 하프 타임을 맞아 로커 룸에서 휴식을 취하던 중,

선제골의 주역인 무겸은 후반전에서 더 때려 넣으면 된다고 대수롭지 않다는 듯 말했다. 모두 파이팅이 넘쳤고 분위기도 좋았다.

후반전 전술을 숙지한 선수들이 터널을 뛰쳐나갔다. 하프 타임 내내 바삐 선수들을 컨디셔닝 하느라 녹초가 된 하준도 벤치에서 경기를 지켜보았다.

초반 경기 양상은 나쁘지 않았으나 위기 상황이 닥쳤다. 베를린의 공격수가 수비를 성공적으로 유인하다가 아군에게 패스하며 순간 공간이 넓게 뚫려 버린 것이다. 그 바람에 마음이 급해진 그린포드의 수비수가 막 침투해 들어오려던 베를린 선수를 팔로 막아 버렸다. 말이 좋아 팔로 막았다는 것이지, 좀 더 객관적으로 말하자면 팔을 휘둘렀다.

부심의 깃발이 올라감과 동시에 선수들끼리 다툼이 일어났고 주심이 뛰어 들어갔다. 판정에는 오랜 시간이 걸리지 않았다. 주심이 퇴장을 명하는 레드카드를 뽑아 들었다. 변명의 여지가 없는 반칙을, 그것도 페널티 존에서 저지른 선수는 머리를 감싸 쥐고 황망한 표정을 지었다.

베를린에게 페널티 킥의 기회가 주어졌다. 결과는 골인. 스코어는 2대 1이 되었고 그린포드의 벤치는 조용해졌다. 응원하던 팬들도 일순 침묵했다.

1점이 뒤지는 상황에서 한 명이 부족한 상태로 싸우게 되었다. 후반전도 30분이 채 남지 않았다. 선수들의 얼굴에 초조함이 묻어나기 시작했다. 결승전쯤 올라오면 양 팀 모두 막상막하의 강팀이다. 한 명이, 그것도 수비진 한 사람이 빠진 상태로 팀은 덜컹거릴 수밖에 없었다.

"침착해!"

패스 미스가 이어지자 무겸이 화가 나 버럭 외치는 목소리가 벤치에까지 들렸다.

"아무렇게나 차지 말고 정신 차리라고! 젠장!"

문제는 그의 목소리도 그리 침착하지는 않다는 것이었지만.

초조한 것은 경기를 지켜보는 하준도 마찬가지였다. 하준은 눈도 제대로 깜박이지 못하고 미간을 보일 듯 말 듯 찌푸린 채 몰입해 경기를 지켜보았다.

답답한 상황이 이어지던 중, 베를린은 남은 교체 카드를 모두 쓰며 수비 중심으로 전략을 재편성했다. 더 이상 스코어를 노리기보다는 지금부터 점수를 방어하겠다는 속내가 명백히 드러났다. 한 사람이 모자란 상태에서 수비 전략을 구사하는 베를린의 방벽은 쉽사리 뚫리지 않았고 슈팅 기회 자체를 잡기가 극히 힘들어졌다.

그래도 기회는 온다. 종료까지 3분 정도를 남겨 놓은 시점, 그린포드의 간접 프리 킥이 선언되었다. 무겸은 공을 받기 위해 자리를 잡았고 마르코가 첫 킥을 찼다.

선수 중 한 사람이 제대로 공을 받아 찼지만 골대까지의 거리가 너무 짧은 것이 오히려 문제였다. 슈팅이 힘을 받기에는 지나치게 가까웠고 공은 베를린의 벽에 막혔다. 그러나 튕겨 나온 공이 잠시 누구의 것도 아닌 상태로 그라운드를 방황했고, 무겸이 그 틈을 노려 다시 한번 슈팅을 시도했다.

"아!"

환호와 탄식의 중간쯤 되는 소리가 경기장을 일제히 울렸다. 벤치에서도 마찬가지의 목소리들이 터졌다. 하준은 몸만 조금 움찔했을 뿐, 침음 한 번 내지 못하고 경기를 주시했다.

"안 풀리는 날이구만."

누군가가 중얼거렸다. 그나마 잡은 절호의 기회, 무겸의 발에 맞아 빠르게 날아간 공이 운 나쁘게도 골대를 맞춰 버린 것이다.

무겸이 고개를 절레절레 흔들며 아마도 욕지거리일 혼잣말을 씹어 삼키는 것이 보였다. 그 뒤로 공은 베를린 선수들의 발에서 시간을 끌기 위해 이리저리 옮겨 갔고, 2분의 추가 시간이 끝날 때까지 그린포드는 기회를 잡지 못했다.

베를린의 우승이었다.

한 잔디밭이 반으로 갈라졌다. 한쪽에서는 환호와 기쁨이, 한쪽에서는 침묵과 좌절이 연출되었다. 그린포드의 선수들은 제각각 패배감을 다스렸다. 누군가는 몸을 웅크리고 앉아 울기도 하고, 어떤 이는 엎드려 얼굴을 잔디밭에 파묻거나 하늘만 올려다보았다.

멍하니 제자리에 앉아 있는 사람, 비교적 무심한 척 이야기를 나누는 사람도 있었고 베를린 선수와 유니폼을 교환하는 사람도 있었다.

무겸은 한쪽 허리에 손을 얹고 서서 미간만 가볍게 찌푸린 채 아무 말 없이 어딘가에 먼 시선을 보내고 있었다. 그가 아무와도 이야기하고 싶지 않을 때 드러나는 절벽 같은 옆모습이 하준의 눈에 들어왔다.

패배로 끝났지만 하준에게는 패배마저도 꿈같았다. 어쨌든 이곳은 챔피언스 리그 결승전 무대였으니까.

눈을 깜박이며 그라운드를 바라보던 하준은 보일 듯 말 듯 쓴웃음을 지었다. 잔뜩 긴장하고 들떠서는 잠시나마 운명 따위의 단어를 떠올렸던 자신이 우스웠다. 그런 것은 없다고 이미 몇 번씩 배웠는데 저도 참 학습 능력이 없다.

하준이 옆에 다가갈 때까지도 무겸은 곁눈 한 번 주지 않다가, 더 무시할 수 없을 정도로 가까이 붙어 선 다음에야 고개를 돌렸다. 하준은 옅게 웃으며 말했다.

"잘했어, 김무겸."

"……."

"오늘도 네가 최고였어."

그 말에 무겸의 눈썹 끝이 살짝 처졌다.

"트로피 안겨 주고 싶었는데 글렀네."

"내년에 안겨 줘. 다음 시즌에도 올라올 거잖아."

무겸의 말투는 농담조였지만 가라앉은 목소리는 침울했다. 눈썹을 찡그린 그대로 무겸이 입 끝만 약하게 끌어올렸다. 곧 울 것 같은 웃음이었다. 그러고는 고개를 끄덕였다.

"그래. 앞으로도 시간은 많이 있지."

준우승도 대단하다고들 하지만 축구는 점수를 매기거나 메달을 나누어 가지는 스포츠와는 다르다. 토너먼트 결승전에서의 2등은 아무도 기억하지 않는다. 챔피언스 리그 2위를 차지한 그린포드의 선수들은 울적한 마음으로 메달을 받은 뒤 패배감을 안고 퇴장했다.

무겸은 믹스트 존에서 기자들의 질문 공세를 받아야 했다. 기자들은 에이스인 무겸에게 어김없이 패배의 원인에 대해 물었다. 무겸은 그저 무표정하게 어깨를 으쓱했다.

"우리는 최선을 다했습니다. 베를린도 마찬가지겠죠. 다만 오늘은 베를린이 우리보다 더 나은 운을 가지고 있었어요. 축구란 게 그런 거고, 그뿐입니다."

그리고 그날 밤, 하준은 처음으로 '패배한 김무겸'과 밤을 보냈다.

물론 경기에서 진 적이야 지금까지도 수 번 있었다. 시티서울이라고 해서 늘 이기기만 하는 것은 아니었다. 그린포드 역시 마찬가지다.

그러나 서울은 결국 K리그 우승을 거머쥐었으며 그린포드도 마찬가지로 프리미어 리그와 FA컵 우승을 차지했다. 그러므로 결과적으로는 이긴 경기였다. 그 과정에서 가끔씩 패배해 승점을 놓친다 해서 좌절을 맛보지는 않았다. 긴 시간에 걸쳐 한 팀씩 이기고 이겨 올라간 대형 토너먼트 결승전에서의 탈락이 주는 허탈함은 그것들과 차원이 달랐다.

서로가 섹스 파트너이던 시절, 무겸은 지금보다 하준에게 훨씬 가혹했다. 사정 한 번까지 다다르는 시간이 짧지도 않은 무겸이 내킬 만큼 토정할 때까지 상대하려면 하준은 늘 제 체력을 축낼 각오를 하고 섹스에 임해야 했다. 힘들어한다고 봐주지도 않았으며 침대 위의 모든 것이 무겸 위주로 돌아갔다.

그때나 지금이나 무겸의 성욕이 넘치는 것은 그대로였지만 그래도 하준은 그때보다 요즘의 섹스가 훨씬 더 좋았다. 여전히 그의 욕망을 온전히 받아 내기란 쉽지 않았지만 지금은 부드러운 손길과 키스가 앞선다. 사랑한다 귀엽다 예쁘다 잘생겼다 섹시하다, 세상의 온갖 치사를 다 끌어와 속삭이는 무겸의 목소리가 저와 함께 있었다.

중간중간 힘들어하면 안은 채로 저를 쓰다듬으며 쉴 시간을 주었고, 하다가도 틈틈이 장난을 치며 웃었다. 그러다가 다시 몸을 겹치고, 이야기를 나누다가 다시 몸을 합쳤다. 행위가 끝나고 나면 또다시 키스와 밀어가 이어진다. 밤은 여전히 길었지만 예전처럼 일방적으로 버티고 견뎌 내는 느낌의 관계는 거의 자취를 감추었다.

그런데 그날, 하준은 섹스 파트너였던 시절의 무겸마저도 제 사정을 많이 봐준 것이었다는 사실을 절실히 깨달았다.

특별히 무겸이 난폭하게 군 것은 아니었다. 단지 늪에 빠지는 듯 바닥없이 가라앉고 밀도가 빽빽한 섹스였다. 몰아치다가 느려지고 다시 몰아치기를 되풀이하고, 끝이 났다 싶으면 또 시작되었다.

의식을 잃었다가 깨어나면 재차 몸을 얽어 왔고, 몇 번인가는 까무룩해진 정신을 깨워 내 힘겹게 눈을 뜨면 무겸은 여전히 제 안에 머무르고 있었다.

눈물이 계속 흘러 눈가가 따끔거렸다. 정액과 물을 뱉어내다가 더 이상 나올 것도 없어진 아래쪽은 제대로 서지도 않았다. 무겸은 중간중간 하준에게 물을 먹여 가며, 실로 기나긴 시간 동안 그를 집어삼켰다.

말 그대로 미칠 것 같았다. 순수한 육체적 괴로움과 피로감이 끈끈한 진흙처럼 몸을 휘감아 왔다.

그래도 하준은 끝까지 그 길고 질긴 섹스를 거부하지 않았다.

패잔병의 동지애 같은 것이었을까. 하준이 완전히 의식을 잃어 더 이상 깨어나지 않고 깊은 잠에 들어서야 그 행위는, 아마도 적당히 끝이 났을 것이다. 무겸이 언제쯤 제 몸을 놓아주었는지는 모른다. 기절해 버리는 바람에 알 길이 없었으니까.

"…일어났어?"

깨어났을 때 하준은 무겸의 허벅지를 베고 누워 있었다.

무겸이 늘 차에 비치하고 다니는 얇은 담요가 벗은 몸을 덮고 있었다. 하준은 눈을 몇 번 깜박이고 몸을 일으키려다 다시 무겸의 허벅지에 얼굴을 기댔다. 탄탄하고 둘레가 굵어 베개로 쓰기에 썩 편하지는 않지만 그래도 전해지는 체온이 나쁘지 않다.

하준은 옆으로 돌아누워 무겸의 허리 뒤로 팔을 둘렀다. 그러자 커다란 손이 머리를 헤집으며 두피를 쓸었다. 나른해졌다.

"너 요즘……."

그렇게 운을 떼고 말을 잠시 멈춘 무겸은 하준이 고개를 돌려 저와 눈을 마주치고 나서야 다시 입을 열었다.

"내가 불편하냐?"

"어?"

뜬금없는 질문에 하준이 멍한 되물음을 냈다. 무겸의 얼굴에 약한 난처함과 의문이 맺혀 있었다.

"갑자기 무슨 소리야?"

하준이 비척대며 몸을 일으켰다. 무겸은 몹시 애매모호한 표정을 짓고 있었다. 자기가 말을 하면서도 확신이 없는 듯.

"기분 탓인가 싶기도 한데……."

"뭔지 모르겠지만 기분 탓 맞을 것 같다."

"정확히는……."

무겸이 미간을 좁혔다.

"챔스 끝났을 때쯤부터."

무겸이 눈을 마주치고 어깨를 감싸 안아 왔다. 하준은 여전히 영문을 모르겠다는 듯 눈만 깜박였다.

"하고 싶은 말도 다 못 하는 것 같고."

"……."

"섹스할 때도 무리하는 것 같고."

"…내가 하는 게 아니라 네가 시키는 거라니까."

"그래. 시키는 대로 무리하니까 하는 말이야. 네가 나한테 많이 맞춰주는 거 아는데, 요즘 좀 미묘하게 심해졌어."

"아니… 맞춰 줘도 불만이야?"

하준이 어이없다는 듯 작게 헛웃음을 쳤다.

"하여튼 까탈스럽긴. 네 장단 맞추기 진짜 힘들다."

"왜 그러는데."

무겸의 손이 귀를 만지작거렸다. 하준은 시선을 피해 앉은 채로 정면만 보았다.

이야기를 듣고 보니 왜 그가 이런 말을 하는지는 알 것 같았다. 그러나 정작 저는 뚜렷이 의식하고 한 행동은 아니었다.

뭐라고 해야 할까. 챔피언스 리그 결승전이라는 꿈의 무대에 발을 디딘 뒤로 실감해 버렸다. 저는 빈손으로 무겸을 따라가 호사를 누리고 있는데 반대로 자신이 무겸에게 줄 것은 아무리 탈탈 털어도 없다는 사실, 그의 손을 잡고 걷다 보니 이하준이 사는 세상은 완전히 달라져 버렸는데 저는 무겸을 다른 세계로 데려가 줄 수 없다는 사실을.

그렇다면 하다못해 그가 좋아하는 섹스라도 원하는 대로 해 주고 싶다. 안타까운 이야기지만 이하준이 김무겸에게 해 줄 수 있는 일이라 해봐야 처음부터 지금까지 항상 그 정도가 다였으니까.

어차피 한동안 쉬는 기간이었고 조금 무리한다고 해서 지장이 생길 만한 일도 없었다. 힘들기야 하지만 애초에 섹스라는 것이 마냥 괴롭기만 한 일도 아니고.

아무래도 결승전 패배 후에 보여 준 모습이 생각보다 더 뇌리에 강하게 남은 것 같다. 지난 월드컵의 패배 이후에 보여 준 모습과도 사뭇 달랐다. 경기가 끝나고 남들 앞에서는 제법 의연한 척을 하더니 집에 돌아와 저를 안을 때는…….

아직 겨울이 물러가지 않았던 때, 술에 취해 제게 수갑을 채우고 덮쳐 왔을 때와는 또 다른 절박함이었다. 처음 보는 김무겸의 모습이었다. 무겸에게는 기분이 좋지 않아 좀 남달랐던 하루 정도겠지만 제게는 아니었다.

예전이라면 저도 믹스트 존에서 보여 주는 대외적인 모습밖에 보지 못했으리라. 본래는 그 혼자만의 것이었을 열패감과 상실감을 온몸으로 나누는 기분은, 뜨겁게 달구어진 설탕을 삼키는 것처럼 괴롭고 또 황홀했다.

대단한 이야기도 아니다. 이 정도를 가지고 너무 맞춰 줘서 이상하다니. 김무겸도 그렇게 안 생겨서 가끔 보면 참 소박하다.

"응? 왜 그러냐고."

말하기도 멋쩍은 일이라 얼버무리고 넘어가려는데 무겸은 다시 한번 물었다.

뭐라고 적당히 대답을 할까 머리를 굴리는 찰나, 그의 말이 이어졌다.

"임정규 말로는 내가 불편한 인간이라 그렇다던데."

"…뭐?"

"그래? 아직도 내가 불편하고 어려워서 그러는 거야?"

"무슨 말도 안 되는……. 그런 거 아니야."

무겸이 눈썹 끝을 떨어뜨렸다. 불길한 예감이 엄습했다.

"맞잖아."

"아니라니까."

"벌써 같이 산 지도 반년쯤 됐는데 아직도 내가 남 같아? 그래, 뭐. 다 내 잘못이지. 임정규 말마따나 내가 널 편하게 못 해 줬으니까 너도 내가 계속 불편하겠지."

"무겸아. 아니래도."

"아… 나도 나름대로 노력했는데 역시 연애가 처음이라 쉽지 않네."

하준은 기막힌 표정으로 입을 벌리고 무겸을 보았다. 보나 마나 또 엄살. 알면서도 만에 하나 진심일까 봐 또 그러려니 넘어가지 못하겠다.

"정말 그런 거 아냐. 그냥……."

"그냥 뭐."

"…너한테 잘해 주고 싶어서."

이번에는 무겸이 무슨 소리냐는 듯 미간을 가늘게 찌푸렸다. 하준이 자포자기의 한숨을 쉬었다.

"네 덕분에 나는 런던에서 공부도 하고, 하고 싶던 일도 하고, 궁전 같은 집에 살면서 손 하나 까딱 안 하고 매일 좋은 거 입고 먹고 타고 다니잖아. 챔스 결승전에까지 참가해 보고."

"그게 뭘."

"그런데 나는 너한테 해 줄 게 없으니까……."

말하다 보니 옆에 앉은 남자와의 격차가 피부로 와닿아 바보처럼 콧등이 시큰해졌다. 서글퍼지려는 기분을 지우려고 무겸의 손을 잡으며 일부러 웃음을 지었다.

"내가 할 수 있는 게 그 정도잖아. 그래도 아직 몸 하나는 남들보다 튼튼한 편이니까 걱정할 필요 없어. 이러니저러니 해도 기분 좋으니까 하는 거지, 진짜 힘들면 나도 못 맞춰 줘."

"……."

"민망하네. 누가 들으면 내가 참 대단한 뭐라도 해 준 줄 알겠다. 하여튼 보기보다 예민해서는."

그냥 조금. 조금 더 무겸이 마음껏 저를 안았으면 좋겠다 생각했을 뿐인데 귀신같이 눈치채고 따져 묻는 것부터가 유별났다.

다른 이와 몸을 합쳐 보지 않아서 모르겠지만 모든 이가 무겸처럼 까다롭고 예민하지는 않을 것 같다. 무겸이 어이가 없다는 듯 되물었다.

"네가 왜 나한테 해 준 게 없어?"

“뭐가 있냐. 없잖아. 몸 관리하는 거야 내 직업이고.”

“너 진심으로 그렇게 생각하는 거야?”

“내가 10년 동안 너를 좋아했다는 게 너한테 의미 있는 일인 건 알아. 고맙게 생각해.”

하준이 쓴웃음을 지었다. 형태 없는 마음, 그것도 당사자에게 전해지지도 않았던 마음에 대단한 값을 매겨 주는 무겸에게는 고맙다.

그러나 정작 그 마음의 주인인 하준은 제 지난 10년의 짝사랑에 그만한 가치가 있다고 생각하기 어려웠다. 무겸이 먼저 알아보고 다가와 주기 전까지는 끝끝내 작은 용기조차 내지 못한, 결국은 저 자신을 북돋고 위안하는 데 써먹었던 자족적인 마음인 것을.

“그런데 그것도 네가 나한테 마음이 없었을 때니까 유난한 일인 거지. 이제는 너도 나 좋다고 하는데 내가 널 좋아한다는 게 특별한 일이 되지는 않아.”

“…….”

“이제는 너한테 받기만 하는 사람이야.”

“…나한테 말도 안 하고 속으로 그런 생각하고 있으셨다.”

“굳이 말로 할 만한 이야기는 아니잖아.”

무겸이 한숨을 쉬었다.

“돈 많은 애인 잡았으면 등쳐먹을 생각이나 할 것이지, 웬 삽질이냐.”

“지금까지도 많이 등쳐먹었는데.”

“언제? 빨대 꽂고 등골까지 쪽쪽 빨아먹어 봐 좀.”

타박하는 말에는 진심 어린 속상함에 더불어 온기가 가득했다. 그것을 알기에 더더욱 부끄럽고 미안해졌다. 제 딴에는 할 수 있는 일이라도 열심히 해서 무겸을 기쁘게 해 주고 싶었던 것인데 기분만 더 착잡하게 만든 꼴이 됐다.

김무겸이 이하준을 좋아하는 것만큼 이하준도 김무겸을 좋아하니까. 좋아하는 사람을 행복하게 해 주고 싶은 마음은 서로 똑같으니까. 그저 그뿐인데.

하지만 더 이야기가 길어져 봐야 분위기만 썰렁해질 것 같았다. 하준은 웃으면서 먼저 자리를 정리했다.

"이제 들어가자. 여기서 잘 거 아니면."

둘은 대충 차를 정리하고 들어올 때와 마찬가지로 소리를 죽여 현관문을 열었다.

몰래 집을 빠져나올 때보다 들어갈 때가 더 민망했다. 대충 닦아 냈다지만 다리 사이가 미끌거렸고 정액이 조금씩 흘러내려 뒤를 적셨다. 역시 방에서든 차에서든 가족들이 있는 집에서는 인내해야겠다고 하준은 다짐했다.

2층으로 올라와 이번에는 함께 샤워를 하러 들어갔다. 됐다고 했는데도 무겸에게 붙잡혀 한바탕 뒤를 씻기고, 하준은 또다시 발개진 얼굴로 침대 위에 철퍼덕 뻗듯이 누웠다. 말린다고 말렸는데도 살짝 습기가 남은 머리카락을 커다란 손이 헤집듯 매만졌다.

함께 누워 무겸의 손길을 느끼고 있자니, 조금 전까지 토로했던 서글픈 감정조차도 사치라는 생각에 작은 미소가 입술 끝에 걸렸다. 결국 요즘 저는 과분한 행복을 맛보는 바람에 배부른 투정을 부리는 중이었다.

너한테 어울리는 사람이 되고 싶다.

왜 나는 너처럼 될 수 없었을까.

좀 더 용감하게, 열심히 살았으면 지금과는 조금이라도 달라졌을까.

지금의 자신이 싫은 것도 아닌데 괜스레 자꾸만 그런 '만약'을 가정한다. 예전에는 꿈도 꾸지 않았던 생각을 지금 와서야 하는 이유는 그날그날을 이어 가는 것, 먹고사는 것 이상을 생각하기 시작했기 때문이다. 그리고 그것은 무겸이 저를 다른 세상으로 데려가 주었기 때문이었다.

하준은 아무 말 없이 무겸의 등 뒤로 팔을 둘러 그를 끌어안았다. 단단한 팔이 저를 마주 안는 감각에 몸을 맡겼다.

입술이 자장가처럼 여러 차례 이마를 간질였다. 초여름 밤의 꿈이 서서히 하준의 눈꺼풀을 가라앉혔다.

⚽

오랜만에 대표 팀 선수들이 한자리에 모였다. 정규 시즌이 모두 끝난 뒤 만난 선수들은 월드컵이라는 큰 이벤트를 앞두었음에도 홀가분해 보였다.

"김무겸, 이번에 정말 아깝더라."

"그래도 벌써 챔스 결승 올라간 것만 세 번째 아니냐? 지금 바로 옆에 있으니까 그러려니 하는 거지 생각해 보면 존나 놀라워."

다른 선수들의 위로와 칭찬을 별말 없이 웃어넘기며 무겸은 몸을 풀었다. 운동선수라면 으레 그렇겠지만 저도 패배에 그리 초연한 편은 못 된다. 하지만 그렇다고 해도 이번 챔피언스 리그 결승에서 맛본 패배감은 유독 심했다.

욕심이 있었기 때문이다. 그저 우승해서 또 한 번의 업적을 쌓는 데서 끝나지 않는 욕심. 저를 믿고 런던까지 따라와 준 하준에게 무엇에도 비교할 수 없는 큰 선물을 안겨 주고 싶었다.

꿈을 제대로 펼쳐 보기도 전에 은퇴해야 했던 그에게, 세계 최고를 증명하는 우승컵을 들어 올리는 기분을 알려 주는 것.

비록 직접 뛰는 경기는 아니라고 해도 그 역시 결승전의 일부임은 분명한 사실이니까. 그러나 욕심이 앞선 탓이었는지 일이 뜻대로 풀리지 않았다.

"다들 집합!"

감독 앞으로 선수들이 모여 섰다. 간만에 보는 윤채훈의 모습도 무겸의 눈에 띄었다. 오랜만에 만나는 서로의 근황이 궁금한지 하준과 그는 아까부터 붙어 서서 쉴 틈 없이 이야기를 나누는 중이었다.

예전 같으면 눈꼴이 시다 못해 속이 쓰릴 광경이지만 이제는 그저 살짝 가는 눈을 뜨고 그 모습을 지켜볼 수 있었다.

그래, 오랜만에 친구를 만났으니 하고 싶은 말이 많겠지. 슈퍼 바이러스도 겪어 본 저다. 면역력이 높아졌는지 이제 들러붙는 먼지 정도에 일희일비하게 되지는 않는다. 사람은 성장하는 존재다.

그렇게 생각하는데 윤 씨 놈이 몸을 살짝 굽혀 하준에게 뭔가를 물었다. 하준이 대답하자 뭐가 재미있는지 그는 웃음을 터뜨리며 하준의 머리를 마구 쓰다듬었다.

…씨발, 그래도 만지지는 말라고! 하여튼 이 바닥 사내자식들은 손버릇이 더러워서.

"김무겸!"

그때 감독의 목소리가 들려와 무겸이 눈을 크게 뜨고 그를 보았다.

"네?"

"아니, 사람이 부르는데 어디 정신을 팔고 있어. 첫날부터 기합 다 빠졌어?"

"아닙니다."

"논의할 게 있어서 그러니 끝나고 잠깐 따로 보고 가."

"알겠습니다."

오랜만에 모여 새롭게 피지컬 테스트부터 들어갔다. 단순 신체 측정부터 시작해 포지션별로 나누어 각자에게 필요한 테스트를 거쳤다. 유산소 테스트와 회복 테스트, 드리블, 러닝 테스트 등을 차례대로 시행하고 유연성까지 체크했다.

작년보다 체력이나 근력이 향상된 선수도 있었지만 일부 하락한 선수들도 있었다. 그런 선수들에게는 특별히 강화 훈련이 필요했다.

"김무겸은 언제 봐도 정말 대단하네."

테스트 중 채훈이 혼잣말처럼 뇌까리는 소리를 듣고, 하준은 괜스레 속으로 뿌듯해져 약하게 웃었다.

'그럼요. 얼마나 열심히 관리하는데.'

훈련을 하고 집에 돌아와서도 매일같이 따로 개별 보충 트레이닝을 하고 마사지도 해 준다. 어지간해서는 빠뜨린 적이 없다.

무겸은 저를 송아지, 망아지, 토끼, 사슴 등 셀 수도 없이 다양한 동물에 비교하며 툭하면 혼자 동물 농장을 꾸리기 일쑤였다. 저도 무겸처럼 별명을 붙여 놀려 주고 싶어 몇 번 고심해 보았지만 무겸을 보면 떠오르는 동물은 일단은 말. 그것도 혈통 좋고 튼튼하고 늘씬한 서러브레드였다.

그게 아니면 도베르만. 늠름하고 재빠르며 충성심이 강하다는 사냥개. 또는 재규어나 표범 같은 사납고 발 빠른 육식 동물 종류. 상상력의 한계인지 뭘 떠올려도 비교했을 때 무겸이 흐뭇해할 만한 멋진 것들만 떠올랐지, 놀림감으로 쓸 만한 것은 생각나지 않아 포기했다.

"테스트는 이걸로 종료한다. 결과 기반해서 내일부터 각자 프로그램 짤 테니까 오늘은 기본 훈련으로 러닝, 드리블, 풋발리 게임으로 끝내자."

"네!"

채훈의 지시에 맞춰 선수들은 달리기 시작했다. 차례대로 이어진 훈련이 종료된 뒤, 코치들은 그들끼리 모여 훈련 프로그램에 대해 논의했다. 월드컵을 앞두고 모두 의욕이 만만해져 있었고 회의는 길어졌다. 하준은 남들 몰래 무겸에게 늦어질 것 같으니 먼저 가라는 메시지를 보냈다.

사무실을 나왔을 때 선수들은 이미 모두 돌아간 듯, 복도도 훈련장도 조용했다.

"내일 뵙겠습니다."

스태프들도 인사를 나누고 귀가를 서둘렀다. 하준도 가방을 고쳐 메고 복도를 걸었다. 사람들이 하나둘 그를 앞서 걸어 현관을 빠져나갈 무렵, 그는 멍하니 창밖에 펼쳐진 잔디밭을 바라보다가 출구 대신 훈련장으로 이어지는 문을 열었다.

6월 초여름. 해가 길어지기 시작했다. 벌써 저녁이 가까운 시간이었지만 아직도 잔디밭은 찬연한 금빛 햇살 아래 화사한 연두색으로 빛나고 있었다.

하준은 목적 없이 그 위를 걸었다. 은퇴 후 맞이하는 첫 번째 월드컵, 첫 번째 소집일이었다. 사람들과 있을 때는 굳이 말하지 않았지만 그는 은근슬쩍 감상적인 기분에 빠져 있었다.

4년 전, 저는 스태프가 아니라 선수로서 이 위에서 공을 차며 달렸다. 이제는 지난 일을 이야기하기에도 너무 오래전이 되어 버렸지만…….

그래도 가끔은 그 시간들이 엊그제처럼 느껴진다. 환상통처럼 발이, 다리가 근질거렸다. 선수 시절에 미련이 남은 것은 아니다. 하지만 그리운 것은 부정할 수 없는 사실이었다.

"뭐 해?"

그때 다른 이의 목소리가 들려 하준은 내심 놀라 고개를 돌렸다.

그에게 말을 건 이는 이미 이쪽으로 성큼성큼 걸어오고 있었다. 아직 옷도 갈아입지 않은 모습에 하준이 눈을 크게 뜨고 되물었다.

"집에 먼저 안 갔어?"

"나도 감독님이랑 면담하고 이제 나왔어."

"왜 따로 보자고 하셨대?"

"별거 아니었어. 전술 논의랑, 아무래도 지난번 때 일이 있다 보니 언론 대응 방침 같은 것 이야기한다고."

하준이 고개를 끄덕였다. 무겸이 더 가까이 왔다.

"왜 혼자 이러고 있어?"

"…그냥. 바로 가기가 아쉬워서."

텅 빈 훈련장은 먼 어디선가 간간이 새소리만 들려올 뿐 조용했다. 조금 있으면 관리인이 폐장 정리를 하겠지만 아직까지는 여유가 있었다.

무겸이 저벅저벅 중앙으로 걸어가더니 하프라인 언저리에 놓여 있던 공을 툭 올려 차 손에 들었다. 그러더니 묻는다.

"패스해 줄까?"

"어?"

"한판 차고 갈 생각 있으면 같이 해. 몸 좀 풀고 싶은 눈친데."

하여튼 눈치는 빨라서.

하준은 속으로 감탄하며 고개를 끄덕였다. 가방을 내려놓고 신발을 갈아 신었다. 뒤꿈치와 신발코를 차례대로 툭툭 바닥에 치고 무겸의 앞까지 걸어갔다.

무겸이 먼저 공을 터치했다. 제자리에 서서 하는 패스가 아닌 러닝 패스였다. 하준도 그와 같은 방향으로 따라 달리며 그가 건넨 공을 다시 찼다. 공을 차는 동안에는 둘 다 말이 없었다. 퉁, 퉁, 공이 발에 부딪히는 소리만 둘뿐인 조용한 훈련장을 작은 메아리처럼 울렸다.

처음에는 쉬엄쉬엄 이어지던 패스가 어느새인가 맨투맨 게임으로 변했다. 둘은 엎치락뒤치락 서로 공을 빼앗기 위해 바삐 발을 움직였다.

무겸이 주춤대며 발아래에 공을 잡고 눈치를 보다가 빠르게 공을 좌우로 짧게 드리블했다. 그때마다 하준도 날카롭게 그를 살피며 같은 방향으로 몸을 움직였다.

살짝 길게 공을 옆으로 빼며 달리자 하준 역시 그를 쫓아 달렸다. 무겸이 공을 툭 걷어차며 전진하고 하준이 몸으로 무겸을 막으며 견제했다.

무겸은 드리블을 해 그를 따돌리려 했지만 하준은 쉽게 돌파당하지 않았다. 살짝 거칠어진 둘의 숨소리가 서로의 귓가를 또렷하게 울렸다. 무겸의 입꼬리가 슬쩍 올라갔다.

우리 애인님은 예쁘고 순진하고 귀엽고 요망하고 저돌적인 데다 터프하기도 하지.

무겸이 공을 뒤로 빼며 거리를 벌렸다. 하준도 무겸을 따라 달렸다. 그러나 너무 가까이 오지 않고 거리를 유지하며 무겸을 살핀다.

수비의 기초다. 비상사태가 아닌 이상 일정 거리를 항상 유지하기. 공격수는 계속 거리를 좁히려 하고 수비수는 거리를 유지하려고 한다. 너무 가까워지면 골이 들어가기 쉽고 너무 멀어지면 수비를 할 수가 없다.

무겸이 속도를 냈다. 마음먹고 대시해 훅 거리를 좁히는 무겸을 막을 수 있는 수비수는 세계적으로도 드물다. 하준 역시 마찬가지였다. 곧바로 무겸을 따라 뛰었지만 그는 하준을 제치자마자 공을 뻥 걷어찼다. 골키퍼도 없는 골대가 거하게 흔들렸다. 하준이 탄식하며 중얼거렸다.

"아, 뚫렸네."

"이기려고 했어?"

무겸이 웃으면서 묻자 숨을 고르던 중에도 하준은 입술을 퉁명스레 내밀었다.

"너 진짜 빠르긴 빠르다."

"몰랐던 것처럼 말하네."

"막아 보니까 더 실감 나."

역시 아깝다. 지금이라도 대표 팀 엔트리에 넣어서 몇 분이라도 뛰게 해야 하는 것 아닌가.

무겸이 그런 생각을 하는데 하준이 놀란 듯 목소리를 높였다.

"너 무릎 왜 그래?"

"어?"

무겸이 무릎을 보았다. 훈련 시간 중 미니 게임을 하다가 잘못 충돌해 살짝 긁힌 부분이 눈에 들어왔다.

"아까 발리 게임 하다가 살짝."

"밴드라도 붙이지 그냥 뒀어."

"대단한 것도 아닌데 뭘."

"훈련으로 게임 할 때 목숨 걸지 말라니까 다들 말 지독하게 안 들어."

무겸이 소리 없이 웃었다. 그렇게 투덜대는 하준 역시 방금 저와 한 맨투맨 게임에서는 여차하면 당장 저를 덮치기라도 할 기세였던 것이다.

어느새 다가선 하준이 무릎을 굽히고 앉아 무겸의 다리를 살피고 있었다.

"가기 전에 잠깐 의무실 들르자. 소독하고 약 바르고 밴드라도 붙이게."

그러나 무겸은 걸음을 옮기는 대신 도리어 몸을 굽혔다. 자세를 낮추자 앉아 있던 하준과 눈이 마주친다.

갑자기 거리를 좁혀 달려들던 조금 전 게임에서처럼 무겸이 하준의 위로 덥석 몸을 기울였다. 느닷없이 덮쳐드는 커다란 덩치에 하준이 놀란 눈을 크게 뜨고 뒤로 등을 숙이다가, 그대로 털썩 잔디 위에 드러누웠다.

무겸은 마치 햇빛을 가리는 차양처럼 하준의 몸 위를 드리우고 빙글빙글 웃으며 그를 내려다보았다. 잠깐 마주 보던 하준은 곧 고개를 살짝 돌리고 먼눈을 팔았다. 눈썹 끝과 뺨에 그가 느끼고 있는 난처함이 희미하게 떠올라 있었다.

"누가 보면 어쩌려고 이래. 비켜."

"여기서 어쩌겠다는 것도 아닌데 뭘."

이제 슬슬 해가 넘어갈 때도 된 것 같은데 아직도 주변은 환했다. 그러고 보면 6월이 한 해 중 가장 해가 긴 달이라고 했던가.

하준은 부드럽고 촉촉한 잔디가 맨팔을 쓰다듬는 감각을 짚었다. 황금색 빛줄기가 엎드린 무겸의 옆으로 길게 비쳐 들어오고 있었다.

빛을 머금은 잔디 끝이 작은 보석을 매단 듯 반짝였다. 저도 모르게 그 선명한 빛을 응시하던 중, 무겸의 목소리가 위에서 들려왔다.

"이 코치. 의무실 가면 내 무릎에 약 발라 줄 거야?"

하준이 다시 그를 향해 고개를 돌렸다.

"그럼 발라 주지. 직접 바르라고 할까 봐 그러냐."

무겸이 씩 웃더니 몸을 치워 주었다. 먼저 일어서서는 양손을 내민다. 하준은 그의 손을 잡고 일어섰다. 사용했던 공을 다시 하프라인 근처, 공을 모아 놓은 곳에 가져가 정리하고 둘은 건물을 향해 걸었다. 땀을 빼는 바람에 샤워도 다시 해야 할 성싶었다.

짧은 시간이었지만 무겸을 일대일로 마크하는 것은 과연 진이 빠지는 일이었다. 더군다나 하필 무겸이 몰아세우는 바람에 기절까지 한 다음 날이다.

어제 섹스만 그렇게 안 했으면 조금 더 오래 막을 수 있었을지도 모르는데……. 별 소용없는 생각을 하며 하준은 묵묵히 걸었다.

"어릴 때 무릎 제대로 깨 먹은 적 있는데."

갑작스러운 무겸의 말에 하준이 고개를 끄덕였다.

"그래 보이더라. 너 무릎에 흉터 있잖아."

축구 선수들, 그것도 어릴 때는 잔디도 깔리지 않은 맨땅에서 공을 차기도 하는 한국 선수들에게 여기저기 있는 찰과상 흉터쯤이야 흔한 것이었다.

무겸의 무릎에도 제법 크게 진, 오래되어 보이는 흉터가 있었다. 따로 물어본 적은 없지만 형태를 봤을 때 어릴 때 넘어져서 생긴 흉터이려니 짐작했다.

"어릴 때 좀도둑질을 잠깐 열심히 했거든."

"응. 알아."

"한번은 돈이 들어 있는 줄 알고 가방을 하나 훔쳤는데 그게 웬 조폭 같은 놈들 물건이었던 거야. 나는 좀 도망치다 보면 포기할 줄 알았는데 그 인간들이 끝까지 쫓아오더라고."

하준이 마치 어제 있었던 일을 듣는 것처럼 미간을 찌푸리며 물었다.

"그래서 어떻게 했어?"

"죽어라 뛰었지. 잡히면 죽거나 최소 다리 하나쯤 부러질 거라는 직감이 왔거든. 그런데 뛰는 중에 갑자기 가던 길에 고양이가 한 마리 튀어나온 거야. 전력 질주하고 있었는데 놀라서 멈춰 서려다 넘어졌어."

무겸이 지금 생각해도 치 떨린다는 듯 고개를 절레절레 저었다.

"무릎은 완전히 갈렸지, 뒤에서 그놈들이 쫓아오는 소리는 들리지, 다리가 아파서 더 뛰지는 못하겠지. 이제 죽는구나 싶었는데."

"그런데?"

어느새 둘은 걸음을 멈춘 채였다. 처음 듣는 이야기가 흥미로운지 하준은 눈을 둥글게 뜨고 몰입하고 있었다. 무겸은 장난스레 웃었다.

"가던 길가에 있던 집에서 나랑 나이 비슷해 보이는 꼬마애가 한 명 나왔어. 걔가 그놈들 욕하는 소리를 듣더니 위험한 상황인 걸 눈치챘는지 내 손목 잡아끌고 집에 도로 들어가더라고. 그리고 그놈들 멀리 갈 때까지 집에 나 숨겨 줬어. 구사일생이었지."

"……."

"더 웃긴 게 뭔지 알아? 그렇게 목숨 걸고 훔친 가방에 돈이 아니라 무슨 흰 가루 같은 것만 꽉 차 있었다니까. 나중에 생각해 보니 그거 마약이었어. 잡혔으면 그날 나 어디 바다에 수장당하지 않았겠냐."

"진짜 큰일 날 뻔했다. 그래서 끝까지 그 사람들한테는 안 들켰어?"

무겸은 바로 답하지 않고 하준의 얼굴을 빤히 보았다. 하준은 그저 규칙적으로 눈을 깜박이며 대답이 궁금한 표정을 짓고 있을 뿐이었다. 무겸의 표정이 슬쩍 옅은 쓴웃음으로 변했다.

"그래. 안 들키고 보육원까지 무사히 돌아갔어. 가는 길에 그 가방은 경찰서 앞에 던져 놓고."

"그랬구나."

"그 애가 엄마한테 말해 줄 테니까 무릎에 약 바르고 가라고 몇 번씩 붙잡았는데, 그냥 나왔던 게 기억이 나."

"……."

"괜히 울컥했어. 개랑 내가 너무 달라 보였거든. 예쁜 집에 살면서 무릎 까 먹으면 약 발라 주는 엄마도 있고. 얼굴도 얼마나 뽀얗고 예쁘던지. 그 무렵에 나는 진짜 구질구질 들짐승 같았는데."

무겸이 긴 숨을 내쉬고 다시 하준을 돌아보았다. 그는 이제 어딘가 딱딱하게 굳은 무표정한 얼굴로 무겸을 바라보고 있었다.

"그때가 봄이어서… 그 집에 라일락이 흐드러지게 피어 있었어. 정말 예뻤지. 아니, 예쁘다는 말로 표현하기는 부족해. 아름다웠어. 내가 태어나서 그때까지 봤던 모든 것들 중에서 그 풍경이 제일 아름다웠어."

"……."

"그래서 내가 제일 좋아하는 꽃이 라일락이야."

무겸이 어깨를 으쓱했다.

"어디서 들어 본 얘기 같지 않아?"

"…글쎄. 잘 모르겠……."

하지만 그렇게 대답하던 하준은 목에 뭔가 걸린 것처럼 말을 멈추고 마른침을 삼켰다. 얼굴에 당황과 의문, 혼란 같은 감정들이 알알이 맺혔다.

무겸이 한 발짝 다가섰다. 하준이 어깨를 흠칫하며 시선을 마주쳤다. 깜박임도 잊은 눈동자는 마치 겁먹은 동물 같았다. 무겸이 의문스러운 듯 미간을 가늘게 좁히며 고개를 한쪽으로 살짝 갸웃했다.

"내가 방금 한 이야기가 무서운 이야기였나?"

"아니야. 그게……."

무겸이 다시 웃었다. 하준이 좋아하는, 천진한 미소였다.

"나 기억하지?"

"……."

"왜 그래. 모른 척하지 마. 섭섭하게."

그 말에 하준의 눈동자가 숨길 수 없이 떨렸다. 눈썹 사이에 보일 듯 말 듯 주름이 지더니 그 끝이 처졌다.

무겸의 말이 믿기지 않는 듯 크게 벌어진 채 흔들리는 눈매에는 갑작스럽게 밀어닥친 상황에 대한 불신이 스몄다. 그 불신은 상대방에 대한 의심이 아닌, 그저 상황을 바로 받아들이지 못하는 사람의 본능에 가까웠다.

수비가 거리를 두려고 한다. 그럴 때면 무조건 가까이 붙어 파고드는 것이 공격수의 역할. 무겸이 하준의 손목을 잡았다. 그의 손을 이끌어 제 왼쪽 가슴 위, 지금은 국가 대표 팀의 엠블럼이 자리한 곳에 얹었다.

평소보다 조금 빠른 박동이 하준의 손바닥을 쿵쿵 울렸다. 그는 무겸의 얼굴이 아니라 가슴 위에 붙잡힌 제 손을 바라보았다.

"이하준."

"…어."

"네 덕분에 그날 안 죽고 살아서 여기까지 왔어."

무겸은 가슴에 얹었던 손을 끌어 올려 뺨에 문질렀다. 하준은 붙잡힌 제 손이 그을린 뺨을 쓰다듬는 것을 멍하니 바라보았다. 그러고도 잠시 침묵하던 입술 사이로 살짝 갈라진 목소리가 어렵사리 흘러나왔다.

"어떻게……."

그렇게 말한 하준이 다시 한번 목울대를 꿀꺽 울렸다.

"대체 언제, 부터……."

"선물해 주고 싶어서 집 보러 갔었잖아. 그때."

"……."

"고등학생 때, 런던으로 가기 전에 너희 집 한 번 더 갔었어. 그런데 네가 그 집을 떠나고 없었지."

입술 위에 맺혀 있던 무겸의 미소가 사라졌다. 옅은 회한이 그 얼굴 위를 감쌌다.

"그때 바로 어떻게든 너를 찾았으면… 좋았을 텐데."

무겸은 눈을 감고 뺨에 얹었던 손바닥에 입술을 맞댔다.

"…그래서 말했잖아. 내 남은 인생은 다 네 거라고."

하준은 말이 없었다. 무겸이 눈을 떴다.

아직도 그의 말이 믿기지 않는 듯 망연한 얼굴 위, 순한 망아지 같은 눈에서 작은 눈물방울이 굴러떨어지고 있었다. 무겸이 웃었다.

"왜 울어. 내가 슬픈 얘기 했어?"

"어……?"

하준도 저의 눈물을 뒤늦게 눈치챘는지 부끄러운 듯 손목으로 빠르게 그것을 훔쳤다. 손을 치우기도 전에 단단한 팔이 하준의 몸을 끌어안았다.

"해 준 게 없다는 둥 받기만 한다는 둥."

"……."

"그런 말 하지 마. 너 아니었으면 그날 벌써 뒈지거나 불구 돼서 이 자리에 없었어. 너 나한테 꿀릴 것 하나도 없다고. 아저씨가 날 선수로 만든 건 맞지만 그것도 네가 날 살려 줘서 가능했던 거야."

"…난 여태 넌 줄도 몰랐어……. 그때도 그냥, 뭐가 뭔지도 잘 모르고……."

"은인이 된다는 게 원래 그런 거지. 흥부가 뭘 알고 제비 다리 고쳐 준 건 아니잖아."

너도 알지? 무겸이 하준의 귓가에 속삭였다. 무엇을 아느냐 물어보는지 몰라 하준이 눈만 깜박였다.

"김무겸은 반드시 은혜를 갚아."

그러니 더는 엉뚱한 걱정을 하거나 불안해하지 말라는 뻔한 말은 굳이 덧붙이지 않았다.

하지만 하준은 의아하게 뜬 눈을 무겸에게로 향했다. 당혹스러움과 망설임이 더해진 표정으로 입술에 힘을 주더니 말문을 열었다.

"너 그러면, 혹시……."

"혹시?"

"은혜 갚으려고 나랑 사귀는 거였어? 좋아서가 아니고……."

"뭐? 뜬금없이 무슨 소리야. 나도 너희 집 보러 가서 알았다니까."

"아, 그랬지 참……."

기가 막혀 그만 실소하자 하준의 얼굴이 다시 붉어진다. 빰을 식히려는 것처럼 제 손등으로 볼을 눌렀다.

"미안해. 좀 놀라서. 정신이 없네."

무겸의 얼굴에 쓴웃음이 올랐다. 왜 눈물이 나는지도 모르겠다는 표정으로 조금씩 훌쩍이는 연인을 앞에 두고 있자니 저도 어쩐지 겨자 따위를 너무 많이 먹었을 때처럼 코끝이 찡해졌다.

하나, 둘, 셋, 넷. 넷까지 세자 다행히 진정되었다. 잠깐 밀려 나올 뻔한 눈물을 숨기기 위해 괜스레 긴 한숨을 쉬었다.

"고작 돈으로 호의호식시켜 주는 정도로는 은혜를 갚는 거라 할 수 없지."

"…그건 또 무슨 말이야. 지금도 과분한데."

"네가 나를 여기까지 보내 놨으니까 나도 너를 여기까지 데리고 와야 돼."

'여기'라고 말하며 무겸이 어딘가 높은 곳을 가리키듯 손가락을 위로 치켜세웠다. 그러고는 다시 손을 잡는다.

결승전 터널에서 그랬듯 손등을 위로 향한 하준의 손끝에 입술이 맞닿았다. 마주친 부분이 움찔 떨리자 무겸의 손아귀에 힘이 들어갔다.

"축구라는 게 혼자 하는 건 아니지만 어쨌든 골을 넣으면 이기는 거잖아."

입맞춤은 그때와 마찬가지로 짧았다. 곧 고개를 들어 올리고 손을 놓아 준 무겸은 짐짓 소탈한 미소를 지었다.

"이번에는 실패했어도… 월드컵도 코앞이고, 아니더라도 아직 기회는 많이 남아 있으니까."

무겸의 시선이 무심코 방금 두 사람이 공을 주고받았던 훈련장으로 향했다. 잔디를 반짝이는 연두색으로 만들던 해는 그사이 서쪽으로 조금조금 넘어가, 눈이 시린 레몬 빛 대신 농도가 짙어진 노란색을 뿌리기 시작하고 있었다.

무겸을 따라 잔디밭으로 시선을 보내던 하준이 이번에는 먼저 입을 열었다.

"가자."

"어."

"집에 가야지."

그렇게 말하고 하준은 무겸의 손을 잡았다. 훈련장에서는 늘 누가 보면 어쩌냐며 손도 함부로 잡지 못하게 하는 그였다.

무겸은 뿌듯하게 웃었다. 지금은 아무도 없어서일까, 제 손을 옭아맨 하준의 손가락이 제법 야무졌다. 계절은 차츰 더워지고 있었고 한바탕 달리느라 땀이 난 몸은 거짓말로라도 보송하다 할 수는 없었으나 그래도 맞닿은 살갗은 달기만 했다.

둘은 함께 샤워실로 들어가 몸을 씻었다. 대표 팀 훈련장의 공용 샤워실에서 끈적한 분위기를 만들 수는 없었으나 지금은 둘뿐이었다. 여럿이 훈련을 하는 장소를 전세 내고 있다는 것이 또 은근히 자극적이었다.

무겸이 씻겨 주겠다며 손을 뻗어 장난스레 젖은 피부를 스쳤다. 하지 말라며 손을 뿌리치는 하준도 진심은 아닌 듯 웃기만 했다. 장난을 치다 보니 간단히 땀을 씻어 내려고 했던 샤워에 꽤 시간이 걸렸다.

"그러고 보니 너나 나나 한동안 사람들 다 가고 나서 샤워하는 게 좋겠는데?"

몸을 가까이 붙여 맨살을 비비던 무겸이 키득거리며 하준의 아래를 쓰다듬었다. 주기적으로 왁싱을 하는 사타구니가 새하얬다.

이제는 이 상태가 익숙해져서 잊고 있었는데 무겸의 말대로 한국에서는 무심코 속옷을 벗었다가 주목을 끌 수도 있겠다. 하준은 괜히 부끄러워져 미간을 찌푸리고 무겸의 얼굴에 물을 쏘았다.

그렇게 씻은 뒤 무릎에 밴드를 붙이고 새 옷으로 갈아입고 나니, 여름날 해가 지도록 한바탕 뛰어놀고 찬물로 몸을 씻은 아이들처럼 나른해졌다.

둘은 차를 잠시 정차해 놓고 편의점에 들어가 기다란 아이스바를 하나씩 사 입에 물었다. 멈춘 차 안에서 그것을 먹던 하준이 문득 물었다.

"왜 이제 말했어?"

"뭘?"

"아까 한 이야기. 너는 알게 된 지 한참 됐으면서."

무겸이 미간을 좁히며 피식 웃었다.

"모든 이야기에는 타이밍이라는 게 있으니까."

"무슨 소설 쓰냐? 이런 데서까지 타이밍을 찾게."

"네가 나를 꼭 기억할 거란 보장도 없고. 기왕이면 라일락이 필 때쯤

그 집에 가서 이야기하고 싶었어. 그럼 좀 더 기억해 낼 확률도 높을 것 같아서. 그런데 그맘때 서울에 올 시간이 전혀 안 났잖아."

무겸의 입 안에서 아이스바의 마지막 조각이 아작 났다.

"우리 정도면 운명적이지 않나?"

"……."

"그러니 운명적인 이야기에 걸맞은 타이밍에 멋지게 말하고 싶었지. 그런데 항상 그렇듯이 뭐, 내 마음대로 안 되네."

기다리고 기다렸던 운명적인 이야기를 꺼내는 순간, 두 연인은 노곤한 기분에 잠겨 앉아 차창을 짙은 금빛으로 쓸어내리는 햇빛에 살짝 가는 눈을 뜨고 앞을 보는 중이었다.

한 사람은 다 먹은 아이스바 막대를 버리고, 다른 한 사람은 아직 조금 남은 것이 다 녹아내리기 전에 얼른 해치우고자 다급하게 입을 벌려 한 입에 삼켰다. 집에 가자며 훈련장을 나왔지만 바로 집으로 가기도 싫고, 그렇다고 갈 곳이 딱히 있는 것도 아닌 유유자적한 분위기가 두 사람 사이를 맴돌았다.

하준은 그만 피식 바람 빠지듯 웃고 말았다. 살아오며 운명이나 갑작스러운 행운 따위는 없음을 몇 번이고 배우고 깨우쳤다 여겼다.

그러나 만에 하나 운명이란 것이 있다면 그것이 찾아올 때는 하늘에서 들려오는 나팔 소리, 눈앞을 희게 표백하며 내리치는 번개, 집채만 하게 덮쳐 오는 파도, 하다못해 리옹에서 제 운을 걸어 볼 때 느꼈던 통제하기 어려운 긴장과 설렘 따위라도 동반되리라 생각했다.

그런데 그것은 힘 빠진 공처럼 엉뚱한 방향에서 데구루루 굴러 들어온다. 무겸과의 관계가 상상하지 못한 방식으로 시작되었듯이. 웃음 섞인 혼잣말이 나왔다.

"운명이라는 거……."

"응?"

"되게 편안한 거구나."

무겸은 그 말에 바로 응답하지 않고 하준의 옆모습을 보았다.

햇빛에 푹 물든 피부가 진한 상아색을 바르고 은은한 빛을 냈다. 가벼운 미소가 매달린 입술 끝이 안정적으로 올라가 있었다. 눈빛은 조용했다.

"나 좀 봐."

그를 부르자 하준은 '왜?'라는 표정을 띠고 눈을 살짝 키워 무겸을 돌아보았다. 평온한 눈을 마주 보던 무겸은 입술을 길게 만들며 흡족하게 웃었다. 멈춰 있던 차에 시동을 걸었다. 그의 말투가 조금 조급해졌다.

"너랑 더 놀고 싶어."

"지금 놀고 있잖아. 일해?"

"키스하고 간지럽히고 장난치고 싶어. 집에는 조금 이따가 가자. 둘만 있을 수 있는 데서 땡땡이 좀 치고."

하준은 그저 웃으며 고개만 끄덕였다. 무겸이 그런 그를 곁눈질하고는 말했다.

"나른해 보이는데 잠깐이라도 자."

"옆 사람 운전하는데 그러면 안 되지."

"장거리 갈 것도 아닌데 뭘."

잠시 신호에 걸려 차가 멈춘 사이 무겸은 손수 조수석의 햇빛 가리개를 쳐 주었다. 하준은 별스럽다는 듯 눈썹만 한 번 올렸다 내리더니 웃으며 눈을 감았다.

"그럼 어디로 갈지는 너한테 맡겨 놓고 난 잔다?"

"응. 자."

그리고 무겸은 천천히 감기는 눈꺼풀, 빛 조각이 걸리는 속눈썹, 조금의 불편함이나 거리낌 없이 제 옆에서 머리를 살짝 기울이고 낮잠을 청하는 연인의 모습을 세상에서 가장 신비롭고 귀한 것을 보는 눈으로 바라보았다.

가리개로 가렸지만 욕심 사납게 빈틈으로 비어져 들어온 햇살이 검고 숱 많은 머리카락의 일부와 희고 오뚝한 콧등 아래, 입술과 턱선 위로 황금색 무늬를 기어이 찍어 내고 있었다.

조금 전 입을 축였던 얼음과자보다도 달고 진득하게 가슴을 적시는 황홀에 무겸은 소리 없는 웃음을 지었다.

운명은 기억에 남은 그날의 라일락꽃 향기만큼 아니, 그보다 더 달콤했다.

퍼레이드 나이트

저녁이 가까워져 한창 뜨겁던 태양열은 가라앉았지만 한여름의 공기는 여전히 후덥지근했다. 한낮에 받은 열기가 채 식지 않은 아스팔트 길도 아직 뜨거웠다. 그럼에도 불구하고 차량 통행이 통제된 도로 가장자리에는 사람들이 빈틈없이 빽빽이 들어차, 머리통들이 파도처럼 일렁였다.

불쾌지수가 치솟아 싸움이 벌어져도 이상하지 않을 상황이었다. 그러나 따닥따닥 붙어 선 사람들은 더위 따위는 아랑곳하지 않고, 오히려 조금이라도 앞으로 나서기 위해 타인과의 거리를 한 발짝씩 좁혔다. 보도 뒤로 늘어선 상가 건물 안의 사람들 역시 장사는 뒷전인 듯 입구마다 몇 명씩 나와 거리를 내다보고 있었다. 그 모습을 구경하던 몇몇 선수들이 신나는 목소리로 감탄을 연발했다.

"사람 진짜 많다."

"내가 선수 생활하는 동안 이런 일이 있을 거라고는 상상도 못했어."

후끈한 날씨에 사람들까지 몰려 있으니 체감 온도는 찜통 그 자체였다. 재킷은 어쩔 수 없이 벗었다지만 정장용 드레스 셔츠를 입고 있는 선수들은 가까이서 보면 죄다 더위에 몸이 달궈져 있었다. 그나마 스태프라 정장 대신 대표 팀에서 지급한 반팔 셔츠를 입은 하준은 선수들이 안쓰러울 지경이었다.

하지만 누구 하나 더위에 지치거나 기분 나쁜 기색은 없었다. 퍼레이드 카에 오른 선수들의 눈은 누구 하나 가릴 것 없이 감동과 기쁨에 아이처럼 반짝였다. 몇몇 선수들의 얼굴에는 태극기나 축구공 그림이 그려져 있기도 했다.

그것은 아래에서 퍼레이드 카를 올려다보는 군중 역시 마찬가지였다. 얼굴 전체에 가면처럼 그림을 그려 넣은 사람들도 있었고, 아예 응원복을 갖춰 입고 온 사람들도 많았다.

월드컵이 끝났다.

최종 성적은 무려 2위. 김무겸이 뛰는 국가 대표 팀은 한국 최초로 결승까지 올라갔다. 누구도 예측하지 못한 선전 중의 선전이었다.

축구 도박꾼들도 잘해야 16강, 기적이 내리면 8강 정도까지를 점쳤다. 뛰는 선수들마저도 이 정도의 결과는 감히 기대하지 않았다.

월드컵을 시작할 때만 해도 그저 최선을 다하자는 분위기였다. 16강에 진출했을 때는 우승이라도 한 것처럼 '다 이루었다' 모드가 되어, 대표 팀 선수들은 눈물을 흘리며 필드를 달렸다. 한국 응원석과 카메라를 향해 다 같이 손을 잡고 절을 하는 등 할 수 있는 세리머니를 모두 동원하며 그날 밤을 장식했다. 마치 이런 기회가 두 번 다시 오지 않으리라고 생각하는 사람들처럼.

양상이 바뀐 것은 16강전, 경기 종료 5분 전까지도 1 대 1 동점을 유지하던 멕시코 전부터였다. 어려웠던 경기를 오래도록 회자될 김무겸의 멋진 쐐기골로 승리한 뒤, 선수들 사이에는 '어라, 혹시……?' 하는 분위기가 감돌기 시작했다.

한국 축구 국가 대표 팀은 그때부터 도리어 이를 악물었고, 파죽지세로 4강까지 진출했다. 그렇게 올라간 4강 경기는 굉장한 난전이었다. 연장전에 승부차기까지 이어진 기나긴 경기는 몇 번의 위기를 거쳐 간신히 승리를 거두었다. 드라마틱하게 결승 진출이 확정되었을 때는 전국이 며칠 동안 밤을 잊고 축제 분위기에 휩싸였을 정도였다.

그렇게 최초로 진출한 월드컵 결승전에서, 한국 팀은 그들이 할 수 있는 가장 훌륭한 플레이를 했다. 그러나 한계는 한계. 한국은 분투했으나 브라질에게 3 대 1로 패했다. 역시 체면을 세워 준 한 골은 이번에도 김무겸의 골이었다.

결승에서는 전력 차가 확연했다. 예전 같지 않다던 브라질은 이번 월드컵에서 유독 선전했고 마지막 무대는 역시 호락호락하지 않았다. 그러나 자신들이 할 수 있는 상한선, 아니 어쩌면 그 이상까지 올랐음을 알기에 패배했음에도 선수들에게 후회는 전혀 남아 있지 않았다.

국가 대표 선수단은 개최국이었던 벨기에에서 귀국한 지 며칠 지나지 않아 예상 이상으로 성대한 환영회를 치르는 중이었다. 우승을 한 것도 아닌데 퍼레이드까지? 요즘 그랬다가는 형평성 문제로 논란이 생기지 않을까 조금 우려하기도 했지만, 굳이 치러 주겠다는 축제를 거절할 이유도 없었다.

"2002년 뒤로 퍼레이드는 처음 아냐?"

"그럴걸."

선수들의 들뜬 목소리를 듣는 하준의 가슴 역시 벅차오르기는 똑같았다.

자신이 필드에 나가 뛴 것도 아니니 퍼레이드 카에까지 오르기는 좀 쑥스럽지 않나 생각했는데, 준비된 차량에는 당연하다는 듯 코칭 스태프의 자리도 마련되어 있었다.

나이가 좀 있는 스태프들은 낯 뜨겁다며 차량 안에만 머무른 채 유리창 밖으로만 얼굴을 내밀었지만, 팀원 대부분은 퍼레이드 카 위에 올라 그들을 맞이하러 나온 사람들을 바라보았다.

어차피 하준이 올라가지 않으면 저도 안 갈 거라며 무겸이 투정을 부리는 바람에 강제로라도 올라올 처지이긴 했지만…….

"김무겸 선수, 사랑해요!"

"김무겸, 나랑 결혼해!"

웅성웅성 섞여 뭉개지는 군중의 환호 사이사이, 때때로 선명한 말소리들이 끼어들었다. 그런 외침에 씩 웃어 주며 손을 흔드는 무겸은 얄미울 정도로 여유로운 표정이었다.

'죄송합니다. 걔는 저랑 사귀고 있어서…….'

선수들의 한 발짝 뒤에 서서 그 환호를 듣던 하준은 저도 모르게 그런 생각을 떠올렸다가 그런 자신이 부끄러워져 제 손등으로 뺨을 찰싹 쳤다. 정말 주책이었다.

"임정규가 최고다!"

"현진 오빠 좋아해요!"

무겸에 대한 탄성을 필두로 각 선수의 팬들이 질세라 좋아하는 선수들을 호명하기 시작할 무렵, 시선을 떨어뜨리고 있던 하준의 손목을 누군가가 덥석 잡아당겼다.

누구인지는 뻔했다. 고개를 들자 무겸이 이를 드러내며 웃고 있었다. 그는 하준의 어깨를 잡아 사람들 앞에 세우고 등 뒤에서 양 손목을 붙잡더니, 인형 놀이라도 하는 양 멋대로 하준의 손을 흔들었다.

"뭐야……."

그러나 하준이 말을 마치기도 전에 사람들의 환호가 여기저기서 튀어나왔다.

"이 코치님, 사랑해요!"

"너무 잘생겼어요! 멋있어요!"

선수들을 응원하는 숫자만큼 많지는 않지만, 오늘도 여전히 '사랑해요 이하준 우윳빛깔 이하준'이라고 쓰인 응원 피켓을 들고 온 사람들이 있었다. 무겸이 킥킥 웃더니 하준의 귀에만 들릴 정도로 낮고 작게 속삭였다.

"미안합니다. 내 애인이라고 자랑한 거예요."

하준의 뺨과 귀가 붉어졌다. 민망해져 마음 같아서는 곧바로 돌아서서 무겸의 이마라도 한 대 때려 주고 싶었지만 사람들이 보고 있으니 그럴 수도 없었다.

"감사합니다!"

대신 인사말을 외치며 환하게 웃는 얼굴로 손을 크게 흔들었다. 사람들의 호응은 더 커졌고, 그러다 보니 점점 기분이 하늘을 날 듯 좋아지며 부끄러움도 조금씩 희석되어 갔다. 이 정도 돌발 행동은 봐주는 것이 좋겠다. 좋은 날이니까.

"우리 기념사진 찍자, 이 코치."

무겸이 퍼레이드 카 아래의 군중을 배경으로 서서 하준의 어깨를 가까이 끌어당겼다. 휴대폰을 멀리 들어 올려 셀프 카메라 모드로 바꾸자 한 화면에 둘의 얼굴이 동시에 잡혔다.

저 많은 사람 중 둘의 관계를 아는 사람이 있을 리 없건만, 연애하는 티를 내는 것 같아 속으로 부끄러워지는 것은 어쩔 수가 없다. 그럼에도 기분이 둥실둥실 좋아지는 것 또한 막을 수가 없어서, 하준은 무겸의 뺨 옆에 얼굴을 찰싹 붙이고 브이 자를 그리며 웃었다.

"야. 나도 나도."

"우리도 같이 찍자."

셔터를 미처 터치하기도 전에 옆에 있던 정규와 몇몇 선수들이 어깨동무를 걸어왔다. 무겸이 미간을 팩 찌푸렸다.

"저리 비켜! 너희는 이따가 찍어!"

무겸이 소리를 쳐도 물러서는 이는 아무도 없었다. 일단 찍고 둘이 따로 또 찍으면 되지 않겠냐고 하준이 달래자 무겸은 맘에 들지 않는다는 듯 혀를 찼지만, 곧 휴대폰을 멀찍이 들어 올리고 셔터를 눌렀다.

몇 번씩 사진이 찍히는 동안 옆에 함께 섰던 선수들은 다른 이들과 기념사진을 찍기 위해 뿔뿔이 흩어졌다. 마침내 둘만 남은 무겸과 하준은 그제야 눈을 마주치고 키득거린 뒤 또 누가 끼어들세라 얼른 사진을 찍었다.

퍼레이드 카는 천천히 오랫동안 달려 시청 광장에 마련되어 있는 무대까지 도착했다. 하준도 차에서 내려 관계자석에 앉아 선수들을 지켜보았다.

무대에 오른 선수들이 감사 인사를 하고 사회자가 던지는 질문에 대답하는 모습은 보기 흐뭇하면서도 어딘가 가슴속 깊은 곳을 오그라들게 했다. 아무래도 무대에 익숙지 않은 운동선수들이 광장에 가득 찬 사람들의 환호와 사회자의 질문에 어설프게 응하는 모습은 보는 이들을 이유 없이 부끄럽게 만드는 데가 있었다.

축구 외에도 다양한 활동으로 무대나 방송에 익숙한 무겸만은 예외였다. 그는 덤덤한 표정으로 사람들을 바라보다가 때때로 손을 흔들거나 미소를 지어 주었고, 그때마다 군중들의 함성이 더욱 커졌다. 무겸에게 사회자가 말을 걸었다.

"김무겸 선수. 이번에 정말 최고의 활약을 보여 주셨는데요. 작년에는 국민들이 사랑하는 스포츠 선수 2위에 뽑히셨었어요. 올해는 당당히 1위를 하실 수 있을 것 같습니다."

"아, 몰랐습니다. 실망인데요. 작년에는 2위였습니까?"

"하하, 네. 그랬습니다. 그리고 또 하나, 원래도 많던 여성 팬들이 이번에 어마어마하게 늘어났다고 하죠. 김무겸 선수, 혹시 좋은 소식 있으십니까?"

민망할 정도로 노골적인 질문에 무겸이 피식 웃었다.

"저는 예전부터 독신주의자였습니다."

"그건 여러 번 말씀하셔서 유명하죠. 그래도 또 사람이 살다 보면 생각이 바뀌기도 하는 거니까요."

"네. 말씀대로 요즘은 생각이 좀 바뀌어서, 사랑하는 사람을 만나면 제도적으로 묶여 오래오래 함께해도 좋을 것 같다고… 그렇게 생각하기도 합니다."

'사랑하는 사람을 만나면'이라는 말이 나온 타이밍쯤부터, 마치 그가 골을 넣었을 때처럼 모여든 사람들 사이에서 환성과 외침이 터져 나왔다.

하준은 다시금 얼굴이 화끈거려 손바닥으로 턱을 괴었다. 왜 무대에 올라간 사람은 김무겸인데 부끄러움은 제 몫일까? 항상 불합리하다고 생각한다.

"아- 지금 상당히 의미심장한 말씀을 하셨는데요. 그럼 혹시?"

사회자가 애인이 있는 것 아니냐는 듯 손짓을 해 보이자 무겸은 긍정이나 부정을 하는 대신 딴소리를 했다.

"그러면 좋겠지만 제가 아직은 여러 가지로 많이 부족해서… 생각만 하는 단계입니다."

"네? 김무겸 선수가 신랑감으로 부족해요? 평범한 남자들이 들으면 화날 말씀을 막 던지시네요."

사회자의 말이 끝나자마자 사람들 사이에서 야유와 환호가 동시에 섞여 나왔다. 하준은 뻔뻔하게 웃고 있는 무겸의 옆모습을 보다가 끙, 소리를 내며 얼굴을 돌렸다.

사회자도 사회자다. 이제 막 월드컵을 멋지게 끝내고 돌아온 선수에게 축구 이야기나 많이 물을 것이지, 무슨 연애에 결혼 이야기인지. 정말이지 이런 인터뷰도 고질병이다.

무대 행사는 그리 길지 않게 끝났다. 선수들은 잠시간 무대 뒤에 머무르며 친히 방문한 높으신 분들과 기념사진을 찍고, 가족들과도 잠깐 시간을 보냈다. 박준성 감독도 오랜만에 무겸을 만나러 왔고 하준의 가족도 왔다.

하준은 얼른 박 감독에게 다가갔다. 뇌출혈 치료 때문에 오랫동안 그라운드에서 물러서 있던 그는 이번 시즌부터 다시 시티 서울 감독으로 돌아왔다. 무겸이 영국으로 복귀한 뒤에도 팀이 큰 위기 없이 승점을 쌓아 가고 있다는 반가운 소식을, 평소에도 정규나 다른 옛 동료들을 통해 확인하고 있었다.

"안녕하세요, 감독님. 건강은 괜찮으세요?"

"어, 이 코치. 오랜만이야. 어때, 런던에서 무겸이랑 지낼 만해?"

"그럼요. 저야 너무 감사하고… 아직도 꿈만 같죠."

"무겸이가 심술부리면 나한테 얘기해. 내가 아주 혼쭐을 내줄 테니까."

박 감독이 주먹까지 휘두르며 엄포를 놓자 옆에 있던 무겸이 하준을 제 쪽으로 끌어당기며 불퉁한 표정을 지었다.

"아저씨는 왜 이간질을 하고 그러냐? 사이좋게 지내라, 무겸이가 좀 잘못해도 코치인 네가 이해하고 봐줘라. 그런 말이나 해 주지."

"안 돼, 인마. 너는 봐주면 끝이 없어서."

"와, 참 나……. 하준아, 봐라. 세상에 내 편이 이렇게 없다."

하준은 그저 웃기만 했다. 세상이 김무겸의 편인 것을 본인도 알기에 저런 투정을 하는 것일 테니. 무겸이 박 감독과 밀린 이야기를 나누는 동안 하준도 가족들을 돌아보았다.

"형, 형! 사진 찍어요, 사진."

"시간 없어. 다 같이 찍자."

방학을 맞아 집에 올라온 하경은 눈 오는 날 강아지처럼 신이 났다. 무겸은 물론 여러 선수들과 연신 사진을 찍고 사인을 받더니 나중에는 일면식도 없던 준성의 아들과도 함께 사진을 찍고 연락처를 주고받았다. 잔뜩 들떠 이곳저곳을 들쑤시며 돌아다니는 쌍둥이에게 하준이 살짝 걱정스레 일렀다.

"내일 일찍 나가야 한다면서 너무 기운 빼지 마. 너희 그러다 쓰러지겠다."

"내일 나가야 하니까 왔지. 하필 날짜가 이렇게 잡혀서 아쉬워 죽겠어."

"그래도 김무겸 선수랑 오빠 덕에 이런 데도 와 보고, 너무 좋다."

민경과 하경은 내일 새벽처럼 지방으로 방학맞이 봉사 활동을 가기로 되어 있었다. 하준의 어머니도 아는 사람의 병간호 대리를 급하게 부탁받아 하룻밤을 자고 오기로 했다.

외박 일정이 있는 사람들이 출발도 하기 전부터 기운을 다 빼는 것 같아 걱정이 되기는 했지만 이런 기회가 앞으로 평생 또 언제 있을까? 명색이 코치인데 선수들과 똑같이 흥분하면 안 될 것 같아 간신히 점잔을 빼고 있지만 신이 나는 것은 저도 마찬가지였다.

하준은 한마디 주의만 주고 금세 신나게 웃으며 동료들과 어울렸다. 오늘은 정말이지 누가 무슨 짓을 하더라도 모두 용서할 수 있을 것 같았다.

외부 관계자가 모두 돌아가고 나서야 선수들은 미리 예약되어 있던 뒤풀이 장소로 이동할 수 있었다.

협회에서는 규모 있는 한식당을 잡아 주었으나 무겸이 코웃음을 치며 거절했다. 그런 곳에서 뭘 하고 놀겠냐며, 사비를 들여 시청 광장에서 멀지 않은 한 호텔 바를 통째로 빌려 버렸다. 협회에서 뒷말이 나올까 봐 걱정하는 팀원들도 몇 있었지만 어차피 무겸은 그런 부분을 신경 쓰는 사람이 아니었다.

축구 선수들은 대부분 술이 세다. 그러나 오늘은 더위에 지치고 기분이 들떠서인지 사람들은 바이러스에라도 옮은 듯 빨리도 취해 버렸다.

"하준아-!"

그리고 일찍부터 취해 버린 사람 중 한 명이 채훈이었다. 제게 달라붙는 그의 어깨를 토닥토닥 두드리며 하준이 일렀다.

"형, 천천히 마셔요. 오늘 너무 빨리 취했어요."

"우리 준이랑 대표 팀 스태프로 함께하면서 결승까지 가서 형이 얼-마나 기쁜지 몰라."

"저도 좋아요, 형."

어깨동무를 걸치고 머리를 마구 쓰다듬어 대는 채훈 때문에 정신이 없었다. 밀어내려고 해도 끄떡도 않았다. 하준은 무겸 쪽을 힐끔거렸다. 무겸은 정규를 비롯한 다른 선수들과 한 테이블에 앉아 있었는데, 아니나 다를까 언제 끼어들까 호시탐탐 노리는 눈빛으로 이쪽을 응시하고 있었다.

하준은 냉수 컵을 채훈의 입가에 들이대며 그가 얼른 정신을 차릴 수 있도록 열심히 도왔다.

"형. 많이 취했어요. 물 좀 마셔요."

"코치님-."

채훈에게 물을 건네는데 이번에는 누군가 등 뒤에서 하준을 덥석 안아왔다. 프로 시절, 짧게 한 팀에서 활동한 적이 있는 후배 선수였다. 기억을 돌이켜 보아도 이런 자리에서 마구 포옹을 할 정도로 가까운 사이는 아니었는데 술에 취해 접촉에 거리낌이 없어진 분위기였다.

"코치님, 이제 또 런던 가시면 한참 못 뵙겠네요."

"응. 그러게. 너 많이 마셨구나?"

"이번에 함께해서 정말 기뻤습니다. 코치님 돌아가시면 또 삭막해지겠네요."

"과찬이 심하다."

"진짭니다. 코치님만 모르시는 거예요."

하준은 되지도 않는 소리를 지껄이는 선수를 다독이며 저를 안고 있는 팔에서 벗어났다. 조절 없이 우악스럽게 치대는 힘에 진이 다 빠졌다.

저는 별로 마시지도 못했는데 주변 사람들만 초스피드로 고주망태가 되었다. 조금 피곤해진 하준은 작게 한숨을 쉬고, 무겸이 앉은 선수 테이블만 한 번 더 힐끔거렸다.

스태프가 모인 테이블에서 잠깐 자리만 지키고 있다가 타이밍을 봐서 선수들 테이블로 옮겨 가려고 했는데 그쪽으로 가기가 뭣해졌다. 이 꼴을 봤으니 보나 마나 또 잔뜩 골이 났을 것이고…….

"하준아!"

잠시 딴생각에 빠져 있던 하준이 깜짝 놀라 옆을 돌아보았다. 반강제로 물을 마신 뒤 의자에 뻗어 있던 채훈이 좀비처럼 갑자기 벌떡 되살아나, 하준의 이름을 외치며 그를 끌어안은 것이다.

"형은 네가 너무 기특해!"

쪽.

뺨에 느닷없이 입술이 와 닿을… 뻔했다. 간발의 차로 그의 입술을 손바닥으로 막아 낸 하준의 눈이 화등잔처럼 커졌다.

채훈과의 스킨십이야 흔했지만 아무리 그에게라도 입맞춤을 당한 적은, 결단코 한 번도 없었다. 하준은 손을 탁탁 털며 버럭 목소리를 높였다.

"형! 너무 심하잖아요!"

"으응? 그런가? 미안해, 미안해. 형이 하준이가 너어무 기특해서 그랬어."

"아무리 남자끼리라도 이러면 성희롱이에요, 성희롱! 어휴… 이제 좀 쉬었다 마셔요. 술자리 시작한 지 얼마 되지도 않았는데 벌써 이렇게 취하면 어떡해요."

아무래도 채훈에게서 떨어지는 것이 좋겠다. 하준은 한숨을 푹 쉬며 자리에서 일어섰다. 몸을 일으키며 딱히 목적한 방향 없이 돌린 시선이, 하필 다른 테이블에 앉은 무겸의 눈과 정통으로 마주쳤다. 놀란 듯 눈이 휘둥그레 벌어진 것은 김무겸도 마찬가지였다. 그의 미간이 서서히 일그러지더니, 커다란 몸이 자리에서 벌떡 일어섰다.

"야, 야. 어디가?" 그렇게 묻는 사람들을 떨치고 무겸은 성큼성큼 하준이 있는 쪽으로 다가왔다. 그사이 사태의 원흉인 채훈은 정신이 돌아왔는지 제 자리에 앉아 다른 이들과 떠들고 있었다.

"뭐 저런 개같은……."

가까이 다가온 무겸은 해맑게 수다를 떠는 중인 채훈을 노려보며 낮게 욕을 읊조리더니 후우, 답답한 듯 한숨을 쉬었다. 그의 턱이 딱딱하게 경직되었다. 곧 한 대 칠 것처럼 채훈을 향한 눈길에 실로 살기가 튀었다. 하준이 마른침을 삼켰다.

싸움이라도 나면 어쩌지? 오늘처럼 좋은 날에…….

"김무겸, 너무 화……."

화내지 말라고 미리 그를 말리려는데 무겸이 하준의 손을 덥석 잡았다. 숨을 고르며 심호흡을 하고는 어딘가로 성큼성큼 걸어간다. 한창 노는 사람들의 시선을 피해 통로의 구석진 사이로 하준을 끌어들이더니 투덜거렸다.

"주정뱅이들 주정하는 걸 뭘 계속 받아 주고 있어?"

"받아 준 게 아니라… 형이 자다가 갑자기 그러잖아. 나도 놀랐는데……."

"됐어. 저쪽 가서 같이 놀자. 임정규도 저기 있잖아."

하준이 다시 무겸을 힐끔 올려다보았다. 채훈을 죽일 듯 노려보던 무겸의 눈은 어느 정도 평온을 되찾고 있었다. 그는 큼, 멋쩍은 듯 헛기침을 한 번 하고는 말했다.

"나 아직 한 잔도 안 마셨어. 너 옆에 없어서."

"……."

"와서 나도 좀 놀게 해 주라."

"…나랑 같이 있다고 과음은 하지 마."

무겸은 고개를 끄덕이더니 두리번 주변을 살피고, 갑자기 하준의 손을 들어 올려 손바닥에 입술을 두 번 쪽쪽 찍었다. 하준이 깜짝 놀라 마주 보자 그는 미간을 찌푸리고 짧게 설명했다.

"닦아 내야지."

그가 키스한 곳이 채훈의 입이 닿았던 자리임을 깨달은 하준은 별말 없이 눈을 굴렸다. 닦는 것도 좋지만 이러면 두 사람이 간접 뽀뽀를 하게 된 셈 아닌가……?

어쨌든 예상 밖으로 금세 평온을 되찾은 무겸을 힐끔대면서, 하준은 묵묵히 그런 그의 옆을 걸어 선수들의 테이블에 합류했다. 선수들이 저들의 자리로 온 하준을 격하게 반겨 주었다.

월드컵 내내 함께했지만 경기 준비만으로도 바쁜 일정이었다. 늘 훈련 시간에 훈련 이야기만 하다가 이제야 맘 편히 사담을 나누게 된 사람들도 적지 않았다. 선수들이 앞다투어 하준에게 안부를 물었다.

"코치님, 무겸 형님이랑 같이 사는 거 어때요? 살 만해요?"

"괜찮아. 말 안 해도 다 알아. 나는 이 새끼 성질머리에 하루도 같이 못 살 거 같다."

무겸이 그들에게 눈을 부라리는 것을 못 본 척, 술을 한 모금 넘긴 하준이 웃으며 답했다.

"걱정 마라. 나니까 같이 살지."

그러자 선수들이 와르르 웃었다.

"진짜 맞는 말이다."

"이 자식들이. 나도 너희랑은 같이 살 생각도 없어. 런던 와 봐라. 하룻밤도 안 재워 줘."

일제히 저를 놓고 박장대소하는 선수들에게 무겸이 찌푸린 얼굴로 툴툴거렸다. 살얼음 위를 걷는 것 같던 지난번 월드컵 때는 상상할 수 없었던 화기애애한 분위기였다. 함께 웃던 하준이 얼른 덧붙였다.

"농담이야. 엄청 잘해 줘. 무겸이 요리도 잘해. 완전히 요리사야."

"어, 진짜? 집에서 밥도 해 먹고 그러냐?"

"나는 안 해. 무겸이가 다 해."

"오… 의외다, 김무겸."

의외로 가정적이라는 둥, 사람만 만나면 애처가가 되겠다는 둥 선수들이 이번에는 무겸을 띄워 주며 감탄을 날렸다. 그러자 무겸은 금세 기분이 풀렸는지 씩 웃으며 어깨를 으쓱했다.

'단순해서 귀엽다니까.'

하준은 저도 모르게 그런 그를 흐뭇하게 바라보았다. 그러다가 어딘가 영혼이 빠진 사람처럼 은은히 웃고 있는 정규와 눈이 마주치는 바람에, 멋쩍게 시선을 내리깔고 조용히 맥주잔만 기울였다.

집에 돌아왔을 때는 새벽 두 시가 넘어 있었다.

가족들은 모두 잠들어 집 안은 숨소리도 내기 힘들 정도로 조용했다. 현관에 들어서 살금살금 거실을 걷다가, 무겸이 목소리를 죽여 하준을 부축했다.

"조심해. 앞쪽에 계단이야."

"으응, 괜찮아."

"안 되겠다. 이리 와."

무겸이 하준을 안아 들었다. 갑자기 몸이 번쩍 떠오르자 놀란 눈을 크게 떴던 하준은, 곧 제 위치를 파악하고는 눈을 살며시 감았다. 무겸의 목 뒤로 팔을 두르고 그에게 기댔다.

늘 그렇듯 무겸은 하준의 무게 따위는 아무것도 아니라는 듯 거침없이 계단을 올랐고, 침대 앞까지 다다르고 나서야 하준을 내려놓았다. 하준은 외출복도 벗지 않은 채 침대에 풀썩 드러누워 후후 실없이 웃었다. 그 모습을 내려다보던 무겸이 뒤늦게 픽 따라 실소했다.

"많이 취했네."

"아냐. 그냥 기분이 좋아서……. 음. 그래도 평소보다는 좀 많이 마신 것 같아."

"네 얼굴 뜨거워."

침대에 걸터앉은 무겸의 손이 뺨을 스쳤다. 하준이 그 손등을 맞잡고 제 뺨을 더 깊이 묻었다. 눈을 느리게 감았다 뜨며, 제 뜨거운 뺨에 무겸의 체온까지 기꺼이 더하던 하준이 중얼거렸다.

"김무겸, 오늘 좀 기특하더라."

"뭐가?"

"훈이 형한테 또 앞뒤 안 재고 화낼 줄 알았더니."

무겸의 눈썹 사이가 좁아지더니 입술이 단단한 일자를 그렸다. 그가 두 손으로 하준의 흰 뺨을 감싸 쥐고 목소리를 낮췄다.

"그럼 났지, 안 났겠어? 좋은 날에 얼굴 붉히기 싫어서 참은 거야. 그 인간 봐주는 거 처음이자 마지막이야. 다음에 또 그러면 그때는 정말 가만 안 둬."

"그러니까 기특하다고. 너는 원래 화나면 참는 것 자체가 잘 안 되잖아."

"…이러니저러니 해도 그 인간은 어차피 그냥 네 친구잖아. 유부남에 애까지 있고. 다른 생각 없는 것 알아. 그렇다고 괘씸하지 않은 건 아니지만."

그렇게 말하고 무겸은 조금 목소리를 낮췄다.

"나도… 나름대로 노력하고 있어."

목적어는 없지만 그 말이 의미하는 바를 충분히 알고 있었기에 하준은 대답하는 대신 무겸을 마주 올려보다가 말없이 웃어 보였다.

하준의 미소를 마주하고, 무겸은 묵직한 얼굴로 눈만 깜박였다. 주인의 지시를 지킨 후 칭찬을 기다리는 개, 또는 선생의 평가를 기다리는 학생처럼.

"노력이 가상하다."

"……."

"그래, 상… 상 줘야겠다. 이번 시즌 김무겸 너무 잘했어. 리그도 우승하고, 월드컵도 챔스도 준우승했잖아. 둘 다 결승까지 간 것만 해도 얼마나 대단한 건데. 여태까지도 엄청나다고 생각했는데 김무겸은 지금부터인가 봐."

말투는 술기운에 어눌해졌지만 시즌의 성과를 하나하나 꼽는 품은 야무졌다. 하준은 홀로 고개를 끄덕끄덕 기울이더니 문득 떠오른 것처럼 말을 이었다.

"내가 발롱도르는 못 주겠지만… 약속한 거 하자."

"무슨 약속?"

"예전에 약속했잖아. 리그나 챔스 우승하거나 월드컵 16강 이상 올라가면 너 하고 싶다고 했던 거 한 번 더 하자고."

무겸의 눈이 휘둥그레졌다. 그는 몸을 획 가까이 붙여 엎드리며 물었다.

"그 말 한 걸 아직 기억하고 있었어?"

"당연하지. 너랑 한 약속인데 왜 잊어. 그것도 내가 먼저 말 꺼낸 일인데. 선수는 코치한테 한 약속 잊을 수 있지만 코치는 선수한테 한 약속 잊어버리면 안 돼."

취기에 말끝을 조금 늘어뜨린 하준은 반달처럼 눈웃음을 띄우고 속삭였다.

"그래도 지금은… 졸리기도 하고, 다들 잔다고 해도 집이니까. 내일 밤에 하자. 어차피 내일 집 빌 테니까. 아니면 나중에 영국 가서 해도 되고."

"하준아."

무겸의 표정이 갑자기 진지해졌다. 시종 은은한 미소를 지으며 말하고 있던 하준도, 무슨 이야기를 하려나 싶어 웃음을 지우고 눈을 마주쳤다.

무겸은 말을 잇기를 망설이는 듯 이름을 부르고도 잠시 침묵하더니, 작은 한숨을 한 번 쉬고 입을 열었다.

"미안한데 너만 괜찮으면……."

"응."

"내일은 하루 종일 하고 싶어."

"어?"

하준의 눈이 둥글어졌다. 나른해졌던 목소리에 정색한 당황이 묻어났다.

"밤은 너무 짧아. 어머니랑 하경이 민경이 다 아침 일찍 나가잖아. 그러니까."

하준은 술이 확 깨는 기분에 눈만 깜박였다.

하루 종일이라니……. 챔피언스 리그 결승전 패배 직후 가졌던, 길고 끈질겼던 관계조차도 엄밀히 따지면 24시간 내내 이어진 것은 아니었다.

무겸도 무겸이지만 저도… 죽는 것 아닌가……? 하준의 표정이 심각해지자 무겸의 표정도 덩달아 심각해졌다.

"안 될까?"

"안… 된다기보다는……."

현실적으로 가능한 일인지, 하준은 그것이 궁금했다.

"하루 종일이면, 아침부터 밤까지? 자기 전까지 계속?"

"그래."

"밥은?"

"먹어야지."

확인차 상세히 되물었음에도 무겸은 덤덤히 대답할 뿐이었다. 하준은 상상해 보았다. 침대에 묶여 섹스를 하다가 아침 식사를 차려 먹고, 또 섹스를 하다가 점심 식사를 하고, 또 섹스를 하다가 저녁 식사를 하는 저와 무겸의 모습을.

상황이 코미디처럼 느껴졌다. 굳이 그렇게까지 해야 하나? 행위의 효율성에 대한 의문도 떠올랐다.

…그러나 하준은 곧 길게 생각하기를 포기했다. 모르긴 해도 할 만하니 하자고 하는 것 아닐까? 그렇게 의문을 정리했다. 지금은 이런저런 생각을 깊이 하기에는 졸렸다. 술기운이 올라서인지 어떻게든 되겠지. 그런 낙천적인 생각이 머리를 빠르게 지배해 나갔다.

"그래, 뭐……."

하준이 고개를 끄덕였다.

"그러자."

그렇게 말하자 무겸이 휴, 짧게 한숨을 토했다. 긴장한 기색이 드러나는 반응에 하준은 그만 짧은 웃음이 나왔다.

이야기를 마치자 졸음이 밀려왔다. 그대로 잠들어 버리고 싶었다. 하지만 무겸이 그런 하준을 일으켜 옷을 벗기고 욕실로 데려갔다. 반쯤 졸다시피 하며 무겸의 손에 몸을 씻기고, 양치질까지 꼼꼼히 마친 다음 하준은 다시 침대에 누웠다.

정말 하루 종일 할 수 있을까……? 기네스북 같은 곳에 기록된 가장 오래 걸린 섹스 시간은 몇 시간일까……? 어쩌면 기네스북에 올라갈 수 있을지도 몰라…….

실없는 의문이 희미하게 꿈속까지 따라오는 와중에도 하준은 착실히 잠에 빠져들었다. 어쨌든 이하준은 몸이 아프거나 어지간히 큰 고민이 있지 않은 이상, 식욕이 떨어져 식사를 하지 못하거나 밤에 잠을 이루지 못하며 전전긍긍하는 타입과는 거리가 멀었다.

⚽

누군가가 머리를 부드럽게 쓸어 넘기고 있었다. 하준은 부드러운 진흙 안에서 천천히 끌어 올려지는 기분으로 눈을 떴다.

몇 번 깜박인 시야에 곧 매일 저를 깨워 주는 연인의 모습이 들어찼다. 하준은 그를 향해 시선을 붙박이처럼 고정했다가, 곧 졸음이 묻은 얼굴을 움직여 미소를 만들었다. 웃음을 신느라 살짝 부푼 뺨에 부드러운 입술이 몇 번 떨어졌다.

"잘 잤어?"

하준은 무겸의 질문에 고개를 끄덕이고 나서야 번뜩 정신이 들어 시계를 보았다. 벌써 아침 아홉 시였다. 벌떡 몸을 일으키며 무겸에게 물었다.

"애들이랑 엄마는?"

"나갔지. 어머니가 너 깨우지 말라고 하셔서 그냥 나 혼자 배웅했다."

하준이 머리를 털썩 떨어뜨렸다. 옆으로 돌아누워 베개를 끌어안으며 중얼거렸다.

"아… 어제 술 마시고 자서 못 일어났나 봐."

"뭐 어때. 1박만 하고 내일이면 다시 올 텐데."

하준은 머릿속으로 한국에 머무를 날짜를 헤아려 보았다. 승리를 거듭한 한국 국가 대표 팀의 월드컵 일정은 모두의 예상보다 많이 길어졌다. 이제 서울에 머무르는 짧은 기간 동안 무겸은 계약해 놓은 광고를 몰아서 촬영하고 몇 가지 방송 출연과 인터뷰에도 응해야 했다.

월드컵 시즌에 경기 성적까지 역대급으로 터뜨렸으니 무겸을 원하는 광고주가 한둘이 아니었다. 기획서를 검토할 때는 만물상 카탈로그라도 보는 기분이었다. 샴푸, 화장품, 정장과 캐주얼과 스포츠와 속옷으로 분야가 각기 나뉜 패션 브랜드, 아파트, 자동차, 면도기, 은행, 보험사, 통신사, 게임, 과자, 아이스크림, 라면, 맥주, 소주, 콜라, 방향제, 세탁기, 에어컨……. 김무겸 한 사람에게 들어온 광고 제안 물품만으로도 백화점 하나를 만들고도 남았다. 당연히 전부 응할 수는 없으므로 그중 몇 가지를 함께 선별했다.

"광고 내일부터 바로 찍는댔지? 귀국하자마자 쉴 틈이 없네. 너무 바쁘다."

"벌 수 있을 때 바짝 벌어야 평생 송아지 호강시켜 줄 거 아냐."

코끝을 맞비비며 하는 말에 하준이 피식 웃었다.

"내 노후 정도는 내가 알아서 할 테니까 걱정 마세요. 지금은 짜도 연봉 계속 올라갈 거거든? 혹시 아냐? 나중에는 유명한 감독이라도 돼서 너보다 더 벌지."

"또 그렇게 서운한 말 한다. 제발 내 돈 좀 물처럼 써 주라. 선수들에게는 동기 부여가 중요하다며. 코치가 선수한테 열심히 뛰어서 돈 벌고 싶게 모티베이션을 만들어 줘야지."

일을 마친 다음에는 잠시 휴가를 떠날 것이고, 그 뒤로는 런던에 돌아가 팀에 합류한다.

하준의 기분이 묘해졌다. 분명 제 가족은 이곳에 있는데, 불과 반년 만에 이제는 런던에 있는 무겸과 사는 집 쪽이 '돌아간다'는 표현에 더 어울리는 장소처럼 느껴지다니.

한때는 1년 365일을 함께하던 가족이지만 이제 얼굴을 보며 지내는 날이 손꼽을 만큼 적어졌다. 그러니 하루하루, 잘 다녀오라는 인사 한 번 한 번이 소중한데 놓쳐 버렸다. 나중에 메시지라도 넣어야겠다고 생각하던 중, 무겸이 하준의 머리를 흐트러뜨렸다.

"아침 먹자. 해장하라고 국 끓여 놨어."

"엄마가 해 놓고 갔어?"

"아니. 내가 끓였는데."

무겸의 말에 하준은 그만 베개에 얼굴을 묻은 채로 쑥스럽게 웃었다.

어쩌다가 김무겸에게 직접 끓인 해장국까지 얻어먹는 사람이 되었을까? 이미 제법 오래전 난생처음 겪는 숙취에 머리가 쾅쾅 울리던 아침, 문을 열자마자 제집 부엌에 서 있는 그의 뒷모습을 보고 벙쪘던 기억이 났다.

어제는 그 정도로 과음하지 않았다. 기억도 멀쩡했고 속 쓰림도 두통도 없었다. 자는 동안 위장이 열심히 소화를 했는지 배만 평소보다 더 고팠다. 하준이 침대에서 일어나려는데 무겸이 말했다.

"그런데."

"응?"

"어제 했던 약속은 기억나?"

"어?"

하준은 눈을 깜박이며 옆에 서 있는 무겸을 올려다보고, 자기 전에 나누었던 대화를 뒤늦게 떠올렸다.

그러고 나자 저도 모르게 눈을 끔벅이며 무겸의 눈치를 보게 된다. 하준은 잠시 고개를 숙이고 고민하다가, 머뭇머뭇 손목을 모아 내밀며 물었다.

"혹시, 지금 당장……?"

"너만 괜찮으면."

"아침 먹자며……. 나 배고픈데."

"먹을 거야."

말이 앞뒤가 맞지 않았다. 그래서 아침을 먹자는 건지, 섹스를 하자는 건지, 먹고 하자는 건지. 설마… 먹으면서 하자는 건 아니겠지.

"나는… 괜찮긴 한데."

"그럼 잠시만 기다려."

무겸이 그렇게 말하고는 슈트 케이스를 열었다.

'설마 수갑을 챙겨 왔나……?'

그렇다면 무서울 정도로 철저한 준비성이라 생각하며 혀를 내두르는데, 무겸이 꺼낸 것은 수갑이 아니라 여러 개의 넥타이였다.

"이렇게 바로 하게 될 줄 몰라서 마땅히 쓸 물건이 이것밖에 없어."

"아, 응……."

역시 아무리 김무겸이라도 그렇게까지 철저하지는 않았다. 혼자 감탄하고 있던 하준은 조금 멋쩍은 얼굴이 되었다. 넥타이 몇 개를 들고서 침대로 돌아온 무겸에게 하준이 말했다.

"제대로 준비해서 하고 싶으면 나중에 해도 되는데."

"아냐. 말 나온 김에 바로 하자."

무겸은 단호했다.

월드컵 훈련 기간을 포함해 한국에 와 있는 동안, 정장을 입을 일이 많지는 않았지만 또 없지도 않았다. 어제처럼 대외 행사를 할 때도 필요했고 무겸은 축구 선수 중에도 업무 미팅이 많은 편이라 그럴 때는 슈트를 입고 사람들을 만날 때도 많았다.

지금은 평범하게 셔츠와 바지를 입은 무겸이 색이 다른 넥타이 네댓 개를 침대 위에 내려놓고 하준의 앞에 무릎을 굽혀 앉았다. 무릎 사이에 늘어진 하준의 손이 무겸에게 붙잡혔다.

"잠깐만 앞으로 내밀어 봐."

하준은 말없이 시키는 대로 손목을 모아 무겸의 앞에 내밀었다. 일찍 일어나 적당히 단장을 마친 무겸과 달리 하준은 이제 막 깨어나 머리도 부스스했고, 얇고 헐렁한 반팔 티셔츠 한 벌에 브리프만 입고 있었다. 옷을 제대로 입게 해 줄 생각도 없어 보여 하준은 굳이 청하지도 않았다.

생각해 보면 비슷한 상황에 처하는 것이 벌써 세 번째였다. 첫 번째에는 몸 상태가 나쁜 것을 숨기고 그를 상대하려다가 버티지 못하고 구토까지 하며 산통을 깼다. 그날도 무겸은 넥타이로 제 눈을 가리고 손목을 묶고 싶어 했다.

어설픈 고백과 대찬 실연으로 끝났던 그날이 벌써 언제인지. 지금 생각해 보니 무겸은 아무래도 저를 묶는다는 행위에 아주 예전부터 흥미가 있었던 모양이다.

두 번째는 마르코에게 키스를 당할 뻔한 자신을 목격했던 날, 무겸이 술에 취해 잠든 저에게 넥타이도 아닌 무려 수갑을 채웠던 경험이다. 솔직히 말해 그날의 기억은 다시 떠올려도 유쾌하지 않았다.

무겸은 그날 이후, 제게 약속했던 대로 하준이 동석하지 않는 자리에서는 술을 한 방울도 입에 대지 않고 있었다. 그가 나름대로 반성하고 있음을 알기에 지나간 일을 굳이 꺼낼 생각은 없었다. 하준의 기준에 분노나 원망은 그때그때 바로 해결해야지, 한참 지난 뒤에 꼬리를 잡아끌고 오는 것은 속 좁은 짓이었다.

하준은 무겸의 진짜 술버릇은 그런 방식이 아니라 내심 믿고 있었으므로 그가 요즘 지나치게 취하는 데 방어적이 된 것이 조금 아쉬울 정도였다. 취하면 때로는 제법 귀여워지기도 하는 김무겸이었는데 말이다.

하지만 저지른 잘못이 있으니 굳이 벌써부터 스스로 건 제약을 풀어줄 필요는 없다. 나중에, 올해 말이나 내년 초쯤에는 그가 취할 때까지 함께 술을 마셔 보는 것도 좋지 않을까……. 곰곰이 생각에 빠져 있는 하준을 흘끔 바라보고 무겸이 말을 걸었다.

"무슨 생각을 그렇게 열심히 해?"

"…너는 나 묶는 거 참 좋아한다는 생각."

"이제 아니라고 거짓말도 못 하겠네."

하준이 짧은 상념에 잠긴 사이, 손재주 좋은 무겸은 피식 웃으면서도 야무지게 하준의 손목을 묶었다. 넥타이 두 개를 사용해 단단히 매듭지어 양 손목을 모아 묶고, 그다음에는 하준의 목 뒤로 타이를 걸쳤다. 어쩌려는 것인가 묻지 않고 무겸이 하는 양을 기다렸다.

무겸은 하준의 목에 걸친 넥타이를 헐거운 올가미처럼 둥글게 묶었고, 그 타이에 손목의 매듭을 연결했다. 그러자 하준은 묶인 양손을 제 가슴께에 모은 자세가 되었다.

무겸이 시키기도 전에 자발적으로 손목을 앞으로 아래로 이리저리 당겨 보았다. 손은 아주 짧은 반경의 거리를 뒤뚱뒤뚱 움직일 뿐, 가슴 언저리를 크게 벗어나지 못했다. 그 모습을 본 무겸이 만족스럽게 웃었다.

"튼튼하게 잘 된 것 같다."

"너 손재주 정말 좋다."

하준은 작게 감탄하며 무겸이 만든 복잡한 매듭을 내려다보았다. 똑같은 매듭도 제가 지었다면 얼기설기 엉성하게 완성되어 지금처럼 맵시 있고 단단히 묶지는 못할 것이 뻔했다.

"다리는 안 묶을게."

다리까지 묶일 거라고는 처음부터 생각도 안 했는데. 하준은 다소 군은 얼굴로 고개만 끄덕거렸다.

무겸이 몸을 숙여 침대에 앉은 하준의 허리 뒤와 허벅지 아래로 손을 넣었다. 몸이 훌쩍 들렸다. 손이 묶인 상태에서 안기자 평소처럼 그의 목 뒤로 쉽게 팔을 감을 수 없어 조금 불안했다. 하준이 몸을 앞으로 기울이자 무겸의 팔이 등 뒤를 더 단단하게 감았다.

계단을 내려가자 거실에서부터 맛있는 냄새가 났다. 일어났을 때부터 허기가 졌던 와중에 손을 묶인다는 낯선 과정이 생각보다 칼로리를 더 빼앗아 갔는지 하준의 배 속에서 꼬르륵대는 소리가 울렸다.

무겸은 하준을 식탁 의자에 앉혔다. 밥, 몇 가지 반찬, 그리고 무겸이 끓였다는 북엇국이 차례대로 놓였다. 하준은 침을 꼴깍 삼키면서 제 앞의 음식을 내려다보다가 불현듯 사태를 깨닫고 다급하게 물었다.

"밥 먹을 때도 이대로 있어야 돼?"

마침 수저를 들고 온 무겸이 옆 의자에 앉으며 대답했다.

"당연하지."

"밥은 어떻게 먹으라고? 그림의 떡만 보여 주는 고문이야?"

무겸이 웃더니 숟가락을 들고 밥을 한 술 떴다. 제 앞에서 혼자 밥을 먹으며 놀리는, 그런 얄미운 상황이라도 연출하려는 건가?

배가 고파 꿍해진 하준이 무겸을 통명스러운 표정으로 바라보는데, 그는 손을 내밀어 하준의 입 앞에 숟가락을 가까이 했다.

"아."

하준은 눈만 깜박였다. 무겸이 눈썹을 살짝 치켜세우며 한 번 더 재촉했다.

"얼른. 아, 해."

"내가 먹을……."

"하루 종일이라고 했잖아."

아침부터 밤까지 온종일 양손을 구속당한다는 것.

그 말의 진정한 의미를 이제야 깨달은 하준의 낯이 서서히 붉어졌다.

"너, 너도 아침 먹어야지. 나 한 숟가락씩 먹이면서 언제……."

"너 깨우기 전에 먼저 먹었어."

과연 철저한 준비성이었다. 무겸이 세 번째로 재촉했다.

"굶을 거야?"

배 속에 다시 한번 꼬르륵 천둥이 쳤다. 굶을 생각은 추호도 없었기에 하준은 망설이면서도 천천히 입을 벌렸다. 따끈한 밥술이 입 안으로 들어왔다. 치솟았던 식욕이 잠시 납작하게 죽을 정도로 속이 화끈거렸지만 열심히 씹어 삼켰다.

무겸이 젓가락을 들었다. 모친이 만든 장조림이 하준의 입 안에 들어왔다. 또 떠 주는 밥을 먹고, 이번에는 무겸이 만든 북엇국을 맛보았다.

"어때? 입에 맞아?"

"네가 만드는 음식은 다 맛있어……."

쑥스러워 살짝 흐려진 말투에 무겸이 웃었다. 그는 흡족한 듯 숟가락과 젓가락을 번갈아 움직여 하준의 입 안에 차례차례 음식을 넣었다.

처음에는 부끄러워 목이 메는 기분에 음식을 삼키기도 어려웠지만, 인간은 적응의 생물이며 하준은 선수 시절부터 적응력이 뛰어나다는 칭찬을 많이 받는 편이었다. 이번에도 그는 낯선 상황에 조금씩 적응해 나갔다.

"국 더 줘."

"응. 또 뭐 줄까?"

"감자볶음 먹을래."

평소보다 식사 시간이 오래 걸리기는 했지만 주는 대로 열심히 음식을 받아먹다 보니 그릇은 점차 바닥을 보였다. 이제 몇 술 정도면 그릇이 완전히 빌 때쯤, 무겸이 제 허벅지를 두드렸다.

"여기 앉아 봐."

입속의 것을 우물대던 하준이 가늘게 미간을 찌푸리고 무겸을 보았다. 떠먹여 주는 식사에도 완전히 익숙해져 위화감 없이 즐기고 있었는데 마지막에 또 한 번 덜컹, 과속 방지턱 같은 요철을 건다. 남은 음식은 이제 얼마 되지 않았다. 무겸이 먹여 주지 않는다 해도, 남겨도 그만일 정도의 양이었다.

그러나 하준은 가볍게 한숨을 쉬고 자리에서 일어나 무겸의 허벅지 위에 조심스레 엉덩이를 붙였다. 늘 그렇듯 탄력 있고 단단한 허벅지는 하준의 무게를 위에 얹고도 물러지는 느낌조차 없었다.

하준은 배에 여유가 남아 있는데 음식을 남기는 데 익숙하지 않았다. 더불어 무겸이 만들어 준 음식을 남긴 적은, 그와 함께 살기 시작한 이후 이제껏 한 번도 없다.

무겸이 가볍게 웃더니 하준의 허리에 팔을 감고 남은 음식을 한 젓가락씩 떠 올렸다. 얼굴이 한층 가까워진 상태로 입을 벌려 음식을 받다 보니 아까와는 달리 무겸의 눈만 빤히 내려다보게 되었다. 제 입에 들어오는 것이 무엇인지, 기계적으로 씹고는 있지만 구분이 잘 되지 않았다. 맛도 제대로 느껴지지 않았다.

"다 먹었다."

어느 순간 무겸이 식사 종료를 알렸다. 자동인형처럼 멍하니 무겸의 손짓에 따라 입을 벌렸다 다물고 씹고 삼키기를 반복하던 하준은 그제야 정신이 들어 곧바로 무겸의 허벅지 위에서 일어서려 했다. 그러나 허리를 감은 팔은 힘을 풀어 주지 않았다.

컵이 하준의 입술 앞에 다가왔다. 다물었던 입을 살짝 벌려 유리잔을 물었다. 수저로 옮겨다 주는 음식은 날름날름 아기 새처럼 잘 받아먹던 하준이지만 남이 기울여 주는 물 잔에는 합을 완전히 맞추지 못했다. 꿀꺽꿀꺽, 목울대를 울리며 물을 삼켰지만 미처 넘기지 못한 한 방울이 입술 아래로 흘러내렸다.

흘러내린 물줄기를 무겸의 입술이 짚었다. 소리 없이 입술을 비비며 턱을 닦아 내는 동작에 하준의 얼굴이 조금씩 따끈해졌다. 둘 모두 말이 없었다. 조금 전까지 그릇과 수저 부딪히는 소리나 짤막한 대화가 오가던 식탁 앞은 사람이 아무도 없는 것처럼 조용해졌다.

턱 아래부터 거슬러 올라온 무겸의 입술이 마침내 하준의 젖은 입술 위에 닿았다. 하준은 저도 모르게 눈을 감았다. 촉촉, 무겸이 작게 소리를 내며 쪼듯이 입을 맞췄다.

입술이 겹쳐질 때마다 하준의 가슴이 두근두근 뛰었다. 식사를 마쳤으니 이제 슬슬 본론으로 들어가려는 것이 틀림없었다.

"밥 다 먹었으니까 이제 씻을까?"

그때, 귓가에 속삭여진 목소리에 하준은 반짝 눈을 떴다. 뭐라고 대답하기도 전에 무겸이 자리에서 일어섰고, 그의 다리 위에 앉아 있던 하준 역시 덩달아 일어서게 되었다. 꿈을 꾸다가 깨어난 듯 몽롱했다.

손목을 묶인 채로 욕실 거울 앞에 서자 짙은 감색과 자주색 넥타이로 만든 올가미에 손목이 묶인 제 모습이 훤히 비쳤다. 넥타이가 고급스러워서인지 급조한 매듭은 어설픈 느낌이라고는 전혀 없는 색색의 끈이 되어, 본래 그렇게 쓰는 물건처럼 흰 피부를 단단히 동여매고 있었다. 조금 부끄러워진 하준은 시선을 비스듬히 내렸다.

그의 말대로, 하기 전에는 깨끗이 씻어야 한다. 더군다나 무겸은 거울 앞에서 하거나 욕실에서 하는 것도 좋아하니까…….

"이부터 닦자."

무겸이 칫솔에 치약을 짜서 가까이 다가왔다. 하준의 턱을 들어 올리며 식탁 앞에서와 같은 말을 되풀이했다.

"아."

하준이 우물쭈물하다가 묶인 채로나마 손바닥을 펼쳤다.

"손이 얼굴이랑 가까워서 이 정도는 할 수 있어."

"이하준. 아직도 모르겠어? 오늘의 핵심은 네가 나 없이는 아무것도 못 하는 거야."

"당당하게 이상한 말 좀 하지 마."

하준은 얼굴을 붉혔으나 무겸은 진지했다. 그는 굴하지 않고 다시 한 번 소리 없이 '아' 입을 벌렸다.

어쩔 수 없이 하준도 입을 벌렸다. 치과 의사 앞에 선 기분이었다. 무겸은 그제야 만족스러운 미소를 짓고는 칫솔을 입 안으로 밀어 넣어 꼼꼼히 치아를 문지르다가 작게 감탄했다.

"입속 이렇게 자세히 본 적은 없는데 치열이 엄청 고르다."

"어오 으어아아."

"나보다 더. 이도 꼭 너처럼 생겼다. 하얗고 똑바른 게."

아주 어릴 때, 엄마가 과일 맛이 나는 치약을 묻힌 알록달록한 칫솔을 입 안에 넣고 대신 칫솔질을 해 준 기억이 어렴풋이 떠올랐다. 희미하다 못해 색이 다 바랬을 정도로 아주 오래전의 기억이다. 손이나 팔을 다친 것도 아닌데 이 나이가 되어 누군가가 이를 대신 닦아 주는 날이 올 줄이야.

그리 길지도 않건만 영원처럼 느껴지던 양치질 시간이 끝났다. 입 안을 헹구고 나자 이번에는 몸을 살짝 숙이게 하더니 무겸의 커다란 손이 얼굴까지 씻겼다. 정말 어린애가 된 것만 같았다. 세제 냄새가 풍기는 새 수건으로 얼굴을 토닥토닥 닦이는 동안 하준은 문득 생각지 못한 문제에 봉착했다.

"이제 나갈까?"

하준이 몇 발짝 뒷걸음을 옮겨 다시 저를 안아 들려고 하는 무겸의 팔을 피했다. 무겸이 어리둥절한 표정을 지었다.

"왜?"

"…먼저 나가."

"그런 게 어디 있어. 오늘은 전부 나랑 같이해야 한다니까."

"억지 부리지 말고."

하준은 시선을 멍하니 무겸에게서 비켜 떨구었다. 우물쭈물 바로 말을 못하다가 손목을 흔들었다.

"그리고 이거 잠깐만 풀어 줘."

"안 돼. 잠깐만이 어디 있어. 오늘은 하루 종일 이러고 있기로 약속했잖아."

"다시 묶으면 되잖아."

하준이 초조한 듯 미간을 찌푸리며 재촉했다. 그답지 않게 살짝 신경질적이 된 태도에 무겸은 고개를 갸웃하며 가까이 다가갔다.

"왜 그래? 아프거나 불편해? 혹시 그런 거면 바로 말해."

"그런 게 아니라……."

하준의 뺨이 붉어졌다. 막상 무겸이 곁에 다가서자 목소리는 다시 녹녹해졌다. 작아진 음성이 귀에 들릴 듯 말 듯 대답을 속삭였다.

"나… 소변 보고 싶어……."

일어나자마자 바로 식사만 했을 뿐, 아직 한 번도 화장실을 사용하지 못했다. 양치질도 하고 세수도 했지만 밤잠을 자고 일어나면 누구나 으레 겪는 생리 현상의 해결이 아직이었던 하준의 얼굴이 발갛게 익었다.

부끄러움을 무릅쓰고 말을 꺼냈으니 더 거리낄 것이 없었다. 하준은 얼굴이 물든 와중에도 눈을 똑바로 뜨며 손을 흔들었다.

"그러니까 잠깐 풀어 달라고."

"참나. 오줌 싸는 데 손을 왜 풀어. 뭐 대단히 복잡한 일이라고."

무겸이 하준의 허리를 팔로 감싸고 훌쩍 낮게 안아 올렸다. 방심하고 있던 하준은 대책 없이 무겸에게 들린 채로 몇 걸음을 이동했다. 욕실은 그리 넓지 않았으므로 하준이 내려섰을 때는 이미 목적지 앞이었다.

무겸이 브리프 앞을 끌어 내렸다. 옷 안에 갇혀 있던 성기가 끌려 내려간 허릿단 위로 모습을 드러내자 커다란 손이 튀어나온 그것을 잡았다. 하준은 기가 막혀 말도 못하고 아래를 내려다보기만 했다. 아무리 약속을 했다 해도 그렇지, 유아기로 퇴행하는 데도 정도가 있었다.

"이런 자세로 어떻게……."

"남자끼리 뭘 그래? 공중화장실에서는 모르는 사람끼리도 서로 얼굴

보면서 싸잖아."

"어떻게 그거랑 같아?"

"생각하기 나름이야. 계속 버틸 거야? 참으면 병 돼."

무겸의 다른 한쪽 손바닥이 아랫배를 지그시 눌렀다. 말이 아랫배지 정확히 방광이 있는 위치였다. 하준의 눈 끝에 찔끔 눈물이 고이고 얼굴이 뜨끈 익었다.

배에 가해진 물리력은 미약했으나 상황이 배뇨감을 이끌었다. 한번 풀어지자 수도 밸브가 열린 것처럼 더 참을 수가 없었다. 무겸의 손안에서 가볍게 꿈틀대던 성기가 곧 물을 뱉어 냈다. 가늘게 틀어 놓은 수돗물이 흐르는 듯한 소리에 하준은 질끈 눈을 감았다. 저도 모르게 이를 갈며 짓씹듯 경고했다.

"나중에 가만 안 둬, 김무겸……!"

"너 섹스하다가도 가끔 오줌 싸잖아. 뭘 새삼 창피해하는지 모르겠다."

"입 다물어!"

뒤처리를 마친 무겸이 이번에는 목 아래까지 새빨개진 하준을 세면대 앞으로 데려왔다. 사람을 때리는 것은 제 원칙에 어긋나지만 김무겸만큼은 언제고 한 번쯤 진짜로 때려 줘야 할 것 같다고 으르던 하준은 거울에 비친 제 표정을 보고 맥이 빠졌다.

당장 이런 표정을 하고 있으니 무겸이 제 말에 겁을 먹을 리가. 뺨은 벌겋게 익었고 눈동자는 열이 올라 축축해 보였다. 위협적인 면모라고는 아기 손톱만큼도 느껴지지 않는, 그저 서럽고 억울한 얼굴이었다.

무겸은 하준을 앞에 세워 놓은 채로 제 손을 씻더니, 선반에 놓인 수건을 꺼내 뜨거운 물에 적셔 하준의 손가락 하나하나까지 꼼꼼히 닦았다. 그러면서도 거울에 비친 하준의 얼굴을 물끄러미 응시하다가, 갑자기 뺨에 입을 맞췄다.

"송아지, 오늘 너무 귀엽다."

"그래. 실컷 귀여워해라. 지금은 귀엽단 말이 나오지?"

"뿔난 송아지. 두 배로 귀여워."

뿔 맛 좀 보라지. 하준이 머리를 획 뒤로 젖혀 무겸에게 가벼운 박치기를 시도했으나 무겸은 잽싸게 얼굴을 기울여 피했다.

어차피 손을 묶인 채로는 어떤 저항도 헛될 뿐이었다. 갖가지 복합적인 수치심에 몸을 떠는 사이, 어느새 브리프까지 모조리 벗겨 내고 제 아랫도리까지 씻기기 시작한 무겸을 보며 하준은 몇 번씩 깊이 심호흡을 했다.

'마음을 비우자.'

오늘 하루, 저에 대한 통제권을 무겸에게 넘기기로 한 것은 고스란히 제 선택이었다. 이렇게 디테일한 부분까지는 미처 예측하지 못하고 그저 침대 위에서의 일만을 생각하여 '온종일'을 허락한 것이었지만 그 실수조차 제 몫이었다. 무겸이 먼저 조른 것도 아니고, 예전에 했던 약속을 그냥 넘어갈 수 없어 자신이 먼저 말을 꺼냈다.

유소년을 코칭할 때나 성인 프로 선수를 코칭할 때나 기본은 똑같다. 모티베이션 향상을 위해 던진 약속은 반드시 지켜져야 한다. 후회해도 어쩔 수 없다. 이미 벌어진 일이니 돌이킬 수 없다면 트러블을 최소화하며 진행할 수밖에.

"옷을 벗고 손을 묶을 걸 그랬다. 씻기가 조금 불편하네."

"어제 자기 전에 샤워했으니까 이 정도면 됐잖아."

이 와중에 알몸으로까지 있으라니 사양하고 싶다.

무겸은 욕실에서도 다른 행위를 할 생각은 없어 보였다. 젖은 엉덩이며 다리를 수건으로 닦는 데만 집중하는, 사심 없는 무겸의 쭉 뻗은 콧날을 내려다보던 하준은 하릴없이 목을 젖혀 천장만 올려다보았다.

물기를 말리고 나서 무겸에게 안겨 도착한 곳은 거실 소파 위였다.

…소파로 데려오기에 이번에야말로 하려는 줄 알았더니 무겸은 영화를 보자며 텔레비전을 틀어 유료 영화 채널을 탐색하기 시작했다. 하준은 무겸의 허벅지를 베고 누워 함께 그 목록을 구경 중이었다.

욕실에서 오늘 분의 부끄러움을 다 소진했는지 기운이 빠져 나른했다. 강제로 목욕을 당해 힘이 빠진 동물처럼 축 늘어져 묵묵히 TV만 바라보았다. 영화 목록을 하나하나 점검하던 무겸이 한 로봇 액션 영화의 작품 설명을 확대해 화면에 띄웠다.

"이거 볼까? 계속 박스 오피스 1위였는데 그때 우리 바빠서 못 봤잖아."

"난 좋아. 너 보고 싶은 거 보자."

하준이 단단한 허벅지를 몇 번 고쳐 베며 가장 편한 자세를 만드는 사이, 무겸은 결정을 내린 듯 영화를 재생시켰다.

영화를 보기 위해 실내의 조명을 끄고 커튼까지 쳐 거실은 어둑했다. 화면에서 뿜어져 나오는 빛만이 거실과 두 사람을 희끄무레하게 밝혔다. 영화사와 배급사 등의 로고가 차례차례 지나가고, 영화가 시작하자마자 굉음과 함께 격전 중인 로봇들의 모습이 비쳤다.

매사 호쾌한 무겸은 의외로 비교적 무겁거나 조용하고 감성적인 종류의 영화를 좋아했다. 그가 이런 액션 영화를 선택한 것은 하준의 취향을 고려한 것이었다.

영화가 시작한 지 얼마 되지도 않았는데 벌써부터 화려한 전투 신이 화면을 수놓았다. 무겸이 집을 단장하면서 새로 산 TV도 상당히 컸지만 극장에서 보았더라면 더 볼만했을 것이다. 하준은 시선을 빨아 당기는 화면에 멍하니 눈을 고정했다.

그러나 영화에 집중이 되지 않았다. 대사도 자막도 눈과 귀에 흡수되기 전에, 영화 속의 로봇이 튕겨 내는 총알처럼 멀리멀리 튕겨 나간다. 무겸의 손이 허벅지를 베고 누운 하준의 머리를 쓰다듬다가 턱 아래를 만지작거리고, 그런가 하면 귀나 목덜미를 쓸어내렸다.

제 얼굴을 다리 위에 앉힌 강아지 정도로 생각하는 손길이었다. 하준은 조금 고개를 돌려 무겸을 올려다보았다. 그는 상당히 집중한 듯 화면을 바라보고 있었다.

'…언제 하려는 거지?'

어쩐지 목 안쪽이 묵직해져 마른침을 삼켰다. '손을 묶고' '하루 종일'을 이야기하기에 체력 고갈로 죽기 직전까지 갈 각오를 했건만 일이 요상하게 돌아가고 있었다.

혹시 김무겸이 생각한 스케줄에 섹스는 포함되어 있지 않았던 걸까? 그럴 리가 없는데.

무겸은 아무 생각도 없는데 저 혼자 자꾸 이상한 생각을 하는 것 같아 새삼 창피함이 가슴속을 달궜다.

느리게 얼굴을 매만지는 손길이 점점 간지러워졌다. 길고 마디가 뚜렷한 손가락이 뺨을 어루만지다가 머리카락을 뒤적인다. 손끝이 턱 아래 여린 살이나 귀 언저리를 부드럽게 스칠 때마다 봄날 햇빛에 아득한 졸음을 느낄 때처럼 눈이 자꾸만 몽롱하게 감겼다.

"으응…….."

입술 사이로 작게 신음이 샌 것은 방심한 한순간이었다.

하준이 깜짝 놀라 입을 헙 다물었다. 마침 TV에서는 첨단 무기를 사용한 전쟁 장면의 굉음이 울려 퍼지고 있었고, 무겸은 목소리를 듣지 못한 듯 변함없이 허벅지 위에 놓인 머리만 쓰다듬었다.

하준의 얼굴이 뜨거워졌다. 한 번 의식한 감각은 점점 크게 부풀어 갔다. 무겸의 손길이 뺨을 스쳐 다시 한번 목덜미 안쪽까지 와 닿았을 때, 하준은 더 견디지 못하고 진저리치듯 도리질을 했다.

"왜?"

무겸이 고개를 숙이며 무심하게 물었다. 하준은 옆으로 누워 몸을 굳힌 채로 대답했다.

"…간지러워서."

가슴께에 모인 손끝이 바르르, 미세하게 떨렸다. 무겸이 웃더니 얼굴에서 손을 뗐다.

"그럼 다른 데 만질까?"

장난스럽게 말하는 동시에 손이 하준의 티셔츠 아래로 들어와 매끈한 허리 위를 쓸어 올렸다. 셔츠 자락이 함께 끌려 올라가며 맨살이 드러난다. 솜털이 곤두서는 오싹한 감각이 전신을 훑자 흐읏, 하준의 입에서 다시 신음이 새어 나왔다. 이번에는 무겸도 분명히 들은 것 같았다.

무겸은 뭔가 말하는 대신 자신의 다리를 베고 누워 있던 하준을 일으켜 이번에는 제 허벅지 위에 마주 앉게 했다. 둘의 눈이 코앞에서 마주쳤다. 희미한 빛 속에서 검은자위에 비친 서로의 윤곽을 들여다볼 수 있을 정도로 가까이.

평소라면 무겸의 목 뒤로 팔을 걸치고 그의 어깨 위로 얼굴을 묻으며 부끄러움을 피해 볼 텐데 가슴 언저리에 단단히 고정된 두 손목이 익숙한 움직임에 제동을 걸었다. 시선을 피하지도 못하고 무겸과 눈을 마주치고 있는 사이, 티셔츠 아래로 들어온 손이 조금씩 살갗을 기어오르더니 손가락 끝이 유두를 스쳤다.

"아……!"

아주 살짝. 짧고 미약하고 부드러운 접촉일 뿐이었다.

그러나 등 뒤를 치닫는 쾌감은 고압 전류 같았다. 하준은 떨리기 시작하는 몸을 어쩌지 못하고 묶인 손만 옹크려 쥐었다.

등 뒤에서 재생되는 영화는 여전히 시끄러운 전투를 이어가는 중이었다. 그러나 영화 속의 소리나 음악보다 서로의 가팔라진 숨소리가 더 뚜렷하게 둘 사이를 오갔다.

어느새 무겸은 하준의 티셔츠를 모두 말아 올리고, 훤히 드러난 유두 위에 혀를 가져다 대고 있었다. 도대체 언제 하려고 이러나, 사람을 안절부절못하게 하더니 온·오프 스위치를 누른 것처럼 무겸의 상태는 곧바로 전환되었다. 무심하던 조금 전까지의 모습이 거짓말이었던 것처럼 거칠게 내쉬는 숨결이 하준의 맨가슴을 덥혔다.

"으응, 흐, 아……."

유두 끄트머리를 간질이듯 긁던 입술이 곧 유륜을 뒤덮었다. 혀가 돌기와 그 주변을 힘주어 굴리고 빨았다. 하준이 묶인 팔이나마 들어 올려 얼굴을 가리려 들던 그때, 입으로 뭔가가 밀려 들어왔다. 언젠가도 느껴본 적 있는 질감에 하준은 입에 들어온 것이 무엇인지 확인도 않고 꽉 깨물었다. 입고 있던 티셔츠 자락이 이 사이에 물려 젖어 갔다.

"으읍……."

하준의 키는 180센티미터를 조금 넘는다. 아무리 은퇴를 한 지 몇 년 지나 예전에 비해 마른 몸이 되었다 해도 성장기 내내 강도 높은 운동을 지속해 강인하고 반듯한 뼈대와 근육이 자리 잡은 몸은, 운동을 모르고 사는 일반인과 비교할 바는 아니었다.

그런 몸에서 유두는 정말 작디작은 부분일 뿐이다. 무겸이 핥거나 만지기 전에는 인식조차 하지 못하고 살았던, 없는 것이나 다름없던 신체 부위.

그런데 지금은 그곳이 몸에서 가장 두드러지는 부분 같다. 양쪽 가슴 위에 교대로 작은 불이 붙었다가 무겸이 입을 떼어 내면 잠시 사그라들었다. 불씨만 남고 꺼져 간다 싶으면 부드러운 돌기가 게걸스러우리만치 축축한 소리를 내며 빨리고 탄력 있는 혀 아래 짓뭉개졌다. 그때마다 살결을 뜨겁게 만드는 젖은 불꽃이 차츰 커져 갔다.

"하아……!"

참지 못하고 입을 벌리자 물고 있던 셔츠가 툭 떨어져 내린다. 머리 위로 셔츠를 덮어쓰게 된 무겸이 앙, 일부러 소리를 내면서 일어선 유두를 가볍게 깨물었다. 단단하고 매끄러운 치아의 감촉이 예민해진 돌기를 긁어내렸다.

물리는 곳은 유두인데 하반신에서 올라오는 저릿저릿함이 뒷목까지 치고 올라온다. 무겸의 손에 붙잡힌 허리와 다리가 속절없이 떨렸다. 하준은 당황해 입을 다물었다. 아까부터 혼자 음흉한 생각을 해서일까. 원래도 가슴이 둔한 편은 아니었지만 이렇게까지 강하게 느낀 적은…….

"이하준이 야해지는 데는 끝이 없는 것 같아."

"아흐, 으읏……!"

무겸의 뜨거운 숨결이 젖은 가슴에 쏟아졌다. 그의 손이 허리를 미끄러져 브리프 앞쪽으로 기어들었다. 발기한 성기가 타인의 피부에 스치자마자 하준은 몇 번을 움찔거리며 헐떡였다.

무겸이 속옷 안쪽에서 느직하게 움직이던 손을 하준의 눈앞에 들어 올렸다. 이미 달아올랐던 흰 얼굴이 한층 빨갛게 익었다. 내밀어진 손은 불투명하고 끈적한 체액으로 젖어 있었다.

"이건 내 예상에 전혀 없었는데……. 젖꼭지를 빨리다가 갑자기 갈 줄은 생각도 못했어."

놀리는 듯한 말이었지만 막상 장난기는 말라붙었다. 하준의 브리프를 끌어 내리는 무겸의 목소리에 열기가 가득 찼다.

급하게 속옷을 벗기는 손길에 맞춰 다리를 움직이다가 하준의 몸이 그만 기우뚱 옆으로 기울었다. 손이 묶여 균형을 잡지 못하고 소파 위에 아무렇게나 쓰러질 뻔한 몸을 무겸이 단단한 팔로 지탱해 주면서 천천히 눕혔다.

체액에 젖은 손가락이 급하게 뒤를 더듬는다. 벌써부터 예민하게 감각이 곤두선 입구 위로 무겸의 손이 스치자 몸은 그 이후를 기대하는 듯 떨리기 시작했다. 하준이 겁먹은 목소리로 청했다.

"무겸, 무겸아. 조금만 천천히……."

"뭘 얼마나 천천히? 아직 손가락 하나 안 넣었는데."

무겸이 열띤 숨을 섞어 뺨에 몇 번씩 입을 맞추며 되물었다. 정신없이 맞닿는 그의 입술이 조급했다.

하준은 대답할 말이 없어 가쁜 숨만 쉬었다. 그의 말대로 빠른 것은 무겸의 행동이 아니라 제 몸이었다. 필드 위의 공처럼 앞서 달려 나가는 감각이었다. 유두를 애무당한 것만으로 사정에 이른 몸은, 아직 안에 들어오지도 않은 성기의 부피와 무게를 짐작하고 벌써부터 쾌락을 착즙하고 있었다.

텅 빈 채로 꿈틀대기 시작한 안쪽에 무겸의 손가락이 길게 밀고 들어왔다. 스스로 사정한 정액만을 윤활제로 삼은 손가락에 마른 내벽이 허겁지겁 달라붙는다. 참을 틈도 없이 신음이 터져 나왔다.

"아, 아……! 하으으……!"

"하아……."

손가락이 성기처럼 말초적인 쾌감을 느낄 리 없는데, 무겸은 마치 저도 기분 좋아 못 견디겠다는 듯 길고 더운 한숨을 하준의 귀에 내쉬었다. 그 숨소리마저 성감을 자극한다. 하준의 눈꼬리에 이미 눈물이 맺혔다. 뿌리까지 들어왔던 손가락이 천천히 내벽을 문지르며 빠져나갔다.

"으, 흐으윽!"

"벌써 할 생각은 아니었는데."

다시 들어올 때는 손가락이 두 개가 되어 있었다. 하준이 고개를 뒤로 젖히며 허리를 떨었다.

"한번 시작하면 쉽게 못 끝낼 것 같아서… 너 묶어 놓고 식사도 하고 영화도 보고, 정원에 나가서 바람도 쐬고 차도 마시고……. 그러고 나서 하려 했단 말이야."

허덕이면서도 하준은 황당했다. 기껏 비장하게, 구속된 상태로 하루를 전부 달라고 하더니 그 일상적이기 짝이 없는 일정은 무엇인가.

삽입이 다소 마르고 빽빽한 만큼 느리고 얕게 드나들며 안쪽을 넓히는 손가락의 형태가 내벽에 더 뚜렷하게 새겨졌다. 하준은 드문드문 신음과 섞인 말소리를 뱉었다.

"웃긴다, 김무겸……. 흐읏, 그럴 거면, 뭐하러……."

"뭐가?"

"나, 는 네가 하루 종일… 이라길래, 엄청… 힘들 줄, 알았는데……. 하아… 예전부터, 흣, 하고 싶었, 다더니……."

무겸이 눈썹을 살짝 찡그리더니, 그답지 않게 조금 쑥스러운 기색으로 웃었다.

"예전부터 하고 싶었던 게 그거야."

"……."

"밥을 먹든 옷을 입고 벗든 화장실을 가든… 다 내가 해 줘야 하고, 내가 안아서 데려다줘야 하고……. 나 없으면 아무것도 못하고, 어디 가지도 못하고……. 그래도 괜찮아. 너는 손 하나 까딱할 필요 없어. 원하는 게 있으면 그냥 말만 하면 돼. 내가 다 해 줄 테니까……."

무겸은 마치 오랜 로망이나 꿈이라도 고백하듯 뇌까렸다. 하준은 더 이상의 말없이, 조금은 놀란 얼굴로 멍하니 그를 올려다보았다.

무겸이 웃는 낯을 지우지 않고 이마를 맞대었다가 입을 맞추었다. 크고 마른 손이 목덜미를 감쌌다. 하준의 신음이 점점 늘어졌다. 감각이 예민해져 피부가 아렸다.

달아오른 혀가 입속에 밀려 들어온다. 하준은 눈을 감고 축축한 살덩이를 느리게, 그리고 정성스레 빨았다. 무겸의 입 끝이 곡선을 그리며 미소 짓는 것이 느껴졌다. 한동안 제 혀를 내주고 있던 무겸은 곧 하준의 혀를 가볍게 물었다. 아프지 않게 질근거리다가 입 안으로 빨아들였다. 무르고 부드러운 살덩어리가 습한 소리를 내며 삼켜졌다.

"흐으, 읍… 으, 우읏……."

하준이 몸을 바르르 떨었다. 무겸의 입 안에 갇힌 혀, 묶인 손, 허리와 다리, 발끝까지 어디 한 군데 떨리지 않는 곳이 없다. 열을 앓는 사람처럼 오한이 일었다.

입속을 구석구석 헤집는 키스가 이어지는 동안 하준의 몸속 깊이 들어와 있는 손가락도 함께 움직였다. 위아래의 습한 구멍이 동시에 자극받자 미리 각오를 했음에도 불구하고 눈앞이 흐리게 번지는 쾌감이 밀물처럼 덮쳤다. 하준은 일말의 저항도 하지 않고 전신을 움츠렸다 펴기만 반복하며 몸을 휩쓰는 물결을 온전히 받아들였다.

긴 키스가 끝나자 숨결이 흐트러진 무겸의 목소리가 불안정하게 귀를 간지럽혔다.

“하준아. 옷, 벗겨도 돼? 하아, 너 맨몸으로 보고 싶어.”

“아으, 응··· 마음대로, 전부 네 마음대로 해…….”

무겸이 황급히 옷을 자를 만한 물건을 찾았다. 마침 소파 앞 테이블 서랍에 있던 가위를 꺼내 들고, 얇은 티셔츠의 끝자락을 팽팽하게 쥐었다.

사각사각 섬유를 자르는 시린 소리가 나더니 곧 얇게 다듬어진 금속이 하준의 배 위, 가슴 위를 스치며 올라왔다. 차갑고 이질적인 감각이 뜨거워진 맨살을 툭툭 건드리자 몸이 멋대로 튀어 올랐다.

“하으, 차가, 워…….”

“잠시만··· 움직이지 마.”

살갗에 자꾸만 선득하게 닿는 차디찬 금속과는 반대로, 무겸의 목소리는 벌겋게 익었다.

조심스러운 가위질은 한동안 계속되었다. 티셔츠가 종잇장처럼 조각조각 잘려 나가 더 이상 몸을 감싸지 못하게 되었을 때쯤, 하준은 아슬아슬한 애무처럼 피부 위를 스쳐 지나간 냉기에 눈물을 글썽이며 떨었다. 발가벗겨진 나신 위로 밧줄처럼 감긴 넥타이가 더 도드라졌다.

무겸은 그 모습을 가만히 내려다보다가 달려들다시피 몸을 숙였다. 알몸 위를 입술로 마구 더듬기 시작했다. 서늘한 금속이 지나간 자리 위를 따스하고 부드러운 애무로 덮으며 입술과 혀가 위치를 옮길 때마다, 하준은 몸 안쪽이 가마처럼 뜨겁게 가열되는 것을 느꼈다.

“하아··· 아, 아!”

그 열이 하준을 두렵게 만들었다. 가볍다면 가벼운 전희를 하고 있을 뿐인데 무한정 달아오르는 몸이 녹거나 타 버릴 것만 같았다. 애무를 이어 가며 무겸도 옷을 벗었다. 육중한 근육이 불규칙한 호흡에 따라 크게 들썩거렸다. 저만 흥분하지 않았음을 알려 주는 그 불안정한 몸짓이 하준을 오히려 안심하게 했다.

얇은 티셔츠 한 벌의 차이가 작지 않았다. 서늘한 실내의 온도를 느낄 겨를도 없이 뜨거워진 체온이 서로의 몸과 주변의 공기까지 물들여 갔다.

기다란 소파 위에서 둘은 빈틈없이 포개어졌다. 무겸은 제 아래에 누운 하준을 부둥켜안은 채로 귀를 집요하게 애무했다. 귓불을 빨아 입 안에 삼킨다 싶더니 혀로 전체를 핥아 올리고 가장 위쪽 끄트머리를 깨물다가 혀를 뾰족하게 세워 안쪽을 파고들었다. 하준의 눈 뒤가 화끈거렸다. 머릿속이 백지가 되어 갔다. 줄줄 새는 신음을 참을 겨를도 없이 뱉어냈다.

"후으, 하, 하아, 아으흣……!"

귀가 너덜너덜해지지 않을까 싶을 정도로 한참을 잘근거리더니, 그다음에는 목덜미를 비슷하게 괴롭혔다. 무겸은 작게 오르내리는 목울대를 여러 번 핥아 올리고 쇄골의 움푹 팬 부분을 혀끝으로 쓸었다. 커다란 손이 배와 허리, 사타구니를 그치지 않고 문질렀다. 느끼는 곳을 집중적으로 애무당하자 감당하기 힘든 쾌감에 하준은 반사적으로 무겸을 밀어내고 싶어졌다.

그러나 손이 묶여 있다. 하준은 몇 번씩 무겸을 밀어내려던 손을 멈칫거려야 했고, 무겸은 그 동작을 눈치챌 때마다 애무의 강도를 도리어 높였다.

한계까지 자극당한 유두에 다시 한번 혀가 닿고 입술이 돌기를 삼킨 순간, 하준이 몸서리를 치며 등을 둥글게 젖혔다.

"아, 그… 만, 흐아, 그, 만, 그만……!"

울먹임이 절반인 목소리였다. 무겸이 그대로 혀를 주욱 길게 그으며 목을 타고 올라와 다시 한번 깊게 입을 맞췄다.

아직 전희 중인데 하준은 절정 후처럼 땀에 젖었다. 무겸이 손빗으로 하준의 머리카락을 뒤로 쓸어 넘겼다.

"하아, 처음으로, 진짜 천천히 해 보는 것 같은데……."

"후으, 흑……."

"굳이 그래야 할 이유도 없는데… 누가 쫓아오는 것도 아닌데 왜 그런지 너랑 할 때는 항상 마음이 급해져서……. 이렇게 핥아만 줘도 자지러지는 애인님한테, 내가 매번 서비스가 부족했지."

하준이 놀란 사람처럼 고개를 저었다.

"그런 적, 없어……. 전혀, 흑, 안 부족해……."

"또 어디 빨아 줄까? 말해 봐."

"으흑……! 이제, 됐……."

혀가 팔 안쪽을 길게 쓸자 하준의 말이 끊어졌다. 가슴께까지 발갛게 익은 하준은 전신을 약하게 달싹이고 있었다. 초점이 흐려진 눈이 젖었다. 묶인 손끝이 의지 바깥으로 움찔거리며 그가 느끼는 쾌감을 음표처럼 그려 낸다.

묶인 채로 벌벌대는 손끝에도 입술이 닿았다. 손가락을 핥는 무겸의 목이 불덩어리라도 삼키는 것처럼 크게 울렁였다.

하준의 피부 곳곳을 물고 빨던 입술이 아래로, 아래로 미끄러져 내려가 골반에 다다랐다. 허리에 남은 흉터에도 혀가 기었다. 감각이 죽었다는 말이 무색하게도 신음이 흘렀다.

커다란 손이 허벅지 뒤를 길게 밀어 올렸다. 소파에 붙어 있던 허리가 뜨며 하준의 엉덩이가 천장을 향하도록 높이 들렸다.

무겸은 망설임 없이 볼기 사이로 얼굴을 묻었다. 뒤쪽 입구에 혀가 닿자 하준이 허벅지를 흔들며 작게 몸부림쳤다. 무겸이 혀를 빼고 제 뒤를 핥는 모습이 시야에 그대로 들어와 하준은 어찌할 바를 모르고 눈을 깜박이다가, 뒤늦게 상황을 피할 방법을 깨닫고 눈을 꾹 감았다.

"아, 아……! 흐으, 으응, 읏……!"

그러나 입은 마음대로 다물리지 않았다. 몇 번을 받아도 날것의 애무에는 익숙해지지가 않는다.

점점 거칠고 뜨거워지는 무겸의 숨결이 젖은 주름에 고스란히 와 닿았다. 하준은 올가미에 묶인 손을 새빨개진 얼굴 쪽으로 끌어당기며 허리를 떨었다. 희고 탄력 있는 허벅지가 무겸의 손안에서 꿈틀거렸다.

예민한 입구를 부드럽게 빨리고 안쪽 점막에까지 혀와 더운 호흡이 침입한다. 물컹한 살덩이와 형체 없는 이물감이 번갈아 가며 내벽을 핥을 때마다 발딱 일어선 성기에서 끈적한 프리컴이 납작하게 접힌 배 위로 길게 흘러내렸다.

뭐든 붙들고 커져 가는 쾌감을 견디고 싶지만 꽁꽁 묶인 손은 고작해야 턱 아래에서만 어물거릴 수 있을 뿐. 하준은 별 수 없이 고개만 느리게 저었다. 성대에까지 힘이 빠졌는지 미완성된 말만이 입 밖으로 흘러나와 그만하라는 만류조차 쉽지 않았다.

회음부에까지 쪽, 입술을 찍고 나서야 무겸이 고개를 들어 올렸다. 자신의 애무로 축축해져 뻐끔대는 구멍을 만족스러운 눈빛으로 내려다보고 제 손가락을 직접 길게 핥았다.

높이 들려 올렸던 엉덩이가 완만하게 떨어지자마자 곧바로 손가락 여러 개가 하준의 몸속으로 밀려 들어왔다. 관절의 마디마디를 분명히 느끼게 하려는 듯 천천히.

"하아아, 아앗, 아아……!"

"이제 한꺼번에 세 개씩도 들어가."

무겸은 공들인 전희가 뿌듯하기라도 한 양 말했다.

하준은 맞장구쳐 줄 여유가 없었다. 물러진 내벽을 긁어 올리는 단단한 손가락이 배 속을 넘어 머리까지 엉망으로 헤집는 것만 같았다. 저도 모르게 발끝이 굽고 몸이 달싹거렸다.

손가락이 자연스럽게 네 개로 늘어났다. 손바닥의 이음매 부분이 닿을 만큼 깊고 느리게 들어왔다가 비슷한 속도로 뒤로 빠져나가고, 점막을 힘주어 문지르며 출입했다. 무겸은 넣고 뺄 때마다 손목을 돌려 몸 안쪽에서 몇 번이고 문지르는 방향을 바꾸었다.

손끝의 납작한 부분이 배를 향한 전립선 부근을, 등 쪽을 향한 아래쪽 점막을, 옆 내벽을 차례차례 문질러 댔다.

"아, 아……! 흐으…… 아으, 흑……."

충분히 예민해진 내벽을 자꾸만 자극하는 감각에 하준은 필사적으로 허리를 비틀었다. 그러자 무겸이 세차게 손목을 흔들고, 부풀어 오른 전립선 부근에 힘을 준 압박이 진동처럼 가해졌다. 벌어진 입에서 소리 없는 비명이 샌다. 하준은 저도 모르게 발끝으로 소파를 딛고 허리와 엉덩이를 들어 올렸다. 힘이 바짝 들어간 몸이 부들부들 떨렸다.

뿌연 정액이 배를 향해 일어선 성기 끝에서 방울방울 흘러내렸다. 연이은 사정이 고통스러울 정도였다. 무겸은 체액으로 번들번들하게 젖은 배 위를 느릿하게 문지르다가, 그 위에 입술을 가볍게 얹으며 고했다.

"이제 넣을게."

두 번째 절정을 맞아 축 처져 있던 하준은 가늘게 어깨를 떨었다. 몸이 아직 안 된다고 비명을 지르는 것 같기도, 더 할 수 있다고 고집을 부리는 것 같기도 했다.

어느 쪽 주장에 귀를 기울여야 할지 몰라 아무 대답도 못하는 사이 무겸이 바지 주머니에서 작은 윤활제 필름을 꺼냈다. 시작할 생각도 없는 듯 굴더니 역시나 준비는 하고 있었던 모양이다.

엉덩이 사이로 투명하고 묽은 젤이 필름지 안에서 곧바로 떨어졌다. 조금 전까지 손가락을 물고 있던 입구는 완전히 다물리지 않았다. 차가운 점액이 그대로 안쪽까지 흘러드는 기분에 하준은 고개를 젖힌 채 습하고 짧은 숨을 흘렸다.

입구에 무겸의 남근이 닿았다. 핏줄이 도드라지게 서 있는, 험상궂게 발기한 성기가 그가 느끼는 흥분을 숨김없이 표출하고 있었다. 무겸은 하준의 뒤를 적신 젤로 제 물건까지 적시려는 듯, 곧바로 삽입하는 대신 입구 위에 성기를 붙여 문질렀다.

"흣, 흐윽."

몸을 뭉클뭉클 부드럽게 죄는 듯한 쾌감에 무릎을 모으자, 소파에 앉아 있던 무겸이 몸을 벌떡 일으켰다. 하준의 허벅지를 다시 단단히 밀어 올리고 자신은 한쪽 다리를 소파 위에, 한쪽 다리는 바닥에 디디어 거의 완전히 일어섰다.

"아……."

그대로 무겸이 낮게 신음하면서 몸을 내리눌렀다. 체중을 실어 위에서 아래를 향해, 깊고 묵직하게 성기가 밀고 들어왔다.

손가락과 입을 다 동원해 풀어도 무겸의 성기에 비하면 늘 너무 좁은 내벽이 빡빡하게, 안쪽을 누르는 무게를 받으며 벌어졌다.

"-흐아, 아……. 읏, 아, 아아……!"

하준은 무의식중에 묶인 손을 앞으로 힘껏 잡아당겼다. 평소라면 무겸의 등이나 어깨를 잡아당기거나 밀거나 끌어안거나, 그것도 아니라면 소파라도 붙잡을 텐데 팽팽하게 당겨진 올가미는 하준의 손을 단단히 잡고 놓아주지 않았다. 흰 목만 뒤로 젖혀졌다.

"목소리도, 야해 빠져서……."

그렇게 말하는 무겸의 목소리 역시 들떴다. 커다란 몸의 깎아 만든 듯한 윤곽이 불끈대며 열기를 뿜어내고 있었다.

불거진 귀두가 끈적해진 내벽을 벌리고, 울퉁불퉁 핏줄이 맺힌 기둥이 원래대로 좁아지려는 내벽을 쓸어 올리며 뒤따라 들어왔다. 민감해진 점막을 길게 긁어 올렸다.

"아, 깊… 어, 깊어……!"

"후으… 아직, 다… 안 들어갔는데……."

손은 묶이고 다리는 무겸에게 붙잡혀 사지를 구속당한 상태나 다르지 않았다. 단지 움직임을 제한당했을 뿐인데 호흡이라도 틀어막힌 듯 하준은 가슴이 답답해졌다. 위에서 아래로 저를 누르는 묵직하고 튼튼한 몸의 체면적이 평소와 다른 압박감을 안긴다. 무겸의 말대로 평소에 비해 얕은 깊이로 들어왔음에도 하준은 비교적 빠르게 삽입을 말렸다.

무겸은 한숨을 뱉고 허리를 뒤로 살짝 물렀다가 짧게 밀고 들어왔다. 몇 번인가를 그렇게 움직이더니 더 깊이 들어오는 대신, 전립선 근처에 맞추어 제 체중을 꾸욱 눌렀다.

조준이라도 하듯 한 곳에 닿은 귀두가 짧고 빠르게 내벽을 찍어 댔다. 강렬한 쾌감이 하준의 몸속을 강하게 두드렸다. 속도를 붙여 내리꽂힌 쾌락은 몸이 안정을 찾을 틈을 주지 않고 전신에 빠르게 퍼져나갔다.

"하윽, 흐, 아, 앗, 아!"

감각이 빠르게 꼭대기를 향해 치솟았다. 이른 봄 잠결에 강제로 속박당했을 때는 미처 느끼지 못했던, 극도로 고조된 성감이 작은 자극에도 하준의 몸을 떨리게 했다.

못처럼 툭 튀어나온 귀두와 고르지 않은 표면이 내벽을 문지르고 찌르며 몸속을 드나들 때마다 끈적해진 점막이 무겸의 성기를 쥐어짜며 꿈틀댔다. 하준은 불가능하다는 것을 자꾸만 잊어버리고 무겸의 등을 안으려 들었다. 갇힌 손을 허무하게 뻗는 사이 숨결이 점점 거칠어졌다.

순간 전립선 위를 집중적으로 찌르던 무겸이 허리에 힘을 실어 성기를 더 밀어붙였다. 푹 밀려든 성기가 여태껏 열리지 않고 있던 깊은 내벽을 가르려 들었다. 하준이 고개를 더 크게 저었다. 허리가 파드득 튀었다.

"으읏, 아, 안, 돼… 살살……! 으응, 아앗……!"

"살살, 읏, 하고 있, 어."

무겸의 목소리에 엷은 당황이 깔렸으나 하준은 그것을 눈치채지 못했다. 자꾸만 몸속을 채우며 밀고 들어오는 뜨겁고 단단한 감각에 몸서리 칠 뿐.

"처, 천천히, 해……. 흐읍, 너무 세게, 하지 마……."

"하아… 왜? 벌써 힘들어?"

무겸 역시 코앞에 둔 드높은 쾌락에 흥분해 헝클어진 숨을 쉬었다. 하준은 바로 대답하는 대신 그를 마주 보았다.

섹스를 하다 보면 늘 맞닥뜨리게 되는 욕망에 물든 눈동자, 행위를 시작할 때보다 번연히 번득이는 눈이 그곳에 있었다. 하준은 빨려 들어가듯 그를 마주 보다가 소곤거렸다.

"좋아, 서……."

"으응."

"요즘 자꾸… 하다가, 기절하고… 아… 오늘은… 흐윽, 그러기 싫, 아으윽!"

무겸이 갑자기 깊이 파고들어 말이 끊어졌다. 하준의 귀에 씨근거리는 숨결이 바짝 붙었다.

"어떻게 좋은데?"

"읏, 어… 어떻게, 냐니……."

"나는 지금 네 구멍이 좆을 쪽쪽 빨고 있어서, 이렇게 조금만 빼면……."

"- 하으……!"

"후… 좆이고 허리고 전부 녹는 것 같아. 끝까지 뺐다가, 여기까지 닿게 처박고 싶은데… 그렇게 하지 말까?"

'여기까지'라고 말하며 무겸이 배꼽 언저리를 쓰다듬고 꾹꾹 눌렀다. 하준의 몸이 부르르 떨렸다. 입술만 달싹이며 대답하지 않자, 어느새 입구까지 빠져나가 맴돌던 귀두가 몸속으로 미끄러졌다.

"으… 아, 하아!"

묶인 손목이 무겸의 손안에 다시 한번 강하게 붙잡힌다. 굵고 긴, 뜨거운 살 몽둥이가 움직이지 못하는 몸속을 움푹움푹 파고들었다. 삽입이 깊어질수록 잔뜩 바른 윤활제가 흐르고 새어 질컥대는 소리가 하준의 귀를 적셨다.

이렇게 기분 좋은 것을 네가 정말로 참을 수 있겠냐고 으르는 것처럼, 무겸은 하준이 느끼는 곳을 힘주어 찌르고 짧게 넣었다 빼지기를 되풀이하며 조금씩 안으로 밀고 들어오고 있었다. 성기가 내벽을 핥는 기분이었다. 시야가 흐려지고 아랫배가 녹는 쾌감이 덩어리로 뭉쳤다가 하준의 몸 구석구석까지 물처럼 퍼졌다. 머릿속이 성에 낀 창문처럼 희뿌옇게 물들었다.

둘의 사타구니가 뭉개질 듯 맞붙고 무겸의 고환이 볼기 살을 누를 때쯤, 하준은 입을 벌리고 타액을 흘리며 흐느꼈다. 점점 깊게 침범해든 성기가 내벽의 막다른 곳에 다다라 딱딱하고 둥근 귀두를 누르며 무게를 실어 간신히 다물려 있던 속살까지 갈랐다.

"하으, 읏……! 흐으으… 으흑, 아……!"

하준이 대답하기는커녕 사고조차 마비되어 버르적대는 사이, 안을 가득 채워 누르며 온몸을 저리게 만들던 것이 입구 근처까지 빠져나갔다. 반쯤 걸친 귀두가 꽉 다물리려는 주름을 부드럽게 벌렸다가, 이번에는 빠져나온 길을 단숨에 거슬러 올라 같은 곳을 재차 짓이겼다.

하준의 입에서 비명이 터졌다. 폭이 크고 거센 출입이 연거푸 이어졌다.

"후우, 하아, 아."

"아, 아! 앗! 흑, 흐아아……!"

하준은 나오는 대로 목소리를 높였다. 몸이 정신없이 흔들렸다. 몰아치는 쾌락에 시달리기를 한동안. 무겸이 흰 허벅지 바깥쪽을 느릿하게 쓰다듬으며 허릿짓을 늦추었다. 그의 숨도 엉망으로 흐트러져 있었다.

"지금도 기절하게 좋아?"

흥분이 가득한 목소리였다. 짧게 주어진 여유에 하준이 헐떡이며 고개를 끄덕였다. 묶인 손을 반사적으로 당기며 한 박자 늦게 대답을 했다.

"흐윽, 흐으, 응, 좋, 아……. 좋은데……."

"좋은데?"

"하아… 무, 겸아. 그래… 도, 아으, 오늘은… 살살……."

잠시 그대로 숨을 삼킨 무겸은, 거의 일어서다시피 해 하준을 짓누르고 있던 자세를 바꾸어 소파 위에 무릎을 붙이고 앉았다. 몸을 숙여 뜨거운 숨을 하준의 살결에 뿌리고, 쪽쪽 소리가 나도록 입술을 부딪쳤다.

"그렇구나."

"-흐, 앗……!"

무겸이 하준의 등 뒤로 팔을 밀어 넣었다. 누워 있던 하준의 상체를 급하지 않게 훌쩍 일으키고, 마찬가지로 느릿하게 제 몸을 뒤로 기울였다. 소파 팔걸이에 무겸이 몸을 기대자 조금 전과는 달리 하준이 위에 앉고 무겸이 아래에 앉은 자세로 역전되었다.

조금 전까지 번득이며 하준을 보던 무겸의 눈에 평소의 명랑한 온기가 돌아와 있었다. 그가 웃으며 하준의 눈가를 손으로 쓸었다.

"이렇게 하면 괜찮지? 오늘은 정말로, 진짜 천천히 할게."

하준은 습기 고인 눈을 깜박이며 무겸을 내려다보다가 울음을 한 번 삼키고 고개를 끄덕였다. 저 자신의 체중이 실린 이 자세는 오히려 삽입이 깊어지지만, 그래도 팔다리를 모두 묶인 듯한 답답함이 사라져 마음은 한결 편했다.

무겸이 그랬던 것처럼 제 한쪽 다리를 소파 아래로 내렸다. 발을 땅에 딛자 그것만으로도 안쪽의 자극점이 바뀌었는지 평소에는 좀처럼 찔리지 않는 약하고 여린 점막이 지긋이 눌렸다. 낯선 만큼 선명한 쾌감이 부지불식간에 머리를 때렸다.

멍하니 입술을 떨던 하준은, 무겸이 아래를 가볍게 한 번 쳐올리고 나서야 천천히 허리를 움직이기 시작했다. 비음 섞인 신음이 흘렀다.

"흐읏, 아, 으응… 아, 으……."

"아… 미치겠다……."

아무것도 붙잡을 수 없었지만 대신 무겸의 커다란 손이 등허리를 단단히 받치고 있었다. 바닥을 딛고 선 한쪽 다리도 하준의 몸을 지탱했다.

허리를 위아래로, 앞뒤로 흔들고 둥글게 돌릴 때마다 굵은 살 기둥이 함께 움직이며 내벽 여기저기를 찌르고 긁었다. 움직일 여유라고는 없을 정도로 빠듯이 안을 채워 든 성기가 제 허릿짓에 함께 움직이며 또 한 번 몸속을 벌리고 위치를 바꾸는 것이 하준은 신기할 지경이었다. 몸의 일부와 일부가 결합된 작은 부분에서 이토록 강렬한 쾌감이 빚어져 온몸을 뒤흔든다는 것도.

"아, 아윽, 흣, 하아……!"

"이제 위에서도, 너무 잘해서, 하아, 내가 먼저 쌀 것 같아."

"아앗, 아아아!"

무겸이 감탄조로 중얼대더니 하준의 골반을 붙잡아 앞뒤로 크고 거칠게 흔들었다. 젖은 엉덩이와 단단한 허벅지가 미끈미끈 문질러졌다.

하준이 비명을 내질렀다. 둥근 볼기에 힘이 들어갔다. 허리는 멈추었으나 다리는 허벅지부터 발끝까지 자르르 떨리고, 굵은 성기를 품은 아랫배 역시 움푹 꺼져 벌벌 복근을 조여 댔다.

격한 추삽질 한 번 없이, 무겸의 위에서 스스로 허리를 움직이다가 하준은 세 번째 오르가슴에 다다랐다. 귀두에서 툭툭 쏘아진 묽은 정액이 무겸의 복근 위에 흔적을 남겼다.

무겸도 낮게 신음했다. 성기를 부드럽고도 야무지게 무는, 내벽의 빠르고 진득한 움직임과 흰 몸이 경련하는 모습이 그에게도 극도의 쾌감을 가져다주었다. 하준의 사타구니가 문질러지는 튼튼한 아랫배부터 두툼한 흉근까지 울끈대며 그림자를 만들었다.

하준이 느끼는 절정을 감지한 무겸의 흥분이 직선을 그리며 치솟았다. 그는 소파 아래로 늘어져 있는 다리를 잡아 올려 제 허리 옆에 붙여 앉게 했다.

"아!"

헉헉대며 거친 숨소리만 내던 하준이 놀란 사람처럼 큰 소리를 냈다.

그가 몸을 떨며 깊은 절정에서 빠져나오지 못하는 사이, 무겸이 하준의 골반을 단단히 붙잡은 채로 제 허리를 퍽, 강하게 쳐올린 것이다.

위로 치받는 힘이 너무 강해 박혀 있던 것이 도리어 빠져나올 정도였다. 하준의 몸이 허공에 짤막하게 떴다가 아래로 떨어졌다.

"……!"

말뚝처럼 뇌리에 박혀 드는 쾌감에 하준은 소리도 내지 못하고 입만 벌리고 숨을 멈췄다. 그의 턱이 가늘게 떨리는 동안, 무겸은 지칠 줄 모르고 제 하체에 천천히 속도를 붙였다.

"- 흐, 아, 잠, 깐… 아……! 아! 아아!"

"후으, 아."

질척하게 녹아내린 젤 때문에 살끼리 부딪히는 소리가 철퍽거렸다. 깊은 곳까지 푹푹 찍어 올릴 때마다 하준의 몸이 밀려 올라가고, 저절로 내려앉으면 처음보다 깊이 꽂혀 들었다. 여느 때면 무겸의 가슴이나 배를 짚고 삽입의 속도와 깊이를 조절하려 들었겠지만 오늘의 하준에게는 불가능했다.

무겸은 장담했던 대로 서두르지는 않았으나 끈질겼다. 허리와 골반, 볼기를 토닥이고 쓰다듬으며 쉬게 해 주다가도 계속해서 하준을 강하게 주저앉혔다. 비명과 신음이 번갈아 터져 나왔다.

아래쪽에 비스듬히 앉은 무겸도 어느 순간 길게 앓는 소리를 냈다. 곧이어 하준은 제 몸 안쪽에서 불컥대는 살 기둥의 움직임을, 뜨끈하게 번지는 온도를 느꼈다. 과민해진 점막이 무겸이 토해 낸 체액에 부드럽게 젖어 갔다.

몸속으로 무겸의 사정을 느낀 하준은 늘 그렇듯 또 한 번 작은 절정에 올랐다. 커다란 손안에 붙잡힌 허리와 무겸의 하체 위로 벌어진 허벅지에 발끈거리며 힘이 들어가고, 반사적으로 안쪽이 빠르게 좁혀들었다.

"아, 하준아… 기분 좋아. 후우, 너무 좋아."

"하으, 으, 흐으으, 나, 도, 아으읏… 좋아, 아, 좋아아……!"

무겸의 목소리에까지 반응하듯 울먹거리며 상체를 휘청거리던 하준은 균형을 완전히 잃어버리고 앞으로 푹 몸을 기울였다.

땀에 젖은 상반신이 맞대어졌다. 서로의 맨살에 전해지는 박동이 하나로 뒤엉켰다. 무겸은 제 위에 엎드린 하준의 입술을 해갈하려는 듯 핥았다. 둘의 입 안쪽도 뜨거워져 있었다. 단내가 나는 혀가 검질기게 엉켜들었다.

키스를 하는 도중에도 깊은 곳에 파묻힌 성기가 긴 절정에 시달린 몸속을 잘게 찔렀다. 흉포하게 박을 때와는 다르게, 깊이 자리한 여린 속살을 가만가만 두드리고 느리게 쓸어 달래는 후희였다. 배 속을 뭉근하게 채워 들었던 것이 뒤로 주르르 미끄러질 때면 떨리는 날숨이 하준의 입밖으로 빠져나갔다.

"흐읍… 읏, 하아, 흣, 응……!"

탄탄한 품에 안긴 몸이 녹진하게 풀린다. 하준의 신음에 묽고 달콤한 기색이 물씬물씬 섞여들었다. 하준은 제 성기를 단단한 배에 비비고 따뜻해진 흰 뺨을 무겸의 목덜미 언저리에 문지르다가, 쾌감을 견디지 못하고 눈물을 뚝뚝 흘렸다. 제법 부드럽게 이끌어냈음에도 불구하고 두세 번을 연달아 절정에 달한 몸은 그 여운이 만들어 내는 경련을 멈추지 못하고 있었다.

무겸은 울면서 헐떡이는 연인을 최면에라도 빠진 듯 바라보았다. 인내가 섞인 힘겨운 한숨을 토했다. 쾌락에 절은 몸이 계속 움직이라 요구

한다. 경도를 더한 성기가 두 번째 분출을 원하며 하준의 차진 몸속에서 꿈틀거렸다.

그러나 무겸은 본능의 재촉을 무시하고 숨을 골랐다. 몇 번이든 더 할 수 있었다. 하준의 몸속을 정액으로 가득 채우고, 질척해진 안을 쑤시고, 다시 젖게 만들고 또 찔러 들고…….

아직 시간이 많았다. 하준은 오늘 하루를 온전히 제게 주겠다 했으므로 쫓기는 사람처럼 조급해할 이유가 없었다. 곧 점심때니 욕실에서 씻으면서 두 번째를 치른 뒤 식사를 해도 좋을 것 같았다.

"이제 샤워할까?"

"으응……."

울음인지 대답인지 구분되지 않는 목소리. 무겸은 제게 기댄 하준의 몸을 품에 가득 끌어안았다. 손이 묶여 저를 만지지 못하는 하준의 몫까지 채우기라도 하려는 것처럼 그의 살결을 어느 한 곳 빠뜨리지 않고 쓰다듬었다.

단단한 연인이 약해지는 순간은 왜 이렇게까지 사랑스러울까? 반듯한 미소가 울먹이며 흐트러지는 모습에는 중독성이 있었다. 자꾸만 그를 괴롭히고 싶어지는 이유는 분명 그 때문이다. 무겸은 심장에서 물기처럼 배어 나오는 애틋함을 어쩌지 못하고, 그를 재차 힘주어 안아 머리 위로 입을 맞추며 속삭였다.

"사랑해. 사랑해, 이하준. 세상에서 제일 사랑해."

"응… 나……."

나도 사랑해. 아마 그렇게 응답하려 했을 하준의 말이 흐릿해지다가 끊어졌다.

침묵이 길어졌다. 미소를 짓고 그의 뒷말을 기다리던 무겸은, 점차 의아한 눈으로 하준의 정수리를 내려다보았다.

그는 가쁜 숨을 몰아쉬며 무겸의 어깨 맡에 얼굴을 묻고 있었다. 호흡이 가라앉기는커녕 점점 커지더니 맞댄 가슴과 어깨까지 울렁였다. 그때쯤에야 무겸은 놀라 하준을 일으켜 안았다. 그때까지도 몸 안쪽에 파묻혀 있던 성기가 빠져나왔다.

"아, 놔줘……."

당황한 하준은 제 얼굴을 감추려 했지만 묶인 손은 그의 얼굴을 온전히 덮을 만큼 올라가지 않았다. 손이 올라오지 않자 이번에는 눈물에 젖은 얼굴을 열심히 아래로 숙였다.

무겸이 미간을 찌푸렸다. 그의 애인은 잠자리에서 매번이라 할 정도로 눈물을 보이지만, 무겸은 쾌감 때문에 흘리는 눈물과 그렇지 않은 눈물을 늘 예민하게 구분했다. 아래를 향한 얼굴의 양 뺨을 감싸 올렸다.

"왜 그래?"

"좋아서……."

"거짓말. 너 느껴서 울 때랑 아닐 때랑 나 다 구분해. 얘기 안 해 주면 안 놔."

무겸은 짧은 여유도 두지 않고 단호한 어조로 반박했다. 한껏 기분 좋은 섹스를 마치고 갑자기 울기 시작하는 사고의 흐름을 전혀 이해할 수 없었다.

간단히 물러나지 않을 기세임을 느꼈는지 하준은 다른 핑계를 들먹이는 대신 무겸의 턱 아래만 바라보았다. 무언가를 생각하는 표정으로 잠잠하더니 젖은 눈을 살며시 움직여 무겸과 시선을 마주했다.

"네가 나 묶어 놓고 하고 싶다고… 예전부터 그렇게 하고 싶었다고 해서."

"응."

"런던에서 했던 것처럼 하려는 줄 알았어. 지금까지 너는 그런 걸 좋아한다고 생각했는데……."

"……."

"그런데 아니라서……. 음… 뭐라고 설명해야 할지 잘 모르겠다. 이렇게 울 일은 아닌데 오늘 기분이 너무 좋아서… 생각이 났나 봐."

무겸의 얼굴이 표정 없이 굳었다. 말투는 꾹꾹 참는 듯 조용했지만 감정이 북받쳤는지, 하준의 눈물은 좀처럼 멈추지 않았다. 그는 얼굴을 가리지 못하는 손을 자꾸만 끌어 올리려 들며 뇌까렸다.

"미안하다. 한참 지나간 일로 이러면 안 되는데……."

"…뭐? 네가 미안하다고 하면 안 되지. 그때 일은 내가 백 퍼센트 잘못한 거잖아. 그때 생각이 나서 그래?"

망연해졌던 무겸은 번득 정신이 들어 하준의 손목을 잡고 대답했다. 하준은 저를 잡은 손을 바라보면서 무슨 말을 먼저 해야 할지 몰라 혼란스러운 표정으로 눈동자를 낮게 굴렸다.

그러고는 침묵 끝에 잘못을 자백하는 사람처럼, 움츠러든 목소리로 말했다.

"김무겸……."

"응."

"나 그때 좀… 무서웠어."

갑작스러운 하준의 고백에 무겸의 미간이 설핏, 보일 듯 말 듯 울상처럼 찌푸려졌다. 무겸의 얼굴에 비치는 동요를 발견한 하준이 입을 다물고 마른침을 삼켰다.

그러나 무겸은 거기서 그치지 않고, 새로운 곳까지 생각이 미친 듯 질문을 이어 갔다.

"또?"

"어……?"

"그때가 전부야? 혹시 또 그렇게 느낀 적은 없어?"

하준이 허를 찔린 사람처럼 머뭇거렸다. 그때가 전부였다고 곧바로 대답하지 못하는 모습을 무겸은 멍한 눈길로 바라보았다. 망설이듯 달싹이던 입술이 열렸다.

"서울에서 너 화나서… 구단 회의실에서 갑자기 하자고 했을 때도 조금."

"……."

말을 마친 하준의 얼굴이 점점 붉어졌다. 그가 다시 얼굴을 팔 사이로 숨기려 들며 탄식했다.

"아, 이건 진짜 예전 일인데! 나 너무 치사하지."

"치사하다니, 대체 뭐가?"

무겸은 흰 손목을 구속한 매듭을 모두 빠르게 끌러 헤쳤다. 힘으로 잡아당기기만 해서는 도무지 풀리지 않을 것 같았던 단단한 매듭이 긴 손가락 사이에서 생각보다 쉽게 풀어졌다.

하준이 자유로워진 손을 내려다보며 손목을 몇 번 돌렸다. 피가 통하지 않아 저린 곳도, 아픈 곳도 없었다. 그사이 눈물이 잦아든 눈을 바로 뜨고 무겸에게 물었다.

"그만하려고……?"

"짐승도 아니고, 이런 이야기 하다가 어떻게 계속해."

"미안해. 내가 분위기 깼다."

"아니. 네 탓하려는 게 아니야. 우리 좀……. 좀 더 얘기를 해 봐야 하지 않나?"

무겸은 하준이 여태껏 그때 일을 마음에 담아 두고 있으리라고 생각지 않았다. 그것도 런던에서뿐만이 아니라 서울에서 있었던 일까지.

어리석었다. 그가 김무겸에 대해서라면 무엇이든 꼼꼼히 기억하고 간직한다는 것을 알면서. 자신이 건넨 사랑뿐만 아니라 온갖 부정적인 감정과 상처까지도.

무서웠다고 말할 정도인데 둘이서만 이야기를 나눠도 될까? 전문가에게 상담이라도 받아 봐야 하는 것 아닌가? 당혹스러워진 무겸의 생각이 빠르게 뻗어 가는 중, 하준이 고개를 저었다.

"할 얘기 다 했는데 뭘."

"…왜 그때 말 안 했어? 왜 아무렇지도 않은 척했어."

"서울에서는… 처음에만 그랬지 금방 괜찮아졌어. 네가 대뜸 옷부터 벗으라고 하질 않나 다른 사람처럼 굴어서 놀랐는데, 하다 보니… 평소랑 별로 다르지가 않아서."

"……."

"그리고 그때는 너한테 화도 낼 만큼 냈잖아."

하준은 멋쩍은 듯 웃었지만 무겸은 우습지 않았다. 이제까지 무겸은 그때의 하준이 두려움을 느꼈으리라는 생각조차 하지 못했으므로. 제게 정을 뗐으면 하는 바람에 부렸던 위악에서, 분노나 경멸이 아닌 다른 감정을 느꼈으리라고는.

"그리고 지난번에는……."

말을 잇는 대신 하준은 곰곰이 침묵했다. 급한 마음을 밟아 누르며 재촉을 참는 무겸에게, 하준이 고개를 들더니 부탁했다.

"무겸아. 나 목말라서. 물 좀 가져다줄래?"

"어? 응. 그래."

무겸은 고개를 끄덕이고 얼른 주방으로 가 차가운 물을 한 컵 가져왔다. 소파에 바로 앉아 그것을 두어 모금 마신 하준이, 술이라도 마신 듯 긴 숨을 내뱉었다. 그러고도 또 다른 소리를 했다.

"좀 씻고 싶다. 몸이 너무 끈적거려."

"…그럴까?"

'지난번에는' 이후로 이어질 말이 궁금해서 미칠 것 같았지만 무겸은 이번에도 꾹 참고 하준의 손을 잡아 일으켰다. 욕실에서 몸을 씻어 내리는 동안에도 하준은 별다른 말이 없었다.

둘은 체액과 땀, 조금 전까지 몸을 휘감고 있던 열락의 흔적을 깨끗이 지우고 산뜻해진 몸으로 욕실을 나섰다. 옷을 갈아입고 하준의 방으로 올라갔다.

침대에 걸터앉아 창문을 열고, 한창 녹색으로 물든 마당을 함께 내려다보았다. 한여름의 훈풍이 막 감아 습기가 찬 머리카락을 쓰다듬었다. 조용하던 가운데, 하준은 어느 순간 소리 없이 씁쓸한 미소를 짓더니 그제야 입을 열었다.

"…사실 그동안 생각은 꽤 많이 했는데, 말로 정리하기가 좀… 어려워서."

"어떤 말."

"너는 세상 사람들이 다 나를 좋아한다고 생각하지? 그러니까 자꾸 다른 사람이 나를 좋아할까 봐, 그래서 내가 너를 떠날까 봐 불안해하는 거고……."

무겸은 당연한 이야기를 묻는다는 눈빛으로 응수했다.

그의 믿음은 확고했다. 이하준을 싫어하는 사람은 있을 수 없다. 물론 한국에 있던 때, 그에게 시비를 거는 똥개 같은 놈을 한 마리 목격하기는 했지만 그것은 몹시 희귀하게 미친 케이스일 뿐이다. 누가 봐도 비뚤어진 쪽은 이하준이 아니라 그 비열한 개새끼 아니었나.

"그런데 아니야."

"……."

"나 싫어하는 사람… 많아."

그의 말끝이 타드는 종이 끄트머리처럼 사그라졌다. 무겸은 뒤통수를 맞은 기분, 의외로운 속내를 수습하지 못하고 다 드러낸 표정으로 하준을 바라보았다. 하준이 양손으로 얼굴을 쓸어 올려 앞머리까지 빗어 넘겼다.

"아는지 모르겠지만 축구 선수 이하준이라고 하면 따라 나오는 말이 몇 가지 있어. 그중 한 가지가 평가를 늦게 받았다는 이야기고."

"…알아."

10년에 걸쳐 김무겸에 대한 금자탑을 쌓은 정성에는 미치지 못하겠지만, 이제 무겸도 이하준의 지난 현역 시절에 대해 알 만큼은 알았다. 그때로 돌아가 그와 함께 뛰는 상상도 여러 번 했을 정도니까.

"왜 그런 말이 나오는 것 같아?"

하준이 눈을 마주치며 물었다. 무겸은 대답하지 않았다. 다만 말 없는 입매와 눈가가 점차 차게 굳어 갔다.

무겸의 표정을 유심히 살피던 하준은, 그가 제 말을 이해했음을 알았는지 옅은 쓴웃음이 스민 얼굴로 고개를 돌렸다. 다시 정원을 내려다보며 말을 이었다.

"어릴 때는 감독님 말 잘 듣는 소심한 선수였어. 어렸으니까. 자신감도 부족했고. 그런데 시간이 지나면서 국대로도 뽑히고 프로가 되고, 짬이 생기고 후배들이 생기니까 달라지는 거야."

"……."

"엄마가 술에 취하면 가끔 아빠처럼 살지 말라고 푸념했어. 너희 아빠는 너무 선비였다고. 기술만 있지 사는 요령이 없어서 억울하게 갔다고……. 그런데 결국 나도 별 차이는 없는 것 같아. 뭐, 아빠보다는 훨씬 낫다고 생각하지만."

구체적인 설명을 듣지 않아도 무겸은 짐작할 수 있었다. 이제까지 봐온 하준의 성정과 행동, 그리고 그를 둘러싼 사람들을 통해서.

시티 서울에 있을 당시 많은 선수가 이하준을 따랐다. 무겸의 눈에는 축구판에서 저런 식으로 선배를 따르는 놈들이 존재한다는 사실이 다소 신기하고 당황스러울 정도로.

그들은 대부분 하준보다 어리거나 나이가 비슷한 선수들이었다. 물론 하준은 나이가 더 많은 사람들이나 다른 스태프들과도 좋은 관계를 유지했지만, 하준만 보면 강아지처럼 꼬리를 흔드는 어린 선수들과는 확연한 차이가 있었다.

상냥하고 선하고, 동시에 부당하다는 생각이 들면 분노를 굳이 참지 않는 이하준. 그의 선수 시절이 평탄했을 리 없다. 후배와 동료를 위해서라면 선배들과도 싸웠을 것이고, 잘못되었다는 생각이 들면 감독에게도 제 생각을 밝혔을 것이다. 그들 앞에서도 문짝을 때려 가며 화를 냈을지도 모르는 일이다.

축구에서 감독의 권한은 절대적이다. 유럽에서도 그라운드를 누비던 선수들이 어떤 계기로 감독의 눈 밖에 나 벤치만 달구다가 쓸쓸한 이적을 하고, 때로는 다툼을 일으켜 논란을 일으키기도 한다. 감독과 구단은 늘 정해 놓은 듯 '전술적 이유' 때문이라고 대외적 입장을 밝히지만 항상 그렇지만은 않았다.

"내가 맞다고 여기는 게 정답이라 생각하지는 않지만, 틀렸다는 생각이 드는데 동의하는 척 굴지는 못하겠더라. 나는 그게 잘 안 돼. 그러다 보니 내가 말이 많다고 싫어하는 사람도 생기고, 착한 척한다고 싫어하는 사람도 생기고, 또 어떤 때는 지난번에는 나대더니 이번에는 모른 척한다고 싫어하는 사람도 생기고……. 이유야 여러 가지지. 어쨌든 그렇게 됐어."

짧게 한숨을 고르는 옆모습이 의외로 덤덤했다. 그는 도리어 가볍게 웃고는 말을 이었다.

"그런데… 나는 사실 누가 나 싫어하건 말건 별로 신경 안 써. 너도 이제 알겠지만 내가 그 정도로 섬세한 사람은 아냐. 가능하면 모두를 좋은 사람이라 생각하고 다 함께 잘 지내고 싶지. 그게 편하고, 특히 일할 때는 효율적이니까. 그래서 누구한테든 친절하게 대하려 노력하지만 항상 뜻대로 되지는 않아. 그럴 때는 어쩔 수 없다고 생각하고 적당히 정리해."

"……."

"나는 내가 그때그때 판단한 대로 행동할 뿐이고, 그런 나를 좋아하고 응원해 주는 사람도 많이 만났어. 그걸로 충분해. 살다 보면 좋아하는 사람들에게만 힘 쏟기도 바쁘잖아. 일이 풀릴 뻔하다가 다쳤을 때는 남 탓도 하고 미워도 해 보고 세상 원망도 했지만… 그때로 다시 돌아간다고 해도 내 선택이 달라지지는 않을 것 같아."

하준은 그렇게 말하고 고개를 살짝 숙였다.

"나는 누가 나 싫어하고, 다른 사람한테 미움받는 거 무서워한 적 없어. 그렇게까지 잘 보이려고 애써 본 적도 없고."

"…그런데?"

숙인 뺨, 시선을 살짝 내리깐 눈매에 붉은 기가 퍼졌다.

때아니게 쑥스러움을 타는 듯한 모습에 무겸은 가볍게 미간을 찌푸렸다. 하준이 느끼는 감정의 맥락을 짚을 수 없다. 마음이 급해져 대답을 재촉했다.

"이제 무서워지기라도 했어?"

"…너한테는 미움받기 싫어. 잘 보이고 싶어."

무겸의 눈이 휘둥그레 커졌다. 또다시 뒤통수를 크게 얻어맞은 기분에 얼떨떨해져 아주 잠시 입만 벙긋거렸다.

도대체 이게 무슨 세상에서 가장 쓸데없는 걱정인가. 김무겸이 이하준을 미워한다고? 그럴 수 있는 방법조차 모르겠다!

"지금 네가 여기서 날 죽여도 나는 너 사랑해."

"끔찍한 소리 좀 하지 마. 어쨌든, 나도 그럴 일이 있을 거라고는 생각하지 않는데……."

하준이 제 손가락끼리 깍지를 끼고 지분거렸다.

"그때는 거기서 화내거나 소리 지르거나 진지하게 하소연이라도 하면 네가, 우리 사이가 달라질까 봐……. 그게 무서웠나 보다."

"……."

"그래서 큰일 아니라고… 좋게 생각하려고 했어. 네가 왜 그랬는지 모르는 것도 아니고, 그동안 네 말 가볍게 여긴 내 실수도 있고, 네가 나를 많이 좋아해서 이러는 거니까 더 잘하고 감싸 주면 앞으로는 괜찮을 거라고. 다 가진 너랑은 달라서 내가 너한테 해 줄 수 있는 거라고는 그냥 더 많이 좋아하고, 더 많이 용서하고, 네가 원할 때 응해 주고……. 그런 것들뿐이니까 할 수 있는 일이라도 잘해야 한다고."

하준의 미간이 좁아졌다. 그가 꼭 울 것처럼 눈썹을 처뜨려 무겸도 함께 울상을 지었다.

"그런 생각이 들 때마다 조금씩 우울했던 건 완전히 진심이 아니었기 때문이겠지?"

"……."

"사귀기 전에는 이런 생각까지는 안 했어. 네가 나를 좋아할 거라고 생각한 적도 없어서, 잃기 싫다는 생각도 해 본 적 없는데."

"하준아."

"혼자 좋아할 때는 좋아하기만 하면 돼서 간단했는데 연애는 어렵다."

하준은 쓰게 웃었다. 바로 말을 잇지 않고 제 손을 내려다보았다.

그때나 오늘이나 구속에서 비롯되는 첫 번째 감각은 같았다. 저를 휘두르는 힘에 저항할 수 없다는 무력감.

그러나 지난번에 경험했던 무력감이 저를 땅 밑으로 무겁게 꺼져 내리게 했다면, 오늘은 깃털처럼 허공으로 띄워 올렸다. 무자비한 침범보다는 제 전부를 감싸는 안온한 보호에 가까워지며 몸과 마음을 녹아내리게 했다.

저를 안은 팔과 손, 살갗을 간지럽히는 혀와 입술은 같은 사람의 것이다. 그날 저를 짓뭉개고 침범했던 사람도 다른 이가 아니다. 그것을 실감하는 순간, 감정이 요동치는 이유를 머리로 파악하기도 전에 눈물이 났다.

"…내가 비겁했어. 자기합리화하면서 모른 척하려고 했어. 순 자격지심에다……."

"이하준, 아냐."

무겸이 하준의 양팔을 붙들어 제 쪽으로 향하게 끌어당겼다. 하준은 돌아앉아서도 시선을 무겸에게 바로 향하지 못했다.

"왜 자꾸 네 탓을 해? 차라리 지금이라도 속 시원하게 내 욕을 해. 화 풀릴 때까지 패기라도 하라고."

"내가 화가 나서 이런 말 하는 것 같아 보여? 그때가 벌써 언젠데. 화났어도 다 풀렸지."

그렇게 말하는 하준의 얼굴은 정말로 부끄러움과 후회가 조금 묻어 있을 뿐, 분노나 원망의 기색이라고는 없었다.

무겸이 입술을 깨물었다. 비겁하게 군 것도, 자기합리화를 하며 모른 척했던 것도 모두 자신이 한 일이었다. 미움받기 싫다는 것 역시도 제게나 어울리는 감정이지 않나.

그날, 정신이 제대로 들었을 때쯤 하준이 제게 분노나 미움을 터뜨릴까 두려웠던 것은 사실이다. 무섭고 초조하고, 자신이 벌인 일을 선뜻 인정하고 싶지 않아 곧바로 사과조차 하지 못하고 바보처럼 하준의 눈치만 보았다.

하지만 제 관대한 연인은 화도 내지 않았고 울지도 않았다. 비난이나 원망을 던지지도 않았다. 입속의 혀처럼 듣고 싶은 말만 해 주었다. 설익은 충동이 저지른 일을 특별한 하룻밤의 놀이기라도 한 것처럼, 도리어 저를 묶고 초조하게 애태웠다.

행위가 끝나고 나서도 절대 떠나지 않겠다고 약속하며 위로해 주었다. 안아 주었다. 심지어는 원한다면 나중에 또 하자고까지 말해 주었다. 정말로 재미있는 게임이었다는 듯이.

뻔뻔한 짐승은 제 주인의 관용에 안심했다. 그 관용이 어떤 감정에서 비롯되었을지 생각해 보지도 않고 다행히도 그에게는 큰일이 아니었다, 그저 조금 남다른 날이었구나 자위하며 모든 것을 실수로 치부하고 구렁이가 담을 타듯 그 밤의 죄책감으로부터 도망쳐 버렸다. 오히려 그

품에서 안도해 버렸다.

턱이 뻐근하도록 이가 악물렸다. 정말 무서웠을 사람이 누구인데 염치없이 그 상황에서 두려움까지 앗아 오다니. 탐욕스럽고 못난 데도 정도가 있었다.

"그때는 분명히 답답하고, 화도 나고, 울고 싶기도 하고, 뭔가 여러 가지 생각이 들었는데……. 빨리 감정 정리하는 게 나을 것 같았어. 그러면서 나, 널 위해서 내가 참는다는 식으로 생각했다. 웃기지? 너를 위해서라면 더더욱 그러면 안 됐는데."

"제발, 하준아. 내가 나쁜 놈이야. 내 탓을 해. 네 탓하지 말래도."

무겸은 숫제 울먹이려 하고 있었다. 하준은 당황한 얼굴로 웃었다.

"지금 네 탓하면 울 것 같은데 어떻게 네 욕을 하냐."

"울면 어때. 좀 운다고 죽나?"

"말하는 김에 하는 건데, 더 웃긴 게 뭔지 알아?"

여기서 더 우스울 일이 무엇이 있을까. 무겸은 짐작할 수도 없었다.

"그때 조금… 기분 좋았어."

"……."

"아, 섹스 말하는 게 아니라… 네가 나 때문에 그렇게 불안해하는 게 싫지만은 않았다는 거야. 그 잘난 김무겸이 내가 좋아서 이렇게까지 흔들리는구나. 김무겸도 나 때문에 불안하구나. 그런 생각이 자꾸만 들어서… 굉장히 곤란하더라."

무겸의 표정이 당혹으로 굳어 들었다. 하준의 웃음이 자조적으로 변했다.

"그거 너무 비겁하지?"

"자꾸 네가 비겁하다고-."

"내가 다른 사람이 불안해하는 데서 기쁨을 느끼는 부류의 인간인지 몰랐어. 그런 사람 싫어했거든. 그것도 상대가 너인데."

하준이 몸을 뒤로 기울였다. 침대 위에 털썩 드러누운 하준은 먼 하늘을 보는 듯한 시선으로 천장을 올려보았다.

"이제 와서 너한테 다시 사과를 받고 싶은 것도 아니고……. 지금도 해프닝이었다고 생각해. 그래도 말하고 나니 속이 시원하네. 다 지나간 일 끌고 와서 얘기하는 거, 치사하고 의미 없다고 생각했는데 그렇지만은 않은가 봐."

"해프닝?"

무겸이 씹어뱉듯이 말했다. 그가 낮은 허공을 울적한 눈으로 응시했다.

"내가 너를 강간했어."

하준은 눈만 깜박일 뿐 말이 없었다. 누워 있던 그가 몸을 부스스 일으키며 다소 난처한 기색으로 앞머리를 쓸어 올리고 혼잣말처럼 중얼거렸다.

"음……. 그 말까지는 안 쓰려고 했는데……."

그러나 단어를 피해도 달라지지는 않는다. 두 사람 모두 알고 있었다. 눈 가리고 아웅을 하지 않는 이상 그 결론을 피할 수는 없다는 것을. 이제까지보다 무겁고 숙연한 침묵이 찾아왔다. 한동안 이어지던 정적을 무겸이 먼저 깨뜨렸다.

"미안하다."

"김무겸."

"하나부터 백까지… 다 미안해."

무겸은 이를 악물었다. 마음 같아서는 어딘가에 틀어박혀 자신을 저주하는 시간을 가지고 싶었다. 하준의 얼굴을 마주 보고 괜찮은 연인인 척할 자신이 적어도 오늘은 없었다.

그러나 여기서 땅을 파면 괜한 말을 꺼냈다고 생각할 이하준을 알고 있다. 앞으로는 역시 이런 이야기는 하지 말아야겠다고, 방향이 엇나간 반성을 할지도 모르는 저의 애인을. 거기까지 생각하자 울컥, 분기가 섞인 서러움이 파도처럼 덮쳤다.

왜 매번 이것밖에 안 될까? 이십몇 년을 딴에는 최선을 다해 살아왔다고 생각하는데 왜 이런 인간밖에 되지 못했을까. 돈과 명성을 주렁주렁 달고 있다 한들 그것들이 지금 이 고해에 무슨 소용인가.

"모자란 놈이 착한 너한테 반해서 너무 미안해."

"김무겸, 그러지 마. 그런 생각 하라고 얘기한 거 아냐."

하준은 무겸을 달랠 말을 찾는 듯 허둥대다가 급하게 떠오른 듯 말했다.

"괜찮아. 좀 모자라서 좋아하나 봐. 아니, 아니지. 그게 아니라 모자란 점도 좋아해."

눈물이 슬쩍 고인 무겸의 눈동자가 다행히 지나치게 습해지기 전에 평정을 찾았다. 이런 와중에도 눈앞의 이하준이 점점 사랑스럽고 예뻐 보이기만 하는 제 눈깔이 진정 양심 없다는 생각을 하며, 무겸은 앉은 채로 하준을 품에 끌어안았다.

갑작스러운 포옹에 조금 몸을 굳혔던 하준은 곧 팔을 뻗었다. 무겸의 등을 마주 안고 짧은 한숨을 쉬었다.

"그래. 너 그날 나한테 많이 잘못했어. 다시는 안 그럴 거지?"

무겸이 미친 듯이 고개를 끄덕였다.

"미안해. 그동안 나 때문에 힘들었지."

"…너 때문만은 아냐. 나도 비굴했으니까. 진심으로 너를 위해서 참았다면 힘들 이유도 없었을 테고 계속 마음에 걸려 하지도 않았겠지. 잘하지도 못하면서 천사표 흉내를 내려 했어."

"비굴한 게 아니야. 다 내가 멍청하고 나빴고, 너는 나를 너무 배려한 것뿐이야."

간청하는 무겸의 목소리에 울먹임이 스몄다.

"미안. 정말 미안해. 사과라도 맘껏 할 수 있게 해 줘. 어차피 말만 이렇게 하지, 너한테서 못 떨어지니까."

"떨어지라고 말한 거 아냐."

그렇게 대답한 하준은 팔의 힘을 풀지 않은 채로 느슨하고 작게 웃었다.

"완벽한 줄 알았던 김무겸의 허점을 수집하는 일도 나름… 흥미로워."

"다행이네."

"나 앞으로는 이런 얘기 안 참을 거다. 너 나랑 못 헤어질 거잖아. 내가 네 생명의 은인이라며."

"…생명의 은인이라서가 아니라 좋아해서 못 떨어지는 거야. 네가 날 살리는 게 아니라 죽이려고 한대도 이제 너한테서… 못 떨어져."

무겸은 그제야 쓴웃음이라도 지을 수 있었다. 서로의 어깨에 얼굴을 묻었던 둘은 고개를 들어 올려 눈을 마주쳤고, 그다음에는 입술을 마주쳤다.

⚽

하준이 '해프닝'이라고 표현하며, 남몰래 남겨 놓았던 앙금까지 툭툭 털어 버린 사건의 결말은 그렇게 훈훈하게 나는 듯 보였으나 무겸의 속은 그렇지가 못했다.

하준의 앞에서는 멀쩡한 척 굴고 있었지만 며칠째 무겸의 마음은 우울하다 못해 검게 그은 흔적만 남을 지경이었다.

무슨 이유에서인지 하준은 무겸이 '두 번 다시는 그러지 않을 것'이라 철석같이 믿고 있는 것 같았으나 무겸은 달랐다. 저 자신을 신뢰할 수 없었다.

술에 취해 충동에 휩쓸려 갔던 그날 밤의 기억은 드문드문 끊어져 있기도, 흐려져 있기도 했다. 그러나 어제 일처럼 기억하는 부분도 많았다.

마르코가 하준에게 키스하려고 드는 모습을 본 순간 무겸을 지배한 첫 번째 감정은 분노였다. 두 번째는 주변을 서성대며 간을 보다가 마침내 제 연인을 노골적으로 탐내는, 주제 파악 못하는 애송이를 도륙 내 버리고 싶은 증오.

그 격렬한 감정을 하준에게 한 번 저지당하고 나니 그때부터는 두려워졌다. 결국은 아무 일도 없지 않았나. 도둑질 같던 키스는 실제로 이루어지지 않았고, 설령 그놈이 뭔가를 의도했다 한들 하준도 그리 쉽게 말려들지는 않았을 것이다. 이하준은 절대 만만한 사람이 아니니까.

머리로는 그 사실을 알고 있었지만 무겸의 또 다른 눈은 점점 커지며 저를 좀먹는 불안을 목도하고, 귀는 속살거리는 내면의 이간질을 흘려듣지 못했다.

마침내 제가 우려하던 사태가 현실이 되었다. 윤채훈의 정체는 오해였고, 이하준의 화려한 과거는 거짓이었으며, 그가 다른 선수들과도 몸을 합쳤으리라는 추측은 망상이었다.

그러나 하준에게 연정을 품은 마르코 라미레즈의 존재는 오해도 거짓도 망상도 아니었다. 드디어 정말로, 이하준을 탐내는 이가 실체를 가지고 나타난 것이다.

'언젠가 이렇게 될 줄 알았어. 앞으로도 계속 나타나겠지.'

하준과 집으로 돌아가는 내내 무겸은 늪에 조금씩 잠기듯 자포자기에 빠져들었다. 상황을 파악하기도 전에 눈부터 뒤집혔던 스스로에 대한 거부감은 익숙한 자기 불신으로 숨 쉬듯 자연스럽게 이어졌다. 아무 잘못도 책임도 없는 하준이 먼저 사과까지 하며 달래려 들었으나 무겸은 그날, 하준과 물리적 거리를 두어야겠다고 생각했다.

하다못해 제 불안이 가라앉을 때까지만이라도. 이런 상태로 하준의 옆에 있다가는 또 어이없는 행태로 그를 상처 입힐지도 모른다는 불안이 똬리를 틀었다. 척 봐도 이야기를 나누고 싶어 기웃기웃 저를 살피러 온 하준을 먼저 자라며 침실로 보냈다. 그날은 혼자 잠을 청할 생각이었다.

그러나 밤의 안식은 도무지 찾아오지 않았다. 날카로워지기만 하는 신경에 답답해진 무겸은 술의 힘을 조금만 빌리기로 했다. 괜한 걱정을 누그러뜨려 잠을 청할 수 있을 만큼만.

처음 있는 일도 아니었다. 간혹 큰일을 앞두고 긴장이나 불안이 찾아올 때면 그때까지도 한두 잔 정도 술의 힘을 빌려 숙면을 취하기도 했으니까. 하룻밤만 잘 넘기고 나면, 다음 날에는 분명 하준과 제대로 이야기를 나눌 수 있을 것이라 여겼다.

실수였다. 스트레스는 과음을 이끌었고, 취기는 긴장을 풀어 주기는 커녕 불안을 부추겼으며 신경을 긁는 속삭임을 더 선명하게 만들었다. 점점 커지는 비관이 조목조목 머리를 찢으려 들었다.

김무겸은 이하준의 첫 연인이다. 닳아빠진 저와 달리 하준은 이제 막 연애에 눈을 떴다. 첫 상대가 마지막 동반자가 될 확률이 얼마나 되던가. 제게 이하준은 마지막이지만 하준에게는 그저 처음에 불과할지도 몰랐다.

앞으로도 하준을 원하는 사람들은 계속해서 나타날 것이다. 남자와 여자를 가리지 않고 누구나 그를 사랑할 테니까. 그중 김무겸보다 더 나은 연인이 될 만한 이가 과연 없을까? 지금은 제게 열정적인 이하준이지만 그 마음이 영원히 유지될 수 있을까?

무너질 것이다. 이하준이 10년 동안 마음을 바쳤던 상대는 나약하고 못나 빠진, 언제 괴물로 돌변할지 모르는 불완전한 남자가 아니니까. 이 정도의 불안도 이기지 못하고 밤늦게 술을 마시고 있는 멍청한 사내도 아니니까.

이하준의 김무겸은 흔들림 없이 빛나는 모두가 동경하는 스타다. 아직까지는 오랜 시간 지켜봐 온 애정으로 저를 사랑한다지만 '진짜' 김무겸을 자꾸만 마주치면 이하준도 마침내는 실망하지 않을까? 그때가 오면 저를 떠나지 않을까?

'왜 아니겠어? 결과는 정해져 있다. 이하준은 나를 떠날 거야. 시간문제일 뿐이야.'

그날 밤, 김무겸이 내린 결론이었다. 뜯어진 실밥 같은 사소한 발단에서 시작된 공포는 검고 질척한 물 따위로 변해 발목부터 차오르기 시작하여 머리까지 삼켰다.

언젠가 하준이 허락해 주면 써 보고 싶어서 설레는 마음으로 몰래 사두었던 장난감용 구속구가 그 밤에는 진짜 무기로 돌변해 버렸다.

"김무겸 선수."

멍하니 지나간 상념에 잠겨 있던 무겸은 저를 부르는 목소리에 번뜩 정신이 들었다. 정장을 입은 여자가 바로 앞까지 다가와 있었다.

"무슨 생각을 그렇게 골똘히 하세요?"

시티 서울에 있던 시절 안면을 튼 아나운서, 민재영이 웃고 있었다.

돌아오는 월드컵 시즌, 그녀가 진행하는 방송을 최우선으로 선택해 출연하기로 한 무겸은 약속을 지키기 위해 오늘 스튜디오에 나와 있었다. 무겸만이 아니었다.

"답지 않게 우울해 보이냐, 오늘?"

뻐근한지 어깨를 돌리며 정규도 한마디 했다. 스튜디오 한구석에서 묵묵히 서 있던 무겸은 그들을 향해 다가가며 피식 웃었다.

"오늘은 어디서 데이트를 할까 고민 좀 했습니다."

"그사이 또 다른 분이라도 생기셨어요?"

재영은 농담이라 생각하는지 웃었으나 정규는 질린 표정을 지었다. "인마, 그러다 들켜." 하고 귓가에 속삭이는 놈을 무겸은 만상을 찌푸리고 밀어냈다. 귓속말하지 말라니까…….

오늘 무겸과 정규는 재영이 진행하는 토크쇼에 메인 게스트로 출연했다. 아직은 파일럿이지만 이번 방송이 잘되면 정규 편성도 가능하다고 했다. 재영은 무겸이 출연해 준 덕분에 첫 방송을 성공적으로 치렀다며 몇 번씩 인사를 했지만 무겸은 감사받을 일이 아니라고 일축했다. 이유가 있어서 한 약속이었으니까.

녹화는 무난히 끝났고, 괜찮으면 간단히 뒤풀이라도 하자는 재영의 청에 무겸과 정규 둘 모두 승낙했다. 나중을 기약하기에는, 무겸은 곧 또다시 한국을 떠날 사람이었다.

"어머, 너무 귀엽다! 다음 생일 파티에는 저도 초대해 주세요!"

"얼마든지 오십시오. 우리 희망이 축하해 주신다는 분은 모두 환영입니다."

죽이 맞아 함께 휴대폰 사진첩을 들여다보는 둘을 무겸은 썰렁한 눈으로 바라보았다. 하준이 없는 자리라 무겸은 무알코올 칵테일만 한 잔

시켜 술자리에 함께하고 있었다.

민재영은 조금 취한 것 같았고 임정규는 멀쩡했다. 그러나 정규는 취하지 않고서도 주정뱅이와 변죽을 맞추며 이야기를 할 수 있는 남자였다. 그가 무겸을 보더니 한마디 던졌다.

"너는 오늘 왜 이렇게 조용하냐. 아까부터."

"내가 언제는 너처럼 수다스럽기라도 했냐?"

"그럼 네가 과묵하기라도 하냐? 너 정도면 말 많지."

재영도 거들었다.

"오늘 뭐 안 좋은 일이라도 있으세요? 녹화할 때는 몰랐는데 좀 우울해 보이세요."

"우울은 무슨."

그러는 동안 재영의 전화가 울렸다. 그녀가 전화기를 들고 자리에서 일어섰다.

"PD님이시네. 저 잠깐 전화 좀 받고 올게요. 중요한 일일 수도 있어서."

"네. 천천히 통화하고 오세요."

미소로 재영에게 인사를 건넨 정규가 웃음을 지운 얼굴을 무겸에게로 돌렸다.

"너 진짜 무슨 일 있냐?"

"……."

"하준이랑 싸웠냐?"

"싸움이 되기나 하면."

그 말에 정규는 의심을 확신으로 바꾼 듯 눈을 가늘게 떴다. 앞뒤 사정을 묻지 않고 멋대로 결론을 내렸다.

"싹싹 빌어라."

"무슨 일인지 알고 이래?"

"뭔지는 몰라도 네가 잘못했겠지. 하준이는 착하니까 넘어가 줬을 거고. 너무 쉽게 봐주니까 찔려서 꿍해 있는 거 아니냐? 하준이가 봐준다고 해도 그냥 너 성에 찰 때까지 빌어. 그러면 기분 좀 풀릴 거다."

오지랖도 평생 떨다 보면 점쟁이가 되나……. 무겸이 반박을 하지 못하자 정규는 정답을 맞혔다고 생각하는지 의기양양한 표정을 지었다.

무겸은 묵묵히 무알코올 칵테일 잔만 내려다보았다. 무겸이 뭐라고 한마디 쏘아붙일 줄 알았을 정규는 점차 미간을 찌푸리며 몸을 앞으로 숙이고 목소리를 더 낮추었다.

"사태가 심각한가 보다?"

"런던에 이하준 좋아하는 놈이 생겼어."

"하준이 좋아하는 사람이 한둘이야?"

"그런 거 말고. 연애 감정 말야."

"내가 말하는 게 연애 감정인데요. 하준이 좋아하는 사람이 한둘인 줄 아냐고. 인기 좋다니까? 나는 하준이한테 네 얘기 듣기 전까지 걔 그냥 먹고살기 바쁘고 눈 높아서 연애 안 하는 줄 알았어."

무겸이 눈을 크게 떴다.

…듣고 보니 그랬다. 하준에게 연애 감정을 품은 이들이야 당연히 과거에도 많았고 현재도 많으며 앞으로도 많아질 테지. 그저 무겸이 실시간으로 목격한 것이 마르코 한 사람이었을 뿐이다.

너무나 단순한 사실을 이제야 깨달은 무겸은 칵테일을 한 모금 삼켰다. 뭔가 상상 이상으로 멍청한 짓을 큰 규모로 벌였다는 생각이 충격처럼 불현듯 진땀을 나게 했다.

"…어쨌든 그 바람에 내가 눈이 뒤집혀서, 이 코치한테 못할 말 했다."

차마 '짓'이라고는 표현하지 못했다. 정규가 쯧쯧 혀를 찼다. 무겸은 잠시 침묵하다가, 마음을 굳힌 듯 정규와 눈을 맞췄다.

"너도 작년에 방송 봤으니 알지? 내 친부 의처증이었던 거."

"…알지."

"아무래도 내가 그 병을 그대로 물려받았나 봐. 다르다고 믿으려 했는데 그러고 나니 이제 정말 자신이 없어."

"……."

"그런 생각이 드니까 요즘 어떻게 해야 할지 모르겠다. 잘할 수 있을 거라 생각하고 런던까지 같이 갔는데……."

저를 신뢰할 수 없는 이상 무겸이 내릴 수 있는 결론은 한 가지였다.

언젠가는 헤어질 날이 닥칠지도 모른다고. 이제는 저토록 김무겸을 아껴 주는 이하준이 저를 떠날 일을 지레 걱정하지 않지만, 어쩌면 제 쪽에서 손을 놓아야 하는 날이 올지도 모른다는 예감에 까마득한 우울이 먹구름처럼 내내 마음을 어지럽혔다.

하지만 어떻게? 먼저 이별을 이야기하는 날이 온다면 그때는 김무겸이 죽음을 결심한 날일 것이다. 이하준을 만나기 전에도 김무겸의 삶은 충분히 찬란했으나 이제 그가 빠져나간 인생은 모두 타고 남은 재에 불과할 것이므로.

하준의 마음이 변한다 해도 얼마든지 혼자서 그를 사랑할 자신도, 매달릴 이유도 있다. 하지만 매달릴 자격조차 박탈당한다면 그때는 무엇을 할 수 있을까? 망가지는 것 외에 남은 길이 있을까?

이하준은 또 어떠한가. 본래의 그는 하고 싶은 말을 참으며 몇 달씩 냉가슴을 앓는 인간이 아닐 텐데 멍청한 김무겸이 마냥 꽃밭을 뒹구는 사이 길게도 저 자신을 죽이고 있었다. 김무겸도 이하준도, 서로를 만나기 전이 더 강하고 보다 완전한 인간이었던 것은 아닌가?

"다시 네 옆에 있을 생각을 하니까 왜 이렇게 힘들지……?"

하준이 울면서 했던 말을 떠올리면 아직도 그때처럼 눈앞이 아득히 깜깜해진다. 이제는 제 옆에 있어도 힘들지 않으리라 생각했는데 착각이었다. 변한 것이 없다.

은혜를 갚기는 얼어 죽을. 김무겸 혼자 즐겁고 혼자 행복했다. 하준이 무슨 생각을 하는지 알지도 못하면서, 그가 아직도 저를 불편해하는 것 같다며 철딱서니 없는 불평만 했다.

"방송 덕분에 편한 면도 있네. 네놈한테 이런 이야기도 할 수 있고."

무겸이 허탈해하자 정규는 떨떠름한 얼굴을 했다. 무겸은 피식 웃음을 흘렸다. 저를 구박하는 것을 세상에서 제일 좋아하는 오지라퍼 녀석이 할 말을 찾지 못하니 떫을 법도 했다.

"야, 무겸아."

"어."

"그 의처증이란 거 말인데… 그건 상습적이어야 하는 거 아니냐?"

나 정도면 아주 상습적이지. 무겸은 속으로만 대답하며 건성으로 고개를 끄덕였다. 정규가 은밀한 이야기라도 하려는 것처럼 목소리를 줄였다.

"너 내가 지금부터 하는 말, 꼭 비밀로 해 줘야 돼. 이거 아무한테도 얘기 안 한 거다."

"듣고 잊어버릴 테니 걱정 마라. 네놈 비밀 같은 걸 머리에 담아 놔서 뭐하게."

정규는 그러고도 주저하더니 곧 돌아올 재영을 의식한 듯 급히 입을 열었다.

"사실 말야. 나 연수 씨랑 연애할 때… 그러니까 결혼 전에. 한 번 헤어질 뻔한 적이 있거든."

"너랑 연수 씨가?"

금시초문이었다. 만나기만 하면 닭털을 날리는 임정규 부부에게 이별의 위기가 있었다니.

"운동선수랑 일반 직장인이 연애하다 보면 흔한 일이잖아. 원정 많고 합숙 많아서 떨어져 있을 때도 많고 남들이랑 일하는 스케줄도 다르니까 매사 시간 맞추기도 어렵고. 연수 씨가 그게 힘들어서 딴 놈을 소개받은 거야. 그러고 나한테 헤어지자고 했어. 나야 못 헤어진다고 했지만 연수 씨 입장에서야 그때 한 번 정리한 거지."

"그래서?"

제법 흥미진진한 이야기였다. 무겸은 저도 모르게 고개를 기울이며 몰입했다. 정규의 목소리가 낮아지다 못해 음산하게 깔렸다.

"그래서 내가……. 그놈만 없으면 연수 씨가 나한테 돌아올 거라 생각해서……."

"……."

"청부 살인을……."

"뭐, 미쳤냐?!"

무겸의 목소리가 득달같이 커졌다. 쉿, 정규가 당황해 손가락을 입에 갖다 대며 주변을 두리번거렸다. 무겸도 얼른 목소리를 낮추었다.

"미쳤어? 무슨 소리야?"

"사람 얘기 끝까지 들어. 인터넷에서 청부 살인을 검색해 봤다고."

"…아. 그래."

"그런데 말이야. 열 받아서 홧김에 한 건데 어쩌다 그렇게 흘러갔는지, 아무거나 클릭하다가 내가 진짜로 그런 일 한다는 사람들 연락처를 찾은 거야. 낚시일 수도 있지만… 몰라. 그때 내가 보기에는 좀 진짜 같았어."

괴담을 듣는 것처럼 오싹해졌다. 무겸은 얼굴을 굳히고 다음 이야기를 기다렸다.

"사람 죽일 생각은 당연히 없었지. 돌지 않고서야. 정말 화풀이로 검색했던 거거든? 그런데 막상 연락처를 찾고 나니까 정말 연락을 해 볼까 하는 생각이 막 드는 거다. 가짜나 장난이면 그것대로 상관없으니까."

"……."

"그 생각을 며칠을 했어. 와, 사람이 완전히 피폐해지더라. 그러다가 내가 정말 미쳐 가는구나, 정신이 확 드는 순간이 오더라고. 그래서 그 연락처는 당장 버리고, 연수 씨 찾아가서 다시 한번 진지하게 고백하고 몇 시간을 대화했다. 덕분에 결혼해서 지금까지 살고 있고."

무겸은 마른침을 삼켰다. 저와 하준의 불필요한 정보를 주입당하는 것은 임정규의 오지랖 값이라 생각했는데, 이번에는 임정규의 알고 싶지 않은 정보를 주입당하고 말았다. 갑작스레 충격 고백을 한 그를 응시하다가 물었다.

"그 얘기는 왜 꺼내? 수틀리면 너도 죽일 수 있다는 소리라도 하려고?"

"그게 아니라, 사람이 좋지 않은 생각에 너무 빠져들다 보면 안 그러던 사람도 돌아버릴 때가 있다는 거야. 살다 보면 한 번쯤은 그럴 수도 있다고 나는 생각한다."

정규는 겸연쩍게 턱을 긁적였다.

"그러니까 네 아버지가 그랬다고 해서 꼭 너도 똑같다는 생각은 하지 말라고. 의처증, 의부증은 하루에도 몇 번씩 사람 볶으며 숨 쉬는 것처럼 괴롭히는 병이라며. 네가 그러지는 않을 거 아냐. 사람이 좋으면 조금쯤 질투하고 의심하고. 그런 건 자연스러운 거 아니냐?"

제 마음을 편하게 해 주려고 꺼낸 이야기임을 알았으나 무겸에게는 전혀 위안이 되지 않았다.

자세한 사정을 알지 못하고 하는 말이다. 저와 그가 한 짓은 완전히 달랐다. 김무겸의 의심에서 비롯된 헛짓거리는 '살다 보면 한 번쯤' 저지를 수 있는 단 한 번의 실수에 그치지 않았다.

더군다나 비록 상상에서 그쳤다지만 정규는 연적을 해치려 했고, 저는 하준만 상처 입혔다. 이렇게 저열할 수가. 차라리 마르코를 청부 살인하려 했다면 이만한 울적함을 느끼지 않았을지도 모르겠다.

"무슨 얘기 하세요?"

그때 돌아온 민재영이 물었다. 정규가 웃으며 둘러댔다.

"미친 생각을 자꾸 하면 안 그러던 사람도 점점 미치게 되는 것 같다는 얘기 중이었습니다."

"미친 생각이라니, 어떤 생각요?"

"그런 이야기 많잖아요. 멀쩡하던 사람이 한 가지에 꽂혀서 계속 그 생각만 하다가 점점 이상해지는 거요. 뭐, 예를 들면… 최근에 본 드라마에서 살인범을 추적하던 형사가 범인 생각을 너무 많이 하다가 범인처럼 변해 버리더라고요. 사람이 생각하는 대로 간다가도 하잖아요."

"아, 어떤 느낌인지 알 것 같네요. 니체가 한 말 같은 거죠?"

"니체요?"

"'괴물과 싸울 때는 자신도 괴물이 되지 않게 주의해야 한다' 이 말 유명하잖아요."

정규와 무겸은 눈만 크게 뜨고 뚫어져라 그녀에게 시선을 모았다. 침묵에 어색해진 재영이 하하, 민망하게 웃을 때쯤 정규가 고개를 끄덕이며 감탄을 했다.

"역시 아나운서님이라 아는 게 많으세요. 저희는 만날 공만 차다 보니까 어려운 이야기는 잘 몰라서."

"어떡해. 제가 잘난 척한 것 같아요. 갑자기 떠오른 건데."

"아뇨. 그런 뜻으로 한 말 아닙니다."

두 사람이 농담처럼 이야기를 주고받는 동안 무겸은 다시금 묵묵해졌다. 술자리가 끝날 때까지, 무겸은 드문드문 맞장구만 칠 뿐 많은 이야기를 하지 않았다.

그래도 술기운이 오른 정규와 재영은 나름대로 즐거운 시간을 보낸 듯했다. 헤어지기 전, 재영은 다시 한번 감사하다며 무겸과 정규에게 인사를 했다. 가정이 있는 정규도 서둘러 귀가했다.

무겸은 차에 올라 운전석을 길게 젖혀 몸을 기댔다. 벌써 밤 열 시가 넘어가고 있었다. 그가 일이 있어 늦게 귀가한다는 걸 알고 있는 하준은 언제 오냐는 메시지 한 통 보내지 않았다.

무심하다 느낄 수도 있으나 무겸은 서운하지 않았다. 의심 많고 방정맞은 저와는 달리, 이하준은 김무겸을 믿고 있기에 굳이 확인하지 않는다는 것을 알고 있었으므로. 때때로 하준에게 '너는 내가 보고 싶지 않느냐'라며 투정을 부리는 이유는 섭섭해서라기보다는 그에게 애정을 확인받고 싶어서일 뿐이다.

처음 듣는 문구가 아까부터 뇌리 깊이 새겨지는 것만 같아 무겸은 어두운 차 천장을 바라보며 그 말을 곱씹었다. 어떤 이가 무엇 때문에 한 말인지도 몰랐고, 자신이 짐작하는 뜻으로 한 말인지도 정확하지 않았으나 그는 아까부터 그 말을 입 안에 굴리고 있었다.

"괴물."

조용한 차 안에서 내뱉은 두 음절의 단어가 별다른 울림 없이 빠져나와 적막에 흩어졌다. 무겸은 그 힘 빠진 어감 안에 잠시 머무르다가 픽 쓴웃음을 지었다. 혼자 한동안 미소를 띠고 있던 무겸은 느리게, 조금씩 미간을 일그러뜨렸다.

육체의 결합이 사람을 소유할 수 있는 도구가 된다고 생각해 본 적 없다. 섹스를 일회성 놀이라 치부해 온 자신이 그런 생각을 한다면 세상에 다시없는 모순이 아니겠는가.

그런데 왜 그날 하준을 그런 식으로 범했을까. 그따위 방법으로 사람을 묶어 둘 수 없다는 것을 모르지도 않으면서. 도대체 무엇을 확인받고 싶어서…….

무겸은 눕혔던 시트를 제대로 세웠다. 시동을 걸어 차를 움직여 나아갔다. 밤거리에는 오가는 이들이 많았다.

동네에 도착한 무겸은 바로 집에 들어가지 않고 골목길 초입에 차를 세웠다. 멀리서도 한눈에 알아볼 수 있는 희고 맑은 얼굴이 무겸의 차를 알아보고 손을 흔들며 가까이 다가와 조수석에 올랐다.

하준이 차에 올라타자마자 무겸은 몸을 기울여 그의 뺨에 입부터 맞췄다. 하준도 같은 키스를 돌려주었다.

돌아오는 도중, 무겸이 마중을 나와 달라고 투정을 부리는 바람에 하준이 밖에 나와 무겸을 기다려 준 것이다. 인사를 겸한 짧은 입맞춤을 마친 하준이 물었다.

"녹화는 잘했어?"

"응."

"민재영 씨는 잘 지낸대?"

"좋아 보이더라."

일견 평탄한 대화를 나누는 듯 보였으나 무겸은 속으로 숫자를 세고 있었다. 하준의 얼굴을 보자마자 시작된 카운트였다.

무겸은 눈시울이 자꾸만 뜨거워지는 것을 참기 위해 무진 애를 썼지만 13까지 세었을 때 노력은 허물어졌다. 울컥 솟아오른 물줄기가 뺨 아래로 툭툭 떨어졌다. 하준이 눈을 커다랗게 뜨며 기겁을 했다.

"-김무겸, 왜 그래! 촬영장에서 누가 괴롭혔어?"

무겸은 대답 대신 몇 번을 훌쩍거리다가 영 다른 답을 돌려주었다.

"하준아."

"응. 얘기해. 누가 그랬어."

"나 이제 생긴 대로 살 거다."

맥락을 잘라먹은 선언에 하준의 표정이 아연해졌다. 그러나 곧, 앞뒤 사정은 모르겠으나 납득한다는 말투가 되었다.

"신작부터 그러라고 했잖아."

"맞아. 이 코치님 말씀은 항상, 모두 옳습니다."

눈물이 흐르는 얼굴을 정리하지도 않고 무겸은 하준의 손등을 잡아 올려 입을 맞췄다. 하준이 민망한지 소리 내어 웃었다. 무겸은 그 손등에 뺨을 맞대고 덧붙였다.

"앞으로도 충성할게."

"그러지 말고 말해 봐. 녹화하면서 무슨 일 있었지?"

"아니야. 진짜 아냐."

"…잠깐 바람이라도 쐴래? 너 좋아하는 아이스크림 먹어도 되고."

무겸은 거절하지 않았다. 둘은 차에서 내려 나란히 걷기 시작했다. 축축해졌던 무겸의 눈가도 불어오는 훈풍에 금세 말랐다.

주택가에 인접한 대로는 번화가 차도와는 비할 수 없이 조용했고, 가로수며 집집의 담벼락마다 푸른 잎이 빼곡히 들어차 여름의 냄새를 싱그럽게 풍기고 있었다.

하준은 무겸에게 조금 전에 벌인 기행의 이유를 더 따져 묻지 않았다. 말없이 걷기만 해도 어색하지도, 따분하지도 않은 시간이 충만했다. 무겸은 저를 울게 만든 뾰족한 각성마저 연인의 곁에서 그 형태를 조금씩 온화하게 바꾸어 가는 것을 느꼈다.

삶의 방침은 제목도 기억나지 않는 낡은 책의 한 구절에서 정해졌다. 운명은 하준과 함께 잔디밭을 달리던 여름날, 달콤한 꽃향기처럼 둘 사이에 끼어들었다. 깨달음도 그러했다. 열정적인 탐구나 진리를 담은 비서祕書도 없이, 이렇게 어느 날 예상치 못한 곳에서 불쑥 사람을 찾아온다.

무겸은 밤하늘과 가로등, 드문드문 보이는 상가의 간판을 바라보았다. 제 옆을 걷는 사랑스러운 이의 옆모습을, 언제든 잡을 수 있는 위치에서 흔들리는 빈손을 내려다보았다. 소중한 이와 일상은 공고하게 제 옆을 지키고 있었다.

그러나 괴물은 없다.

이미 오래전에 죽어 없어졌다. 불에 타 시체도 남지 않았다.

정규와 재영의 이야기를 듣고 난 뒤, 무겸은 하준이 무서웠다고 고백한 순간을 계속해서 돌이켜 보게 되었다. 그의 마음에 생채기를 남긴 두 번의 행위에 존재하는 공통점을 이제야 눈치챈 탓이다.

처음에는 저를 괴물로 만들어 버릴 것 같은 이하준을 더 이상 가까이 오게 하고 싶지 않아서.

두 번째에는 그 같은 본성을 가진 저를 언젠가 떠나고 말 것 같은 이하준을 붙들어 놓고 싶어서.

하준에게 상처를 주고 그를 속상하게 했던 모든 순간순간에 사라진 자의 그림자가 끼어 있었다. 그처럼 되고 싶지 않다고 생각할 때마다 어느 때보다도 그를 흉내 내게 되었다. 실체 없는 망령을 두려워하다가 곁에 있는 이하준을 상처 입혔다.

괴물을 두려워하지 않는 김무겸이라면 모텔 앞에서 윤채훈과 하준을 보았던 그날, 곧바로 방에 쳐들어갔을 것이다. 불륜 현장을 덮치겠답시고 대뜸 문을 열었다가 오해를 한 데 대한 망신을 톡톡히 당하고, 수치스러워 이불을 걷어차면서도 까발려진 마음을 인정하고 그때쯤에는 자연스럽게 하준에게 다른 말과 태도로 다가갔을지도 몰랐다.

마르코 때문에 화가 났던 그날, 혼자 겁을 집어먹지 않았다면 집에 도착한 뒤 곧바로 하준과 이야기를 나누었을 것이다. 부푼 망상과 불안에 잠식되어 떨다가 돼먹지 않은 짓을 벌이는 대신, 감히 이하준에게 흑심을 품은 놈을 마음이 풀릴 때까지 욕하고 나랑만 있어 달라, 그런 녀석에게는 눈길도 주지 말라며 떼를 쓰다가 변치 않을 사랑을 약속받고 한 침대에서 함께 잠들었을 것이다.

죽은 이를 떠올릴 때마다 김무겸 자신이 아니라 그라면 어떻게 사고하고 행동할지를 집요하게 생각하지 않았던가? 저항하고자 했던 마음이 오히려 매번 그 괴물처럼 사고하고 행동하도록, 강박처럼 올가미처럼 저를 옭아매게 내버려 두었던 것은 아닌가.

하지만 그 괴물은 존재하지 않는다.

오직 김무겸의 기억 속에서만 살아 있었다.

때문에 기억하지 않으면 더 이상 생명도 힘도 가지지 못한다. 아니, 괴물도 무엇도 아니었다. 그가 설령 살아 있었다 해도 스물일곱 살의 김무겸에게는 아무것도 할 수 없는 이빨 빠진 늙은 개에 불과했으리라.

"혼자 무슨 생각을 그렇게 해?"

문득 물어오는 하준의 목소리에 무겸은 혼자만의 생각에서 벗어났다. 옅은 호기심이 배어나는 까만 눈동자와 바로 마주친다.

코치님은 코치님답게 호기심이 많다. 노트를 들고 열심히 기록을 하고 훈련 방안을 연구하는, 그라운드 위에서의 모습을 하루빨리 보고 싶어진다. 그를 혼자만 볼 수 있는 곳에 가두고 싶다는 욕망도 어쩔 수 없이 제 것이겠으나, 이제 와서 김무겸이 이하준 없는 잔디밭 위에서 뛸 수 있기는 한가?

무겸은 말없이 웃어 보인 뒤 하준의 손을 잡았다. 놀란 하준이 주변을 살폈으나 밤의 주택가에는 인적이 거의 없었다.

"코치님."

"너도 참, 길에서……."

"원하는 일은 다 하기야. 다른 생각은 말고 뭐든지 다."

그 말에 하준이 눈을 살짝 크게 뜨더니, 무겸을 놀리기라도 하듯 만들어진 비웃음을 지으며 대꾸했다.

"지금도 충분히 하고 있어. 시간이 없어서 한꺼번에 못 하는 거지, 다른 이유 없어."

"내가 혹시 나랑만 있자고 떼써도 냉정하게 떼어 낼 줄도 알아야 돼. 코치님이니까."

"또, 또 시작이다."

무겸은 지겹다는 어조를 과장하여 투덜대는 하준의 옆모습을 얌전히 응시하다가, 새로 질문했다.

"이하준. 사실은 너도 알지?"

"뭘?"

"네가 정말로 원하면 나는 아무것도 말릴 수가 없다는 거."

길에서 손을 잡힌 것이 부끄러운지 농담으로만 응수하던 하준이 그제야 무겸을 제대로 응시했다. 진지한 얼굴을 마주 보다가, 그렇다 아니다 대답하는 대신 피식 가볍고 티 없는 미소만 지었다.

대답을 들은 기분에 무겸 또한 멋쩍게 웃고, 몇 걸음을 걷다가 머뭇머뭇 자신 없이 물었다.

"그래도… 힘들기만 했던 건 아니지? 나랑 사귀는 거."

"…뭐?"

"막 즐겁고 행복하지는 않더라도… 그래도 싫기만 했던 건 아니지?"

하준이 눈을 크게 뜨며 정색했다.

"누가 싫었대? 갑자기 무슨 소리야?"

"내가 너 괴롭고 힘들게 했잖아……."

"무슨 소리야? 힘들 때가 있었다는 얘기지, 행복하지 않았다고 한 게 아니잖아. 당연히 즐겁고 행복할 때가 훨씬 많았지! 이것 봐. 싫은 소리 좀 했다고 그렇게 생각해 버리면 내가 어떻게 편하게 얘기를 하겠어? 지난번에도 말하지 않았어?"

흥분한 듯 살짝 언성을 높였던 하준이, 뒤늦게 바깥임을 의식하고 말소리를 낮췄다.

"이제 무슨 일이 있어도… 네 옆에 있는 건 포기 못 한다고."

"앞으로는 힘들지 않게 할게. 정말 다시는 안 그럴게."

무겸의 득달같은 대답에 하준은 못 말리겠다는 듯 웃음 지었다.

"그래야 할 거다. 이제 안 봐줄 테니까."

거짓말.

무겸이 속으로만 대답했다. 정말로 봐주지 않을 사람이라면 차라리 마음 편하리라. 그러나 착한 이하준은 또다시 저를 용서할 준비가 되어 있다.

이제 더 이상 타 버린 껍질이나 그림자를 떠올리지 않을 것이지만, 자신이 그 인간을 닮아간다는 생각 따위도 더는 하지 않을 테지만…….

꼭 그 때문이 아니더라도 소중한 사람을 상처 입히지 않기 위한 최소한의 안전장치를 마련하고 싶었다. 망자의 그림자와 싸우지 않더라도, 임정규의 말대로 때로는 누구에게나 브레이크가 필요한 법이므로.

"하준아."

"응."

"우리 한국 떠나기 전에 얘기하는 게 어떨까?"

"뭘?"

"너희 가족이랑 아저씨한테. 우리 사이."

하준의 얼굴에서 웃음기가 점차 가셨다.

그는 갑작스러운 제안에 조금 당황한 듯했으나 금세 미소를 되찾았다. 자신의 당혹이 옆에 선 애인에게 어떻게 받아들여질지를 생각했기 때문이라는 것을 무겸은 알았다.

재촉하지 않고 기다리는 사이 곰곰이 말이 없던 하준은 고개를 끄덕였다. 밤에도 희게 빛나는 꽃처럼 단정하고 화사한, 그의 진짜 미소가 피었다.

"집에 들어가서 언제가 좋을지 같이 얘기해 보자. 어쨌든 최대한 안 놀라게 말씀드려야지."

"…민경이랑 하경이는 자? 안 자면 편의점 들러서 간식이라도 사갈까?"

"그래. 그러자. 좋아하겠다."

뿌옇게 밤을 밝히는 간판을 향해 걷고 있자니 작게 기타와 노랫소리가 들려왔다. 여름을 즐기는 이들이 어디선가 노래를 부르고 있는 모양이었다.

그 소리에 무겸은 문득 몇 년 전 원정 경기를 떠났던 때를 떠올렸다. 그 지역에서는 한창 축제가 열리는 중이었다. 카니발이라고 했다. 음악과 춤, 웃음이 가득한 행진은 사실 악귀를 쫓는 의식이 변형되어 이어져 오는 것이라고 누군가가 무겸에게 귀띔해 주었다.

이곳에서도 축제가 있었다. 무겸과 하준은 승리자가 되어 함께 퍼레이드 카에 올랐고, 축복과 환호를 들으며 느리게 길을 나아갔다. 거리를 넘실대도록 채운 사람들은 밤늦게까지 노래하고 춤을 추었으며, 얼굴에 분장을 하거나 가면을 쓰기도 했다. 그날은 구석구석 곳곳이 기쁨을 누리는 사람들로 북적거렸다. 부정한 그림자들은 아마 그 축제의 밤에 모두 쓸려나가 자취를 감추었으리라.

죽은 이는 땅 밑에. 산 이는 그 위에. 하늘에는 해와 달과 별. 김무겸은 그 아래에서 열심히 공을 차고 유니콘은 끝없는 하늘을 날며, 송아지는 넓고 푸른 잔디밭 위를 바삐 거닐어야 옳았다.

때때로 속 좁은 김무겸이 도저히 참지 못하고 바쁜 연인을 독점하고 싶다 떼를 쓰는 날이면, 선하고 사랑 많은 연인은 하루 정도쯤 기꺼이 저를 홀로 가지라고 내어 줄 것이다. 그의 말에 따르면 김무겸은 질투가 많고 상상력이 풍부하므로.

4년에 한 번 열리는 성대한 축제가 끝나고 일상이 돌아온 밤, 모든 것이 제자리를 찾아 평화로웠다.

이상한 나라의 이 코치님

맑은 바다는 해수면뿐 아니라 깊은 물속까지도 짙은 에메랄드빛을 쥐고 놓지 않았다. 희고 붉은 산호 사이사이로 디즈니 애니메이션에 나올 법한 노랗고 새파란 물고기들이 떼를 지어 헤엄쳐 갔다.

크고 작은 물고기들은 바닷속의 요정 같았다. 갑자기 끼어들어 그들의 세계를 헤엄치는 인간의 체면적을 신경 쓰지도 않는 듯, 각자의 군무를 추며 그들의 길을 재빠르게 흘러간다.

하준은 천천히 물장구를 치며 푸른 수로를 끊임없이 나아갔다. 진기한 풍경에 완전히 빠져든 정신과 물속에 잠긴 귀는 바깥의 소리를 듣지 못했다. 무언가가 허리를 스친 다음에야 하준은 다른 사람이 바로 옆까지 다가와 있다는 것을 알았다.

하준이 몸을 일으켜 수면 위로 올라왔다. 곁으로 수영을 해 온 남자도 마찬가지였다. 하준이 스노클링 장비를 머리 위로 올리고 맨 숨을 내쉬었다. 온통 젖은 무겸이 살짝 미간을 찌푸리고 채근했다.

"너무 멀리까지 가지 마. 잔잔해 보여도 바다야. 아무리 배가 바로 옆에 있어도 물살 바뀌는 곳까지 흘러가면 위험해."

"언제 여기까지 왔지?"

하준이 놀란 듯 눈을 크게 뜨고 깜박였다. 해저 풍경에 빠져 하염없이 헤엄치느라 한참을 흘러왔는지 타고 있던 요트가 저쪽 멀리 있었다. 조금 당황하던 하준은 차가운 물에 젖어 평소보다 더 새하얘진 얼굴로 활짝 웃었다.

"너무 걱정 마. 나 수영 잘하잖아."

"그래도 바다에서는 항상 조심해야 한다니까."

"너 작년에 나한테 화냈던 거 생각난다. 밤에 바다에서 수영했다고."

하준이 제자리에서 둥실둥실 헤엄을 치며 말하자 무겸이 쓴웃음을 지었다.

"그때는 정말 놀랐거든."

"네가 너무 화내서 나중에는 내가 더 놀랐어."

망망대해에 둘뿐이었다. 조난을 당했다고 해도 믿을 정도로 주변에 오직 바다, 바다, 바다뿐 아무것도 없었다.

맑은 햇살이 수면에 부시져 찢어진 색종이 조각처럼 흩어졌다. 눈이 부셨다. 하준은 꽤 먼 곳에 떠 있는 요트를 가만히 바라보다가 제안했다.

"요트까지 누가 먼저 도착하는지 시합할래?"

"오… 송아지가 수영에 진짜 자신이 있으신가 봐. 딜은 뭐로?"

"네가 정해."

"음. 지는 사람이 좆 한 시간 빨아 주기."

"한 시간?! 거기 다 헐겠다……."

좋기보다는 아플 것 같아 기겁했더니 무겸은 뭐가 우스운지 목을 젖히고 큰소리로 웃었다. 실수로라도 한 시간 동안이나 그에게 그곳을 내어 주고 싶지는 않았지만 하준은 콜을 던졌다.

승부욕이 강한 무겸은 내기, 경기, 시합 등의 단어가 붙는 제의를 거절하는 적이 없었다. 다른 그린포드 선수들도 별반 다르지 않아서 팀원들은 툭하면 뭔가를 걸고 다트 게임, 카드 게임, 비디오 게임 등을 즐겼다.

이도 저도 할 상황이 안 되면 훈련장 잔디밭 위에서 옹기종기 모여 잔디 멀리 불어 날리기나 축구화 멀리 던지기로도 내기를 할 때도 있었다. 몸값만 천억을 호가하는, 세계적으로 내로라하는 선수들이 그러고 있는 모습을 옆에서 보고 있자면 실소가 절로 나왔다.

하준이 씩 웃으며 자세를 잡았다.

"준비."

시작! 말이 떨어지자마자 풍덩 소리를 내며 두 사람 모두 물속에 머리부터 집어넣으며 전력을 다해 헤엄을 치기 시작했다.

멀리서 누군가 본다면 사람이 아니라 바다에 사는 제법 덩치 큰 동물이라고 착각을 일으킬 것이다. 하준은 팔을 세차게 휘저으며 수면을 갈랐다. 굉음에 가까운 커다란 물소리가 귀를 시끄럽게 때렸다.

"아니, 이게 무슨 일이야? 송아지를 바다에 데려다 놓으니 돌고래가 됐잖아?"

흠뻑 젖은 무겸이 요트 사다리를 잡고 오르며 투덜거렸다.

먼저 선상에 올라와 샤워기로 바닷물을 씻어 내리던 하준이 그에게 물을 뿌렸다. 무겸이 어푸어푸 세수를 마치자 하준이 수건을 건네며 웃음 섞어 말했다.

"나 어릴 때 학원 엄청 많이 다녔어. 수영도 네 살 때부터 배웠단 말이야."

"사교육 좀 받으셨어? 너 은근히 승부욕 있더라."

"당연하지. 나도 선수였다는 거 잊지 마라."

"절대 안 잊어."

웃고자 했던 말에 대답하는 무겸의 말투가 조금 진지해져 하준은 눈을 살짝 크게 떴다. 곧이어 소리 없이 입술로만 미소 지었다. 마른 수건으로 머리의 물기를 대충 닦아 내던 무겸이 생각났다는 듯 목소리를 높였다.

"그러고 보니 너, 처음 만났을 때도 학원 같은 곳 가는 낌새였어."

"처음……?"

"어렸을 때 말이야."

아. 하준은 어렴풋한 기억을 거슬러 파헤쳤다. 열두 살, 아직 아빠가 살아 있던 때. 팔을 잡아끌었던 소년을 만났을 봄 무렵이면…….

"정확히는 기억 안 나지만 아마 피아노 학원 가는 중이었을 거야."

"피아노? 이 코치, 피아노도 칠 줄 알아?"

"아니. 지금은 나 잊어버렸지. 어렸을 때는 콩쿠르도 나갔었는데. 예선에서 떨어졌지만……. 내 손재주 보면 알겠지만 별로 재능 없었어."

"콩쿠르? 대단하다! 이 코치도 못 하는 게 없네."

"대단한 거 아냐. 그때 같은 학원 다니는 애들 한 번씩 다 나갔어."

하준은 부끄러워져 첨언했지만 무겸은 뭐가 뿌듯한지 소년처럼 웃었다. 하준도 그저 웃음이 나왔다. 기분이 좋아 아무 뜻 없이, 구구단이나 ABC 따위를 외워도 웃음이 나올 것만 같았다. 두 사람이 함께 보내는 첫 여름휴가였다.

축구 선수들의 휴가는 생각보다 길지 않다. 올해처럼 월드컵을 낀 해는 더더욱 그랬다. 휴가지를 정하기 전, 무겸은 어지간한 휴양지나 유명 관광지에서는 파파라치를 절대 피할 수 없다며 고심했다. 그는 언론의 눈으로부터 완전히 자유로운 곳에서 귀중한 휴식을 보내고 싶어 했다.

하준도 그의 심정을 백번 이해했다. 혼자서 인터넷으로 무겸의 자료를 뒤지던 시절, 서울의 제 방 안에서도 이번 여름은 핫 스타 김무겸이 어디서 무엇을 하고 있는지 지나칠 만큼 구체적으로 알 수 있었으니까. 심한 이들은 숙소까지 따라다니며 사진을 찍어 대기도 했다. 꼭 무겸이 아니더라도 여러 스타 선수들이 매년 휴가 때마다 비슷한 문제로 골머리를 썩었다.

결국 무겸은 첫 동반 여름 휴가지를 인도양의 제도 세이셸, 그 안에서도 전용 페리를 타고 들어가야 도착할 수 있는 다소 외딴 섬의 리조트로 정했다.

이제까지 파파라치의 피해를 한 번도 입지 않아 남들의 눈을 피하고 싶은 유명인들이 자주 찾는 곳이라고 했다. 파파라치야 늘 짜증스러운 존재지만 아무리 저라도 이런 먼 곳까지 찾아가는 것은 처음이라며 무겸은 웃었다.

그렇게 도착한 섬은, 현실과 분리된 다른 세계였다. 리조트에서 나가 조금만 걸어가면 뜨겁지만 습하지는 않은 공기, 눈부신 햇빛, 해변 가까운 곳까지 헤엄치는 작은 물고기가 보이는 청록색의 투명한 바다, 자갈 하나 섞이지 않은 곱디고운 백사장이 둘을 반겼다. 사방의 채도가 그들이 알던 세상보다 훨씬 높고 선명했다. 말로는 똑같은 '푸른 바다'라고 표현하겠으나 그 푸름은 이제까지 본 적 없는 색조를 띠고 있었다.

희게 장식된 호화로운 실내는 물놀이를 즐기고 돌아오면 늘 새 방처럼 정리되어 있었다. 두 사람은 먹고 놀고 자는 것 이외에는 아무것도 할 필요가 없었다.

그럼에도 불구하고 무겸은 휴가지에서도 늘 똑같은 시간에 일어났다. 다른 것은 모두 놓아 버리고 흥청망청 놀면서도 아침 기초 트레이닝은 빼놓지 않았다.

선수가 운동을 하는데 혼자 쿨쿨 자는 것은 코치로서의 태도가 아닌 듯해 하준이 저도 아침에 나가겠다고 했더니, 무겸은 그냥 눈이 뜨여 간단하게 하는 것이니 휴가 중에까지 괜한 압박감 느끼지 말라며 그를 말렸다.

무겸이 아침 운동을 마치고 돌아올 때쯤이면 하준은 슬슬 잠에서 깨어났다. 둘은 때로는 룸서비스로, 내키면 내부에 있는 레스토랑에 가 아침 식사를 했다. 그러고 나면 길고 긴 하루가 개봉하지 않은 선물처럼 통째로 남아 있었다.

산책을 하고 수영을 하고, 해변의 선베드에서 낮잠을 자고, 그러다가 조금 더워져 다시 안으로 들어오면 말끔히 정리된 침대에서 무겸이 하준의 맨살을 쓰다듬었다. 키득거리면서 키스나 뽀뽀를 주고받기도 하고, 그러다가 갑자기 열이 올라 섹스까지 이르기도 했다. 방만하기 이를 데 없는 생활이다.

하준은 요트 난간에 몸을 걸치고 바다 멀리 시선을 보냈다. 초등학교를 다니던 어린 시절 이후 이렇게 아무런 걱정 없는 시간을 보내는 것은 처음이었다.

휴대폰으로 파란 바다를 몇 장씩 사진으로 찍었다. 배 위에서는 인터넷이 잘 연결되지 않아 숙소로 돌아가면 가족들에게 안부 메시지와 함께 보낼 생각이었다.

…한국을 떠나기 이틀 전, 무겸과 하준은 가장 먼저 하준의 어머니에게 둘의 관계를 밝혔다. 그녀는 깜짝 놀라, 나중에 이야기하자며 반나절

정도 침묵하더니 저녁 식사를 앞두고 2층으로 올라왔다. 그러고는 웃으며 무겸의 손을 잡았다.

"살면서 잘한 것도 없는데, 내가 복이 많아서 무겸이 같은 아들을 또 얻었나 보다. 모자란 새엄마지만 앞으로도 잘 부탁해."

그녀의 말에 무겸은 눈물이 글썽해진 눈으로 정말 잘하겠다며 몇 번씩 고개를 꾸벅거렸다. 세 사람 모두 약간 발개진 눈으로 꾸역꾸역 저녁을 먹고, 느지막이 귀가한 민경과 하경을 한 자리에 불러 조심스럽게 사실을 알렸다.

"난 알고 있었는데."

"뭐? 정말?"

"오빠도 참. 아무리 신세를 졌어도 그렇지. 누가 그냥 친구한테 집까지 사 줘. 거기다 같이 살기까지 하면서……."

놀라는 하준 앞에서 민경은 태연했다.

다만 하경은 몹시 충격을 받은 듯 자리에서 일어서서 제 방으로 들어가더니 한국을 떠나는 날까지 둘을 피해 다녔다. 아무래도 받아들일 시간이 필요한 것 같았다.

"뭐 해?"

"사진 찍어. 이따가 가족 대화방에 올리게."

"…하경이는 아직 너한테도 아무 말 없어?"

"너무 걱정하지 마. 그래도 프로필 사진은 아직도 네 유니폼 사진이잖아. 다음에 만날 때쯤에는 괜찮을 거야."

웃으며 휴대폰 화면을 보여 주자 무겸은 피식 웃었다. 하준이 덧붙였다.

"그래도 다들 생각보다 반겨 줘서 다행이야."

"그렇긴 해. 아저씨가 그렇게 주책맞게 좋아할 줄 몰랐는데……."

함께 찾아가 사정을 이야기하자 박준성 감독은 처음에는 눈을 휘둥그레 뜨고, 둘의 말을 이해하지도 못하는 듯 몇 번이나 허둥지둥 이것저것을 물어보았다.

그러나 결론을 완전히 파악하고 난 뒤로는 함박웃음을 지었다. 무겸이 제 짝을 만나 얼마나 다행인지 모른다고 그저 기뻐했다. 술을 사겠다며 둘을 식당으로 데려가더니 혼자 거나하게 취해, 나중에는 다행이라는 소리를 연발하는 그를 두 사람이 집 안까지 부축해 옮겨야 했다.

멍하니 서울에서 있었던 일을 회상하는 하준에게 무겸이 물었다.

"한참 물에서 놀았는데 배고프지 않아? 슬슬 점심 먹자."

차려진 식탁을 보고 하준이 감탄을 뱉었다. 하준이 스노클링을 하는 사이 무겸은 요트에서 식사를 준비하고 있었던 모양이다. 차게 식힌 화이트 와인과 치즈, 빵, 오렌지 그리고 구운 새우와 소스가 간이 테이블에 놓였다.

"맛있겠다. 탱탱한 것 봐."

하준이 새우에 손을 뻗었다. 길고 흰 손가락을 딴에는 열심히 움직여 껍질을 벗기자, 그 모습을 유심히 보던 무겸이 피식 웃고는 다른 한 마리를 집어 들었다.

"손 버리지 말고 좀 기다려."

하준이 멋쩍은 표정으로 손을 멈춘 사이 무겸은 재빠르게 새우 껍질을 벗겨 나갔다. 넓은 접시에 껍질이 예쁘게 벗겨진 새우들이 데코레이션처럼 동그랗게 둘러졌다. 그 모습을 감탄하며 바라보고 있는데 몇 마리째를 손질해 접시에 내려놓은 무겸이 갑자기 입을 벌렸다.

"아."

"응?"

"나는 껍질 까야 해서 바쁘니까 코치님이 먹여 줘."

하준이 눈을 크게 떴다가 눈동자를 굴렸다. 쑥스러운 듯 미간을 살짝 찌푸리며 웃고는, 곧 새우 한 마리를 포크로 찍어 무겸에게 내밀었다.

"자."

"더 가까이 와야지."

하준이 아예 의자를 옮겨 무겸의 옆으로 갔다. 손이 완전히 무겸의 입가에 가까워지자 그제야 무겸이 입을 벌려 새우를 받아먹었다. 저도 먹고 무겸에게 먹이기를 반복하던 몇 번째, 무겸이 하준의 나머지 한쪽 손목을 잡았다.

"괜히 만졌다가 손만 더러워졌잖아."

"씻으면 되지……."

하준의 손가락은 새우를 잠깐 만진 사이 향신료와 소금, 기름이 묻어 있었다. 무겸은 손가락을 입에 물었다. 질겅질겅 아프지 않게 이를 세워 깨물더니 기름으로 반들거리는 흰 손가락을 혀로 핥고 쪽쪽 소리 내어 빨았다. 손끝을 혀로 쿡쿡 찌를 때쯤, 하준은 저도 모르게 몸의 힘이 빠졌다.

"배고프잖아. 더 먹어."

무겸이 새우를 하준의 입에 넣었다. 하준은 입 안에 들어온 것을 기계적으로 씹어 삼켰다. 손가락을 빨리고 나면 새우가 주어졌다. 몇 개를 더 그렇게 삼키고 나자 이번에는 와인 잔이 입술에 닿았다.

꼴깍꼴깍, 목이 말라진 하준이 그것을 달게 마시자 무겸도 같은 잔의 것을 마저 비우고 자리에서 일어섰다.

하준의 몸을 가린 것은 스위밍 팬츠 한 장뿐이었다. 무겸은 몸에 달라붙는 짧은 수영복 차림이었다. 그가 하준의 손을 잡아끌었다. 거의 나신에 가까운 두 육체가 눈부신 햇볕이 내리쬐는 요트 위, 푸르게 그늘진 차양 아래에서 아무렇게나 엉켰다.

"적당히 허기는 채웠으니 조금 놀다가 마저 먹을까?"

"여기서……?"

하준이 활처럼 가운데가 움푹 들어간, 굴곡 있는 단단한 등을 쓰다듬으며 물었다. 무겸은 대답 대신 입술을 겹쳐 왔다.

달고 알싸한 와인 맛이 남아 있는 혀가 누가 먼저랄 것도 없이 서로의 입 안을 침범하며 얽혔다. 밝은 햇빛이 하얗게 시야를 부서뜨렸다.

무겸이 고개를 들어 올렸다. 하준의 입술을 핥고, 쪽쪽 소리를 내며 흰 몸을 입술로 타고 내려가다가 시선만 들어 올렸다.

"아무도 없는데 어때."

"그래도, 안으로 들어가는 편이… 응……."

헐렁한 스위밍 팬츠까지 벗겨졌다. 반짝이는 바다 위, 대낮의 하늘 아래 하얀 나신이 완전히 드러났다.

하준은 도망칠 곳을 잃은 사람처럼 누운 채로 다리를 모았다. 무겸이 아직 힘이 들어가지 않은 성기 위에 베이비 키스를 했다.

"내가 졌으니까 한 시간 빨아 줄게."

"-됐어!"

"그럼 그냥 평범한 섹스하고 놀까?"

어디가 '평범'일까. 하준은 고개를 돌리자마자 눈을 가득 채우는 푸른 바다를 보며 망연해졌다가, 허벅지 안쪽을 훑는 입술의 감촉에 허리를 흠칫 떨었다.

"애인님이 야외 섹스를 이렇게 좋아할지 몰랐어. 하긴, 스릴을 즐긴다는 건 예전에 전지훈련지에서 눈치챘지만."

무겸이 이죽대며 놀렸다. 하준은 얼굴을 붉히면서도 아니라고 말하지 못했다.

이곳에 도착한 뒤로 바깥에서 관계를 가지는 것은 지금이 처음이 아니었다. 숙소 근처의 산책림, 방에 딸린 수영장, 커튼을 닫을 수 있는 카바나 같은 곳에서 이미 몇 차례 몸을 겹쳤다.

처음에는 무겸의 대담한 시도에 깜짝 놀랐지만, 외부와 고립된 이 섬에서는 다른 이들도 비슷한 유희를 즐긴다는 것을 눈치챈 뒤로는 하준도 은근슬쩍 이곳만의 흐트러진 질서에 적응하고 말았다.

벌써 몇 번째, 밖에서 관계를 가질 때마다 평소보다 훨씬 느끼며 빠르게 절정에 올라 버렸기 때문에 놀림을 받아도 반박의 여지가 없었다.

"아……."

어느새 꼿꼿이 일어선 성기를 무겸이 주욱 핥아 올렸다. 하준은 몸을 바르르 떨며 빛나는 수면 위로 시선을 던졌다가, 혼미해져 눈을 감아 버렸다.

몹시 방탕한 인간이 되어 가고 있는 기분이다. 휴가가 더 길어지다가는 아무래도 머리가 이상해지고 말 것 같다. 쏟아지는 햇빛이 여기저기 반사되어, 그늘진 곳에 있어도 눈이 부셨다.

⚽

바다 한중간에 뚝 떨어진 비밀스러운 리조트에서의 달콤한 휴가에도 끝이 있었다. 비행기에서 내린 무겸은 땅에 발이 닿기가 무섭게 돌아가고 싶다며 툴툴거렸다.

"올해 휴가는 너무 짧았어. 다시 리조트로 돌아가고 싶다."

"아니야. 딱 좋았어."

난생처음 즐겨보는 호화로운 휴가. 더할 나위 없이, 꿈결처럼 행복했지만 하준은 그런 시간은 이 정도 길이가 딱 적당하다고 생각했다.

바닷속 용궁의 잔치에 초대되어 시간 가는 줄 모르고 놀다가 육지로 나와 보니 몇 십 년이 지나 있었다는 옛날이야기의 주인공이 된 기분이었다. 밤낮없이 내키는 대로 뒹굴며 놀기만 했더니 시간 개념이 완전히 망가져 버렸다.

둘은 바로 런던으로 가는 대신 아테네에 들렀다. 무겸이 초대받은 파티가 있었기 때문이다. 만나야 할 사람들이 많이 모이는 자리라, 그는 이번 기회에 여러 자잘한 일을 한 번에 처리할 생각인 듯했다.

"오늘은 좀 쉬고 저녁때쯤 쇼핑이나 하자. 너도 파티 같이 가야지."

"나까지?"

하준이 눈을 크게 뜨고 되물었다. 뭐 별일이냐는 듯 대답하는 무겸의 말투는 심상했다.

"그래. 아직 이런 사교 파티는 같이 가 본 적 없잖아. 파티에 가려면 옷도 필요하니까."

"또? 사 놓고 못 입은 옷도 아직 너무 많은데."

툭하면 새 옷을 사들이는 무겸 때문에 하준의 드레스 룸에는 아직 걸쳐 보지도 못한 옷들이 한가득이었다. 어차피 일할 때는 구단에서 지급한 트레이닝복을 입게 마련이고, 어학원에 가거나 외출을 할 때는 적당히 단색의 셔츠와 바지, 추울 때는 무난한 외투 정도를 입는다.

무겸이 벌써 몇 벌을 사 안긴 슈트를 입을 일은 1년에 몇 번 없다. 필요없다고 하는데도 귀엽다며 우겨서 부득불 결제해 버린 젖소 무늬 후드티셔츠나 허벅지가 절반 넘게 드러나는 반바지 따위의 튀는 옷들은 사실상 한두 번 시착만… 정확히는 시착 후 섹스만 해 본 뒤 옷장 속에 잠들어 있었다.

무겸은 호텔 체크인을 마치고, 선글라스를 벗으며 하준을 돌아보았다.

"옷은 입고 다니려고 사는 게 아니야."

"그럼……?"

"살 때 즐거우려고 사는 거지."

"……."

김무겸은 축구 선수이자 셀러브리티였다. 하준을 만난 뒤로, 예전에는 숨 쉬듯 즐기던 밤놀이를 모두 끊어 버렸지만 그런 이유와 상관없이 가야 하는 자리도 있었다.

호텔 방으로 향하는 동안 무겸은 간단하게 파티에 대한 설명을 해 주었다. 이번에 초대받은 파티가 그런 자리로, 구단과 선수들을 후원하는 각종 기업의 임원들, 잡지 편집장, 연예인들까지 두루 모이는 난치병 치료 기금 모금 자선 파티라고 했다. 스폰서들은 물론 무겸이 광고 모델을 하고 있는 브랜드 관계자들도 몇 군데에서 올 예정이라 그도 참석하는 것이다.

장소는 해안이 가까운 곳의 한 저택. 한 부호의 별장으로 쓰이는 곳으로, 주인의 선의에 기대어 예전부터 간혹 이런저런 파티 장소로 제공되는 곳이었다. 설명을 들은 하준이 고개를 기울이며 물었다.

"가면… 난 뭐 해?"

그런 유명 인사들의 모임에 일반인인 제가 끼어서 뭘 하나.

벌써부터 뻘쭘해지는 기분이었다. 무겸은 사람들을 만나느라 이리저리 바쁠 텐데 괜히 졸졸 따라다니면 방해만 되지 않을까.

"뭐 하긴. 재미있게 놀면 되지. 맛있는 음식도 많고 술도 있고, 연예인들도 많이 와. 아마 공 차는 놈도 몇 명 더 올 텐데……. 어쨌든 구경만 해도 심심하진 않을걸. 너는 내일 예뻐질 준비만 하면 돼. 그러니까 이따 옷이나 사러 가자고."

무겸은 그런 걱정은 할 필요도 없다는 듯 재미있을 거라고만 했다. 엄밀히 일하러 가는 자리도 아니고, 놀러 가는 자리를 놓고 계속 걱정을 늘어놓는 것도 쓸데없는 짓 같아 하준도 염려를 보태지 않고 입을 다물었다.

⚽

다음 날 밤, 둘은 하준이 운전하는 차에 올라 있었다.

통행량이 많은 도로를 벗어나 차가 드문드문 보이는 도로로 올라섰다. 한적한 길이지만 목적지가 같은 사람들이 제법 있는지 크고 고급스러운 차들이 연달아 보였다.

이제는 하준도 운전에 익숙해져 무겸과 둘이 있을 때도 내키면 가끔 핸들을 잡기도 했다. 복잡한 시내 도로는 별로였지만 가끔 이렇게 외지고 조용한 도로를 드라이브하는 기분은 좋았다. 멀리서 들리는 밤바다 소리와 바람이 시원했다.

열린 창밖으로 상쾌한 공기를 즐기던 하준이 문득 시선을 정면으로 향했다. 다른 인공물이 드문 바닷가 근처에 자리 잡은, 마법의 성처럼 빛나는 커다란 건물이 보이기 시작했다.

문을 거쳤는지도 모르게 차는 저택으로 진입했다. 조명이 밝혀진 넓은 야외를 한참동안 들어갔다. 길옆으로는 인공 물길과 조명, 조각상이 줄을 서 있었고, 차창 밖으로 보이는 건물은 아치형의 입구가 으리으리하고 지붕까지도 드높은 높다란 저택이었다. 무겸의 집도 충분히 성 같다고 생각했는데 이곳에 비하면 그래도 '집'처럼 느껴졌다.

이곳이 회사나 공공건물이 아니라, 집도 아니라 개인의 별장이라니. 하준이 입을 살짝 벌리고 감탄하는 사이에 무겸이 말했다.

"차 세워. 내리자."

"주차는?"

"여기서 해 줄 거야."

어느 정도 진입을 하고 나자 무겸은 훌쩍 차에서 내려 버렸다. 하준도 뒤따라 내려섰다. 무겸이 관리자로 보이는 사람과 짧게 대화를 마치고 지폐를 건넸다. 아마도 팁인 모양이었다.

번화가 길거리든 한적한 공원이든, 훈련장이든 경기장이든, 서울의 집이든 부호의 저택이든 공평한 것이 있다면 바깥 공기였다. 훈훈한 밤공기가 몸을 감싸자 이곳도 결국 사람들이 지내는 공간이라는 생각이 들어 하준은 마음이 놓였다.

"가자."

무겸의 손짓에 가까이 다가가는데 그가 저를 훑으며 씩 웃는 것이 보였다. 하준이 방어적으로 물었다.

"왜?"

"잘생겼다, 내 애인. 훈련장에서만 뒹굴 미모가 아닌데."

"무슨 소리야. 네가 훨씬, 훨씬 잘생겼어……."

하준은 그만 말까지 더듬었다. 이제 매일 보는 김무겸인데, 때때로 마주치는 슈트를 입은 모습은 아직도 적응이 되지 않아 눈을 마주치기도 쉽지 않았다.

체구가 크고 탄탄한 데다 피부가 그은 무겸이 슈트를 입으면, 화이트칼라 업종의 사람들과는 다른 묘한 분위기가 보이지 않는 또 한 벌의 옷처럼 그 몸 위를 감쌌다. 뭐랄까, 조금 위험해 보여서 좋다고 해야 하나. 이런 말을 무겸에게 직접 한 적은 없지만 말이다.

몸이 근육질로 크고 탄탄하면 소위 말하는 '옷빨'은 안 받는다고도 하던데 무겸에게는 남의 이야기였다. 어깨와 등판, 가슴은 너르지만 그에 밸런스를 맞춰 적당히 잘록한 허리가 역삼각형의 보기 좋은 체형을 만든다. 탄탄한 팔다리는 길게 뻗어서 근육이 발달했는데도 둔해 보이는 느낌이 없었다.

그 몸 위로 딱 맞는 흰 드레스 셔츠와 검은 턱시도를 입혀 놓으니 신분을 숨기고 파티에 잠입하러 온 비밀 요원 같다. 폭이 크지 않은 옷깃이 쭉 뻗은 목과 강건한 턱선에 조화롭게 어울린다. 가무잡잡한 피부에 정확히 맞춘 듯한 옷감의 질감이 전체적인 톤을 조율해 섹시한 분위기까지 풍겼다.

"너무 멋지다……."

"지금 생각만 하려고 했던 거 아냐?"

"칭찬을 해 줘도 핀잔이냐."

무겸이 푸핫 웃으면서 물어와 하준은 아닌 척 받아치고 입을 꾹 다물었다.

오기 전까지는 계속 어렵게만 느껴지던 동반 파티였지만 무겸의 이런 모습을 몇 시간 동안 볼 수 있다고 생각하니 오기를 잘했다는 생각이 들었다. 예전에는 이런 자리에서 찍힌 사진 한 장만 발견해도 보물을 찾은 기분이었는데, 이제는 바로 그 당사자의 파트너라니.

저택에 들어선 뒤로는 살짝 남았던 불안의 잔해마저도 완전히 날아가 버렸다. 파티를 맞아 샹들리에를 온통 밝힌 화려하고 웅장한 내부는 그 정경만으로도 구경할 가치가 충분했고, 홀에 제대로 입장하자마자 유명인들을 마주치는 바람에 하준은 급격히 설레기 시작했다.

무겸의 말대로 어딘가에 가만히 앉아서 음식이나 먹고 사람들을 구경만 해도 충분히 즐거운 자리가 확실했다. 살짝 두리번거리며 무겸의 옆에서 걷는데 한 중년 여성이 무겸에게 알은척을 했다.

"킴. 오랜만이에요."

"오랜만입니다, 테일러."

"만나자마자 일 이야기는 멋없지만 에이전시에 보낸 서류는 전달됐나요?"

"저는 이미 오케이 했어요. 교환 절차만 남았을 겁니다."

일 이야기를 하는 무겸을 구경하는 것도 나름대로 재미있었다. 이렇게 보고 있자니 축구 선수라고는 말하지 않으면 영 모르겠다. 대화를 나누던 여자가 하준을 보며 물었다.

"그쪽 분은?"

"오늘, 제 파트너입니다."

그 대답에 그녀의 눈이 휘둥그레졌다. 그녀는 하준과 무겸을 번갈아 보다가 살짝 작아진 목소리로 말문을 열었다.

"오, 킴. 실례지만 혹시……."

"작년에 한국에서 같은 팀에 있었는데 이쪽에서 일을 배우고 싶어 해서요. 우리 팀 코치이고 제 동거인입니다. 오늘은 색다른 경험이 될 것 같아 같이 왔습니다."

"아, 그런 거군요."

여자는 웃으며 의례적인 자기소개를 건넸다. 유명 패션 브랜드의 이사에게 자신의 존재는 곧 잊힐 터. 알고 있지만 하준은 웃으면서 마주 인사를 했다.

그녀가 멀어지고 나서 하준은 무겸에게 속삭였다.

"파트너라고 하면 그런 뜻으로 이해해?"

"뭐, 한 번쯤 의문은 갖겠지."

"정말 나랑 와도 괜찮았던 자리 맞아? 괜히 사람들이 오해하면."

"그래 봤자 추측인데 걱정할 필요 없어."

그간 온갖 스캔들에 무겸이 시달리는 모습도 빠짐없이 지켜봐 온 하준에게 그 말은 별로 위안이 되지 못했다. 정말 여기 함께 있어도 되는지 의심이 들어 조심스레 주변을 살피는데 무겸이 어깨를 감쌌다.

"엄밀히 말해서 오해는 아니지. 소문 좀 나면 어때. 사실인데."

"그렇게 쉽게 말하지 마, 너."

그러나 무겸은 픽 웃기만 하고 하준을 이끌고 더 안으로 들어갔다. 긴장을 풀고 싶어 하준은 샴페인을 두어 잔 마셨고, 그러는 동안에도 무겸은 여러 사람과 인사를 나누고 또 하준을 소개했다.

난생처음 겪는 분위기가 즐겁기는 했지만 낯선 장소가 주는 긴장감에 하준은 빠르게 지쳤다. 빈 소파가 보여 그곳에 잠깐 앉으려는데 한 중년 남자가 무겸에게 다가왔다.

"킴, 여기 있었군."

"아, 맥도 왔어요?"

무겸과는 안면이 있는 듯하지만 하준으로서는 처음 보는 사람이었다. 하준에게도 짧게 인사를 건넨 남자가 무겸에게 몸을 돌렸다.

"잠깐 둘만 따로 이야기 좀 할 수 있겠나?"

"여기서요? 일 얘기면 나중에 해도."

"내가 내일부터 미국 출장이야. 오늘 만난 김에 간단히 했으면 좋겠는데."

무겸이 어쩔 수 없다는 듯 어깨를 으쓱하고 하준을 돌아보았다.

"잠깐만 여기서 쉬고 있어. 금방 이야기 마치고 올게."

"응. 천천히 얘기하고 와."

"누가 꼬드겨도 따라가면 안 돼. 여기 있어."

"알았어. 걱정 마."

"약속한 거다."

"알았다니까. 약속."

마침 지나가는 서버의 쟁반에 놓인 샴페인 한 잔을 들어 올리고, 하준은 웃으면서 소파에 앉았다.

영 마음이 안 놓이는 듯 다시 한번 저를 돌아보며 "거기 있어."라고 목소리를 높이는 무겸에게 걱정 말라는 뜻으로 손을 흔들고, 느긋해진 마음으로 샴페인을 한 모금 마셨다.

"맛있다……."

저도 모르게 중얼대고 눈앞의 광경을 느긋하게 구경했다. 여기저기 금빛으로 반짝이는 화려한 조명, 여자들의 아름다운 드레스와 남자들의 멋들어진 정장 차림, 장식된 꽃들, 높은 계단들. 어디로 눈을 돌려도 멋진 것들로 가득해 앉아만 있어도 지루하지 않았다.

그렇게 저 나름대로 조용히 파티를 즐기던 중 하준의 옆에 다른 이가 앉았다. 짙은 금갈색 머리에 푸른 드레스를 입은 미녀는 몸을 붙이자마자 그를 향해 고개를 돌렸다. 눈부신 모습에 하준은 반사적으로 마른침을 삼켰다.

분명 처음 만나는, 제가 만났을 리 없는 부류의 사람인데 낯이 익었다. 더군다나 단순히 휴식을 취하기 위해 앉았다기보다는 하준에게 목적이 있는 듯한 눈빛이었다. 그녀가 미소를 지으며 하준에게 먼저 인사를 건넸다.

"안녕."

"…안녕."

"당신이 킴의 새 파트너라면서요?"

그 말에 하준은 눈을 번쩍 크게 떴다. 그녀가 누구인지 기억난 것이다. 클로에 크로포드. 무겸과 짧은 밀월을 즐겼던 사람 중 한 명이었다.

아마 시기는 3년 전쯤. 원래는 모델 활동만 하다가 작년에 처음 출연한 영화가 제법 히트를 치면서 배우로서 이름을 알리고 있었다. 무겸과 관련된 일이라면 이런 정보까지 꿰고 있는 자신을 조금 원망하며 하준은 애써 웃음 지었다.

"한국에서 같은 팀이었습니다. 지금은 저도 그린포드에 합류해서 신세 지고 있어요."

"킴이랑 나는 꽤 잘 맞았어요. 그래도 비교적 오래 만난 편이죠."

당연히 저를 알리라 전제하는지, 자기소개도 없이 대뜸 이야기를 이어 가는 모습이 저돌적이었다. 무슨 이야기를 하고 싶은 걸까. 하준은 따로 대꾸할 말을 찾지 못하고 어색하게 제 무릎 위를 손으로 한 번 쓸었다.

"음식이나 음악이나. 여러 가지로 취향이 비슷해서."

"그랬… 군요."

그녀가 다리를 꼬며 하이힐 끝으로 살짝 정강이를 건드려 왔다. 하준이 깜짝 놀라 다리를 모으고 그녀를 마주 보았다. 조금 전보다 더 짙고 고혹적인 미소가 하준을 향했다.

"내 말뜻, 모르겠어요?"

"네?"

"킴이랑 나, 취향이 비슷하다고요."

잠시 눈만 깜박이던 하준의 얼굴이 순식간에 붉어졌다. 저도 모르게 두리번대며 무겸을 찾는데 어딘가 사람이 없는 곳으로 가 버린 그는 머리카락 한 올 보이지 않았다. 하준은 황급히 소파에서 일어섰다.

"미안합니다. 저는 잠깐 볼일이 있어서."

"흐음."

아쉬운 듯 콧소리를 내는 그녀를 두고 일어선 하준은 재빠르게 자리를 피했다. 딱히 어디로 가야 하는지는 알 수 없었지만 어쨌든 상황을 모면하고 싶었다.

그야 무겸은 유명하고 인기 있는 여자들을 많이 만났으니 이런 자리에 그들이 등장한다고 해도 놀랍지 않았다. 하지만 설마 그의 옛 인연이 저에게 접근해 오리라고 어떻게 예측할 수 있었겠는가.

게다가 그런… 목적이라니. 아마 이런 일이 한때는 아무렇지 않았을, 김무겸의 지난 생활의 일면을 엿본 기분이 얼떨떨했다.

'그나저나 새 파트너라는 말은 뭐지? 벌써 이상하게 소문이 난 건가? 아니, 여기 입장한 지 얼마나 됐다고 벌써.'

머릿속에서 복잡하게 얽히던 이런저런 걱정과 상념은, 결국 방금 만난 대상에 대한 가장 강렬한 인상에 희석되며 사그라들었다.

'정말… 정말 미인이다.'

하준은 무겸의 어지간한 스캔들을 연도별로 기억했고, 그가 만났던 여성들 역시 파악하고 있었다. 그러나 어디까지나 사진이나 영상으로만 보았을 뿐, 그들의 실물을 맞닥뜨린 것은 처음이다. 그것도 바로 코앞에서.

축구 경기장에는 행사의 일환으로 가끔 연예인이 방문하기도 한다. 선수 시절에는 간단한 인터뷰를 해 본 적도 있다. 그때 만난 사람들도 정말 미인이라고 생각했는데 조금 전의 그녀는 옆에 앉자마자 말문이 막히고 눈 깜박이는 것도 잊어버리게 될 정도였다.

무겸은 항상 저런 사람들을 만나 왔던 것이다. 나란히 서 있는 모습을 상상만 해도 한 폭의 그림이다. 세상의 가장 아름다운 꽃으로만 엮어 만든 찬란한 꽃다발처럼 잘 어울렸다.

무턱대고 걸음을 옮기던 중, 하준은 화려한 프레임의 벽거울에 비친 저 자신을 마주쳤다. 발을 멈추고 그 앞에서 빤히 거울 속의 자신을 관찰했다.

외모에 불만도 없고, 잘생겼다는 말을 자주 듣기는 하지만 방금 만난 영화배우만큼의 압도적인 미모는 당연히 가지고 있지 않다. 비싼 슈트를 입고 있어도 김무겸 같은 카리스마 있고 섹시한 분위기를 풍기지도 못 한다.

저토록 여신처럼 아름다운 사람들만 만나던 김무겸이 평범한 저를 연인으로 삼다니.

'김무겸이 정말 나를 좋아하긴 하나 봐…….'

속으로 멍하니 중얼거리다가, 혼자 거울 앞에서 자아도취에 빠졌음을 문득 깨닫고 얼굴이 살짝 따뜻해졌다. 늘 자신만만한 김무겸을 닮아 가기라도 하는 걸까. 모르는 이와의 갑작스러운 조우에 두근대는 마음이 쉬이 가라앉지 않아 바람을 쐬고 싶어졌다.

하준은 두리번대며 걷다가 천장까지 이어지는 긴 창문으로 향했다. 손잡이를 밀자 묵직한 창이 접히듯 열리며 넓은 발코니가 나왔다.

발코니는 저택의 뒤쪽으로 뚫려 있었다. 하준은 방금 있었던 일도 잠시 잊고 감탄하며 눈을 크게 떴다. 건물 정면에서는 보이지 않던 넓은 프랑스식 정원이 밤을 밝히는 조명과 함께 눈앞에 펼쳐진 것이다.

발코니의 손님은 하준 혼자가 아니었다. 마찬가지로 바깥 공기를 마시러 나왔을 적은 숫자의 사람들이 난간에 기대어 서 정원을 바라보거나 저들끼리 소곤거리며 이야기를 나누고 있었다.

사람들을 슬쩍 둘러보던 하준의 시야에 두 남녀가 담배를 피우는 모습이 들어왔다. 하준은 무례라는 생각도 잊고, 피어오르는 연기를 물끄러미 응시했다.

무겸과 함께 살기 시작하면서는 담배를 입에도 대지 않았다. 원래도 흡연량이 많지 않았기 때문에 금연은 어렵지 않게 지속되고 있었지만, 심란해진 와중에 타인의 끽연 장면을 맞닥뜨리자 놀란 마음을 다독여 줄 연기가 갑자기 무척이나 당겼다.

"필요하면 한 대 줄까요?"

담배를 피우고 있던 남자가 말을 걸었다. 하준은 그때서야 그들을 너무 빤히 보고 있었음을 깨닫고 깜짝 놀라 고개를 저었다.

"실례했습니다. 괜찮습니다."

"사양할 것 없어요. 이런 곳에서 만나면 다 친구지."

머리를 백 스타일로 넘기고 정장을 차려입은 남자가 담배 케이스를 꺼내더니 우아한 손짓으로 한 개비를 건넸다. 하준은 조금 머뭇대다가 그것을 받아들었다.

"불은?"

"부탁합니다."

기왕 이렇게 된 것 이제 와서 사양할 일도 아니었다. 남자가 라이터를 꺼내 불을 붙였고, 하준은 가까이 다가가 연초를 빨아들였다.

금세 담배 끝이 타들어 가며 폐부 깊은 곳에 연기가 다다랐다. 술렁이던 마음이 천천히 가라앉았다. 하준은 그들에게 미소를 지어 보였다.

"감사합니다."

"뭘요. 좋은 밤을 즐겨요."

하준은 다시 난간에 기대어 서서 정원을 바라보며 흡연을 이어 갔다. 한국 것과 뭐가 다른지 담배를 만 형태며 냄새가 독특했다.

무겸에게 담배 피운 것을 들킬지도 모르겠다. 물론 그가 담배를 끊으라고 한 적은 없지만 간접흡연 같은 것은 시키고 싶지 않았고, 박 감독에 대해 말하는 내용을 들었을 때 흡연에 호의적인 태도는 아니었다.

오랜만에 담배를 물자 어릴 때 만났던 김무겸의 모습이 떠올라 소리 없는 웃음과 함께 연기를 뱉어 냈다. 그러고 있자니 시선이 느껴져 고개를 돌렸다. 조금 전 담배를 빌려준 남녀가 저를 보고 있었다.

왜 그러세요? 그런 표정으로 그들을 마주 보자 여자가 미소를 보내며 말했다.

"당신, 스타일이 멋지네요."

파티에 오면 사람들이 관대해지는 걸까? 이러나저러나 별스럽게 호의적인 평가를 많이 듣고 있었다. 아니면 옷이 날개라고, 무겸이 새로 사 준 정장과 이곳에 오기 전 손질한 헤어스타일 덕분인지도 모르겠다.

"고맙습니다."

옅게 웃으며 짧게 인사하고, 하준은 다시 정원 쪽으로 눈을 돌렸다.

긴장하고 들떴던 기분이 차분히 가라앉는 것을 느끼며 작아진 꽁초를 버릴 곳을 찾던 그때, 하준의 시야에 놀라운 풍경이 들어왔다.

⚽

하준이 앉아 있던 소파로 돌아온 무겸은 약하게 미간을 찌푸렸다. 소파에는 엉뚱한 사람들만 자리를 잡고 있었고, 주변을 이리저리 둘러보아도 가까운 곳에 애인의 모습은 보이지 않았다. 끙. 앓는 소리가 절로 나왔다.

얌전히 앉아서 기다리기로 해 놓고, 이 고삐 풀린 송아지가 어딜 간 거야? 무겸은 먼저 주변 사람들에게 물었다.

"혹시 여기 앉아 있던 동양인 남자 못 봤습니까? 얼굴이 희고 키가 6피트 정도에 굉장히 잘생겼는데요."

"아뇨. 아무도 없었어요."

무겸은 전화를 걸어 보았다. 그러나 신호만 갈 뿐, 받는 이가 없었다. 파티장은 소란스럽고 정신이 사나워 전화를 놓치기 쉬웠다.

무겸이 혀를 찼다. 오늘 파티는 규모가 제법 컸다. 건물도 넓고 복잡해 한번 갈라지면 따로 연락을 하지 않는 이상 다시 만나는 데 시간이 걸릴 터. 모르지 않을 텐데 어디까지 흘러간 것인지.

명분은 상류층의 기금 마련 파티지만 여름철 휴양지 별장에서 열리는 파티의 양상은 뻔할 뻔 자다. 점잔 빼는 척하지만 시간이 흘러 밤이 깊어질수록 점점 일탈의 본색을 드러낼 것이다. 금세 불안해진 무겸은 사방을 두리번거리며 발을 옮겼다. 그나마 키가 커서 홀을 전체적으로 둘러보기 유리하다는 점이 다행스러웠다.

"어머, 킴."

그때 누군가 알은척을 하는 목소리에 무겸은 걸음을 멈췄다. 푸른색 드레스를 입은 여자가 옆쪽에서 다가오고 있었다. 무겸은 쓴웃음을 지었다.

"클로에."

"아주 오랜만이네. 여전히 잘 지내지?"

"그럼. 지금은 바빠서 이만."

"네 새 파트너를 봤어. 잘생겼던데? 그사이 취향이 넓어졌나 봐."

짧은 인사를 마치고 자리를 옮기려던 무겸이 멈춰 섰다.

"하준을 봤어?"

"그래. 아까 저 소파에 앉아 있었어."

"어디로 갔어?"

"나야 모르지. 말을 걸었더니 가 버렸어."

"말을 걸었다고? 이상한 소리 한 건 아니겠지?"

"이상한 소리라 할 만한 이야기가 있나?"

"설마 나와 너, 예전에 만났다는 이야기 같은 것도 했어?"

"하면 안 되는 이야기였어? 언제부터 그런 데 신경 썼어?"

서로에게 질문만을 반복하다가 어깨를 으쓱하며 의아해하는 그녀의 앞에서, 무겸이 머리를 쓸어 올리며 짧게 탄식했다. 그녀의 말은 틀리지 않다. 김무겸이 언제부터 그런 부분을 신경 썼던가. 몇 년 만에 인사를 나누는 그녀가 알 리 없었다.

무겸은 더 얘기를 잇지 않고 발을 옮겼다. 물론 그녀가 따로 말하지 않아도 하준이 먼저 그녀를 알아보았을 가능성도 컸다. 유능한 이하준 코치는 저의 자잘한 스캔들까지도 모두 파악하고 있었으니까.

평범한 대화였다면 제게 말도 없이 자리를 뜨기까지 하지는 않았을 텐데 도대체 무슨 이야기를 어떻게 했기에. 그녀에게 확인해 볼 수도 있겠지만 대화를 길게 끌어가고 싶지 않았다. 괜한 과거사 따위를 듣고 또 하준이 마음을 다치거나 화가 나지는 않았을지 점점 더 불안해졌다.

저에게 말을 걸려는 사람들을 모두 무시하고 넓은 보폭으로 걸으며 파티장을 두리번거리는데 한 곳에 사람들이 모여 있었다. 뭐가 그리 재미있는지 그들끼리 깔깔 웃어 대는 중이었다. 별생각 없이 지나치려던 무겸이 우뚝 멈춰 섰다. 등을 보이고 선 남자의 뒷모습이 눈에 익었다.

가까이 다가서는 동안에도 그들의 수다는 이어졌다. 한 곱슬머리 남자가 등을 보이고 선 남자에게 물었다.

"나는? 나는 뭐 같아요?"

"팬더 아닌가요? 여기, 여기가 이렇게 까맣잖아요?"

그러자 사람들이 또 웃어 젖혔다. 무겸의 손이 등을 보이고 선 남자의 어깨를 붙들었다.

"음?"

뒤돌아본 남자는 역시나 찾아 헤매던 고삐 풀린 송아지였다.

무겸이 한숨을 쉬는데, 하준은 새하얗게 웃으며 마냥 반갑게 그의 이름을 불렀다.

"무겸아."

시야에서 사라졌던 사이 재미있는 일이라도 있었는지 까만 눈이 또렷하게 열려 반짝인다. 일단 그를 찾았다는 사실에 안심해 미소를 짓고 한숨을 쉰 무겸은, 곧 얼굴을 찌푸리고 타박을 했다.

"왜 말도 없이 자리 떴어? 걱정했잖아."

"미안해. 잠깐 바람 쐬고 싶어서 발코니에 나갔었는데……."

그때, 하준을 둘러싸고 있던 사람들이 재촉을 했다.

"준, 별명 더 안 붙여 줄 건가요?"

술에 조금 취한 듯한 한 명이 하준에게 팔을 뻗었다. 순간 무겸이 눈을 부라리며 그 손을 탁, 쳐 냈다.

갑작스러운 상황에 손을 맞은 이는 화도 내지 못하고 멍하니 무겸을 바라보았다. 평소라면 무겸에게 뭐 하는 짓이냐며 잔소리를 할 만한데, 하준은 방긋 웃는 얼굴로 그들에게 대답할 뿐이었다.

"미안해요. 동행을 찾았어요."

"다음에 또 만날 수 있으면 좋겠네요."

하준이 인사를 하자 그들은 곧 방금의 굳어 버린 분위기를 뒤로하고 웃었다. 진심으로 아쉬워하는 기색이었다. 도대체 무슨 일이 있었던 것인지, 제 손목을 잡아끄는 하준을 따라 걸으며 무겸이 물었다.

"별명이라니? 무슨 소리야?"

"별거 아냐. 사람들이 꾸미고 있는 모습이 재미있어서 분장이냐고 말을 걸었더니, 다들 자기 분장이 뭔지 맞혀 보라고 해서 답해 주고 있었어. 이런 게 가면무도회야? 저런 분장을 하고 오는 사람들이 있네."

무겸은 하준과 이야기를 나누던 이들을 돌아보았다. 턱시도를 입고 드레스를 입은 파티장의 사람들이었다. 평범한 장소에서라면 화려하다 하겠지만 이런 장소에서 분장이라 할 만큼 두드러지는 부분은 없었다.

"그렇게 특이한 차림인가?"

"원래는 너 찾으려고 돌아다니고 있었는데, 어쩌다가 붙잡혀서 이야기가 길어졌어."

정말이지 한순간도 방심할 수가 없다. 무겸은 조금 전까지 하준을 둘러싸고 있던 사람들의 면면을 노려보았다.

조금 전까지 하준을 바라보던 호감 가득한 얼굴들이 미심쩍었다. 함부로 손을 뻗어 오던 행태를 보라지. 찾는 것이 조금만 늦어졌다면 저들 중 누군가 분명 은밀한 의도를 드러냈으리라. 이런 파티에서는 그러고도 남았다.

"저놈들이 추근대지는 않았어? 너 만지거나."

"응? 아냐. 안 그랬어."

"찾아다니지 말고 전화를 하지 그랬어."

"아… 그 생각을 못 했네. 마음이 급했나 봐. 너한테 보여 주고 싶은 게 있어서."

보여 주고 싶은 것?

하준은 여전히 무겸의 손목을 잡아당기며 앞서 걸었다. 잠자코 따라가자 그는 발코니 앞에 멈춰 섰다.

무겸은 하준이 제게 무엇을 보여 주려 하는지 눈치챘다. 이 저택 뒤쪽에는 꽤 멋진 프랑스식 정원이 있었다. 높은 곳에서 내려다보면 완벽하게 조형된 정원수와 다양한 품종의 꽃들이 이룬 도형이 한눈에 들어오는, 집주인의 자랑거리였다.

그걸 봤구나 싶어 미소가 짙어졌다. 무겸은 예전에도 이곳에서 개최된 행사에 초대되어 직접 내려가 구경을 한 적 있었다. 하지만 하준이 소개해 준다면 처음 본 척 감탄할 생각이었다.

발코니 문이 열리고 아니나 다를까 넓은 정원의 풍경이 펼쳐졌다. 밤이라 전경이 세세히 보이지는 않았지만 여기저기 놓인 조명을 받아 야간에만 낼 수 있는 나름의 분위기를 한껏 뽐내고 있었다. 멋지다고 감탄할 준비를 하는데 하준이 무겸을 돌아보았다.

조명을 작게 반사하는 까만 눈이 별이 박힌 밤하늘처럼 반짝거린다. 정원 따위보다 하준의 눈동자가 훨씬 예뻐서, 무겸은 이제 이를 드러내고 웃었다. 하준이 발코니 밖으로 손짓을 했다.

"대단하지?"

"멋지네. 지금도 좋지만 낮에 보면 더 멋지겠는걸."

"그래? 밤이라서 더 신기하지 않아?"

무겸은 고개를 살짝 갸웃했다. 확실히 훌륭한 정원이지만 신기할 것까지야. 그래도 적당히 고개를 끄덕이며 장단을 맞추는데 하준이 말을 이었다.

"어떻게 밤에 무지개가 뜨지?"

이어진 말에 무겸은 눈만 몇 번 깜박였다.

"저것 봐. 저런 꽃도 처음 봤어. 꽃잎이 반짝거리잖아. 꽃에도 조명을 설치했나 봐. 내려가서 보고 싶다."

아래를 손가락질하며 다소 빠르게 이어지는 들뜬 말투. 가만히 듣고만 있던 무겸이 하준의 어깨를 잽싸게 감싸 안고, 짐짓 다정한 태도로 물었다.

"우리 꽃사슴. 술 많이 마셨어?"

"응? 아니. 샴페인 몇 잔."

"그럼 여기 나와서 뭐 했어?"

하준이 갑자기 눈치 보듯 시선을 내리깔며 목소리를 줄였다.

"…담배 한 대 피웠는데."

"담배? 가져왔어?"

"아니……. 아까 여기 있던 사람이 한 대 줬어."

하준이 가리킨 곳에 지금은 아무도 없었다. 무겸은 빈자리를 잠깐 응시하다가, 하준의 머리칼에 코를 묻었다. 킁킁 냄새를 맡자 하준이 민망한 듯 뒤로 물러선다.

"냄새 많이 나? 일부러 그렇게 맡지 마. 향이 좀 특이하더라."

흔한 담배가 아니라 마른 풀을 태운 듯한 냄새가 옅게 풍겨 왔다.

'코치님……. 담배가 아닌 것 같습니다!'

무겸은 그렇게 대답하고 싶었지만 꾹 참았다. 속이 부글부글 끓기 시작했으므로 입을 열었다가는 또 듣기 싫은 소리부터 튀어 나갈 것 같았다.

"너는 별로 안 신기한가 봐."

진기한 풍경을 보여 주고 싶어 열심히 무겸을 찾아 끌고 왔을 하준의 목소리가 조금 풀 죽었다. 그야 어쩔 수 없다. 무겸의 눈에는 밤에 뜬 무지개도 반짝이는 꽃도 보이지 않았으니까.

지금 이 자리에, 모르는 사람이 주는 사탕을 덥석 받아먹고 환각을 보고 있는 약 빤 토끼를 능가하는 구경거리는 없었다.

"아냐. 신기해. 나도 밤에 뜬 무지개는 처음 봤어."

"그치? 저기 날아다니는 건 반딧불인가? 너무 예쁘다. 꼭 동화 속 풍경 같아."

"정말 멋지다. 유니콘이 꿈나라에 갔네."

"유니콘? 어디?"

난간 밖으로 몸을 내밀고 어두운 밤의 정원에서 진지하게 유니콘을 찾는 하준을 무겸이 얼른 끌어당겼다. 홀이 1층이라 해도 구조상 긴 계단을 받치고 지어진 집이라 지상까지 높이가 제법 되었다. 못 찾고 혼자 뒀다가는 이렇게 난간 근처에서 놀다가 떨어지기라도 했을지 모른다 생각하니 등골이 다 오싹했다.

다양한 국적의 사람들이 모이는 파티장이었다. 어떤 이들에게는 일상적 유흥일 뿐 불법 행위도 아닌지라, 한여름의 사교 파티나 휴가지에서 마리화나 정도의 가벼운 마약은 담배처럼 가벼운 오락거리로 돌아다녔다.

무겸도 평소에는 다른 이들이 즐기는 데 별다른 호오가 없다. 어차피 저는 인연도 관심도 없는 물건이었기에 무심했다고 보는 편이 맞겠다. 때문에 파티에 오기 전에 하준에게 따로 주의를 줄 생각도 미처 하지 못했다.

"모르는 사람이 주는 거 함부로 받아먹지 말라고 어릴 때 어머니가 안 가르쳐 주셨어?"

"홀에서 서빙 하는 음식 말고는 안 먹었는데?"

"함부로 받아먹지도 말고, 받아 빨지도 말고."

무겸의 입술이 하준의 귓가에 가까워졌다. 말투는 상냥했으나 목소리는 서늘하게 가라앉았다.

"얌전히 기다리기로 해 놓고 그 잠깐 사이에 이러면 나는 불안해서 어떡해."

"진짜 잠깐 나왔었어……. 그리고 돌아다닌 건 너 찾으려고."

변명하는 하준을 보다가 무겸이 고개를 숙였다. 조금 토라져 버린 무겸이 아무도 없는 틈을 타 가볍게 귓바퀴를 깨물었을 때였다.

"-으, 응!"

곧바로 신음이 터져 나오더니 하준의 어깨가 바르르 떨렸다. 얼굴을 무겸에게 기대더니 눈을 급하게 깜박였다.

"아, 아으……."

본인의 얼굴에도 옅은 당혹이 서렸다. 무겸의 눈도 커졌다.

하준은 원래도 귀가 약하기는 하지만 살짝 깨문 정도로 이렇게 몸을 떨지는 않는다. 무겸이 미간을 찌푸리고, 손가락으로 흰 목선 옆을 살짝 그었다.

"앗, 하아."

다시 신음을 토하며 하준이 무겸의 어깨를 붙들었다. 그런 그의 허리를 한쪽 팔로 안으며 무겸은 손등을 흰 뺨에 얹었다. 숨을 헐떡이기 시작하는 하준의 얼굴이 뜨거웠다. 무겸이 탄식했다.

"정말 미치겠다."

"나, 나 좀 이상해……. 취했나?"

"그래. 너 취했어."

"샴페인 몇 잔밖에 안 마셨는데……?"

단순한 마리화나가 아닌 것일까? 아니면 이하준이 약빨이 그쪽으로 도는 스타일인지도.

뭐가 어쨌든 순수한 유니콘에게 그따위 타락한 물건을 쥐여 주다니. 얼굴을 보면 모르나? 척 봐도 그딴 물건과는 인연이 없이 생겼건만……. 개새끼들, 지옥에나 가 버려!

결국 얼굴 모를 사람들을 탓하며 무겸은 하준을 안은 채로 등을 쓸어내렸다. 한번 깨어난 성감이 쉽사리 안정되지 않는지 하준은 괴로운 듯 헐떡임을 멈추지 못했다. 그가 무겸을 꽉 끌어안았다. 매달리듯 어깨 뒤쪽을 붙드는 손가락의 가느다란 압력에 무겸도 가슴이 뛰기 시작해 마른침을 삼켰다.

"김무겸……."

"응. 그래."

"아, 어떡해. 나 진짜, 이상해……."

하준이 얼굴을 숙여 이마를 무겸의 목덜미에 묻었다. 낮고 작은, 그럼에도 열기를 숨기지 못하는 목소리가 무겸의 귀를 스쳤다.

"너 오늘 너무 섹시해."

"…뭐?"

"왜 이러지. 하고 싶어……."

"…뭘?"

"…거……."

"뭐라고?"

"그거… 섹스……."

하준은 그렇게 말하고는 제풀에 붉어진 눈가를 한 손으로 가렸다.

"이런 데서 갑자기……. 미쳤나 봐. 아, 미안해……."

…코치님이 미안할 일은 아니지!

무겸은 다른 잡생각을 관두었다. 어쨌든 빌어먹을 약쟁이들도 하준을 어떻게 할 의도로 약을 건네지는 않은 것 같으니 그것만으로도 일단은 다행이었다.

이런 상태가 되기 전에, 다른 누군가의 눈에 띄기 전에 만난 것도 천운이 아닐 수 없다. 이미 일어난 일을 두고 통탄해 봐야 무슨 소용이 있나. 항상 우선순위에 놓아야 하는 일은 상황을 속히 해결하는 것이다.

"이리 와."

발코니 창을 열고 무겸은 하준의 어깨를 안은 채 다시 홀로 들어갔다. 어쨌든 여기서는 아무것도 할 수 없다. 누가 언제 창을 열어젖힐지도 알 수 없는 노릇이다.

"어머, 킴. 한참 찾았어요. 조금 전에 마약 추방 캠페인 홍보 대사 일에 대해서……."

"취지에는 진심으로 동의합니다만 다음에 얘기 함께하죠. 지금 바빠서요."

무겸은 저를 붙드는 사람들을 적당히 거절하고 앞으로 나아갔다. 홀에서 정원으로 이어지는 뒷문을 열었다.

객실이 있는 2층으로 가는 것도 나쁘지 않았지만, 지금쯤이면 여러 가지 목적으로 방문한 손님들로 여기저기 만실일 광경이 보나마나 뻔했다. 장내에는 기자들도 있다. 이런 상태인 하준을 안고 문을 두드리며 빈방을 찾느니 차라리 정원으로 가는 편이 나았다.

밤의 정원은 폐쇄적이다. 또한 이 아름다운 정원에는 당연히 산책을 즐기다가 휴식을 취하거나 간단한 야유를 즐길 수 있도록 만들어진 공간도 있었다. 무겸은 정원에 들어서기 전, 보안 요원에게 중요하게 나눌 이야기가 있어 그러니 아무도 서쪽 온실 근처에 오지 못하게 해 달라며 두둑하게 팁을 건네는 것도 잊지 않았다.

“이쪽이야.”

무겸은 이제 눈물까지 글썽이기 시작한 하준을 달래 나무 그림자 안으로 파고들었다. 마음 같아서야 바로 시작하고 싶었지만 그럴 수야 없는 일. 무겸은 드문드문 하준의 뺨과 이마에 입을 맞추며, 예전에 한 번와 거닐었던 길을 감과 기억에 의지해 나아갔다.

다행히 그는 오래 헤매지 않고 밤의 정원에 숨어 있는 온실을 발견했다. 만에 하나 잠겨 있을까 봐 우려했지만 다행히 열려 있었다. 다들 빈 객실을 찾아 바삐 올라간 모양인지, 먼저 온 손님도 구경꾼도 없어 보였다.

낮에는 제법 더웠을 법한 실내가 밤이 된 지금은 열기가 식어 적당히 온화했다. 무겸은 온실 안으로 하준을 이끌었다. 닫은 문을 잠그자마자 하준을 문 위로 밀치면서 입술을 겹쳤다.

“흐읏……!”

그렇게 맞댄 입술을 느리게 문지르자 하준의 입술 사이로 허겁지겁 혀가 내밀어졌다. 꼭 빨리 빨아 달라고 말하는 것처럼. 무겸의 몸속이 순식간에 용광로처럼 달아올랐다.

“가만히 있어 봐.”

그러나 무겸은 조금 심술을 부리고 싶었다. 하준의 갈급한 사정은 충분히 이해했지만, 어쨌든 말도 없이 자리를 뜬 데다 모르는 사람에게 약을 받아 피우기까지 하는 바람에 꽁해져 버린 제 마음을 달래기 위해서.

무겸과 자신의 온도 차이를 느꼈는지 하준의 눈썹이 아래로 처졌다. 눈물이 묻어 나와 축축해진 눈으로 무겸을 마주 올려보며 우는 소리를 냈다.

"하으, 김무겸, 제발……."

"제발 뭐?"

"…키스, 해 줘……."

키스만 원하는 것도 아니면서, 이 와중에도 부끄러운지 끝내 곧바로 다른 요구를 못 하고 하준은 무겸을 먼저 끌어안아 왔다. 옷 위로도 느껴질 너른 등판의 크고 작은 굴곡을 무의식처럼 더듬었다. 무겸은 저도 모르게 피식피식 웃으며 다시 입술을 가까이 가져갔다.

몸이 달아 따뜻하게 데워진 부드러운 입술이 맞닿았다. 하준은 무겸의 호락호락하지 않은 분위기를 눈치챈 낌새였다. 아까처럼 혀를 내밀거나 급하게 굴지 않고 입만 살짝 벌리고 기다리고 있다. 무겸의 미소가 짙어졌다.

아, 귀여워. 마음 약해지게.

"응, 으읏, 흐으!"

무겸이 돌연 몸을 강하게 끌어안고 입속 깊이 혀를 밀어 넣자 하준은 파르르 몸을 떨며 신음했다. 기분이 좋은지 펠라티오라도 할 때처럼 입을 자꾸만 크게 벌리려 한다. 이하준은 좀 더 부드러운 키스를 좋아한다고 생각했는데 몸이 달았을 때는 그렇지도 않은가 보았다.

원하는 대로 더 깊게, 뒤통수를 손바닥으로 끌어당기며 거의 끝까지 혀를 내밀어 입속을 쑤셔 삽입하듯 애무했다. 안쪽 깊은 곳에 자리한 입천장을 혀끝으로 조금 힘주어 긁자 문과 무겸 사이에 끼다시피 선 몸이 벌써부터 절정에라도 오른 듯 가늘게 떨었다.

무겸은 새로 산 단정한 턱시도에 감춰진 하준의 아랫도리 앞섶을 만졌다. 완전히 발기한 것이 확연히 손에 느껴졌다. 옷 위로 만진 것인데도 크게 느끼는 듯, 하준의 숨이 더 빨라졌다. 신음과 날숨이 섞여 불규칙하고 습한 소리가 무겸의 귀를 간지럽혔다.

"하아, 읏, 아……!"

자제하려고 했지만 무겸의 몸 역시 급속히 욕구에 잠식되어 갔다. 입술을 살짝 물어 당기고, 위아래 입술의 안쪽 점막을 혀로 쓸었다. 점막에 치아가 스치자 하준이 더 크게 신음했다. 아직도 손이 닿아 있는 아래쪽이 더 팽팽해지는 것 같았다. 이러다가 키스만으로 가 버리는 것 아닌가.

무겸은 온실을 눈으로 훑었다. 한쪽 벽이 넓은 유리창으로 되어 있는, 저택의 규모에 어울리는 천장이 높고 넓으며 호화로운 공간이었다. 안타깝게도 장소의 용도가 용도인지라 침대는 없었지만 제법 긴 소파와 육중해 보이는 테이블은 침대 대신으로 쓰기에 충분해 보였다.

정말 손님이 들어와서는 안 되는 곳이라면 이런 파티가 있는 날에 개방하지 않았을 테니, 저택의 주인에게 허락 받은 놀이라고 봐도 무방하리라.

어느 쪽으로 갈 것인지 잠깐 망설이던 무겸은 하준을 안고 테이블을 향해 걸어갔다. 그러는 중에도 입맞춤은 끊이지 않았다. 하준의 등허리를 받쳐 든 채 제 몸을 굽히며 입술을 떨어뜨리지 않고 하준을 테이블에 눕혔다. 그런 뒤 고개를 들어 올리자 황망한 눈이 무겸을 올려보았다.

"모자라?"

"으, 응……."

"키스만 하다가 밤샐 순 없잖아. 우리 집도 아닌데."

'우리 집도 아니다.' 그 말에 하준이 부끄러움을 느낀 듯 시선을 떨구었다. 여러 사람이 모여 있는 파티장에서 이게 갑자기 무슨 일인지 알 수 없다는, 스스로도 제 상태를 이해하지 못하는 표정이었다.

무겸이 빠르게 하준의 바지 단추를 풀었다. 그러고 보면 서울에서도 정장 차림인 하준과 한판 벌이려다 중단했던 적이 있었다. 그때는 제 쪽이 몸이 달아 하준의 상태가 나쁜 줄도 모르고 혼자 신나서 밀어붙였었는데. 지난 일이 생각나 실소가 났다.

바지가 모두 벗겨지자 드러난 맨다리가 정원에서 비쳐 들어온 조명을 받아 희푸르고 창백하게 빛났다. 종아리 부근을 감싼 검은 삭스 가터가 유독 시야에 도드라진다. 속옷 차림이 되자 일어선 성기도 더 두드러졌다.

"우리 송아지가 오늘 발정이 났네."

자신의 재킷도 벗어젖힌 무겸이 웃으며 브리프 위로 입술을 가져갔다.

"-흐, 하아!"

그리고 무겸의 눈이 곧장 커졌다.

발기한 성기를 얇은 천 위로 꾸욱 누르며 귀두 부근을 혀로 쓸자마자, 갑자기 하준의 몸이 한 번 들썩 움직이더니 더 무엇을 할 새도 없이 순식간에 앞섶이 젖기 시작한 것이다.

"으응, 아으읏, 아……!"

"아니… 아직 아무것도 하지도 않았는데."

아까부터 일어서 있었으니 참다 참다 터진 사정이었다. 무겸이 브리프를 끌어 내렸다. 방금 흘러나온 하준의 정액이 끈적하게 묻어 늘어졌다.

속옷을 발목 아래로 벗겨 냈다. 희고 탁한 액체가 묻은, 여전히 일어서 있는 성기를 혀로 닦아 내며 물었다.

"키스할 때는 어떻게 참았어?"

"아! 아, 읏! 바지, 버릴까 봐……."

"손대기가 무서워서… 못 하겠는데."

그렇게 말하면서도 무겸은 거리낌 없이 혀를 내밀어 젖은 성기를 진하게 쓸어 올렸다. 사타구니 여기저기 어제 만들어 아직 사라지지 않은 키스 마크가 남아 있었다.

사라져 가는 무늬를 다시 새기듯이 흔적 위에 입술을 묻고 빨아올렸다. 테이블 위에 올라간 허리가 퍼뜩 뛰며 허공으로 늘어진 정강이와 발끝까지 힘이 들어갔다. 입술을 조금씩 미끄러뜨려 새 울혈을 만들 때마다 무겸의 머리 위에서 자극적인 신음이 터지고 손에 붙든 골반과 허리가 꿈틀거렸다.

누운 하준의 재킷을 벗기고 셔츠 단추를 하나하나 풀어 내렸다. 벌어지는 옷깃 사이로 속살이 유혹적인 색을 드러냈다. 버튼을 다 풀 때까지 기다리지 못하고 무겸이 그 틈으로 손을 넣어 유두를 만지고 맨살을 훑었다. 그것만으로도 허벅지 안쪽에 힘이 들어가는지 하준은 다리를 모으며 덜덜 떨었다.

"흐, 아, 뭐야, 뭐지……. 나 오늘 왜… 왜 이러지……."

"글쎄. 왜 그럴까?"

무겸이 혀를 내밀어 귀 위를 길게 핥았다. 자극이 버거운 듯 하준이 그의 혀를 피해 고개를 돌렸다.

"코치님 생각에는 왜 그런 것 같아?"

"흐읏, 모르겠, 어… 아아!"

무겸은 책상 아래로 늘어진 다리를 어깨 위로 올리고 곧바로 뒤로 손을 가져갔다. 손이 스치는 것만으로도 입구가 움찔움찔 조이며 재촉을 했다.

윤활제로 쓸 만한 것이 없다는 것을 깨닫고 무겸이 미간을 찌푸렸다. 홀에서 오일 따위라도 얻어 왔어야 했는데. 속으로 낭패를 곱씹으며 입구를 문지르는 동안 하준은 허리를 떨며 신음을 흘리고 있었다.

"후아, 아, 김무겸, 해 줘……."

“해 줘? 뭘?”

“흣, 지금, 지금…….”

“지금 바로 넣으면 다쳐.”

하준이 고개를 저었다.

“괜찮, 아. 흐윽, 아, 괜찮아. 제발…….”

“벌써 한 번 뺐는데도 그래?”

괜찮기는. 무겸도 초조한 한숨을 쉬었다. 정원에 내려오기도 전부터 앞이 빠근해진 것은 저도 똑같았다.

하지만 하준이 지나치게 흥분한 이럴 때야말로 조심해야 했다. 보기보다 과격해질 때가 종종 있으니 성급하게 자신을 몰아갈 수도 있었다. 이럴 때 둘 다 분위기에 휩쓸렸다가는 다칠 수도 있고…….

“내, 내가 풀게.”

“-됐어.”

고민하는 사이 하준이 손을 엉덩이 사이로 가져가는 것을 보고, 무겸이 황급히 손목을 붙잡아 올렸다.

“지금 같을 때 네가 했다가는 피 본다.”

무겸이 하준의 입술 위에 손가락을 얹었다.

“적셔 봐.”

곧바로 입이 벌어졌다. 조금 전 키스의 여운이 남은 입 안이 매끄럽게 중지와 약지를 빨아들였다. 속살이 촉촉하고 따뜻했다.

평소에도 입 안이 예민한 하준이다. 처음에는 소리를 내어 빨고 혀를 굴려 손가락을 핥던 그는 곧 입만 벌린 채로 눈물을 글썽였다. 마디 굵은 긴 손가락 두 개가 입속을 문지르는 느낌이 힘겨운지 혀를 제대로 움직이지 못했다.

"제대로 적셔야지. 왜 하다 말아."

"우읏, 하으, 읍……!"

무겸은 웃으며 손가락을 앞뒤로 움직여 입 안을 느리게 쑤셨다. 감각이 곤두선 혀가 덜덜 떨리고, 맑은 타액이 입술 밖으로 흘러내렸다.

이거 말고… 더 꽉 차는 것. 하준은 멍해진 머리로 문득 그렇게 생각하고, 저 자신에게 놀라 눈을 크게 떴다.

무겸의 눈매가 조금 가늘어졌다. 입속을 헤집는 그의 표정에도 타 버릴 듯 뜨거워진 욕망이 고스란히 내비쳤다. 그는 마치 하준의 생각을 읽기라도 한 듯 몸을 숙였다. 말도 없이 훅 다가와 짓누르듯 입술을 비비는 키스를 하준은 앓다시피 받았다. 무겸이 손을 내려 그 자신의 바지 앞을 푸는 기색이 느껴졌다.

무겸이 무릎을 테이블 위에 딛고 불쑥 위로 올라왔다. 하준의 얼굴 앞에 불현듯 열기가 선연한 굵직한 살 기둥이 가까워졌다.

강요할 생각은 없는지 무겸은 성기를 무턱대고 입에 들이밀거나 문질러 대지는 않았다. 그러나 하준은 무겸이 다른 말을 하기도 전에 입을 벌렸다.

"으, 읍……!"

떨리는 혀를 꾹 누르며 입 안을 버겁게 채워 드는 질량, 안쪽에서 꿈틀대며 점막을 온통 두드리는 맥동에 하준이 신음했다.

때때로 목구멍까지 제 것을 밀어 넣기도 하는 무겸은, 오늘은 느리고 짧게 허리를 저었다. 오히려 안달이 난 사람은 하준이었다. 가만히 누워 입 안을 찌르는 성기를 받기만 해도 힘들 텐데 자꾸만 고개를 들어 무겸의 것을 더 깊게 삼키려 들었다.

무겸이 신음했다. 아니, 실소를 하는 것도 같았다. 그가 천천히 허리를 눌렀다. 입술 안쪽에 걸쳐 있던 귀두가 입 안의 여린 살을 긁으며 주르르 느리게 미끄러져 들어왔다. 입천장을 쓸며 나아간 두꺼운 귀두가 기어코 목구멍까지 밀려들자, 테이블 위에 누운 하준의 몸이 가볍게 들썩 튀어 올랐다가 가라앉았다.

무겸은 평소처럼 입 안에 허릿짓을 하지 않았다. 깊이 넣었던 것을 금세 빼내고 몸을 뒤로 물렸다.

"하, 하아, 아, 아-."

입이 자유로워진 하준이 울듯이 신음을 뱉어 냈다. 무겸이 그를 안고 머리를 쓰다듬었다.

"괜찮아?"

"하읏, 응… 응."

하준이 고개를 끄덕였다. 무겸의 어깨를 쥐어짜듯 붙들고 몸을 비틀었다. 짧은 구음에 입속과 목구멍을 자극받은 것만으로 그가 또 한 번 사정한 것을 안 무겸은, 흥분을 가라앉히려는 것처럼 몇 번씩 한숨을 쉬었다.

테이블 아래로 완전히 내려선 무겸은 젖은 손가락에 하준이 내보낸 체액까지 적셨다. 축축한 손가락이 곧바로 뒤에 닿자, 아까보다 더 예민하게 느껴지는 접촉에 하준이 이를 악물며 목을 길게 젖혔다. 무겸의 얼굴에 쓴웃음이 떠올랐다. 중지와 약지를 바로 몸속에 밀어 넣으면서 혼잣말을 씹었다.

"경우 없는 새끼들한테 휘둘리는 것 같아서 열 받지만… 꼴리기는 하네."

"흐, 으으, 앗… 아, 흐아!"

손가락이 들어오자마자 하준의 온몸에 찌르르 쾌감이 전류처럼 흘렀다. 아직 느끼는 곳을 누르지도, 앞뒤로 움직이며 안을 쑤시고 있지도 않은데도 그는 마치 한창 피스톤질을 할 때처럼 정신없이 신음하며 스스로 허리를 흔들었다. 무겸이 짧게 웃는 소리가 들린 것도 같았지만 수치심을 챙기기보다도 지금은 기이하리만치 몸을 태우는 욕구를 어서 해결하고 싶었다.

무겸의 손가락이 느릿하게 움직이며 뜨거워진 점막을 사방으로 헤집고 문질렀다. 손가락이 몸 안쪽 곳곳에 닿는 느낌에 눈물이 솟았다. 눈을 깜박이는 하준의 뺨 위를, 무겸이 나머지 한쪽 손이 가볍게 쓸었다.

"하준아, 이하준."

"응, 으응."

"네가 오늘 몸이 너무 달아서 뒤가 금방 풀렸어. 넣어도 될 것 같다."

"그럼, 하아, 빨리……."

"그러니까 다시 한번 말해 봐. 뭘 어떻게 해 달라고?"

하준이 당황하여 무겸을 보았다. 그는 여전히 웃는 얼굴이었다. 조금쯤 장난기가 어린, 정확히는 치미는 욕구를 장난기로 누르느라 애쓰고 있는 얼굴.

하준은 억울해져 앓는 소리를 냈다. 저는 지금 자제가 되지 않아 미칠 것 같은데 김무겸은 그렇지 않은 것 같았다.

"우리 예전에 이야기했는데. 앞으로는 똑바로 말하기로."

"뭐, 뭘……."

"모르는 척하지 마."

무겸이 제 성기를 입구에 꾹 누르며 문질렀다.

"아흑!"

뜨겁게 익은 입구가 원하는 것의 감촉과 부피감을 느끼고, 소란을 떨며 쾌감을 끌어내려 들었다. 몸속의 빈 공간이 벌벌 떨렸다.

빨리 채워달라고, 평소처럼 안을 문지르고 찔러 달라고 몸이 애원하는 느낌이 너무나 생생했다. 하준은 저도 모르게 입술을 깨물었다. 몇 잔의 샴페인에 취한 것이라면 차라리 정신도 같이 날아갈 일이지, 왜 몸만 이렇게 맛이 가고 의식은 남아 있어 부끄러움을 느껴야 하는지 불합리했다.

그의 질문에 대답하지 못하고 입술을 달싹대는 사이에도 무겸의 것은 구멍 위를 위아래로 진득하니 문질렀다. 뒤를 적신 체액이 성기에도 묻어 작게 습기 찬 소리가 났다. 입구가 입이라도 된 것처럼 뻐끔거리는 움직임이 선명했다.

몸이 너무, 터질 것처럼 뜨거웠다. 입술 옆으로 흐른 타액처럼 아무렇게나 신음을 흘리던 하준이 더 참지 못하고 울먹이며 말문을 열었다.

"흐, 으흑, 넣어 줘……."

"뭘?"

"네 거, 그거……."

"분명히 예전에 약속했어. 꼭 집어서, 정확하게 말하기로."

두툼한 귀두가 마치 곧 들어올 듯 입구를 꾹 눌렀다. 하준의 숨이 가빠졌다.

"아아, 하아아……!"

"어서. 여기 우리 집 아니잖아. 우리 지금 굉장히 실례하고 있어. 빨리 하고 가야지."

제 다리를 붙잡고 있던 하준의 양손이 무겸에게 잡혀 아래로 당겨졌다. 종아리가 무겸의 어깨에 닿았다.

얼굴이 벌게진 하준은 결국 흐느끼다시피 무겸이 요구하는 답을 말했다.

"윽, 네… 좆……."

"응."

"넣어… 줘……."

무겸의 턱에 단단하게 힘이 들어갔다. 목 근육이 곤두섰다. 견갑골과 기립근, 흉곽 근처에서 울렁이는 그림자가 흰 드레스 셔츠 위로 모두 비쳐 보였다.

하준의 말이 끝나기가 무섭게 무겸은 허리를 밀었다. 아까부터 터질 듯 곧추서 있던 몽둥이 같은 것이, 달아오른 몸속을 가득 채우며 미끄러져 들어갔다.

"……!"

넣어 달라 애원하던 것임에도 하준은 목소리도 제대로 내지 못하고 고개를 젖혔다. 벌어진 입과 위를 향한 턱만 조용하게 떨렸다. 아까부터 배어 나오던 눈물이 옆머리를 적실 때까지 길게 흘렀다.

좁은 내벽을 강제로 벌리는 첫 삽입은 언제나 고통과 쾌감 사이 어디쯤에 있는 강렬한 감각을 불러 왔지만 오늘은 평소에 비할 바가 아니었다. 두툼한 귀두가 예민한 입구에 진입하고 기둥 부분이 몸속을 밀고 들어오는 내내, 전신의 신경이 불타는 것만 같았다. 손발 끝까지 찌릿거렸다.

성기 위로 돋은 핏줄 따위의 요철이 내벽을 긁어 올리는 감각 또한 여느 때보다 크게 느껴져 숨이 턱턱 막혔다. 하준은 아무 말도, 작은 신음조차도 함부로 뱉을 수가 없었다.

"크읏……."

천천히, 제 것을 끝까지 밀어 넣은 무겸도 참았던 숨을 내쉬었다. 확실히 평소와 달랐다. 하준의 몸은 언제나 최고지만 오늘은 분명히 더 바쁘고 더 뜨겁고, 더 집요하게 쾌감을 추적하려 들며 내벽이 꾸물거리고 있었다.

"하, 하악, 으… 흐아……."

무겸의 움직임이 멎자 하준도 그제야 미뤄 두었던 호흡을 바삐 이어 갔다. 질식에서 막 빠져나온 사람처럼 급하고 흐트러진 숨을 쉬었다.

무겸은 하준이 어느 정도 진정할 때까지 잠시 기다렸다. 미간을 가볍게 찌푸리고 숨을 고른 다음, 이번에는 허리를 뒤로 물렸다. 빠져나가려는 살 기둥을 내벽이 한층 뜨겁게 조여 물었다. 부푼 점막이 부드럽게 쓸려 내렸다. 그러자 하준이 기겁을 하며 고개를 저었다.

"흐아, 아, 아으, 아, 안, 돼, 아흣, 안 돼……."

"안 돼? 하아, 뭐가?"

"움직이면, 아, 움직, 이지 마아, 흐, 으!"

"박아 달랄 땐 언제고, 안 움직이면, 섹스를, 어떻게 해?"

"앗… 하아, 안, 돼, 아! 아아!"

무겸은 무슨 소리를 하냐는 듯 더 유예를 두지 않고 허리를 느릿하게 앞뒤로 밀고 당겼다. 움직이지 말라는 하준의 말이 무색하게, 뒤는 평소보다 부드럽게 풀려 있어 힘을 실어 쳐들어갈 때는 딱 맞게 벌어졌고, 빠져나올 때는 물건을 꽉꽉 조여 무는 움직임이 자연스러웠다. 몸이 괴로워하는 반응을 보이지 않으니 추삽질도 점점 빨라졌다.

무겸의 호흡도 그 속도에 맞춰 거칠어졌다. 성기를 씹듯이 조이는 안쪽이 좋은 것은 물론이고 시각적으로도 지나치게 흥분됐다. 재킷이야 벗겼다지만 셔츠는 대충 단추만 풀었을 뿐 아직 하준의 몸 위에 걸쳐져 있었다.

이런 건 처음 해 본다며 어색하게 착용하던, 흰 종아리 위의 검은 삭스가터도 무척이나 섹시하게 느껴졌다. 이런 일이 생길 줄 알고 선물한 건 아니었는데. 얼굴 근처에서 흔들리는 무릎을 진득하게 핥자 안이 더 조여들었다.

무겸이 허리를 칠 때마다 하준은 자지러지며 몸을 비틀었다. 붙들었던 손목을 놓고 무겸은 하준의 허벅지를 바짝 끌어당겨 제 가슴팍에 붙였다. 발목을 잡아 다리를 벌리고 더 깊이 안쪽을 쑤셔 들었다. 비명을 울리던 하준이 도리질을 치다가 입술을 깨물었다.

"으으읏, 으응, 흐아, 흣……!"

벅찬 쾌감을 조금이라도 통제하고 싶은 듯 하준은 고의로 억누른 신음을 흘렸다. 발갛게 달아오른 얼굴이나 경련하는 몸 여기저기, 일부러 만든 것도 아닌데 곳곳에 열꽃이 피어나 그가 느끼는 쾌감의 크기를 보여 주었다.

짜릿했다. 무겸이 몸을 숙여 책상 위에서 흔들리는 몸을 안았다. 어깨 위로 올려놓은 다리가 함께 기울어 하준은 거의 몸이 반 접히다시피 무겸을 받아들여야 했다. 서로에게 밀착하고 몇 번째인지 모르게 깊은 곳을 짓누르며 들어갔을 때, 하준의 신음에 어느 순간부터 다른 소리가 섞였다.

처음에는 잘못 들었나 싶어 무겸은 느린 허릿짓을 이어 가다가, 착각이 아님을 알고 몸을 일으켰다.

"…왜? 뭐가 그렇게 재밌어?"

하준은 웃고 있었다.

무겸이 허리를 밀어 내벽을 쓸고 안쪽을 세게 찍어 누르면 온몸을 떨며 끙끙 신음하다가도 그가 허리를 무르면 곧 키득거렸다.

홍분으로 붉게 달아오른 뺨이나 젖은 눈매는 성감에 몸이 한창 무르익어 있음을 분명히 보여 주고 있는데, 하준은 자기도 참을 수가 없다는 듯 입을 제 손으로 막아 가며 큭큭 웃고 있었다. 무겸이 미간을 약하게 찌푸리며 일부러 퍽, 허리를 강하게 쳐올렸다.

"왜 웃어?"

"아! 흣……!"

성기가 배 속 깊이 박혀 들자 하준은 몸을 들썩이며 신음했으나 잠깐이었다. 무겸이 허리를 뒤로 당기자 그는 다시 웃기 시작했으니까.

"왜 그래? 또 뭐 신기한 거라도 보여?"

"흐읏, 아니야, 좋아서……."

"좋아? 뭐가?"

"기분이……. 네가 안에서 움직이니까, 간지러운 것도 같은데… 좋아……."

허. 그 말에 이번에는 무겸이 뭉근하게 골반을 돌리며 헛웃음을 쳤다.

"기분 좋아서 웃음이 나?"

"응, 흐, 하하, 가, 간지러워."

"오늘 아주 귀엽네, 우리 송아지. 좆질을 하는데 간지럽다며 웃고."

무겸의 손이 하준의 뺨을 토닥거렸다. 하준이 그 손을 붙잡고 제 뺨을 문질렀다.

"으응, 김무겸……. 좋아, 너무 좋아."

"허리 돌려 주는 게 좋아?"

"아니. 무겸이 네가 좋다고."

그 말에 무겸의 입에서도 웃음이 튀어나왔다.

"다시 말해 줘."

"너 좋아해……."

무겸의 입가에 더 큰 미소가 걸렸다.

"나도 좋아해. 정말로… 미치게 좋아해."

무겸은 하준의 양쪽 뺨에 손을 얹고 눈이 가는 대로 입맞춤을 하다가, 또 고개를 들어 누운 얼굴을 가만히 마주 보았다. 미소 지은 그대로 눈썹 사이가 얕게 좁혀졌다.

"귀엽긴 한데… 이게 웬 알지도 못하는 놈이 준 약 때문이라 생각하니 좀 열 받아."

"응……?"

얼굴을 잡았던 손이 하준의 어깨맡을 눌렀다. 잠시 멈췄던 허릿짓이 아까와 비교할 수 없이 빨라졌다. 퍽퍽, 살을 때리는 둔탁한 소리가 쉴 틈 없이 빠른 속도로 넓은 방을 시끄럽게 만들었다.

"흐, 으읏! 하아! 아아!"

"약빨이, 흣, 제대로, 도나 보다."

"아, 아아아! 하, 악!"

신음 사이사이로 튀어나오던 웃음소리도 사라졌다. 간지러움을 닮은 쾌감을 느끼던 몸은 이제 채찍질 같은 강렬한 감각에 덜덜 떨었다.

하준이 연거푸 신음을 쏟아 냈다. 제법 커다랗고 무거운 테이블까지 덩달아 덜컹거릴 정도로 몰아닥치는 무겸을 더 버텨 내지 못하고 하준의 성기가 다시 한번 정액을 제 몸 위로 뿌렸다. 동시에 무겸도 하준의 몸속 깊이 사정했다. 빡빡한 느낌이 조금 남아 있던 내벽이 완전히 질척하게 젖었다. 상체 위로 흐트러져 있던 셔츠 위에도 체액이 튀어 번졌다.

"아, 으, 흐으윽……."

"코치님이 지금 웃을 때가 아니야."

무겸이 탄식하는 어조로 말하며 책상에 누운 등과 엉덩이를 훌쩍 받쳐 들었다. 이미 제 상체에 딱 붙어 있던 몸을 안아 들자 곧바로 두 다리가 허리 뒤로 감겨들었다. 유니콘이 코알라로 변한 형국이었다.

하준을 안아 든 채로 무겸은 한쪽 벽을 향해 걸어갔다. 낮에는 햇볕이 쏟아져 들었을 유리벽이었다. 삽입을 풀지 않고 걷는 사이, 발걸음을 옮길 때마다 안쪽을 찔리는 하준이 무겸의 어깨에 얼굴을 파묻고 끙끙 앓았다. 무겸은 그런 하준을 고쳐 안고, 그가 창밖을 볼 수 있도록 몸을 돌린 뒤 물었다.

"지금도 무지개 보여?"

하준이 젖은 얼굴을 들어 무겸의 어깨너머로 바깥을 보고는 고개를 저었다.

"아니……. 없어졌어."

"다른 것도? 아무것도 없어?"

"무지개는 없는데, 꽃이, 막 날아다녀……."

무겸이 한숨 섞어 실소했다.

"꽃? 꽃이 하늘을 날아다녀?"

"응. 예, 예쁘긴 한데… 꽃이 왜 날아다니지?"

드디어 바깥 풍경에 위화감을 느끼기 시작한 하준이 의문형으로 중얼거렸다.

어쨌든 그렇게 환상적인 풍경을 보고 계시다니 약 기운이 깨기 전까지는 계속 감상시켜 드리는 게 도리일 듯하다. 무겸은 잘게 허리를 흔들며 질문을 이어 갔다.

"그러게, 이상하지. 왜 꽃이 날아다닐까?"

"하, 으, 모, 모르겠, 어. 흐읏, 누가, 위에서, 뿌리나……?"

"그런데 이하준. 내 눈에는 안 보여."

"정, 말? 흣, 왜……?"

무겸이 안아 들고 있던 하준을 내려놓았다. 발이 땅에 닿았지만 떨리는 다리는 제대로 몸을 지탱하지 못하고, 하준은 여전히 팔을 무겸에게 걸치고 몸을 기댔다.

몸 깊이 틀어박혀 있던 성기가 안쪽에서 멋대로 각도를 바꾸며 점막을 찌르다가 바깥으로 미끄러져 나왔다. 하준이 몸서리를 쳤다.

"너 지금 약 빨고 취했어."

"약?"

"아까 네가 피운 거 담배 아냐."

그제야 하준의 눈이 커다랗게 벌어졌다. 충격을 받은 듯 입술을 여닫기를 몇 번 반복하더니 떨리는 목소리로 물었다.

"어……? 약? 설마… 마약?"

"가벼운 종류 같지만."

"말도 안 돼……."

조금 전까지만 해도 달아올랐던 얼굴이 창백해진다. 상황을 알려 주려 한 것이지 딱히 놀라게 하려고 말한 것은 아니었기에 무겸은 얼른 뺨에 입을 맞추며 그를 달랬다.

"걱정하지 마. 담배처럼 피웠으면 가벼운 거야. 약 기운 깨면 괜찮아져. 아무렇지 않은 사람도 있는데 코치님이 이런 데 조금 약한가 봐."

"마, 마약은 범죄잖아……."

"괜찮아. 아무도 신고 안 해."

"어, 어, 어쩌지. 아……. 어쩐지 맛이 이상하다고 생각은, 했는데……."

법 없이도 살 이하준에게 연유를 몰랐다고 해도 자신이 약을 했다는 말은 너무 충격적이었던 것일까. 그는 어쩔 줄 모르고 눈가를 떨다가 현실을 부정하고 싶은 듯 무겸의 어깨에 얼굴을 푹 묻었다. 그러다가 눈언저리만 빠끔 들어 올려 바깥을 보고는 중얼거렸다.

"꽃이 계속 보여……."

"예뻐?"

"…응."

"기왕 보이는 거니까 많이 봐. 약빨 떨어지면 못 봐."

그 말에 무엇이 서러운지 갑자기 눈물을 뚝뚝 떨어뜨린다. 무겸은 하준의 등을 토닥였다.

"고의가 아니었다는 건 알겠는데, 그래도 모르는 사람한테 함부로 약을 받아 피운 건 오늘 코치님이 잘못한 것 같습니다."

"…맞아. 잘못했어……."

"그 사람들이 나쁜 사람들이었으면 어쩔 뻔했어? 우리 애인님은 나 불안하게 하는 일은 안 하겠다고 했었는데, 아니야?"

"응. 네 말이 맞아……. 내가… 잘못했어."

놀라 경직한 탓에 도리어 안정되었던 하준의 숨결이 조금씩 가빠졌다. 그러다가 발개진 시선을 무겸에게로 끌어올리며 다시 한번 말한다.

"미안. 잘못했어……."

무겸이 가만히 하준을 마주 내려다보았다. 그는 잠시 말이 없었고, 고개를 살짝 갸웃 기울이고 짧게 생각했다.

그리고 뭔가 결론을 내린 듯, 씩 웃고는 하준의 엉덩이를 주물렀다. 볼기를 벌리고, 정액이 흘러나와 축축해진 구멍을 손가락으로 쓰다듬었다. 엉망으로 젖은 채 일어서 있는 성기를 쓸어 올리기도 했다.

"아으읏……."

"잘못했어?"

"응, 잘못했어… 잘못했어."

"코치님, 벌 받고 싶구나?"

"으응……? 아니, 아닌데……."

"아니야? 그런데 코치님이 잘못한 거니까 오늘은 내가 코치님 벌주려고. 싫어?"

"아니, 안, 안 싫어……."

"안 싫으면, 그럼 좋다는 뜻이네?"

무겸이 쪼듯이 입맞춤을 했다. 쪽쪽 소리가 나는 베이비 키스를 주고받으며 볼기 사이로 손가락을 깊이 밀어 넣었다 빼내기를 되풀이했다. 으으응. 하준이 입술을 맡긴 채로 앓는 소리를 냈다.

한참 동안 입을 맞추던 무겸이 하준의 몸을 돌려세워 양 손목을 붙잡아 머리 위로 올렸다. 유리 벽에 손목이 딱 붙었다. 하준은 양팔을 들어 올린 채로 유리창에 달라붙다시피 서서 밖을 바라보는 모습이 되었다. 무겸이 손을 놓고 귓가에 속삭였다.

"어릴 때 이런 벌 받아 봤지? 벽 보고 손 들고 가만히 서 있기."

"어, 으응……."

멍하게 고개를 끄덕이는 하준의 자세를 조금 고쳐 잡아 준 다음, 무겸의 양손이 곧바로 흰 볼기를 잡아 벌렸다. 갑작스러운 행위에 하준이 반사적으로 허리를 흔들자 무겸은 엉덩이를 찰싹찰싹 가볍게 두드렸다.

"아흣… 아!"

"벌 받는 중이라니까. 가만히 있어야지."

"응, 으응."

골반을 가볍게 잡아당기자 창에 딱 붙어 서 있던 하준이 몇 걸음 비틀비틀 물러서며 엉덩이를 내밀었다. 하아, 하준의 숨이 벌써부터 가빠지고 있었다.

무겸은 엄지손가락으로 입구 위를 꾹꾹 누르며 상태를 확인했다. 몇 분 전까지만 해도 두꺼운 성기를 품고 꿰뚫렸던 뒤는 다시 풀 것도 없이 아직 부드러웠고, 흘러나온 정액으로 축축하게 젖어 있었다.

검지와 중지를 밀어 넣어 몇 번을 쑤시자 곧바로 들뜬 신음이 터져 나왔다. 뒤를 잠시 휘저은 무겸이 제 성기를 붙들고 귀두를 입구에 맞춘 뒤, 골반을 더 끌어당기며 허리를 밀어붙였다. 단단하고 울퉁불퉁하게 일어선 성기가 살갗에 뜨겁게 들러붙는 내벽을 단숨에 가르고 들어갔다.

"아으! 흐으으, 으읏……!"

긴 신음이 터져 나왔다. 하준은 그 끝에 거친 숨을 몰아쉬었다.

"하으, 아, 하아아, 아……."

이미 열린 몸이라 그리 충격이 크지 않을 것 같은데도 하준은 엎드린 등을 낮추며 바들바들 떨었다.

살짝 때렸는데도 옅게 달아오른 예민한 흰 피부, 몸을 지탱하느라 힘이 들어가 미끈한 근육이 두드러진 허벅지 뒤쪽이 무겸의 눈에 들어왔다. 보는 것만으로도 이가 갈리고 아랫도리가 불뚝거렸다. 무겸은 하준의 허벅지부터 엉덩이까지를 부드럽게 쓸어 올리고 등을 덮고 있는 셔츠 자락을 밀어 올렸다.

드레스 셔츠가 주름져 올라가며 흰 등 위, 척추를 따라 팬 길고 깊은 골짜기가 드러났다. 단단하면서도 늘씬하게 자리 잡은 기립근이 푸른기 섞인 그림자를 만들며 꿈틀대고 있었다.

무겸이 크게 숨을 들이쉬자 갑주 같은 맨몸이 부피를 늘리며 셔츠가 팽팽해졌다. 무겸은 한 손으로 제 셔츠 단추를 툭툭 풀어 내리며, 조곤조곤 하준이 해야 할 일을 알려 주었다.

"코치님. 지금부터 내가 쌀 때까지 박을 거니까."

"후으, 으, 응."

"손 내리지 말고 버티기야."

"하아! 앗, 아아!"

뒤로 물러나는 성기를 찐득하게 붙잡는 내벽의 감촉에 무겸은 입술을 핥았다. 귀두만 걸칠 정도로 허리를 뺐다가 세게 쳐올렸다.

"흐아아!"

"큭……."

몸과 몸이 부딪히는 소리가 크게 났다. 하준이 허리를 더 앞이나 뒤로 빼지 못하도록 골반을 단단히 붙잡고, 무겸은 가차 없이 흰 엉덩이를 쳐올렸다. 단단한 치골과 허벅지 상부가 엉덩이에 맞부딪힐 때마다 볼깃살이 살짝 퍼졌다 돌아오는 모습이 눈에 보일 정도였다.

거칠게 처박히는 단단한 살 몽둥이를 받으며 잠시간 버티던 하준은 곧 울먹이기 시작했다. 허리와 다리가 벌써부터 후들후들 떨렸지만 골반을 틀어쥔 손아귀와 몸을 꿰뚫어 올리다시피 하는 성기 때문에 하준은 주저앉지도 못하고 있었다.

"흐아! 아, 아읏, 아앗! 잠깐……! 아, 잠깐, 만……. 앗, 아!"

"하아, 쌀 때까지, 후읏, 박는다고, 했잖아."

"읏, 아아, 아, 아아아!"

벌이라는 말이 아쉽지 않을 정도로 빠르고 강하게 안을 두드렸다. 찍어 들면 들수록 안쪽은 점점 더 뜨겁고 끈적하게 좁아진다. 무겸의 입에서도 거친 숨이 마구잡이로 튀어나왔다.

하준의 몸이 곧 무너질 듯 경련했다. 흔들리던 성기 끝에서 또다시 정액이 후드득 떨어졌다. 자꾸만 닥치는 절정을 추스를 새도 없이 몸속이 휘저어진다. 하준이 울면서 고개를 세차게 저었다. 머리 위로 치켜들려 창에 붙어 있는 손이 절박하게 유리를 긁다가 제 두 손을 겹치며 깍지를 꼈다.

"으, 흐! 그만……! 그, 만, 잘못, 흐아! 이제, 이제 절대… 안 할……! 읏, 으!"

"당연히, 절대, 하면, 후우, 안 되지, 마약이잖아. 응?"

콱, 제 것을 뿌리까지 깊이 때려 박으며 무겸은 팔을 앞으로 감아 어느새 사선으로 기울어진 하준의 몸을 일으켜 세웠다.

무겸의 체중에 떠밀려 하준은 창에 더 가까이 다가가 붙었다. 허리를 뒤로 빼고 서 있던 조금 전과는 달리 몸의 거의 일직선으로 유리에 밀착했다.

뜨거운 피부가 차가운 유리에 맞닿자 하준이 몸을 움츠렸다. 바짝 일어선 유두도, 몇 번을 사정하고도 여전히 서 있는 성기도 유리에 부딪히고 뭉개졌다.

단단하고 매끈한 한기에 떠는 몸을 무겸이 뒤에서 덮었다. 어느새 셔츠를 벗어젖힌 그의 온몸에서 열기가 발산되고 있었다. 칼로 조각한 듯 날카로운 부분과 찰흙을 덩어리로 다듬어 붙인 듯 두툼한 근육이 조화를 이룬 상체가 완전히 드러났다. 그 몸의 전면이 하준의 등에 맞붙었다. 굵직한 팔은 허리를 감싸 안았다.

유리로 된 벽은 수풀로 덮인 바깥 풍경을 고스란히 비추었고, 밖에서 섹스를 할 때와 별 차이 없는 기분을 불러일으켰다. 하준이 헐떡이며 고개를 저었다.

"안 돼. 누가, 누가 봐……."

"아무도 없어. 밖에서 하는 거 좋아하잖아."

"유리, 더러워져서, 아안… 돼……. 여기, 우리 집도, 아닌, 데……."

"괜찮아. 돌아갈 때 관리인한테 팁 좀 더 주면 돼."

헛것을 다 보는 와중에 바지를 버릴까 봐 사정을 참고 남의 집 유리가 더러워질까 봐 걱정을 하고.

"하긴, 그런 너니까, 하아, 약 빨았다는 게, 충격이겠지?"

"하으윽! 아, 아아!"

무겸은 하준을 유리와 제 몸 사이에 끼우듯 짓누르고 아래에서 위로 푹푹 찔러 올렸다. 삽입이 점점 깊어지자 하준은 다리가 떨리는 와중에도 자꾸만 발끝을 들어 압박감을 줄이려 들었다.

창에 붙어 있던 흰 손이 주륵 미끄러지며 무겸의 허벅지를 밀어낸다. 무겸이 허릿짓을 멈추고 하준의 귓가에 속삭였다.

"후우… 손 내려왔습니다. 코치님."

"우읏, 으으, 흐……!"

"손 내려왔어요."

하준이 훌쩍이며 손을 다시 머리 위로 치켜올리는 모습을 무겸은 가만히 바라보았다. 뼈마디가 두드러지면서도 선이 곱고 단정한 흰 손이 흠칫대고 떨면서 유리 위를 기어올랐다.

안쪽이 새까맣게 타는 눈동자가 그 위를 집요하게 좇아갔다. 위험한 욕정이 울컥울컥 가슴속을 물들이려 든다.

분명 이 욕망이 마약보다 위험하다. 무겸은 가볍게 입술을 깨물고, 하준의 손등 위에 제 손을 겹쳤다. 발갛게 익은 귀 위에 입을 맞추었다.

"앗, 하……."

쪽, 쪽. 작은 소리를 울리며 느리게 귓바퀴를 더듬던 입술이 귓불까지 키스를 이었다. 입맞춤은 멈추지 않고 벌어진 드레스 셔츠 깃 사이, 쪽 뻗은 흰 목선 옆에까지 발자국을 남기듯 계속되었다.

몰아치던 행위 중 갑작스레 시작된 부드러운 애무에 하준의 안쪽이 크게 움찔거렸다. 입술과 손이 촉촉해진 피부 위를 쓰다듬을 때마다 성기를 깊이 삼킨 내벽이 쉼 없이 조이고 감겨들었다. 그 자극에 무겸이 허리를 느릿하게 돌렸다. 그의 잇새로 으르릉대듯 낮은 음성이 새고, 하준의 신음은 달콤한 흐느낌으로 변했다.

"으응, 읏… 아, 아, 앗……."

"하아… 하준아, 좋아?"

"좋… 아, 응, 좋아. 아, 좋아아……. 너무 좋아……."

"아… 너무 좋기만 하면, 벌이 안 되는데."

눈물이 흐르는 뺨 위를 부드러운 입술이 거슬러 올랐다. 하준이 투덜거렸다.

"흐윽, 이제 됐어……. 벌은, 그만 받을래……."

무겸은 그만 때아닌 웃음을 터뜨리고 말았다. 뺨을 쓸던 입술이 돌연 쪽쪽 소리를 내며 키스를 마구 찍어 댔다.

"아, 벌주는 사람은 난데 언제까지 받을지는 코치님이 결정하는 거야?"

"앞으로는 안 그럴게……."

"약 안 한다고?"

"모, 모르는 사람, 한테, 읏, 아무것도, 안, 받을게……."

마침내 무겸의 얼굴에 만족스러운 기분을 숨기지 못하는 미소가 번졌다.

"나한테 말도 없이 사라지고 안 그럴 거지? 걱정했단 말이야."

"응. 안 그럴게. 미안, 미안해……."

"하준아. 나 사랑하지?"

"사랑해. 하으, 당연, 하잖아."

"후우……. 그럼 무겸아 사랑해, 해 줘."

"응. 무겸아, 사랑해……."

안쪽에 파묻힌 무겸의 것이 불끈불끈 경련하는 것을 예민하게 느낀 하준이 저를 안은 어깨말으로 머리를 젖히며 울었다. 유리 벽에 올려놓았던 손으로 저를 감싼 무겸의 손목을 잡았다. 무겸도 더는 손을 올리라고 채근하지 않았다.

허리를 안고 있던 단단한 팔이 위로 거슬러 올라오더니 책상 위에서 섹스를 하던 조금 전처럼 손가락을 입 안에 밀어 넣었다. 입천장과 혀를 이리저리 쑤시고 문질러 대는 손가락을 하준은 놓치지 않으려는 듯 빨았다.

나머지 한쪽 손은 몇 번의 사정 후 또 다시 프리컴을 흘리고 있는 젖은 성기를 쥐었다. 손이 닿자마자 즉각적인 자극에, 하준의 몸이 감전이라도 된 듯 움찔움찔 흔들리다가 잘게 떨었다.

"같이 끝내자."

뜨겁고 낮게 속삭이며 무겸의 입술이 다시 귓가로 내려앉아 쪽, 입을 맞추고 귀 안쪽으로 혀끝을 밀어 넣었다.

"아, 학……!"

몸 곳곳을 동시에 자극당하는 쾌감에 하준의 몸이 허물어지려는 듯 비틀거렸다. 그러나 앞으로는 유리창이, 뒤로는 무겸이 단단히 받치고 있었다.

몸속을 꽉 채운 굵은 것이 다시 거세게 안을 오간다. 가장 느끼는 곳을 퍽퍽 찍어 올리고, 하준의 몸 깊숙한 곳에 숨은 좁고 여린 성감대까지 거침없이 들어왔다. 전신을 저리게 만드는 떨림이 가라앉기도 전에 또, 다시 또 때려 박았다.

잔뜩 예민해진 내벽과 부은 전립선 근처가 끝도 없이 짓눌리고 쓸렸다. 뒤로 박히는 것만으로도 아까부터 기절할 것 같았는데, 젖은 성기를 잡고 쳐올리며 귀두까지 문지르는 손바닥의 감촉에 몸이 증발할 듯 뜨거워졌다.

입 안을 채운 손가락이 혀 안쪽과 깊은 점막을 더듬을 때마다 타액이 질질 흐르고 머리가 저릿저릿 멍해진다. 귀 안쪽을 찔러 들어 애무하는 혀끝도. 무엇 하나 참을 수 있는 것이 없다.

"하으……! 흐으읏! 으, 흐……!"

자칫 무겸의 손가락을 깨물까 봐 턱에 힘을 주거나 입을 다물지도 못하고, 하준은 무겸의 어깨에 기댄 머리만 속절없이 작게 저었다. 이 감각과 저 감각을 구분해 내기도 힘들 정도로 온몸이 무르녹았다. 마치 여러 명의 김무겸에게 농락당하는 것만 같은 착각이 들었다.

하준의 몸이 발작이라도 일으키듯 경련했다. 성기를 꽉 깨문 구멍이 바짝바짝 조여들고 꿈틀거렸다. 도저히 끝날 것 같지 않은, 꿀로 만든 늪 같은 쾌감 속에서 허우적대는데 안쪽 깊이 파고든 기둥이 박동했다.

"우으, 으, 으으응! 으, 읏-!"

"하아, 아, 크읏!"

무겸의 숨소리와 신음이 귀 깊은 곳을 울렸다. 안쪽부터 번지는 젖은 열기가 간신히 버티던 하준을 완전히 녹게 만들었다. 감각이 곤두선 몸 속에 뿌려지는 체액은 쇳물처럼 뜨거웠다. 눈물이 뺨을 온통 적셨다. 사정감을 넘어선, 격렬한 배뇨감이 아랫배를 날카롭게 휘저었다.

동시에 유리 너머, 밤하늘 아래를 이리저리 날아다니던 색색의 꽃들이 점점 크게 부풀었다. 꽃잎이 활짝 피듯이 커지더니 팡, 팡, 폭죽처럼 터져 흩날린다. 눈물로 흐려진 시야가 온통 흐드러진 꽃잎으로 가득 찼다. 하준은 눈을 크게 뜨고 넋을 잃었다.

환상적인 풍경이었다.

“흐윽, 아흐, 으으읏……!”

그리고 하늘을 물들이는 꽃잎의 색만큼이나 다채로운 절정과 여운이 전신을 덮쳤다.

길게 신음하며 전신을 벌벌 떨던 하준이 어느 순간 축 늘어졌다. 머리부터 발끝까지 힘이 빠졌다. 단단한 팔이 무너지려는 몸을 지탱했다.

힘이 빠진 성기에서 투명한 물이 방울방울 튀듯이 흘러 허벅지를 타고 내렸다. 평소라면 부끄러워할 만도 했지만 그럴 이성도 남아 있지 않았다. 제 아래를 내려다보던 흰 눈꺼풀이 바람을 맞은 듯 떨리다가 그대로 감겼다.

⚽

눈을 떴을 때는 긴 소파 위였다.

자수가 들어간 고급스럽고 부드러운 쿠션을 베고 누운 하준은, 바로 몸을 일으키지 못하고 멍하니 앞을 바라보았다.

무겸의 집에 있는 수많은 방은 물론 정원의 온실에도 이제 셀 수 없이 들어가 봤는데 지금 보이는 풍경은 영 낯설었다. 고풍스러운 화분이나 테이블, 누워 있는 소파와 쿠션마저도 무겸의 취향은 아니었다.

어떻게 된 일일까. 회전이 느린 머리를 천천히 굴리는데 ‘파티’라는 단어가 번뜩 떠올랐다. 그렇다. 무겸과 함께 파티에 왔었다.

거기까지 생각이 다다르자 뭔가 이상하다는 기분이 들어 하준은 벌떡 몸을 일으키려다가, 허리에 힘이 빠져 팔꿈치를 소파에 괴고 비스듬히 엎드렸다.

그제야 자신의 팔이 아무것도 두르지 않은 맨살을 드러내고 있다는 것도 눈에 들어왔다. 제 몸을 덥히고 있는 것은 무겸이 사 준 턱시도가 아니라 보드라운 담요였다. 번쩍 겁이 났다. 옷을 왜 벗고 있는 거지? 하준은 어깨까지 담요를 끌어당기고 숨을 죽였다.

"응? 깼어?"

그때 문을 열고 들어온 남자가 하준을 보고는 아무렇지 않게 말을 걸었다.

무겸의 얼굴을 보자마자 깊은 안도가 긴장한 몸을 마사지하듯 풀었다. 하준은 반가움을 감추지 못하고 물었다.

"어디 다녀왔어?"

"뭣 좀 빌리려고 잠깐 요 앞에. 좀 더 쉬어. 바로 호텔로 가려다가 쉬다 가는 게 나을 것 같아서."

하준은 무겸의 손에 들린 물건에 눈길을 주었다. 파티용 정장을 입은 지금의 그에게 최고로 어울리지 않는 물건들이 들려 있었다. 하준은 어리둥절한 표정으로 그를 보다가, 고개를 숙이고 제 상태를 확인한 다음 조금 걱정스러운 말투로 조심스레 물었다.

"혹시 나… 술 취해서 토했어……?"

"술 많이 안 마셨잖아."

"그… 랬던 것 같은데, 혹시 필름 끊겼나 해서……."

예전이라면 그런 생각을 하지 않았을 텐데 과음으로 반쯤 필름이 끊기는 경험을 해 본 뒤라 저 자신이 의심스러웠다. 하준은 와인색 담요를 망토처럼 둘러 맨몸을 가리고 소파에서 일어섰다.

맨발에 구두를 꿰어 신고 무겸이 있는 곳으로 발을 옮겼다. 비밀 요원처럼 멋지고 섹시한 오늘의 김무겸이 어디선가 새 걸레를 가져와, 그것을 적셔 셔츠 소매를 팔꿈치 아래까지 걷어 올리고 테이블을 닦고 있었다. 하준이 급히 그런 그를 말렸다.

“김무겸, 내가 할게.”

“뭔지 알고 자기가 한대?”

“내가 그랬겠지 뭐…….”

그 말에 무겸이 피식 웃었다.

“엄밀히 말하면 내가 한 거라고 볼 수도 있으니까 가서 쉬고 있어.”

그렇게 말하더니 잠깐 틈을 두고 다시 하준을 올려다보았다.

“무슨 일 있었는지 기억 안 나?”

“…발코니 나가서 바람 쐰 것까지는 기억나는데.”

“무지개 본 건?”

“무지개?”

하준이 미간을 찌푸리며 고개를 갸웃했다. 기억을 떠올려보려는 듯 눈을 굴리지만 어려운 표정이었다. 무겸이 벌떡 일어섰다.

“무지개 기억 안 나? 꽃도 반짝이고, 하늘도 날아다닌다고 그랬잖아.”

“응? 내가……? 취해서 그랬나?”

“뭐야, 잊어버렸어? 가짜긴 해도 멋있었을 것 같은데, 아깝다!”

제가 더 안타까운 듯 탄식하며 투덜거린 무겸은 한숨을 쉬더니 유리벽 쪽으로 향했다. 그러더니 무릎을 굽히고 앉아 이번에는 유리를 닦기 시작했다.

“역시 약은 남는 게 없어.”

“약?”

“담배 얻어 피운 건 생각 나?”

“응.”

"그거 담배 아냐. 너 약 빨았어."

무겸은 무덤덤하게 말했으나 하준의 눈은 튀어나올 듯 커다래졌다. 미간을 찡그린 하준은 잠시 충격을 가다듬은 후에야 간신히 대답을 할 수 있었다.

"기가 막혀서……. 어쩐지 맛이 좀 다르더라."

"전부 잊어버렸겠네. 온실 와서 나랑 섹스한 거, 모르는 사람한테 뭐 안 받아 빨겠다고 약속한 것 다."

"여기서 섹스했어?!"

이번에야말로 놀란 듯 하준의 목소리가 높아졌다. 술에 취해 구토라도 해서 옷을 벗겨 놨나 했지, 설마 파티장 저택의 정원에서 그런… 짓을 했으리라고는.

그러나 듣고 보니 몸의 나른함이나 아랫배나 엉덩이에 남은 둔중한 여운이 섹스 직후의 그것이었다. 숙취와는 전혀 달랐다.

'했구나…….'

미쳤어. 금세 얼굴에 열이 몰려, 세팅이 모조리 풀려 버린 앞머리만 쓸어 넘겼다. 사고의 흐름은 자연스레 무겸이 지금 하고 있는 행위의 원인으로 넘어갔다. 부끄러움에 목구멍이 조여 편도선이라도 부은 것처럼 아파 왔다.

"김무겸, 혹시……."

"음?"

"내가 혹시, 또……."

'또 오줌 쌌어?'

차마 그 말은 입 밖으로 나오지 않아 하준은 마른침만 삼켰다. 그러나 물어보지 않아도 뻔했다. 섹스 후에 저런 곳까지 걸레질을 할 일은 그

외에는 떠오르지 않았다.

소파에 눕는 게 아니라 소파에 깔리고 싶었다. 하준이 걸레를 빼앗으려 들자, 무겸은 팔을 멀찍이 들어 올려 날쌔게 피했다.

"이리 줘. 내가 한다니까."

"자다가 일어나서 행패 부리네. 가서 쉬어. 몸은 괜찮아?"

"…응."

물걸레질은 다 했는지 무겸이 이번에는 마른걸레로 유리를 닦았다. 멋진 슈트 차림에 정말 어울리지 않는 모습 같으면서도, 또 묘하게 어울린다는 점이 신기할 따름이었다.

도대체 뭘 어떻게 했기에 유리까지 더러워진 거지? 하준이 시무룩해져 있는데 무겸은 아무렇지도 않게 설명했다.

"원래 직접 안 해도 돼. 관리인한테 팁 좀 주면 알아서 청소해 줄 텐데 어쨌든 다 네 흔적이잖아. 침대 시트 정도면 모를까, 이런 것까지 남한테 보여 주기 싫어."

그야 장소가 특별한 만큼 남은 흔적도 여러 가지로 적나라했을 것이다. 하준은 담요를 걸치고 꿔다 놓은 보릿자루처럼 서서 무겸이 청소하는 모습을 지켜보았다. 저렇게 청소를 해야 할 정도면 보나마나 또 여러 가지를 해 댔을 텐데 제 몸은 그다지 더러운 부분 없이 말끔했다. 여기서 따로 욕실을 쓸 수는 없었을 테니 무겸이 물수건이라도 얻어 와 제 몸부터 닦은 것이 분명했다.

"고마워……."

그 말에 창 닦기를 마무리하고 손을 씻던 무겸이 씩, 장난꾸러기처럼 웃었다.

"아까 일 기억하면 고맙다는 말 안 나올걸? 나 엄-청 재미 봤거든."

언제는 아니었냐…….

하준은 생각을 굳이 말로 꺼내지 않았다. 모르는 사람에게 받아 피운 담배가 약이었다는 사실이 충격적이라 사소한 일로 무겸에게 투정을 부릴 기분이 아니었다.

결국 하준은 강권에 따라 소파에 앉아 쉬었다. 민망한 기분으로 무릎을 모으고 앉아 제 무릎 위에 턱을 올려놓고 있는데, 뒷정리를 다 마친 무겸이 그 옆에 털썩 앉았다.

"어디 안 좋은 데는 없어? 머리 아프다든지, 속이 안 좋다든지."

"응. 아무렇지도 않아."

"그래도 내일 의사한테 한번 가 보자."

숙취 같은 증상조차 없었다. 자신이 약에 취했었다는 것이 믿기지 않을 만큼 멀쩡했다. 하준의 머리카락을 매만지던 무겸은 조금 허탈해 보였다.

"했던 말 또 하려니 기운 빠지네."

"무슨 말?"

"내가 아까 너한테 잔소리했거든. 모르는 사람한테 약 받아 피워서."

"…담배인 줄 알았어. 이제 안 그럴게."

"소파에 앉아 있기로 해 놓고 자리는 왜 떴어. 말도 없이."

그 말에 하준이 제 발끝을 서로 부딪치다가 툭 뱉었다.

"예전에 너랑 만났던 여자 있잖아. 클로에 크로포드. 여기 왔더라. 내 옆에 앉았어."

"……."

그러고 보니 그랬다.

열정적인 섹스에 휘말려 잠시 잊고 있던 사실을 상기한 무겸이 꿀꺽,

목울대를 울렸다.

"나더러 네 새 파트너냐고 하면서 말을 거는데 계속 앉아 있을 수가 있어야지. 너도 안 보이고."

무겸은 난처한 표정으로 허둥대다가 하준의 어깨를 와락 안았다.

"미안해. 기분 많이 나빴지?"

"정말 예쁘더라. 여신 같았어."

그렇게 말하는 하준은 생각 외로 그다지 불쾌한 기색은 아니었다. 조금 의아해진 무겸은, 부둥킨 팔의 힘을 풀고 물었다.

"…크로포드가 뭐라고 했어?"

"내가 자기 취향이래."

"……."

"그러면서 이렇게… 구두 끝으로 내 다리를 쿡쿡 찌르더라."

"아, 진짜!"

하준이 그녀를 흉내 내며 다리를 꼬아 발끝으로 무겸의 정강이를 찔렀다. 무겸의 목소리가 버럭 커졌다. 손으로 얼굴을 쓸어 올리며 분통을 터뜨렸지만 누군가를 탓하기에는 모든 것이 제 과거에서 따라온 실책이었다.

쓸데없는 지난 이야기를 풀어 하준의 속을 상하게 만들지 않았을지 걱정했지, 설마 수작질을 걸었을 줄이야!

"미치겠네. 이러니 정말 잠깐도, 1초도 방심할 수가 없어. 절대 내 피해망상이 아니야."

"농담이었겠지."

무겸은 얼핏 못마땅한 표정으로 웃음을 머금고 대답하는 하준을 흘겼다. 하준이 눈을 살짝 크게 떴다.

"왜 그래?"

"하여튼 속만 좋아서는……. 코치님은 질투도 안 납니까?"

"어차피 몇 년 전에 끝난 사이잖아."

"그래도."

존재하지 않는다는 것을 알아서 망정이지, 만일 하준에게 옛 애인이나 그 비슷한 존재가 있어 지금 제 앞에 나타난다면 얼마나 애가 끓을지. 망상일 뿐인데도 무겸은 생생하게 감정 이입이 되었다.

그러나 하준에게는 도통 그런 감정이 엿보이지 않는다. 생각해 보면 런던에 함께 오자는 말을 건네기 전, 무겸과 원거리 연애가 되리라 홀로 착각했을 당시에도 '돌아가서 다른 사람과 데이트는 하더라도 끝까지는 가지 말아 달라'고 얼토당토않은 부탁을 했던 이하준이다.

용감하게 먼저 고백을 해 놓고서도 처음부터 사귈 수 있다는 기대 따위는 하지 않았다는 듯, 섹스 파트너 관계를 이어 가게 된 것만으로도 기뻐하던 그 표정은 조금의 가식도 섞이지 않은 진심이었다.

욕심이 없어서일까? 저를 너무 믿기 때문일까? 신뢰해 주는 것은 고마운 일이지만 한 번쯤은 이하준도 김무겸을 좀 열심히 가져 보려고 해 주면 좋겠는데. 은근히 승부욕 있는 이하준에게 김무겸은 승리의 트로피가 못 되는 걸까.

무겸은 이런저런 생각에 잠겨 하준의 머리카락만 쓸어내렸다. 자장가 같은 부드러운 접촉, 졸음을 닮은 나른한 감각을 즐기던 하준이 갑자기 중얼대듯 뱉었다.

"난 기분 좋던데."

"…뭐가?"

"그런 멋진 사람들만 만나다가 평범한 나랑 사귀고 있잖아."

"……."

"그래서, 네가 정말 나를 많이 좋아하는구나……. 그렇게 생각했어."

무겸이 눈을 끔벅였다.

뿌루퉁하던, 여름을 맞아 확연히 구릿빛으로 그을린 얼굴에 점점 붉은 빛이 섞여든다. 좀처럼 보기 힘든 무겸의 당황하는 모습을 하준은 눈만 멀뚱히 뜨고 마주 보았다.

"그야 어, 엄청, 많이 좋아하지! 뭘 그런 당연한 소리를 해."

"응. 고마워."

"그리고 이하준. 네가 어디가 평범해? 너는 나 같은 건 발끝도 못 따라가는 특별한 사람이야."

"이런 이야기할 때는 좀 객관적으로 생각하자. 네 눈에만 그렇다는 것 인정할 때도 됐잖아."

"내 눈에만 그러면 천만다행이야. 남들 눈에도 그래 보인다는 게 오늘 당장 증명됐어."

"그래……. 참 특별해서 마약을 담배인 줄 알고 피웠네."

하준이 몸을 일으켰다. 담요를 두르고 테이블 가까이 걸어간다. 테이블 위에는 하준이 벗어 놓은 옷이 개켜져 있었다. 하준이 드레스 셔츠를 펼쳐 보더니 한숨을 쉬었다. 이번 파티에 오기 위해 새로 구입한 옷이었는데 딱 한 번 입고 나서 구깃구깃해졌다.

"엉망이다."

"또 새로 사면 되지."

하준은 대답 대신 몸을 둘렀던 담요를 테이블 위에 올려놓았다. 도자기 같은 흰 피부, 늘씬하면서도 탄탄하게 짜인 비율 좋은 나체가 일순 드러나 어둑한 밤의 색에 감싸였다. 언뜻 본다면 온실 안의 장식용 조각이라 해도 믿을 만한 모습이었다. 무겸은 소파에 앉아 가만히 연인을 지켜보았다.

하준은 아무래도 유리 벽 쪽이 신경 쓰이는 듯 한두 번 두리번거리더니, 빨리 해치우자고 판단한 듯 재빠르게 옷을 입어 나갔다.

때때로 무겸은 하준의 이런 일상적인 동작을 바라보며 감탄했다. 지난 고단함을 보여 주기라도 하듯 움직임이 무척 빠르고 군더더기가 없다. 아침잠 많은 그가 이불 안에서 한 번 미적대지도 못하고 새벽같이 일어나 잽싸게 하루를 준비했을 모습이 그려지는 것만 같았다.

단순히 실용적인 것을 중시하고 소탈한 하준의 습관일 뿐, 이 또한 저의 망상일지도 몰랐지만 무겸은 이런 작은 흔적을 발견할 때마다 다소 씁쓸해졌고 또 그만큼 눈앞의 남자가 애틋해졌다.

옷을 다 차려입은 하준이 타이를 손에 들고 제 몸을 둘러보았다.

"그래도 입으니까 구겨진 티가 많이는 안 나는 것 같다."

"어차피 이제 호텔로 갈 거니까 몸만 가릴 수 있으면 돼."

무겸이 그에게로 걸어가 엉덩이를 한 대 툭 쳤다.

"속옷 안 입었지? 야하다."

"…다 젖어서 못 입겠어……."

웅얼대는 하준의 어깨에 팔을 걸치고 무겸은 온실의 문을 열었다. 온실 안도 꽤 쾌적한 편이었으나 밖으로 나오자 여름 정원의 생기를 머금은 밤공기가 둘을 훅 덮쳤다. 하준이 심호흡을 했다. 하준이 밤하늘을 바라보며 숨을 고르는 동안, 함께 풀 냄새를 맡던 무겸이 물었다.

"정말 기억 하나도 안 나?"

"음……."

하준이 눈을 가늘게 떴다. 팡팡 귀를 울리던 폭죽 소리 같은 것이 어렴풋이 떠올랐다. 알록달록한 색채와 반짝임이 눈앞에 어른거리는 듯도 했다. 좀 더 애쓰면 생각이 날 것도 같은데…….

열심히 기억을 헤집자 단편적인 장면이 머릿속에 퍼즐 조각처럼 드문드문 스쳐 지나갔다. 무겸에게 손을 붙잡혀 엉엉 울었던 것만 같은 열락의 한중간이 불쑥 뇌리에 끼어들자마자 하준은 머릿속 셔터를 내려 버렸다.

…별 탈 없이 끝난 일이라면 굳이 기억해 낼 필요가 있을까? 하준은 화제를 돌렸다.

"그나저나 나랑 네 사이가 파티장에서 소문이 이상하게 난 것 같아 걱정이다. 정정해야 하는 것 아냐?"

"원래 이런 자리에서는 없는 말 있는 말 다 나와. 가십의 온상이니 신경 쓸 필요 없어."

"그래도."

"정정하기는 해야지. 이하준은 김무겸의 단순한 파트너가 아니라 애인이라고."

하준이 불안한 듯 표정을 살폈다.

"진심 아니지? 가족들한테 말하는 거랑은 다르잖아."

"당장은 아니라도 언젠가는 밝혀야 하지 않겠어?"

그러더니 무겸은 가볍게 웃었다.

"적당히 소문부터 나는 것도 나쁘지 않아."

어쨌든 아직은 미래일 터. 이곳에서 옥신각신할 문제는 아니었다. 둘은 밤바람을 맞으며 조용한 정원의 산책로를 걸었다. 저택에 가까워질수록 사람들의 웃음소리와 음악 소리가 점차 커졌다.

둘은 파티가 한창인 저택 안으로 돌아가는 대신 곧바로 주차장으로 향했다. 맡겨 놓았던 차에 오르며 하준이 걱정했다.

"만나야 할 사람들이랑 나 때문에 이야기도 다 못 나누지 않았어?"

"어지간히 얼굴 비쳤으니 됐어. 자세한 이야기는 나중에 하면 돼. 아쉽지는 않아? 더 놀고 싶으면 지금이라도 돌아가고."

"아니……. 옷도 엉망이고, 이제 그만 돌아가서 너랑 쉬고 싶어."

조명을 한껏 밝힌 저택은 야간 개장을 한 테마파크의 성처럼 어둠 속에서 금색으로 빛나고 있었다. 무겸은 사이드미러에 비친 저택의 정경을 눈으로 좇는 하준의 옆모습을 힐끔거리다가 입술 안쪽 살을 꽉 깨물고 웃음을 참았다.

기억을 못 한다니, 차라리 다행이란 생각이 들면서도 아쉽기도 했다. 평소와 달리 섹스 중에 종알종알 수다 떠는 모습이 참 귀여웠는데. 온실 유리 벽을 적시는 모습도 장관이었다. 기억하고 있다면 지금쯤 100번쯤 놀려 등짝을 100대쯤 맞을 수도 있었다.

무엇을 어떻게 했는지 설명을 해 주는 것이야 어렵지 않았다. 포르노 소설처럼 구구절절 낭독해 주면 얼굴을 새빨갛게 물들이고 부끄러워 어쩔 줄 몰라 하겠지.

일부러라도 끌어내고 싶을 정도로 귀여운 모습이긴 하겠으나 무겸은 이번에는 참고 넘어가기로 마음먹었다. 결과야 어쨌든 이하준이 좋아서 약을 빤 것은 아니니까, 그런 일로 놀리는 것은 너무하다. 저도 모르게 입가의 힘이 풀려 피식거리자 하준이 고개를 돌려 물었다.

"왜 웃냐?"

"송아지가 너무너무 귀여워서."

"갑자기?"

실없다는 듯, 함께 픽 웃고 마는 애인의 담백한 옆모습을 바라보다가 무겸은 부드럽게 핸들을 꺾었다. 그래도 이 정도면 큰 탈 없이 첫 휴가를 마쳤다는 안도감이 뒤늦게 밀려들었다.

런던으로 돌아가면 또 새로운 시즌을 준비하느라 눈코 뜰 새 없이 바빠질 것이다. 짧은 일탈도 여기까지였다.

양치기 소년

월드컵이 선수들에게 남긴 피로가 여전히 남아 있음에도 불구하고 그린포드의 새 시즌 준비는 차근차근 이루어졌다.

휴가를 마치고 돌아온 선수들은 그동안의 안부를 물으며 수다를 떠느라 바빴고, 새 이적생 몇 명을 맞았으며 다른 팀으로 떠나게 된 사람들과는 작별 인사를 했다. 그중에는 무겸과 친했던 선수도 섞여 있어 무겸은 며칠 정도 서운함을 드러냈다.

하준의 생활도 조금 바뀌었다. 하준은 영어 공부를 위해 다니던 어학원을 그만두었고, 대신 전문 지도자 교육을 받기 위한 아카데미에 등록했다. 팀과 연계된 아카데미였기에 그간의 경력을 인정받아 등록은 어렵지 않았다. 공부할 양이 늘어나 조금 바빠지겠지만 어차피 거쳐야 할 과정이었다.

"준, 이번 시즌만 마치면 정식 코치가 된다며?"

"글쎄. 지켜봐야 알겠지."

"분명히 될 거야. 이제 준이 없으면 안 되니까. 기운 빠진다고."

하준과 함께 스트레칭을 하던 선수가 응원을 보내며 주먹을 내밀었다. 하준도 웃으며 주먹을 가볍게 맞부딪혔다.

그린포드의 분위기가 유독 그런 것인지 영국 리그에서는 당연한 일인지, 아니면 에이스와 친한 사이라는 '빽' 때문인지는 모르겠으나 어쨌든 팀은 인턴 코치에게도 제법 많은 기회를 주었다. 코칭 때는 물론이고 사전 사후 회의에도 하준은 항상 참석해 의견을 냈고, 해리를 비롯해 다른 코칭 스태프들은 그의 의견을 허투루 넘기지 않았다.

방금 스트레칭을 함께한 선수가 특히 호의적인 이유는, 하준의 제안으로 훈련 프로그램을 바꾸고 덕을 보았기 때문이다. 킥력을 강화해야 한다는 이유로 파워 웨이트 트레이닝을 중심으로 훈련하던 선수였으나 하준이 보기에는 근량이나 근력은 충분한 선수였다.

그런데도 중요할 때 가진 힘을 다 발휘하지 이유는 밸런스 훈련 부족이었고, 채훈에게 동영상까지 보내 가며 논의한 끝에 회의에서 프로그램을 수정하자는 의견을 냈다. 성과는 그리 늦지 않게 나타났고, 그렇게 하준에게 호의적인 선수 한 사람이 늘어났다.

모든 것이 순풍을 탄 돛단배처럼 순조로웠다. 시즌이 시작된 뒤 그린포드는 첫 번째 경기에서 1 대 0으로 승리하며 좋은 출발을 했다. 두 번째 경기에서는 동점을 기록했고, 세 번째 경기에서는 2 대 0으로 승리했다. 무겸도 세 경기 만에 두 골을 기록하며 나쁘지 않은 스타트를 끊었다.

변수가 생긴 것은 네 번째 경기에서였다. 그린포드에서 다소 빠르게 첫 번째 퇴장자가 나온 것이다. 경고 누적도 아닌, 심판이 레드카드를 꺼내 들게 만든 즉시 퇴장이었다.

"계속 뛰어! 공을 끝까지 보고 내주지 말란 말이야!"

감독의 외침과 함께 선수들은 그라운드 위를 바삐 달렸다. 무패 기록을 이어 가고 싶은 욕심을 품고, 그린포드는 리그 초반부터 치열한 분위기를 자아내고 있었다.

전반 40분경, 스코어는 아직 0 대 0이었다. 승기를 이어 가기 위해서는 선제골을 넣어 주도권을 가져오고 기선을 제압하는 것이 중요하다. 팽팽한 긴장감은 전반전이 끝날 무렵까지도 쉽사리 풀리지 않았다. 마음은 급한데 몸이 제대로 풀리지 않으니 양 팀 모두 키핑을 유지하지 못했고 패스는 자꾸만 끊겼다. 선수들은 진로를 제대로 운행하지 못하고 서성거리듯 뛰어야 했다.

'이러면 금방 지치는데.'

벤치에 앉은 하준은 미간을 살짝 좁히고 경기에 집중하고 있었다.

그러나 빈틈없이 빽빽해 보이던 경기의 한순간, 패스 미스로 공이 그린포드로 넘어왔고 왼쪽 미드필더가 터치라인 가까이에 붙어 공을 몰고 달렸다. 바짝 따라오며 추격전을 벌이는 상대 팀 선수들을 간신히 제치고 달리다가 더 버티기 힘들어지자 중앙을 향해 공을 찼다.

그를 따라 달리고 있던 선수가 곧바로 공을 건네받았다. 김무겸이었다. 미처 패스를 방어하지 못한 상대 선수들이 번개처럼 위치를 잡고 그의 앞을 가로막았다.

관객들의 환호가 경기장을 뒤덮었다. 무겸은 공을 드리블하며 더 달려 나갈 것처럼 굴더니, 수비가 흔들리자 앞을 가로막은 두 명의 수비수 사이로 공을 몰고 빠져나갔다. 190센티미터가 넘는 남자가 흐르는 물처럼 유연하게 방어벽을 뚫는 모습은 경기장의 모두를 흥분시켰다.

골 찬스였다. 거리는 좀 멀지만 그라면 충분히 골망을 흔들 수 있는 위치. 한껏 집중한 하준도 눈 한번 깜박이지 않고 주먹을 꼭 쥐었다. 곧 터질 골을 기다리던 그때였다.

우우우우-!

이번에는 환호 대신 야유가 경기장을 뒤흔들었다. 선수들도 달리기를 멈추었다.

더 이상 정상적인 수비로 무겸을 막을 수 없게 된 상대 수비수가 고의성이 다분한 태클을 걸었기 때문이다. 반칙성 태클에 당한 무겸이 무릎과 발목을 붙잡고 잔디밭 위에 쓰러졌다. 멀리서도 그의 괴로워하는 얼굴이 보여 하준이 벌떡 벤치에서 일어섰다.

"레드! 레드!"

"퇴장시켜!"

야유가 우레처럼 경기장을 뒤흔드는 가운데, 심판이 쓰러진 무겸과 그에게 태클을 건 선수에게로 다가갔다. 태클을 건 선수는 어깨를 몇 번씩 으쓱거리고 손을 모으며 뭔가 열심히 변명을 하는 것 같았다.

무겸은 몸을 일으켜 앉았으나 여전히 다리가 아픈 듯 발목을 붙들고 만상을 찌푸리고 있었다. 의료 팀이 뛰어 들어가 그의 다리에 냉각 스프레이를 뿌렸다.

그들 사이에서 심판이 뭔가를 기록하더니 그린포드의 프리킥을 선언했다. 파울에 대한 대가였으나 판정에 대한 불만족을 표하는 관객들의 야유는 쉬이 잦아들지 않았다. 벤치에서도 원성이 튀어나왔다.

"레드를 줘도 모자랄 판에 노 카드라고?"

"무무가 액션을 한다고 생각하나 봐."

커다랗게 떴던 하준의 눈 또한 가늘어지고, 미간이 깊게 찌푸려졌다.

"왜 카드를 안 꺼내?"

하준이 멍하니 한국어로 혼잣말을 뱉자 스태프 몇 명이 그를 돌아보았다. 그러는 사이 주심이 벤치 근처, 자신의 자리로 돌아왔다. 흥분한 하준은 그를 향해 성큼성큼 걸어가며 목소리를 높였다.

"선수가 크게 다칠 뻔했잖아요. 왜 페널티를 제대로 안 주는 겁니까?"

"준, 앉아."

놀란 해리가 목소리를 죽이고 말렸으나 하준은 그의 만류를 떨쳐 냈다. 자신을 향해 걸어오는 하준을 향해 심판이 눈짓으로 경고하며, 더 다가오지 말라는 뜻으로 손을 저었다.

"선수를 제대로 보호해야죠. 판정이 이런 식이면 어떻게 마음을 놓고 뜁니까."

"자리로 돌아가세요."

"저러다가 크게 다치기라도 하면 당신이 책임질 거냐고!"

충동처럼 버럭 목소리가 높아졌다. 심판은 대답 대신 고개를 두어 번 절레절레 젓고 셔츠 앞주머니로 손을 옮겼다.

벤치에 이변이 생긴 것을 눈치챈 선수들과 관객들이 모두 웅성거리며 한 방향을 쳐다보았다. 카메라도 그쪽을 비추었다.

프리킥을 준비하던 선수들과 부심도 잠시 하던 일을 멈추고 그린포드의 벤치를 바라보았다. 팀에 합류한 지 이제 1년이 되어 가는 한국인 피지컬 코치가 레드카드를 받고 벤치에서 쫓겨나는 모습은 분명 몇 년이 더 지나도 런던의 축구 경기장에서 다시 보기 힘들 장면이었다.

"무슨 일이야? 준이 퇴장당한 거야?"

선수들이 수군거렸다. 그때까지도 살짝 절뚝거리던 무겸이 예상외의 사태에 딱딱해진 얼굴로 마른침을 삼켰다. 한 선수가 무겸에게 다가와 물었다.

"무무, 프리킥 찰 수 있겠어?"

"아… 그래."

"다리는?"

"괜찮아. 할 수 있어."

무겸이 자리를 잡고 섰다. 그는 몇 걸음 물러서서 숨을 고른 다음 도움닫기를 해 강하게 공을 걷어찼다. 그림처럼 깔끔하고 긴 궤적을 그리는 아웃프런트 킥이었다.

수비벽을 넘어간 공이 골키퍼의 손을 빗나가 골망 안쪽으로 떨어졌다. 잠시 경기장을 술렁이게 만든 작은 사건을 금세 뒤로 하고 사람들의 환호가 그라운드를 채웠다. 경기는 속행되었고 무겸은 더 이상 절뚝이지도, 아파서 울상을 짓지도 않았다.

종료 스코어는 2 대 1. 그린포드의 승리였다. 첫 골을 넣은 무겸은 오늘도 영웅에게 쏟아지는 환호를 받으며 미소를 띠고 경기장을 떠났다. 그러나 드레싱 룸에 가까워지면서는 점차 얼굴을 굳혔다.

문 앞에서 선수들을 기다리던 하준과 무겸의 눈이 마주쳤다. 무겸이 얼른 미간을 살짝 찡그리며 괴로운 표정을 지었다. 저를 빤히 보는 하준의 눈치를 살피면서 변명했다.

"코치님. 아까는 정말 아팠어."

"누가 뭐랬냐."

"진짜 아파서 그랬던 거야. 헐리웃 한 게 아니고."

"농담으로라도 그런 말 하지 마. 그게 왜 헐리웃이야? 그놈이 진짜 반칙해서 넘어진 건데. 이제 괜찮아?"

"응. 괜찮아."

무겸의 상태를 면밀히 살피는 코치로서의 섬세한 태도는 여전했지만, 충격적인 퇴장의 여파인지 하준의 표정은 조금 뻣뻣했다.

좀 더 오래 절뚝거렸어야 했나? 무겸은 잠깐 후회했지만 그럴 수는 없다. 그러기에는 너무 치열한 경기이기도 했다.

명백한 파울이었다. 레드카드는 아니더라도 옐로 정도는 나왔어야 하는데 빌어먹을 심판. 성과는 없이 손실만 남긴 엄살을 돌이켜 본 무겸이 혀를 차며 샤워실로 들어갔다. 옷을 갈아입고 훈련장으로 돌아가는 버스는 승리의 기쁨에 젖은 선수들의 목소리로 왁자지껄 시끄러웠다.

⚽

"이쯤 되면 준한테도 스타 본능이 있나 봐."

"놀리지 말아요, 해리."

"한국에서도 꽤 인기 있다며? 이유를 알겠다니까. 핸섬, 터프가이-."

스태프 로커 룸, 만류도 소용없이 동료들의 놀림이 이어지자 하준은 얼굴을 붉히고 입을 다물었다. 순간적인 분을 못 이기고 심판에게 목소리를 높인 대가는 생각보다도 더 컸다. 레드카드를 받고 즉시 퇴장 처분을 당한 것 정도는 약과다.

감독이나 수석 코치도 아닌, 이제 막 팀에 합류해 일을 배우는 젊은 피지컬 코치가 벤치에서 퇴장당하는 진기한 장면을 중계 카메라는 놓치지 않았다. 라이브 방송에 그대로 송출되었음은 물론 하준의 화내는 얼굴을 찍은 사진이 스포츠 신문 여기저기에 토막으로 실렸으며 인터넷 포럼이나 SNS 같은 곳에서도 회자되었다.

이하준이 한국에서 국가 대표로 뛰던 레프트 백 출신이며 지지난 시즌 김무겸이 1년짜리 임대를 떠났을 때 그곳에서 만나 그린포드까지 함께 온 사이라는 것도 새삼스레 화제에 올랐다. 두 사람이 동거를 한다는 사실 역시 왜인지 기사화까지 되었다.

저를 놀리기 위해 곱게 오려내 벽에 붙인 스포츠 신문의 사진을 응시했다. 사진 속의 남자는 누가 봐도 화를 내고 있었다. 하준은 한숨을 푹 쉬었다.

"저는 정말 멀었어요."

"젊어서 그래, 젊어서. 혈기 넘칠 때가 좋은 거야."

"다음 경기는 관중석에서 봐야겠네요."

"휴일이라 생각해."

아직 정식 코치도 아닌 주제에 논란을 일으켰으니 크게 혼쭐이 나지 않을까 걱정했건만 감독이 약간의, 그나마도 의례적인 주의를 주었을 뿐이다. 불행 중 다행으로 팀에서는 이번 일을 마냥 재미있게 여기는 듯했다. 하긴, 인턴 코치 한 사람쯤 벤치에 못 앉는다고 해서 경기에 지장이 있는 것도 아니었다.

하준은 다른 스태프들과 훈련장으로 나갔다. 늘 그렇듯 하준의 시야에는 무겸부터 들어왔다. 굳이 의식적으로 찾지 않아도 눈이 자동 기계처럼 그를 찾아낸다.

무겸은 잔디밭 위에 앉아 스트레칭을 하며 동료들과 이야기를 나누고 있었다. 오늘도 그린포드의 에이스 공격수, 한국 축구의 희망, 아시아 축구의 별은 건강하고 씩씩했다.

하준은 어이가 없어져 피식 웃고 말았다. 정말 김무겸의 엄살에 몇 번을 속는 건지 모르겠다. 적을 속이려면 아군부터 속이라더니 딱 그 짝이었다. 이번에는 아군만 속은 꼴이 되기는 했지만.

'상상력도 풍부하고 연기력도 괜찮고, 잘생기기까지 했으니 은퇴하고 나면 배우를 해도 되겠어.'

곧 시작될 훈련을 앞두고, 하준은 노트를 펼쳐 오늘의 스케줄을 확인했다. 그러던 중 휴대폰이 짧게 진동했다. 무심코 확인하자 연락이 뜸했던 친구에게서 메시지가 와 있었다. 하준이 슬쩍 미소 지었다. 곧 훈련이 시작될 시간이었으므로 하준은 짤막하게 메시지를 나누고 잔디밭 위로 올라섰다.

전체 러닝에 이어지는 개별 훈련 시간, 하준은 무겸의 체력 훈련을 확인 중이었다. 인터벌 운동 후 짧게 휴식을 취하던 무겸이 물을 마시다가 갑자기 하준의 어깨를 안았다.

"이 코치, 미안해."

"뭐가?"

"나 때문에 다음 경기 못 들어오게 됐잖아. 이렇게 열심히 일하는데."

"이럴 때도 있는 거지, 왜 자꾸 사과를 해. 못 참고 흥분한 내 탓인데. 안 다쳤으니 다행이지."

"내 생각해 주는 사람은 역시 사랑스러운 아기 사슴밖에 없다니까."

처음에는 엄살을 떤 것이 마음에 걸렸는지 쭈뼛대며 눈치를 보더니, 하준이 제게 화가 나지 않았음을 알고 나서부터 무겸은 굳이 기쁨을 숨기지 않았다. 제가 다친 줄 알고 그렇게까지 분노해 줬다는 게 기분이 좋고 뿌듯하다나.

정말 못 말린다. 어처구니가 없었지만 흐뭇해하며 자꾸만 뺨에 입을 맞춰 오는 것이 솔직히 귀엽기도 해서, 하준은 다른 잔소리 없이 넘어가기로 했다. 다치지 않은 것은 행운일 뿐 그 태클은 위험했다. 선수가 부상을 당했든 아니든 심판이 제대로 페널티를 줬어야 한다는 하준의 생각에는 변함이 없었다.

경기장에서 감정을 조절하지 못하고 언성을 높인 것은 미숙한 제 잘못이고, 무겸은 자신을 위협하는 파울에 선수로서 보다 효과적인 퍼포먼스로 대응했을 뿐이다. 하준은 이번 일에 대해 그렇게 정리를 마쳤다.

무겸의 몸풀기를 돕던 하준은 문득 생각이 미쳐 말했다.

"오랜만에 우첸 만나기로 했어."

"우첸?"

"잊었어? 어학원 다닐 때 친구 말야."

무겸이 설핏 미간을 찡그렸다.

"아. 그 못생긴 놈? 왜?"

"네 덕분에 나까지 방송 타고 신문에도 나오는 바람에 안부 인사차 연락이 와서. 어차피 다음 경기 관중석에서 봐야 하잖아. 같이 보려고."

"먼저 연락을 해 온 데다… 같이 본다고?"

그다지 놀랍지도 않은 예민한 반응에 하준이 눈을 가늘게 떴다. 무겸의 가슴 중앙을 노트 끝으로 쿡쿡 찌르며 미리 엄포를 놓았다.

"엉뚱한 생각하지 마. 나라고 항상 팀 동료들하고만 어울릴 수는 없잖아. 친구랑 축구 경기 같이 보는 정도가 뭐 어때서."

"그래도 단둘이 경기를 본다니. 그건 좀… 데이트 같잖아?"

"무슨 소리를 하는 거야. 남자 둘이서 경기장에 오는 그 많은 사람이 전부 데이트하는 커플로 보여? 우첸한테는 신경 안 쓴다며. 그리고 걔네 팬이야."

무겸은 마뜩잖은 얼굴로 어깨만 으쓱했다.

"내 팬이 한둘인가."

"어쨌든 다음 경기는 우첸이랑 볼 거니까 알아 두라고. 미리 말 안 하면 또 삐질 거잖아."

"난 싫어."

"싫어도 할 수 없어. 벌써 약속했단 말이야."

며칠 전만 해도 여유만만한 미소로 잡지 커버를 장식했던 잘생긴 얼굴이 입을 내밀며 노골적으로 뿌루퉁해졌다. 하지만 하준은 물러서지 않았다. 무겸의 질투심이 남들에 비해 훨씬 강하다는 것은 알지만 평생 거기에 손뼉을 맞춰 주며 살 수는 없는 법이다.

런던에 온 지도 반년이 훌쩍 넘었다. 처음에는 무겸과 구단 내의 친밀한 몇몇 사람들 외에는 달리 교류가 없던 하준이지만 그사이 적게나마 친구도 생겼고, 앞으로는 서울에서처럼 아카데미 사람들과 스터디도 할 계획이었다. 김무겸도 이하준의 다른 인간관계에 적응해 나갈 필요가 있었다.

무겸이 늘 주장하는 대로 저에게 '흑심'을 품고 다가오는 사람이라면 하준도 상대할 생각이 일절 없었지만 우첸과는 정말로 담백한 친구 사이였고, 그에게는 정말로 미안한 일이지만 무겸이 본인 입으로 '못생겨서 별로 신경 쓰지 않는다'라고 폭언한 바 있다.

채훈의 외모를 놓고도 간신 같다며 폭언을 하더니 우첸에게도 똑같았다. 미남이라고까지 하기는 힘들더라도 호남 정도는 되는데, 정말 별별 방식으로 샘을 낸다.

채훈의 경우에는 무겸의 의심을 할 만한 정황이라도 있었지, 이처럼 의심의 여지 없이 친구일 뿐인 사람과의 교제마저도 싫다고 한다면 김무겸 한 사람과만 생활 속 모든 일을 함께해야 한다는 뜻이지 않나. 독점욕이 유별난 것은 이해하지만 현실적으로 불가능한 이야기다.

"그럼 대신, 다음 쉬는 날에 하루 줘."

묵묵하던 무겸이 퉁명스레 말했다. 그 나름의 타협안이었다. 하루를 달라는 말은 일전 월드컵이 끝난 직후 서울에서처럼 손발을 얌전히 묶여서 자기가 하는 대로 따라 달라는 뜻이었다.

런던에 돌아온 뒤로도 이미 두어 번 비슷한 하루를 보냈다. 솔직히 말해서 하준은 그런 날이 전혀 싫지 않았다. 약간의 부끄러움을 견뎌야 하는 순간은 있었지만 저의 수족을 자처하는 무겸에게 다시없을 소중한 무언가로 다루어지는 기분은, 이러다가 너무 응석이 늘어나 버리는 게 아닐까 걱정이 될 정도로 무척이나 달콤했으니까.

서로에게 만족스러운 괜찮은 협상. 하준이 미소 지었다.

"좋아."

무겸은 기분이 조금 풀린 듯 흥, 코웃음을 쳤다. 둘은 가볍게 하이파이브를 하고, 남은 훈련을 이어 갔다.

하준이 벤치에 앉지 못하는 경기 날이 다가왔다.

경기는 저녁 일곱 시에 시작될 예정이었다. 하준은 홈구장 근처의 스탠드 펍, 입구 근처의 입식 테이블에 서서 혼자 맥주를 한 잔 기울이며 약속 상대를 기다리고 있었다.

시즌 첫 라이벌 매치를 앞둔 거리는 평소보다 더 많은 사람들로 북적거렸다. 곧 군중들 사이에서 친숙한 얼굴이 드러났다. 그가 손을 번쩍 들어올려 흔들며 인사를 건넸다. 하준도 손을 맞흔들었다.

"준! 오랜만이다."

"잘 지냈어?"

"일하느라 정신없지 뭐. 너는?"

하준은 아카데미에 들어가고 우첸은 일자리를 구해 서로 몹시 바빠진 참이었다. 상반기에는 둘 다 어학원에 다니느라 매일같이 얼굴을 보던 사이지만 여름이 지난 뒤로는 처음 만나는 것이었다. 근황을 주고받다가 우첸이 고개를 절레절레 저으며 한탄했다.

"나는 정말 세상에서 네가 제일 부럽다! 그린포드에서 일을 하다니. 선수들도 매일 볼 거 아냐."

"매일 만나다 보면 그냥 직장 사람들이야."

"요즘 너도 꽤 유명세 타던데. 킴이랑은 여전히 같이 사는 거지?"

"응."

"나 혹시 오늘 킴이랑 사진 한 장 찍을 수 있을까? 너한테 얹혀서. 지난번에 사인해 준 것도 너무 고마웠는데, 아무래도 사인을 가지니 사진도 찍고 싶다는 욕심이 생겨."

하준이 눈을 때록 굴렸다. 무겸에게는 우첸과 함께 경기를 보러 올 것이라고 했을 뿐, 따로 사진을 찍어 달라는 요청 같은 것은 미리 하지 않았다.

하지만 하준은 그린포드의 스태프다. 레드카드를 받는 바람에 오늘 벤치에는 앉지 못하지만 대기실 등에는 자유롭게 출입할 수 있었다. 하준이 아니더라도 스태프의 가족이나 친구들은 종종 인맥 찬스를 활용해 선수들의 사인을 받거나 사진을 찍기도 하고 유니폼 따위를 얻어 가기도 했다.

"그러자. 경기 끝나고 잠깐 들르면 될 것 같아."

"준, 사랑해! 정말이지 영국에 와서 너를 만난 게 내 최고 행운이야!"

"경기만 잘 풀리면 괜찮을 거야. 경기가 잘 안 풀리면 다들 예민해지기도 하거든."

"오늘은 꼭 이기라고 기도해야겠네. 킴이 해트 트릭 하기를!"

둘은 주문했던 맥주를 비우고 슬슬 경기장에 들어설 준비를 했다. 경기장 근처에서 느껴지는 분위기가 벌써부터 뜨거웠다.

처음 런던에 도착해 그린포드에 수속을 밟기 전에는 하준도 관중석에서 경기를 보았다. 무겸은 구단 관계자들이나 선수들의 지인을 위해 준비되어 있는 VIP석 위치를 잡아 주겠다고 했지만 보통 사람들의 열기에 섞여들고 싶어 일반 관중석에 앉았다.

관중으로서 그린포드의 경기를 보는 것은 오랜만이었다. 좌석에 앉자 몸을 푸는 선수들의 모습이 보였다. 잔디밭 위에서 훈련용 복장으로 단거리 러닝을 하거나 공을 주고받는 선수들은, 이렇게 보면 다들 천진난만해 보인다. 무겸도 다른 선수들과 패스 연습을 하며 경기를 준비하고 있었다.

웃으며 선수들을 내려다보다가 문득 시선이 느껴져 하준은 고개를 돌렸다. 옆자리 사람들이 하준을 바라보고 있었다. 눈이 마주치자 그들도 쑥스러운 듯 웃으며 말을 걸었다.

"미스터 리, 맞죠? 그린포드의 코치."

"아… 맞습니다."

"사진 한 장만 함께 찍어도 될까요?"

하준은 된다, 안 된다 대답을 하지 못하고 머뭇거렸다. 바로 답을 하지 않자 거절이라 생각한 듯 그들은 실례했다 사과하며 하준으로부터 시선을 치워 주었다.

하준은 놀란 한숨을 쉬고 정면을 바라보았다. 인기 있는 팀일수록 스태프도 대중의 주목을 받기 쉽다. 괜한 돌발 행동을 하는 바람에 당분간은 일반 관중석에 앉기도 눈치 보이는 입장이 되고 말았다.

킥오프를 하기 전부터 응원 열기가 뜨거웠다. 지역 라이벌전에 걸맞게 서포터 석에서는 카드 섹션까지 준비한 듯 분주했다. 옷을 갈아입은 선수들이 그라운드에 입장해 줄을 섰다. 다섯 번째 경기인 오늘은 라이벌 팀인 핀스버리와의 대결이었다. 선수들 사이의 날카로운 긴장이 관중석까지 전해져 왔다.

짧은 첫 번째 패스를 시작으로, 공이 빠르게 선수와 선수 사이를 오갔다. 주도권을 빼앗기지 않기 위한 짧고 빠른 패스였다.

그러나 핀스버리는 그린포드 선수들끼리 공을 주고받게 두고만 보지 않았다. 사냥감을 낚아채려는 짐승처럼 순간순간 달려들었고, 공을 소유한 팀은 엎치락뒤치락 계속 바뀌었다. 미들 진영에서 공이 이리저리 도는 사이 점차 패스의 반경이 길어지고, 그린포드의 미드필더는 공을 잡자마자 이번에는 공격 진영으로 패스를 시도했다.

공이 몇 번의 전달 끝에 무겸에게로 넘어가자, 위치가 좋다 생각했는지 그는 더 이상의 패스나 전진 없이 곧바로 슛을 시도했다. 공은 빠르게 날아갔으나 골대를 맞고 튕겨 나왔다. 아쉬운 함성이 경기장을 덮었다. 우첸도 제자리에서 몸을 들썩이며 안타까워했다.

"들어갔으면 진짜 멋있었을 텐데! 킴은 골 감각이 정말 굉장해. 아무 데서나 넣어 버린다니까."

"맞아. 특별하지."

"설마 저기서는 못 넣겠지 싶은 곳에서도 넣어 버린다고. 타고 난 공격수야. 본능적이야. 경기하는 모습을 보면 꼭 맹수 같단 말야."

"그래 보이지? 그러면서도 마냥 감에만 의존하지 않는다는 게 김무겸의 가장 큰 장점이야. 방금도 봐. 공은 아직 저쪽에서 돌고 있었는데 미리부터 어느 곳에 공이 올 거라고 예측하고 자리를 잡았잖아. 위치 선정을 잘하려면 축구 지능이 좋아야 해. 어디서든 골을 잘 터뜨리는 것도 사실이지만 계산에 따른 결과일 때도 많아. 그게 정말 멋진 점이고."

칭찬받은 사람은 김무겸인데 하준은 제 자랑을 하는 양 우쭐해져 말이 길어졌다. 벤치에서 경기를 볼 때도 스태프들끼리 선수들을 칭찬하거나 감탄하는 경우는 많았지만 이렇게까지 찬양하듯 말하는 때는 거의 없었다.

오랫동안 김무겸의 팬이었음에도 불구하고, 같은 선수였던 관계로 하준은 다른 이와 무겸에 대해 떠들썩하게 이야기해 본 적이 드물었다. 기껏해야 동생들과 이야기를 나눌 때 정도나 자유롭게 열정을 전시해 보았을까. 자의식 과잉이겠으나 예전에는 지나치게 팬 마인드를 드러냈다가 다른 이들이 제 마음을 눈치채거나 무겸의 귀에 들어가 오해를 살까 봐 걱정되기도 했다.

우첸과 수다를 떠는 동안 하준은 오늘의 관전이 유별나게 즐거워졌다. 경기 양상이 점점 거세지고, 응원가와 견제가가 동시에 경기장을 넘실거렸다.

"킴, 킴. 이번에는 그가 우리를 데려가 준대. 트로피가 있는 곳으로 데려가 준대. 그곳이 너를 위한 자리야."

"킴, 킴. 다시 너희 나라로 가 버려. 서랍에서 네 여권이 기다리고 있어. 잉글랜드는 네가 필요 없어."

관중석의 목소리가 경쟁적으로 높아지던 전반 30분경, 공은 핀스버리의 골대 근처까지 갔으나 수비에 막혔다. 전진하던 선수가 도리어 중원으로 공을 돌려보냈다. 공은 그린포드 선수의 발을 거쳐 하프라인 주변까지 역류해 맴돌았고, 높은 패스를 통해 완만한 곡선을 그리며 또다시 길게 날아갔다. 그리고 일순 관중의 함성이 경기장을 뒤흔들었다.

"우와아!"

우첸이 함성을 내질렀다. 하준도 숨을 집어삼켰다.

어느새 공이 맴도는 라인 근처까지 올라와 있던 무겸이 공을 받아 가슴으로 트래핑을 한 다음 공중에 머무는 공을 그대로 발리킥으로 뻥 걷어차 버린 것이다. 먼 거리, 앞에 서 있던 수많은 선수들의 머리 위로 날아간 공이 매끄럽게 골대 안에 꽂혔다.

아직 시즌 초반이었지만 향후로도 시즌 최고의 퍼포먼스로 거론될 만한 멋진 골이었다. 관중석은 도가니처럼 뜨거워졌고, 하준도 저도 모르게 우첸과 어깨를 서로 감싸 안고 소리를 질러댔다. 경기장이 열광에 휩싸인 사이 무겸은 하준이 앉은 자리 쪽을 향해 달려왔다. 흥분한 선수들 역시 그를 뒤따라 달렸다.

런던에 도착한 하준이 처음 관중석에서 그린포드의 경기를 관람했던 날, 무겸은 골을 넣은 뒤 그가 있는 쪽으로 달려와 두 팔을 들어 올려 커다랗게 하트를 만들었다. 무겸은 오늘도 그럴 낌새로 활짝 웃으며 달려오고 있었다. "이 코치, 봤어?" 꼭 그렇게 말하는 목소리가 들리는 것만 같아 하준은 흐뭇하게 그를 바라보았다. 똑같이 하트는 못 만들어 주더라도 손이라도 흔들어줄 생각이었다.

눈이 마주쳤다고 생각한 것은 착각일까? 하준은 관중석에서도 제법 앞자리에 앉아 있었고, 그린포드의 홈 경기장은 관중석과 그라운드 사이가 많이 멀지 않았다. 함박웃음을 지으며 달려오던 무겸이 관중석 근처까지 다가와 우뚝 멈춰 섰다. 그의 얼굴에서 어느새 웃음이 사라져 있었다. 시즌 중 두 번 나오기 힘들 멋진 골을 성공시킨 선수의 표정이라기에는 지나치게 굳어들었다.

그러나 찰나였을 뿐, 무겸은 곧 다시 씩 웃음을 지어 보였다. 관중석을 향해 주먹을 뻗은 다음 왼쪽 가슴 위의 엠블럼을 그 주먹으로 두 번 쿵쿵 쳤다. 팀에 대한 충성을 표시하는 무겸의 듬직한 셀레브레이션에 사람들의 함성이 벼락처럼 커졌다.

"와, 젠장! 킴은 진짜, 진짜 최고야! 어떻게 사람이 저렇게 완벽하냐?"

우첸이 흥분해 하준의 어깨를 마구 잡고 흔들었다. 맞아, 네 말이 맞아. 하준은 대꾸하면서도 어쩐지 마음 한구석이 작게 삐거덕대는 것을 느꼈다.

그러나 경기는 속행되었고, 그라운드와 관중석 양쪽에서 뿜어져 나오는 열기에 휩싸여 잠깐의 위화감은 곧 잊혔다.

시즌 첫 라이벌 전은 그린포드의 승리로 끝났다. 첫 골을 넣은 뒤로도 무겸은 나태해지기는커녕 전차처럼 뛰어 한 골을 더 넣었다. 오늘의 MVP는 따 놓은 당상이었다. 경기가 끝나고도 사람들은 바로 자리를 떠나지 않고 사진을 찍기도 하고 노래를 부르기도 했다.

하준과 우첸은 자리를 정리하고 일어섰다. 멋진 경기를 직접 관람한 우첸은 흥분이 가라앉지 않는 듯했다.

"준. 진짜 선수들 만나 볼 수 있어?"

"그래. 오늘은 경기가 잘 끝났으니까 괜찮아."

"캬. 친구 잘 둔 덕을 이렇게 보는구나."

하준과 우첸은 함께 걸어 관객석을 내려갔고, 아까는 앉지 못했던 벤치 자리로 향했다. 선수들은 거의 모두 드레싱 룸으로 들어간 뒤라 몇 명만이 남아 있었다. 물을 마시던 선수가 웃으며 말을 걸었다. 하준과 그는 주먹을 짧게 부딪친 뒤 말을 나누었다.

"터프가이. 오늘 볼만했지?"

"관중석에서 보니까 또 새롭던데."

"그쪽은?"

"친구."

유명 선수를 코앞에서 바라보는 우첸은 이미 제정신이 아니어 보였다. 이렇게 좋아할 줄 알았으면 진작 한번 데려와 줄 것을……. 하준은 가볍게 후회했다.

딱히 그런 부분을 지적할 사람은 없지만 지난 시즌까지는 저도 적응기였기 때문에 개인적으로 아는 사람을 관계자석까지 데리고 오기에는 조금 민망했다. 하지만 이제 자신도 분명한 이곳의 일원이니까.

"무무는 드레싱 룸에 들어갔어."

묻지도 않았는데 무겸이 어디 있는지를 알려 준다. 하준은 고개를 끄덕이고 계단을 내려갔다. 승리의 기쁨을 나누고 옷을 벗고 이야기를 나누는 등, 선수들은 정리에 바빠 아직 샤워실에 들어간 사람은 거의 없어 보였다.

"무겸아!"

무겸을 찾는 것은 어렵지 않았다. 그는 상의 유니폼을 벗어 들어 넓고 탄탄한 어깨와 등을 다 드러내고 있었다. 하준이 이름을 부르자 곧바로 뒤를 돌아보았다. 승리의 기쁨이 넘실대는 미소가 하준을 반겼다.

"코치님. 내려왔어?"

"오늘도 정말 최고였어! 내일은 전부 네 이야기만 하겠다."

하준도 절로 나오는 함박웃음을 지우지 않고 칭찬을 건넸다. 무겸은 기분 좋은 듯 눈을 마주치고 있다가 문득 하준의 어깨 뒤로 시선을 가져갔다. 짙고 잘생긴 눈썹이 살짝 올라갔다.

"저쪽은?"

"기억나지? 오늘 경기 같이 본 우첸. 너랑 사진 한 장만 찍고 싶대서 같이 내려왔어."

하준이 손짓하자 우첸이 가까이 다가왔다. 그의 얼굴이 설렘으로 가득 차 있었다.

"안녕하세요, 킴. 지우첸이라고 합니다. 봄쯤에 준과 같이 다니는 어학원 앞에서 잠깐 만났었는데, 기억하세요?"

"기억합니다."

"오늘 골 정말 잊지 못할 거예요! 푸스카스상•감이었다고요! 오랜만에 온 직관에서 그런 멋진 골을 보다니, 전 정말 행운아예요. 킴, 괜찮으면 사진 한 장만 같이 찍을 수 있을까요?"

"어려울 건 없지만……."

무겸이 눈을 조금 가늘게 떴다. 하준을 짧게 힐끔거리더니, 다시 우첸에게 시선을 고정했다.

"이 코치님과 꽤 오랜만에 만난 걸로 알고 있는데."

"네, 맞아요. 둘 다 어학원도 그만뒀고, 서로 바빠져서 간만이에요."

"오랜만에 만났으면 친구한테 집중을 해야지……."

무겸이 눈썹을 살짝 찌푸리고 속이라도 상한 것처럼 쓴웃음을 짓고는 말했다.

"나랑 사진 찍겠다고 여기까지 따라오고. 이 코치님 이용하려고 만나는 건 아니죠?"

"김무겸!"

옆에서 대화를 듣고 있던 하준이 화들짝 목소리를 높였다. 갑작스럽게 빈정대며 치고 들어온 발언에 우첸은 뭐라 대꾸도 못하고 진땀만 흘리는 중이었다.

• 국제 축구 연맹(FIFA)이 1년 중 가장 멋진 골을 기록한 선수에게 수여하는 상이다.

하준은 얼른 끼어들어 둘 사이를 벌리고, 목소리를 낮춰 무겸에게 속삭였다.

"왜 그래? 이용은 무슨 이용이야. 아닌 거 다 알잖아."

"한 번 언뜻 스치기만 한 놈 속마음을 내가 어떻게 알아."

"돈이라도 꿔 달라고 했어? 사진 한 장 찍고 싶다는데 무슨 이용이란 말까지 나와."

"바늘 도둑이 소도둑 되는 법이야. 그렇게 시작해서 나중에는 사기라도 치려 할지 모르는 일이라고."

"말도 안 되는 소리에다가, 치려 한다고 당해 주겠어? 내가 바보야?"

"바보는 아니지만 넌 너무 예쁘고 착하잖아."

엉뚱한 타이밍에 튀어나오는 칭찬에 하준은 얼이 빠졌으나 곧 정신을 가다듬었다. 이것은 김무겸의 페이크다.

"같이 경기 보기로 했다는 말을 미리 안 한 것도 아니고. 작년에도 채훈이 형 앞에서 예의 없이 굴어서 나 곤란하게 만들더니, 또야?"

"……."

"그때 미안하다고 했으면 두 번은 안 그래야지."

한국어라 알아들을 수는 없겠지만 둘의 대화가 험악해지고 있음을 눈치챘는지 우첸이 끼어들었다.

"준. 나 괜찮아. 미리 말도 없이 관계자 자리까지 따라왔으니 내가 무례했던 게 맞지."

"아냐. 다른 스태프들도 다 친구나 가족 데려오기도 해. 나는 오늘 너랑 처음 온 거란 말이야."

무엇에 부쩍 마음이 상했는지, 그 말을 하며 하준은 눈시울까지 살짝 붉혔다. 그의 표정을 본 무겸이 얼른 하준의 팔을 잡았다.

"미안."

"……."

하준이 말없이 시선을 맞춘 사이, 무겸은 재빨리 우첸에게 가까이 다가갔다.

"우첸. 미안합니다. 내가 성격이 옹졸해서 가끔 이렇게 심술을 부릴 때가 있어요. 나쁜 뜻은 아니었으니 이해 부탁합니다."

"하하! 아니에요. 약간 삐딱한 게 킴의 매력이잖아요? 저한테는 방금도 팬서비스 같았어요."

공격성 발언이 워낙 갑작스러웠던 데다 농담으로 넘어갈 만한 내용이라 기분이 채 상하기도 전이었다. 우첸은 금세 싱글싱글 웃으며 무겸과 사진을 찍었다. 무겸은 그에게 사인을 한 유니폼까지 챙겨 주고, 다음에도 언제든 오라며 마음에도 없을 인사치레까지 했다.

"킴은 팬서비스 매너까지 완벽하다니까. 정말 최고야."

조금 전에는 우첸이 무겸을 칭찬할 때마다 두 배 세 배로 말을 얹으며 맞장구를 치던 하준이지만 이번에는 선뜻 대답이 나오지 않았다. 드레싱 룸에서 나온 우첸이 물었다.

"우리는 어떡할까? 펍으로 이동해서 한 잔 더 할래?"

"…오늘은 이만 들어가면 어떨까? 나 아카데미 과제가 많아서."

"그럴까? 하긴 나도 내일 일찍 출근해야 해서. 그럼 다음에 보자. 이제 둘 다 런던 생활에 어느 정도 적응한 것 같으니까 앞으로는 자주 만나자. 오늘 진짜 고마웠어."

"응. 나는 경기장에서 바로 갈게. 또 보자."

"그래. 또 봐, 준!"

우첸은 뿌듯한 웃음을 안고 통로를 걸어 나갔다. 계단을 통해 다시 관객석으로 올라가면 출구까지는 금방이니 굳이 배웅은 해 주지 않아도 될 것이다.

다른 스태프들과 이야기를 나누며 하준은 걸음을 옮겼다. 경기장 벤치에는 앉지 못했지만 훈련장으로 향할 팀의 버스에는 오늘도 그가 앉을 자리가 있었다. 시티서울에서와 마찬가지로, 바로 김무겸의 옆자리에.

하준은 입을 꾹 다물고 자리에 앉았다. 샤워를 마친 무겸에게서는 운동 직후의 야성적인 체취가 아닌 샴푸 냄새만 풍겼다. 머리카락에도 아직 습기가 남아 있었다. 하준이 그의 옆에 앉자 무겸이 바로 몸을 살짝 기울여 다시 사과를 해 왔다.

"미안해. 내가 또 못 참고 애처럼 심술부렸어."

"…됐어. 우첸은 기분 좋아져서 갔으니까."

"그 친구가 아니라 코치님 기분이 풀려야 하는데."

"놔두면 풀리겠지."

그 말은 옳았다. 웬만큼 화가 나거나 불쾌한 일이 있어도 그 이유가 개인적이고 감정적인 사안인 이상 하준의 분노는 그다지 오래가지 않는다.

무겸이라고 시간이 해결해 주리라는 것을 몰라서 사과를 반복하는 것은 아니었다. 자꾸만 성질 긁는 일을 만들면서 화를 내지 말라고 한다면 모순이겠지만, 어쨌든 무겸은 하준이 화를 내는 것이 싫었다. 아니, 다른 이가 화내는 것을 좋아할 사람은 변태 아니고서야 없을 테니 정확히는 무섭다고 표현하는 쪽이 적절할 것이다.

이러다가 또 폭발해서 벽이라도 때리면 큰일이다. 그랬다가는 하준이 손을 다칠 수도 있으니까 안 된다. 무겸은 안절부절못하며 하준의 눈치를 보았으나 단정한 옆모습은 살짝 울적해 보일 뿐 특별히 화가 어려 보이지는 않았다.

"코치님, 정말 미안해."

달리 할 말이 없어 '미안' 횟수를 한 번 더 보태자 하준은 그런 무겸을 한 번 돌아보고는 말했다.

"미안하다는 말은 예전에도 했잖아."

아직 관절을 걱정할 나이는 아닌데 뼈가 아팠다.

버스가 훈련장에 도착하고, 또 훈련장 버스에서 자가용으로 갈아타 집으로 향하는 동안 무겸은 입을 다물고 얌전히 굴었다. 그래도 하준이 거기서 화가 나 혼자 돌아가 버리거나 우첸이라는 녀석과 2차 나들이를 가지 않은 점이 어디인가 싶었다.

집에 들어서서, 하준이 몸을 씻고 옷을 갈아입는 사이 무겸은 거실에서 그를 기다렸다. 잠옷 차림으로 무겸에게 다가온 하준이 조금 가라앉은 말투로 말했다.

"나는 과제 좀 하려고. 서재에 있을게. 너는 오늘 많이 피곤했을 테니 먼저 쉬어."

"하준아. 그러지 말고 같이 쉬자."

"정말 바빠서 그래."

하준은 웃어 보이고 무겸의 어깨를 토닥인 뒤 복도를 걸어갔다. 그 뒷모습을 보던 무겸은 긴 한숨을 내쉬며 소파에 옆으로 드러누워 버렸다.

'미안하단 말만 반복해 봤자 이제 듣기에도 번거롭겠지?'

친구와 함께 보러 올 것이라고 하준이 미리 알려 주었으니, 두 사람이 나란히 앉아 경기를 관람하는 모습을 보게 될 것임은 당연히 알고 있었다. 하지만.

'씨발, 그렇다고 그렇게 부둥켜안고 있을 건 뭐야!'

축구에서는 모든 골이 똑같이 1점이다. 골문 바로 앞에서 골을 넣든 하프라인에서 골을 넣든 스코어가 달라지지는 않는다. 그래도 멀리서 넣을수록, 어려운 상황에서 넣을수록, 멋지게 넣을수록 관중들은 흥분하게 마련이다.

시즌 베스트일지도 모를 자랑할 만한 골을 넣고 진작 위치를 확인해 놓은 하준의 자리를 향해 달려가던 그때, 우첸인지 좌첸인지 하는 녀석이 무엄하게도 그 팔모가지를 하준의 어깨에 걸고 바짝 끌어당기는 모습만 보지 않았어도 그렇게 심술 맞은 기분이 되지 않았을 거다.

더군다나 하준까지 아무 생각 없이 합세해 깔깔 웃으며 신나 하는 모습은 어떻고?

'앞으로는 남들 손 안 타게 조심하겠다고 약속했잖아? 이번에는 이 코치도 잘못한 거야.'

혼자서 고개를 주억거리며 마음속으로 실책을 분담해 보았다. 하지만 이하준 탓을 한다고 해서 상황이 해결되고 마음이 편해지지는 않았다.

다시 서재로 찾아가 사과를 해 볼까 했지만, 스스로 생각해도 애국가도 아니고 미안하단 말만 4절까지 반복하는 것은 지루하기 짝이 없다. 자연스럽게 송아지를 침실이나 거실로 데려와 분위기를 바꿀 방법이 없을까?

미간을 살짝 찌푸린 채 손가락으로 턱을 괴고 생각에 잠긴 무겸은 잠시 뒤 몸을 일으켰다.

서재의 높은 문이 소리 없이 열렸다. 책상 앞에 앉아 노트를 정리하던 하준이 고개를 들었다.

"무슨 일 있어?"

그사이 하준의 얼굴은 좀 더 평온해져 있었다. 그를 침대나 소파로 데려가 함께 말랑한 시간을 보내는 것이 그리 어려울 것 같지는 않다. 무겸은 효과가 입증된 경험을 통해 이럴 때 이하준에게 가장 잘 통하는 방법을 숙지하고 있었다.

그가 조금 울상을 지으며 이마에 손을 얹었다.

"코치님."

"응."

"나, 열나는 것 같아."

"열? 감긴가? 요즘 감기 환자가 많아졌다던데."

아니나 다를까 하준은 깜짝 놀라며 벌떡 자리에서 일어섰다. 들여다보던 노트를 내팽개치고 저에게 가까이 오는 모습에, 무겸은 내심 콧노래를 부르며 마주 걸어 그에게로 다가갔다.

하준의 흰 손이 이마에 닿자 무겸이 탄식처럼 긴 한숨을 쉬었다. 부드러운 손길이 사랑스럽기 그지없다.

"열이… 있나? 손으로만 재 봐서는 잘 모르겠네."

하준은 잔뜩 걱정스러운 얼굴을 하고, 무겸의 이마에 얹은 손을 이리저리 새로 짚어 보다가 아리송한지 눈을 굴렸다.

그 표정이 귀여워 무겸은 무심결에 웃을 뻔하다가 이를 악물고 간신히 참았다. 한참 동안 이마를 매만지던 손이 떨어져 나갔다.

"체온계로 재 보자. 컨디션 나쁘면 지금이라도 감독님께 연락하고 쉬는 게 좋을 것 같아."

체온계로 재면 꾀병인 게 들통날 텐데…….

무겸은 그렇게 생각하면서도 제 손을 잡고 앞서 걸어가는 하준을 뒤따라 걸었다. 어쨌든 한자리에서 이야기할 기회만 만들면 기분을 풀어 줄 수 있을 테니까. 꾀병이야 체온계가 잘못되었다고 우겨도 되고, 실제로는 열이 없어도 컨디션이 열이 날 때처럼 나쁘다고 주장해도 되었다.

침실로 들어선 하준이 무겸을 침대에 앉히고 구급상자를 꺼내왔다. 체온계를 꺼내 무겸의 귀로 가져와 버튼을 누른다. 삑 소리가 작게 울리고 하준이 체온계 액정에 뜬 숫자를 확인했다.

"열은 없는데."

하준이 중얼거리고 무겸을 내려다보았다. 무겸이 어깨를 으쓱했다.

"미열이라 체온계에 안 뜨나 봐. 몸살 걸렸을 때처럼 으슬으슬한데."

"차라도 끓여 줄까? 심하지 않으면 따뜻한 것 마시고 푹 자면 나을지도 몰라."

"차도 좋지만… 그것보다는 하준이가 같이 누워 줬으면 좋겠다."

무겸이 잽싸게 하준의 허리를 안아 침대 쪽으로 당겼다.

갑작스레 이끌린 하준은 앗 소리도 못 내고 무겸의 팔에 갇혀 침대 위에 엎드렸다. 그대로 몸을 굴리자 둘은 마주 보고 옆으로 누운 자세가 되었다. 무겸이 애교 띤 미소를 지었다.

"혼자 자려니 쓸쓸해."

하준은 여전히 말이 없었다. 시선만 무겸에게 맞추고 눈을 몇 번 깜박이더니, 어느 순간 가늘게 미간을 찌푸렸다.

그가 제 몸을 감고 있는 팔을 떨쳐 냈다. 무겸이 텅 비어 버린 품에 망연해진 사이, 하준은 벌떡 몸을 일으켜 침대에 걸터앉았다.

"너 또 꾀병이었어?"

"응? 아니야, 하준아. 그게 아니라."

하준이 흐트러진 앞머리를 쓸어 올렸다. 짧게 한숨을 쉬고 목소리를 낮췄다.

"정말 나를 바보 취급하는 게 아니면 어떻게 매번 이러냐."

"아냐! 바보 취급이라니, 내가 널 어떻게 그래!"

무겸이 재빠르게 하준의 손을 잡았다. 합동 기도라도 하는 모양새로 붙든 손을 가슴께에 끌어올리고 말을 이었다.

"사과하고 싶어서 그래. 일단 둘이 같이 있어야 얘기도 할 수 있잖아."

"그럼 아까 서재에서 솔직하게 말했으면 되잖아. 왜 거짓말을 해서 사람을 놀려?"

"미안하다는 말은 지겹다며. 같이 있고 싶어서 그런 거야."

"…너는 네가 미안하다고 하면, 내가 꼭 즉석에서 바로 괜찮다고 해 줘야 직성이 풀려? 내가 생각 정리하고 기분 풀 때까지 좀 기다려 주면 안 돼?"

무겸이 바로 응수하지 못하고 입을 뻐끔거렸다. 뒤늦게 흘러나오는 목소리에 풀이 죽었다.

"네가 화 난 것 같은데, 어떻게 가만히 기다려……."

그러고 나서 얼른 이어 붙였다.

"나도 그럴 생각까지는 없었어. 그런데 그 자식이 널 함부로 더듬고 만졌잖아. 거기다 끌어안기까지. 음흉하게."

"언제? 그런 적 없어."

"아니! 골 세리머니 하러 갈 때 관중석에서 하는 짓을 내가 똑똑히 봤어. 처음부터 찝찝했어. 어학원 그만둔 뒤로 연락 뜸했잖아? 그런데 갑자기 경기를 같이 보러 가자고 하더니, 아니나 다를까 경기장에서 그딴 짓을 해?"

"그딴 짓?"

"그래. 그놈이 아무 생각 없이 한 짓일 수 있지. 아직은. 그렇지만 두 번, 세 번 단둘이 만나면서 얽히다 보면 지금은 별생각 없더라도 결국은 너한테 빠지게 될걸. 우정이 사랑으로 변하는 레퍼토리만큼 흔한 것도 없지."

그의 말투는 단호하고 확정적이기까지 했다. 하준은 뜨악한 표정으로 잠시간 생각에 잠겼다가, 곧 눈을 바로 뜨고 무겸을 보았다.

"혹시 네가 골 넣어서 잠깐 끌어안았던 것 말하는 거야? 정말 잠깐이었잖아."

"어쨌든 만졌잖아?"

"김무겸. 축구 응원할 때 사람들 어떤지 몰라? 다들 정신없고, 골 들어가면 옆에 있는 모르는 사람하고 포옹하고 소리 지를 때도 있어. 나쁜 의도로 그런 거라면 모를까, 우첸은 그냥 친구고 나도 별생각 없는데 그럴 때마다 일일이 사람을 밀쳐 내기라도 해야 돼?"

"그러면 안 돼? 누가 너 만지는 거 싫어."

"입장 바꿔 생각해 봐. 너 골 넣었을 때 다른 선수들이 너 안고 만지면서 축하해 주는 거, 내가 싫다고 하면 안 할 수 있어?"

"네가 하지 말라고 하면 못하게 할게."

고민도 없이 단박에 튀어나온 무겸의 대답에 하준은 머리가 아픈 듯 이마를 짚었다. 그의 말투에서 조금 힘이 빠져나갔다.

"하… 그래. 나도 알아. 네가 싫어해서 훈련할 때도 가능한 주의하고 있는 것 알잖아."

"알고 있어. 항상 고맙게 생각해. 오늘은… 그래서 그 친구한테 그만 말이 까칠하게 나왔어. 내가 실수했어. 앞으로는 이런 일 없게 할게."

대답 없이 시선만 내리깐 하준의 눈썹이 조금 아래로 처졌다. 화가 났다기보다는 슬픔이 들어차기 시작한 표정이었다. 무겸이 입을 합죽 다물었다. 예상하지 못한 서글픈 얼굴에 등골이 오싹해졌다. 하준이 몇 번인가 입술을 달싹이다 말문을 열었다.

"나 오늘 경기 보는 동안 정말 재미있었어. 걔도 그린포드랑 네 팬이라서 네 얘기도 많이 하고……. 너도 알겠지만 같은 선수들끼리는 다른 선수 이야기를 아주 자유롭게 하기 힘들잖아. 런던에는 팀 동료들 빼고 나면 개인적으로 친한 사람도 아직 별로 없고."

"……."

"너 첫 골 넣었을 때 너무 기분 좋아서 다른 생각은 나지도 않았는데……. 나는 그런 자리에서도 네 골에 기뻐하기보다는 누가 나 안 만지게 조심부터 해야 돼?"

무겸의 눈이 크게 열렸다. 얼굴이 굳고 입만 살짝 벌어졌다. 이번에야말로 엄살이나 꾀병이 아닌, 진심으로 안타까운 표정이 그의 얼굴에 드리워졌다.

"아냐."

"……."

"아냐, 이하준. 내가 또 등신같이 속 좁은 소리 했다. 아, 젠장. 내가 방금 한 얘기들, 그냥 다 못 들은 걸로 해."

"…그래. 상대가 같은 남자라고 해도, 우리는 남자끼리 사귀는 사람들이니까 네가 기분 나쁠 수 있어. 하지만 그런 일로 기분이 상했으면 나한테 얘기했어야지. 오늘 그 자리에서는 우첸이 손님이었는데 대뜸 그러면 데려온 나는 뭐가 되냐? 나야 네 이야기를 들으면 이해라도 하지."

그 짧은 사이에 하준의 얼굴은 평소처럼 돌아와 있었다. 살짝 우울한 기색만 비친 무표정한 얼굴로 하준이 무겸을 바라보았다.

"과제 바쁘다는 말은 진짜야. 좀 늦게까지 봐야 할 것 같으니까 오늘은 먼저 자."

"하준아."

"화나서 그러는 거 아냐. 정말 바빠서 그래."

그야 이하준은 늘 바빴다. 코치님은 일도 하고 공부도 해야 해서, 대체로 축구만 하면 되는 김무겸보다 매일매일 훨씬 바빴다.

그렇게 바빠도 밤마다 함께 누워 잠드는 나날을 마다한 적은 없다. 내일 마저 해야겠다며 책이나 노트북을 덮고 일어나 무겸의 옆에 누워, 밤을 불태우거나 어슴푸레한 빛깔을 함께 나누고 때로는 길게 수다를 떨다가 잠이 든다.

무겸은 먼저 자라며 서재로 떠나려 하는 하준을 보며 기시감을 느꼈다. 이것은 마치 자신이 크나큰 실수를 저질렀던 그날, 괜스레 화를 내거나 감정적이 될까 봐 하준에게 먼저 자라고 했던 밤과 비슷한 전개 아닌가.

이제는 차라리 하준이 저한테 버럭버럭 소리라도 질렀으면 좋겠다는 생각이 든다. 화가 난 것이 분명한데 화를 내지 않으니, 터질 듯 말 듯 불쑥불쑥 부푸는 풍선을 볼 때처럼 초조함만 부피를 키웠다.

"코치님. 정말 같이 안 자?"

"김무겸. 아까 말했잖아."

하준이 망설이다가 말을 맺었다.

"가끔은 좀 기다려 줘."

'기다려'라는 명령을 받은 개가 된 기분이었다. 더 이상 할 말도 없어 무겸은 목 안쪽으로 앓는 소리만 냈다.

"어쨌든 오늘은 경기 끝난 날이니까 푹 쉬어. 일찍 자."

그렇게 말한 하준은, 자신이 기다리라고 말해 놓고도 선뜻 몸을 돌리지 못하고 망설였다. 무겸은 최대한 불쌍한 표정을 짓고 하준을 바라보았다. 그러나 송아지 코치님은 오늘따라 독하게 마음먹고 호랑이 코치님이 되기로 했는지 깊게 심호흡만 했다.

"난 그럼 과제 하러 갈게. 나중에 봐."

먼저 내쳐 놓고서도 등을 돌리지 못하겠는지 손을 흔들며 뒷걸음질을 쳐 침실을 빠져나간다. 문가에 거의 다다라서야 등을 보이고 걷다가, 문을 닫으면서 또 힐끔 안쪽을 한번 살피는 모습에 무겸은 애가 타서 이를 갈았다.

문이 완전히 닫히고, 주변을 두리번대는 산토끼 같은 모습이 완전히 자취를 감추고 나서야 침대에 풀썩 누워 이 어처구니없는 사태를 곱씹었다.

오늘은 경기가 있던 날이다. 더군다나 자신이 푸스카스상을 받아도 손색이 없을 멋진 골을 넣은 날. 그 군만두 같은 놈만 아니었으면 집에 돌아오자마자 이 침대에서, 잔뜩 요망해진 송아지와 두세 번을 굴러도 굴렀을 것이다! 이렇게 대승한 날은 이하준도 기분이 좋아서 평소보다 훨씬 더 즐거운 밤을 보낼 수 있는 기회인데.

"……."

…그러나 골이야 또 언제든 넣을 것이고, 기념 섹스 또한 언제든 할 수 있다. 그런 것보다는 하준을 정말로 속상하게 만들어 버렸다는 것이 문제였다.

'생각해 보면 향수병에 걸려도 안 이상할 시기지.'

이하준이 영국에 온 지 이제 반년이 조금 넘었다. 처음에는 적응하느라 바쁘고, 환경의 변화에 긴장해 부조화나 쓸쓸함을 느낄 틈도 없다가 조금 살 만해지면 오히려 그때 향수병이 찾아온다. 지금 하준은 정확히 그 시기를 보내고 있었다.

그토록 열망했던 유럽 진출임에도, 무겸 역시 영국 생활 초반에는 몇 번씩 한국에 돌아가 버리고 싶었다. 제대로 통하지 않는 언어가 답답했고 기존 팀원들의 텃세도 짜증스러웠다. 거리도 날씨도, 사소한 하나하나 모두가 마음에 들지 않았다.

처음에는 요리도 제대로 할 줄 몰랐다. 프로 축구 선수씩이나 되어서 한인 마트에서 사 온 라면으로만 며칠 연속으로 저녁 식사를 때운 적도 있었다. 아무리 아득바득 기어올랐다 한들 어린 나이에 혼자 해외 생활을 한다는 것은 생각 이상으로 만만치 않았고, 반드시 스타 선수로 성공하겠다는 야심이나 패기도 가끔은 습기 먹은 신문지처럼 쭈글쭈글 주눅이 들어 버리고는 했다.

무조건 제 편이 되어 줄 사람들이 존재했다면 돌아가겠다 징징댔을지도 모른다. 하지만 돌아가 봐야 제게 있는 사람들이라고는 마냥 기대고 어리광부릴 혈육이 아니라 성공이라는 결과로 은혜를 갚아야 할 은인들뿐이었기에 이를 악물고 버텼다. 지금 생각하면 끈기나 근성이라기보다는 고집과 오기였다.

하지만 이하준에게는 화목하기 이루 말할 수 없는 가족이 있다. 진심으로 자식들을 사랑하는 어머니와 그가 업어 키우다시피 한 우애 좋은 형제들. 지금이라도 영국 생활을 포기하고 한국에 돌아가도 그를 실패자라 여기기보다는 잘 돌아왔다 웃으며 안아 줄 준비가 만만한 사람들. 인망이 높아 친구도 많고 현역 때부터 아직까지 쫓아다니는 팬클럽도 있지 않나.

물론 이하준은 런던에서의 생활을 큰 기회라고 생각하며 겸허하게 받아들이고 있다. 그는 라면만 먹을 필요도 없고 영어도 능숙하며 팀에도 금방 녹아들었다. 객관적으로 봤을 때 나쁜 조건은 전혀 아니다.

하지만 아무리 김무겸을 사랑하고 자신의 꿈을 위해서 이곳에 살고 있다 해도, 여러 조건을 차치하고라도 돌아가고 싶을 때가 한두 번이 아니리라. 저에게 말을 하지 않을 뿐이다.

살아오는 내내 사랑을 많이 받으며 살아온 사람이다. 마음속에 물을 주어야 하는 화분이 있어서 김무겸에게 그 화분이 이하준이 주인인 것 하나뿐이라면, 하준의 마음속에는 이미 용도별로 가꾸어 온 것들이 여러 개 있는 것이다.

그 화분들은 모두 이하준이라는 인간을 구성하는 요소이니 죄다 깨부수지 않는 이상에야 계속 물을 줘야 하겠지. 김무겸 한 사람이 모든 빈 곳을 한 방울도 남김없이 채워 줄 수 있다면 좋겠지만 그럴 수는 없다.

…이럴 수가. 너무나 훌륭한 비유였다!

무겸은 벌떡 일어났다. 지금이라도 서재에 가 방금 생각한 것을 모두 이야기하고, 다시는 그러지 않겠다고 반성문을 올리고 싶었다.

"가끔은 좀 기다려 줘."

그러나 하준이 진지하게 남긴 그 말이 발목을 잡았다.

곰곰이 생각해 보자 정말로, 매번 혼자 안달복달하느라 그를 진득하게 기다려 준 적이 한 번도 없었다. 결과론적으로 보자면 결국 그렇게 해서 이하준의 옆을 차지하게 된 셈이지만 세상만사 매번 같은 전략이 통하지는 않는 법.

깨닫고 나자 작은 침울이 가슴을 콕콕 찔렀다. 이렇게 인내심이라고는 없어서야…….

그에 비해 하준은 항상 얼마나 인내심을 가지고 자신을 기다려 주었던가. 그의 화를 돋우는 것도 돋우는 것이지만, 매번 여유라고는 없이 발을 동동 구르는 모습만 보여 줬다가는 이하준에게 있어 김무겸이라는 남자의 매력 가치가 하락을 반복하다가 언젠가는 바닥을 보이지 않을까?

무겸은 주먹을 쥐며 결심했다. 좋다. 기다리자. 이하준이 생각을 정리하고 기분을 풀고, 다시 저와 이야기를 하러 올 때까지 기다려 보는 거다.

"…죽을 것 같다……."

그러나 하준이 방을 나간 지 채 30분도 되기 전에 숨이 다 찼다. 늘 원하는 대로 행동하는 것에 익숙해져 무엇이든 참아 본 적이 극히 드문 무겸이었다.

'인내란 참 힘든 것이구나.'

무겸은 끙끙대며 앓다가, 별 이유도 없이 헉헉 가쁜 숨을 쉬다가, 베개 아래에 머리를 파묻었다가…….

그렇게 침대 위에서 작은 법석을 떨며 저 자신과의 싸움을 벌이다가, 정신적인 피로와 경기 직후의 노곤함에 감싸여 어느 순간 잠이 들고 말았다.

⚽

아침, 하준은 별스럽게도 무겸보다 먼저 눈을 떴다.

체력이 좋은 무겸은 아침이 빨랐다. 대부분 하준의 하루는 무겸이 깨워 주는 것으로 시작하는데 오늘은 반대였다.

하준은 부스스 몸을 일으키고 옆자리를 돌아보았다. 옆에서 뒤척이는데도 무겸은 일어날 생각을 않고 미동도 없이 잠들어 있었다. 등을 보이고 돌아누운 그를 깨우려고 손을 뻗던 하준은 피식 웃었다.

어젯밤 과제 정리를 마치고 침실로 돌아와 보니, 무겸은 베개는 얼굴 위에 얹고 정작 이불은 덮지도 않은 채로 쿨쿨 자고 있었다. 숨이 막히지도 않는지 요상하게 잠든 모습에 그만 웃음이 나왔다. 하준은 작게 웃으면서 무겸의 잠자리를 정리했다. 베개를 제대로 받쳐 주고 이불도 끌어 올렸다.

침실로 돌아왔을 때쯤에는 화나 울적함도 다 풀려 있었다. 이러니저러니 해도 자신이 좋다는 이유로 매번 몸 달아 하는데 진심으로 화를 내기는 힘들다. 예전처럼 적반하장으로 도리어 화를 내는 것도 아니고, 방법은 유치하다지만 저에게 사과를 하고 싶어 그랬다고 하니.

'그래도 이번 기회에 꾀병 부리는 버릇은 고쳐야 해.'

한두 번도 아니고 엄살 연기는 그라운드에서 상대방의 파울을 어필할 때 열연하는 것으로 충분하다. 하준은 그의 옆자리에 몸을 누이다가, 상체를 기울여 잠든 무겸을 빤히 바라보았다.

눈을 감고 입을 다문 얼굴만 봐서는 조금 전 꾀병과 투정을 부리던 남자라고는 생각할 수 없을 정도로 의젓한 미남이다. 가운 앞섶 사이로 보이는 조각 같은 가슴에 절로 시선이 갔다.

우첸이 연신 감탄을 하던 것이 떠올랐다. 멋진 김무겸, 완벽한 김무겸. 모르는 사람들 눈에는 그렇게 보이겠지. 저도 예전에는 그렇게 생각했다.

하준은 몸을 굽혀 무겸의 뺨에 입을 맞추며 아침에는 먼저 안아 줘야겠다고 다짐했다. 기다려 줘서 고맙다고, 예민하게 굴어서 미안하다고 운을 떼고 차분히 이야기를 나누면 무겸은 분명 저를 이해해 줄 것이다. 샘은 많아도 상상력이 풍부해서인지, 그는 벽창호처럼 고집을 부리다가도 막상 조금만 이야기를 나누면 금방 상대방을 이해했다.

'이 상상력이 축구 재능과도 연관이 있을 거야.'

뿌듯한 마음을 안고 그렇게 생각하며 눈을 감은 것이 어젯밤의 마지막. 늦게까지 공부를 한 하준도 노곤해져 금세 잠에 빠져들었다.

"무겸아, 아침이야."

하준이 제게 등을 보이고 누운 무겸의 어깨를 살짝 흔들었다. 그러나 무겸은 좀처럼 깨어나는 기색이 없었다.

"김무겸?"

무겸이 아침 기상을 어려워하다니. 낯선 기분에 하준은 몸을 더 깊이 기울이며 그를 제 쪽으로 끌어당겼다.

바로 누운 김무겸의 얼굴이 마주 놓였다. 하준은 그를 잠시 빤히 내려다보다가, 미간을 옅게 찌푸리고 무겸의 뺨에 얼른 손등을 가져다 댔다.

"…어……."

하준의 입에서 말을 이루지 못한 얼빠진 음성만이 짧게 흘렀다. 허둥지둥 침대에서 일어서 빠른 걸음으로 선반에 다가가 어제 제자리에 넣어 놓았던 구급상자를 꺼냈다.

급하게 찾아 든 체온계를 무겸의 귓가로 가져가 버튼을 눌렀다. 삑, 소리를 내며 액정 창에 숫자가 떠오른다. 동시에 하준의 눈동자가 눈에 띄게 흔들렸다. 실낱같은 혼잣말이 흘러나왔다.

"38.2도……?"

단단한 정적이 잠시 침실을 스쳐 지났다. 믿을 수 없다는 듯 체온계를 빤히 들여다보던 하준은 서둘러 그것을 내려놓고 전화부터 찾았다. 신호가 가는 동안 숨도 멈춘 채로 입술을 잘근잘근 씹다가, 상대방의 목소리가 들리고 나서야 심호흡을 한 번 하고 입을 열었다.

"안녕하세요, 감독님. 준입니다. 오늘 알려 드려야 할 일이 생겨서요."

김무겸이 감기에 걸려 오늘은 훈련에 참가할 수 없을 것 같다는 사유부터 알렸다. 경기 바로 다음 날이라 어차피 회복 훈련 중심으로 계획된 일정이었다. 구단에서도 하준과 무겸이 함께 산다는 사실을 알고 있었으므로 무겸의 홈 컨디셔닝을 하준에게 일임했다.

다음 차례는 의사였다. 무겸이나 저나 워낙 튼튼해 런던에 온 뒤로 아직 만난 적은 없지만, 구단의 소개로 아플 때 왕진을 해 주는 주치의가 있다는 언질은 진작 받았다. 저장해 놓았던 번호로 전화를 걸자 생소한 목소리가 하준을 맞았고, 설명을 들은 의사는 곧바로 와 주겠다며 통화를 마쳤다.

귓가에 자글자글 백색 소음이 들리는 듯, 스크래치 난 침묵이 하준의 근처를 가득 채웠다. 전화를 들고 멍하니 무겸의 옆에 앉아 있던 그는 손으로 얼굴을 감쌌다. 한숨 섞인 혼잣말이 무겁게 새어 나왔다.

"아, 어떡해."

상심한 듯 그렇게 앉아 있던 하준은, 곧 제 뺨을 탁탁 치며 자리에서 일어났다. 침실에 딸린 욕실로 향해 미지근한 물수건을 두 개 만들고, 컵에 물을 따랐다.

조심스레 이불을 들치고 가운 앞섶을 열자 그제야 무겸이 느리게 눈을 떴다. 시선이 마주치자 그는 아직 잠기운이 가득한 얼굴에 느긋하고 큰 미소를 띠었다. 하준은 마주 웃어 주지 못하고 그를 바라보았다.

"송아지."

그는 몸을 일으키려다가 미간을 찌푸렸다. 몸의 감각을 확인하려는 듯 주먹을 느리게 쥐었다 펴며 제 손을 바라보다가, 위화감을 느꼈는지 중얼거렸다.

"왜 이래……?"

"너 열 나. 38도가 넘어."

하준이 대답하며 땀이 조금 배어난 무겸의 목덜미를 물수건으로 닦았다. 무겸의 눈이 커졌다.

“열이 난다고?”

“그래.”

하준의 손이 멈췄다.

“많이 아파?”

“음… 듣고 보니 좀 여기저기 쑤시는 것 같기도 하고……. 몸살인가? 우리 코치님이 살살 주물러 주면 괜찮아질 것 같은데.”

무겸이 힐끔대며 말을 잇는 동안 하준은 무뚝뚝하게 아래만 내려다보았다. 그는 표정 관리를 하려는 듯 숨을 몰아쉬었지만, 눈썹이 아래로 처지며 곧 울 것 같은 얼굴이 되었다. 흐려진 목소리가 흘러나왔다.

“미안해. 어제 아프다고 했는데…….”

“어?”

“꾀병 취급이나 하고, 너한테 짜증이나 내고……. 난 정말 코치 자격도 없어.”

하준은 풀이 잔뜩 죽었으나 그래도 바삐 움직여 무겸의 땀을 닦아 냈다. 뒷목과 등까지 미지근한 물수건으로 정리하고, 새 가운을 입혔다. 그러는 동안 무겸은 더 말을 못하고 입을 꾹 다문 채 눈만 끔벅였다.

일을 마친 하준이 침대 옆에 걸터앉아 무겸의 이마에 손을 얹었다. 침울해진 상태로 할 일을 마친 그는 잘못을 저지른 사람처럼 무겸과 시선도 제대로 맞추지 못하고 있었다.

“왕진 의사가 곧 올 거야. 어제 네가 하는 말 제대로 안 들어줘서 미안해.”

“체온계가 말썽이었잖아. 어쩔 수 없지.”

“아무리 그래도 그렇게 간단히 거짓말 취급을 하면 안 됐어. 다른 사람도 아니라 피지컬 코치라는 내가. 심지어 너랑 같이 살기까지 하면서…….”

무겸이 마른침을 삼켰다. 혼잣말처럼 중얼대던 하준의 홍채가 기어코 울렁 부풀었다.

“경기 중에 감정 조절 못 해서 퇴장이나 당하고, 선수가 아프다고 하는데 제대로 확인도 없이 꾀병이라며 무시하기나 하고……. 나 요즘… 왜 이러지? 점점 못해지기만 하는 것 같아. 애인으로도 꽝이야.”

“어어어, 코치님. 울지 마.”

“진짜 미안해.”

“아냐. 어제는 별로 안 아팠어. 그러니까… 거의 완전히 멀쩡했어!”

“조금이라도 안 좋았으니까 열나는 것 같다고 한 거잖아.”

결국 무겸이 항복 신호처럼 긴 한숨을 쉬었다. 누운 채로 어깨를 으쓱하며 눈썹을 처뜨렸다.

“아냐. 어제는 꾀병 부린 것 맞아. 네 관심 끌려고.”

버티지 못하고 뱉어 낸 자진 고백에, 눈물이 수막처럼 얇게 깔린 크고 검은 눈이 무겸을 향한 채로 껌벅거렸다.

정말로 송아지 같다. 세상에서 제일 예쁜 내 백송아지. 무겸이 내심 그렇게 감탄하는 사이 하준의 눈 아래로 기어이 동그란 눈물이 넘쳐 한 방울 또르르 떨어졌다. 하준이 얼른 손목으로 그것을 닦아 내고 고개를 끄덕였다.

“고맙다. 그렇게 말해 줘서.”

“…….”

“나도 그만 징징댈게. 어디 불편한 데는 없어?”

마음이요……!

무겸은 이를 악물었다. 달리 할 말도 없어 끙, 입속으로만 소리를 내는데 벨이 울렸다.

"의사가 왔나 봐."

하준이 얼른 몸을 일으켜 침실을 뛰어나갔다. 무겸은 따라나서지도 못하고 누운 채로 그 뒷모습을 좇다가, 허탈한 표정으로 천장만 바라보았다.

"몸살입니다. 특별히 걱정할 만한 정도는 아니고요. 전염성도 아니니 간병할 때 그 점은 주의하지 않아도 됩니다. 하루 이틀 푹 쉬면 금방 나을 겁니다."

"감사합니다, 선생님."

빠르고 명확한 진단에 하준은 안도의 한숨을 쉬었다. 의사가 왕진 가방에서 몇 개의 약봉지와 물약 병을 꺼내 테이블에 내려놓았다.

"약은 이틀 치면 충분할 겁니다. 식후에 복용하세요. 킴의 집에 왕진을 와 본 게 얼마 만인지."

"예전에는 가끔 아팠나요?"

"아뇨. 워낙 건강해서 이런 일은 거의 없죠. 그래도 그린포드에 온 지 얼마 되지 않았을 때, 큰 경기가 끝나고 한두 번 열이 조금 난 적은 있어요. 스트레스성 같습니다."

"스트레스……."

옆에서 듣고 있던 무겸이 미간을 찌푸렸다.

"쓸데없는 이야기 하지 마세요."

"하여튼 성미 하고는. 그래도 돌봐 줄 사람이 있어서 다행이네요. 해열제를 먹었으니까 열은 금방 떨어질 겁니다. 체온만 정상화되면 당장이라도 활동하는 데는 문제없을 거고요. 그래도 이틀 정도는 휴식을 취하도록 하고, 식사도 특별히 신경 쓸 부분은 없지만 가능한 기름진 음식은 피하고 소화가 잘되는 음식으로 하세요. 채소와 과일을 많이 섭취하고."

"네. 고맙습니다. 살펴 가세요."

하준은 저택 현관까지 의사를 배웅하고, 닫힌 문에 기대어 섰다. 잠시 멍하니 있다가 터덜터덜 침실로 향했다.

'스트레스 때문이라고……?'

머리가 띵했다. 아무리 생각해도 어제 무겸이 스트레스를 받을 만한 일이라고는 저와의 말다툼, 그 하나뿐이었다.

돌이켜 보니 처음 있는 일도 아니었다. 서울에 있던 때도 저와 싸우고 난 뒤 무겸은 식사를 제대로 하지 못하고 계속 미열이 나 팀 모두의 걱정을 사지 않았던가. 경험 사례가 있으니 예측했어야 했다. 무조건 어젯밤에 이야기를 마무리 짓고 서로 기분을 푼 다음 잠들었어야 했는데.

챔피언스 리그 결승전이 끝나고도 쌩쌩하던 김무겸이 새삼 국내 리그의 라이벌전 때문에 몸살이 날 만큼 심리적 압박을 받았을 리는 없다. 그라운드 위에서의 김무겸은 몸싸움이건 말싸움이건 기싸움이건 절대로 밀리지 않는다.

어제만 해도 원더골을 넣으며 경기를 승리로 이끈 선수가 기쁨으로 스트레스를 해소하기는커녕 저와의 사소한 말다툼으로 가중치를 받아 몸살이 나 버리다니.

'…멘탈이 강한 건지 약한 건지 잘 모르겠어……'

스트레스로 몸살까지 난다는 것은 하준에게 있어, 솔직히 감정적으로 이해하기 어려운 영역이었다.

그러나 자기 자신의 개인적인 케이스는 전혀 중요하지 않다. 기초 체력, 성향, 성격, 습관, 강점과 약점이 제각기 다른 선수들의 육체적 정신적 컨디션을 끌어올려 최적화된 팀을 만드는 것이 피지컬 코치의 가장 중요한 임무니까. 더군다나 이하준은 코치인 동시에 김무겸의 연인이지 않나.

홀로 좋아한 세월은 10년. 하지만 정식으로 사귀기 시작한 지는 아직 1년이 채 되지 않았다. 사람은 얼마나 간사한지, 새로운 관계에 좀 익숙해지자 점점 제 감정만 앞세워 행동하게 된다.

예전이라면 그렇게 쉽게 꾀병을 부리는 거냐며 화부터 냈을까? 그가 저와 함께 있고 싶다며 매달리는데 하루 정도 미루어도 그만인 과제를 빌미로 자리를 떠나 혼자 끙끙대게 내버려 두었을까.

"나 너무 별로다……."

하준은 양손으로 얼굴을 감쌌다. 부끄러운 사람처럼 얼굴을 가리고 잠시 제자리에 서 있다가, 모종의 결심을 한 사람처럼 눈에 힘을 주었다. 침실로 발걸음을 옮긴 그는 누워 있는 무겸의 옆에 다가가 앉았다.

"좀 어때?"

"어떻고 자시고, 그렇게 심하지 않아."

"이 정도면 높은 열이야."

"알았어, 알았어. 조심할게."

무겸은 건성으로 대답하며 픽 웃고는 하준의 배에 손을 얹었다.

"코치님 배고플 시간 지났는데 아침 먹자. 소화 잘되는 음식으로 먹으라고 하니 감자 수프라도 끓여 먹을까? 지난번에 해 준 것 잘 먹던데. 완두콩 수프도 좋고."

"좋아."

"기다려 봐. 금방 만들어 줄게."

그렇게 말하고 훌쩍 일어나려는 무겸을 하준이 화들짝 다시 눌러 눕혔다.

“네가 그걸 왜 만들어?”

“너는 요리 못하잖아.”

“…안 해 버릇해서 그렇지, 하면 할 수 있어. 집에서도 엄마 바쁘거나 아플 때는 내가 하기도 했고. 인터넷에 레시피도 다 있잖아.”

“어머니가 너 요리 못한다던데.”

“그건… 아주 맛있게는 안 된다는 소리지.”

“나는 맛있는 거 먹고 싶은데.”

하준은 대답하지 않았다. 대신 이불을 잘 정리해 주었다. 그리고 뺨을 토닥이며 엄숙하게 말했다.

“얌전히 기다려. 내가 아침 식사 만들어서 가지고 올게. 식사 마친 다음에 약도 먹자. 너는 오늘 아무것도 하지 마. 내가 다 해 줄게.”

“이깟 열 금방 떨어져. 못 움직일 정도 아니야.”

“그야 움직일 수야 있겠지만 요리를 할 정도까지도 아냐.”

“그럼 부엌까지는 같이 가자. 옆에서 보기라도 할게.”

하준이 가만히 누워 있으라는 뜻으로 무겸의 가슴팍을 퐁퐁 두드렸다. 누구에게나 신뢰감을 줄 만한 인자하고 단정한 미소를 지어 보이며 말했다.

“쉬라고 해도 그런다. 정 걱정되면 하다가 어려울 때 도와 달라고 할게. 됐지?”

무겸은 믿음직한 그 모습을 못내 불안한 눈길로 바라보다가 결국 수긍했다. 수프 정도야 재료를 볶고 갈고 끓이기만 하면 되는 거니까… 괜찮겠지.

"알았어. 그럼 부탁할게."

"응. 자고 있어. 다 되면 깨울게."

코치님. 산토끼를 물가에 내다 놓고 잠이 오겠습니까? 무겸은 그렇게 생각했지만 솔직하게 대답하는 대신 고개만 끄덕였다.

아침 식단을 감자 수프와 샐러드로 정한 하준은 일단 감자를 꺼냈다.

이 저택에서 직접 부엌일을 해 본 적은 거의 없지만 그래도 무겸이 할 때마다 옆에서 자주 보기도 했고, 거들 때도 많아 다행히 무엇이 어디에 있는지 정도는 알고 있었다. 과연 인터넷에는 상세한 레시피가 모두 나와 있었다.

※ 먼저 감자를 씻고 껍질을 벗겨서 적당히 썰어 주세요.

처음부터 난관이었다. 모친의 말대로 손끝이 무뎌서인지 하준은 칼을 잘 다루지 못했다. 그래서 사과나 복숭아 같은 과일은 보통 껍질까지 먹었고, 다른 이가 손질을 해 주면 그럴 때나 벗겨 먹었다.

노력을 안 해 본 것도 아닌데 이쪽 실력만큼은 도통 늘지 않았다. 열심히 하면 된다는 것도 그럴 만한 여유가 있을 때 하는 이야기. 보통 시간을 들여 노력해도 좀처럼 발전이 없으면 주변에서 기다려 주지 않고 본인들이 하겠다며 일거리를 가져가기 일쑤다.

돈을 받고 하는 업무나 공부 같은 부분이라면 꼭 그렇지도 않겠지만 부수적이고 사소한 작업일수록 더욱 그렇다. 마냥 곱게 살아온 편도 아닌데 어쩌다 보니 부엌일에만큼은 영 서툰 사람으로 자라 버렸다.

무겸은 요리를 잘하고 손이 재빨라 음식을 만들 때 도구를 많이 사용하지 않았다. 고기, 생선, 채소 등 용도에 맞게 갖춰 놓은 식칼 몇 개로만 재료를 모두 손질한다. 서울 집에는 감자 껍질 벗기는 도구가 따로 있었는데…….

'할 수 있다, 이하준.'

김무겸의 입버릇을 속으로 흉내 내며 하준은 칼을 집어 들었다. 울퉁불퉁한 감자를 왼손에, 칼을 오른손에 들고 껍질을 조금씩 밀듯이 벗겨냈다. 껍질이 1센티미터 정도나 벗겨지더니 금세 뚝, 아래에 받쳐 놓은 볼에 떨어졌다.

집중력을 고조시키던 하준의 미간이 점점 찌푸려졌다. 그러나 시간이 제법 지나도 감자 껍질은 채 반도 벗겨지지 않았다. 자꾸만 손톱만 하게 끊어져 물방울처럼 아래로 뚝뚝 떨어지기만 할 뿐. 그러다가 결국.

"아!"

칼날이 감자 위를 세게 미끄러지더니 엄지손가락을 찔렀다. 가볍게 벤 손끝에서 금세 빨간 피가 송골송골 배어 나왔다.

하준이 입속으로 조그맣게 욕을 뇌까렸다. 천장을 보며 후우, 바람을 쏘듯 한숨을 쉬자 앞머리가 살짝 흩날렸다. 이러다가는 아침 식사가 아니라 점심 식사가 될 것 같다.

'그냥 죽을 끓일까?'

그러나 멀건 쌀죽을 끓일 것이 아닌 이상 재료 손질에 드는 수고는 덜하지 않다. 잠시 고민하던 하준은 손을 씻고, 칼과 감자를 챙겨 들고 복도를 걸어갔다.

침실 문을 조용히 열자 침대 쪽은 조용했다. 무겸이 잠들어 있으면 그냥 부엌으로 돌아갈 생각으로 살금살금 발소리를 죽여 다가가는데, 몇 걸음 떼기도 전에 목소리가 들렸다.

"벌써 다 만들었어?"

"아, 아니."

무겸이 비스듬히 몸을 일으켰다. 하준은 가져온 것을 뒤로 숨기고 침대맡까지 다가갔다. 말을 떼기도 전에 누워 있던 환자가 먼저 물었다.

"도와줘?"

"…부엌에 오지는 말고 그냥 여기서, 감자만 좀 깎아 줄래?"

하준이 머뭇대며 감자와 칼이 든 볼을 내밀었다.

맨살이 그리 많이 노출되지도 않았는데 벌써부터 상당히 처참해져 있는 감자의 몰골을 보자마자 무겸이 속내를 숨기지 않고 킥킥 웃었다.

"아니, 아까 나가서 이것밖에 못 했어?"

"내가 다른 건 할 수 있는데 칼을 잘 못 써서……."

"칼 쓰기 힘들면 스푼으로 긁어도 되는데."

"아……!"

그러나 다시 나가기에는 이미 늦었다. 무겸이 더 가까이 오라는 손짓을 하고, 하준에게서 볼을 건네받았다.

"그러게 내가 한다니까."

"이것만 도와주면 진짜 내가 다 할 수 있어."

웃으면서 칼을 집어 들려던 무겸이 갑자기 미간을 찌푸렸다. 하준의 손목을 낚아채 손끝에 시선을 꽂았다.

"손 벴어?"

"살짝 긁혔어. 괜찮아. 밴드 붙일게."

"고집부리지 마. 그냥 내가 하면 된다는데 왜."

"그래서 도와 달라 하려고 왔잖아. 감자만 부탁해. 나 밴드 붙일게."

하준은 슬금슬금 자리를 옮겨 아까 테이블 위에 꺼내 놓고 돌려놓지 않은 구급상자를 열었다. 피가 나는 엄지손가락에 밴드를 붙이는데 따가운 시선이 느껴졌다. 눈치가 보여 힐끔거리자 무겸이 볼을 무릎에 내려놓으며 제법 엄한 어조로 말했다.

"그냥 사 먹자. 배달시키면 돼."

"아냐. 내가 해 줄게."

"그럼 부엌에 같이 가."

"너 아프잖아."

"중환자야? 그냥 열 좀 나는 거야. 그나마도 해열제 먹어서 지금 멀쩡해."

말릴 틈도 없이 무겸이 볼을 들고 자리에서 벌떡 일어섰다. 그러나 침대 바깥으로 나온 그는 우뚝 제자리에 선 채 움직이지 않았다.

하준이 얼른 구급상자를 팽개치고 무겸에게 다가갔다. 저보다 한참 무거운 남자의 허리를 안아 버텼다.

"열도 있는데 갑자기 그렇게 일어서면 어떡해?"

하준의 타박에 무겸은 미간만 찌푸리고 말이 없었다. 말은 하지 않지만 현기증을 느끼는 기색이었다. 그러나 몇 번 눈을 깜박이던 무겸은 곧 제대로 서서 재차 일렀다.

"가자. 같이 가."

"안 돼. 그러다 악화되면?"

"너 혼자 부엌에 놔두고 여기서 기다리다가, 쉬기는커녕 스트레스성 위염 걸리겠어."

스트레스…….

그 말에 하준이 마른침을 삼켰다. 할 말이 없는 사람처럼 서성이다가 고개를 끄덕였다.

"대신 진짜 옆에 앉아 있기만 해야 된다."

"알았다니까."

하준이 부랴부랴 담요를 챙겼다. 가운을 입은 무겸은 그럭저럭 평소처럼 걸어가 요리용 선반 옆에 의자를 놓고 앉았다. 그의 어깨를 담요로 빈틈없이 덮고 앞에 따뜻한 차를 놓아주며 하준은 조심스레 주의를 주었다.

"힘들면 바로 침대에 가서 누워. 절대 무리 안 하기야?"

"걱정 마. 괜찮아."

무겸은 이제야 볼을 선반에 내려놓고 칼과 감자를 들었다. 하준이 유혈 사태까지 일으키며 한참 동안 사투를 벌였던 것이 허무하게도, 무겸은 한 번 끊어지지도 않게 껍질을 길게 줄줄 늘어놓으며 순식간에 감자들을 하나씩 뽀얀 맨얼굴로 만들었다. 하준은 눈도 제대로 깜박이지 않고, 마법 따위라도 보는 것처럼 그 모습을 빤히 응시했다.

그러는 사이 완전히 준비가 끝났다. 무겸이 멍하니 서 있는 하준에게 볼을 내밀었다.

"자."

"고마워."

하준은 저도 모르게 운동하던 시절처럼 고개까지 꾸벅 숙여 인사하고, 서둘러 볼을 조리대로 가져갔다. 눈이 매운 것만 빼면 난이도가 쉬운 양파는 직접 손질하고, 레시피를 확인했다.

※ 살짝 달구어진 팬에 버터를 녹이고 양파와 감자를 볶아 주세요.

이제 어려운 일은 아무것도 남아 있지 않았다. 아무리 요리를 못해도 재료를 죄다 섞어서 볶는 것쯤은 간단하니까.

레인지에 미리 팬을 올려놓고 냉장고를 열었다. 버터를 꺼내 뚜껑을 열고 버터나이프를 찾는 사이, 무겸이 옆에서 하준을 불렀다.

"고기를 구우려는 것도 아닌데 불을 좀 낮춰 놓는 게 좋지 않을까? 저렇게 놔두면 팬 너무 뜨거워져."

"아, 응. 알았어."

하준이 서둘러 레인지 불을 낮추고, 한 조각 듬뿍 떠낸 버터를 팬에 떨어뜨렸다. 무겸의 말대로 팬이 조금 많이 달구어졌는지 버터가 기세 좋게 녹아 갔다. 버터가 너무 빨리 물처럼 되어 버리는 모습에 어쩐지 마음이 급해졌다. 하준은 썰어 놓은 감자와 양파를 서둘러 팬에 쏟아 부었다. 치이이익, 소나기 빗소리 같은 소음이 곧바로 쨍하니 귀를 흔들었다. 무겸의 목소리가 높아진 것도 거의 동시였다.

"기름 안 튀었어?!"

"살짝? 괜찮아."

감자와 양파의 물기 때문인지 팔뚝에 슬쩍 튄 기름을 탁탁 대충 닦아내며 대답하는데, 무겸은 어느새 자리에서 일어서 있었다. 하준이 미간을 찌푸리고 손짓했다.

"앉아서 기다리래도."

"…그래."

무겸이 한숨처럼 대답하며 자리에 앉았다.

이제 정말로 간단한 과정만 남아 있었다. 양파와 감자가 익을 때까지 잘 볶기만 하면 되었다. 하준은 열심히 팬 속을 뒤적거리며 재료를 볶았다. 양파가 갈색으로 익으며 투명해지기 시작했다. 이쯤이면 됐겠지.

※ 볶은 감자와 양파를 믹서나 푸드프로세서로 잘 갈아서, 생크림이나 우유를 붓고 약불에 끓여 주세요. 치즈, 크루통, 베이컨, 완두콩 등을 토핑으로 얹어도 좋아요. 치즈를 넣을 때는 소금 간을 조금 약하게 하세요.

믹서기를 찾느라 선반을 뒤적대는데 이번에도 무겸의 목소리가 뒤에서 들렸다.

"왼쪽에서 두 번째 선반에 믹서기 있어."

그는 레시피를 보지 않아도 뭐가 필요한지 다 알고 있는 모양이었다. 하준은 머쓱 웃어 보이고 선반을 열었다. 볶은 감자와 양파를 갈고, 되직해진 밑 재료를 냄비에 부었다. 생크림을 넣을까, 우유를 넣을까 고민하다가 둘 다 조금씩 넣었다.

이제 약불에 끓여 주기만 하면 된다. 휴, 모르는 새 살짝 한숨을 쉬고 소금을 쳤다. 냄비를 불에 얹고 하준은 한껏 만족스러워져 뒤돌아섰다.

"이제 끓이기만 하면 돼."

"수고했어. 코치, 여기 와서 앉아. 좀 앉아서 쉬어."

"나는 환자 아닌데 왜 앉아서 쉬어. 샐러드도 만들 거야."

"샐러드……. 그래 뭐, 그 정도야."

우여곡절 끝에 둘의 아침 식사가 마련되었다. 평소보다 식사가 늦어져 하준은 몹시 배가 고팠다. 다 만들어진 수프를 얼른 그릇에 가득 담고, 구운 베이컨도 잘라 얹었다. 실수로 드레싱이 생각보다 많이 올라갔지만 나쁘지 않아 보이는 샐러드도 샐러드 볼에 가득 담았다.

"너무 오래 걸렸지. 미안. 얼른 먹고 약 먹자."

"부상 투혼 고생했어. 의외로 불 쓰는 게 대담하네."

"의외로?"

"아냐."

자신 없는 분야의 이야기는 길게 하고 싶지 않다. 하준은 더 따지는 대신 얼버무렸다.

"침대로 가서 먹을래? 앉아 있기 힘들지 않아?"

"괜찮아."

무겸이 픽 웃으며 따끈한 수프에 스푼을 담갔다. 하준도 스푼을 들었지만, 수프를 입에 떠 넣는 대신 무겸의 표정만 살폈다. 후우, 뜨거운 것을 한번 가볍게 불고 무겸이 한입에 수프를 넣었다. 목울대가 한 번 울렁이고, 입가에 그윽하게 미소가 맺혔다.

"맛있네."

"아, 다행이다. 소금이 좀 많이 들어간 것 같은데 짜지는 않아?"

"너도 먹어 봐. 먹어 보면 알지."

아까부터 배가 고팠던 하준이 서둘러 첫입을 삼켰다. 그의 눈이 조금 커졌다. 무겸이 만든다면 이보다 훨씬 맛있으리라는 강렬한 확신은 들었지만 나쁘지 않았다. 처음 만들어 본 메뉴 치고는 대성공이었다.

맛은 나쁘지 않았지만 한 가지가 마음에 걸려, 하준이 그릇을 심각하게 내려다보았다.

"레시피 사진에서는 수프 색이 하얀데, 내가 만든 건 왜 이렇게 진하지……? 혹시 재료가 잘못 들어간 건 아니겠지?"

"양파를 좀 많이 볶은 것 아냐? 색 변할 때까지."

"아!"

하준이 감탄 어린 눈으로 무겸을 바라보았다. 세상은 정말 불공평했다. 축구 하나만 잘해도 차고 넘칠 김무겸이 왜 요리까지 잘하는 걸까?

"이게 더 맛있어. 색이야 좀 짙으면 어때."

"많이 먹어. 냄비에 아직 많이 있어."

무겸이 한입을 더 삼키더니 천진하게 웃었다.

"과정이 좀 불안 불안하긴 했지만, 애인님이 만들어 준 음식 먹는 기분도 나쁘지 않은데."

"…조만간 또 해 줄게. 그때는 더 맛있는 거로."

"음……. 아니야. 1년에 한 번 정도면 충분할 것 같아."

"그럼 생일날?"

무겸이 고개를 끄덕였다. 하준도 마주 웃어 준 뒤 수프를 삼켰다. 처음 만들어 본 감자 수프는 색이 좀 짙을 뿐, 맛이 진하고 고소하며 간도 적당했다. 양감이 없는 수프는 술술 넘어가는 만큼 빨리 사라졌다. 잔뜩 끓였다고 생각했는데 계속 덜어 먹다 보니 또 금방 냄비가 바닥을 보였다.

무겸의 식욕이 많이 떨어지지 않은 것 같아 다행스러웠다. 빈 그릇을 서둘러 식기세척기에 넣고, 하준이 무겸에게 다가가 어깨 위에 얹은 담요를 고쳐 덮어 주었다.

"이제 침실로 가자. 너무 오래 앉아 있었어."

무겸은 하준의 손을 잡고 일어서다가 무엇이 우스운지 또 키득거렸다. 하준이 왜 웃느냐는 뜻으로 그를 빤히 바라보자 탄탄한 팔이 하준의 어깨를 감았다. 뺨에는 뜨거운 입술이 닿았다.

"오늘 내 컨디션이 정말 안 좋기는 한가 보다."

"왜? 많이 어지러워?"

"너 못 들고 가겠어."

그 말에 하준이 얼굴을 조금 붉혔다. 키가 좀 더 크다고 해 봤자 10센티미터 정도 차이 날 뿐인데 무겸은 하준을 어찌나 가볍게 들고 다니는

지, 체격도 좋고 힘도 좋지만 그것을 쓰는 요령도 좋았다.

식사를 마친 후, 함께 몸을 씻은 뒤, 일이 있어 하준이 서재에 가야 할 때, 섹스를 할 때 등 언제든 내키는 대로 하준을 번쩍 들쳐 안고 돌아다니는 김무겸이다. 아무리 튼튼한 그라 할지라도 열이 나자 그만한 기운은 나지 않는 모양이었다. 하준이 등을 내보이고 두 팔을 벌렸다.

"오늘은 내가 업어 줄게."

"장난치다가 송아지 허리 나가면 나만 손해야."

"아냐. 진짜 할 수 있어."

하준은 진심이었으나 무겸은 농담으로 치부하는 낌새였다. 하준의 어깨에 팔을 걸치고 웃기만 하면서 걸음을 옮겼다.

진짜 할 수 있는데. 하준은 속으로만 중얼거렸다. 하지만 아픈 사람에게 평소에 하지 않던 행동을 강요할 수는 없으니, 무겸이 다 낫거든 그때 업어 주는 편이 낫겠다.

식사를 할 때까지만 해도 평소와 비슷하게 평온해 보이던 무겸이었으나 막상 침실로 돌아오자 피곤이 몰려오는지 풀썩 드러누웠다. 눈을 내리깔고 긴 숨을 내쉬는 모습이 확실히 컨디션이 좋지 않아 보였다.

하준은 서둘러 약을 가져왔다. 알약 두 개에 마시는 약이 하나. 약봉지를 펼치자 무겸은 말도 없이 입을 벌렸다. 하준은 픽 웃고는 그의 입에 알약을 하나씩 넣어 주었다. 물을 채운 얇은 유리컵을, 무겸이 제게 자주 그러듯 그의 입술에 맞대어 기울여 주었다. 무겸이 물을 넘길 때마다 모양 좋은 목울대가 위아래로 움직였다. 약을 다 먹인 후, 하준은 그의 옆에 앉아 드러난 이마를 쓸었다.

"역시 침실로 와서 식사를 할걸 그랬어."

"어디서 먹든 똑같아. 컨디션 안 좋을 때는 먹는 것도 일이니까."

"억지로 먹은 것 아냐? 식욕 없으면 조금만 먹고 남겼어도 괜찮은데."

"코치님 손맛이 이만저만이 아니던데요. 애정이 담겨서 그런가. 자꾸 들어가는 걸 어쩝니까."

하준은 못내 쑥스러워져 미소를 지었다. 처음 치고 먹을 만하게 완성이야 되었지만, 무겸이 만드는 음식들에 비하면 오늘의 수프나 샐러드 따위는 요리도 아니었다. 성격 급한 김무겸이 솜씨 서툰 저를 옆에서 지켜보았으니 참견이나 잔소리를 하고 싶었을 법도 한데. 생색을 내지 않아 그렇지 분명 튀어나오려는 말을 몇 번쯤 눌러 참았을 것이다.

"기다려 줘서 고마워, 김무겸."

"뭘?"

"어젯밤 일도 그렇고, 오늘 아침 식사 완성될 때까지 기다려 준 것도."

그 말에 무겸은 기뻐하는 대신 푸, 입술을 부르르 털며 한숨을 쉬었다.

"평소에 얼마나 모자라면 이런 일로 칭찬을 받냐."

"스티커 판이라도 만들까? 칭찬받을 일 하면 하나씩 발급해서 열 개 채우면 소원 들어주는 걸로."

"괜찮은데? 나 그런 거 좋아해. 역시 이 코치는 선수 다루는 데 재능이 있다니까."

그렇게 대답한 뒤, 잠시 눈을 가늘게 뜨고 생각에 잠겼던 무겸은 하준의 손을 잡았다.

"그 만두 같은 친구 말이야."

"사람한테……."

"언제 집에 한번 초대해. 같이 식사라도 하자고."

갑작스러운 제안에 하준이 눈을 커다랗게 떴다. 믿을 수 없다는 듯 눈꺼풀이 두세 번 깜박였다.

"집에 데려오라고? 왜? 너 우첸 싫어하잖아."

"싫어도 네 친구잖아. 윤채훈만큼은 아니겠지만 어쨌든 런던에서는 제일 친한 놈 맞지?"

"아닌데. 제일 친한 사람은 김무겸이야."

그 말에 무겸이 소리를 내어 웃었다. 음성에 흡족함이 물씬 묻어 나왔다.

"그럼 베스트 프렌드님. 두 번째로 친한 사람을 초대해서 손님 접대라도 하면 어때? 나 아는 사람이나 팀 녀석들도 가끔 방문하잖아. 혼자 사는 집도 아니고, 김무겸과 이하준이 함께 사는 집인데 이하준 손님도 자유롭게 올 수 있어야지."

"집세도 안 내는데……."

"모처럼 칭찬받을 일 하려고 하는데 스티커나 줘. 산통 깨는 소리 하지 말고."

말은 그렇게 하면서도 하준 역시 웃고 있었다. 침대에 비스듬히 기대어 앉은 무겸의 옆에 누워 그를 끌어안았다.

"갑자기 웬 심경의 변화야? 내가 어제 화내서?"

"나 혼자서 건강하고 예쁜 송아지를 키울 수는 없다는 걸 깨달았어."

"여기서 송아지가 왜 나와……."

"송아지나 망아지나 토끼나, 원래 다 무리 생활하는 동물이잖아. 잘 생각해 보니 내가 사랑하는 이하준은 여러 사람의 합작품이더라고. 이제 와서 나 혼자 지금까지의 너를 유지할 수 있다고 생각하는 건 말이 안 돼. 김무겸이 성공한 이유가 뭔지 알아? 타고난 피지컬과 천재적인 재능, 잘생긴 얼굴과 주목을 끄는 스타성을 모두 갖춘 것도 대단한데 주제 파악까지 잘해서야. 나는 내가 잘하는 일, 할 수 있는 일, 못하는 일 확실히 구분해. 못한다는 걸 수용해야 연습해서 발전시킬 수도 있으니까."

"……."

"나 보고 생긴 대로 살라고 했잖아. 이하준도 생긴 대로 살아."

무겸은 그렇게 말하고 짧게 침묵하더니 쥐어 짜내듯 덧붙였다.

"그래도 단둘이 있는 건 안 되고… 나 있을 때 데려와. 셋이 놀면 되잖아. 아, 그리고 신체 접촉도 안 돼. 그건 금지."

"무겸아."

"왜."

"애써서 집에 초대까지 안 해도 돼. 친하다고는 해도 가끔 만나는 사이인데 뭘. 나 원래 집에 다른 사람 데려오는 거, 그렇게 좋아하지는 않아."

"그랬어?"

"응. 집에서는 너랑 둘이 맘 편하게 쉬는 게 좋아."

하준의 손이 다시 이마를 쓸었다. 무겸의 이마는 아침에 비하면 미지근하게 식었지만 여전히 미열이 남아 있었다. 오늘은 좀 더 푹 쉬어야 한다.

"그래도 내 생각해 줘서 정말 고맙다. 어떻게 할지는 일단 너 쉬고, 나중에 이야기하자."

"고마워?"

"응."

"그럼 어제 못했던 거 할까."

의문을 품고 둥글어진 하준의 눈이 무겸을 마주 보았다.

"어제 뭘 못했는데?"

"몰라서 물어? 어제는 경기가 있는 날이었어. 그리고 나는 원더골까지 넣었지."

"…그래서?"

"왜 모른 척해? 경기 끝나고 나면 항상 하잖아. 어제 기다리라고 해서

독수공방했으니 오늘은 그냥 못 넘어가."

하준이 눈을 더 크게 떴다. 그가 사색이 되어 미간을 찌푸렸다.

"김무겸! 너 지금 환자야. 의사 선생님 말 못 들었어? 내일까지는 푹 쉬라잖아."

"내 몸은 의사보다 내가 더 잘 알아."

"말도 안 되는 소리 하지 마. 무슨… 병원 가기 무서워서 고집부리는 할아버지 같은 말을 하고 있어?"

위기감을 느낀 하준이 재빨리 몸을 일으키려 들었지만, 무겸이 팔로 흉곽과 허리를 감는 속도가 더 빨랐다. 그 상태로 순식간에 몸을 반 바퀴 돌려 마치 레슬링이라도 하는 것처럼 하준의 몸을 깔아뭉갰다.

그러나 자세는 오래 유지되지 않았다. 묵직한 몸에 깔려 버둥대던 하준이 무겸의 어깨를 윗팔뚝으로 찍어 누르며 허리를 비틀어 위로 빠져나왔다. 품에 빈틈이 생기자마자 하준은 다리를 감아 무겸을 쓰러뜨려 이번에는 제가 위로 올라갔다.

전세 역전. 무겸은 유쾌한 듯 키득거리고 하준은 진지하게 미간을 찌푸렸다.

"아픈 사람 상대로 힘쓰게 만들지 마라."

"환자한테 서비스 좀 해 주세요, 선생님."

무겸은 여유만만하게 미소 지으며 대꾸하더니 다시 휙 몸을 뒤집었다. 엎치락뒤치락 침대를 무대로 삼은 짧은 레슬링이 이어지던 어느 순간, 하준은 끝이 보이지 않는 몸싸움의 고리에서 빠져나가기로 마음먹고 엎드린 채로 기어가 침대에서 내려서려 들었다.

그러나 무겸의 손아귀가 그의 발목을 꽉 붙잡았다. 시트 위로 주욱 미끄러지며 하준은 포획된 사냥감처럼 무겸에게로 끌려갔다.

"안 된다니까!"

침대 가장자리를 붙들어 버티려 해 보았지만 이미 늦었다. 속수무책. 곧바로 무겸이 전신으로 하준을 덮었다.

재차 몸을 비틀어 빼내려던 하준은 흠칫, 동작을 멈췄다. 목소리에서도 힘이 빠졌다.

"아픈 거 맞아? 왜 이렇게 기운이 좋아."

"말했잖아. 이제 괜찮다니까."

"너 이러다가 또 열나."

"한 판 하고 땀 흘리면 나아. 경기가 끝나면 이 코치랑 섹스하는 게 나한테는 이제 습관이고 의식이란 말이야. 못하고 넘어가면 찝찝하다고."

말은 그렇게 하고 있지만 하준의 등 뒤로 와 닿는 무겸의 체온은 어느새 제법 높아져 있었다. 열기를 느낀 하준의 머릿속에서 두 가지 선택지를 놓고 빠르게 저울질이 이루어졌다. 이대로 지칠 때까지 몸싸움을 벌이는 것과 지칠 때까지 섹스를 하는 것. 둘 다 컨디션 완화에 도움이 되지 않는다면 하다못해 어느 쪽이 김무겸의 몸살을 덜 악화시킬 것인가.

하준의 입술 사이로 작은 한숨이 빠져나왔다. 그가 무겸의 팔을 토닥토닥 달래듯 두드리며 목소리를 낮췄다.

"알았어. 알았으니까 김무겸. 비켜 봐."

"도망 안 가지?"

"안 가. 약속해."

그제야 무겸이 팔의 힘을 풀어 주었다. 바위에 깔렸다가 빠져나오듯 묵직한 품에서 비척비척 기어 나온 하준은 한숨을 쉬고 무겸을 바로 눕게 했다.

저를 향한 의문스러운 눈빛을 못 본 척, 협탁에서 윤활제를 꺼내 들었다. 무릎걸음으로 무겸의 허벅지 위로 올라타 앉은 뒤 골반 즈음에 걸쳐져 있는 그의 브리프를 끌어 내리자 무겸의 눈이 커졌다.

"아무리 그래도 바로 넣겠다고? 아파서 안 돼. 속전속결로 끝내겠다는 거야?"

"가만히 있어 봐."

할 생각으로 만만했던 때문인지 짧은 몸싸움을 잠시 펼치는 사이 무겸의 것에는 벌써 힘이 제법 들어가 있었다. 마음을 먹고도 역시나 염려가 들어 하준은 눈앞의 성기를 빤히 노려보았다.

그러자 시선에까지 반응하는 듯, 그것은 멋대로 꿈틀대더니 점점 단단해지면서 크기를 더해갔다. 수없이 품었던 것이지만 발기하는 과정을 식물 관찰처럼 생생하게 지켜본 적은 많지 않다. 하준의 뺨이 절로 붉게 달아올랐다.

빨리 끝내자. 결심을 마친 하준이 급하게 손바닥에 젤을 펔펔 덜어 내렸다. 무겸은 하준의 의도가 궁금한 듯 질문을 하거나 만류하지 않고 가만히 기다렸다.

흰 손이 투명하고 끈적한 젤에 흠뻑 젖었다. 길고 마디가 뚜렷한 손가락은 단정한 선을 그렸지만 뼈의 형태가 뚜렷한 손등이나 전체적인 조형은 누가 봐도 건장한 남자의 손이었다. 그 손이 세상에 다시 없이 색정적으로 보여 무겸은 마른침을 삼켰다.

"오늘은 너 아프니까……."

하준이 말끝을 흐렸다. 질척해진 손이 완전히 발기한 성기를 조심스럽게, 그러나 야무지게 잡았다.

하준의 목울대가 짧게 울렁였다. 차가운 젤이 금방 미지근하게 익어버리지 않을까 가늠하게 될 정도로 손바닥 안쪽이 뜨끈했다. 사람의 성기가 아니라 달구어진 철봉 따위를 잡은 기분이었다.

"너무 힘들지 않게… 손으로만 하자. 제대로는 다 낫고 나서."

"손으로만 싸게 만들겠다고? 자신 있어?"

"싫으면… 입으로 해도 되고."

대답하면서도 하준은 젖은 손으로 무겸의 성기를 천천히 비비고 있었다. 작지 않은 성인 남자의 손아귀에도 잡힐락 말락 굵은 것이 젤을 바른 손바닥에 흡착되어 쩍쩍 소리를 냈다. 무겸이 더운 날숨을 쉬었다.

"하… 가끔은 이런 것도 괜찮네."

동의를 얻자 하준의 손동작은 조금 더 대담해졌다. 천천히 위아래로 오가던 손이 속도를 붙여 찔꺽찔꺽 소리가 나도록 성기를 문질렀다. 상하로만 움직이는 것이 아니라 좌우로 손목을 돌리기도 하고, 엄지의 납작한 부분으로 귀두를 비비기도 했다. 프리컴이 고이기 시작한 귀두에서 젤만은 아닌 끈적한 점액이 묻어났다. 무겸이 한숨을 섞어 웃었다.

"손 쓰는 일은 못 한다더니 이쪽 손장난은 천재적인데."

"…좋아?"

그렇게 묻는 하준의 눈동자가 숨어 있던 호기심과 성취욕을 내보이며 탐스럽게 빛났다. 무겸이 확신을 주듯 고개를 끄덕이고는, 하준의 뺨을 감싸 얼굴을 끌어당겨 쪽 입을 맞췄다.

"하여튼 야한 쪽 재능은 전부 타고났어. 어떻게 이래? 감동적이야."

딱히 놀리려던 것은 아니었는데 하준은 드러냈던 욕망을 이제 와서 휙 감추고 시선을 내리깔았다. 손동작이 조금 더 빨라졌다. 기둥을 훑던 손이 이제 귀두까지 덮어 문지르며 좀 더 능숙하게 성기를 매만졌다.

"재능은 무슨……. 나도 남잔데 이 정도는 당연히 할 줄 알지."

"그래……? 으음, 혼자서 많이 만져 줬어?"

"그냥 남들만큼……."

"남들, 만큼이, 후, 어느 정돈데. 남들한테, 물어봤나?"

하준은 대답 대신 얼굴을 숙여 느슨하게 풀어 헤쳐진 가운 사이, 무겸의 가슴팍에 얼굴을 가까이 했다. 여름이 지난 지 얼마 되지 않아 탄탄하고 널따란 가슴은 휴가 전에 비해 좀 더 짙은 구릿빛으로 그을려 있었다.

하준의 입술 사이로 혀가 작게 빠져나왔다. 무겸이 그 의도를 파악하기도 전에 하준이 그의 갈비뼈 근처, 두툼하게 자리 잡은 광배근 위를 핥았다.

"아, 씨발."

곧바로 쩌릿쩌릿, 전류 같은 쾌감이 무겸의 견갑골 근처를 빠드득 조였다. 굵직한 허벅지와 등 근육이 부피를 키웠다.

무겸은 저도 모르게 욕설까지 내뱉고서 제 상체에 깊이 숙인 하준의 머리를 조금 힘주어 쓰다듬었다. 그의 반응이 흡족한지 하준의 애무는 좀 더 대담해져 길고 넓게 살갗을 핥았다. 여기저기 입술을 옮기고, 목덜미에 이를 세워 잘근잘근 물어 대기도 했다. 하준의 이가 닿자 탄력 있는 목의 빗장근이 팽팽하게 곤두섰다.

점차 가팔라지는 숨결을 갈무리할 생각도 하지 않고 무겸도 손을 뻗어 하준의 바지 허리춤을 끌어 내렸다. 앞섶이 풀어진 바지 안쪽, 속옷까지 내리려 들자 하준이 흠칫 놀라며 동작을 멈추고 고개를 들었다.

"오늘은 손으로만 하자니까."

"누가 뭐래? 나도 손으로만 할 거야."

"아, 안 돼. 너는 가만히 있어."

"계속 만져. 멈추지 마."

당황해 허둥대던 하준이 그 말에 입을 꾹 다물고 동작을 재개했다. 아직 성기가 제대로 모습을 드러내지도 않았는데 벌써부터 민망함이 뻗쳤는지 눈가에 옅은 붉은 기가 퍼져 있었다.

먼저 시작하고서는 되돌려 주려 하니 부끄러움을 탄다. 바지와 속옷은 물론 상의까지 벗겨 하준을 알몸으로 만들어 버린 뒤, 무겸은 제 손에도 젤을 잔뜩 바르고 하준의 성기를 움켜쥐었다. 아. 짧은 신음과 함께 하준이 움직임을 다시 한번 멈추었다.

무겸의 손 안에 갇힌 물건도 점점 크기를 키우고, 그 주인은 끙끙 신음을 삼키며 허리를 떨기 시작했다. 환자도 아닌데 열이 올라 따뜻해지기 시작한 등 뒤에 무겸의 손이 닿았다. 놀랄 틈도 없이 몸이 끌어당겨져 서로의 가슴이 붙었다.

바짝 붙어 버린 상체 아래, 단단해진 성기와 서로의 손도 맞닿았다. 따로 놀던 손이 깍지를 끼듯 겹쳐진다. 손과 손이 모여 둥지처럼 만들어진 빈틈에 두 개의 성기가 빠듯하게 맞물렸다. 무겸이 허리를 밀어 피차 젖은 살 기둥을 문지르자 하준이 바로 한숨을 토했다.

"아읏, 하아."

"코치님도 좋아?"

"흣, 너…는."

"당연히 좋아, 후으, 미치지."

잔뜩 발기해 예민해진 성기가 서로 진득하게 달라붙어 미끄러지는 느낌이 짜릿했다.

이하준의 성기는 크기가 작지 않고 주인처럼 곧고 단정하게 생겼다. 온몸에 뚫린 구멍도 모자라 그의 좆까지 제 것으로 탐식하는 기분에 무겸이 저도 모르게 입꼬리를 올려 웃었다. 하준도 쾌감에 흠뻑 빠졌는지 무겸의 위에 엎드린 채로 숫제 손안에 피스톤질을 하는 양 허리를 앞뒤로 흔들고 있었다.

무겸은 눈도 허투루 깜박이지 않고 그런 그를 바라보았다. 곱고 섬세한, 그러나 남자다운 인상이 뚜렷하게 잘생긴 얼굴. 이래저래 고생하며 자랐다지만 외모만 비유하자면 귀공자 같은 인상이었다. 지금은 옷에 가려져 있는 몸도 마찬가지. 타고나길 곧게 뻗은 뼈대와 자세, 깨끗한 피부 때문에 평범한 동작을 해도 사람이 품위 있어 보인다.

말초적인 쾌감에 집중하느라 초점이 살짝 흐려진 눈, 반쯤 벌어진 입에서 작게 흘러나오는 신음과 가쁜 숨소리, 발그레하게 달아오른 피부가 평소의 반듯하고 깨끗한 분위기에 기가 막히게 녹아 들어간다. 이 모습을 아는 사람이 세상에 저 하나뿐이라 생각하면 보는 것만으로도 흥분이 치솟았다. 하반신에서 시작된 열기가 가슴까지 치밀고 올라와 온몸이 뜨거워진다.

"아읏!"

"아, 하준아. 좋아."

무겸이 손에 더 힘을 주었다. 허리를 쳐 대며 흔들자 꽉 맞물린 성기가 한층 거칠게 문질러졌다.

"아, 아!"

축축한 소리가 날 만큼 짙은 마찰이 몇 번 반복되던 중, 하준이 바쁘게 신음하더니 갑자기 스스로 허릿짓 속도를 높였다. 손안에 추삽질을 하던 그는 엎드린 채로 목을 젖히고 성대 안쪽을 그릉거리며 떨었다. 곧이어 단단해진 붉은 성기에서 정액이 쏘아지듯이 흘러내려 무겸의 손과 배에까지 뚝뚝 떨어졌다.

토정의 끄트머리쯤에 이르자 하준은 갓 태어난 강아지처럼 앓으며 축 늘어졌다. 무겸에게 밀착하는 하준의 몸이 뜨거워져 있었다. 무겸은 열이 나는 저만큼 따끈하게 익은 그를 힘주어 끌어안았다. 발개진 귀를 잘근잘근 씹었다.

무겸이 그러하듯이 하준의 것 역시 사정하고도 바로 수그러들지 않았다. 여전히 경도를 유지하는 성기를 무겸은 놓아주지 않고, 오히려 더 강하게 맞붙여 손을 움직였다. 막 사정한 것을 손으로 세게 문지르고 주물러 대자 하준은 고개를 저으며 품에서 빠져나가려 들었다.

"아, 나는, 이제 됐어……. 으읏, 내, 내가, 해 줄……."

"후우, 조금만 참아 봐. 나도 금방, 쌀 것 같, 아."

"아… 하아! 흐읏, 으……!"

무겸은 제 위에서 벌어진 흰 허벅지 안쪽에 순간순간 단단하게 힘이 들어오는 것을 느꼈다. 바르르 떨리는 몸이 가슴을 간지럽힌다. 열병 환자보다도 뜨거워진 몸에서 풍기는, 햇빛과 설탕을 섞어 만든 것만 같은 체향이 후각을 자극했다.

무겸은 하준의 목덜미에 코를 묻고 낮게 신음했다. 그의 체액이 울컥울컥 쏟아지며, 이미 한 번 축축해진 손과 서로의 성기가 또다시 젖어 들었다.

말없이 쌕쌕대는 숨소리만 서로의 귓가를 오갔다. 무겸의 어깨 위로 얼굴을 떨어뜨리고 숨을 고르던 하준이 천천히 고개를 들어 무겸과 시선을 마주쳤다.

검은 눈동자의 깊은 안쪽에, 아직까지도 오랜 습관으로 남아 무심코 허락을 구하려 드는 소망이 머물러 있었다. 이제 그럴 필요 없는 걸 알면서. 본의 아닌 망설임을 어렵지 않게 읽어 낸 무겸은 설핏 쓰게 웃으면서 그 허기에 응답했다.

"이하준. 키스해 줘."

그러자 하준은 마치 뭔가를 처음으로 깨달은 사람처럼 두어 번 눈을 깜박이다가, 밤 구름을 젖히고 얼굴을 내미는 달처럼 느리고 옅게, 그러나 환하게 미소를 지었다. 고개를 끄덕이더니 무겸의 위로 얼굴을 숙인다.

뜨겁고 부드러운 입술이 제 입술 위를 눌러 오는 것을 느끼며 무겸은 입을 벌렸다. 하준의 혀가 먼저 밀고 들어와 수프를 만들 때처럼 조급하고 열렬하게 안쪽을 저었다.

무겸의 입술이 몰래 위로 휘었다. 예나 지금이나 이하준의 키스 실력은 그다지 늘지 않았다. 하지만 무슨 상관인가. 솜씨 없이 만든 조금 전의 감자 수프는 김무겸에게 미슐랭 별 세 개를 주어도 모자란 음식이었고, 서투른 키스도 마찬가지다.

"흐으, 읍……."

무겸이 본격적으로 움직임에 응하자 하준의 목 안쪽에서 묽은 신음이 샜다. 혀로 혀를 긁고 치열 뒷부분부터 입천장을 쓸었다. 조금 전까지 서툴게나마 무겸의 입 안을 공략하던 하준은 금세 장악당해 헐떡이며 무겸의 목을 끌어안았다.

입술이 조금 멀어져 겨우 다시 시선을 맞추었을 때 하준의 눈은 희미하게 젖어 있었다. 끝나버린 키스가 못내 아쉽기라도 한지 무의식중인 듯 혀를 살짝 내밀고 무겸을 마주 보았다.

"으응… 하아, 아……!"

무겸이 멈추었던 손으로 성기를 재차 만져 주며 그 혀를 부드럽게 빨아 당기자 아까보다도 달뜬 신음이 터졌다. 맞닿은 하준의 배와 벌어진 다리까지 가늘게 떨렸다.

피부로 전해지는 떨림에 아래가 뜨거워지며 무겸의 흥분은 다시 고조되었다. 평소라면 이 이후에 이어졌을 행위가 선명하게 상상된다.

유독 느끼는 곳을 퍽퍽 세게 찔러 주면 또 자지러지며 울겠지. 저 깊은 안쪽에 좆을 박고 허리를 돌리면 소리도 제대로 내지 못하고 덜덜 떨겠지. 지금처럼 앞만 만져 줄 때와는 비교도 되지 않게 반응하면서.

이하준은 역시 타고나길 야해 빠졌다. 저와 한 섹스가 처음이었다면서 두 번째 만에 그렇게 뒤로 느껴 대 저를 완전히 착각하게 만들었으니 말이다. 누가 이하준을 보고 좆을 받으며 그만큼 느끼는 몸이라고 상상할 수 있을까? 색이 짙어진 하준의 입술을 잘근잘근 깨물며 농을 걸었다.

"생각해 보면 우리 코치님도 참 아까워."

"뭐가……?"

"남부럽지 않은 물건 가지고 있는데 제대로 박아 본 적이 없잖아. 써 보고 싶진 않아?"

그러자 하준은 수줍은 듯 연하게 웃더니, 머뭇거리다가 입을 열었다.

"실은 나도… 비슷한 생각한 적 있어."

"………생각한 적이 있다고?"

"그게… 아무래도 할 때마다 내가 너보다 훨씬 좋아하는 것 같아서… 응……. 사정도 내가 더 많이, 하잖아. 내가 잘 못 참아서, 그런 것 같기도 하고… 으음, 그게, 경험이 없어서 확실하게는 모르겠지만… 아마 받는 쪽이 더 기분이 좋은 것 아닐까."

말하는 중간에도 애무를 받느라 다소 횡설수설하던 하준은, 뭔가 큰 결심이라도 한 듯 눈을 꼭 감았다가 떴다. 조금 단단해진 검은 눈동자가 무겸을 똑바로 마주 보았다.

"그러니까 김무겸. 네가 꼭 원하면 나도 노력해 볼게. 솔직히 너처럼 잘할 자신은 없는데……."

굳은 결심의 고백이 채 끝나기도 전부터 무겸이 어깨와 배를 들썩거렸다. 낮은 웃음을 삼키던 그는 참지 못하고 크하하 폭소했다. 무겸이 웃는 이유를 알지 못하겠다는 표정으로 어리둥절해진 하준을 안고 무겸은 한참을 웃어 젖혔다. 나중에는 거의 눈물을 닦아내다가 간신히 진정했다.

"마음은 고마운데, 크흡, 괜찮아."

"해 보고 싶어서 말한 거 아니야?"

"아니, 아니야. 하준이가 원하면 나도 노력해 보겠지만 그게 아니면 난 정말 괜찮아."

무겸이 남은 웃음을 주워 담으며 하준을 꽉 끌어안았다. 고양된 기분이 손장난에 속도를 붙였다. 하준의 볼기를 양손에 쥐고 주물렀다. 흰 점토처럼 부드러우면서도 고무처럼 탄력이 있는 이 엉덩이 사이에 제 것을 처넣고 마구 흔들고 나면 가벼운 열 몸살쯤은 뚝 떨어질 것 같았다.

사정 직후라 예민해졌을 입구를 손가락으로 지분거리자 하준이 벌써부터 달콤한 신음을 꿀처럼 흘렸다. 서로의 만족도가 이처럼 찰떡같이 높이 맞아떨어지는데 굳이 불필요한 '노력'을 할 필요가 없다. 몸에 뚫린 구멍이라는 구멍으로는 모두 느끼는 이하준이다. 섹스든 요리든 사람에게는 적성이 있으니 각자 잘하는 일을 도맡아 하면 되는 것이다.

"김무겸. 너 왜 열이 더 나는 것 같지……?"

그러나 마냥 즐거운 그와는 달리, 키스의 여운에 잠겨 무겸의 살갗에 저를 맞대고 있던 하준은 점차 심각한 표정이 되었다. 재빨리 몸을 일으켜 무겸의 이마를 짚어 본다. 성감이 가시지 않아 분홍빛이 남은 흰 얼굴이 빠르게 일그러졌다.

"같은 게 아니라 진짜 더 나. 아, 이것 봐. 역시 이런 거 하지 말걸."

"열이 나는 게 아니라 사랑 때문에 가슴이 뜨거워진 거야."

"못 살아. 너한테 넘어간 내가 바보다."

"나 네 구멍에 박고 싶어."

"안 돼! 절대 안 돼. 이번에는 네가 무슨 짓을 하든, 무슨 소리를 하든 안 돼."

무겸이 안타까운 한숨을 쉬었다. 그러나 열이 더 난다는 말은 사실인 듯 침대에 비스듬히 누워 있는데도 어지럼증이 느껴졌다. 조금 전처럼 몸으로 밀어붙여 침대의 주도권을 가져오기는 불가능할 것 같았고, 이제야 약 기운이 도는지 갑자기 정신이 점점 몽롱해졌다.

더 놀고 싶은 욕심은 가득한데 수마를 이기지 못해 지쳐 잠들어 가는 아이처럼 서러워졌다. 어느새 하준이 미지근한 물수건을 가져와 축축해진 몸을 닦아 주었다. 무겸은 제게 새 가운을 입히는 흰 손을 붙잡고 칭얼거렸다.

"알았어. 오늘은 참을게. 대신 나중에 소원 하나 들어줘."

"스티커 한 장도 아니고……. 섹스 한 번 참는 걸로 갑자기 소원을 들어 달라고?"

"아프니까 위로 포인트."

하준은 뭔가 딴지를 걸고 싶은 듯 입을 벌렸다가, 참기로 했는지 다시 다물었다. 그리고 감자 수프를 만들기 전처럼 단정하고 인자한 미소를 얼굴에 올리며 물었다.

"무슨 소원? 어떤 거?"

"그건 지금부터 생각할게."

"그럼 지금은 다른 생각하지 말고 착하게 자기다."

"어디 가지 마. 나랑 같이 자."

"알았어. 금방 씻고 올게."

다시 열이 오르는 무겸의 몸부터 닦느라 정작 제 아래는 아직 추스르지도 못한 하준이 명치 아래로 가운 앞섶을 여몄다. 뒤돌아서 멀어지는 하준을 보던 무겸이 애써 눈을 깜박였다. 자칫 하준이 침대로 돌아오기 전에 잠들어 버릴까 봐 일부러 일어나 앉았다.

10분 후쯤 돌아온 하준의 머리카락에는 아직 촉촉한 습기가 남아 있었다. 아직 덜 마른 머리를 아랑곳하지 않고 하준은 무겸의 곁에 붙어 누웠다. 무겸이 풍성한 흑발에 코를 묻었다. 머리끝부터 발끝까지, 막 씻고 나면 저와 똑같은 샴푸와 비누 냄새가 나는 몸이 사랑스러웠다.

둘은 한 덩어리처럼 달라붙었다. 무겸은 하준의 머리를 천천히 쓰다듬었고, 하준은 무겸의 등을 살며시 두드렸다. 그는 무겸을 재우려는 듯 말없이 등을 느리게 토닥이다가, 문득 나직이 질문했다.

“그런데 아까 내가 여러 사람의 합작품이라고 한 거… 그거 무슨 뜻이야?”

“말 그대론데. 어머니, 민경이, 하경이, 윤채훈, 임정규. 내가 잘 아는 사람들만 이 정도고 너 좋아하는 사람 많잖아. 너도 잘해 주는 사람 많고. 지금의 이하준을 만드는 데 한두 사람이 참여했겠어? 셀 수도 없이 많겠지. 제작진 명단 만들어도 될 거야.”

“그거야 너도 마찬가지잖아. 박 감독님도 계시고 정규는 너랑도 친하고. 그린포드 사람들도 있고.”

“맞는 말이긴 한데, 글쎄……. 널 만난 뒤의 김무겸은 너 혼자 만들었다고 해도 무방하지 않나. 그전까지는 다른 사람들이 뼈대만 엮어 준 거고.”

무겸은 잠시 고민하다가 고개를 끄덕였다.

“이하준은 내가 만났을 때 이미 완성형이었지만 김무겸은 이하준이 많이 다듬었잖아. 생각해 봐. 나는 네가 살리고 네가 만든 거야.”

"……."

"만약에 우리가 식물이라서 다른 사람이 물을 줘야 살 수 있다고 한다면, 김무겸은 이하준만 물을 줘도 살 수 있을 것 같지만 너는 아니야. 어머니도 줘야 하고, 동생들도 줘야 하고, 친구들도 줘야 해. 그렇게 살아왔으니까 이제 와서 그걸 바꿀 수는 없다. 뭐, 그런 생각을 했다는 거지."

가만히 듣고 있던 하준이 무겸의 등에 얹은 팔에 조금 힘을 주었다. 미약한 힘이었지만 무겸은 하준의 포옹을 곧바로 느끼고 저 역시 안는 힘을 더했다. 부드럽고 폭신한 머리카락과 이마가 이어지는 부분에 입을 맞췄다. 말이 없던 하준이 느리게 입을 열었다.

"사람들이… 다른 사람들이 나를 만들었다면. 그 말이 맞지만."

"응."

"그 안에 너도 있어. 지금의 이하준을 만든 사람 중에 김무겸도 있어."

"……."

"네가 나를 몰랐을 때부터 너는 나한테 정말 큰 사람이었어……. 김무겸 없이 지금의 내가 있을 수는 없어."

아마 저만이 아니라 수많은 이름 모를 사람들에게 그러하리라고 하준은 확신했다.

지금도 그라운드 위를 달리며 축구 선수의 꿈을 키우고 있을 아이들에게, 다음 날 아침 일찍 일어나 피곤한 하루를 보내야 함에도 불구하고 먼 나라에서 벌어지는 경기를 매일 밤 주시하는 사람들에게, 지나간 월드컵을 응원했던 셀 수 없는 관중들에게.

하루하루 버티기가 벅차 꿈이나 희망의 빛깔을 기억하기 어려워진 사람들에게, 사실은 자신과 일말의 관계도 없는 타인의 성공과 영광을 염원하고 사랑할 수 있게 된 사람들에게, 그 힘으로 오늘이라는 날에 조금이나마 반짝임을 칠해 넣은 사람들에게.

이하준은 비슷한 다른 이들보다 운이 좋았다. 동경의 대상과 같은 그라운드에서 뛸 수 있었고 그를 바로 옆에서 지켜볼 수 있었다. 대단한 결과를 의도하지 않은 행동이 누군가에게 그토록 큰 은혜가 될 수 있다면 김무겸 역시 이하준의 은인이었다. 얼마든지 고맙다는 말을 건네고 싶은 사람이었다.

의무감이나 책임감만으로는 삶을 간신히 버텨 낼 수 있을 뿐이다. 고단했던 시절에 김무겸을 사랑할 수 없었다면, 무엇을 원동력으로 이만큼 걸어왔을지 물었을 때 자신 있게 내세울 수 있는 답이 하준에게는 없었다.

"나는 지금도 가끔… 너 같은 사람을 내가 독점해도 되는지 궁금할 때가 있어."

"…왜?"

"다른 사람들이 물뿌리개라면 너는 비 같은 사람이잖아. 널 필요로 하는 사람이 세상에 얼마나 많은데. 김무겸은 왠지 모두의 사람이어야 할 것 같아."

무겸이 처음 그린포드에 이적해 와 골을 몰아쳐 넣었던 날, 영국의 한 기자는 '폭우 같다'라는 말로 그를 표현했다. 그 묘사는 하준의 뇌리에 지금까지 인상 깊게 남아 있었다.

무겸은 말이 없었다. 머리칼을 쓰다듬던 손짓도 멎었다. 혹시 잠이 들었나 싶어 하준은 시선을 들어 무겸을 살폈다.

그러나 그는 눈을 감고 있지 않았다. 표정 없는, 다소 진지한 얼굴로 마주 누운 하준을 응시하고 있을 뿐이었다. 시선이 마주치자 그의 얼굴에 옅은 미소가 번졌다. 물기 없이 흩어지는 모래 같은 미소였다.

"이상하네. 나는 반대로 생각하는데."

"반대?"

"나는 이하준만의 것이지만, 이하준은 나만의 것이 될 수 없다고."

그 말에 누워 있던 하준이 몸을 반쯤 일으켰다. 절로 미간에 힘이 모이고, 나오는 말투가 단호해진다.

"아니야."

"아냐?"

"나는 분명 여러 사람을 좋아하고, 그 사람들 역시 나를 좋아하겠지만……. 가족이든 친구든 나를 자기 거라고 말할 수 있는 사람은 김무겸, 너밖에 없어. 너 빼고 누구든 농담으로라도 나를 소유물처럼 말하면 가만히 안 있을 거야. 네 거라고 했잖아."

"그래?"

일으킨 몸을 무겸이 도로 끌어내렸다. 열이 올라 달군 쇳덩어리처럼 단단하고 뜨거워진 품에 하준을 가두었다.

"나도 마찬가지지. 나를 좋아하는 사람들이 많다고 해서 내가 그 사람들 소유물은 아니잖아? 만인이 필요로 하고 사랑하는 건 축구 선수 김무겸이야. 덜떨어진 인간 김무겸을 사랑해 주는 사람은 이하준밖에 없어."

그야 내가 너에 대해 가장 잘 알고 있으니까.

하준은 반사적으로 그렇게 생각하고 혼자 얼굴을 붉혔다. 타고난 천재, 완벽한 선수, 폭우 같은 사람, 모두의 스타. 저는 그런 김무겸의 진짜 얼굴을 가장 많이 알고 있는 사람이다. 예전처럼 그의 자료나 기사를 쫓아다니며 스크랩 따위를 하지 않아도, 그때보다 훨씬 더 그랬다.

"맞아……. 세상에서 내가 너를 제일 좋아해."

이제는 자신 있게 말할 수 있었다. 이하준이 사랑하는 김무겸은 더 이상 스스로를 위로하고 싶어 만든 허상이나 머나먼 환상이 아니라고. 장점과 단점, 강점과 약점, 숨겨 온 비밀, 가장 어두운 그림자와 밑바닥까지 속속들이 알고 겪고 지켜봐 온 연인으로서.

잠시 그의 대답을 기다리는데 무겸은 아무런 대꾸가 없었다. 함께 말없이 있으려니 머리 위에서 작고 짧게 훌쩍이는 소리가 들렸다.

오늘 둘 사이에는 별다른 일이 없었다. 김무겸이 몸살에 걸렸다는 돌발 사태만 빼면 싸우지도 않았고 분위기도 좋았다. 방금 나눈 대화 역시 전혀 슬픈 이야기가 아니었건만 하준의 눈에도 눈물이 핑 고였다.

사랑하고 사랑받는 것이 분명하고 그 사실에 매분 매초가 더할 나위 없이 행복한데, 왜 서로에 대해 더 많이 알고 나면 자꾸 눈물이 나는 걸까?

연애란 정말 이상했다.

⚽

불특정 다수의 사람들에게 일거수일투족이 공개되는 것은 스타의 운명이다. 김무겸이 몹시 심한 독감에 걸려 이틀간 훈련에 빠졌다는, 과장된 오보는 정정할 여지도 없이 빠르게 보도되었다.

그날부터 일주일가량이 지나 새로운 경기가 열린 오늘, 무겸이 공을 잡을 때마다 경기장의 관중석은 특히 시끄러워졌다. 급조된 느낌이 강한 새로운 응원가와 마찬가지로 급하게 개사된 듯한 상대 팀의 견제용 노래가 번갈아 가며 울려 퍼졌다.

"킴, 킴. 너에게 병원은 어울리지 않아. 아프지 마, 아프지 마. 우리는 네 생각보다 더 너를 사랑해."

“킴, 킴, 이번에는 누구랑 떡치다 병이 났니? 남창으로 전직하는 건 어때. 너는 발보다 좆을 더 잘 놀리지.”

병원은 어울리지 않는다는 응원가에 부응하기라도 하듯 오늘 무겸의 컨디션은 최고조였다. 상대 팀의 극성 팬들이 부르는, 성희롱의 의도가 다분한 노래가 울려 퍼질 때도 눈 하나 깜짝하지 않았다.

하준만 눈살을 찌푸렸다. 아무리 견제용 노래라지만 아이들도 오는 경기장에서 저게 뭐람. 알고는 있었지만 영국 축구 팬들의 응원 열기는 아군 적군을 막론하고 지나칠 때가 있었다.

감독과 스태프는 무겸의 활약을 흡족하게 지켜보았다. 해리가 하준 쪽으로 몸을 숙였다.

“이틀 쉬고 나더니 컨디션이 더 좋아진 것 같아. 개인 코칭의 효과가 좋았나 본데, 비결이 뭐야?”

“그런 거 없어요. 그냥 푹 쉬라고 했어요. 다른 거 없이.”

하준은 등을 굽히고 턱을 괸 자세로 앉아 있었다. 얼굴 위에 얹힌 흰 손가락이 계속해서 제 뺨을 두드렸다. 해리가 그런 그를 유심히 보다가 미간을 슬쩍 찌푸렸다.

“그런데 오늘은 네 컨디션이 나빠 보이는 걸? 혹시 킴에게 감기라도 옮은 거야?”

“네……? 아니에요. 그냥 몸살이지, 전염성은 아니랬어요. 너무 집중해서 봤나 봐요.”

“쉬엄쉬엄 봐. 그러다가 또 퇴장당하지 말고.”

해리가 킬킬대며 놀리자 하준은 얼른 턱을 받쳤던 손을 내렸다. 앞으로 살짝 굽혔던 등도 쭉 펴고 벤치 등받이에 몸을 기댔다.

두 사람이 이야기를 주고받은 지 얼마 지나지 않아 그라운드 위에서는 난전이 펼쳐졌다. 오늘의 상대 팀인 샌더스테드의 코너킥으로 붕 띄워진 공은, 한참을 누구의 것도 되지 못하고 머리에서 머리로 오갔다.

마지막에 공중을 장악한 것은 원래도 장신이라 헤딩에 능한 무겸이었다. 그가 높이 뛰어올라 소유주를 찾지 못한 공에 머리를 부딪치자, 떠돌던 공은 골대 구석을 향해 날아갔다. 정신없이 위치를 잡고 있던 골키퍼는 전혀 대응하지 못하고 빈자리를 내주었다.

"골-!"

벤치 멤버들도 환호를 보냈다. 하준도 잠시 전의 초조함을 잊고 자리에서 벌떡 일어서 손뼉을 쳤다.

무겸은 활짝 웃는 얼굴로 응원석에 먼저 손을 흔들더니, 이번에는 저를 희롱하던 노래가 들리던 자리로 냅다 달려갔다. 그러더니 자신의 사타구니를 보란 듯 손가락으로 아래를 가리키고는 고개를 절레절레 흔들며 비웃어 보인다. 자칫 경고감이 될 수도 있는 퍼포먼스였지만 아슬아슬하게 피해 갔다.

약이 오른 상대 팀 서포터들이 쓰레기 따위를 던지기 시작할 때쯤에야 무겸은 달려 제자리로 돌아왔다. 벤치와 관중석에서 이번에는 웃음이 터져 나왔다. 웃지 않는 사람은 하준 혼자였다.

경기는 무패 기록을 지키며 종료되었다. 훈련장에 도착한 선수들은 신이 나 인사를 주고받으며 헤어졌다.

경기 당일에는 따로 훈련 일정이 없다. 더군다나 시즌이 시작하고도 이미 몇 경기를 치른 시점, 무겸이 앓아누운 정확한 이유를 모르는 감독은 선수들에게 휴식이 필요한 시기라고 생각했는지 다음 날 하루 전체 휴식을 지시했다. 휴가를 얻은 선수들과 스태프들은 평소보다도 귀가를 서둘렀고 훈련장은 빠르게 적적해졌다.

"준은 안 가?"

"조금 정리할 일이 있어서. 금방 갈 거예요. 먼저 가세요."

언제 돌아갈 거냐고 인사를 건네는 사람들에게 웃는 낯으로 인사를 하고, 하준은 마지막 남은 사람이 되어 스태프 룸을 나섰다. 오늘 경기는 이른 시각에 열려 훈련장에 도착하고서도 해가 남아 있었다.

조용해진 복도를 걸어 그 끝에 있는, 선수용 드레싱 룸의 문을 열었다. 스태프 룸에 남은 이가 하준 혼자였던 것처럼 선수들의 로커 룸에도 남아 있는 사람은 한 사람뿐이었다.

"코치님, 왔어?"

하준은 대답하지 않았다. 문 앞에서 벗어나지 않고 멀뚱히 서서, 저를 반기는 무겸을 조금 뚱해진 표정으로 바라보기만 했다. 경기를 승리로 끝내고 새 유니폼으로 갈아입은 김무겸은 만사가 편안해 보였다.

무겸이 다가와 그런 하준을 꽉 끌어안고 왈츠라도 추듯 옆으로 다리를 움직였다. 하준도 무겸의 걸음을 따라 밟으며 주춤주춤 걸어갔다. 걸음을 멈췄을 때, 둘은 무겸의 로커 앞에 다다라 있었다. 하준의 콧등 위로 입술을 쪽, 짧게 맞닿았다.

"표정이 왜 그래. 오늘도 이기고 돌아온 선수한테."

"몰라서 물어?"

"어차피 하기로 한 건데 웃으면서 하자. 이 코치도 훈련 중에 자주 하는 말이잖아. 힘들어도 해야 하는 일은 기왕이면 즐겁게 하자며."

하준은 포기의 기색이 스민 한숨만 쉬었다. 무겸이 눈을 조금 가늘게 뜨며 미소를 짙게 만들었다.

"그럼 코치님. 착한 선수 김무겸의 소원을 들어주세요."

"다시는 아프다고 봐주나 봐라. 스티커고 뭐고 다 취소야."

아프기도 했고, 그날따라 기특하게 구는 바람에 마음이 약해져 우기는 것을 넘어가 주었더니 며칠 뒤 소원이랍시고 요구한 것이 가당찮았다. 하준은 다시는 넘어가지 않으리라 투덜거리면서도 선뜻 움직이지 못하고 서 있기만 했다. 그가 움직이기를 기다리던 무겸이 손을 뻗었다.

"내가 도와줘?"

"-됐어."

무겸이 제 바지춤을 끌어 내리려 하자 하준이 그의 손을 쳐 냈다. 심호흡을 한 번 하고, 결심을 다진 듯 스스로 바지를 벗었다.

상의는 여전히 그린포드의 코치에게 지급되는 스태프용 티셔츠를 입은 채로, 목에 건 호루라기도 풀지 않았다. 양말과 축구화도 신은 그대로였다.

무겸의 시선이 벗어 내린 바지 속, 하준의 드러난 맨다리를 거슬러 올라 그의 사타구니에 멎었다. 길이가 넉넉한 편인 카라 티셔츠 아래로 은밀한 부위가 아슬아슬하게 가려진다. 무겸이 씩 웃고는 강아지를 부를 때처럼 위를 향해 까닥까닥 손짓을 했다.

"잘 보이게 올려 봐."

하준은 심란한 한숨만 내쉴 뿐, 차마 티셔츠 자락을 들어 올리지 못했다. 그러자 로커에 기대 서 있던 무겸이 몸을 일으켜 하준의 팔을 잡아당겼다. 앗 소리도 내지 못하고 하준의 몸이 기울어졌다. 어느새 무겸의 로커에 기댄 자세로 등을 보이고 서게 되었다.

무겸이 하준의 티셔츠 아래로 손을 밀어 넣어 옷자락을 홀떡 걷어 올렸다. 평소에 비해 허전한 모습을 한 하반신이 완전히 공기 중에 드러났다.

무겸은 손바닥을 넓게 펼쳐 드러난 희고 탄력 있는 볼깃살을 부드럽게 쓸었다. 걷어 올린 셔츠 자락 아래로 단단하고 늘씬한 허리 근육이 움찔대는 것이 보였다.

"뭘 그렇게 부끄러워해. 현역 때는 너도 속옷 없이 유니폼 입었을 거 아냐."

"차라리 안 입는 게 낫지……."

하준의 불평에 무겸이 낮게 웃었다. 몸살이 다 나은 무겸이 약속한 '소원'이라며 부탁한 일은 하준의 예상치를 아득하게 벗어났다.

무겸이 경기가 있는 날 입어달라며 내민 물건은 검은색 남성용 끈팬티였다. 앞에서 보면 그나마 면적이 좀 작은 삼각 브리프처럼 보였지만 뒤로는 엉덩이가 훤히 드러났다.

아슬아슬하게 가려진 성기를 무겸이 속옷 위로 문질렀다. 선단에서 프리컴이 배어 나와 얇은 천이 금세 축축해졌다. 부드러운 헝겊을 사이에 두고 귀두를 자극당하는 기분이 직접적으로 만져 줄 때와는 또 다르게 배 속을 간질여, 하준은 작게 신음하며 눈을 감았다.

"창피해할 필요 없다니까. 더 야한 걸로 준비하려다가 이하준한테는 이 정도가 적당한 것 같아서 선택한 거야. 한국에서는 드물어도 미국이나 유럽에서는 남자들도 많이 입어."

무겸이 설명했지만 알 게 뭔가. 그는 생후 26년을 한국에서만 살았다. 이제껏 자신이 이런 속옷을 입으리라고는 상상도 해 보지 못했다. 물론 그렇게 따지자면 김무겸을 만난 뒤 일어난 수많은 일이 좋은 쪽으로든 나쁜 쪽으로든 상상해 보지 못한 영역에 모여 있기는 했지만…….

더군다나 끈팬티 자체야 남자들이 종종 입는다 하더라도 이런 디자인이 그리 일상적일 것 같지는 않다. 앞을 가린 검은 브리프 부분은 안이 살짝 비치는 망사 소재로 되어 있는 데다가 은은한 레이스 장식까지 되어 있었다.

"팀에도 훈련할 때 편하다고 입는 놈이 있거든? 그 자식이 입고 돌아다니는 거 볼 때는 오히려 흉해 보였지, 야하다는 생각 한 번도 해 본 적 없는데……."

무겸이 말끝을 허물며 살살 쓰다듬던 엉덩이를 꽉 쥐었다. 입구 가까이 기어들어온 손가락이 닫혀 있는 양쪽 볼기를 살짝 벌렸다. 하준이 숨을 크게 들이마시는 소리가 들렸다. 무겸도 더운 숨을 내쉬었다.

"…코치님이 이걸 입고 벤치에 앉아 있다고 생각하니까… 경기 중에도 자꾸 생각이 나서 미치겠던데. 코치님이 자주 강조하는 모티베이션, 확실하게 부여됐어. 오늘 나 잘했지?"

"말은… 청산유수지. 나는 불편해서, 흐읏, 죽는 줄 알았어."

"아까 샌더스테드 쪽 관중들이 부르는 노래 들었어? 김무겸은 발보다 좆을 더 잘 놀린다잖아. 그래서 나도 대답해 준 거야. 어떻게 알았냐고."

무겸이 등을 보이고 선 하준의 뒤쪽에 무릎을 굽혀 앉았다. 시선을 받는 것만으로도 긴장했는지 탄력 있는 볼기 아래 숨은 근육이 섬세하게 움직이고 있었다.

무겸은 흰 둔덕에 되풀이해 입을 맞추었다. 이를 세워 잘게 깨물면서 흐뭇한 마음을 감추지 못하고 웃었다. 솜털이 오스스 선 살갗 위로 입술이 내려앉을 때마다 하준은 로커에 기대선 채로 움찔거렸다. 무겸이 속삭였다.

"긴장 풀어."

모두 돌아갔다지만 그래도 훈련장의 로커 룸이었다. 선수들이 몸을 씻고 옷을 갈아입고 이야기를 나누는 지극히 일상적인 공간. 휴가지의 요트나 파티장의 정원, 하다못해 전지훈련지의 숙소와도 달랐다. 잠시 머무르다 돌아갈 곳이 아니라 내일도 모레도 매일 들락거려야 하는 김무겸과 이하준의 일터였다.

혹시 남은 사람이 있으면 어쩌지. 일이 있어 누가 돌아오기라도 하면……. 하준은 혀가 말랐다. 머릿속이 뿌옇게 어질어질해졌다.

"얼른… 빨리하고 가자……."

"그래. 가끔은 빨리하는 것도 짜릿하고 좋지."

"으흣……."

축축한 살덩이가 젖은 흔적을 남기며 엉덩이 위를 느리게 기어가더니, 결국 둔덕 사이의 깊은 골까지 다다랐다. 가는 끈 하나가 구멍을 아슬아슬하게 가리고 있었다. 무겸은 속옷을 치우거나 벗기는 대신 그 위에 혀를 눌렀다. 얇은 섬유가 금세 타액에 젖어 하준의 피부에 더 밀착해 들었다.

손가락을 걸어 비부를 가린 스트링을 옆으로 쓱 잡아당기자 입구가 완전히 드러났다. 축축해진 주름이 부끄러운 듯 조밀하게 오므라졌다. 무겸이 낮게 웃으며 당겼던 끈을 놓자 그것은 입구를 약하게 때리며 탄력 있게 제자리로 돌아갔다. 얼굴이 빨개진 하준이 뒤로 손을 뻗어 무겸의 머리를 밀어냈다.

"장난치지 마."

무겸이 웃음을 지우지 않고 몸을 일으켰다. 그는 드레싱 룸 한쪽에 놓인 벤치 쪽으로 향했다. 하준을 마주 안은 채로 걸터앉아 뚱해진 뺨에 몇 번씩 입을 맞췄다. 하준은 무겸을 원망스레 바라보았지만 입술에서 비어져 나오는 숨결에는 이미 열이 가득했다.

무겸도 제 하의 허릿단을 끌어 내렸다. 단단하게 발기한 것이 바지 위로 묵직하게 튕겨오르며 모습을 드러냈다. 무겸이 따뜻해진 흰 목덜미에 입술을 비비며 속삭였다.

"오늘도 손으로 하자."

"…정말?"

그럴 수 있다면 오히려 다행이다. 솔깃해진 하준이 눈을 깜박였다.

"그래. 빨리하고 가자며. 나도 이런 데서 질질 끌 생각은 없어."

"알았어. 그럼……."

하준이 드러난 무겸의 성기를 향해 손을 가져갔다. 그러나 무겸이 하준의 손목을 붙잡았다.

"말 다 안 끝났어."

"손으로 하자며?"

"손으로, 각자 하자."

"어?"

하준은 무슨 말인지 이해하지 못한 듯 무겸을 빤히 바라보다가, 곧 의미를 파악했는지 서서히 얼굴을 붉혔다. 더듬더듬 벌어진 입에서 말이 끊겨 나왔다.

"왜… 왜 그래야, 돼. 혼자 있는 것도 아닌데… 둘이서."

"지난번 이야기 듣고 나니까 많이 궁금해졌어. 이 코치님은 혼자 할 때 어떻게 할까. 예전에 한국에 있을 때 영상으로 보여 달라고 했더니 가족들 때문에 안 된다고 했잖아. 오늘은 안 될 이유 없지?"

무겸은 손에 젤을 바르더니 번들번들해진 손을 정말로 저 자신의 물건 위에 얹었다. 빳빳이 일어선 것을 느직하게 문지르기 시작하는 그를 앞에 두고 하준이 꼴깍 마른침을 삼켰다.

갑작스러운 상황을 머릿속에 제대로 정리하지도 못한 채로 무겸의 집에 따라가 처음 섹스를 한 정신없던 날이 떠올랐다.

"이거 지금 너 때문에 선 거다."

그렇게 말하며 스스로 자신의 성기를 문지르던 모습, 그런 그를 보며 느꼈던 짜릿함까지도.

무겸이 그때처럼 입꼬리를 올려 웃으며 도발하듯 던졌다.

"이것 봐. 나도 하잖아. 코치님도 할 거지?"

하준은 더 저항하지 않았다. 홀린 듯 손바닥을 펼쳐 무겸이 젤을 그 위로 짜 내리도록 가만히 기다린 뒤, 단단한 허벅지 사이에 다리를 벌리고 마주 앉아 자신의 것을 붙잡았다.

평소에 입는 브리프에 비해 면적이 자그마한 속옷은, 입은 채로도 성기를 꺼내 잡는 데 불편함이 없었다.

"으응……."

사람은 자기 자신을 간지럽힐 수 없다. 뇌는 이미 예상되는 자극에 반응하지 않기 때문이다. 성감 역시 다르지 않아서, 자기 자신을 만질 때는 타인의 손길에 닿을 때와 같은 쾌감을 느끼기 어렵다.

하지만 오늘은 자신의 손길이 피부에 닿는 감각조차 낯설었다. 하준은 자칫 신음이 나올 것 같아 입술을 꾹 다물고, 천천히 성기를 위아래로 매만졌다. 찐득한 젤이 발린 손과 성기가 마찰되며 작게 젖은 소리를 냈다. 하준이 하는 양을 지켜보던 무겸이 허리를 더 가까이 당겼다.

"지난주에 나한테 해 줄 때랑 좀 다르잖아."

"뭐가, 어떻게……."

"그때처럼 해 봐. 그때는 우리 코치님 손기술이 더 화려했어. 코치님도 남자니까 그 정도는 할 수 있다며."

무겸이 귓바퀴 위로 소리가 나도록 뽀뽀를 했다. 하준이 가쁜 숨을 내쉬며 손을 움직이는 속도를 조금씩 높였다.

마주 놓인 얼굴을 보다가, 눈을 감고 감각에 몰입하다가, 저와 마찬가지로 제 것을 쓸고 있는 무겸의 아랫도리를 주시하기를 반복했다. 무겸은 시종일관 쏘아보는 듯 집중하는 눈빛으로 하준을 바라보고 있었다. 날 선 눈길이 피부에 닿을 때는 끈적하게 녹아 휘감긴다.

하준의 손짓이 점점 강하고 질척해졌다. 엄지손가락으로 제 귀두를 문지르고, 기둥을 쳐올리던 손바닥으로 귀두까지 감싸 올렸다.

"흐읏……."

장소가 주는 긴장 때문인지 잡아먹을 듯 저를 바라보는 눈빛 때문인지, 가끔 남몰래 하던 자위에 비할 수 없는 쾌감이 찌릿찌릿 하준의 등골을 타고 올랐다. 무겸이 열 오른 목덜미와 귀를 핥았다. 손가락이 유두를 문지른다. 예민해진 감각이 어깨를 오싹오싹 흔들었다. 간질간질하게 배 속을 달구는 열감이 괴로울 정도로 달았다.

"하앗, 아, 아……."

"집에서 지낼 때는… 어떻게 혼자 했어? 네 방에서?"

"으응… 보통, 샤워할 때……. 방에는, 읏… 가족들 들어올 수도, 있으니까……."

"나랑 이렇게 되기 전에도… 내 생각하면서 한 적도 있어……?"

"-아, 흐윽……."

하준은 대답하지 않고 무겸의 어깨에 얼굴을 기댔다. 갑자기 성감이 오른 듯 몸을 달싹이며 가쁘게 신음하는 모습이 긍정의 대답 같아 무겸도 이를 악물고 앓았다.

커다란 손을 하준의 손 위로 겹치고 지난번처럼 둘의 성기를 맞대고 문질렀다. 뜨겁게 발기한 살 기둥 두 개가 미끈미끈 얽혔다. 질걱대는 습한 마찰음이 점점 커졌다.

"흐, 흐아, 아……!"

"씨발… 너 혼자 딸 치는 거 보니까 머리 터질 것 같아."

무겸의 목소리가 부지깽이처럼 벌겋게 익었다. 하준도 그런 무겸을 놓치지 않고 응시했다. 빈말은 아닌지 그의 목에 굵게 힘줄이 섰다.

하준이 아직 코칭 복장을 벗지 않은 것과 마찬가지로 무겸도 유니폼 차림이었다. 시즌 내내 보아온 붉은 네크라인의 진녹색 상의와 흰색 바지. 그린포드의 홈 유니폼. 하준은 저도 모르게 무겸의 목덜미 근처에 코를 묻고 냄새를 맡았다. 이미 샤워 뒤라 그의 땀 냄새가 가신 것이 아쉬웠지만 그래도 경기를 뛴 직후의 열기가 묻은 체취가 풍기고 있었다.

그의 유니폼을 입고 섹스를 해 본 적은 있지만 유니폼을 입은 김무겸과 해 본 적은 없다. 자꾸만 등이 선뜩해졌다. 옷차림만 평소와 다를 뿐인데, 왜 그때 그가 갑자기 흥분했는지 알 것 같았다.

"왜 그렇게 봐."

무겸이 웃음을 머금고 물었다. 그의 입술이 가까이 다가왔다. 짧은 키스를 여러 번 나누어 하느라 대답이 끊어졌다.

"너, 도… 섹시해."

"나? 나 딸 치는 거 보니까 너도 흥분돼?"

"응. 야해……."

하준의 긴 속눈썹이 떨렸다. 그라운드 위에서 곧바로 다가온 듯한 김무겸이 지금 저를 갈구하고 있었다. 중학 시절, 눈도 깜박이지 못하고 바라보았던 어린 야생마 같은 모습이 뚜렷하게 떠오르며 몸만이 아니라 가슴까지 뜨거워진다. 당시에는 그 난해한 감정의 정확한 이름을 알지 못했다. 그러나 지금은 그때부터 김무겸이 제 첫사랑이었다는 걸 안다.

제 입술 위를 부드럽게 쓰는 그의 입술을, 하준이 충동적으로 먼저 깨물었다. 무겸이 낮게 신음하며 손에 더 힘을 주었다. 둘의 입술 사이로 신음과 가빠진 숨이 절반씩 섞여 나왔다. 겨우 입술을 걷어낸 하준이 아래를 내려다보았다. 찰싹 달라붙어 서로에게 맞부딪는 성기가 지나치게 음란해 보였다.

"꽉 붙어 있어야 돼."

"으응."

무슨 뜻인지도 잘 모르고 고개를 끄덕이는데 무겸이 손을 놓았다. 하준은 그가 시킨 대로 무겸의 몸에 마주 달라붙었다. 둘의 성기도 여전히 진득하게 저들끼리 엉켜 있었다.

"아……!"

하준이 허리를 파득 떨며 짧게 목소리를 높였다가 입을 다물었다. 가느다란 속옷을 밀어내고, 무겸의 젖은 손가락이 벌어진 엉덩이 사이로 들어왔다. 그 감각에 손을 멈추고 몸을 떨자 무겸이 귓가에 속삭였다.

"계속, 하아. 계속해. 손 멈추지 마."

하준은 숨죽여 허덕이면서 그가 시키는 대로 했다. 무겸의 것과 제 것의 귀두부를 동시에 걸쳐 잡고 속도를 내 미끄러뜨렸다. 마찰이 강해지도록 저도 모르게 허리를 흔들었다.

그러는 동안 찔꺽찔꺽, 뒤를 쑤시는 소리도 점차 커졌다. 안에 들어온 손가락이 금세 세 개가 되어 푹푹 안을 파고들었다. 무겸이 손가락에 힘을 실어 느끼는 곳을 꾹 누르자, 앞뒤로 가해지는 자극이 번개처럼 하준의 머리를 때렸다. 허윽, 크게 숨을 집어삼키며 고개를 저었다.

"아으윽… 그만, 흐… 손, 거기는……."

"안 돼, 코치님. 오늘은 내 소원… 들어주기로 한 날이잖아. 계속해."

"아, 으흑, 읏."

잠시 멈추었던 손이 다시 느리게 성기를 문질렀다. 뒤를 손가락으로 헤집던 무겸이 하준의 엉덩이를 들어 올렸다. 맞붙었던 두 개의 성기가 그제야 떨어졌다.

무겸은 빳빳하게 일어선 제 성기 위로 하준의 뒤쪽 입구를 맞추더니, 들어 올린 몸을 곧장 아래로 주저앉혔다.

성난 귀두가 흐물흐물 풀어진 입구를 망설임 없이 찌르고 들어왔다. 하준은 고개를 길게 젖히며 신음을 내뱉었다. 무겸의 허벅지 위로 겹쳐 허공에 떠 있던 다리를 그의 등 뒤로 감았다. 울뚝한 기둥이 뜨거워진 점막을 주르르 긁으며 좁은 내벽을 느리게 밀어 벌렸다. 겨우 벌어지는 점막을 굵은 성기가 꼭 맞게 채워 들자, 무겸은 하준의 허리를 손으로 받치고 거세게 하체를 쳐올렸다.

"아, 앗! 아아, 하……!"

"하아, 오늘 코치님이 할 일은… 끝날 때까지 계속, 후, 코치님 좆에서, 손 떼지 않는 거야. 할 수 있지?"

"읏, 응……."

하준이 대답인지 신음인지 모를 음성을 웅얼거리자 무겸은 몸을 일으켰다. 그의 허벅지 위에 앉아 있던 하준을 번쩍 안아 올리면서였다. 계속 아래를 만지라고 했지만 갑자기 전신이 들려 올려지자 하준은 깜짝 놀라, 두 팔을 모두 무겸의 어깨 뒤로 감았다.

무겸이 삽입한 채로 성큼성큼 몇 발짝을 걸어 제 로커 앞으로 다가갔다. 하준의 등이 로커 문에 맞닿자 무겸은 하준에게 더 가까이 붙어 섰다. 그대로 허리를 느리게 추켜올리며 하준을 재촉했다.

"안 떨어뜨릴 테니까 겁내지 말고."

"으, 앗……! 못해……."

그러나 무겸의 목 뒤로 감긴 하준의 팔은 떨어질 생각을 하지 않았다.

오히려 더 힘주어 매달리는 몸짓에 무겸은 할 수 없다는 듯 웃으며 자세를 추슬렀다. 하준의 다리 한쪽을 내려 주고 땅을 딛고 서게 했다. 나머지 한쪽 다리는 여전히 무겸의 팔에 붙들린 채였다.

"이제 괜찮지?"

무겸이 그렇게 물으며 파묻었던 성기를 주르르 빼냈다. 큰 폭으로 빠져나간 것이 아래에서 위로 푹, 몸속 깊은 곳을 찔러 올렸다. 로커에 기대어 선 하준의 전신이 덜컥였다.

"흐으……!"

"얼른."

하준은 프리컴을 흘리고 있는 제 성기를 더듬더듬 잡았다. 조금 전과 달리 힘이 빠져 손끝이 자꾸만 떨렸다. 그래도 어떻게든 살 기둥을 붙잡은 손을 끈적끈적 문질렀다. 무겸도 마치 그 속도에 맞추는 것처럼 허리를 쳐올렸다. 신음 섞인 숨소리가 마구 흩어졌다.

출입은 느리고 부드러웠다. 그러나 달뜬 내벽은 그 느린 접촉의 한 마디 한 마디를 모두 느끼며 비명을 질러 댔다. 귀두의 불거진 굴곡이 민감해진 내벽을 긁어 올리고 쓸어내리는 감각이 슬로 모션처럼 느리고 선명했다.

배 속의 예민한 부분을 무겸의 것이 찍어 누를 때의 묵직한 저릿함, 손으로 성기를 매만질 때의 달짝지근한 쾌감이 하나가 되어 전신을 그물처럼 감쌌다. 하준의 눈앞이 어찔 흐려졌다.

"-아……! 으흑, 무겸아, 나, 안 되겠… 하아… 아! 여기서, 안 돼……."

"왜? 소리 못 참겠어?"

몸을 살짝 숙인 무겸의 숨소리가 귀 바로 옆에서 들렸다. 하준이 고개를 끄덕이자 무겸의 입술이 떨리는 목선 위로 내려앉았다.

"괜찮아. 지금 아무도 없어. 내가 다 확인했어."

그런 말을 들어도 불안했다. 긴장한 몸은 더 예민해진다. 재차 들어오던 것이 완전히 안쪽까지 파묻히지 않고, 내벽을 어느 정도 벌려 놓은 다음 뒤로 주르르 빠져나갔다.

성기를 받아들일 준비를 하고 있던 점막이, 예상했던 방향을 거꾸로 거슬러 나가는 지극한 자극에 꿈틀대며 요동을 쳤다. 움찔거리며 허리를 들썩이자 반쯤 빠져나갔던 것이 갑자기 안을 짓쳐들어온다. 흐읍. 하준이 몸을 부르르 떨며 숨을 삼켰다.

하준은 제 손으로 입을 막았다. 신음이 앓는 소리처럼 작아지고 힘겨운 호흡만이 로커 룸을 채웠다. 마음이 급한 사람은 하준뿐인지 무겸은 당최 서두르는 기색이 없었다. 하준은 자꾸만 튀어나오려는 목소리를 몇 번씩 집어삼켰다. 다리가 속절없이 떨린다. 안쪽을 선연하게 문지르는 뜨거운 살 기둥이 몸에 불을 지피는 것 같았다.

"계속, 하, 만져야지."

"흐, 하으… 읍!"

붙잡고만 있을 뿐, 어느새 만지는 것을 잊은 성기에 무겸의 손이 닿았다. 세게 잡고 쳐올린다. 하준이 허리를 비틀었다. 눈앞에 반짝반짝 하얗게 별이 튀었다.

손으로는 성기를 문지르면서 무겸은 허릿짓에도 힘을 붙였다. 깊숙이 들어와 안쪽을 때리는 강한 출입이 빠르게 반복되었다. 허읏, 흑. 그때마다 참지 못한 신음도 함께 터져 나와 소리 없이 공기를 울렸다. 무겸의 숨소리도 거칠어지고 있었다.

거의 귀두까지 빠져나간 것이 퍽, 소리가 날 정도로 세게 치고 들어왔을 때였다. 쾌감의 충격을 버티지 못한 하준의 손이 뒤에 놓인 로커를 강하게 짚었다. 쾅, 문을 치는 소리가 복도까지 샐 것처럼 크게 울렸다.

누군가 숨통을 조르기라도 하는 것처럼 하준이 호흡을 거의 멈추었다. 할딱대는 약한 숨이 얇게 벌어진 입술 아래로 물방울처럼 떨어졌다.

"하아, 하준아……. 숨 쉬어."

"후으, 흐아."

"문도 잠갔고, 다들 돌아갔어. 만에 하나 누가 오더라도… 내가 이런 널 다른 사람한테 보여 줄 것 같아? 어떻게든 해."

무겸이 몸을 더 바짝 기울여 하준을 안았다. 불안을 달래려는 것처럼 뺨에 연달아 입을 맞췄다.

하준은 느리게 고개를 끄덕이다가, 문득 떠오른 듯 무겸의 단단하고 두툼한 어깨맡에 입술을 묻었다. 마치 재갈을 물듯 무겸의 옷과 몸으로 제 입을 틀어막고, 색색 거친 숨을 내쉬었다.

목 뒤로 감긴 팔에 힘이 들어가자 무겸은 그때서야 다시 천천히 허리를 움직이기 시작했다. 하준의 숨결이 거칠어지는 만큼 들이치는 힘도 강해졌다. 으으읍, 흐읍. 울음이 섞인 신음이 무겸의 옷자락 위에, 살갗 위에 뱉어졌다.

"하아, 미치겠다."

뜨거운 호흡과 음성이 어깨를 달구자 무겸은 열이 치미는 듯 중얼거렸다. 하준은 얼굴을 붙인 어깨와 가슴에 불끈불끈 힘이 들어가는 것을 느꼈다. 안을 드나드는 성기도 더 단단해지고 있었다.

"하준아, 좋아, 나 지금, 흣, 정말 좋아."

흥분한 목소리를 귀에 불어넣으며 신음하던 무겸이 퍽퍽 자비 없이 허리를 쳤다. 내벽 깊이 숨은 여리고 좁다란 지점까지 귀두가 연거푸 처박혔다. 살이 부딪힐 때마다 접합부에서 녹은 젤이 철퍽대며 튀었다.

하준이 주체 못한 눈물을 뚝뚝 흘렸다. 무겸의 셔츠가 눈물과 타액으로 축축하게 젖었다. 커다란 몸을 끌어안은 하준의 팔과 손에 점점 힘이 들어갔다.

"흐, 으읍! 읏, 흐으, 으, 으, 읍……!"

손에 갇혀 미끄러지던 하준의 성기가 울컥, 희고 뜨거운 체액을 토했다. 무겸의 상체에 바짝 붙어 안긴 몸이 중심을 잃고 크게 경련했다.

터질 듯 몰아치던 쾌감이 절정을 맞아 분출되고 나자 다리에서 급작스레 힘이 빠졌다. 하준이 후들후들 몸을 떨자 무겸의 팔이 등허리를 꽉 안았다.

몸속 깊은 곳을 우악스레 찍어 올리던 성기가 미끄러져 빠져나갔다. 아직 무겸은 사정에 달하기 전이었다. 하준은 혼미한 와중, 눈물을 흘리면서도 왜 벌써 그만두냐는 표정으로 무겸을 바라보았다.

그가 무릎을 굽혀 앉았다. 아직 채 토정이 끝나지 않은 하준의 성기 뿌리를 잡고 죽 훑어 올리더니 귀두를 물었다.

"아읏, 하아!"

무겸은 체액으로 엉망이 된 성기를 입 안에 넣고 거침없이 빨았다. 구강으로 흘러드는 정액을 받아 삼키고 둥근 고환까지 핥았다.

아직 사정 중인 성기를 직접적으로 자극받자 고통스러울 정도의 쾌감이 전신을 후려쳤다. 하준은 덜덜 떨리는 몸을 더 지탱하지 못하고 로커에 등을 기댄 채로 느리게 미끄러져 바닥에 주저앉았다. 눈높이가 같아진 하준을 무겸이 마주 앉아 끌어안았다. 절정의 여운에 허덕대느라 하준은 긴말을 하지 못했다.

"왜……."

"내가 다른 건 못해 줘도, 네 좆 하나는 앞으로도 열심히 빨아 줄게."

"안, 해 줘도, 흐윽, 돼……."

"안 되지. 우리 송아지 좆도 좆인데 만져 주고 빨아 주고, 다 해야지."

숨을 고르던 하준이 무겸의 입술에 제 입술을 겹쳤다. 그러자 무겸이 피식피식 웃는다.

"송아지 우유 맛있지?"

저질스러운 말을 못 들은 척 키스만 했다. 쪽쪽 소리가 나도록 열정적으로 입술을 부딪치고 혀를 얽다가, 무겸은 하준을 다시 훽 들어 올려 이번에는 벤치에 눕혔다.

엉망으로 젖은 하준의 팬티는 작은 면적마저 구겨지고 밀려나, 속옷으로서의 역할을 하지 못하고 체액으로 지저분해진 성기와 비부를 모두 내보이고 있었다. 검은 속옷과 흰 피부의 대비는 눈이 아플 정도였다.

힘없이 벌어진 사타구니는 물론 흰 허벅지 안쪽과 무릎 근처까지 흘러내린 정액으로 끈적거렸고, 엠블럼이 박힌 티셔츠는 구깃구깃해진 데다 그 끝단에도 정액이 희끗희끗 묻었다.

무겸은 흐트러진 차림새의 하준을 포식 후의 짐승처럼 내려다보며, 남은 살점을 뜯을 궁리를 하듯 제 입술을 슬쩍 핥았다. 작은 속옷을 그제야 발목 아래까지 끌어내리고, 큰 숨을 한 차례 내쉰 뒤 자신의 셔츠도 벗어 던졌다. 뜨끈하게 열이 오른 두터운 근육질의 몸이 평소보다 더 거대해 보였다.

무겸은 등을 굽히고 하준의 잠을 깨울 때 그의 코끝에 자주 그러듯이 엉망이 된 사타구니에 제 코끝을 비볐다. 냄새를 맡듯 킁킁대자 하준이 기겁을 하며 몸부림을 쳤다.

"하, 하지 마! 더러워."

"더럽기는. 송아지 우유는 냄새도 좋아."

몸을 일으킨 무겸이 여전히 신발과 양말을 신고 있는 하준의 발목을 잡고 다리를 넓게 벌렸다. 완전히 다물리지 않은 구멍 위에 귀두를 맞추었다.

"하… 앞으로는 훈련장 드레싱 룸에 들어올 때마다… 로커 앞에 설 때마다, 흣, 오늘 생각이, 나겠지?"

"아읏, 그러면, 흑… 어떡, 하지……."

"어떻긴……. 훈련할 때마다… 후… 정말 행복할 것 같습니다. 이 코치님."

다시금 몸속 깊숙한 곳을 짓누르는 굵고 단단한 성기를 품으며, 하준은 이제 그저 쾌감과 고양감에 울먹였다. 무겸이 훈련 때마다 오늘이 생각나 행복할 것 같다니 저도 마냥 설레었다.

벤치 위에서도 무겸은 여러 번 체위를 바꾸었다. 하준이 아래로 다리를 늘어뜨리고 엎드려 퍽퍽 강하게 이어지는 추삽질을 받아 내던 중, 갑자기 로커 룸 안의 조명이 모두 꺼졌다. 하준은 깜짝 놀라 몸을 굳혔다. 구멍도 함께 조여들어 무겸이 잇새로 짧은 신음을 씹어뱉었다. 그의 몸이 하준의 등을 덮었다.

사방이 어두컴컴해지고, 천장 근처에 뚫린 작은 창으로 은회색에 가까운 바깥 빛이 새어들었다. 우르릉, 멀찍이서 천둥이 울리더니 빗소리가 들렸다.

소나기가 내리는 모양이었다. 잠시 바깥의 정황을 귀로 살피던 무겸이 하준의 뺨에 입을 맞췄다. 무심히 속삭이고 허리를 움직이기 시작했다.

"정전인가 봐."

훈련장에 정전이 왔는데도 바깥은 적막했다. 전력을 복구시키고자 하는 이의 발소리나 목소리 따위도 들리지 않았다. 둘의 숨소리와 신음, 속삭임, 그리고 살과 살이 부딪히고 질척대는 소리뿐이었다.

하준이 천천히 눈을 감았다. 마치 세상에서 동떨어진 동굴 같은 곳에 무겸과 갇혀 버린 듯한 착각이 일었다. 경기가 끝나고 짧은 휴가를 얻어낸 하루. 조용해진 훈련장은 두 사람만의 세계가 된 것만 같았다.

손님의 방문을 알리는 벨 소리가 울렸다.

하준은 재빨리 마중을 나갔다. 구식으로 지어졌다 보니 대문부터 저택 건물까지의 거리가 긴 집이었다. 보통은 차로 오가는 길이라 신경 쓰지 않지만 오늘의 손님은 자전거를 타고 오기로 했다.

자전거를 탄 남자의 모습이 금세 가까워졌다. 하준이 손을 흔들었다. 내려선 남자가 믿을 수 없다는 듯 눈을 끔벅이며 목소리를 낮추고 물었다.

"나, 정말 들어가도 돼?"

"그럼."

"선물 이런 걸로 괜찮을까?"

"뭘 또 가져왔어. 편하게 오라니까."

우첸이 눈을 굴리며 하준을 따라 집으로 들어섰다. 응접실에 나와 있던 무겸이 몸을 일으켰다.

"어서 오세요, 우첸. 반갑습니다."

우첸이 눈을 반짝이더니 고개를 꾸벅 숙였다가 올렸다.

"킴! 초대해 주셔서 정말 감사해요. 저로 말할 것 같으면 열 살 때부터 그린포드의 팬이었고, 킴을 도버 선수일 때부터 응원했어요! 한국인이 아니라 청소년 시절을 못 본 게 안타까울 뿐이에요. 오늘 준이 옛날 자료까지 보여 주겠다고 해서 엄청 기대하고 왔어요!"

그는 무겸이 대답할 틈도 없이, 준비한 듯 멘트를 다다다 쏘더니 들고 있던 종이 가방을 쑥 내밀었다.

"약소하지만 선물입니다. 제 기준에 비싼 물건을 사 와도 의미 없을 것 같아서, 저희 부모님이 보내 주신 차를 가져왔어요. 대추, 홍두, 녹두로 만든 건데 몸에 좋아요. 사실… 원래는 신혼부부에게 앞으로 행복하게 잘 살라는 의미로 만드는 선물인데, 의미만 받아 주십시오."

가방을 받아들고 무뚝뚝하게 우첸의 말을 듣던 무겸이 미간을 살짝 찌푸렸다. 내용을 되물어 확인했다.

"신혼부부?"

"네. 하하, 그 부분은 빼고 생각해 주세요. 처음 방문하는 집 선물로는 괜찮을 것 같아서."

"신혼부부."

그 말을 진지하게 되뇌며 고개를 끄덕이더니 우첸의 어깨를 턱 짚었다.

"우첸, 당신 아주 훌륭한 사람이군요. 내 집이다 생각하고 편히 쉬다 가십시오."

자신이 칭찬받은 이유도 알지 못하면서 우첸은 그저 무겸이 제게 좋은 이야기를 해 주었다는 사실 자체에 감복해 눈을 반짝였다.

"그럼… 이건 내가 끓일게."

두 사람이 서로 딴소리로 대화를 나누는 모습을 구경하던 하준은 적당히 빠져나와 주방으로 향했다. 요리야 어렵다지만 찻물을 끓이는 정도야 저도 얼마든지 할 수 있었다.

막 주방으로 들어서는데 무겸이 그런 하준을 붙잡았다. 손 안의 선물을 빼앗아 들었다.

"손님 왔는데 같이 놀아. 차는 내가 끓여 갈게."

"그래도 돼? 단둘이 있지 말라며."

"뭐… 저 녀석은 괜찮을 것 같아."

무겸은 멋쩍은지 시선을 엉뚱한 곳으로 돌리며 뒷목을 쓸었다. 하준은 피식 웃고 괜스레 뿌루퉁해진 그의 뺨을 살짝 꼬집었다.

"그럼 나는 내 방에 가 있을게."

"알았어."

여러 개의 방을 자유롭게 쓰는 하준이 콕 집어 '내 방'이라고 부르는 곳은 그의 취미 생활 공간 겸 휴게실 같은 곳이었다. 서울에서부터 가져온 김무겸 자료집과 유니폼 컬렉션은 물론, 무겸이 며칠에 한 번 꼴로 복습하는 하준의 어릴 때 사진 앨범도 있었고 원정 경기지나 여행지에서 사 온 기념품도 모아 놓았다.

하준은 자잘한 물건을 수집하기 좋아해 자석 판에 붙이는 마그넷 장식을 비롯해 이런저런 소품이 벌써 꽤 늘어나 있었다. 최근에는 퍼즐에도 흥미가 생겨 몇 개를 사 모으더니 시간이 날 때면 맞춰 보기도 했다.

서울 아파트에 있던 그의 방에는 그런 소품이 일절 없었으므로, 무겸은 처음에는 조금 의외로워했으나 곧 그 이유를 이해했다. 주변을 장식하거나 실리적인 목적 없이 장난감을 가지고 노는 행위는 몸과 마음의 여유가 있을 때나 가능한 일임을 자신도 잘 알고 있었으니까.

무겸은 머리카락을 팔랑거리며 멀어지는 하준을 웃으며 바라보다가 서둘러 찻물을 올렸다. 특별히 걱정되지는 않았지만 다른 사람과 단둘이 있는 시간을 굳이 늘리고 싶지도 않았다.

선물 받은 차와 하준이 좋아하는 크림 파이를 쟁반에 받쳐 들고 복도를 걸어 방문을 슬쩍 열었다. 무겸이 문을 연 것도 눈치채지 못하고, 마주 앉은 두 사람은 사이에 스크랩 파일을 두고 신이 나서 이야기를 나누고 있었다.

“이건 중학생 때야. 이때 자료는 나도 거의 없어. 막 주목받기 시작할 때라 기사 자체가 많이 나오지를 않았거든. 그래도 한국 축구계에서는 굉장히 유명했어. 나는 이때부터 김무겸 플레이를 옆에서 봤는데, 처음 봤을 때는 거짓말 아니라 충격받을 정도였어.”

“너 진짜 성공한 팬이네. 거기다 너도 선수였으니까 완전히 실황으로 봤을 거 아냐. 그래도 이 사진 잘 나왔다. 지금이랑 얼굴은 거의 안 변한 것 같아.”

“인상은 그대로인데 이때가 더 고집 세 보이지?”

하준이 웃고 있었다. 무겸은 문밖에서 그런 하준을 빤히 응시했다.

흥미로웠다. 저에게 애정을 표현하며 입을 맞춰 주는 하준이 말랑말랑 사랑스럽다면, 다른 이에게 무겸의 이야기를 하는 하준은 또 다른 느낌으로 반짝반짝 사랑스러웠으므로. 샛별 같은 모습을 보는 무겸의 입가에 저도 모르는 사이 미소가 고였다.

충격이라면 저도 받은 적 있다. 하준의 방에서 처음으로 그가 정리해 놓은 스크랩 파일들을 맞닥뜨렸을 때.

오랫동안 정성스레 저를 아껴 왔던 그의 진심도 충격적이라 할 만했지만, 또 하나 무겸을 놀라게 한 것은 이하준이 기나긴 시간 동안 제 마음을 하나하나 쌓아 올려 만들어 낸 정경 그 자체였다.

이것들은 단순히 좋아하는 선수에 대한 열정을 넘어선, 이하준이라는 남자가 구성해 낸 그의 세계의 일부라고… 무겸은 그때 생각했었다.

‘그러니 자랑하고 싶을 만도 하지.’

무겸은 그제야 문을 똑똑 두드렸다. 수다를 떠느라 정신없던 두 사람이 고개를 들었다. 하준이 활짝 웃으며 무겸을 반겼다.

"네 이야기 하고 있었어."

"내 욕?"

무겸은 테이블에 쟁반을 내려놓고 하준의 옆에 앉았다. 무겸이 없을 때는 신이 나 떠들던 하준이 쑥스러운 낌새로 입을 다물자 그는 눈썹을 들어 올렸다.

"조금 전까지 열심히 이야기하는 것 같더니 왜 갑자기 꿀 먹은 벙어리야? 나 나갈까?"

"네 이야기를 네 옆에서 하려니까 좀 창피하다."

"이럴 때 몰랐던 얘기도 듣는 거지. 나 앉혀 놓고 얘기하다 보면 이제까지 잘못 알았거나 몰랐던 내용도 있을걸? 이번 기회에 업데이트해."

"…그런가?"

그 말에 일리가 있다고 생각했는지 하준은 헛기침을 몇 번하고 다시 우첸에게 무겸의 이야기를 시작했다. 처음에는 옆에 앉은 무겸이 조금 신경 쓰이는지 몇 번 힐끔거렸지만 셋은 곧 거리낌 없이 대화를 나누었다.

가끔 무겸이 이제까지 꺼낸 적 없는 이야기를 할 때면, 하준은 저도 처음 듣는 내용에 까만 눈을 숫제 학구적으로 뜨고 집중을 했다. 그 표정이 귀여워 무겸은 이야기를 하다가 맥락 없이 드문드문 웃어야 했다.

고인 물은 썩는다는 말이 있듯, 둘만의 세계는 결코 양보할 수 없을 만큼 달콤하지만 가끔은 반경을 넓힐 필요가 있다는 것을 인정해야겠다. 손님 한 명이 방문한 것만으로 새로운 색조의 사랑스러움을 휘감은 이하준을 목도하게 되었고, 지금껏 한 적 없는 이야기를 나누게 되었으니.

김무겸에 대한 애정을 날개처럼 펼치고 오늘따라 유난히 반짝이는 하준을 보면서, 그는 또 하나 교훈을 마음에 새기게 되었다.

해피 뉴 이어

조용한 무채색 이미지가 강한 겨울 런던의 거리도 연말이 다가오자 크리스마스와 다가올 새해를 준비하느라 화려해졌다.

피카딜리 주변 상점가나 코벤트 가든, 옥스포드 스트리트처럼 사람들이 많이 모이는 명소는 어디나 가릴 것 없이 트리와 반짝이는 조명을 눈부시게 장식했다. 동네의 작은 카페나 펍도 예외 없이 한껏 연말 분위기를 냈다. 거리를 지나는 사람들의 얼굴에도 여유가 감돌았다.

그러나 한 해를 마무리하고 크리스마스 휴가를 즐기며 평소에 비해 느긋한 마음으로 보내는 기간이 일반적인 영국인들의 연말이라면, 영국에서 뛰는 축구 선수에게 연말은 가장 바쁘고 피로한 시기였다.

보통 사람들과 마찬가지로 크리스마스 휴가를 보내는 유럽의 다른 리그들과는 달리, 잉글랜드 프리미어 리그에서는 크리스마스 다음 날인 12월 26일부터 1월 초까지 사흘에 한 번꼴로 경기가 열린다. 휴가를 보내는 관중들에게야 신나는 기간이겠지만 선수들에게는 1년 중 가장 빡빡한 일정을 감내해야 하는 시기였고 그래서인지 부상도 잦았다.

무겸과 하준도 바쁜 일정을 소화하느라 따로 시간을 낼 여력이 없었다. 그래도 함께 크리스마스를 보낼 수 있다는 사실을 축하하면서 근처에서 간소한 데이트를 했다.

팀에서는 이미 12월 둘째 주에 크리스마스 파티를 마치고 연말을 맞아 팀원들이 준비한 선물 상자를 랜덤으로 교환하는 작은 이벤트를 준비 중이었다. 그린포드에서는 매년 있는 행사로, 장난기 많은 선수들이 익명으로 주고받는 선물이다 보니 괜찮은 물건이 걸리기도 했지만 '이걸 어디에 쓰라고?'라는 생각이 절로 드는 물건이 들어 있기 일쑤였다. 어떤 쓸모없고 웃긴 물건을 선물 상자에 넣을지를 경쟁하는 것이 그린포드 선수들의 소소한 연말 의식이었다.

크리스마스나 새해, 둘 중 하나는 어떻게든 챙겨야 한다는 무겸의 주장에 따라 다가올 12월 31일에 둘은 전망 좋은 호텔을 잡아 외박을 하기로 했다. 어쨌든, 아직까지는 한 해가 지나가지 않았다.

"조금 이르지만, 해피 뉴 이어."

수석 코치의 간단한 인사말이 끝나자 앉아 있던 사람들은 일제히 맥주잔을 부딪쳤다. 꿀꺽꿀꺽, 맥주를 들이켜는 사람들의 사이에서 하준도 잔을 기울였다.

바쁜 나날이었지만 그래도 연말은 연말. 그린포드의 스태프들은 한 해를 마무리하는 자리를 가지기로 했다. 떠들썩한 파티를 열기에는 아직 다들 마음의 여유가 없었으므로 가까운 펍에서 간단히 술자리를 열었다.

런던에 온 지 1년이 다 되었다. 하준은 그사이 많이 친밀해진 사람들과 웃으며 이야기를 나누었다. 항상 친하게 지내는 사람들만 함께하는 자리는 아니라서 처음에는 조금 어색하던 분위기도 취기가 무르익으며 서서히 말랑해졌다.

"나 아무래도 여자 친구한테 차일 것 같아."

술이 올랐는지 트레이너 중 한 사람이 그렇게 푸념했다. 연애 이야기가 나오자 사람들이 그를 주목했다.

"린다랑? 왜? 잘되어 가고 있지 않았어?"

"권태기 같아. 정확히는 린다의 권태기지. 나는 아직 좋거든."

"사귄 지 얼마나 됐지?"

"일곱 달 정도."

감자튀김을 삼킨 해리가 말을 보탰다.

"빠르면 석 달 만에, 반년 만에도 오지. 1년쯤 되면 거의 확실히 오고."

"차라리 시간을 좀 가져 보면 어때? 권태기라는 게 말 그대로 신선함이 없어서 오는 거잖아."

"처음 사귈 때 했던 데이트를 다시 해 보는 건? 설레었던 기분을 되살려 보는 거야."

사람들이 앞다투어 의견을 내자 말을 꺼낸 트레이너가 한숨을 쉬며 고개를 숙였다.

"처음 사귈 때 하던 데이트라면 지금도 똑같이 하고 있어."

"…그러니까 권태기가 오는 거 아니냐?"

사람들의 이야기를 듣던 하준이 머뭇대다가 해리에게 물었다.

"권태기가 그렇게 빨리 오나요?"

"대체로 그렇지 않나? 나는 연애가 생명력을 가지는 기한은 딱 1년이라고 봐. 아주 길면 2년. 나도 항상 1년을 못 넘겼지. 그때쯤 되면 나든 상대방이든 지겨워진단 말야. 뭔가… 서로에 대한 염증이 느껴져. 결혼까지 하는 녀석들은 축복받은 거야."

짧으면 1년, 길면 2년……?

하준이 마른침을 삼켰다. 테이블 아래 내린 손으로 남몰래 날짜를 꼽아 보았다.

'사귀자'라고 말하고 사귀기 시작한 사이가 아니었지만 이벤트를 좋아하는 무겸은 '1일'을 정하고 싶어 했다. 애매모호했지만 둘은 하준이 방송을 보고 놀라 무겸의 집에 찾아갔던 그날을 사귀기 시작한 첫 번째 날로 삼기로 했다.

그렇게 따지면 이미 1년이 지났다. 마침 딱 1년째 되는 날 경기가 잡히는 바람에 무겸은 그날 골을 넣은 뒤 유니폼을 벗어 던지고 '1st Anniversary'라고 쓴 이너 셔츠를 내보이는 셀레브레이션을 했다. 그 대가로 옐로카드까지 받았던 것이다.

사람들은 도대체 무엇의 1주년 기념일이기에 카드까지 받아가며 세리머니를 했냐며 경쟁적으로 억측을 했지만 무겸은 함구했고 하준은 딴청을 피웠다. 그때가 가을이 되기 전이었는데 벌써 연말을 맞고 있었다.

"아무리 열렬해도 권태기는 어느 순간 갑자기 찾아와. 질병 같은 거야. 감기처럼 가볍게 지나가면 다행인데 어떤 사람들에게는 불치병처럼 깊어서 결국 관계를 결딴내지."

해리와 연애 이야기는 해 본 적 없는데 그는 은근히 시적인 구석이 있었다. 그러나 로맨틱한 표현에 감탄할 틈이 없었다. 하준의 사고는 자석에 이끌리는 철가루처럼, 마음을 물들이는 불안에 서서히 집중되는 중이었다.

"둘 사이에 별문제가 없어도요? 그렇게 누구에게나 꼭 찾아오나요?"

"적어도 나는 피해 가는 커플을 본 적 없어. 나 포함."

"그렇게 되는 이유가 뭔데요?"

"이유? 권태기에 따로 이유가 있나. 그냥 지겨워지는 거지. 서로에게 너무 익숙해지니까."

해리는 그렇게 말하고 하준에게 새삼스레 눈길을 보냈다.

"준도 데이트하는 사람이 있었어? 통 이야기를 안 해서 싱글인 줄 알았는데. 아니면 최근에?"

"아니에요. 그냥 궁금해서."

하준은 입을 다물고 맥주를 홀짝였다. 연인 사이의 권태기 이야기는 잠시 더 이어지다가 다른 화제로 넘어갔으나 하준은 좀처럼 그 생각에서 벗어날 수가 없었다.

권태(倦怠) 어떤 일이나 상태에 시들해져서 생기는 게으름이나 싫증.

단어의 뜻을 모르는 것은 아니었지만, 괜스레 검색해 본 국어사전에는 권태의 뜻을 이와 같이 정의하고 있었다.

'시들해지고… 지겹고… 싫증 나는 거.'

맥주잔이 비었지만 추가 주문할 생각도 하지 못하고 하준은 멍하니 빈 컵만 내려다보았다.

상상을 해 보았다. 김무겸이 이하준에게 질리는 상상. 하준과의 연애가 시들해지고 지겨워져 싫증을 내는 김무겸. 하준의 동공이 충격을 받은 듯 살며시 떨렸다.

'…내가 너무 맘 편하게 연애를 하고 있었나?'

마음고생을 적게 하며 여기까지 온 관계는 아니라 확신한다. 둘 사이의 유대감이 그리 쉽게 무너지지는 않으리라는 자신도 있었다. 무겸이 몇 번씩 강조한 것처럼, 저와 그가 단순히 애인이라는 이름만으로 묶인 사이는 아니지 않은가.

하지만 하준은 연애가 처음이었으므로 다른 비교군이 없었고, 저 자신이 남들에 비해 여러 가지로 둔감한 편이며 때로는 무턱대고 낙천적으로 구는 성향임도 잘 알았다.

'그러고 보니… 나, 이제까지 김무겸이 나한테 질릴 거란 생각은 해 본 적도 없는 거 같아.'

막 자각한 사실은 다소 얼떨떨하고 놀랍기까지 했다. 이하준은 단 한 번도, 섹스파트너였던 시절에조차도 김무겸이 자신에게 '권태'를 느끼리라고는 상상해 본 적 없다는 사실을 방금 깨달은 것이다.

무슨 자신감이었을까? 저 자신에게 물어보지만 특별한 근거는 없다. 그저 김무겸이 저에게 이유 없이 질릴 수도 있다는 발상을 전혀 하지 못했을 뿐이다.

김무겸 혼자 오해를 해 저를 무시하고 홀대하던 때에도 하준은 끝까지 그럴 만한 이유가 있으리라 믿었다. 사정을 설명해 주지 않고 침묵으로 일관하는 그가 답답했을 뿐 싫증이 나서 자신을 무시한다고는, 유추의 방향 자체를 잡지 못했다.

이제 제가 싫고 귀찮아졌나 보다 짐작하면서도, 그 번거로움의 저변에는 역시 말해 주지 않는 이유가 있겠거니 여겼다. 실제로 원인이 존재했으니 헛짚은 것은 아니었지만……. 그때 만일 무겸이 빙빙 돌리지 않고 '너에게 질렸다'라고 심플하게 저를 끊어 냈다면 대화고 뭐고 더 캐물을 기력도 없이 떨어져 나갔을지도 모른다.

이제껏 저 자신을 꽤 겸손한 편이라 생각했는데 아니었을지도. 하준이 앞머리를 쓸어 올리고 뒤늦게 맥주를 한 잔 더 주문했다.

권태기 예방

권태기 증상 이전 검색어
권태기 해결 이전 검색어

버스를 타고 집으로 돌아가는 길, 하준은 내내 휴대폰에 매달려 비슷비슷한 키워드를 멈추지 못하고 검색했다.

평소라면 자가용을 탔겠지만 술을 마셔 운전을 할 수 없었고, 오늘은 무겸도 따로 약속이 있는 날이었다. 무겸은 모임이 끝나면 데리러 갈 테니 꼭 전화를 하라고 했지만 굳이 저 때문에 약속을 일찍 파하게 하고 싶지 않았다.

하준은 휴대폰 메신저를 확인했다. 무겸과의 대화창은 조용했다.

하필 이런 생각을 하고 있을 때라 별스럽게 느껴지는지도 모르겠지만… 오늘따라 무겸에게서 연락이 뜸했다.

보통은 하준 혼자 모임이나 약속에 나간다고 하면, 돌아갈 때까지 보고 싶다거나 언제 오냐며 징징대는 메시지를 스무 통은 넘게 보내고는 한다. 그런데 오늘은 두어 시간 전에 '잘 놀다 와라', '끝나면 연락하라'라는 내용으로 보낸 메시지와 이모티콘 몇 개가 전부였다. 그 뒤로는 전화도 없고 메시지도 없었다. 이제 김무겸과 제 관계도 많이 안정돼서 그렇다고만 생각했는데.

댓글

▶ 연락 횟수 줄어드는 것도 권태기 대표 증상! 연애 초기에는 몇 시간씩 전화

하고 메시지도 초 단위 답하다가 점점 안 읽는 시간 늘어나고 자음으로만 보내고… 연락도 하기 귀찮을 정도면 헤어지는 게 낫지

'권태기 증상'을 검색했다가 걸려 나온 익명의 댓글을 마주하자 심란함은 무뚝뚝하게 크기를 키워 갔다. 그러면서도 무겸에게 먼저 연락을 하지는 못하고 휴대폰만 만지작댔다. 전화를 거는 것은 어렵지 않았지만 근거도 없는 걱정 때문에 일부러 연락을 하려니 스스로에게 부끄러웠다.

어이없이 기분이 가라앉아 차창에 머리를 기대고 야경만 바라보는데, 문득 손안의 휴대폰이 웅웅 울렸다. 발신자를 확인한 하준이 얼른 전화를 받았다.

"무겸아."

- 어디야? 모임 끝났어?

너머 들려오는 목소리가 평소처럼 쾌활했다.

"응. 버스 타고 집에 가고 있어."

- 끝나면 연락하라니까 왜 버스를 탔어.

"너도 다른 사람 만나고 있을 텐데 나 때문에 괜히 일찍 헤어질까 봐."

- 하여튼 착해 빠져서는. 그럼 정류장에서 만나자. 먼저 도착하면 기다릴 테니까, 이따가 봐.

"그래. 나도 조금만 더 가면 돼."

전화를 끊고, 하준은 다시 차창 밖을 내다보았다. 아까는 쓸쓸해 보이던 겨울의 야경이 갑자기 주홍색이 많이 섞인 따스한 풍경으로만 보인다. 하준은 옅게 미소를 지으며 자세를 바로 했다.

'쓸데없는 걱정이야. 정규도 결혼해서 아이까지 있지만 아직 서로 처음처럼 좋아하잖아.'

당장 가까이에 권태기 따위와 거리가 먼 부부가 있는데 저라고 해서 그렇게 살지 못할 이유가 없다. 연애에 관해서는 초보라서일까. 남들 말에 너무 쉽게 휘둘린 자신을 짧게 반성했다.

하준은 버스에서 내려 두리번두리번 무겸의 차를 찾았다. 눈에 익은 차는 한 대도 보이지 않았다. 늦은 시각이라 거리는 드문드문 몇몇 가게만 불을 밝혔을 뿐 조용했다. 아직 도착하지 않은 것인가 싶어 제자리에 서성이는데 옆에서 작은 웃음소리가 들렸다. 하준이 고개를 돌렸다.

"여기 서 있었는데 못 알아보네?"

머리에 캡 모자를 쓰고 목도리로 얼굴을 반쯤 가린 무겸이 웃으며 가까이 다가왔다. 하준이 눈을 둥그렇게 떴다가 마주 웃었다.

"차만 찾느라 지나쳤나 봐. 너도 차 안 가져갔어?"

"오늘은 날씨가 모처럼 따뜻하잖아. 오랜만에 산책 삼아 걸어가도 좋을 것 같아서 차는 유료 주차장에 세워 뒀어. 나중에 가져오지 뭐."

그렇게 말하며 하준의 어깨를 감싸 안더니 곧바로 뺨에 입을 맞춘다. 하준도 그의 등에 팔을 걸듯이 감았다.

이제는 많이 익숙해진 길을 나란히 걸었다. 궁전 같은 저택이 자리한 부촌도 사람 사는 곳이라 주택가에 들어서기 전의 거리에는 크고 작은 가게들이 줄을 서 있다. 이제 횟수를 세기 힘들 정도로 여러 번 방문한 카페와 펍, 식당과 서점 같은 곳들이 옆으로 지나쳐 갔다.

때로는 맥주 한 잔씩을 시켜 놓고 수다를 떨기도 하고, 어떤 날에는 마음에 드는 음악을 자주 틀어 주는 카페에서 각자의 일을 하기도 했다. 사실 무겸에게는 의자에 앉아 할 일이 많지 않았지만, 하준과 카페에서 시간을 보내는 것이 좋은지 책이나 태블릿 피씨를 들고 와 맞은편에서 소일거리를 할 때가 잦았다.

무겸이 얼굴을 가까이 하고 물었다.

"술자리는 재미있었어?"

"응. 좋았어."

"이상한 소리 하는 놈은 없었겠지? 갑자기 유별나게 호감을 보이거나 엉뚱한 데 손을 올리거나……."

"매일 보는 사람들이 갑자기 그럴 리가 있겠어?"

"왜 없어? 어제까지는 잘 모르다가도 오늘부터 이하준의 매력에 눈을 뜨는 인간들이 왜 없겠냐고. 호시탐탐 기회만 노리다가 술자리에서 접근해 오는 녀석들도 얼마든지 생길 수 있지."

무겸은 진심으로 걱정이라도 하는 것처럼 한숨을 쉬었다.

"술집에서 수작 거는 인간들은?"

"그런 사람들 없다니까. 항상 없어."

하준은 난처하게 웃으며 무겸의 어깨를 툭툭 쳤다.

이제는 익숙해져 버린, 지겨울 정도로 이어지는 질문에 대답하며 집에 도착했을 때쯤에는 술집에서부터 버스를 타면서까지 이어진 고민들이 눈 녹듯 사라져 있었다.

⚽

증발했던 고민이 먹구름으로 돌아온 것은 다음 날 아침이었다.

무겸이 입맞춤으로 하준을 깨우고, 함께 아침 식사를 하고, 서둘러 씻고 옷을 입고 출근을 한 평범한 하루. 둘은 훈련장 건물 입구에서 헤어졌다. 하준은 스태프 로커 룸으로, 무겸은 선수들의 로커 룸으로 향했다.

"안녕하세요."

문을 열고 들어서는데 사람들이 한자리에 모여 뭔가를 들여다보고 있었다. 하준은 자신의 로커에 가방을 넣은 다음, 그들에게 다가가 고개를 기웃거렸다.

"무슨 일 있어요?"

"이것 봐. 오늘 아침 뜬 속보."

하준의 눈에 커다란 고딕체로 인쇄된 헤드라인이 박혀 들었다.

킴, 오랜만의 새 연애 포착?

순간 저와의 사이를 들켰나 싶어 덜컹, 내려앉은 심장이 다음 순간 충격으로 튀어 올랐다.

헤드라인 아래에는 사진이 있었다. 멀리서 몰래 찍은 사진을 확대한 듯 화질이 조금 깨져 있었지만 그래도 얼굴이나 표정은 충분히 식별 가능할 정도였다.

무겸은 사람들의 눈을 피하려는 듯 챙이 긴 캡을 눌러쓰고 일반 주택 같은 곳에서 나오고 있었다. 그리고 그 문 안쪽으로 하준에게는 완전히 낯선 여자가 보였다.

"요즘 전혀 여자 소문이 없었잖아? 우리는 무무의 플레이보이 시절도 이제 끝났나 했지."

"아니었나 봐. 오랜만이라 기자들 아주 신났어."

하준은 멍하니, 눈도 깜박이지 않고 기사를 보았다. 헤드라인 아래 가장 큰 사진을 빼고도 또 사진이 있었다. 창을 통해 비친 집 안의 둘을 찍은 사진이었다.

둘은 마주 보고 웃고 있기도 했고, 가까이 붙어서 뭔가를 이야기하고 있기도 했다. 테이블 위에 커다란 책인지 신문 같은 것을 펼쳐 놓고 마주 앉아 함께 들여다보는 모습은 사뭇 다정하기까지 했다. 활자까지는 제대로 머릿속에 입력되지도 않았지만 그래도 몇몇 단락이 눈에 띄었다.

> …이 만남은 이제까지 킴이 보여 주었던 단발적인 만남과는 상당히 달라 보인다. 본지가 파악한바, 두 사람은 이미 2개월 이상 비밀스러운 만남을 이어 가고 있다.

열심히 기억을 되짚어 보았다. 혹시 저도 아는 사람일지도 몰랐다. 그러나 아무리 머릿속의 파일을 뒤지고 또 뒤져도 처음 보는 사람이었다. 무겸의 옛 파트너나 스캔들 상대도 아니었다.

새로운 스캔들이었다.

사진을 뚫어져라 바라보던 하준이 또 한 가지를 눈치챘다. 머리에 쓴 모자, 목에 두른 목도리, 옷차림. 모두 어제의 그와 똑같았다. 하준의 입가가 딱딱하게 굳었다.

'어제… 이 사람을 만난 건가?'

하준이 스포츠 타블로이드를 가까이 있는 아무에게나 건네고 제 로커로 향했다. 기계적으로 옷을 갈아입으면서 멍청하게 생각에 잠겼다.

…어제 그는 유달리 제게 연락이 적었다. 그도 누군가를 만나고 있으니 당연한 일이라고 할 수도 있겠지만 하준이 아는 김무겸은 약속이 있을 때도 틈틈이 제게 연락하는 것을 게을리하지 않는 사람이었다.

생각해 보니 최근, 무겸이 혼자 약속이 있어 어딘가에 자주 다녀오는 때가 늘었다. 아니, 언젠가부터 주기적으로……. 꽤 시간이 지난 것 같다. 기사는 둘의 관계가 두 달 이상 이어져 왔다고 말하고 있었다.

원래도 업무 미팅 등 외부 활동이 많아 크게 신경 쓰지 않았는데, 하나하나 곱씹어 보니 비슷비슷한 시간대에 자리를 비운 적이 벌써 몇 번 있었다. 특정한 약속을 나갈 때마다 유독 연락이 뜸해졌던 것도… 곰곰이 되짚자 처음이 아니었다.

도대체 왜? 그러지 않던 사람이 갑자기 태도가 변한 데는 이유가 있지 않을까.

'…이유…….'

하준의 생각이 잠시 멈추었다.

이유가 없을지도 몰랐다. 사람들이 말했던, 사귄 지 1년 남짓이면 으레 방문한다는 권태기가 무겸에게도 닥쳤다면. 자꾸만 밖에서 이유를 찾으려 들 것이 아니라 둘의 관계에 원인이 있는 것이라면.

하지만 무겸의 태도에는 전혀 변화가 없었다. 당장 어제도 다른 사람들이 제게 접근하지 않았는지, 일어나지도 않을 일을 걱정하며 온갖 질문을 던져 댔다.

그때 문이 벌컥 열렸다. 세게 열린 문이 쾅, 벽에 부딪혔다가 제자리로 튕겨 돌아가는 소리에 사람들이 모두 입구를 바라보았다.

무겸이 서 있었다. 옷을 갈아입다 말았는지 훈련용 유니폼 바지만 입고 상체는 건장한 근육질의 맨몸을 드러낸 채였다. 바쁘게 찾아온 듯 숨까지 씩씩거렸다.

"다 개소리야!"

그는 목소리를 높이더니 성큼성큼 걸어 들어와 사람들 손에 들려 있던 신문을 빼앗았다. 통으로 쫙쫙 찢더니 쓰레기통에 처박아 버린다. 사람들은 무겸의 흉포한 기세에 눌려 아무 말도 못하고 그를 껌벅껌벅 보기만 했다. 하준 역시 마찬가지.

막 타이머와 호루라기를 목에 걸고 있던 하준과 무겸의 시선이 마주쳤다. 무겸이 홱 울상을 지었고, 하준은 마른침을 삼켰다. 여기서 울상을 지을 사람은 무겸이 아니라 저여야 할 것 같은데.

"이거 다 헛소문이야. 늘 있던 꾸며 낸 스캔들이라고. 설마 믿는 건 아니지?"

"어……."

한국어로 말하고 있기는 했지만 하준은 사람들을 힐끔거렸다. 무겸의 등을 탁탁 치며 평상시 같은 웃음을 지었다.

"알았으니까 나가서 말해."

"이하준."

"사람들이 보잖아. 나가서 얘기하자고. 그리고 옷 입어. 겨울이라 감기 걸려."

얼굴에는 미소를 띠었지만 말투는 면도날을 씹어 뱉는 것 같았다. 하준은 로커 안에서 넉넉한 품의 패딩 점퍼를 꺼내 무겸의 맨몸 위로 걸치고, 그를 밀어내다시피 문밖으로 이끌었다.

복도를 걸어 인적이 적은 비상구 근처에 도착하자 어쩐지 기시감이 들었다. 서울에서도 비슷한 상황이 있지 않았나……. 마주 서자마자 무겸이 곧바로 변론을 시작했다.

"그 사람, 로비 누나야."

"뭐?"

"로비. 우리 팀 미드필더 말야. 그놈 누나라고. 내가 거짓말하는 건지 가서 물어봐."

얼굴에 주근깨가 많은 미드필더를 떠올렸다. 무겸과 상당히 가까운 선수였다. 그의 누나라면 신원은 증명된 셈이다. 그러나 하준은 눈만 깜박이다가 의아한 말투로 물었다.

"그게… 무슨 상관인데."

"뭐?"

"그 사람이 로비 누나인 거랑 스캔들이 무슨 상관이야. 팀메이트 누나랑… 그렇게 될 수도 있는 거잖아."

무겸이 눈을 크게 뜨고 입을 뻐끔거렸다. 그가 손을 지휘자처럼 한 번 크게 휘저었다.

"이 코치, 내 스캔들에 대해서도 다 알잖아. 옛날에도 팀 동료 가족은 안 건드렸… 아니, 이게 아니라!"

"……."

"그냥 아는 사람이야. 사진은 마음먹고 찍으면 다 사연 있어 보이게 찍혀. 어제는 볼일이 있어서 잠깐 들른 거야. 이제 더 만날 일도 없어. 로비도 같이 있었어! 둘만 있지도 않았단 말이야. 집에 방문해 있으면 당연히 집주인과 이야기도 나누게 되잖아. 그걸 그따위로 연출해서……."

"무슨 일?"

"응?"

"무슨 일이 있어서 갔어? 그냥 놀러 간 건 아닌가 본데……."

무겸이 아차 하는 얼굴이 되었다. 핑계를 잘못 댔다고 생각하는 표정이었다. 하준의 미간이 천천히 좁혀졌다. 그의 목소리가 겨울 날씨처럼 싸늘해졌다.

"거짓말로 때울 거면 말도 꺼내지 마."

"거짓말 아냐."

"됐어. 그만 얘기해."

하준이 무겸의 말을 끊었다. 그가 손목시계를 내려다보았다.

"이제 나가야 해. 훈련 시간이야."

"하준아."

"나중에 얘기하자. 지금은… 이런 이야기하기 좋은 장소가 아니잖아."

하준이 휙 몸을 돌렸다. 무겸이 따라오는지 어쩌는지 돌아보지도 않고 빠른 걸음으로 복도를 걸었다. 마침 스태프들이 우르르 나오고 있었다.

"어, 준. 킴이랑은 얘기 끝났어?"

"네. 별 얘기 아니었어요."

"아까 그 얘기 나눈 것 아냐? 어떻게 된 거래?"

"기자들이 헛소문 퍼뜨리는 거래요. 그래서 화가 났나 봐요."

"흐음. 그래?"

하준은 얼른 표정을 가다듬고 사람들 사이에 끼어들었다.

훈련 분위기는 평소와 같았다. 평소 같지 않은 것은 하준뿐이었다. 시작부터 선수들의 러닝 타임을 재는 것을 깜박하고 있던 하준은, 허둥지둥 사과하며 타이머를 조정해야 했다.

대뜸 로비에게 찾아가 이 일에 대해 물어보기도 뭣해서, 눈치를 보다가 최대한 자연스럽게 훈련 중인 선수에게 다가갔다. 체력 훈련 한 세트를 끝내고 물을 마시는 그의 옆에서 헛기침을 했다.

"로비."

"아, 준."

그 역시 스캔들에 대해 알고 있는 듯 다소 당황하는 눈치였다.

…그렇다고 묻기도 전에 당황할 이유가 있나? 조금 의아했지만 하준은 일단 다른 생각은 넣어 두었다.

"어제 무겸이 너희 누나 집에 갔었다던데."

"응. 기사 보고 그러는 거지? 맞아. 나도 같이 있었어. 그 기사, 완전히 거짓말이야."

"무슨 일 때문에 갔던 거야? 모임이라도 있었어?"

"아… 그게… 으음, 맞아. 모임이 있었어."

앞선 말에 안심했던 마음이 다시 어둑어둑해졌다. '모임이 있었다'라고 말하는 로비는 아무래도 거짓말에 서툰 타입 같다. 대답을 하기 전부터 말을 길게 끄는 것도 수상했지만 모임이 있다는 말을 하면서는 노골적으로 눈을 피했다. 무겸과 친한 사이니 혹시 둘이 미리 말을 맞추고 저를 속이려 드는 것은 아닐까.

"…그렇구나. 알겠어."

의문은 해소되지 않았지만 더 캐물어도 제대로 대답해 줄 것 같은 분위기가 아닌 데다, 집요하게 굴어 봐야 저만 이상한 사람이 될 것 같아 하준은 물러났다.

매일같이 열심히 기록을 남기던 노트에 필기를 하는 것조차 힘겨웠다. 그래도 해야 한다는 의지를 다지며 오늘따라 천근만근으로 느껴지는 펜을 움직였다.

저만 알아볼 수 있을 정도로 날려 가며 글씨를 쓰는데, 누군가 가까이 다가와 앞에 섰다. 하준이 고개를 들었다.

"진짜예요?"

봄 무렵 저와 무겸 사이에 파란을 일으켰던, 올리브색 눈동자의 어린 선수가 단단하게 표정을 굳히고 우뚝 서 있었다.

"…뭐가?"

"아침에 신문 봤어요. 기사, 진짜냐고요."

이제는 영어도 잘하고 팀에도 완전히 녹아들어 친한 선수들도 많아졌다. 그때는 아주 내성적이고 소극적인 성격으로 보였는데 역시 적응기라 방황했을 뿐인지 요즘 봐서는 마냥 그렇지도 않았다.

어쩐지 공격수치고 너무 소심하다 싶더라니. 하준이 노트를 덮으며 고개를 저었다.

"당연히 헛소문이지. 만들어진 스캔들."

"모르는 일이죠. 킴은 원래 플레이보이니까요. 사람은 그렇게 쉽게 변하지 않는대요."

"마르코. 말조심하자."

하준의 목소리가 싸늘해졌다. 문법은 권유형이었지만 말투는 명령형이었다. 마르코는 멈칫, 눈치를 보다가 말을 이었다.

"…준. 힘들 때는 언제든 저한테 말해 주세요. 준은 항상 다른 사람들 이야기를 들어 주는데, 이럴 때 고민을 이야기할 사람은 있는 거예요?"

마르코가 그다지 의지가 되는 타입이라 생각지는 않지만 기가 막히게도 그 말에 순간 코가 시큰해졌다. 하준은 얼른 표정을 관리하고 노트를 흔들며 웃어 보였다.

"고민이 있다면 이야기하겠지만 지금은 없어. 신경 써 줘서 고마워, 마르코. 하지만 지금은 훈련 시간이니까 훈련에 집중해야지."

"네."

그렇게 말하고도 그는 이쪽을 몇 번씩 침울하게 흘끔거리며 제자리로 돌아갔다. 하준은 아주 작게 한숨을 쉬고, 훈련장을 휘익 둘러보다가 마침 이쪽을 보고 있던 무겸과 눈이 마주쳤다.

마르코와 이야기 나누는 모습을 봤는지 무겸의 표정이 좋지 않았다. 그러나 켕기는 일이 있기 때문일까, 평소처럼 훼방을 놓으러 오지 못하고 제 자리에서 속 타는 표정으로 바라만 보고 있다. 그와 마주쳤던 시선을 거두어 노트를 내려다보던 하준은 문득 허무함에 잠겼다.

'…대체 이게 무슨 상황인지 모르겠네.'

갑자기 뭐가 뭔지, 일일이 검토할 수도 없는 여러 가지 가정들이 가닥가닥 풀어지고 흩어지며 맥이 풀렸다. 머리가 복잡한 것인지 텅 빈 것인지 구분이 되지 않았다. 하준의 어깨가 툭, 힘이 빠지며 아래로 처졌다. 더 고민하지 않고 해리에게 다가갔다.

"해리."

"음? 왜 그래?"

"머리가 좀 아파서요. 잠깐 의무실 좀 다녀와도 될까요?"

해리는 어제 과음한 것 아니냐며, 얼른 다녀오라고 고개를 끄덕였다. 김무겸표 꾀병을 제가 써먹게 될 줄은.

무겸이 원형으로 둘러선 사람들 사이에서 공을 뺏는 훈련을 하느라 바쁜 사이를 틈타 하준은 사무동 건물로 다가갔다. 건물 안에 들어선 하준은 의무실이 아니라 비어 있는 브리핑실로 향했고, 널따란 다인용 책상 끄트머리에 앉아 노트를 펼쳤다.

가장 뒤 페이지 아직 아무것도 쓰여 있지 않은 백지가 하준을 맞았다. 펜을 들고 끄적끄적 낙서처럼, 그는 스스로 '일기'라고 통쳐 부르는 메모를 써 내려갔다. 생각이 꼬이고 감정이 격해질 때는 글로 정리해 볼 것. 코치 수업을 받으면서 배운 기술이다.

- 일어난 사실: 김무겸의 새 스캔들 발생
- 그에 대한 감정: 좀 열 받음
- 해결할 방법: 자세히 이야기해 볼 필요. 김무겸은 아니라고 주장 중

• 진짜일 확률: 그리 높아 보이지는 않음. 로비도 함께 있었다고 함

그렇다면 사실이 밝혀지지도 않았는데 벌써부터 화가 난 이유는?

"그냥 기분이 나빠."

하준이 조그맣게 중얼거렸다. 이유가 없어도 권태기가 올 수 있듯이 아직 사실이 밝혀지지 않았어도, 이유가 명확하지 않아도 기분이 나쁠 수도 있는 일 아닌가.

만약에 정말로 권태기 따위가 왔다면…….

무슨 이유에서든 김무겸이 한눈을 팔았다면 어떻게 해야 하지?

하준은 어제 버스 안에서 여러 번 검색했던 '권태기 극복'에 대한 내용을 떠올렸다. 무겸과 다시 이야기를 나누기 전에 혹시 모를 사태에 대비한 준비를 하고 싶었다.

사람들은 인터넷에서 여러 가지 조언을 주고받고 있었다. 일단은 평소와 다른 모습을 보여 줄 것. 무뚝뚝한 타입이었다면 애교를 부려 보고, 반대로 너무 애교스러운 타입이었다면 다소 차갑게 대해 보라는 조언, 긴장감을 되살릴 수 있게 흐트러진 모습을 보여 주지 말라는 조언.

함께할 수 있는 취미를 찾아보기, 애정 표현은 늘리되 감정에 대한 보상을 바라지 말기, 연애에 대한 집중도를 낮추고 자신의 일에 좀 더 투자하고, 상대방에게 혼자만의 시간을 주고 연락에 집착하지 않기……. 그러고도 다 읽을 수도 없을 만큼 넘쳐나던 갖가지 조언들.

애교를 부려 봐야 하나? 내가 김무겸 앞에서 그렇게 흐트러졌었나? 지금도 함께하는 시간은 적지 않은 것 같고, 보상을 바란 적도 없는데. 내 일에도 충분히 많은 투자를 하고 있고, 연락에 집착하는 사람은 오히려 김무겸 쪽인데…….

주섬주섬 속으로 답을 하던 하준은 자신이 썼던 문구 위로 박박 선을 그었다. 써 놓았던 글씨가 거칠게 그어지는 새까만 선에 덮였다. 하준은 방금 메모한 페이지를 뜯어내 갈기갈기 찢어 쓰레기통에 넣어 버렸다. 찢어진 종이에 우울한 시선을 내리며 하준은 입술을 말아 다물었다.

…극복하기 위해 노력하고 싶은 것이 아니었다.

만약 그에게 저와의 연애가 지루해지는 때가 왔다면, 그래서 무겸이 정말 한눈을 팔았다면…

그런 시기가 왔다는 자체가 슬플 뿐이다.

오늘은 12월 30일이었다. 무겸과 특별한 연말을 보내기 위해 호텔을 예약해 둔 한 해의 마지막 날, 고작 그 하루 전이었다.

"…그래도 이건 너무 망상이야."

다시 의자에 앉은 하준은 차분히 저 자신을 타일렀다. 생각해 보면 무겸의 말도 틀리지 않았다. 더군다나 김무겸은 저와 채훈이 모텔에 들어가는 모습을 보고 오해를 했던 전적이 있는 사람 아닌가.

바꿔 생각하면 유사한 상황에 처한 것이다. 이번에는 제 쪽에서 김무겸이 다른 사람과 함께 호텔에 들어가는 장면을 맞닥뜨렸다고 보면 된다. 아니, 하나하나 따지자면 그때의 저보다도 덜 의심스러운 상황이었다. 장소는 숙박업소도 아니라 일반 가정집. 찍힌 사진들도 대단한 순간을 포착하지는 못했다. 단지 그 주인공이 김무겸이고, 상대방이 젊은 미녀라는 이유로 기자들이 멋대로 둘을 엮고 있을 가능성이 가장 크다.

예전의 그때 누군가가 저를 음해하고자 모텔 방 안의 풍경을 찍었다면, 다른 사람들이 포커스에 잡히지 않도록 조정하여 채훈과 단둘만 있는 듯 다정한 분위기를 얼마든지 연출할 수 있었겠지.

그렇게 생각하자 마음이 서서히 편해진다. 하준은 일어서서 제자리에서 몇 번 심호흡을 하고 회의실 문을 열었다. 훈련장으로 돌아가기 위해 복도를 걸어가고 있을 때였다.

"어디 있었어?"

등 뒤에서 귀에 익은 목소리가 들려와 고개를 돌렸다. 거의 울상이 된 무겸이 바쁘게 걸어오고 있었다.

"머리가 아파서 의무실에 갔다길래……."

하준의 앞에 다가온 무겸이 말끝을 흐렸다. '그런데 의무실에 없어서 찾고 있었다'라는 생략된 말을 알아서 주워듣고, 하준은 마른침을 한 번 삼켰다.

"잠깐 쉬고 나니 의무실까지 갈 일은 아닌 것 같아서 나가려던 참이야."

"하준아, 나 때문에 그래?"

"그 얘기는 나중에 하자고 했잖아. 집에 가서 하자."

그렇게 말하고 하준은 웃었다. 아침에 비해 기분이 풀려서인지 이번에는 대화를 하면서 미소를 지을 수 있었다.

그 미소에 무겸 역시 마음을 놓았는지, 가라앉았던 얼굴에 생기가 돌아왔다. 그가 물었다.

"조퇴할까?"

"안 돼."

둘은 함께 훈련장으로 향했다. 아직 해가 중천에 떠 있었다.

훈련 종료 후, 무겸은 오늘 유독 차를 급하게 몰았다. 한번은 아직 파란 불이 들어오지 않았는데도 액셀을 밟을 뻔했다. 하준은 자리를 바꾸자고 했다. 무겸은 조심하겠다고 사과하면서도, 너는 기분대로 속도를 내기 때문에 이럴 때 운전을 하는 것은 더 위험하다며 운전대를 내어 주지 않았다.

'이럴 때'가 어떤 때이기에. 하준이 스피디한 드라이브를 좋아하는 것은 기분이 좋을 때, 그것도 차량이 적은 시외 도로로 한정되어 있다. 괜한 걱정이었다.

집에 도착한 둘은 응접실까지 말없이 걸었다. 털썩, 소파에 앉아서도 잠시간 아무런 이야기를 하지 않았다. 침묵을 깬 사람은 무겸이었다.

"내가 먼저 설명해도 돼?"

"응."

무겸은 긴장한 표정으로 하준을 마주 보았다. 그가 느리게, 발음 하나하나를 또렷이 강조했다.

"그 기사는, 순 거짓말이야."

"…그 얘기는 아까도 했잖아. 내가 궁금한 건 네가 왜 그 집에 갔느냐야. 로비도 속 시원하게 대답을 해 주지 않던데. 모임이 있었다고만 하고."

무겸의 목울대가 꿀꺽 움직였다. 뭘 그리하기 힘든 이야기이기에. 그는 이마를 짚고 고민하다가 길게 날숨을 쉬었다.

"그 사람과 같이 준비하는 일이 있어."

"…일? 로비 누나가 스포츠 관련 직종에서 일하는 사람이야?"

광고라든가 인터뷰라든가. 그런 쪽 일을 하는 사람이라면 이해의 여지가 있었다. 무겸은 고민에 빠진 듯 손깍지를 끼고 긴 손가락으로 제 손등을 툭툭 치더니 입을 열었다.

"어떤 일인지는……."

"……."

"내일 얘기해 주면 안 될까?"

"…엠바고라도 걸렸어?"

무겸은 그 말에 눈썹만 살짝 까닥하고는 침묵으로 답했다. 하준도 머릿속 톱니바퀴를 굴렸다.

영 시원찮았지만… 하루 정도라면.

하준은 고민을 차츰 정리해 갔다. 로비가 함께 있었다는 것도 사실이었다 하니, 엉뚱한 관계를 과민하게 의심해 봤자 저나 김무겸이나 피곤해질 뿐이다. 그러잖아도 컨디션 하락과 부상이 잦은 박싱데이 기간, 이미 나와 있다는 답을 하루 먼저 듣기 위해 굳이 신경전을 이어 가야 할까?

하준은 입술 안쪽 살을 잘근잘근 씹다가 목소리를 살짝 낮추고 결론을 내렸다.

"알았어. 김무겸, 나 너 믿는다."

"…고마워."

짧게 오간 말이었지만 무겸의 감정은 단발적이지 않은 듯, 그는 희로애락을 모두 그려 넣은 듯한 깊고 묘한 표정으로 하준을 바라보았다. 간절한 요청을 들어주었는데 마냥 기뻐 보이지 않는 이유는 무엇일까.

그러나 하준은 더 이상 아무것도 묻지 않고 미소를 지었다. 대화를 정리하는 깔끔한 웃음이었다.

"그럼 내일까지는 잊고 있을 테니까 내일은 꼭 얘기해 줘. 모처럼 외박도 하기로 했잖아. 새해 맞기 전에 이런 일은 깨끗이 정리하고 넘어가야지."

"사정이 있어서 오늘 말 못 하는 거야. 내일은 확실하게, 전부 다 말할

게. 맹세코 네 앞에서 부끄러울 일은 전혀 없었어."

"알았어. 그럼 이 얘기는 내일 다시 하고, 이제 할 일 하자."

대화가 끝났으니 평소와 같은 사이클의 일상을 시작할 때였다.

가장 먼저 시작할 일은 김무겸의 개인 컨디셔닝, 그다음에는 서재에서 오늘의 훈련 기록 정리하기, 저녁 식사, 학교 과제……. 하준은 할 일을 차례차례 머릿속으로 정리하며 무겸과 함께 트레이닝 룸으로 향했다.

응접실에서 트레이닝 룸까지는 복도를 조금 걸어야 했다. 하준이 앞에서, 무겸이 조금 뒤에서 나아갔다. 말없이 걷는 두 사람의 박자가 어긋나는 발소리만이 적막에 금을 냈다.

그러다가 앞서 가던 발소리가 돌연 뚝 멎었다. 끊어진 걸음에 의아한 목소리가 뒤따랐다.

"하준……."

무겸이 말을 채 끝내기도 전이었다. 덥석, 희고 단정한 손이 그의 멱살을 휘어잡았다. 옷깃이 구겨지며 목을 조른다. 무겸의 눈이 크게 열렸다.

어지간해서는 그라운드 위의 거친 몸싸움에도 밀리지 않는 김무겸이다. 그러나 당황한 탓일까, 그는 밀어붙이는 대로 밀려 버렸다.

쿵. 다소 둔중한 소리와 함께 무겸의 등이 벽에 부딪혔다. 소리는 컸지만 아플 정도는 아니었다. 그러나 무겸은 석상처럼 굳어, 크게 뜬 눈을 깜박이지조차 않았다. 밀린 사람과 밀어낸 사람, 두 명의 눈이 마주쳤다. 하준은 나머지 한쪽 팔뚝으로 무겸의 가슴팍을 누르고 있었다.

습관처럼 웃음기가 밴 다정한 눈동자가 본 적 없을 정도로 검고 형형했다. 그늘진 흰자위는 마치 파란 물이 든 것 같았다. 무겸이 소리가 나도록 마른침을 삼켰다. 굳게 닫혔던 하준의 입이 천천히 벌어지며 딱딱한 침묵을 비집어 열었다.

"런던에 오기 전에 분명히 말했어."

목소리는 속삭이는 듯 작았지만 발음이 명료하고 울림이 깊었다. 단정한 눈매가 가늘게 찌푸려졌다.

"다른 사람한테 눈길도 주지 말라고……."

"……."

"스캔들 같은 거 안 봐 준다고, 바람이라도 피웠다가는 죽여 버린다고!"

말투가 점점 격렬해졌다. 드라이아이스처럼 싸늘하게 달아오른 숨결이 무겸의 목덜미에 닿았다. 뜨거운 것인지 차가운 것인지 경계가 모호한 감각. 전신에 선득한 소름이 돋았다.

무겸은 숨도 멈춘 채로 그의 다음 말을 기다렸지만, 하준은 할 말을 마쳤는지 눈과 입을 외부의 자극을 막으려는 차단창처럼 굳게 닫았다. 턱이 눈에 띄게 떨리고 있었다.

한참을 지나 서서히 열려 다시 무겸을 마주한 눈빛에는 평소의 온화함이 돌아오고 있었다. 목소리에 스민 어둑한 열기 역시 옅어졌다.

"내가 나서서 한 것도 아니고 네가 말하라고 부추겼던 거, 너도 기억하지?"

"…알아."

"죽기 싫으면 내가 납득할 만한 설명으로 준비해."

하준은 그제야 무겸의 멱살을 붙들고 있던 손을 놓아주었다. 그러고는 잠시 천장을 올려다본 뒤, 어딘가 부끄럽고 허탈한 듯 짧은 한숨을 쉬고 가던 방향을 향해 턱짓을 했다.

"가던 길 가자."

"죽여."

그러나 무겸은 엉뚱하게 대답했다. 막 걸음을 내딛던 하준이 그를 돌아보았다.

무겸이 크게 한 걸음 다가와 하준의 허리를 휙 끌어안았다. 침착을 되찾은 하준과 달리 그의 눈동자는 오히려 위협을 당하던 순간보다 더 격렬하게 일렁였다.

이제 당황하는 사람은 하준이었다. 무겸은 숫제 신난 사람처럼 웃고 있었다.

"네 맘에 안 들면 언제든 그래도 돼."

"……."

"나도 말했잖아. 내 인생 다 네 거라고. 네가 나 죽여도 나는 너 사랑한다고."

무겸이 하준의 손을 잡아 올렸다. 언젠가 그랬듯, 충성 표시라도 하듯 고개를 숙여 손등에 입을 여러 번 맞추고 그 위로 제 뺨을 비비더니 손을 점점 끌어올린다. 하준의 손바닥이 무겸의 목줄기에 닿았다. 힘을 주면 그대로 그의 목을 조를 수도 있을 법한 자세였다.

충동적으로 목을 조를까 봐 두렵기라도 한 것처럼 하준이 손을 활짝 펼쳤다. 그러자 무겸은 그 손으로 제 목을 멋대로 쓰다듬었다. 사람 손을 타는 호랑이처럼 낮게 앓는 소리를 내면서.

"죽여도 좋으니까 나 좀 욕심내 줘."

"김무겸."

"내가 다 줬잖아……. 너한테 나 다 줬잖아. 네 거니까 아무도 손 못 대게 하고, 네 거니까 네 마음대로 쓰면 돼. 기라면 기고 죽으라면 죽을게. 나는 네가 하라면 뭐든지 다 할 준비가 돼 있는데 너는 너무 착해서 도통 써먹지를 않아."

살벌한 말을 달콤한 술에 취하기라도 한 것처럼 읊조린다. 그런 무겸을 바라보는 하준의 눈가가 희게 질려 움찔움찔 떨렸다. 목울대 위를 문지르던 손바닥이 이제는 뺨으로 끌려 올라갔다. 하준은 떨리는 입술을 꽉 다물며 이를 악물었다.

…권태기? 바람?

하, 헛웃음을 치며 그는 붙잡히지 않은 한쪽 손까지 무겸의 뺨 위로 올렸다. 체중을 싣자 무겸의 등이 다시 벽에 부딪혔다. 둘의 입술이 거칠고 깊게 겹쳐졌다. 뜨거웠다. 물기 어린 소리가 조용해진 저택 안을 작고 축축하게 헤집었다.

하준은 마구잡이로 제 입속을 파고들려는 열 오른 살덩이를 혀끝으로 툭툭 건드렸다. 무겸이 때때로 제게 그러듯이. 그러자 무겸은 정말로 얌전해졌다.

오늘 하준은 키스를 하며 허둥지둥 조급해하지 않았다. 제 혀를 깊이 무겸의 입속으로 밀어 넣었고 입 안쪽 점막과 혀, 그리고 단단한 입천장까지 고루 쓸고 핥았다. 꼭 무겸이 하는 것처럼. 그의 키스를 머릿속으로 복기하며 차근차근 흉내를 냈다.

"아……."

키스를 마치고 얼굴을 들자 무겸의 입술 사이로 감탄과 쾌감이 한데 섞인 신음이 흘렀다.

"이 코치, 오늘 해 준 키스가… 이제까지 중 최고야……. 역시 맘먹으면 할 수 있었네."

"안 죽여."

"살려 줄 거야?"

"그래. 내가 가진 것 중에 제일 비싸고 좋은 거니까… 평생 아껴 쓸

거야."

달뜬 숨결이 섞여 들기 시작한 대화를 농담처럼 주고받으며 서로의 몸을 성급하게 더듬었다.

"그리고 김무겸은 기는 거 아니야. 아무한테도. 나한테도……."

흰 손이 두툼한 구릿빛 가슴을 쓸어내리자, 무겸은 더 참지 못하고 하준의 목덜미에 얼굴을 박았다.

벽을 타고 내려간 둘의 몸이 딱딱한 맨바닥에 뒹굴었다. 옷이 급하게 벗겨져 날아가 저만치 멀리 소리 없이 떨어졌다. 완전히 알몸이 되어 각자 상대방을 물어뜯다시피 살갗에 이를 세우고 내키는 대로 입술을 묻고 빨았다. 치아까지도 열에 물들어 뜨겁게 느껴졌다.

오늘은 애무도 길지 않았다. 서로의 아래를 향해 거꾸로 돌아누워 구멍과 성기를 입으로 적셨다. 무겸의 혀와 손가락이 번갈아 가며 구멍을 핥고 드나들었지만 오늘따라 하준도 부끄러운 줄을 몰랐다. 나오는 대로 소리를 내며 제 뒤를 핥는 무겸의 혀를 더 끌어들이기라도 하려는 듯 허리를 밀었다.

조금 전에는 제법 애교스럽게 앓던 무겸이 이제는 험하게 그릉거렸다. 하준의 뒤에 사타구니를 마구 비비며 허물어진 구멍을 파고든다. 두 나신이 금세 헐떡대며 짐승처럼 붙어먹었다.

넓은 침실과 고가의 침대, 침대 못지않은 크고 푹신한 소파, 아니더라도 둘의 몸을 편안히 감싸 줄 만한 호화로운 가구가 집 안에 얼마든지 있었음에도 둘은 한 발짝도 떼지 않았다. 지금 이 순간의, 아무리 작은 조각도 양보할 생각이 없는 것처럼.

다음 날 훈련은 평소보다 일찍 끝이 났다.

아무리 바쁜 박싱데이 기간이라 해도 한 해의 마지막 날이었다. 선수도 스태프도 내년에 보자며 해피 뉴 이어 인사를 주고받은 뒤 훈련장을 떠나갔다.

무겸과 하준은 집 대신 예약해 둔 호텔로 직행할 예정이었다. 하준은 운전 중인 무겸의 옆모습에 몰래 한 번 힐끔 시선을 던졌다. 오늘 사정을 설명하겠다던 그는 다른 얘기는 평소처럼 하면서도 어제의 말다툼과 대화를 잊기라도 한 것처럼 그 일에 대해서는 묵묵부답이었다.

하준도 마찬가지였다. 무겸을 위협하고 먼저 덮치다시피 했던 전날의 행위를 없던 일 취급하듯 평소와 똑같이 행동했다. '오늘'은 아직 끝나지 않았으니까.

묵기로 한 호텔은 지어진 지 얼마 되지 않은 듯 새 건물 특유의 번쩍번쩍함이 가시지 않았고 무척 고층이었다. 시선을 보내는 곳마다 마천루가 가득한 서울과 달리 런던에는 여전히 오래된 건물이 많았다. 이런 높은 빌딩이 활발히 지어지기 시작한 지 얼마 되지 않았다고 들었던 말을 떠올리며, 하준은 주차장에서 바로 이어지는 엘리베이터로 향하다가 물었다.

"몇 층이야?"

"제일 꼭대기 객실."

미리 이야기를 해 두었는지 프런트에서 체크인을 할 필요도 없었다. 무겸이 카드를 찍자 엘리베이터는 둘을 싣고 곧장 올라갔다.

하준은 밖에서 본 빌딩의 높이를 떠올렸다. 하늘 위로 올라가는 기분이 들었다. 지금까지 가장 높은 거주지가 10층짜리 주공 아파트의 중간 층이었던 하준에게 고층 침실은 익숙하지 않았다.

객실 층 가장 위는 다른 시설 없이 둘이 묵을 룸만이 기다리고 있었다. 무겸이 문을 열자 한쪽 벽이 전부 유리창인, 운동장처럼 넓은 방이 둘을 반겼다.

"와……."

하준이 저도 모르게 탄성을 냈다.

무겸과 살며 호화로운 곳을 여러 번 다녀 봤다 생각했는데 또 다른 느낌이었다. 야경이나 풍경을 보러 높은 곳에 몇 차례 올라가 보았는데도 그랬다.

겨울의 런던은 낮이 짧았다. 오후 네 시가 조금 넘으면 해가 기운다. 마침 저녁을 맞은 도시는 짙은 석양에 물들어 모든 건물이 붉은 기가 감도는 연보랏빛으로 보였다.

벽 전체를 차지한 창 근처로 다가서자 런던아이나 웨스트민스터 궁, 템스 강의 여러 브릿지 같은 랜드마크들이 아래에 내려다 보였다. 먼 곳이 아니라 발밑을 바라보니 조금 현기증까지 나는 것 같아 하준은 몇 걸음 뒤로 물러섰다.

"멋있다."

"연말 보내기에 나쁘지 않지? 나중에 불꽃놀이 할 때 전망이 정말 괜찮을 거야."

하준이 설렘을 감추지 못하고 고개를 끄덕였다. 작년 겨울에는 무겸이 먼저 영국으로 왔다. 하준은 1월이 되어서나 합류했기 때문에 런던에서 매년 열린다는 새해맞이 불꽃놀이도 무겸이 보내 준 영상으로만 구경할 수 있었다.

"음."

그사이 코트를 벗어 건 무겸이 뭔가 중요한 말을 꺼내려는 듯 짧게 침음을 냈다. 하준이 창에서 완전히 몸을 돌려 그를 마주 보았다. 드디어 스캔들에 대한 해명을 하려는 분위기였다.

하지만 무겸은 아무런 이야기도 시작하지 않고 하준을 가만히 바라보더니, 서서히 혼자 얼굴을 붉혔다. 의아해진 하준이 말없이 그를 빤히 응시하자 무겸은 숨이라도 멈추고 있었던 것처럼 후아, 크게 날숨을 쉬었다.

"…생각보다 너무 민망한데?"

"뭐가?"

무겸이 성큼성큼 다가오더니 하준의 손을 덥석 잡아끌었다. 그의 손바닥까지 화끈거렸다.

어떤 상황에서든 부끄러워하는 적이 드문 김무겸이 이렇게 몸이 후끈해질 정도로 민망해할 일이 도대체 뭘까. 수치심이 있기는 했구나. 하준의 호기심이 더듬이처럼 자라났다.

그는 한곳으로 다가가고 있었다. 넓은 호텔 객실을 걸으며 둘은 여러 가지 호화로운 가구들을 지나쳐 갔다. 무늬가 정갈하고 고급스러운 카펫, 부드러워 보이는 벨벳 안락의자, 퀼팅된 가죽 소파, 널따랗고 단정한 테이블, 커다란 티브이, 벽난로 장식, 모던하고 묵직한 선반, 그리고…….

"일단은… 아무 말도 하지 마."

무겸은 억양 없는, 음산하게까지 느껴지는 목소리로 그렇게 고하고 하준을 일인용 안락의자에 앉혔다. 그러더니 저는 로봇처럼 딱딱하게 걸어가 등받이가 없는 사각형 스툴에 앉았다.

묻고 싶은 것이 한두 개가 아니었으나 하준은 그의 말대로 일단 입을 다물었다. 시야의 정경이 비현실적일 정도로 낯설어 무엇부터 말해야 할지 혼란스럽기도 했다. 그야말로 단 한 번도 상상한 적 없는 조합이 제 앞에서 펼쳐지고 있었던 것이다.

무겸이 앉은 자리 앞에 놓인 것은 피아노였다.

피아노. 그것도 상당히 비싸 보이는 그랜드 피아노.

가만히 놓여 있기만 했다면 호텔의 인테리어 소품 중 하나로 여겼을 물건의 존재감이 급작스레 두드러졌다. 하준은 저도 모르게 입을 굳게 다물고 손을 무릎 위에 공손히 얹었다. 파격적이라 해도 과언이 아닐, 누군가에게 보여 주면 합성 사진이라며 믿지 않을 만한 광경 앞에 그는 이유 없이 겸허해졌다.

어떤 상황이 닥쳐도 놀라지 않으리라. 세상에서 가장 거리가 먼 두 가지를 붙여 만든 초현실주의 콜라주 같은 장면이었음에도, 무겸의 반듯하고 잘생긴 옆모습과 그랜드 피아노는 한 폭의 회화처럼 어울렸다. 그 뒤로 점점 보랏빛이 짙어지고 있는 저녁 하늘까지.

무겸이 크게 한숨을 내쉬었다. 그가 이처럼 긴장하는 모습을 본 적이 있었나. 기억을 뒤져 봐도 확실히 희귀한 모습이었다. 왠지 저까지 긴장이 되어 하준은 무릎 위에 얹은 손을 가지런히 모아 쥐었다.

길고 마디가 뚜렷한 손가락이 건반 위에 올라갔다. 이어 첫 음이 울렸다.

곧이어 두 번째, 또 세 번째…….

조용해진 넓은 방 안에 잔잔한 밀물처럼 소리들이 흘러들었다.

연주는 농담으로라도 뛰어나다고는 할 수 없었다. 때때로 더듬거리기도 하고 음을 잘못 짚거나 박자를 놓치기도 했다.

그러나 서툰 손놀림에서 빚어지고 있었음에도 고급스러운 피아노의 건반이 만들어 내는 소리는 태생적으로 몹시 맑고 깊었다. 시간이 지나면서 무겸은 점차 부끄러움을 잊어가는 듯, 프리킥을 차기 전과 비슷한 표정으로 집중해 피아노를 내려다보고 있었다.

어느새 하준은 무겸이 치는 멜로디를 따라 속으로 흥얼흥얼 노래를 불렀다. 그러다가 울컥, 갑자기 콧등이 뜨거워졌다. 자꾸만 감상적으로 변하려는 기분을 다스리기 위해 하준은 아무도 보지 않을 미소를 지었다.

누가 들어도 초보의 솜씨가 명백한 연주였지만 무겸은 중단하지 않았다. 마지막까지 건반을 두드려 마침표 같은 음을 명확히 찍은 다음에야 손을 멈추었다. 피아노의 울림이 잦아들자 막을 내리는 커튼처럼 적막이 찾아왔다. 무겸의 탄식이 정지한 공기를 희미하게 흔들었다.

"아……."

그는 지친 낯으로 하준을 돌아보며 쓴웃음을 지었다.

"내가 이걸 왜 하려고 했을까?"

어설픈 연주라고 해서 감동적이지 않은 것은 아니었다.

오직 저 한 사람을 위한 연주가 남긴 여운에 빠져, 멍하니 무겸을 바라보고 있던 하준은 그제야 번뜩 정신이 들어 손뼉을 쳤다.

"무슨 소리야. 멋졌어! 정말, 정말 잘 쳤어."

"칭찬은 고마운데, 계속 틀렸잖아."

"피아노 배운 적이 있었어? 그런 얘기는 한 번도."

"요 석 달 동안 배웠어. 초보도 달달 외우기만 하면 한 곡 정도는 칠 수 있다더라고. 네가 어디서든 이 노래만 나오면 좋다고 하길래."

하준이 눈과 입만 벌린 채로 망연해졌다.

무겸이 연주한 곡은 함께 본 영화에서 두 주인공이 피아노를 치며 부른 노래였다. 다소 감성적이고 낭만적인, 평소 하준의 취향과는 조금 거리가 있었으나 음악이 좋고 여운이 길어 드물게 인상 깊게 본 로맨스 영화이기도 했다.

하지만 오늘부터는 그 영화를 생각하면 영화가 남긴 감동보다는 김무겸의 삐걱대는 연주가 먼저 떠오를 것이다. 눈 뒤쪽이 조금 뜨거워졌다.

"너는 정말 끝도 없이 사람 놀라게 해……."

무겸은 본래 이런저런 이벤트를 벌이기를 좋아한다. 아무리 그래도 피아노라니. 따지자면 김무겸이 좋아할 만한 데이트 이벤트의 정석이자 기본이면서도, 정말이지 그와는 인연이 없을 만한 물건이었다.

그때서야 일련의 사태를 머릿속에서 한 줄로 꿰어 낸 하준이 무겸과 시선을 또렷이 마주쳤다.

"…그럼 혹시……."

"로비 누나가 피아노 레슨을 해. 모르는 사람보다는 아는 사람한테 배우는 게 여러 가지로 나으니까. 맹세하는데, 불미스러운 일은 일절 없었어."

무겸이 얼굴을 마른세수하듯 쓸었다.

"고작 이걸 하려고 네 속을 끓게 만들었다는 거 아니냐. 내가 생각해도 좀 멍청한데, 말로 설명하려니 얼굴 가죽 벗겨지겠더라. 거기다 석 달 공들인 게 아까워서… 어제는 차마 입이 안 떨어졌어."

"고작이라니? 김무겸, 정말 멋졌어. 석 달 배워서 이 정도라니. 너는… 네 말대로 못 하는 게 없어."

이번에는 정말 눈물이 고였다. 흐르기 전에 쓱 닦아 내자 무겸이 웃으며 손짓을 했다.

하준은 얼른 자리에서 일어나 그의 옆으로 다가갔다. 긴 피아노 스툴에 나란히 앉자, 무겸이 팔로 어깨를 감쌌다.

"들어줄 만했어?"

"음악에 조예는 없지만… 나한테는 최고야. 평생 못 잊을 거야."

오늘 밤은 물론이고 함께 보낸 모든 특별한 날을. 전부.

"나야말로 의심해서 미안해……."

"미안하긴. 그럴 만한 상황이었는데. 이하준도 나를 그만큼 욕심내는 걸 알아서 영광이야."

하준이 무겸의 뺨에 입을 맞췄다. 무겸은 그제야 민망함보다 뿌듯함이 더 크게 번진 얼굴로 몇 번씩 키스를 돌려주고, 몸을 더 옆으로 빼면서 피아노를 가리켰다.

"너도 쳐 봐."

"뭐?"

"어릴 때 배웠다며."

"말도 안 돼. 다 잊어버렸지. 마지막으로 친 지 10년도 넘었어."

하준은 고개를 저었다. 그러나 한번 손이라도 대 보라며 조르는 무겸의 공세를 이기지 못하고 팔을 들어 올렸다.

"글쎄. 〈젓가락 행진곡〉 정도밖에 못 칠 것 같은데……."

하준이 고개를 갸웃하며 반신반의하는 표정으로 건반을 눌렀다. 그러자 템포가 제법 빠른, 경쾌한 음률이 손끝에서 흘러나왔다. 하준은 손을 움직이면서도 스스로 얼떨떨해 눈을 커다랗게 떴다. 짤막한 도입부만 쳐 냈을 뿐 연주가 복잡해지기 전에 손은 곧 멈추었지만 하준은 놀란 눈을 감지 못했다. 무겸이 수선스럽게 감탄을 얹었다.

"와, 이하준! 뭐야! 엄청 잘 치잖아!"

"…이게 아직 되네? 그런데 여기까지밖에 생각 안 나."

"이건 뭐야? 무슨 음악이야?"

"〈소나티네 9번〉이라고… 어릴 때 대회 나가려고 연습했던 거야."

"딸랑딸랑하는 느낌이라 송아지한테 어울린다."

무겸이 이를 드러내고 웃었다. 천진한 표정이 소년 같았다.

김무겸의 서투른 연주가, 십몇 년 만에 쳐 본 피아노가, 그의 웃음이 하준의 가슴을 벅차오르게 만들었다. 급하게 뛰는 심장을 애써 달래고 미소를 지으며 저보다 그을린 뺨을 어루만졌다.

"석 달이나 몰래 레슨을 다녔는데 몰랐다니……. 내가 김무겸 관리에 너무 소홀했나."

"심각함을 깨달았어? 코치님은 너무 자유방임주의잖아. 좀 더 꽉꽉 졸라매 봐."

피아노 소리 대신 장난스럽게 입술이 부딪히는 소리만이 메트로놈처럼 오갔다. 몸을 일으키고도 부둥켜안은 채 입을 맞추며 걷다가 자연스럽게 침대까지 도착해 위로 엎어졌다. 무겸이 황당하다는 듯 키득거렸다.

"이하준 덕분에 피아노를 다 쳐 봤네. 평생 손댈 일이 있을 거라고 생각해 본 적도 없는데. 그래도 로비네 누나가 나 재능 있다더라. 손이 커서 피아노 치기 좋대."

"나야말로……. 너 아니었으면 내가 아직 피아노 치는 법을 기억하고 있다는 것도 몰랐을걸."

"너는 다시 배우면 금방 잘 치겠는데?"

"음… 그런데 별로 좋아하지는 않아. 어릴 때도 그다지 재미있게 배우지는 않았어. 아니더라도 바쁜 일은 많으니까 됐어."

멋쩍게 웃으며 얼버무렸지만 무겸처럼 몰래 레슨이라도 받아 깜짝 놀라게 해 줄까, 어렴풋한 고민이 끼어들었다. 아니다. 피아노는 이미 무겸이 써먹었으니 저는 다른 뭔가를 찾아봐야겠다.

하준은 속으로 꿍꿍이를 굴리며 무겸을 꼭 끌어안았다. 그를 앞에 두고 사치스럽고 달콤한 고민을 하는 이 순간이 천국처럼 행복했다.

일방적으로 바라보던 관계를 벗어나 김무겸과 진정으로 '만나기' 전, 고작 두 해 정도 전의 자기 자신을 생각해 본다. 앞날이 지금보다 나아지리라는 기대를 하지 않으려고 애쓰던 나날이었다. 희망을 품는다는 행위에 두려움과 염증, 피로부터 먼저 밀려오던 때의 감각을 육신의 끄트머리 어딘가가 기억하고 있었다.

김무겸과 예상치 못한 관계가 시작되었을 때도, 냉정과 다정 사이를 오가는 그의 변덕에 갈팡질팡하다가 답지 않게 용감해져 고백을 저질렀던 때도, 심지어 이해할 수 없는 무겸의 행동에 속을 끓이던 때마저도 그를 만나기 직전보다는 나았다.

적어도 김무겸을 만난 뒤로는 자기 자신을 들여다보며 치열하게 고민했으니까. 제 인생을 마치 남의 것인 양 관망하며, 웃는 얼굴로 무기력함을 감추려 하던 때보다야. 권태기에 대해 논하자면 그 시기야말로 이하준의 권태기였다. 삶과 저 자신의 사이에 일어났던 권태기. 이런 눈부신 날이 찾아올 것이라고는 꿈에도 상상해 본 적 없었다.

새해맞이 불꽃놀이까지는 시간이 많이 남아 있었다. 저녁을 먹기에는 아직 조금 일렀다. 훈련 직후에 바로 호텔로 온 데다 갑작스러운 연주회로 긴장한 탓인지 둘 모두 조금 피곤해지기도 했다.

훈련장에서 샤워를 마치고 왔지만 욕조에 한 번 더 몸을 담그고 나와, 가운도 제대로 걸치지 않은 채로 침대에 누웠다. 젖은 입술을 휴식처럼 느리게 마주쳤다. 그러던 중, 하준의 뇌리에 잊고 있던 일이 반짝 떠올랐다.

"선물 풀어 보자."

"선물?"

"오늘 받았잖아. 팀에서 서로 교환한 것."

그 말에 무겸이 쓴웃음을 지으며 몸을 일으켰다.

"별 기대하지 마. 매년 쓸데없는 것만 들어 있어. 나 작년에는 뭐가 걸렸는지 알아? 에르난 녀석이 자기 얼굴을 프린팅한 팬티를 상자에 꽉 채워 놨어. 그딴 걸 누가 입겠냐고."

"그래도 궁금해."

무겸에게야 몇 년째 반복되는 일이겠지만 하준에게는 처음으로 참여하는 그린포드의 연말 행사였다. 무겸은 그러자며 몸을 일으켰고, 둘은 각자의 선물 상자를 들고 침대로 돌아왔다. 무겸의 것은 조금 컸고, 하준의 것은 비교적 작았다. 하준부터 리본 매듭을 풀어 보았다.

"와."

하준이 눈을 둥글게 떴다. 무겸도 마찬가지로 눈을 크게 떴다가, 곧 미간을 찌푸리며 투덜거렸다.

"아니, 이런 멀쩡한 물건이 들어 있을 리가 없는데……."

하준의 선물 상자에 들어 있던 것은 도자기로 만든 오르골이었다. 깨지지 않도록 몇 겹의 포장에 둘러싸여 있었다. 뚜껑을 열자 제목 모를 음악이 흘러나왔다. 상당히 정밀하고 고상하게 만들어진 물건으로 꽤 고가로 보였다.

"예쁘다. 집에 장식해 놓으면 어울리겠어. 내 방에 놔둬야지."

"스태프가 준비한 물건일 거야. 선수단 중에 이런 멀쩡한 선물을 준비한 놈이 있을 리 없어."

"네가 이제까지 이상한 물건들만 걸렸던 것 아냐? 너도 얼른 풀어 봐."

무겸은 제 앞에 놓인 선물 상자를 불신의 눈초리로 쏘아보다가 곧 매듭을 풀었다. 무겸이 상자 뚜껑을 열자 하준도 고개를 숙여 안의 내용물을 들여다보았다.

"이게 뭐지?"

상자 안에는 크고 작은 물건들이 여러 가지 잔뜩 들어 있었다. 제각기 소포장이 되어 있어 척 봐서는 무엇인지 알 수 없었다. 하준이 가장 위에 놓인 물건을 들어 올려 포장을 뜯었다.

꼭 마이크처럼 생긴 물건이 튀어나왔다. 긴 손잡이 위에 둥글고 큰 반원형의 헤드가 달려 있었다. 손잡이에 붙어 있는 몇 개의 버튼 중 전원으로 보이는 것을 꾹 누르자, 헤드가 위잉 소리를 내며 진동하기 시작했다.

"마사지긴가? 진동은 쓸 만한 것 같은데 소음이 좀 심하네."

하준이 제 어깨에 덜덜대는 헤드 부분을 가져다 대며 말했다. 무겸도 정체를 모르겠다는 듯 고개를 갸웃했다. 그러고는 상자 안의 물건들을 하나씩 들어 올렸다. 포장을 열 때마다 도무지 용도를 알 수 없는 물건들이 튀어나왔고, 하준과 무겸의 표정 역시 점점 더 알쏭달쏭해졌다. 그러던 무겸이 미간을 확 찌푸린 것은 한순간이었다.

"아, 어떤 자식이야!"

무겸이 목소리를 높였다. 하준이 눈을 끔벅이자 무겸은 직사각형 상자 안의 물건을 꺼내 내밀었다. 하준의 눈도 크게 열렸다.

"그게 뭐야?"

"뭐로 보여?"

무겸의 손에 들린 것은 남성의 성기였다.

아니, 정확히는 남성의 성기를 본떠 만든 모조품. 무겸이 더러운 것을 만지기라도 한 것처럼 그것을 빠르게 바닥에 팽개치고 손을 탁탁 털었다. 하준이 제 어깨를 문지르던 마사지기를 천천히 눈앞으로 가져오며 중얼거렸다.

"그럼… 혹시 이게 전부……."

"그런 것 같은데. 어쩐지. 제대로 된 물건이 들어 있을 리가 없지."

무겸이 짧은 투덜거림을 멈추었다. 두 사람은 마주 앉아 지금까지 좌판처럼 침대에 펼쳐 놓았던 용도 불명의 물건들을 빤히 내려다보았다. 하준이 무겸에게 힐끔 시선을 던졌다.

"너도 몰랐어? 이거, 다 그런… 물건인 거."

"나도 이런 데는 특별히 관심 가져 본 적이 없어서 잘 몰라."

"지난번에 수갑… 도 샀었잖아."

"그때도 비슷한 것들만 둘러봤거든. 그야 기본적인 건 알지만… 이런 건 뭐가 뭔지."

무겸이 긴 꼬챙이에 사탕을 여러 개 꽂은 모양처럼 생긴 구슬 막대를 들어 보였다. 그의 말대로 어떻게 쓰는 물건인지 통 짐작이 가지 않았다. 모조 성기처럼 그저 삽입하는 용도라고 보기에는 직경이 작았다.

그러나 관심이 없다고 말한 것치고 무겸은 꽤 열심히 물건들을 구경했다. 하준도 마찬가지였다. 구슬을 엮은 장난감도 형태가 여러 가지였다. 큰 구슬도 있고 작은 구슬도 있었으며, 전체적인 길이가 긴 것도 짧은 것도 있었다. 막대 형태로 된 것은 심이 있어 단단했고 줄 형태로 만들어진 것은 이리저리 휘어졌다.

개중에는 의료 기기처럼 생긴 것들도 있었다. 젓가락처럼 가느다란 금속 막대들의 용도는 가장 오리무중이었다. 어떤 것은 매끈하게 뻗었고, 어떤 것은 중간중간 요철이 있었다. 꼭 가는 지압봉처럼 보이기도 했다.

컨트롤러의 버튼을 누르면 메추리알보다 조금 큰 타원체가 잘고 빠르게 진동을 해 대는 기구도 있었다. 그렇고 그런 물건이라 하니 아마 남근을 대신하는 종류일 텐데 이 조그마한 것이 제 역할을 할 수 있을까? 하준은 의문을 품고 전원을 켰다 끄기를 되풀이하며 그것을 손바닥에 올려놓고 관찰했다.

"흐음."

둘은 연구라도 하듯이 각자 흥미가 가는 물건들을 묵묵히 조사했다. 열심히 탐구에 매진하던 무겸이 먼저 작은 탄성을 흘렸다.

"이거, 어떻게 쓰는 건지 알았어."

"어떻게 쓰는 건데?"

"이것 봐."

무겸이 구슬을 엮어 만든 장난감 중 하나를 앞에 내밀었다. 비슷비슷한 것 중에서도 조금 형태가 달랐는데 일렬로 줄 선 구슬의 끝, 손잡이로 보이는 고리 부근에 하얀 털 뭉치가 달려 있었다. 무겸이 그 털 뭉치를 가리켰다.

"왜 이런 걸 달아 놓았나 했는데, 꼬리야."

"꼬리?"

"생각을 해 봐. 이걸 만약… 여기에 넣으면."

무겸은 '만약'이라고 말하며 제 체중을 실어 하준을 눕혔다. 무방비해져 있던 하준은 무겸이 밀어붙이는 대로 침대 위에 풀썩 쓰러졌고, 무겸이 엉덩이 사이를 쓰다듬었다.

"너한테 꼬리가 생기는 거지."

"……."

"토끼한테 토끼 꼬리가 생기는 거야."

무겸은 그렇게 말하고 슬슬 흥이 나는 듯 웃었다. 하준은 미간을 가볍게 모았다.

"언제는 송아지라며."

"토끼 같을 때도 있으니까 그러지. 기왕 받은 거니까 써 보자. 관심 없어?"

하준은 선뜻 대답을 못하고 입만 달싹였다. 관심이 없다… 고는 단정할 수 없다. 조금 전까지 저도 호기심이 일어 이것저것 만지며 구경 중이었으니까. 다만 이렇게 갑자기는.

…김무겸의 피아노 연주가 끝난 뒤로 조금 전까지 아주 로맨틱한 분위기였는데 왜 대화의 주제가 이렇게 되어 버린 거지? 아, 내가 선물을 풀어 보자고 했구나.

머릿속으로 갖가지 생각과 고민을 굴리던 하준은, 앙증맞은 구슬 막대와 무겸의 얼굴을 번갈아 보다가 조심스레 입을 열었다.

"딱 이것만이다?"

"내가 써 보고 싶은 장난감도 이 정도까지야. 아무리 가짜라도 저런 다른 놈 좆 같은 것들을 네 안에 넣는 건 사양하겠어. 하지만 이건 다르지. 누가 봐도 이하준 꼬리잖아."

하준도 딱히 부인하지 않았다. 동글동글한 구슬이 막대사탕처럼 여러 개 엮인 데다 마지막에 꼬리가 달린 모양은 제법 귀여웠다. 물론 귀여운 것은 흰색 털 뭉치뿐, 다 큰 성인 남자가 엉덩이에 토끼 꼬리를 단 모습은 아무래도 귀여움과는 거리가 멀다.

그래도 뭐, 꼬락서니를 생각하면 부끄럽기는 하지만 무겸이 저렇게 즐거워하니 그 정도 창피함쯤이야. 남들이 들으면 비웃겠지만 어쨌든 김무겸의 눈에는 정말로 자신이 송아지, 토끼, 사슴 같은 동물에 맞먹어 보이는 모양이니 말이다.

무겸의 성기에 비하면 구슬 하나하나의 크기도 자그마한 정도라 그다지 몸에 부담스러울 것 같지도 않았다. 성인용품이라고 하면 막연히 징그럽기만 할 줄 알았는데 본의 아니게 여러 개를 구경하고 나니 편견이었던 것 같다.

하준은 허술하게 걸쳐져 있던 배스로브까지 벗고 완전히 알몸이 되었다. 무겸이 손잡이 부분을 잡고 구슬 막대를 이리저리 돌려 보며 말했다.

"별로 크지 않은데. 젤만 바르면 바로 넣을 수 있을 것 같지 않아?"

"응……. 그래도 되지 않을까?"

하준도 고개를 끄덕였다. 무겸이 젤을 꺼내, 꿀이라도 바르는 것처럼 구슬 하나하나에 빠뜨리지 않고 발랐다. 곧 하준의 엉덩이 사이도 미끈미끈해졌다.

금방이라도 장난감을 밀어 넣을 것처럼 굴던 무겸은 입구에 젤을 바른 다음에도 몸을 일으키지 않고, 하준을 끌어안고 귀를 빨면서 젖은 주름을 가지고 노는 양 문지르고 매만졌다. 손가락이 스칠 때마다 옴쭉대는 입구의 움직임이 재미있다는 듯 낮게 웃었다.

기어코 안으로 손가락이 비집고 들어와 내벽을 헤집어 댔다. 하준이 신음을 삼키며 불평을 했다.

"왜, 하아… 손으로 그래……."

"시간도 많은데 좀 만지다가 넣지 뭐."

손장난이 길어지자 앞쪽에 자리한 성기 역시 짙은 분홍색으로 익어 금세 꼿꼿이 일어섰다. 그러자 무겸은 손으로는 뒤를 만지고 혀로는 성기를 핥았다. 가볍게 시작된 손길이 점점 깊은 애무로 번지고 있었다.

"으응, 흣……."

달고 간질간질한 성감이 잔물결처럼 몸을 쓸고 지나갔다. 하준은 몇 번씩 허리와 엉덩이를 시트에서 띄우며 신음했다. 그러기를 몇 번, 무겸이 몸을 일으키며 웃었다.

"빨개진 것 봐. 이제 토끼 꼬리를 달기 딱 좋겠어."

눈가와 몸 여기저기에 벌써부터 열은 홍조를 띄운 하준이 흐린 숨을 내쉬며 무겸의 손에 들린 물건을 물끄러미 보았다. 달랑달랑 흔들리는 흰 꼬리가 천연덕스러웠다.

무겸은 장난감에 한 번 더 젤을 치덕치덕 바르고, 이번에야말로 구슬을 입구 가까이 가져왔다. 단단하고 낯선 이물이 닿자 한껏 연해진 입구가 반사적으로 오므라지며 닫히려 들었다. 하지만 무겸이 살짝 힘을 주어 누르자마자 둥근 구슬은 빨려 들어가듯 하준의 몸속으로 모습을 감추었다.

하준이 짧고 작은 신음을 흘렸다. 신중한 표정으로 뒤를 살피던 무겸이 고개를 올려 눈을 맞추었다.

"어때?"

"…글쎄……. 잘 모르겠어. 들어왔다는 느낌은 있는데……."

하준은 애매한 표정으로 눈을 한 번 굴리고 답했다.

팔뚝만 한 무겸의 성기나 그의 굵고 긴 손가락을 서너 개씩 받아 내는 것이 일상이 되어서일까. 눈대중으로 봐도 귀엽다는 말이 절로 나오던 구슬 하나 정도는 입구가 벌어질 때 약간의 성감과 이물감을 선사했을 뿐, 몸속에 들어온 뒤에는 특별한 느낌이 없었다. 무겸도 납득한다는 듯 고개를 끄덕였다.

"흠. 정말 순수하게 꼬리를 달기 위한 물건인가 보네."

"그런가 봐. 하긴, 단순하게 일자로 만들면 쉽게 빠질 테니까."

"그럼 꼬리만 남을 때까지 넣어 보자."

무겸은 새로운 시도가 꽤 재미있는지 싱글싱글 웃으며 구슬을 하나 더 밀어 넣었다. 하나 더. 또 하나 더. 동그란 구슬이 차례차례 몸속으로 들어왔다.

사람의 살갗과 달리 차고 매끄러운 질감이 젖은 주름을 벌릴 때는 아무래도 조금 오싹한 기분이 들어 흠칫거렸다. 하지만 하준은 구슬이 모두 몸 안에 들어올 때까지 얌전히 다리를 벌리고 베개와 쿠션에 몸을 기대어 비스듬히 누워 있었다.

"으, 응……."

안으로 누르기만 하던 무겸이 장난기가 동한 듯 손잡이를 짧게 밀고 당기며 구슬을 몸속에 드나들게 했다. 구슬과 구슬 사이의 요철이 입구 부근을 뭉근하게 자극해 하준이 작게 신음하자, 무겸은 재미있는 듯 몇 번인가 그것을 더 움직였으나 역시 꼬리를 만드는 일이 더 흥미로운지 곧 다시 밀어 넣기에 집중했다.

마침내 마지막 구슬까지 자취를 감추었다. 가벼운 마음으로 시작했지만 막상 구슬을 모두 몸속에 집어넣고 나자 큰일이라도 마친 기분이 되어 두 사람은 동시에 한숨을 내쉬었다. 그것도 잠시. 무겸이 이를 드러내고 웃으면서 하준의 다리를 더 넓게 벌렸다.

희고 부드러우며 복슬복슬 동그란 꼬리가, 그에 밀리지 않을 만큼 희고 탱탱한 볼기 사이에 마치 그곳이 원래 제 자리인 것처럼 뺀뺀하게 자리 잡고 있었다. 우와, 와. 무겸이 의미를 이루지 않는 감탄사를 몇 번 중얼대더니 황급히 휴대폰을 들어 올렸다. 그의 말이 빨라졌다.

"이건… 미쳤다는 말밖에 안 나온다. 사진 찍자."

"기다려! 얼굴 안 나오게 찍어."

"딱 한 장만 찍으면 안 돼? 특별한 사진이잖아."

"안 돼. 혹시 몰라."

하준은 경고하듯 말한 뒤, 혹시 프레임에 잡히더라도 문제가 없도록 베개에 제 얼굴을 파묻었다. 셔터 음이 여러 번을 울렸다. 다리를 벌렸다가 조금 모았다가, 멋대로 포즈까지 바꾸어 잡아 가며 신이 나서 사진을 찍던 무겸이 이번에는 하준을 엎드리게 했다.

"장난 아니야. 진짜 토끼 엉덩이 같아. 꼬리가 있는 쪽이 없을 때보다 자연스러워 보여. 빼지 말고 계속 달고 살아야 하는 거 아냐?"

연신 감탄을 하며 둥글게 솟은 엉덩이를 손으로 문질문질 쓰다듬고, 꼬리를 톡톡 건드리고, 볼기를 팡팡 두드리기까지 한다.

무겸이 지나치게 법석을 떨자 잘 참던 부끄러움이 꾸역꾸역 밀려들었다. 하준은 베개에 박았던 얼굴을 들고 돌아보며 재촉을 했다.

"찍으려면 빨리 찍고 그만 빼."

"알았어. 잠시만."

등 뒤에서 또다시 찰칵찰칵 셔터음이 들렸다. 잠시 소리가 멈추어 드디어 촬영도 끝이 났나 했는데, 무겸은 하준의 골반을 잡아 위로 잡아당겼다. 엎드린 채 엉덩이만 천장을 향해 세운 자세가 되어 하준이 이를 악물었다.

섹스를 할 때야 서로 경황이 없으니 그럭저럭 넘어간다지만, 둘 모두 몹시 이성적인 상태에서 혼자 민망한 자세를 잡고 사진까지 찍히려니 배 속부터 홧홧 달아오른다. 상체를 일으켜 잽싸게 정면으로 몸을 돌렸다.

"이제 그만해. 몇 장이나 찍으려고."

무겸이 꼬리를 내려다보며 아쉬운 표정을 지었다. 하지만 언제까지 누드 사진만 찍으며 시간을 보낼 수도 없다 생각했는지, 미련을 뚝뚝 떨어뜨리면서도 가까이 다가와 발갛게 익은 뺨에 입술을 맞대며 졸라댔다.

"다음에 또 하자. 다른 꼬리 달린 것도 구해 둘게. 송아지, 망아지, 양, 사슴……. 내가 종류별로 제작 주문할 거야."

"알았으니까 오늘은 그만 끝내."

그의 투정에 적당히 대답하고 나니 하준의 뇌리에 한 가지 의문이 스쳤다.

이게 사람 엉덩이에 꼬리를 장식하기 위한 장난감이라면, 꼬리가 달려 있지 않은 다른 구슬 장난감은 어디에 쓰는 것일까?

그렇게 생각하는 사이 무겸이 손가락을 구슬 가장 끄트머리에 달려 있는 고리에 걸었다. 그는 더 기다리지 않고, 몸속에 밀어 넣었던 구슬 막대를 주르륵 단번에 빼냈다. 여러 개의 구슬이 입구가 제대로 닫힐 틈을 주지 않고 빠르게 빠져나갔다.

"……!"

벌어진 입에서는 소리가 나지 않았다.

제 아래를 내려다보던 하준의 목이 길게 뒤로 뻗는다 싶더니, 비스듬히 일어나 있던 상반신이 비틀비틀 흔들리다가 털썩 침대 위로 쓰러졌다.

배와 허리, 다리가 한꺼번에 덜덜 크게 떨렸다. 텅 빈 뒤가 쥐어짜듯 조여들어 볼기에 힘이 들어가고 아랫배가 납작하게 꺼졌다. 발끝이 굽고 일어선 성기에서 돌연 정액이 울컥대며 흘러내렸다.

"…흐윽… 으……!"

순식간에 등이 축축해졌다. 신음하는 것조차 힘겨웠다. 간헐적으로 울먹이며 온몸을 경련하는 하준을 무겸은 망연하게 내려다보았다. 그는 다 뽑아낸 구슬 장난감의 고리에 여전히 손가락을 끼운 채였다.

그는 곧 깨우쳤다는 듯 감탄 서린 목소리로 뇌까렸다.

"이건… 뺄 때가 좋은 거구나."

무겸이 하준의 위로 제 묵직한 몸을 덮었다. 갑작스럽게 몸을 강타한 쾌감에 정신없이 버르적대는 하준을 품 안에 끌어안았다.

"우리 바보인가 봐. 역시 꼬리만 다는 용도가 아니었어."

자신들의 무지가 우습다는 말투였으나 하준의 귀에는 그 내용이 제대로 들어오지 않았다. 이제까지의 섹스에서 느껴 본 적 없는, 생경한 종류의 쾌감에 머릿속이 탈색되고 시야가 어질어질 돌았다.

정신이 든 것은 매끄러운 무기물의 감각이 재차 뒤에 닿았을 때였다. 하준이 번쩍 고개를 들고 제 아래를 내려다보았다. 구슬이 다시 안으로 밀려들고 있었다.

이번에는 꼬리가 달리지 않은 새로운 것이었다. 구슬 하나하나가 조금 더 크고 전체 길이가 길고, 막대가 아니라 줄처럼 엮여 이리저리 흐느적 휘어졌다. 하준이 고개를 저었다.

"아, 안 돼……. 넣지 마……."

"한 번만."

애교 섞인 부탁에 하준은 더 저항할 수 없었다. 무겸은 제 물건을 넣은 것도 아니면서 흥분해 거친 숨을 쉬고 있었다. 손으로는 몸속에 구슬을 밀어 넣으며 유두를 입술로 덮고 빨았다. 하준이 짧게 자지러졌다. 온몸에 절로 소름이 이는 강렬한 쾌감이 훑고 지나간 직후, 하준의 유두는 만져 주지도 않았는데 바짝 일어서 있었다.

"흐, 아으윽, 그만, 그만 넣, 어, 이제……."

"멋모르고 하는 바람에 너무 허무하게 끝났어."

"하아, 아아……."

"한 번만 더 해 보자."

무겸이 이마에 입을 맞추며 하준의 어깨를 안았다. 하준도 무겸의 목덜미에 제 뺨을 비볐다.

구슬의 직경이 커진 데다 급하게 절정에 오른 몸은 몹시 예민해져, 삽입할 때의 감각도 달라졌다. 구슬 하나가 꾸무럭거리며 들어올 때마다 안쪽이 연동하며 낯선 이물을 꽉 조였다.

막대에 고정되어 손잡이만 밀면 자연히 안쪽으로 밀려들던 물건과 달리, 줄에 느슨하게 엮인 구슬은 새로운 것이 삽입되어야 먼저 들어와 있던 것이 달그닥 부딪히며 안쪽으로 더 굴러들었다. 그때마다 내벽이 눌리며 자극당해 허리가 절로 떨렸다.

"흣……."

그런데도 넣는 동안은 견딜 만했다. 이물감이 생경할 뿐, 무겸의 손가락이 힘을 실어 내벽을 짓눌러 댈 때보다 오히려 자극 자체는 약했다.

그러나 마지막 구슬까지 모두 뒤로 들어오자 깊은 곳까지 꽉 찬 느낌에 식은땀이 났다. 번개를 맞는 듯했던 조금 전의 감각이 떠오르며 스멀스멀 겁도 났다. 하준이 입술을 떨며 무겸의 손을 잡았다. 그러자 무겸은 하준의 손끝에, 손목과 귀와 목덜미에 입술을 꾹꾹 내리눌렀다.

"힘 풀어 봐."

"읏, 그게… 내 마음대로, 안 돼……."

백지상태에서 덮쳐진 난폭한 쾌감의 기억이 몸을 멋대로 경직시켰다.

오랫동안 운동을 해 온 덕에 경험이 거의 없던 때에도 곧잘 몸을 이완시키던 하준이다. 그는 정말로 긴장하고 있었다. 무겸이 혀를 내밀어 목덜미를 길게 핥았다.

곤두선 신경을 누그러뜨리려는 것처럼 그는 몇 번씩 하준의 입술을 빨고 여린 살을 핥았다. 목과 쇄골, 어깨를 애무하더니 하준을 엎드리게 했다.

뒷목의 같은 자리에 마르고 가벼운 키스가 계속해서 떨어졌다. 처음에는 간지러움 비슷한 부드럽고 약한 쾌감에 나른함만을 느끼던 하준도, 입술이 열 몇 번째로 같은 곳을 누를 때쯤에는 작게 움찔거리며 목 안쪽에서 앓는 소리를 냈다. 입맞춤이 살갗을 타고 내려 견갑골 사이와 그 아래, 척추 위, 등허리 여기저기를 스칠 때는 입을 달싹대며 전신을 움찔거렸다.

눈에 보이지 않는 애무는 무척이나 자극적이었고, 그런데도 피부 위를 온화하게 감싸 팽팽했던 긴장감을 느슨하게 흐트러뜨렸다. 말랑한 입술이 느껴질 때마다 하준은 눈을 느리게 감았다 뜨며 마치 잠들기 직전의 사람처럼 혼몽한 표정을 띠었다.

"아……!"

허리에서 둔부로 이어지는, 기립근 끝의 움푹 팬 부분에 입술이 닿았다. 동시에 구슬 하나가 예고도 없이 하준의 몸속에서 쯔읏 빠져나갔다.

동그란 무기물이 잔뜩 예민해진 입구를 벌리며 나가자마자 아찔한 전율이 볼기와 배 속을 자릿하게 흔들었다. 하준은 벌린 입을 다물지 못했다. 흰 발끝과 허벅지 뒤쪽에 절로 힘이 들어갔다. 시트 위에 얌전히 놓였던 종아리가 멋대로 일어나 덜덜 떨렸다.

무겸은 천천히 구슬에 붙은 고리를 잡아당겼다. 구슬이 하나둘, 꼭 닫힌 구멍을 미끈하게 벌리며 빠져나왔다. 직경이 굵은 부분이 입구에 걸릴 때는 주름이 사라질 정도로 팽팽해졌다가 완전히 빠지고 나면 언제 그랬냐는 듯 다물렸다.

성기가 들락날락 오갈 때와는 전연 다른 감각이었다. 굵은 살 기둥을 품고 있을 때는 계속해서 벌어져 있을 수밖에 없는 구멍이 구슬을 내보낼 때는 열리고 닫히기를 반복했다. 얇은 내벽과 입구의 예민한 쾌감 신경이 끝 모르게 자극받았다.

"으, 아… 흐읏, 아……!"

앞으로 기어가기라도 할 것처럼 무릎을 세우려던 하준은, 힘이 들어가지 않는지 제대로 움직이지도 못하고 상체를 도로 털썩 침대 위로 떨어뜨렸다.

본의 아니게 엉덩이를 위로 들어 올린 그 순간, 무겸이 고리를 더 힘주어 잡아당겼다.

"아! 아- 아아아!"

하준이 작게 몸서리치며 비명을 질렀다. 몸속에 파묻혔던 구슬들이 지금까지보다 빠른 속도로 주르륵 빠져나가며 민감하고 여린 입구를 무자비하게 긁었다.

마지막 것이 빠져나갈 때쯤에는 시야가 하얗게 타들어 갔다. 목소리는 도리어 잦아들었지만 온몸이 비명을 질러 댔다. 고장 난 것처럼 전신이 경련했다.

구슬을 연달아 뱉어낸 뒤쪽이 뻐끔거렸다. 무겸이 가늘게 후들거리는 볼기를 부드럽게 쓰다듬다가 흰 살갗에 입을 맞췄다.

"섹스할 때 이런 도구 사용하는 것, 관심 없었는데……."

"아흑… 흐, 으읏……."

"네가 너무 좋아하니까 나도 흥분된다."

"으응, 아니, 야……. 좋은, 좋은 게, 그건……."

말의 순서가 엉망으로 꼬였다. 채 다물리지 않고 벌벌 떨리는 구멍 위를 무겸이 힘주어 핥아 올렸을 때는 그나마도 잇지 못하고 결국 울음을 터뜨렸다.

단단한 이물에 자극받아 발갛게 부어오른 입구를 부드럽고 축축하게 적시는 애무가 지독하게 달콤했다. 그러나 스치기만 해도 비명이 나올 정도로 예민해진 지금은 그 다디단 감각에 숨은 고통 또한 불필요할 정도로 또렷이 느껴졌다.

더 해 달라고 조르고 싶기도, 그만하라고 말리고도 싶어 어느 쪽도 내

보내지 못하고 하준은 시트를 긁으며 바들바들 떨었다. 기어이 혀가 점막을 부드럽게 비집고 들어와 안쪽을 문지를 때는 어린애처럼 훌쩍이며 눈물을 흘렸다. 또 한 번 사정한 앞이 흥건하게 젖었다.

그러자 무겸이 등을 타고 올라와 뺨에 입을 맞추었다. 그의 목소리에 살짝 미안한 기색이 어려 있었다.

“그렇게 힘들었어?”

“…기분이… 이상해……. 너랑 할 때랑… 흐윽, 달라…….”

겨우 입을 열어 대답하자 무겸은 아리송하다는 듯 눈썹 사이를 찌푸렸다.

“저게 내 좆보다 좋아?”

“아니……. 더 좋은 게 아니라, 달라…….”

그로서는 이해하기 힘들겠지만 달리 설명할 방법이 없었다. 무겸이 하준의 가슴 앞까지 팔을 둘러 안았다. 아직 한 번도 삽입하지 않은, 뜨겁게 발기한 성기를 입구에 맞물리고 문질렀다. 단단한 귀두와 불퉁한 핏줄이 주름을 스치고 지나갈 때마다 흠칫거리는 하준을 꽉 끌어안고, 무겸이 귀에 입술을 붙이고 속삭였다.

“다른 것도 써 볼래?”

“으응… 이제 됐…….”

“이번에는 네가 골라. 방금 썼던 건 내가 골랐잖아.”

그 말에 하준이 고개를 조금 돌리고 눈을 깜박였다.

아랫눈썹에 글썽글썽 눈물이 고이고 얼굴이 흠뻑 젖어서도 숨기지 못하는 호기심이 표정에 드러났다. 무겸은 그만 헤벌쭉 웃으며 축축한 뺨에 쪽쪽 입을 맞추었다.

둘은 몸을 일으켜 앉았다. 여전히 침대 여기저기 아무렇게나 널려 있는 도구들을 하준은 하나하나 눈으로 바라보았다. 용도를 파악하기 힘든 물건들은 모두 패스했다. 방금 구슬 장난감을 사용했을 때처럼, 초보 두 사람이 사전지식 없이 함부로 다루었다가 예상치를 넘어서는 사태에 직면하는 것은 피하고 싶었다.

"이거……."

느리게 손을 뻗자 무겸이 냉큼 그것을 주워 가까이 다가붙었다. 하준이 손바닥 위에 올려놓고 관찰하던 물건이었다.

달걀보다는 작고 메추리알보다는 큰 타원형 구체가 가는 케이블을 통해 얇고 가벼운 컨트롤러에 연결되어 있었다. 무겸이 씩 웃었다.

"나 이건 알아."

"써 봤어?"

"그건 아니지만 살다 보니 알게 됐어. 어릴 때 포르노 같은 데서도 두어 번 본 것 같은데."

무겸이 컨트롤러의 버튼을 꾹 눌렀다. 구체가 지잉- 소리를 내며 빠르게 진동했다. 하준도 충분히 사용법을 짐작할 수 있었다. 다른 것들에 비해 상당히 직관적인 도구였다.

무겸이 구체 부분을 쥐더니 방정맞게 진동하는 그것을 하준의 유두에 갖다 대었다. 하준이 화들짝 놀라며 몸을 조금 움츠렸다.

"앗……!"

"좋아?"

"좋은…, 좋다기… 보다는 이… 상해……."

혀나 손으로 하는 애무와는 구분되는 감각에 하준의 말이 늘어졌다. 어쩐지 힘이 풀리고, 미열이 날 때나 취했을 때처럼 몸이 무겁게 처졌다.

하준은 무겸의 가슴에 등을 기대고 앉아 있었다. 무겸의 어깨에 제 뒤통수를 느리게 문지르며 유두에 가해지는 잘고 강한 진동을 마냥 받아들였다. 일정하게 주어지는 끈질긴 떨림은, 가끔 몸 깊은 곳을 이유 없이 덜컹이게 하면서도 대체로 견딜 만했다. 오히려 반대쪽 유두를 굴리고 비트는 무겸의 손가락 쪽이 더 자극적이었다.

"하아……."

어쩌다 보니 낯선 방식의 전희가 길어지고 있었다. 정작 결합은 한 번도 이루어지지 않았음에도 두 사람의 몸에서 땀이 배어나 맞닿은 부분이 미끈거렸다.

하준이 뒤로 손을 뻗었다. 한참 전부터 빳빳이 일어서 있던 성기가 손끝에 닿았다. 몽둥이 같은 것을 빠듯이 쥐고 손목을 위아래로 움직였다. 무겸이 웃으며 하준의 팔과 몸통까지 한데 묶듯 힘주어 안았다.

"왜? 슬슬 넣어 줄까?"

"그게 아니라… 나만, 기분 좋은 것 같아서……."

"이럴 때 보면, 참 딱딱해……. 이 코치님은 정신적 쾌감이라는 걸, 모르나 봐……."

무겸이 귀에 속삭였다.

"처음 쓰는 장난감에도 네가 너무 잘 느껴서… 나 지금 머리로는 몇 번 싼 기분이야."

"흐, 아……."

모르지 않았다. 하준이 고개를 들었다. 눈이 마주치자 무겸이 느긋하게 웃으며 입술을 문질러 왔다. 하준은 혀를 길게 내밀어 그의 입술을 핥았다.

여유로운 척하는 얼굴에 묻어나는 조급한 욕정과 뿜어져 나오는 열기, 정제되지 않아 야만스럽게 빛나면서도 그 속이 다정한 눈동자가 바로 보였다.

그가 저를 이렇게 바라보기 시작한 것이 언제부터였을까? 어쩌면 생각보다 더 오래전부터였을지도 모른다. 자신이 너무 서투른 탓에, 무겸과 보폭을 맞춰야 한다는 아무도 강요하지 않은 압박감에 짓눌려 제대로 알아채지 못했을 뿐.

더 빨리 그가 어떤 사람인지 알고자 노력했다면 달랐을까. 경멸받을까 두려워 다가가기를 지레 포기하지 않았더라면 어땠을까.

그라운드를 달리는 그를 바라보고 있노라면 제 안의 헤아릴 수 없는 깊은 곳까지 바람이 불어와, 심장에 숨어 돋아난 여린 새싹 같은 것이 파르르 떨렸다. 때로는 그때서야 아직 제 안에 떨릴 만한 마음이 남아 있음을 깨닫기도 했다.

오랫동안 추앙해 온 자신의 스타와 연인으로서 눈을 맞추고 있는 이 순간, 어떻게 정신적 쾌감을 느끼지 않을 수 있을까…….

혀가 서로의 입속을 매끄럽게 넘나드는 동안, 유두 위에서 놀던 장난감이 살갗 여기저기를 스치며 조금씩 아래로 내려가 일어서 있는 성기 끝에 눌렸다. 귀두에 기계적인 진동이 맞닿자 하준이 짧게 튀어 오르며 소리를 질렀다. 느슨하게 벌어져 있던 허벅지 사이를 모으며 품에 묶인 몸을 비틀었다.

"지금도 이상해?"

"아, 진동이, 너무 세……. 거기, 그만……."

"그만할 거야."

무겸이 그렇게 말하며 귀두에 올렸던 진동구로 질척하게 젖은 기둥을 슬슬 쓸어내렸다. 사타구니를 온통 떨리게 만드는 감각에 하준이 입술을 깨물고 신음을 삼켰다. 힘이 들어간 허벅지 안쪽에 미끈하게 근육이 섰다.

"나도 슬슬 급하거든."

구체가 흐무러진 입구에 닿았다. 웅웅 소리를 내는 작은 기구가 무겸의 손가락과 함께 안으로 쑥 밀려들었다. 하준이 허리를 짤막하게 떨었다.

"아… 앗… 으응, 흐, 후으읏……!"

몸속으로 파고들자 소음은 거의 들리지 않게 되었다.

그러나 소리만 잦아들었을 뿐, 하준에게 기구의 진동은 조금 전보다 훨씬 강하게 느껴졌다. 유두나 성기 위를 오갈 때 느끼던 간지러움과는 달랐다. 좁은 내벽을 파고 들어간 것이 배 속을 끊임없이 빠르고 잘게 두드려 머리까지 윙윙 울리는 기분이었다.

크기가 너무 작아 이것이 성기 역할을 대신할 수 있을지 궁금했는데 이제 분명히 알 것 같았다. 크기까지 컸다가는 큰일이 날지도 모르겠다.

"흐아, 아아……!"

점차 목소리를 높이는 하준을 안고, 무겸은 멈추지 않고 손가락을 써 진동구를 밀어 올렸다. 감겨드는 점막을 헤집고 휘저으며 나아간 것이 전립선 부근, 예민한 부분에 놓이자 하준은 곧바로 울먹이며 작게 발버둥을 쳤다. 무겸에게 기대었던 등을 뒤로 젖히며 헐떡거렸다.

배 속을 울리는 진동을 막으려는 본능이 뒤를 자꾸만 바짝바짝 조이게 만들었다. 그러나 안을 조일수록 내벽을 때리는 떨림은 더 크게 느껴질 뿐이었다.

논리적인 사고와 관계없이 몸이 움직였다. 반사적으로 뒤를 조였다가 머리를 멍하게 만드는 진동에 습격당하고 나면 멋대로 흐물흐물 풀어졌다. 그러다가 다시 수축하고, 또다시 화들짝 놀라며 이완되었다.

"아, 아윽, 안, 안 돼, 이제… 으, 흐윽……!"

하준은 스스로 판 함정에 빠진 기분에 어찌할 바를 모르고 흐느꼈다. 안쪽의 진동은 결코 작지 않은 쾌감을 길어 올리고 있었지만, 이것만으로는 도저히 절정에 다다를 수 없을 듯 감질나는 한계를 동반하고 있다는 점 또한 문제였다.

그러는 동안에도 쭉 뻗은 흰 목과 어깨에 키스를 반복하던 무겸이 무릎을 굽혀 앉은 다음 하준의 등을 밀었다. 하준이 시트 위로 손을 짚으며 자세를 비스듬히 낮추자, 무겸은 제 탄탄한 허벅지 위에 사타구니를 걸치고 팔을 디뎌 엎드리게 했다.

무겸은 하준의 넓게 벌어진 다리 사이에 제 몸을 디밀었다. 젤을 새로 짜 입구 위로 치덕치덕 바르고, 가느다란 케이블이 빠져나온 다물린 구멍 위로 단단한 귀두를 쿡쿡 찔렀다. 끝나지 않는 쾌감에 완전히 잠겨 버린 하준은 무겸이 어쩌려는 것인지 생각할 힘도 잃고 주어지는 자극에 신음했다.

두툼한 귀두가 입구를 꾸욱 눌러 내벽을 가르고 들어온 다음에야 깜짝 놀란 하준이 간신히 뒤를 돌아보았다.

“안, 돼……. 그대로 넣으면, 흐읏, 어떡해……!”

“워낙 작아서… 그냥 넣어도 괜찮을 것 같은데.”

무겸은 대답을 하면서도 허리를 밀었다. 긴 시간 조이고 풀어지기를 되풀이하느라 흐드러진 속살이 커다랗게 부푼 살 기둥을 무리 없이 받아들였다.

몇 개의 구슬을 삼켰다 뱉고 진동하는 장난감을 품으며 한참을 혹사당한 내벽이 오늘따라 더 차지게 성기에 달라붙었다. 뒤를 파고들자마자 짜릿하게 몸을 전율시키는 쾌감에 무겸은 이를 악물고 심호흡했다. 등부터 종아리까지 전신의 뒤쪽 근육에 굵직하게 힘이 들어갔다.

좁은 안쪽을 벌리며 나아간 성기가 얼마 지나지 않아 안쪽에서 떨고 있는 구체에 닿았다. 하준의 울먹임이 커졌다.

"아아! 아흐읏……!"

"아… 이거, 기분 묘하다."

무겸도 미간을 찌푸리고 신음을 씹었다. 성기를 조이는 내벽의 자극과 귀두부를 누르는 빠른 진동이 더해지자 뭐라 표현하기 힘든 쾌감이 무겸의 허릿짓을 부추겼다.

앞에 놓인 골반을 더 가까이 끌어당겨 허리를 슬슬 크게 돌리자 하준이 고개를 저으며 가파른 날숨을 토해 냈다. 팔을 뒤로 뻗어 무겸의 배를 손바닥으로 밀어내면서 뭉개진 발음으로 중얼거렸다.

"아, 으응, 잠깐… 빼고, 빼고 나서……."

그러나 무겸은 멈추지 않았다.

저를 밀어내는 하준의 손목을 붙잡고 도리어 더 힘을 붙여 허리를 쳤다. 성기가 단번에 깊이까지 푹 찌르고 들어가자 하준이 버티지 못하고 상체를 완전히 납작하게 엎드렸다. 느끼는 듯 놀란 듯 비명이 터져 나왔다.

아. 무겸이 못 견디겠다는 듯 낮고 달게 신음했다.

"처음으로, 장난감을, 윽, 써 보는 건데."

"흐아, 하… 아, 아……!"

"나도, 궁금해……. 어떤 기분일지."

말을 이으면서 무겸은 허리를 크게 움직여 왕복을 시작했다.

"아, 아! 아윽, 으, 하으…! 흐으읏!"

허리를 슬쩍 치켜들고 엉덩이를 뒤로 뺀 체위는 안의 물건을 배 속 깊이 고정시켰다. 무겸은 하준의 골반을 잡아 흔들며 강하게 허리를 치받았다. 성기가 드나드는 각도에 따라 구체가 규칙 없이 안을 헤집으며 돌아다녔다.

무겸이 퍽퍽 힘을 실어 박으면 그 동작에 맞추어 앞뒤로 오가다가도, 허리를 물결처럼 부드럽게 저어 아래에서 위로 찍어 올리듯 움직이면 작은 구는 육중한 살 기둥에 깔려 무게 실은 진동을 내벽에 흩뿌리기도 했다. 전립선을 울리는 떨림이 일어선 성기와 뱃가죽까지 찌릿찌릿 흔드는 것 같았다.

서로의 것에 직접적으로 전류 같은 감각이 전해지는, 경험해 본 적 없는 쾌감이 둘의 몸과 몸을 오갔다. 무겸의 입에서도 연신 탄성이 샜고, 하준의 눈과 입에서 습기와 소리가 줄줄 흘러내렸다.

허리를 살짝 띄운 자세 때문에 하준의 귀두가 부드러운 침대 시트에 닿았다. 몸이 흔들릴 때마다 그 끝이 문질러져 그마저도 버거운 쾌감이 되었다. 몇 번씩 앞으로 기어 도망치려 했으나 그때마다 골반을 쥔 무겸의 손에 힘이 더해진다. 하준이 시트를 쥐어짜며 흐느꼈다.

"으흐윽! 그, 흐, 이제 그만……! 아, 으……! 이러다 죽을, 죽을 것 같……!"

"하아, 알아. 나도, 흑, 그래……."

기계적인 떨림과 거센 추삽질에 한꺼번에 자극받는 신경이 저리다 못해 아렸다. 하준은 의식이 흐려져 자꾸만 감기려 드는 눈을 애써 깜박였다.

끝나기 전에 무겸의 얼굴이 보고 싶었다. 그러나 팔다리는 힘이 빠지고, 무겸이 여유를 주지 않고 뒤를 두드려 대 고개를 돌리는 것조차 쉽지 않았다. 몇 번 몸을 돌리려 시도하다가 포기하고 치는 대로 허리를 흔들며 훌쩍였다. 그러자 무겸이 상체를 숙여오는 기색이 느껴졌다. 혀가 귀 뒤를 뜨겁게 핥았다.

"후우, 자세, 바꾸고 싶어?"

"흐, 아…!"

"그럼 얘기를 해."

"어, 얼굴… 보고……."

"그런데… 하준이는 뒤로 할 때 제일 잘 느끼던데."

무겸은 귀엽다는 듯 웃으며 하준의 몸을 돌려 눕혔다. 정확히는 반쯤만. 허벅지 한쪽만을 제 어깨에 걸치고 퍽퍽 치고 들었다. 체위가 바뀌자 몸속의 구체도 위치를 바꾸고, 단단한 귀두가 힘을 싣는 지점도 달라졌다. 넓게 벌어진 다리 사이로 쭉 뻗은 붉은 성기가 멋대로 흔들렸다. 하준이 목을 젖히며 울었다.

눈물을 뚝뚝 흘리면서도 하준은 무겸을 올려다보았다. 열띤 눈으로 저를 마주 보는 김무겸을, 어느 때보다 뜨겁게 달아오른 불길 같은 모습을 똑바로 바라보았다.

쾌락에 물결치는 점막을 긁고 훑는 성기나 몸 안쪽에서 떨고 있는 기구보다도 저를 내려다보는 무겸의 표정이 하준을 흥분시켰다. 쇠처럼 단단했고 그런데도 들떠 있었다. 손을 뻗어 닿는 대로 그를 더듬었다. 돌 같은 무릎과 터질 것처럼 부푼 허벅지, 거친 호흡에 부피를 키웠다 꺼지며 오르내리는 탄탄한 배와 가슴, 어깨, 잘생긴 광대 아래의 미끈한 뺨, 깎아 만든 듯한 팔, 힘줄이 곤두선 손등.

흰 손가락이 가슴을 매만질 때쯤부터 무겸의 호흡이 한층 빨라지더니 불뚝대던 성기가 마침내 콱, 뿌리까지 처박혔다. 동시에 진동구 역시 내벽 끝까지 밀려 들어갔다. 평소에도 무겸이 체중을 실으면 어쩔 줄 모르고 눈물부터 흘리는 좁고 깊은 굴곡에 강렬한 진동이 짓눌렸다.

"아- 아아!"

하준의 몸이 크게 들썩였다. 짧게 비명을 내지른 후로는 소리도 내지 못하고 전신을 덜덜 떨며 자지러졌다.

절정을 맞아 오히려 힘이 빠진 성기에서는 프리컴 비슷한 끈적한 액체만이 조금 흘러 나왔다. 엉덩이와 허벅지에 탄탄하게 힘이 들어가 꿈틀거리고, 골반 부근과 허리 근육이 빠르게 경련했다.

"후읏, 하아, 젠장."

무겸 역시 사정이 다르지 않았다. 헉헉대며 거친 숨을 토한 그는 허리를 뒤로 물렸다. 빠져나온 성기 끝에서 탁한 정액이 흐르고 있었다.

그는 아직도 하준의 몸속에서 울리고 있는 장난감을 완전히 빼내 던져 버렸다. 이제는 마치 번거롭다는 태도였다. 내동댕이쳐진 기구가 딱, 소리를 내며 바닥에 떨어지더니 고장이라도 났는지 조용해졌다.

굵은 팔이 하준을 품에 힘주어 끌어안았다. 닫히려는 구멍에 사정 중인 성기를 미끄러뜨려 넣고 빠르게, 또 느리게 속도를 바꾸어 가며 허리를 쳤다. 진동하는 기구가 없이도 떨리는 내벽을 깊이 찌르고 질게 칠했다.

다른 감각의 방해 없이 온전히 느껴지는 무겸의 것에 뜨거운 내벽이 기다렸다는 듯 허겁지겁 달라붙었다. 하준은 눈앞이 깜깜해지는 절정에 휘말린 채 정신없이 무겸을 받았다. 그의 목 뒤로 팔을 감고 신음하다가, 또 흐느꼈다.

가쁜 숨을 아랑곳하지 않고 젖은 입술이 서로를 질식시키려는 것처럼 깊게 맞물렸다. 가슴이 답답해 헐떡이면서도 축축하게 미끄러지는 입술을 누구도 먼저 놓을 생각을 하지 않았다.

길고 집요한 행위가 끝난 자리에는 갖가지 잡념이 모두 빠져나간, 희고 텅 빈 고요만이 놓였다.

둘은 서로를 안은 채로 숨을 골랐다. 하준은 반쯤 넋이 나가 있었지만 정신을 잃지는 않았다. 먼저 기운을 차린 무겸이 하준의 젖은 머리를 손으로 쓸어 올렸다. 눈가부터 관자놀이, 뜨거워진 두피까지 빗어 올리는 손길이 기분 좋았다. 하준은 그때까지도 멋대로 입 밖을 빠져나오던 작은 울먹임을 삼키고 느리게 눈을 깜박였다.

한동안 조용하던 무겸은 솔직한 심정을 나직하게 털어놓았다.

"미안. 너무 욕심부렸어."

하준이 무겁게 눈을 감았다. 무겸의 품에 파고들며 동의한다는 뜻으로 고개를 끄덕이고, 힘없이 대꾸했다.

"다음에는 하더라도… 한 번에 여러 개는 쓰지 말자……."

생소한 즐거움, 신선한 시도도 좋지만 경험이 일천한 상태에서 둘 모두 과하게 몰입하고 말았다. 하준은 멍하니 덧붙였다.

"그래도 연말 기념이라 생각하면… 나쁘지 않았어."

"나름대로 재미있긴 했지?"

"그래도 힘들어서 자주는 못 하겠다."

하준은 아직도 몸속에 여진이 이어지는 것만 같은 기분에 느리게 배를 쓸었다. 그러자 무겸이 미간을 찌푸리며 물었다.

"아파?"

"아니……. 아프지는 않아."

무겸이 마치 배앓이를 달랠 때처럼 배를 문지르기 시작했다. 통증은 없었지만 배를 쓰다듬어 주는 따뜻한 손바닥이 기분 좋아 하준은 손길을 내버려 두었다.

멍한 와중에 성인용품이라는 것 역시 대부분의 도구와 비슷하다는 결론을 내렸다. 훈련을 할 때 각종 기계나 기구의 힘을 빌려 좀 더 높은 효율, 또는 맨몸운동만으로는 이끌어 내기 어려운 효과를 추구하듯이. 하지만 결국 운동은 몸을 움직여서 하는 것이다. 섹스도 마찬가지였다.

하준은 가물거리는 눈을 애써 깜박였다. 낯선 쾌감과 연이은 절정에 지친 몸이 젖은 솜 자루 같았다. 이러다가 불꽃놀이를 보지도 못하고 잠들어 버릴까 봐 걱정되었다.

"깨워 줄 테니까 잠깐 눈 좀 붙여."

그런 하준의 생각을 읽기라도 했는지, 땀에 젖은 머리를 손빗으로 쓸어 넘겨 주던 무겸이 도저히 거부할 수 없는 달콤한 유혹을 속삭였다.

"저녁은……?"

"너 조금 자고, 룸서비스로 시켜서 먹자. 이 호텔 음식 맛있어."

룸서비스라는 말을 듣자 하준의 배 속이 꼬르륵 격렬히 공회전했다. 그 울림이 무겸의 손바닥에까지 전해졌는지 그가 소리 나게 웃었다.

"밥부터 먹을래?"

하준은 고개를 저었다. 지금은 식욕보다도 수면욕이 월등히 앞서고 있었다.

그럼에도 검고 긴 속눈썹은 다소 고집스럽게 몇 번을 느리게 오르내리다가, 결국은 굳게 감겼다. 해일처럼 밀려드는 수마에 몸을 맡기고 기절하듯 잠들었다.

⚽

무겸이 호텔에 비치된 전화로 누군가와 통화를 하고 있었다.

막 눈을 뜬 하준은 일어나지 않고 베개에 얼굴을 묻은 채로 그의 목소리를 들었다. 하준을 깨우지 않으려는 듯 낮게 죽인 목소리가 평온하고 듣기 좋았다.

대화를 하는 표정이 제법 진지했다. 무슨 이야기를 하는지 궁금해 가만히 귀를 기울였더니 그는 잠들기 전에 말했던 룸서비스를 주문하는 중이었다. 룸에 비치되어 있던 식사 메뉴 책자를 뒤적이며 음식 이름을 이것저것 거론하고 있었다. 하준은 그만 피식 웃고 말았다.

전화를 하는 중에도 하준의 웃음소리를 들었는지 무겸이 고개를 돌렸다. 시선이 마주치자 부탁합니다라는 말로 통화를 마무리하고 침대로 다가왔다.

"깨우기도 전에 일어났네?"

"많이 잤어?"

"두 시간쯤."

무겸은 배스로브를 걸치고 있었다. 하준은 시선을 내려 제 알몸을 살폈다. 체액이나 땀의 흔적은 지워져 보송보송했지만 감지 못한 머리가 역시 조금 찝찝했다. 샤워를 한 번 더 하고 싶어 몸을 일으켰다.

"나는 좀 씻을게."

"그래. 그사이에 시트도 교체해 달라고 할 테니까 천천히 씻고 나와."

하준은 웃어 보이고 욕실로 들어섰다. 하루에 목욕만 몇 번을 하는지 사치스럽다. 넓고 쾌적한 욕조에 몸을 담그자 그때껏 남아 있던 잠기운이 물에 쓸려 사라졌다. 의식이 명징해지고, 오늘이 김무겸과 함께 보내는 첫 번째 해갈이라는 실감이 성큼 다가왔다.

새해를 맞는다고 생각하자 어쩐지 그래야 할 것 같아 몸을 다시 한번 꼼꼼히 씻고, 희고 폭신한 배스로브를 걸쳤다. 욕실을 나가자 무겸이 했던 말대로 그사이 시트가 새것으로 바뀌어 있었다. 잠들기 전의 환락이 거짓말이었던 것처럼 새하얗고 단정해진 침대를 보니 기분이 상쾌했다.

룸서비스도 얼마 기다리지 않아 도착했다. 무겸이 주문한 메뉴는 푸짐하게 양껏 먹는 것을 좋아하는 하준의 취향에도 딱 맞게 세팅되어 있었다. 토마토와 바질이 들어간 수프, 여러 종류의 버섯과 콜리플라워를 비롯한 구운 채소, 마늘과 버터를 바른 감자가 함께 조리되어 나온 양갈비, 쇠고기 스테이크, 랍스터가 들어간 시저 샐러드, 빵과 파테와 치즈, 패션푸르츠로 만든 셔벗 등등.

"넉넉하게 주문했으니까 많으면 남겨."

무겸은 그렇게 말했지만 하준은 남길 생각이 없었다. 무겸도 마찬가지일 터였다. 꽤 배가 고팠던 둘은 한동안 말도 없이 식사에 열중했다.

"맛있지?"

"엄청."

가끔씩 오가는 대화는 짧았다.

테이블 위에 놓였던 음식 접시는 예상대로 하나둘씩 남김없이 비어 갔다. 무겸은 빈 접시를 직접 모아 입구 근처에 가져다 놓고 테이블로 돌아왔다.

잠시 잡담을 나누던 둘은 낮은 테이블에 얼음 통에 담긴 샴페인과 물을 올리고, 널찍한 전면 유리창을 향한 소파에 앉았다. 하준은 시계를 확인했다. 늦은 식사까지 마치고 나니 이제 불꽃놀이까지 시간이 얼마 남지 않았다.

"기다리는 동안 먼저 건배할까?"

무겸이 길고 가는 유리잔에 샴페인을 따랐다. 나란히 앉은 둘은 옅은 금빛이 차오른 잔을 살짝 부딪쳤다. 찰랑이는 청량한 소리가 작게 귀를 간질였다. 하준이 미소를 띠고 인사를 건넸다.

"김무겸. 올해도 수고했어."

"코치님이야말로. 김무겸 데리고 사느라 고생했어."

상큼하고 달콤한 술을 한 모금 삼켜 목만 축이고, 둘은 잔을 든 채로 반짝임 가득한 야경을 내려다보았다.

런던 시내 대부분의 사람들이 비슷한 설렘을 안고 새해를 기다리고 있을 시간이었다. 지나간 한 해를 돌아보고 다가올 해에 대한 희망을 나누면서. 누군가는 추위도 관계없이 야외에서 시린 콧등을 비비고, 어떤 이들은 두 사람처럼 창가에 머무르며 하늘이 밝아지기를 기대하고 있을 것이다.

한국은 벌써 새해를 맞았겠구나. 나중에 전화해야지. 하준이 생각했다. 가족들과 제야의 종을 치는 방송을 보던 1년 전이 까마득히 느껴졌다.

"사실 지금까지 연말이라고 해서 이런 식으로 시간을 보내 본 적이 없는데."

야경을 바라보던 무겸의 목소리가 조용히 들뜬 공기에 끼어들었다. 하준이 그에게로 시선을 돌렸다. 그는 여전히 창밖에 눈길을 고정하고 있었다.

"응."

"한 해를 돌아보는 것도… 나쁘지 않네. 아니. 좋아."

무겸은 미안함이 어린 쓴웃음을 띠고 하준을 바라보았다.

"돌아보고 나니 이래저래 후회되는 일들투성이기는 하지만."

"어쩔 수 없지 뭐. 후회 없이 살기는 너무 힘들어."

"이하준을 만나기 전까지는 내 인생에 후회란 없다고 생각했는데……. 내가 잘나서가 아니라 그냥 뒤돌아보기를 싫어해서일 뿐이었어."

가볍게 받았던 말에 얹힌 진지함을 느끼고, 하준이 잠시 무겸을 마주 보다가 희미하게 웃었다.

"나도 그랬어. 지나간 일 붙잡고 돌이켜 봤자 힘들 때가 더 많으니까."

"그런데 올해는 좀 다르다. 돌아보고 싶은 일이 더 많아. 좋은 일이 아니었더라도, 후회가 되더라도 그래. 항상 지나간 일은 일부러라도 떨쳐 내려고만 했는데."

이미 발생한 결과는 어쩔 수 없다. 지나간 일을 곱씹는 데는 아무런 의미도 없다. 엎지른 물은 도로 담을 수 없으므로 최선은 지금이라도 할 수 있는 일에 집중하는 것뿐. 돌아보지 않고 앞으로 전진해야 한다. 직진밖에 모르는 경주마처럼.

그것이 김무겸이 살아온 방법이었다. 그렇게 지금의 김무겸이 되었다. 제 방식이 틀리지 않았다고 믿으며 달려왔다. 어찌 되었건 갈망하던 성공을 거머쥐었으므로 그에 대한 후회는 없었다.

하지만 조금만 여유를 아는 인간이었더라면 얼마나 좋았을까. 경주마도 가끔은 쉬어가는 법이며 뒤를 돌아보는 것은 잘못된 일이 아니라 자연스러운 과정임을 알았더라면.

사람의 삶도 보통의 길과 마찬가지로 직선만으로 이루어지지 않았음을, 휘어지거나 돌아가야 하는 길도 있어 때로는 그 구간을 거쳐야 앞으로 나아갈 수 있음을 좀 더 빨리 배웠더라면…….

그랬다면 자꾸만 지나온 길을 돌아보게 만드는 이하준을 두려워하지 않았을 텐데. 쓸데없이 그를 상처 입히지도 않았을 텐데. 더 빨리 사랑한다 말하고 더 많이 행복하게 해 줬을 텐데…….

또다시 일렬로 밀려드는, 이미 수 백 번은 반복한 듯한 후회를 무겸은 쓴웃음으로 삼켰다.

"내가… 보기보다 겁이 많거든. 진취적인 척했지만 사실은 무서워서 돌아보기가 싫었던 거겠지. 돌아보면 뒤에서 유령 같은 게 쫓아오고 있을 것 같아서. 멍청한 소리지?"

"아냐. 나도 어떤 건지 알아. 내 경우는 유령보다는 바위 같은 게 굴러오고 있을 것 같았지만."

마주 웃다가 무겸이 먼저 손을 잡았다. 강박적으로 직진과 상승만을 추구하던 생활이 남긴 성과도 다행히 없지 않았다.

"작년에도 올해도 내가 많이 부족했지만."

"나도 마찬가진데 뭘……."

"그래도 김무겸이 노력파라는 것, 발전이 빠르다는 것. 두 가지는 자타가 공인하잖아. 내년에는 더 나아질게. 그것 하나는 진짜 약속할 수 있어."

"김무겸이 어떤 선수인지는 내가 제일 잘 알지."

하준은 고개를 끄덕이다가 소파에 몸을 푹 기대고 눈을 굴렸다.

"그러네. 새해 목표를 세우는 것도 좋겠어. 나 내년에는 요리 연습할 거야. 나도 너한테 맛있는 것 많이 해 주고 싶어."

"안 해도 된다니까 그러네."

"내가 하고 싶어."

"흠… 연습하면 금방 늘 거야. 칼 다루는 거야 요즘은 대신할 도구도 많으니까. 기본적으로 요리라는 게 순서 지켜서 체계적으로 따라가면 되는 일인데 그런 일 잘하잖아. 지금은 못 한다는 생각부터 앞서니까 헤매는 거지."

무겸의 말에 하준은 흡족한 표정을 지었다. 무겸이 말을 이었다.

"내년에는 챔스 우승하고 싶다."

"나도."

"트레블• 해 보고 싶다. 은퇴하기 전에 한 번이라도 좋으니까."

"언젠가는 할 수 있을 거야."

"봄에 서울 집에도 갈 수 있으면 좋겠고. 같이 꽃 보고 싶어."

"맞아. 꼭 가자. 꽃 필 때면 정말 예뻐."

"여행도 더 많이 갈 수 있으면 좋겠어. 올해는 너무 바빠서 근처에도 자주 못 나갔잖아?"

"내년에도 바쁘긴 하겠지만… 내년부터는 정식 코치니까 오히려 시간은 더 낼 수 있을 것 같아. 항상 인턴일 때가 제일 바쁘다니까."

"올해는 피아노 쳤으니까 내년에는 또 다른 걸 배워서 이하준한테 이벤트 해 주고."

하준이 소리를 내 웃었다. 무겸은 순간 말을 잃고 그 모습을 바라보았다. 거리낌 없이 웃는 이하준은 야경을 밝히는 조명보다, 아니 아침 햇살보다 반짝였다.

처음 만났던 때의 그가 떠오른다. 미소를 짓고 있는데도 금세 구겨질 종이처럼 바스락대던. 밤새 비바람에 시달리다가 겨우 햇빛 아래 잎을 말리는 키 큰 들꽃 같기도 하던.

지금은 달랐다. 바람이 불면 기분 좋게 잎을 나부끼면서도 끄떡하지 않을 나무 같다. 해맑게 웃는 얼굴은 구기려고 해도 구겨지지 않을 것 같다. 함께 있을 때면 자신이 사랑받는다는 것을 아는 사람의 표정을 짓는다.

이쪽이 이하준이라는 남자가 가진 본연의 모습이다. 오만일지도 모르겠으나 그가 지금처럼 변한 데에 김무겸의 영향이 있으리라 생각하면

• 프로 축구 경기에서 자국 정규 리그, 자국 컵 대회, 대륙별 챔피언스 리그 3개 대회를 한 시즌에 모두 우승하는 것을 말한다.

우승컵을 들 때보다도 더 크게 가슴이 뛰었다.

"시간 다 됐다."

저도 모르게 그를 향해 손을 뻗는데, 하준이 창밖을 바라보며 말했다. 무겸도 시선을 돌렸다.

두 사람이 이야기를 나누는 사이 새로운 해가 코앞까지 다가와 있었다. 거대한 런던아이의 조명이 카운트다운에 들어가 초가 바뀔 때마다 번쩍번쩍 점멸했다.

뎅--

자정을 알리는 빅벤의 묵직한 종소리가 울림과 동시에 첫 번째 불꽃이 쏘아 올려졌다. 붉은색 불길 세 줄기가 직선으로 길게 밤하늘을 그으며 올라가 정점에서 커다랗게 갈라지며 터졌다. 곧 밤하늘이 붉고 푸르게 바삐 빛나기 시작했다. 타종은 열두 번을 채울 때까지 계속되고 있었다.

일부러 어둡게 해 놓은 방 안, 하늘을 수놓는 불꽃의 색이 두 사람의 얼굴에까지 번져 물들었다. 폭죽 터지는 소리가 커다란 창을 뚫고 들어왔다.

하준은 눈도 깜박이지 않고 하늘을 응시했다. 함께 그 풍경을 바라보던 무겸은 불꽃을 구경하는 하준에게로 시선을 돌렸다. 하늘에 쉴 새 없이 문양을 그려 넣는 불꽃은 아름다웠다. 금빛이 비쳐 윤곽이 주홍색으로 빛나는 옆얼굴이 따사로웠다.

이 모습을 평생 옆에서 볼 수만 있다면.

그는 문득 울컥 치미는 눈물을 숫자를 외며 삼켰다. 하준이 혼잣말처럼 뇌까렸다.

"직접 보니까 정말 멋지다."

"응."

짧게 대꾸하고 무겸도 시선을 정면으로 되돌렸다. 매년 새해맞이 행사로 치러지는 불꽃놀이가 올해는 유별나게 감상적으로 다가왔다.

김무겸에게 인생이란 저 불꽃놀이와 비슷한 것 아니었던가. 할 수 있는 한 높게 쏘아 올려 화려하게 연소해 버리기. 항상 지금 이 순간과 눈앞의 내일만 생각할 뿐, 그 이상을 바라본 적 없다.

언젠가 자신도 나이 들어 그라운드에 설 수 없는 날이 오고, 정점에서 물러나 더는 즉물적이고 화려할 수 없는 삶을 제 몫으로 삼아야 할 날이 오리라는 것을 알면서도. 그래서 더 큰 불꽃을 쏘고 싶었다. 눈부신 빛으로 시야를 가리고 순간의 즐거움과 영광에만 도취되고 싶었다.

처음으로 먼 미래를 상상한다. 과거도 현재도 당장의 내일도 아닌, 다가오지 않은 나날을 꿈꾸어 본다. 내내 피하고 외면하던 모든 것을 이제는 아무렇지 않게 바라보면서, 생존이 아니라 행복에 대해 이야기한다.

"이하준."

"응?"

"고맙다."

창밖을 바라보던 하준이 고개를 돌렸다. 무겸은 진지하게 말을 이었다.

"너를 만나고부터는… 세상이 바뀐 것 같아. 너만 옆에 있으면 무서웠던 것도 무섭지 않아지고, 못할 것 같던 일도 할 수 있게 돼. 예전에는 해가 바뀔 때도 아무런 감흥이 없었는데 오늘은 달라."

"나 때문에……?"

"그럼. 이 코치만 해 줄 수 있는 일이지."

하준은 당황한 듯 잠시 무겸을 바라보며 머뭇대더니 곧 나직한 웃음을 띠고 대답했다.

"에이스한테 그런 말을 듣다니, 코치에게는 최고의 칭찬이네."

"아직은 많이 부족하지만… 나도 앞으로는 너한테 그런 사람이 될 수 있도록 노력할게."

그러자 하준이 눈을 둥글게 떴다. 창밖의 불꽃이 비치는 흰자위가 색색으로 물들었다. 조금 황당하다는 듯 벌어졌던 눈이 곧 곡선을 그리며 휘어졌다. 이번에야말로 어둠을 밝히는 불꽃이 무색한 미소를 짓고, 그는 무겸의 어깨를 가볍게 치며 말했다.

"무슨 소리야. 김무겸은 10년 전부터 항상 나한테 그런 사람이었는데."

그 말에 무겸 역시 조금 전의 하준처럼 눈을 멀뚱히 떴다가, 곧이어 옆에 앉은 이에게 더 가까이 다가붙어 끌어안았다. 결국은 눈물이 조금 났지만 사려 깊은 연인은 그 사실을 굳이 놀리거나 지적하지 않았다. 계속해서 색이 변하는 뺨에 입을 맞추자 키스가 돌아왔다. 둘의 얼굴에 맺힌 미소가 영근 과실처럼 탐스러웠다.

하준과 연인이 된 이후 무겸의 뇌리 깊은 한구석에 항상 가라앉아 있던 상념들이 소리 없이 떠올랐다. 사랑이라는 감정이 과연 얼마나 지속될 수 있을까에 대한 의심, 사랑을 하는 김무겸은 사랑을 알기 전의 김무겸보다 너무 쉽게 흔들리고 무너져 버린다는 불안, 자신과의 연애가 오히려 이하준을 더 약하고 불완전한 인간으로 만들고 있는지도 모른다는 죄책감. 그 모든 약점과 불확실성과 마이너스에 대한 의문.

그들이 잠겨 있던 수면 위로 새로운 물음표가 확신처럼 던져져 크고 둥근 파문을 일으킨다.

"코치님. 새해 복 많이 받아."

"너도."

사랑은 사람을 약하게 만드는가?

무겸의 질문에 대답이라도 하는 것처럼 오늘의 가장 큰 불꽃이 밤을 산산이 부수었다. 일제히 갈라진 빛의 조각들이 하늘을 헤엄치는 물고기처럼 느리게 지상으로 하강했다. 해피 뉴 이어! 기분 탓인지 사람들이 입을 모아 외치는 함성이 어렴풋이 들려오는 것도 같았다.

불꽃놀이가 끝난 뒤에도 새해를 맞아 들뜬 지상을 비추는 하늘은 완전히 검어지지 않았다. 소파 위의 두 사람은 정말 멋있었다고, 내년에도 또 보자며 웃음을 흩뿌렸다.

새로운 1년 동안 하고 싶은 일과 가고 싶은 곳, 허황될 수도 있지만 꼭 못 이룰 것도 없을 목표를 열거하는 목소리가 풍등처럼 밤하늘을 타고 올라가 어둠을 밝혀갔다. 처음으로 함께 보내는 새해의 첫 밤은 태양이 떠오를 때까지 끝나지 않을 듯했다.

둥근 공은 멈추지 않고 굴러간다. 골을 넣어도 경기는 계속되고 경기가 종료되어도 리그는 이어지며, 어느 날은 이기고 때로는 진다. 두 사람의 팀플레이는 이제 막 시작되었을 뿐이었다.

〈하프라인 마침〉

작가 후기

2018년 월드컵 독일전이 열리던 날 밤에 저는 친구와 함께 경기를 보고 있었습니다.

경기가 거의 끝나갈 때까지 이렇다 할 장면이 없었고, 저도 마지막에는 의무감으로 보면서 시큰둥해져 있었는데 추가시간에 연속으로 두 골이 터진 거예요. 많은 분들이 그랬을 테지만 저도 멋진 승리를 목도한 직후 벅차 올라서 뭔가를 하고 싶어졌습니다.

〈하프라인〉은 제가 2017년 중순쯤 '축구물'이라는 정직한 가제로 구상해 쓰기 시작했다가 중단한 글이었어요. 초반부를 쓰다가 당시 연재 중이던 〈키스 앤 크라이〉 작업에 집중하느라 바빠져서 한번 미뤘고, 막상 연재가 끝나니 같은 스포츠물보다는 다른 장르에 도전하는 편이 좋을 것 같아 무겸이와 하준이가 첫 키스를 하는 장면까지만 쓰고 손을 놓은 뒤로 계속 멈춰 있는 상태였습니다.

하지만 그날 말 그대로 축구'뽕'에 차 버린 저는 묵혀 놓은 지 반년 가까이 된 소설을 꺼내 1화 분량만큼을 잘라 연재 사이트에 올렸고, 그렇게 이 글을 끝까지 쓰게 되었습니다. 지금 생각하면 '어떻게 그랬지?' 싶을 정도로 열심히 달렸어요.

그해 여름의 분위기가 글을 쓰는 저나 연재를 함께 해 주시던 분들 모두를 열정적으로 만들어 줬던 것 같기도 해요. 덕분에 〈하프라인〉은 저 스스로도 다시 재현할 수 없을 정도로 어떤 열기와 에너지로 가득 찬 글이 된 것 같습니다. 저는 그 에너지가 이 글이 가진 가장 큰 장점이라고 생각한답니다.

충동적으로 쓰기 시작한 소설이 많은 분들의 응원을 받아 힘을 얻고 완결이 되고, 전자책이 나오고 오디오드라마가 나오고 해외 수출도 되고, 제 생각 이상의 사랑을 받은 데 이어 이번에는 이렇게 실물을 가진 종이책으로도 나오게 되었습니다.

놀랍게도 내년에 또 월드컵이 열리네요. 이렇게 오랫동안 생명력을 가진 글이 될 거라고는 상상하지 못했는데 모두 무겸이와 하준이의 이야기를 사랑해 주신 독자님들 덕분입니다.

시간이 지나도 완결된 이야기는 늘 그 자리에 있다는 점이 참 소중하게 느껴집니다. 이 책을 읽어 주시는 모든 분들께 꺼지지 않는 행복이 함께하길 빕니다.

망고곰 드림

하프라인 3

초판 1쇄 인쇄 2021년 11월 1일 **초판 1쇄 발행** 2021년 11월 17일

지은이 망고곰
펴낸이 이승현

웹소설 본부장 이진영
편집 최은정
디자인 윤정아

펴낸곳 ㈜위즈덤하우스 **출판등록** 2000년 5월 23일 제13-1071호
주소 서울특별시 마포구 양화로 19 합정오피스빌딩 16층
전화 02) 2179-5600 **홈페이지** www.wisdomhouse.co.kr

ISBN 979-11-6525-918-1 04810
979-11-6525-915-0 (세트)